中国少数民族文学发展工程·翻译出版扶持专项（民译汉）

中国当代少数民族文学

翻译作品选粹

朝鲜族卷

中国作家协会编

作家出版社

架设心灵沟通的彩虹

丹 增　白庚胜

在中国作协主持实施的中国少数民族文学发展工程中，翻译扶持专项以其丰富的内涵、独特的创意引人瞩目。它在中国作协成功创办《民族文学》杂志蒙、藏、维、哈、朝五种文字版的基础上进行，更得益于中国少数民族文学60多年来量的积累及质的提升终成大观，是我国社会主义民族文化、民族翻译、民族文学工作相结合的有益实践与探索。

在我国，少数民族文学的汉语文翻译早已存在。如，古老的《越人歌》、《白狼歌》就开先河于战国至秦汉之间。其后，无论是中国文学的民汉互译还是中外互译中的少数民族文学翻译，都连绵不断、不绝如缕，对促进我国各民族间乃至我国文学与世界文学间的互相了解、互相欣赏、互相借鉴、互相促进发挥了重要作用。当然，由于历史的原因，它们长期处于个别性的、散漫性的状态，还没有形成整体的、持续的气势与规模，尚未能造就一支井然的少数民族文学翻译队伍，更没能构建起少数民族文学翻译体系。今天，由于改革开放事业的不断深化，以及综合国力的不断增强，全国各族人民对建设共同精神家园的期盼日益强烈，国内外文化交流的日益频繁，少数民族文学发展繁荣势头强劲，进一步加强少数民族文学翻译工作才水到渠成，并成为建设社会主义强国的迫切需要。

为了回应时代的呼唤，也为了适应我国文学发展大好形势，在中宣部、财政部及刘云山等中央领导同志的大力支持与关怀下，中国作协于八次作代会后迅即组织实施“中国少数民族文学发展工程”，并将翻译扶持专项作为其中最重要的内容，下设民译汉、汉译民、中译外、外译民四个部分：“民译汉”就是将少数民族语文原创优秀作品翻译为汉语文作品在汉语文世界传播，“汉译民”就是精选上年度汉语文小说、诗歌、散文、报告文学优秀作品并翻译成少数民族语文作品在少数民族语文读者中交流，“中译外”就是把汉语文少数民族文学优秀作品翻译成多种外国语文向国际文学界推荐，“外译民”就是将最新锐、最优秀的外国文学作品直接翻译为各种少数民族语文作品。

鉴于目前的人才、财力、物力，以及少数民族语文应用与翻译的实际，我们的工作只能起步于汉语文作品与蒙、藏、维、哈、朝语文作品的互译，以积累经验并与《民族文学》五种少数民族语文版相对应；与外国语文作品的互译也只能暂设限于将少数民族语文原创作品翻译为外国语文作品，并完全以原作者的意愿及国际翻译界的需求为依据；及时扩张其他少数民族语文作品与汉语文作品之间的互译、少数民族语文作品间的互译及将外国语文作品直接翻译为少数民族语文作品等工作，需要我们假以时日扎实稳步跟进。

开展这项工作的意义由中国国情所决定，且出于发展繁荣社会主义文化之实际需要，也缘于尊重多元文化、共享人类文明成果的世界潮流汹涌澎湃。我们的基本国情是：中华民族自古多元一体，虽然居住地区多样、生产形式多姿、生活方式多彩、社会形态各异、民族系统互别，但国家统一、民族和睦、社会和谐一直是其主流；我们的基本文化国情是：历史悠久灿烂，宗教林林总总，语言丰富斑斓，文艺百花竞放，风情美美与共，文化互相尊重，为世界四大文明的硕果仅存；我们的基本文学国情是：各民族都创造有弥足珍贵的文学传统及文学遗产，而且大多呈跨民族及跨区域、甚至跨国界分布状态，少数民族多口头遗产，汉族丰书面珍品，各种类型、体裁、题材、风格、样态、意蕴的文学精萃应有尽有、各有所长，共同构成了中国文学的洋洋大观，并为世界文学作出了特殊的贡献。问题在于：因自然地理、社会时空、文化传统、尤其是语言文字障碍，它们之间的交流还十分有限，这些资源的利用还非常欠缺，这些价值的活化还有待加强。直到目前，不仅大量的少数民族语文文学遗产依然沉睡如故、许多汉族文学经典也不为广大少数民族读者所知，而且这种趋势还在加大之中，已影响到中国文学的整体性、统一性存在。而一旦充分挖掘出它们的潜质、动员起它们的力量，我们的文学园地将获得源源不断的源头活水！要实现这一目的，我们离不开文学创作，更离不开富有成效的文学翻译。这是因为文学翻译具有从审美的层次、文化的视域、精神的高度，促成族际了解、推进文化对话、驱动社会进步的功能，它可以搭建心灵沟通的彩虹。

在现实层面，我国是多民族社会主义国家。在这个大家庭内，各民族一律平等，各民族文学的共同进步、共同繁荣谱写着当代中国文学的雄大史诗，时代与人民都在呼唤文学进一步承担起激活精神创造、推动道德建设、凝聚社会共识、增强国民素养的责任。由于种种原因，尽管解放以来党和政府已经做了种种努力，中国少数民族文学的存在及发展程度至今仍不尽平衡：有的拥有发达的书面文学传统，有的只有口头文学；有的长于母语创作，有的兼作双语书写；有的作家文学历史悠久，有的自新中国成立以后、尤其是改革开放以后才开始出现自己的作家作品；有的母语创作比例极高，有的大部分、甚至全部用外民族语文创作；有的大师精品层出不穷，有的尚处全新培育的阶段。这需要我们采取种种手段，加大支持力度，强化整体推进，力求重点突破，使之在建立新型民族关系、实现高度国家认同、凝聚各种社会力量方面大有作为，并在文学本体意义上不但尊重与倡导多语文创作，而且借助少数民族文学翻译的参与和支持，积极实现国内外各种理念的碰撞，作各民族优秀成果的交流，进一步提高各民族作家的审美水平与创作能力，实现各种经验的借鉴与转换，在交流中吸取营养、获得自信、完成自立，在交往中学会讲述、懂得倾听、乐于欣赏和被欣赏，引领人们不断向上、向善、向美，为实现国家富强、民族复兴、人民幸福为内核的中国梦而奋斗。

谈到国际文化背景，中国少数民族文学是中华文学的半壁江山，并正在日益成为世界文学的一个部分。它不能放弃自己的精神家园而存在，更不能离开中国文学而成长，也不能孤立于世界文学而兴旺。事实雄辩证明：在当今文坛，任何一个具有实力与影响力的少数民族作家，除了本民族文学母亲的哺育及自己的深厚生活积累、艰苦生命体验、精深思想锤炼，无不是在其他民族文学与世界文学的滋养下成长起来的。在今天这样一个大开放、大交流、大碰撞、大竞争的国际文化环境中，少数民族文学特别需要国家责任、世界眼光、人类情怀，礼敬一切文明成果，讲述好自己的故事，展示好自己民族的独特创造，塑造好自己国家的形象，共同推进人类和平事业。在此过程当中，少数民族文学及其翻译因我国许多民族的跨境分布而独具国际传播优势及特殊意义，完全可以在推动中国文化走出国门，在安邻、睦邻、富邻为目的的周边文化外交工作，以及反对文化沙文主义、抵御文化渗透、增进各国人民友谊、促进各国友好往来、捍卫国家文化主权、确保国家文化安全工作中充分发力。

翻译在我国古代称“传译”，董仲舒在《春秋繁露》“王道篇”中就有“四夷传译以朝”之说。其所传译者，应当既有口头语言又有书面语言。而所传译之内容，在古代大多为政治、商贸、宗教、军事及部分文学，到现当代则平添了科技、哲学、思想、法律等等，而且文学所占的比重越来越大，以至于出现了“文学翻译”这样的概念。毫无疑问，文学翻译与其他翻译一样，都须谨守严复所倡导的“信”“达”“雅”原则，即内容真实精准、表述流畅明快、辞藻优雅美丽，还必须“神领意得”，从思想内涵、象征意义、感情表达、艺术形式等方面精益求精，做到传神传韵、出神入化，充满美感及魅力。鸠摩罗什、法显、玄奘、严复、林琴南、傅雷、冯至、季羡林等翻译家，就是这样一些学养深厚的大师、驾驭笔墨的高人、艺术审美的天才。中国少数民族文学发展工程翻译扶持专项的承担者，也大多是当今中国少数民族语文翻译领域的杰出代表。他们对文学怀有深爱，都对发展繁荣少数民族文化负有重责，且德高艺精、志趣坚定、甘于奉献。正是他们的呕心沥血、精益求精，才使这项工作得以高质量推进，创造了中国少数民族文学翻译事业的新辉煌。这项工作还得到内蒙、西藏、新疆、青海、甘肃、延边等自治区、省、自治州作协的全力支持。他们怀着“这是我们自己的事业”的信念精心组织、精心翻译、精心编校、精心设计，“夙兴夜寐，靡有朝也”，才使广大汉语文读者自此以后自如走进少数民族母语原创文学的心意深处成为可能，也满足了少数民族母语读者最快倾听到中国文学最新信息、前沿话语并享受最新成果的愿望，更让那些长于驾驭双语阅读的读者得以潜龙在天、飞龙在地，尽情怡然于中国文学的多姿多彩、光怪陆离。

当这些翻译成果一一付诸出版之际，我们不能不怀着无比崇敬的心情，对各民族文学翻译家群体与被翻译之作家作品表示衷心的祝贺！对克勤克忠组织领导这些翻译出版工作的有关自治区、省、自治州作协领导表示崇高的敬意！对中国作家出版集团作家出版社及有关自治区、省、自治州有关出版单位表示深深的谢意！是各方面的关心、爱护、支持、参与，才育成了这一少数民族文学的盛况空前，也让我们对中国文学的美好未来与灿烂前景充满信心。

2014 年 1 月 26 日

目　录

诗　　歌

报告文学

中国当代少数民族文学翻译作品选粹

前　言

陈雪鸿

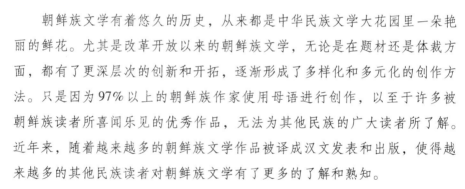

朝鲜族文学有着悠久的历史，从来都是中华民族文学大花园里一朵艳丽的鲜花。尤其是改革开放以来的朝鲜族文学，无论是在题材还是体裁方面，都有了更深层次的创新和开拓，逐渐形成了多样化和多元化的创作方法。只是因为97%以上的朝鲜族作家使用母语进行创作，以至于许多被朝鲜族读者所喜闻乐见的优秀作品，无法为其他民族的广大读者所了解。近年来，随着越来越多的朝鲜族文学作品被译成汉文发表和出版，使得越来越多的其他民族读者对朝鲜族文学有了更多的了解和熟知。

朝鲜族文学发展中最为引人注目的是小说创作，涌现出了一大批优秀的长篇小说和中短篇小说。其中，最具代表性的是朝鲜族老作家林元春的短篇小说《亲戚之间》，曾经获得全国优秀短篇小说奖。随着改革开放大潮的涌动，朝鲜族社会的板块出现了分化和移动，无论是在乡村还是城市，朝鲜族的物质生活和精神生活发生了剧烈的变化，大量的朝鲜族出现在外出务工的大军中。朝鲜族作家们敏锐地洞察和捕捉到了这一命题，以大量的笔触描绘了处于变化之中的生活场景和人物命运。它们如短篇小说《曰福借钱》、《回来吧，妈妈》、《艰难的抉择》、《寿衣店》等。在小说创作中，不但一批老作家依然宝刀不老，而且更有一大批中青年作家勤于笔耕，佳作连连。这无疑给选编带来了“如何割爱”的难题，但更多的还是让人感到无比的欣慰。

诗歌创作历来是朝鲜族文学最有力的基石。在朝鲜族文学发展的历史长河中，曾经和现在不断涌现出为数众多的优秀诗人。他们或以优美的诗句来赞美家乡的秀丽、长白山的壮观、生活的喜悦，比如《豆满江》、《初冬》、《清晨漫步》等；或以犀利的笔锋来开掘人生的思索和生活的哲理，比如《清明节的思索》、《父亲说话的声音》、《我的葬礼》等，从擅长风花雪月、华丽的抒情到言简意赅、朴实的思索，无疑大大拓宽了诗歌的意境和功能。这也成为了朝鲜族诗歌发展的特点之一。

散文和报告文学创作原先是朝鲜族文学发展中相对较弱的领域。然而，随着时代的发展和生活的变化，朝鲜族作家们已然能用娴熟的手法来驾驭散文和报告文学的创作。从《鱼缸里的阴阳失调》、《痛苦中长大的树木》、《我的良师益友》、《在路的尽头重新开始》、《中国肿瘤医学之父》等作品中，我们都能在字里行间看到生活的音符、思想的火花、人性的光环。它们不仅色彩斑斓，而且回味无穷。正是这些事（人）物的翠叶和思绪的花朵，成就了一篇篇感人至深的美文。

紧贴时代精神，大力弘扬主旋律，突出地方特色，强调民族风格，是贯穿于整个选编工作的主旨。所选的这些作品，尽管只是浩瀚的朝鲜族文学夜空中的数颗星星，但也足以呈现出近年来朝鲜族文学创作的一抹亮色。

小说

猎犬猸狸

禹光勋/著　陈雪鸿/译

下雪了。

这是今年冬天的最后一场雪。朝东遥遥延伸的起伏山岭和朝南无限铺展的茫茫沼泽，全都被雪幕遮掩得无影无踪。

到处都被白色的雪幕笼罩着，完全是一片白雪的世界和自由的大地。在白雪的世界里，一切都变得那么模糊和朦胧。猸狸脚踩着山脊，一动不动地站立在茫茫白雪中。从前腿撕裂的伤口处流出的鲜血，染红了脚下越来越深的积雪。这红色的血迹仿佛使冻僵了的粗犷密林变得更加庄严和秀丽。红色的血迹与白雪覆盖的密林和执着地舒展枝叶的绿色苍松浑然一体，在充满智慧的大地上谱写着生命的乐章。为此，一切生命体都保持着深沉的静默，似乎在等待着即将爆发的震撼天地的命运交响曲的庄严旋律。

呜——呜——

猸狸发出了疲劳的呻吟声。与此同时，它感到了伤口剧烈的疼痛，不由得浑身一阵颤抖。覆盖在棕褐色毛皮上厚厚的白雪被纷纷扬扬地抖落在地上。猸狸伸出红色的舌头凑近疼痛尚在持续的前腿伤口处，舌尖上感受到了稍咸的血腥味。它浑身颤抖着，难以忍受持续的疼痛，稍稍抬起受伤的前腿，小心翼翼地用舌头去舔，一直舔到伤口停止流血。流血停止以后，它又用长长的舌头把沾在嘴边的血迹舔拭干净，慢慢抬起沉重的头。不知从何处刮来一阵寒风，推动着满载雪花的云层前行。被压得耷拉下来的云层开始破裂，透过破裂的云层间，能够模模糊糊地看见蓝色的天空。与此同时，白雪覆盖的山山岭岭突然显现出起伏的轮廓，一望无际的沼泽地也像是猛地挺直了腰身。生命体混杂、喧闹的痕迹被白雪遮掩，大地看上去更加神圣和纯洁。银装素裹的树木在风中颤抖着身子，使得雪尘高兴得四处飞扬。不知从何处传来可怕的轰鸣声。那是产生雪崩时发出的呼喊声。听到这样的声音，猸狸的身子颤抖得更加厉害。它仿佛发现了孤零零地置身在白雪茫茫世界里的自己，歪着头环顾四周。然而，映入它眼帘的都是那些失去了生气的生命体，猸狸不由得低下了头，然后又屁股着地坐下。前腿的伤口又开始流血。但是，猸狸已经不想再把血止住了。它用充满孤独的目光仔细打量着因白雪而变得十分干净的大地。

猸狸无处可去。它的主人昨天死了。那是个长满络腮胡子的男人，不仅给猸狸起了个漂亮的名字，而且还一起经历了生死苦乐。就是这样一个拥有旺盛而顽强生命力的男人死了。猸狸那善良而勇敢的主人，是在喝得酩酊大醉的状况下毫无意义地死去的，甚至连死亡的庄严瞬间也来不及品味。作为一个猎人，这是不可避免的耻辱的死亡。他被自己用极大的自信和勇敢打倒的猛兽抓破皮肉，扯出肠子，气绝身亡。尽管生命总会死亡，但是猸狸主人的死亡实在是太凄惨、太壮烈、太无意义了。

现在看来，主人的死是命里注定的，否则的话，不可能还有别的命运。昨天早晨，主人就像拼命似的喝了很多酒，喝得烂醉后，把桌子上能吃的食物全都扔给了猸狸，然后抓起了猎枪。猸狸十分吃惊，主人从来没有喝醉酒，又如此款待自己后出去打猎的。当时，猸狸觉得自己特别想偷懒，而且也不愿意跟着喝得醉醺醺的主人出去。不料，主人吹着口哨招呼了它一声，然后步履蹒跚地朝山上走去。猸狸无可奈何，一贯顺从的它不得不保持自己的忠诚。

主人划开齐膝深的积雪，毫无目标地朝前走着。猎枪斜挎在肩上，醉意蒙眬的双眼随随便便地环顾着摇摇晃晃的山岭，时不时嘴里还会对谁发出一通恶毒的谩骂。也许是走累了，他把头贴在雪地上，抓起一把冰冷的雪塞进嘴里咀嚼着，嘟嘟囔囔地埋怨起世上的一切都是那么繁杂和讨厌。猸狸悄悄地跟在主人身后。它从来没有看见过主人现在这样的样子。即使在有一天女主人突然消失以后，主人也没有像这样拼命喝酒，也没有外出打猎，只是整天待在家里，把牙齿咬得咯吱咯吱直响，接着还挥舞着拳头不管三七二十一地乱砸一通，只有对猸狸依然十分和气。

尽管今天主人也没有对猸狸怎么样，但是却没有表现得那么温和。他像是忘记了猸狸的存在，只是嘴里嘟囔着，喘着粗气，毫无目的地破开雪路朝前走着。

欧——呜，欧嚯嚯……

突然，主人摊开四肢躺倒在白雪上发出狮子一般的吼声。他把两只拳头伸向空中，不断重复着绝望和憎恶混杂的呼喊声。呼喊声引起冬日里沉闷的密林一阵阵骚动，给猸狸带来了恐怖的战栗。

猸狸小心翼翼地走到主人的身边，默默地注视着主人深深凹陷下去的眼睛。那双眼睛里充满着绝望和憎恶，以及对死亡的渴望。猸狸轻轻地呻吟着，想用一切方法来帮助主人。

主人悲愤地干号着，用没有眼泪的眼睛紧紧盯着猸狸充满同情和忧心的眼睛，眼眶里慢慢盈满了泪水。他脱去戴在手上的手套，用一只手搂住猸狸的脖子，另一只手抚摸着它富有弹性的棕褐色毛皮。

"你这个傻瓜，就你还把我当作人舍不得离开我，可是你的女主人却把我抛弃了，和别的男人跑了。那个男人既不如我长得好看，也不比我勇敢，只是运气比我好一些，所以就抛弃了我，不，背叛了我……我和她在一起生活了10年，吃的是一锅饭，盖的是一床被。可她还是跑了。猸狸呀，你这个傻瓜，人心是可以出卖的。所谓良心，就跟抹布一样，虽然能够擦去别人的污垢，自己却是十分肮脏的……我会去死的，可猸狸你一定要活着。活着是一件好事情。这是肯定无疑的。但是，想死的时候就应该去死。活得可以窝囊，但决不能死得窝囊。猸狸，你会活下去的。因为对你来说，既没有良心和同情心，也没有什么道德，有的只是忠心和顺从，所以一定能活下去。活着，妈的，其实真不是滋味……"

主人说完话猛地坐起身，脸上露出不可捉摸的笑容。猸狸从主人的笑容中看到了残忍的挑战含义。它呻吟着用头撞击主人的胸膛。然而，主人似乎嫌弃似的推开它的头，缓缓站起身来。

"走，猸狸，你这杂种……"

主人迈着摇摇晃晃的步子蹚开积雪，嘴里继续对猸狸说着话：

"猸狸，你的爸爸曾是军犬，是一条凶猛残忍、好大喜功的纯种狼狗。可你的妈妈却是一条土生土长的母狗，聪明灵活。后来，因为你爸爸和你妈妈私自偷情，于是就有了你这个杂种。你知道吗？杂种就是这样产生的。不过，你爸爸和你妈妈都已经死了。妈的，它们都死得非常勇敢。所以，它们的主人都十分伤心。妈的，他们是因为心疼才伤心的。明白吗？心疼！妈的……”

主人骂骂咧咧地说个不停，可猸狸根本无法听懂那些话的含义，只是感到了冷冷的恐怖和沉重的畏怯。

猸狸的心情糟透了，默默地跟在主人的身后。突然，随风飘来一阵奇怪的气味。猸狸感觉到自己结实的腿剧烈地颤抖起来，一种准确无误的兴奋顿时传遍了全身。它竖起双耳猛地朝前冲去。

“干什么?!”

主人大喝一声。猸狸停住脚步转过头来，充血的眼睛里露出残忍的渴望。它闻到了熊的气味，而且准确地判断出就在不到100米远的地方。

主人久久注视着猸狸的眼睛，嘴角边浮起残酷的野兽一般的微笑，慢慢地从肩上拿下猎枪。

“去吧!”

猸狸箭一般地飞跑而去，那个黑色的物体离眼前越来越近。

熊看见猸狸朝自己扑过来，下意识地猛然站起身子。说时迟那时快，猸狸一下子冲到了熊的身后，像是要袭击熊的胯部。熊似乎察觉到了猸狸的意图，一屁股坐在地上，然后随着猸狸转动着身子。猸狸生猛地弓起身子围着熊转圈，熊并没有急于向猸狸发起攻击，只是不断地加以威胁。熊似乎并没有把对方放在眼里，只是抬起一只前脚摆出攻击的姿态，这一来却露出了胯部。猸狸迅捷地扑上前去，用锋利的牙齿撕裂了胯部的皮肉。熊发出可怕的声音，一下子跌坐在地上。猸狸像是示威似的大声咆哮着，等候着主人的到来。它不但看见了主人坦然自若的神情，也看见了他脸上露出的充满自信和勇气的怪异笑容。就在主人举起猎枪的瞬间，猸狸停住了围着熊转圈的举动，很快地闪到一边等着发射。可是，它所等待的枪声并没有响，不由得大惑不解，因为主人从来没有出现过这样的失误。它有些迟疑地朝主人看去，只见主人扔掉了猎枪，从绑腿里拔出锋利的匕首，扭曲的脸上露出了冷酷而僵硬的笑容。说时迟那时快，熊抓住了猸狸等待发射的瞬间朝它扑了过去。猸狸只觉得眼前有个黑影闪过，紧接着意识到脖子受到了并不是太厉害的攻击。它犹豫着躲闪了一下，重新弓起身子准备发动进攻。

“猸狸，等一下!”

与此同时，猸狸看见了冲上来的主人和主人把匕首使劲插进熊脖子的手。

哎呀！谁知匕首并没能给熊带来致命的一击。熊大吼一声滚到了旁边，使得握在主人手上的匕首也被甩了出去。极度愤怒的熊一屁股把主人压在身下，并用前脚紧紧地缠绕着主人的脖子。

啊！

传来一声短促的惨叫。猸狸毫不迟疑地朝熊扑过去。熊放开主人，与猸狸进行了殊死搏斗。不一会儿，熊大概意识到自己难以取胜，掉转身子打算逃跑。猸狸也不想再打下去，因为一直担心着倒下的主人。

熊终于逃跑了。猸狸飞快地跑向主人倒下的地方。主人被扭歪的脖子上依然流着血，没有呼吸也不动弹。猸狸呻吟着拉扯主人的手臂，可主人却没有任何反应。主人已经死了。他在勇敢的搏斗中付出了疲乏不堪的生命，让灵魂离开肉体一去不复返。怪异的微笑依然挂在他的嘴边，瞪着一双大眼睛注视着遥远的苍穹。在迎来死亡的瞬间，他没有丝毫痛苦，反而像是正等待着死亡的降临。他的眼睛里凝固着只有从孤独的野兽那里才能看到的独有的光芒。

猸狸大声呻吟着，茫茫的密林以宽大的胸怀接受了这悲恸欲绝的呻吟声，又以汹涌澎湃的起伏声作为应答。猸狸低着头，久久地，久久地站在那里，而主人的尸体正在逐渐变得僵硬起来。生命赋予的灵魂彻底摒弃了世俗带来的一切，乘着时间的马车，朝着死亡的深渊疾驰而去。

阴沉的东方渐渐地显现出灰暗的亮色，猸狸慢慢地站起身，仿佛不相信主人已经死亡，推了推主人的头，然后离开主人身边朝深山走去。

猸狸闻到了从远处飘过来的负伤的熊的气味，还听到了熊因伤痛发出的近乎于绝望的呻吟声。猸狸为自己坚定不移的决心而微微战栗，无声无息地朝自己的目标接近。

也许熊也闻到了什么气味，停止了呻吟，用锐利的目光扫视着四周。它小小的眼睛里闪动着决一死战的寒光。猸狸没有发出任何信号就朝熊扑过去，准确无误地咬住了熊的脖子。熊在地上打着滚，并发出可怕的惨叫声，被撕裂的脖子上鲜血喷涌而出。就在猸狸再次瞄准熊的脖子扑上去时，熊抬起前腿扑打在猸狸的身上。猸狸感到了熊腿强烈的打击，也感到了全身火辣辣的疼痛，并被甩出去老远，好一会儿才倒过气来。它重新无声无息地冲了上去，有时候与熊抱成一团进行着殊死搏斗。此时此刻对猸狸来说，既没有死亡也没有生命，有的只是为主人报仇和给熊带来死亡的执着。

猸狸与熊进行了长时间的搏斗。

精疲力竭、伤痕累累的两个生命都为了强行给对方带来死亡而搏斗着。

终于，猸狸牢牢地咬住了熊的脖子。熊浑身颤抖着进行了最后的垂死挣扎。猸狸像是被抖碎了一般，只得松开了嘴。熊长吼一声，呼出了最后一口气。此时，开始飘起了雪花，开始下起了今年冬天的最后一场雪。

猸狸走着，在白雪上面印上了滴滴血迹。它缓慢而吃力地朝着自己住的小木屋走去。它终于看见了远处微微隆起的小木屋。院子里有几只鸡正在低头徘徊。它们不知道主人已死，正等着主人来喂食。猸狸扒拉着小木屋的木板门，等着女主人出来开门。然而，女主人是不会在屋子里的。猸狸垂下头，沮丧地在门口坐下。寒风越刮越大，密林发出喧闹的呜咽声。猸狸感到十分孤独。它明白不会再有人呼唤自己，也不会再有人抚摸自己富有弹性的棕褐色皮毛。它仰天长啸一声，像是要摆脱难以忍受的孤独感。可是，密林喧闹的呜咽声无情地吞没了它的狂吠声。它陷入了无限的悲恸之中。既有失去主人的悲伤，也有更为强烈的悲恸沉重地包围着猸狸的一切。

人类自称为万物之主宰，并精于探究和创造。然而，属于人类的时间却流逝得十分冗长。在没有晚霞的情况下，太阳把脸躲到了地平线后面，性急的黑暗急急忙忙地笼罩了整个山岳。也不知从什么时候起，风已经平息下来，密林也陷入了沉重的静默之中。墨黑的天空中一颗两颗星星露出冷冰冰的脸，消除了墨黑色的余韵，不知不觉间，无数颗星星开始闪烁起来。东方的天空某个地方似乎有些变色，弯弯的月牙懒洋洋地升起，朦胧的月光仿佛给白雪增添了少许生气，而密林却似乎更加沉闷，更加笼罩在沉重的寂寞之中。在孤独和黑暗中，猸狸让疲乏、负伤的身子处于休息的状态。弯弯的月牙在天空中踽踽独行，冷漠地注视着死一般纹丝不动的猸狸。

不知过去了多少时间，猸狸突然睁开眼睛站起身来。也许是因为清晨刺骨的寒冷或者是因为听到了什么动静，它显得特别紧张。四周寂然无声，没有任何危险的信号。尽管如此，猸狸的全部神经细胞依然处于极度紧张的状态。猸狸深深吸了一口气，像是要缓解一下紧张的心情。然而，极度紧张引起的颤抖依然没有停息。不知从哪里吹来一阵几乎难以察觉的微风，使得冰冷的空气中混杂着一股挑起杀戮的血腥气味。刹那间，猸狸抬起头来，剧烈的颤抖戛然而止。

呜——

狼的嗥叫声，就在不远的地方传来了狼的嗥叫声，而且带着明确无误的挑战意图。

猸狸用力抬起受伤的腿朝前走了几步，瞬间的战栗突然袭来，反而使它产生了一种莫名的渴望。那是饥饿、口渴，以及想试验自己能力的生命体本能的渴望。猸狸终于发现了对方。狼的眼睛里散发着冰冷的绿光。那是只有在凶猛强悍的狼眼睛里才能看到的光芒。不过，猸狸丝毫没有任何犹豫，凶狠地咆哮着朝狼扑去，显示出野兽般的力量和战无不胜的信念。

狼沉着老练地应对着猸狸的攻击。

狼避开了猸狸瞄准自己身子的利牙，从后面攻击猸狸。猸狸意识到了自己的失策，同时感觉到后腿上传来钻心的疼痛。然而，它还是咬住了狼暴露出来的脊背。狼的脊背被撕裂了，鲜血喷涌而出。两个生命体在雪地上翻滚着。第一回合打了个平手。

猸狸意识到对方是个超过自己想象的强硬敌手，于是采取了比较慎重的态度，不再性急地发起进攻。它发出像是从心脏里迸发出来的低吼声，寻找着攻击的机会。不过，猸狸从敌手充满杀气和自信的眼睛里看到了迸发出来的必胜信念。它不敢有丝毫大意，迎着狼的攻击勇敢地冲上前去。皮毛脱落，皮肉撕裂，雪粒四溅。两条勇猛的生命进行着殊死搏斗，一心想置对手于死地。

搏斗持续了很长时间。

胜负丝毫不见分晓。

猸狸感到自己的力气正在渐渐消退，不过，庆幸的是对方的攻击也不像之前那样凶猛了。

猸狸怒视着狼的眼睛，继续伺机进攻。白雪被撕下的血肉和皮毛搅得肮脏不堪。猸狸喘着粗气，默默地与狼对视着。它慢慢地后退了几步，准备发起最后的攻击。狼有些目瞪口呆，也许是以为对方胆怯了，竟然朝前迈了几步，然后停下脚步，蜷缩起身子，摆出了应对攻击的姿态。不料，猸狸闪到一旁，猛然转过身占据了与狼平行的位置。狼意识到失误，刚想转过身子，已经为时过晚。猸狸瞄准狼的头部扑过来，并用自己的身子猛烈地撞击狼的身子。狼难以抵抗来自侧面的攻击，被狠狠地撞翻在地，给猸狸创造了绝好的机会。猸狸毫不迟疑地扑向狼暴露出来的柔软腹部。狼发出了绝望的惨叫，绿色的肠子涌了出来。不过，狼并不是轻易服输的孬种。就在猸狸的利牙再次攻击自己的腹部时，它挣扎着想站起身来。猸狸已经精疲力竭，几乎连防御的能力也已经丧失。狼大声咆哮着。这是勇猛的野兽在尽管已经意识到死亡却依然不愿承认失败时发出的怒吼。狼终于慢慢地垂下了高高昂起的头，剧烈地颤抖着呼出了最后一口气。

在清晨的寒风中，狼死得十分壮烈。

清晨的天空开始发白，亮起了海棠花色彩般的霞光。霞光染红了白雪，染红了被血肉玷污的两个生命体曾经搏斗过的战场，并抹去了狼眼睛里因死亡而凝固的冷光。猸狸慢慢地走近狼，用舌头舔着冷却的凝血，并撕下似乎体温尚存的狼肉咀嚼起来。稍咸的血味和磕牙的硬骨给猸狸带来了无限的快感和神经质般的征服的喜悦。

猸狸不慌不忙地在狼的旁边站了一会儿，然后慢慢地走开了。太阳突然从东山顶上跳出，照耀着沉郁的密林。在太过静谧的氛围中开始了万物的一天。

猸狸在高高的山梁上停下脚步。在阳光下，波涛一般涌向远处的山脉和白雪覆盖的大自然的一切都显得那么光辉灿烂。

太阳俯视着孤身伫立的猸狸。

岁月并不像流水一般地过去了。春天踩着冬天的脚后跟来了，夏天又性急地推开春天突然来到，秋天撵走夏天后神气了一番，然后又百无聊赖地让位给了冬天。猸狸始终经历着轮回的每一个瞬间，在伟大的大自然怀抱里活得十分踏实。胸怀并不太宽宏大度的大自然，把生命所需的一切不是十分情愿地给予了猸狸。于是，猸狸活了下来，并粗犷有力地创造着自己生命体的一切。在疲乏的生活中，猸狸的生命力变得越发顽强和旺盛。大自然重新创造了它。在它的面前，狼群俯首是从，熊避而远之，野猪落荒而逃。山里的野兽们对猸狸的智慧和富有弹性的肌肉无不望而生畏。对猸狸来说，有着太过强大的力量。

随着冬天的到来，猸狸感到了莫名的不安和忧郁，神经变得越来越敏感。尤其在下了头一场雪，一切都被白雪掩埋以后，它的不安达到了极点。它无缘无故地欺负狐狸们，把狍子和鹿打伤后又放走了它们。其中也掺杂着它对自由生命莫名的嫉妒。

猸狸无法控制生命体过剩的力量，急急忙忙地走着，想把什么东西咬住后狠狠地摔打一通。它时而快速跑两步，时而又迈着碎步围绕大树转圈，时而还对突然出现的牺牲品切齿痛恨。

砰！

不知从哪里传来一声枪响。猸狸停下了脚步。

砰！

又响了一枪，同时还似乎隐隐约约传来了凶猛的狗叫声。猸狸抬起了头，一股兴奋的快感传遍了全身的肌肉，已经有很长一段时间支配着它的不安和忧郁消失了，充满野性的杀戮欲望也消失了。枪声让它感到亲切，它的头脑里又浮现出遗忘已久的人的形象。它朝着枪声跑去。当它登上山梁，一望无际的沼泽地展现在眼前。有两只动物在沼泽地里奔跑，跑在前面的是一只狍子，在后面紧追不舍的是一条与猸狸同类的黄毛狗。尽管狍子似乎负了伤，但奔跑起来没有任何影响。狍子与黄毛狗之间的距离渐渐拉大。黄毛狗看上去不像是一条聪明的猎犬。如果像黄毛狗那样只是跟在狍子的屁股后面追，即使是速度再快的猎犬也是追不上的。

猸狸以并不太快的速度跑下山梁，到了沼泽地以后暂时停下脚步，观察着狍子跑的方向。然后，它没有朝着狍子所在的方向，而是沿着山脚跑去。猸狸看了狍子跑的方向，判断它一定会转向山腰。因为狍子十分了解自己的长处，而且只有朝高处跑才能充分发挥自己的长处。猸狸没有过分着急，为了尽量不过多消耗自己的体力，不时观察着狍子跑动方向的变化。

猸狸的判断十分精准。狍子跑了一会儿以后，与紧追其后的黄毛狗的距离越拉越大，于是慢慢地改变方向，打算朝山脚跑去。猸狸箭一般地扑上前去，像一阵风似的，悄然无声地从狍子的侧面发起了攻击。当狍子意识到来自侧面的危险时，已经为时过晚，既不能停下脚步，也来不及改变方向。它感到了脖子上致命的疼痛，猝然倒地，连呻吟的余地也没有。

猸狸等着追狍子的黄毛狗跑过来。谁知黄毛狗却在离它不远的地方停了下来，眼睛里闪动着警惕的光芒，盯着它看了一会儿，然后汪汪地大叫起来。猸狸似乎为了告诉对方自己与它是同类，于是也用相同的声音叫了几声。黄毛狗有些犹豫地跑过来，耸动着鼻子闻猸狸的气味。猸狸友好地将自己的鼻尖凑近黄毛狗的鼻尖，黄毛狗像是害羞似的，温顺地避到一旁。

猸狸听到了人的动静，并看见从山脚下树林里走出一个拿着猎枪的男人。男人的眼睛里闪动着紧张和警惕的火花。猸狸没有动弹，等着那个男人走过来。男人的食指扣在猎枪的扳机上，走到与猸狸相隔几步远的地方，用审视的目光打量着猸狸。猸狸像对待原先的主人那样，低沉地哼哼了几声，然后拖着狍子的腿放到男人面前。不知男人做出了什么样的判断，把猎枪收回到肩上。猸狸轻轻地走到男人身边，用舌头舔着他的手背。男人的眼睛里露出了安心和喜悦的光芒。

“原来是条猎犬……从哪里来的呢……”

男人嘀咕着朝周围张望。看来他认为既然出现了猎犬，想必其主人一定在附近什么地方。他张望了半天，并没有看到任何人，就在猸狸面前蹲下身子。

“真是一条好猎犬。真的非常谢谢你。”

男人摸了摸猸狸的头，然后把死狍子扛在肩上。

“沃利，咱们走吧。”

猸狸一开始还以为是招呼自己，后来见在旁边一时遭冷落的黄毛狗活蹦乱跳地跑到男人身边，不由得十分沮丧。它多么希望有人招呼自己啊。它注视着渐渐远去的男人和那条叫作沃利的黄毛狗的背影，像是下定了什么决心，沿着他们的足迹慢慢地跟了上去。它实在无法拒绝与遗忘甚久的人一起亲密生活和那条散发着奇妙气味的黄毛狗的诱惑。

“怎么回事？你没有主人吗……”

猸狸走到男人身边，用脖子轻轻地蹭着男人打着绑腿的小腿。男人摇着头叹了一口气。

“妈的，真不明白是怎么回事。算了，先回家再说吧。”

猸狸能听懂回家的话。它想起了温暖的木头房子，院子里踱来踱去的鸡群和赖在屋顶上不肯下来的猫。它显得十分兴奋地朝前跑去，与男人原来的狗沃利并排时还轻轻地碰了碰沃利的身子。沃利也许是因为有了同伴而感到十分高兴，友好地咬了咬猸狸的脖子，兴冲冲地跑在前面。

男人住的村子很小，还不足二十户人家。猸狸的出现使全村的男女老少都感到十分好奇，就连村里那些不太友好的狗也纷纷跑来观看。人们围着猸狸又拍又摸，那些狗仗着势众和欺生耀武扬威。可是，猸狸对这一切并不介意，只是静静地蹲坐在沃利旁边。只有沃利表现得最为友好。

男人依然把猎枪背在肩上，绘声绘色地讲述着自己在山上经历的事情。

“在山上我发现它追狍子……太厉害了。一开始我还以为是遇到了狼，正想开枪，不料它朝着沃利叫了几声，才知道是条狗……看来还真是……”

“那它真的是猎犬吗?”

“当然是猎犬，而且还是一条勇猛聪明的猎犬。”

“可是……”

“看它的毛皮，不像是猎犬嘛……”

“肯定是猎犬，要不然它怎么会跟着人走呢?”

对于男人的话，有的人点头表示赞同，有的人歪着头表示怀疑。此时，一位满头白发的老人走到男人跟前，人们纷纷让出道来。看来这是村里的长者。

“听说你在山上找到一条没有主人的狗?”

男人恭恭敬敬地向老人鞠了个躬。

“是的。它就在那边，是一条非常出色的猎犬。”

老人顺着男人的手，留心地打量着猸狸，然后缓缓地摇了摇头。

“还是不像。当然，能跟着人走应该说是一条狗，但是猎犬的毛皮应该更硬一些才是，可它……不过，看它的嘴巴又好像没错……”

“您是说它不是猎犬?”

“这个嘛，先留下看看吧。如果是猎犬的话，应该会有主人，既然跟着你回来，大概是条迷了路的狗。虽然不知道是祸还是福，你就先留下养着看看。反正也不会亏本……”

听了老人的话，人们争相议论的兴趣戛然而止。

男人本来有些扬扬得意的情绪变得十分低落，用带着失望的目光瞟了猸狸一眼，转身走进屋子。人们的议论并没有影响猸狸高兴的情绪。它为自己重新回到人们中间，并意外地与温顺、多情的沃利交上了朋友而感到高兴。

沃利是一条在乡下极为常见的土生土长的母狗，只是从小接受了训练，因此相比别的狗更灵敏聪明一些而已。尽管如此，猸狸却十分喜欢沃利。

尽管是那么愚蠢、荒唐、不可理喻，但是生命体必然的渴望还是逼迫猸狸对沃利产生了好感。

第二天，男人带着猸狸和沃利进山去打猎。

猸狸发挥出自己的全部才能，再加上沃利的帮助，那天的收获颇为丰厚。男人高兴得合不拢嘴，拖着收获的猎物回到村子里。他就像一个顶天立地的英雄那样凯旋而归，对猸狸更是大加赞扬。

猸狸从此开始了新的生活。

时间过得很缓慢，猸狸渐渐地开始感到了后悔和厌倦。它一直等待着男人呼唤自己的名字，可是新主人却总是一视同仁地也把它叫作沃利，因此经常发生误会和不快的事情。另外，新主人不给它吃肉也令它十分恼火。尽管每天都能打到许多猎物，但是吃到口的只是残羹剩饭和骨头，甚至涮锅水之类的食物。吃饭的时候，男人的嘴里总是塞满了米饭和肉，但是从来没有把饭桌上的食物分一点给猸狸。有时候，它像在旧主人家里那样跳上摆放饭桌的火炕，招来的却是脚踢或挥舞的笤帚把儿。每当这样的时候，蹲在地下等着主人喂食的沃利就会用不解的目光注视着猸狸，似乎不明白它为什么要开这样愚蠢的玩笑。再有，每次去打猎，新主人从来不去野猪或熊出没的深山，只是打一些野兔、山鸡之类的小动物，稍微大一些的也仅有狍子之类的而已，而且打枪的水平也十分蹩脚。猸狸渐渐地思念起大山，思念起在山里生活的日子。它渴望着与愚笨好斗的熊搏斗，渴望着与不顾死活的野猪决斗，渴望着重新获得与凶猛的野兽殊死搏斗后的强烈快感。可不知怎么的，它又舍不得离开沃利。

猸狸等待着春天。

尽管春天总要来临，却来得那么迟缓。在春寒料峭的清晨，猸狸与沃利抓住了一只尚未从梦中醒来的狍子。虽然狍子不算太大，但是足够它们俩饱餐一顿。猸狸没有表现出急不可耐的样子，可是沃利却是头一次吃到自己捕获的猎物，贪婪地狼吞虎咽起来。

太阳升起来了，猸狸和沃利在小河边喝了几口水以后，蹦蹦跳跳地嬉闹起来。徐徐升起的太阳朝它们露出笑脸，小河里的水在冰块之间缓缓滑行，发出潺潺的声响。不知从哪里来的小鸟扑棱棱地飞过，性急的松鼠坐在高高的树枝上梳洗。猸狸感觉到了从沃利身上散发出来的强烈诱惑，感觉到了因此而引起的自己整个生命体的兴奋、战栗和活力。诱惑是如此的强烈，竟然使原本就有些害羞的沃利显得更加温柔和顺从。猸狸用下巴抚摸着沃利的背部，为了实现自己伟大的渴望站起身来。

小河载着雪水不安而小心地滑行着，遭遇岩石后激起一阵波涛，不断改变着流行的方向，时而遭遇较大的岩石被击碎后发出痛苦的呻吟，但是依然形成无法遏制的流水滚滚前行。一旦遇到瀑布，流水的节奏就会急剧加快，然后从上面倾泻而下，同时伴随着轻快的欢呼声。小河碎裂为不计其数的水滴，在瀑布底下的小水潭里形成旋涡打起转来，终于耗尽了气力，静静地，静静地朝前流去……

“妈的，你们这两个混账东西，真是狗改不了吃屎。真是倒霉……”

肩上扛着猎枪的男人不知什么时候来的，突然出现在猸狸和沃利的身旁。他皱着眉头，眼睛里闪动着轻蔑的光芒，似乎觉得十分恶心。

“听人说发现了熊，我到处找你们……妈的，竟在这里干这种勾当……十足的狗崽子!”

猸狸没有躲开男人狠狠地踢过来的脚，而且沃利就在它身后，根本无法躲开。被激怒的猸狸发出了低低的咆哮声。男人虽然嘴上骂骂咧咧，但好像有些无可奈何，闪到一旁，察言观色着卷了一支烟叼在嘴上。

等一切恢复正常以后，男人把烟扔在地上。

“走吧，沃利。今天咱们去打熊。”

猸狸和沃利拖着疲劳的身子，跟着男人朝深山走去。

男人获得的情报其实是错误的。他们将遭遇的不是熊而是野猪。猸狸刚一发出发现野兽的信号，男人就毫不思索地让它们出击。

猸狸有些不太情愿地朝前跑去，很快就意识到刚才吃得太饱了。而沃利更是晃动着变得肥大的肚子跑着。这些都不是好的征兆。

一只硕大无比的野猪看见扑过来的猸狸和沃利，不禁犹豫起来，一时不知该首先对付哪个敌手。猸狸见野猪大得超过了自己的想象，于是就没有急着发起攻击，而是凶猛地吼叫着围着野猪转圈。野猪发现沃利只是站在一旁吼叫，似乎有了信心，转身朝猸狸扑过来。猸狸像是正等待着这个转瞬即逝的时机，迅猛地冲进野猪的两腿之间，狠狠地咬住了野猪的胯部。在猸狸发起攻击的瞬间，沃利却愚蠢地从正面扑向野猪。野猪大声咆哮着用长长的嘴使劲砸向沃利。沃利惨叫一声，被甩出去老远，绿色的肠子顿时流了出来。猸狸利用这个瞬间闪到了一旁。怒气冲天的野猪虽然大声咆哮着，可是也许对第一次打击还心存余悸，所以把臀部紧紧贴在地上，与猸狸对峙着转圈。猸狸等待着男人过来，谁知男人却站在远处，犹犹豫豫的不知如何是好。猸狸打算把野猪诱引到离男人较近的地方。就在这个时候，还没等猸狸反应过来，枪声响了。此前没有任何信号，猸狸也没有躲开让出开枪的时机，而男人却急急忙忙地开了枪。猸狸有些摸不着头脑，很想弄清楚是怎么回事。野猪利用这个瞬间，转身朝枪响的地方扑过去。男人慌忙爬上大树，心中暗自感到庆幸。野猪没能扑到人，转而怒吼着使劲撞击大树。幸好人与野猪之间有那么一小段距离，否则的话，后果真的不堪设想。猸狸觉得一定是什么地方出了差错。此时，野猪已经放弃了大树上的人，继续与猸狸进行搏斗。

砰!

枪声又响了，野猪不由得稍微一愣。就在这刹那间，猸狸一口咬住了野猪的脖子。

砰!

枪声再次响起，野猪惨叫着轰然倒地。一直到野猪最终气绝身亡，猸狸始终没有松开死死咬住野猪脖子的嘴。

密林陷入了寂静。

男人从大树上下来。

猸狸跑到倒在那里的沃利身旁。沃利已经濒临死亡，嘴巴一张一合地喘着最后一口气。猸狸抓住沃利，拼命想让它站起身来。然而，沃利已经没有站起来的力气。绝望的猸狸伸出舌头舔着沃利流血的伤口。沃利用充满感激的眼光看着猸狸，缓缓地闭上了眼睛。

猸狸痛苦地呻吟起来，然后又大声吼叫着，仿佛想叫醒酣睡的沃利。就在这个时候，它又听到了枪声，同时觉得腋下传来一阵火辣辣的疼痛。它转过身来，看到了男人凶狠的目光和枪口袅袅升起的白色烟雾。

猸狸慢慢地倒下了，没有痛苦也没有声息，只觉得全身正在越来越深地陷入安稳深邃的境地。它看到了春天里被染得湛蓝湛蓝的天空，是那么的纯净和无瑕。眼睛里凝固着纯净无瑕的蓝天，猸狸死了。

猸狸死了。

男人走到死了的猸狸身旁，还咬牙切齿地用脚踢了几下。

“妈的，打猎要是依靠你这样的猎犬，连地狱也去不了。真不知道是哪里跑来的野狗，差点没让我送了命……”

男人骂骂咧咧地走到死野猪旁边，默默地站了好一会儿，嘴角边浮起一丝微笑。

密林保持着庄严的肃穆，似乎正在等待着什么事情的发生……

拨 浪 鼓

金锦姬/著　成龙哲/译

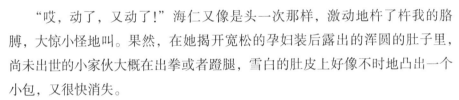

"哎，动了，又动了!"海仁又像是头一次那样，激动地杵了杵我的胳膊，大惊小怪地叫。果然，在她揭开宽松的孕妇装后露出的浑圆的肚子里，尚未出世的小家伙大概在出拳或者蹬腿，雪白的肚皮上好像不时地凸出一个小包，又很快消失。

我伸出手来，轻轻地抚摸着膨胀得几乎要撑破的肚皮上显露着的青色血管，说："你就那么高兴?"记得我怀孕的时候，肚子好像也是这么大，肚皮也像这样变得薄薄的。

"那还用说么，你那时没觉得高兴?"海仁带着理所当然的神色，瞪大眼睛望着我反问道。

"高兴啊，当然，我也高兴……"我不假思索地吐出了这些话。当时真是那样吗?仔细回想起来，当腹中的胎儿第一次踢我的肚皮时，我似乎也曾像海仁那样感到无比的新奇和由衷的喜悦。

脱掉了上衣和裤子，又褪去了内裤和胸罩，我变得浑身一丝不挂。那天，得知自己怀孕了之后，我如果听从了那位女医生用轻蔑的目光乜斜着稚嫩的我说的话，现在会是怎么样呢……低下头，观察肚脐下方一拃来长的疤痕，三年多的时间使锋利的手术刀划过的痕迹模糊不清。

"你的刀口愈合得实在是太好了。要是不说出来，别人也许都看不出来呀。"同样变得身无寸缕的海仁走过来，用她那肉嘟嘟的手指头，摁了摁我愈合得堪称完美的刀口，说道。

“反正比你强呀。瞧你的肚皮撑的，这可是永远也去不掉的‘纪念’啊……”此时的海仁，身子非常臃肿，屁股变得圆滚滚的，幸亏我的肚子上没有留下难看的妊娠纹，才得以痛痛快快地嘲笑海仁一番。

“穿上衣服，谁看得出来呀？再说，我老公就因为我长得太完美，心里一直感到不安呢……现在好了，总算有点儿瑕疵，嘻嘻……”海仁抱着圆溜溜的大肚子，没心没肺地笑着。

从小学一年级算起，我跟海仁是近二十年的死党。可是，我从未见过她为什么事儿感到焦虑或者烦恼，这使我觉得她活得太随意了，还曾一度怀疑她是个不珍惜人生、不热爱生活的人。

不久前在这座城市里和海仁重逢，实在是我的幸运。要说起来，海仁的境遇并不比我好多少。她也成长在单亲家庭，家境拮据，在学校时成绩一般，婚姻也算不上美满，真是很难找到比我强的地方。也许正是这样，我才更喜欢跟她交往，但是，我觉得她的日子过得好像更开心。

“可是，我也得剖腹产吧？”随着分娩日子的临近，海仁似乎有些担心。

“你块头挺大的，怕什么呀？就那么生下来就是了，何必切开好端端的肚子？”

“不，我有些害怕。都说生孩子的时候觉得天旋地转，肚子痛得就像是被撕碎了似的。”

“这些日子你多走一走，会轻轻松松地生下来的。”我只能这样安慰她，临盆时的那种漫长而难熬的疼痛，我连想都不愿意去想。

“不过还有四周呢，现在担心什么呀？到时候会顺利的……”海仁自我安慰地嘟哝着，用手捋了捋湿漉漉的黑发，直起腰，问我：

“哎，也没剩多少天了。你给孩子买什么礼物呀？要不你送我学步车吧。最好是既结实又漂亮的……”不愧是海仁，笑嘻嘻的，跟我的性格截然不同。

在别人主动为我做什么之前，我是绝对不会公然表露自己的心愿的，相反，海仁总是这样自然明确地提出自己的愿望。我喜欢她这样的为人，甚至为了变得像她那样，还常常在陌生人面前模仿她的口气和笑容。

洗完澡，我把海仁送到家，然后回到我和丈夫租住的小房里。那时，我在一家颇有名气的企业上班，老公则不久前辞掉原来公司的工作，独自尝试着做各种生意。

进了家门，我首先打开了鞋柜，没有见到经常放在那里的老公的鞋。他说过今天回来的，看样子，还没到呢。在回老家看望父母之前，老公说过他想吃五花肉，我急忙脱了外套，开始准备。老公虽说个头不算高，也不够强壮，但是个很疼爱我的男人。从淘米下锅到腌制各种泡菜，教我学会做这些饭菜的第一个"师傅"正是他。

就像很多夫妻一样，我比老公要敏感一些，小气一些。三年前从婆婆家搬出来，来到这座城市以后，我没有回过婆婆家一次。每逢节日到来，我总是有意识地制造各种回不去的借口。我不否认，对于婆婆来说，我是个不懂事的坏儿媳。

在我洗净了生菜和鲜苏子叶，调制了蘸酱，做好了大葱生拌时，门口响起了有人进来的动静。

"老公，你回来啦？今天咱们吃烤肉，快洗洗手，过来吧！"我一边把切成片的五花肉放在碟子里，一边扭过头朝着门口处喊道。

"你饿了吧？快过来坐下！"我一反常态热情地招呼着，还给他搬好椅子。

"哎呀，得去把新腌的泡菜拿来，你不是喜欢吃么……你先烤着，马上就来……"我本来不是这么絮叨的人，最近却变得嘴很碎，一整天就我一个人说个没完。

老公话不多，不过，我发现跟朋友或同事在一起他挺能说的。离开家乡的三年间，因为他娶了我这样的老婆，回老家见父母的次数屈指可数。每次回来，他就会变得更加沉默。所以，为了改变这种尴尬冷清的气氛，我不停地说话，老公则一声不响，闷着头吃饭。

一碟烤肉很快就被我俩吃得精光。刷完碗筷，我们一同进了卧室。

"替我摁一下13频道，电视剧快开始了。"老公把遥控器递给我，自己背靠着沙发，坐在了地板上。

"孩子……又长了不少啊……"老公嗫嚅道。

我虽然一直暗暗地等待着老公谈起她，眼睛却没离开电视画面，"是呀，肯定长了不少哦……她长得像谁？漂亮吗……"

老公没有回答，过了一会儿，才缓缓起身，打开自己带回来的旅行包，拿出了一个装有很多相片的信封，"妈说这是她生日那天照的相。"

"你怎么才拿出来呀……"接过信封时，我的心跳骤然加快。

“哎哟，这丫头越长越漂亮哩。”照片上的三岁女孩儿笑眯眯的，比我想象的更加可爱、漂亮，“你瞧，她还有酒窝呢。是不是像你？”

“不怎么像你呀。究竟像谁呢？我们家里没有眼睛这么大的人啊。”

“要是在大街上碰到她，我大概认不出来呀。你这次看见她的时候怎么样？比照片好还是不好？”我手捧着相片独自念叨了一阵，忽然抬起头，才发现老公孤零零地躺在床上。他像是面对一个陌生人，面无表情地望着我。

“你到底是……什么样的一个人，我真是搞不明白啊……”一听这话，我像是吃了一口芥末，鼻子立马酸酸的。他是在诘问我，这世上怎么会有你这样狠毒的女人。

我将相片放进抽屉，然后，上床，蜷缩在老公身边。他把身子转向墙壁，发出了长长的叹息。

拉起被子蒙住了脸，用力眨了眨眼睛，想挤出泪水来。可是，眼里终究什么也没有流出来。我到底是什么样的人呢？就连我自己也弄不明白。

“孩子乖吗？听奶奶的话吗？”过了一小会儿，我鼓足勇气问了一句，身旁传来了低沉的鼾声。

“她的性格怎么样？喜欢笑吗？好发脾气？是不是动不动就哭？还是……”对着寂静的黑暗，我无所顾忌地提出了一个又一个在心里憋了很久的疑问。

又开始在公司里忙碌，老公最近也找到了新的生意，我俩各忙各的，如同毫无问题的夫妻，平静地生活着。实际上我和老公一起生活的三年里，真的没有发生什么大问题。老公似乎因此可以放心地做他的事，可我却常常感到惶恐不安。一个很久没有解决的难题像是怎么也甩不掉的蚂蟥，钻进我的心脏里，正在肆无忌惮地吸我的鲜血。毕竟孩子会越长越大，我不能不尽到做妈妈的责任。

一天，我在公司食堂吃完午饭，刚走进办公室，办公桌上的电话铃响了。

“喂，你好！是妈妈呀，你好吗？身体怎么样？”原来是我唯一的亲人——妈妈打来的。

“你婆婆生日，你去给她祝寿了吗？”妈妈单刀直入地问。她肯定是看着挂历，忍不住打来了电话。我出嫁后，妈妈总是暗自为我操心，没有睡过几次安稳觉。

“我家那口子去了呀。”我暗道该来的终于来了，竭力用平静的口吻应付她，想蒙混过关。

“这次又找了啥借口啊？你还有完没完？天天照顾你孩子的可是她老人家呀！”妈妈的声音变得有些刺耳。

“我给婆婆买了礼物，还给她打了电话呢。”

“你以为那样就行了吗？你咋就那么差劲呢！”看样子，一听说我这次又没有跟丈夫一起去婆婆家，妈妈真的生气了。

“这一次公司里确实忙，实在是走不开呀。你以为给老板打工就那么容易呀？你说差劲，那还不是你传给我的？还有，我跟你说了多少遍，我婆婆不喜欢我，我不去，她更高兴……”“人差劲”，这是我平素最讨厌的一句话。所以，一听妈妈这样说我，我也就忍不住冲着最心疼我的妈妈信口开河。

“那也不该这样啊。既然跟金姑爷一起过，你就得忍让点儿。这个春节，你一定要去婆婆家呀。孩子也该上幼儿园哩……”话说到这里，一直以为各方面条件都不差的女儿，未能受到婆婆家的疼爱，妈妈可能感到很难过，口气顿时变软了。

“知道了。到时候再说吧。我现在忙着呢，挂了。”我意识到继续说下去也不会有什么好事，便以工作忙为借口，挂了电话。唉，这个可恶的老太婆，非得时不时地打来电话把我的心搅乱，她才感到舒服？

要说起来，我妈妈也是个非常可怜的女人。年轻时她就失去了丈夫，为了我没有改嫁，家里没有能够依靠的男人，一个年轻女人带着孩子过日子，其中的苦楚是不言而喻的。“她是个寡妇……”“寡妇还这样……”“因为她是寡妇么……”这些是妈妈最不想听的话。为了避免人们说出这些话来，妈妈每说一句话，每做一件事，都是慎之又慎。也许她这辈子最想听的话，大概就是“虽然她是寡妇……”

长时间跟妈妈一起生活，我也自觉不自觉地按照她的意志和好恶说话、做事。所以，自从懂事起，为了得到人们的夸赞、羡慕和尊重，我总是“豁出命来”做好每一件事。

认可，是的！“虽说是寡妇的女儿……”我认为能够得到人们这样的认可，就是我对妈妈尽的最大孝心。结婚之前，无论在学校还是职场，我就算不是最优秀的，也应该被列入非常出色之列。因为我觉得自己应该而且必须比别人优秀。等结婚了到婆婆家生活以后，我才开始逐渐意识到自己的想法是多么天真和不现实……

“哎哟，一个大男人，怎么还得抑郁症呀！”午休时平常喜欢议论别人的一个女同事开口道。

“可不是么。在校期间，我看他学习好，人也不错，还觉得是挺出众的人哩……”她们嚅动着刚在洗手间重新涂好的红嘴唇，津津有味地议论着。

“他是怎么变成那个样子的？”忽然，我也有些好奇。

“谁知道呢。说出来才能知道啊，可他根本就不说话……”不是不说话，而是说不出来吧……我自忖。

“不论怎么样，这是什么男人呀？又不是天塌下来……”一起闲聊的另一个女同事摇摇头道。

“可不是么。都怪他自己心胸狭窄啊。这世上遭遇比他惨的人多着呢，要是都像他那样，那还不得都寻死呀？”

不知为什么，我觉得肚子有些发胀。现在听到这些话，我虽然还不至于肠胃不舒服或者喘不过气来，但是，仍感到血管阵阵疼痛。令我气不忿儿的是为什么偏偏我一个人感到疼痛。不说出来，谁能知道？人们往往会轻易地这样下结论。如果稍微温和点儿，稍微执着点追问，说不定会说出来的呀。

心胸狭窄、性格内向、敏感、懦弱、消极……还有……只因为这些与生俱来的不利于处世的性格和气质，就理所应当遭受痛苦吗？为什么就不能更富有人情味和爱心地对待他们，敞开胸怀听听他们的心声呢？

或许这不是这个人世和人们的过错。对他人抱有过高的期望，这本身就是没有道理的。

婆婆和老公根本不考虑我嫁到婆婆家之前的二十多年是怎样生活的。既然成为了婆婆的儿媳妇，老公的妻子，我尚未领悟和掌握的另外一种标准，就成了衡量和评价我的尺度。

如同他们和我想象的不一样，大概我也没能达到他们的期望值。

下班回家的路上，我忽然在经常路过的一家啤酒屋门口停住了脚步：如果举起酒瓶，将冰凉的啤酒直接倒进嘴里，那感觉会怎么样呢？可是，我终究没能走进去。喝了啤酒，又会怎么样？我还是孑然一身呀。

每当心情不好的时候，我就会漫无目的地在街上走来走去。有时候，我进美发店，一坐就是几个小时，做那种平时心疼钱不敢做的昂贵发型；有时还到大商场，花光钱夹里的钱。每当我在外面做完新发型，带着一大堆新买的东西，很晚才回来时，丈夫活像是看到从精神病院逃出来的患者，露出极其反感的神色。

烫发、购物，如果心情仍旧忧郁，我就重新走出家门，除此之外，我想不出更好的办法。假如我的心情坏到了极点，旧病复发，肯定会给我的家人或者自己制造不可治愈的深深的创伤。

S 商场我很久没去了，今天钱夹里没有多少钱，也没有带银行卡，所以，我打算不买什么东西，只是过过眼瘾。在这琳琅满目的商品中间不停地走，等到筋疲力尽，实在走不动的时候，我会到商场地下的美食街，用各色可口的小吃，满足我的鼻、舌和胃的要求。我会感受到久违的幸福，这样，才能又回到老公的身边，撒娇、耍赖，和他分享爱的快乐。

五层高的 S 商场，在我所在的这座城市里，还算是档次很高的大型购物中心。过去，我最喜欢去的是三楼的时装和女性内衣卖场。可是，那天却鬼使神差地没有在三楼下电梯，而是直接上到了五楼。大多数商场的顶楼一般都是床上用品或者家电卖场，因为我对这些东西不感兴趣，所以还从没有来过这家商场的五楼呢。

既然来了，也不妨转一转。果然，首先映入眼帘的是床上用品。在众多的床罩和被褥之中，也有一些儿童用品，上面印着最近动画片里的可爱卡通人物，好漂亮啊，我忽然产生了强烈的购买欲望。一想到在小巧、精致的小床上，躺着一个刘海儿剪得整齐的小女孩，那该有多可爱呀！她时而冲我微笑，时而皱鼻子，做出可笑的表情，时而气得嗷嗷直叫……我忍不住自己傻笑起来。不知不觉间走进了婴儿用品卖场，那里奶瓶、纸尿裤、婴幼儿内衣、被褥等用品应有尽有。

"哎哟，瞧这个……妈呀，现在还有这玩意儿……"我不由自主地沉浸在欣赏这些小巧玲珑的婴儿用品的快乐之中。

"您的孩子多大啦？是婴儿吗？"一个胖乎乎的售货员走过来问道。我既没有说是，也没有否认。相片中的孩子已经三岁了，可我记忆中的孩子只有三个月大。

"这个怎么样？"那个胖大嫂从众多玩具中拿起一个拨浪鼓，在我面前摇动了几下，发出"当啷当啷"的声音。

"现在还有这个？"我禁不住打了个寒战，后背凉飕飕的，渗出了冷汗，心脏开始剧烈跳动。可是，胖大嫂丝毫没有感觉到我的异常，依然笑眯眯地介绍道："当然了，拨浪鼓是传统的儿童玩具，一直有卖的。"她又在我的耳边轻轻摇了起来。

"当啷当啷当啷……"白色的木柄，圆圆的红鼓，拴在两侧豆粒大的鼓槌……一模一样的拨浪鼓。

"不，不，算啦，别摇了！"我急忙后退几步，转身逃离了那里。"当啷当啷……"拨浪鼓犹如随我而来，依然在我耳边响个不停。我边快速移动脚步，边用双手捂住了耳朵，从吃力地抬着沉重寝具前行的一男一女中间穿了过去，还和拿着发票匆匆走过来的售货员撞了一下。在下楼的电动扶梯上，我也没有停步，为了尽快离开这里，从人们的身边挤了下去。可是，不论我走到哪里，拨浪鼓"当啷当啷"的声音总是在耳边不停地回响。

走出商场大门，穿过停车场，来到车水马龙的十字路口，我用力大叫："啊——"

但是，声音只是在我喉咙里低低地震荡。在人群中，我摇了摇头，又敲了敲胸脯，站在路边喘着粗气，怒视S商场灯火通明的五楼，恨不得拿起石头扔过去。拨浪鼓从五楼的窗户上探出头，朝着我发出"当啷当啷"的响声。可恶！我转身往回走，脚步越来越快，强迫自己彻底遗忘的事情，还是浮现在我眼前：出生刚满两个月的小东西声嘶力竭地哭叫，我不仅没有哄她，还咬着牙狠狠地拍打她……我就是这样的人，我就是这样的一个人！

其实，真正可恨的并不是拨浪鼓，也不是出售它的商场，而是我自己，是那个傻乎乎地买拨浪鼓的我，那个丢弃拨浪鼓后还能安然无恙地生活的我——自己。只要能够做到，我真想从我的肉体里，从我的灵魂里，把那个纯粹的我抽出来。

也不知跑了多久，寒冷的夜风吹得我浑身刺刺的，好像我真的从自己的身体里溜走了，没有了任何感觉。

无意识中我似乎掏出手机，拨了家里的号码，又好像没等对方应答就挂掉了。说不定这样谁都不认识，什么也不说，反倒更好一些……

我不知道，在深夜里看到我人不人鬼不鬼地突然出现，海仁她有多么吃惊。

我好像把她老公推到一边，躺在他们的床上，和海仁同盖一床被子睡过去了。第二天海仁告诉我，夜里我一直在发抖。

“你怎么啦？出了什么事？和老公吵架啦？”我摇了摇头。

“那，是你婆婆说你什么啦？”我还是摇头。

“那到底是啥事呀？连我都不肯告诉？”说真的，我好想对海仁从头至尾都说出来。

21岁那年，我遇见了老公，一年后我们结了婚。然后，我住进了婆婆家，在那里，度过了我一生中最难以忍受的14个月。那段时间，海仁在国外打工，连打电话都很困难。即使她偶尔打来电话，考虑到她为了适应国外的生活，日子肯定会过得很艰难，我也不忍心把自己的事儿告诉她。

我孤独无助。

遇见老公是福还是祸，我很难做出判断。从小没有父亲，也没有兄弟姐妹，20岁之前，我一直感到孤独。老公是第一个体贴、照顾我的异性。没等弄清楚对他的感情是属于好奇心、感激之情还是爱，我就怀孕了。

怀孕两个月后，老公知道了这件事情，却不想结婚。理由是年龄太小，底子太薄。我意识到他从心里拒绝接受我和孩子。

我母亲是个做任何事情都有板有眼的人。她为我的轻率感到羞愧不已，不顾一切地力图促成这门婚事，希望我能够光明正大地把孩子生下来。她的这种态度，又成了婆婆极易抓住的弱点，况且她又是个寡妇。突然要迎娶寡妇家的女儿，也就是在残缺的家庭里成长的孩子，这对于只有一个儿子的婆婆来说，毕竟不是十分情愿的事。

因为我在各方面都很优秀，是在一片赞扬声中长大的。所以，原以为婆婆家也会对我很满意。我知道自己不擅长家务和烹调，费尽心思做得更好，竭尽全力侍奉公婆和三个小姑子，以求得他们的欢心。我以为只要我全身心地付出，就能得到应有的回报。也许是我期望过多，也太性急了些。在彼此间期望的错位过程中，我与老公、婆婆之间由失望变为相互埋怨直至厌恶。

我原本坚信自己放弃了很多的梦想，嫁给了老公，他即便不能予以补偿，但至少会充分理解和肯定我的选择。不幸的是老公觉得自己的选择自己负责，根本就不存在谁为谁做出牺牲或者补偿的问题。

肚子大了，我只好辞了职。在婆婆家的一间屋子里，我几乎天天暗自流着泪，等待很晚才回来的老公。那些日子，能够让我发泄郁闷的唯有泪水。先是失望，进而感到绝望，一想到生了孩子，境况将会更差，我就会害怕得直哆嗦。

“生了孩子也没什么，抚养孩子别有一番乐趣。等孩子大了，还可以找工作做，一切都会好起来的”，当时，没有一个人对我说过这样的话。假如我如实地对妈妈说，我实在害怕生孩子，我的婚后生活很不如意，日子非常难过，她会怎么样呢？我猜想，善于忍受一切的妈妈一定会说，再怎么艰难也要忍受，没有其他方法。

我的梦境都是昏暗、荒凉的地狱，我总是在那里不停地走。早上睁开眼睛，另一个“地狱”又在等着我。在那种不安和恐惧中，我分娩了。

孩子没有我想象的漂亮。当她哭叫着要吃奶的时候，我心里没有别人所说的那种特别的温暖，而是觉得讨厌。但是，考虑到公公、婆婆和老公在看着我，我只好和其他母亲一样，做出疼爱孩子的样子。等到家里人都不在的时候，我就会恨恨地怒视孩子，有时用奶瓶给她喂奶，突然把奶瓶扔到床上。平时，我背着婆婆偷偷打她，仿佛那样才能让自己好过一些。当孩子大声哭叫，嘴角抽动的时候，我的心头竟然会莫名其妙地泛起一丝“得意”。过一会儿，我又会手忙脚乱地抱起孩子，百般哄她。

我无法理解和控制自己这种怪异的情感。为了不被别人发现，每天都要演戏。这些事一旦被别人知道，我就彻底完了。我想尽办法自己解决这个问题，坐完月子后，还买来了几个婴儿玩具，其中就有拨浪鼓。然而，我的心理异常程度已经超出了自己能够把握的范围，对孩子的情感总是在两个极端之间反复摇摆，终于，犯下了不可原谅的错误。

那天，婆婆提起了我最忌讳的母亲的问题，还说了些让我难以接受的话，我们之间的矛盾激化到了极点。等她走后，我在客厅里痛哭起来，老公似乎已经讨厌透了我这副德行，他躲开了。

于是，家里只剩下我和孩子。不知什么原因，她开始哭闹，不肯吃我给她调的牛奶，换了尿布也不行。跟我不是真心疼爱这个孩子一样，她似乎也不怎么喜欢我。为使她停止哭泣，我把所有的玩具都拿过来，还在她面前摇起了那个拨浪鼓。没想到她变得更加烦躁，哭声越来越大。这一下子把我惹火了。

“你叫我怎么样？我就那么让你讨厌吗？是不是？没错！我也讨厌你！这都怪你，所有的一切，都是你惹出来的！”我喊叫着，举起手里的拨浪鼓，朝着乱踢蹬的小腿摔去，紧接着是她的身子和胳膊……最终还是爆发了，我不顾孩子声嘶力竭的哭叫，把她的衣服全都扒光，“当啷当啷当啷……”孩子嫩嫩的小身子顿时显现出痕迹，我却从中感受到了从未有过的释放，“当啷当啷当啷……”

就在这当儿，孩子的哭声突然停住了。只见她的小脸有点儿发青，嘴张得大大的，却发不出声音，身子不停地哆嗦。

恐惧。她会不会真出什么事儿？这时，门“咣当”一声，好像有人朝房间走过来了。我急忙扔掉手里的拨浪鼓，拿起被子盖住了孩子，摇摇晃晃地站起来，使出浑身的力气，一把推开窗户，挣扎着爬了上去。

从窗户上迈到阳台的瞬间，房门被推开，传来孩子挣扎着发出的哭叫声。

她没有死，还活着！我长舒了一口气，顾不得被风吹乱的头发，抓住阳台栏杆跨上去了。从五楼的阳台上朝下面望去，地上的松树和草坪显得很小。

“这么严重呀？”海仁摸了摸我的头。

大多数人都讨厌有障碍的人。怎么能因为这样的人让身边的人受到伤害呢？这样的障碍能够治愈吗？谁能打包票以后不再发作……就像老公他们肯定担心过这些问题，我也因此不敢轻易地把这些说给别人听。

“这……真是苦了你了。可怜的丫头……”海仁把我的头放在了她的大肚子上，紧紧地抱住了我。她的肚子又开始动了。感受着在里面活动的新生命，我蓦然感觉无比安逸和轻松，就好像一下子卸掉了压迫我三年的沉重的包袱。

我睡了一个比任何时候都长的安稳觉。

“她是得了抑郁症呀。女人在怀孕、分娩过程中，都会程度不同地得这种病，大概她是更严重些吧……”当我醒过来时，听见海仁在客厅里和什么人交谈。

“我了解过了，病情不重的人过一段时间自己就能解脱出来。可是，像她那样严重的人，光靠自己是很难摆脱的。有的人在接受治疗时，病情突然加重，还带着孩子自杀呢……”我从床上起来，竭力使头脑变得清醒，向着客厅走去。

“你要帮助她尽快痊愈才是。她最在乎的不就是你么……”我轻轻地推开了客厅的门，坐在沙发上的海仁见到我，立刻把嘴闭上了。她的对面，身材消瘦的老公背对着我坐在那里。

海仁做了剖腹产，生下了孩子。十分胆小的她没等阵痛开始，就私自定下分娩日期，做了剖腹产手术。她的身体恢复得很快，奶水也很足。在她的怀里大口吃奶的婴儿，看上去是那么可爱。刚出生的头几天，小家伙连眼睛都没有完全睁开，只是勉强睁着一只眼睛，不停地环顾四周。不过，小嘴只要碰到什么东西，就以为是妈妈的乳头，尽力把头靠过去，要吸吮它。

海仁在上小学时就失去了母亲，现在只有大姑子请假来伺候月子。好歹我坐月子时，是妈妈和婆婆两个人轮流伺候的呢……我第一次意识到说不定这世上不幸的人并非只有我一个。

我坐在对面的床上，打量起海仁的孩子。孩子刚出生的时候，好像长得都差不多。如果将他们并排放在那里，也许分不清谁长得像谁，谁比谁更漂亮。

“哎哟，我的胳膊，我的腰好酸哪。喂，你来抱抱他。我得躺一会儿”给孩子喂完奶，海仁装出很疲倦的样子，毫不客气地支使起我来。她的大姑子刚才去洗尿布了。

“好，遵命。我说你也别太夸张啦，就你一个人生了孩子?”其实，我还真想抱抱孩子，尽情地闻一闻婴儿身上特有的奶腥味儿。我走到海仁身边，把胳膊轻轻地伸到孩子的脖颈下面抬起来，然后小心翼翼地用另一只手托起他的腰和屁股。

“哎呀，这个姑娘比孩子妈妈还会抱孩子哩……”病房里那位来照料产妇的大婶儿笑道。

“您说她呀？人家的孩子已经上幼儿园了呀，比我早好几年当了妈妈呢。”海仁斜躺在床上，似乎忘记了刀口的疼痛，兴致勃勃地接过了话头。

“难怪，抱孩子的动作就是不一样。哎哟，我这个丫头到时候怎么给自己的孩子洗澡啊，我真是为她担心哪……”在这个病房里，我成了经验丰富的新时代年轻妈妈，糊里糊涂地被人们夸奖和羡慕，使我一时不知所措。

我把湿软的孩子紧贴在胸口，缓缓摇动，嘴里叫着“宝贝儿”，还轻轻地拍了拍他的屁股。小家伙睁开眼睛，仔细看了我一会儿，就张开小嘴，长长地打了个哈欠，开始打起盹来。

“喂，喂，海仁，你来看看，还是我抱着，他觉得舒服呀。他要睡着了。”我压低声音说道，并叫来海仁，让她看孩子一眼。

“那就把他放在这里吧。别抱着。怪累的。”海仁挪了挪身子，在自己的身边腾出了位置。

“不行，过一会儿再放吧，他醒过来咋办？我也不怎么累。”刚出生的孩子，除了吃就会睡，不会干别的，可我却坚持抱着他，没有把他放到床上。

我的孩子身上好像也有这种奶腥味。那个在我的肚子里不时地淘气的小家伙，被医生和护士就像拔萝卜一样拔出来时，发出了响亮的哭声。我听到她那银铃般清脆的哭声的一刹那，心里十分激动。后来因为不出奶水，小家伙咬住我干瘪的乳头拼命吸吮；不想洗澡，抓住我的胳膊不肯放手；小鼻子抵住我的胸口，睡得那么香……

是的，我也曾那样：尽管刀口疼痛，很难坐起来，但为了让孩子吃到奶，硬撑着把她抱在怀里；虽然我通常觉睡得很死，别的什么也听不见，可是，只要孩子一哭闹，我就会马上醒过来；为了孩子舒服，我用棉布做了几十块尿布……看来，我身上似乎也有最起码的母爱的本能。

“你也可以做得很好，对你孩子……”虽说浑身感到不舒服，海仁仍在为我操心。可是，我还是很难轻易地认可自己。

“你别说话，会吵醒孩子……”

海仁是非常了解我的。她知道，三年前我离开婆婆家后再也没有回去的原因，并不单单是因为婆婆。

那天，在我爬上阳台时，裤脚被栏杆绊住，使我停顿了片刻。就在这时，婆婆抱着我女儿，把头从开着的窗户探了出来，一眼看见了我。很难想象，当她看到浑身是伤，哭得死去活来的孙女和被阳台栏杆绊住、在那里挣扎的儿媳妇，会是什么感觉呢？

几天后，我单方面向公公婆婆和老公宣布了我的决定，毅然来到了这座城市，婆婆家的人根本就没有反对的机会。等我找到了工作，生活基本有了保障后，我的心也平静了许多，能够接听老公打来的电话了。但是，当我重新见到老公时，心中充满了怨恨和愤怒，真想彻底结束我们的关系。

我们之间的别扭持续了一段时间。令人啼笑皆非的是当我听到老公说，我离开家几个月后，他才终于意识到没有我，自己没法活下去，我竟然动摇了。说实话，逃离婆婆家后的一段日子里，我曾一度陶醉于这难得的自由自在。不过，随着时间的推移，我又开始厌烦这种远在他乡的孤独生活。结果，我和老公似乎都觉得需要对方。于是，我们重新结合了。

对于我们的重归于好，婆婆没有发表任何意见。尽管她亲眼目睹了我最为丑恶的一面，却没有把这件事告诉老公和我母亲。正因为这样，直到今天，其他人都不知道我离开婆婆家的真正原因。为此，我还是打心眼里感激婆婆。虽然她不喜欢我，但是她这样做，足以证明她为了理解我所做的努力。所以，每当逢年过节、老公回乡探亲时，我总是为公公婆婆精心准备礼物，塞进老公的旅行包里，而且偶尔打电话问候，通话时间也在逐渐延长。

现在我最害怕的事情就是见到女儿，我可能无法直视孩子的眼睛。孩子身上会不会留下伤疤，她会不会还记得那天的事情……我连想都不敢想。

如果孩子长大后知道了这些事情，认清自己亲生母亲的真面目，她会怎么样呢？要是到时候孩子无法接受这一切，做出什么傻事来，即便我当时是患者，我也将永远不会原谅自己。

为了多少减轻自己的罪责，我一直在用对孩子的刻骨思念和对自己的不断责难折磨自己。

为了给海仁的孩子买礼物，我去了儿童用品专卖店，故意避开了S商场。

海仁的孩子虽然出生只有一个来月，但考虑到他会很快长大，我真的按照海仁的意思，在挑选学步车。婴儿学步车呈圆柱形，下面有很多小轮子，中间是悬起的小凳子，孩子在里面扶着圆框站起来，即使不会走步，也没有摔倒的危险。只要孩子稍微掌握要领，就能借助轮子的滚动，随意向前迈步。有了它，孩子的妈妈就可以得到暂时的清闲。

我不晓得我的孩子用没用过学步车，反正我认为它对孩子是个好东西。

“你看这个怎么样？既结实又漂亮……”我选中的学步车还能播放音乐，只是价格贵了一些。

“随你便。”两手插在裤子口袋里，慢吞吞地跟在我身后的老公答道。他是最不喜欢上街购物的。不过，考虑到我一个人拎着学步车会有些吃力，所以就跟来了。

“您要买这个吗？得去仓库拿新的来……请您稍微等一会儿。”一直跟着我热心推介商品的售货小姐说道。在她去仓库取货的空当，我又逛了逛，仔细地看那些适合幼儿的玩具，三轮儿童自行车、芭比娃娃……

“咱们的孩子喜欢什么呀？她的玩具多吗？”其实，我想买的似乎不仅仅是婴儿学步车。

“她的玩具挺多的。不过，比起娃娃，她好像更喜欢玩具汽车。”每当大的节日到来时，我都会精心选购各种儿童玩具，让回老家的老公捎给孩子。

因为我不知道孩子喜欢什么类型的，只好女性化的、男性化的、有益于开发智能和感性的、能使听觉或者视觉快乐的，都买下来。可是，想不到她喜欢玩具汽车……我粲然一笑。

呵，她怎么继承了我这样的遗传因子呢？我不由自主地走到了陈列着各种玩具汽车的柜台。那里有摩托车、轿车、卡车、消防车、大巴，有些价格昂贵的玩具汽车，制作精美，十分逼真，还能无线遥控。我的孩子会喜欢什么样的呢？老公说过，孩子像我一样喜欢玩具汽车，我咀嚼着他的话，开始挑选小时候的我可能喜欢的类型。

“要买这么多，今天就先买这些吧。”老公拿起我挑选的一堆玩具，跟在后面，突然对我说道：“这个月公司让你休假吧？”我蓦地站住了，转过身望着他。

怎么啦？老公为什么提这事儿？我装作毫不在意的样子，又开始向前走。可是，心里有些忐忑不安。

“我们去旅行怎么样？去海边。”去旅行？丝毫没有浪漫情调的老公，怎么突然想起去旅行？我动心地转身看了一眼不像老公的老公。

“我们全家人一起去。你觉得怎么样？”我这才大概明白老公的真正用意。他是想让我见一见公公婆婆和我的孩子。

“你有信心吗？对我有信心吗？”这几年，我和公婆他们只是偶尔通一次电话，彼此还觉得有些尴尬呢。为公公和婆婆，尤其是为孩子，我究竟能做些什么呢？

尽管如此，早晚要解开这个结的人只有我。不论我拖多久，不论我怎样若无其事地生活，到头来，只能而且必须由我来揭开这个几乎霉烂的伤疤。拖的时间越长，越不利于问题的解决，对此，老公和我心里都很清楚。可是，现在能否处理好这事？我对自己还是缺乏信心。

那头，刚才的那个售货小姐拿着没拆包的新学步车，正等着我们。在我们走向她的时候，看见一个两三岁的小女孩，拽着妈妈的手，走到那个售货小姐的旁边，开始挑选玩具。

“这些都一起算吧。”老公把一堆玩具汽车放到柜台上，又指了指放在那里的新学步车。

“好的，请稍等。”售货小姐弯下腰，在为小女孩拿她要的玩具。我低下头，看着这个留短发的小女孩。虽然她的长相和照片里的我的孩子完全不一样，但是，我仍觉得她十分可爱。

“你几岁啦?”我柔声问了她一句。小女孩抬起白嫩的脸蛋，眨着乌黑的大眼睛望着我。

“小朋友，你要的是这个吧？对不对?”售货小姐拿给那个小女孩的玩具，竟然是红色的拨浪鼓，带有长木柄的传统玩具——拨浪鼓。

小女孩顿时露出了开心的笑容，接过拨浪鼓胡乱摇起来。

“孩子，这个不是那样摇的，应该这样摇。”我没有想到自己会主动蹲下来抓住她的小手，教她怎样摇拨浪鼓。“当啷当啷当啷”，随着鼓柄的转动，拨浪鼓的两个黄豆般的鼓槌，来回敲打起鼓面，不住地发出清脆的响声。

小女孩似乎觉得很新奇，“咯咯”地笑着，两眼盯着拨浪鼓看。

“先生，你们要的玩具我已经算好了。那个，你们也要一个吗?”售货小姐已经包装好我们买的玩具，说道。

“其实，你是个好母亲……”离开商场，坐进出租车里，老公不经意地说。是吗？真的吗？我摇了一下手里的拨浪鼓。实际上用心试一次，觉得也没什么不可以的。说不定这世上真正能够做到的事情，可能比想象中做不到的要多一些啊。

我们的孩子还会记得那个拨浪鼓吗？她会觉得拨浪鼓也是很有趣的玩具吗？要想教会她玩拨浪鼓，首先需要我能够愉快地摇动拨浪鼓啊。

“是啊，我……的确是好母亲。我会那么做的……”虽说是脸皮有些厚，但我必须首先宽恕自己。也许这才是我能够真心疼爱自己孩子的前提和开始。

出租车的车窗玻璃上，映出了被推开的门，一双黑眼睛从门缝里静静地看着我，我的眼睛定格在那里——

“当啷当啷当啷当啷当啷……”

曰福借钱

崔国哲/著　陈雪鸿/译

苦苦等待的国庆节黄金休假终于到了，需要准备的东西十分繁杂。除了钓鱼器具之外，还要准备帐篷、垫子、燃气炉、小锅、米等东西。在准备这些零零碎碎的东西时，早就等候在楼下的钓友们更是接连不断地催了又催。

马上就来——几次食言后正打算出门时，电话铃声不合时宜地响了起来。

就说我不在。对着正要去接电话的妻子后背，我号令般地扔下一句话后转过身去。十有八九是找我的电话。

南大川？……现在正要出门呢……好的……哎，好像是鱼塘找你。

该死的……鱼塘找我……看来妻子已经知道我们这次又要去南大川钓鱼。等等，会不会又是曰福来的电话呢？

我不情愿地接过电话，在听觉确认了把话筒震得山响的特有声音所有者的瞬间，没有猜错的轻微放心和这次会不会又是借钱的隐隐不安在同一时间里不约而至。既然是花工夫打来的电话，肯定是有所祈求。

嗨嗨嗨嗨……你正要出门去钓鱼，我这电话也许打的不是时候吧？

曰福特有的大嘴和嗨嗨嗨嗨的清脆笑声，仿佛不是来自话筒，而是在旁边耳闻目睹一般。

办公室里的同事从来不提曰福的名字，总是用嗨嗨嗨找你，嗨嗨嗨又来电话了来代替。看来曰福特有的嗨嗨嗨颇有人气。

有什么事情呢？还装得那么客气……然而，曰福似乎并不认为是客气，而是直接回答了自己提出的问题。

既然知道不是时候，我本不应该打电话。

本来就不应该打嘛的话从我嘴里脱口而出。与曰福说话决不能文质彬彬。假如在交往中像书呆子那样客气，像共青团书记那样谦恭的话，反而是更糟糕的事情，所以必须使用更加强硬的口气。

嗨嗨嗨，我今天结婚，你挤出一天时间来当我的傧相吧。我们村子太穷，我找了半天，也没找到一个能用的家伙。

什么？你今天结婚？

半夜闻梦语也许就是在这样的情况下产生的吧。

怎么？我就不能结婚吗？嗨嗨嗨嗨。

我不是这个意思，只是说这样的消息为什么到现在才告诉我呢？而且又是在当天……

嗨嗨嗨，都怪我老是给你添麻烦，所以没好意思事先通知你……实在是因为身边没有人，才厚着脸皮来求你。你大人不记小人过，赶快来吧，我等着你。

说完，他不等我答话就挂断了电话。哈哈，这可是太让人为难了。而且，曰福结婚，我为什么非去不可呢！

怎么啦？

妻子生怕自己接了不该接的电话，担心我会责怪，所以一直提心吊胆地看着我，见我接完电话后满脸不快，更是以为出了什么大事，脸上充满了狐疑和担忧。

曰福要结婚了。

曰福？曰福是谁？

就是南大川的曰福，嫂子的堂兄弟……

哦，嫂子的堂兄弟……曰福？结婚是怎么回事？

结婚就是娶老婆呗。

哦，也就是说他一直打着光棍？

妻子在城里长大，对乡下一无所知，光听说乡下未婚的小伙子正在盲目地等待机会，却从来没有真正用心去想过。

太可怜了，真是人到四十刚找到另一只袜子啊。

南大川位于延吉通往珲春的路口。

这是哥哥岳母家的村子，并不是一个被认为太过荒凉的地方。虽然不像其他村子那样村后是梨树之类的山林，但是也背靠丘陵一般的小山，村前有一条一到旱季就变得像黄牛尿一样流淌的南大川。我曾随哥哥去过几次，认识嫂子他们家住的村子。

可是，我怎么也没想到，会有因为别的事情要在嫂子他们家住的南大川与谁相见。这在我的命运中也是极为罕见的事情。

那是我到报社后不久，同事来电话说有人找我。那天，我正外出采访，来电话时采访还在进行，因此有些不高兴地回了一句以后再说，就挂断了电话。不料，同事又打来电话说，找我的人根本没想走，非要等下去不可，还说自己是从南大川来的。

南大川？

更让人摸不着头脑了。

南大川并没有人认识我呀，即使有人认识我，也只有日子过得不富裕的嫂子家的人。给我打了两次电话催促的女同事还画蛇添足地告诉我，那人说是我的亲家。看来无论如何我也得回去看看。

倒不是因为女同事的催促，而是因为中午时间让一个陌生人独自呆呆地坐在办公室里的情景，有悖于我们办公室的风格。于是，采访一结束，我就径直返回报社，途中一直被难解的疑虑折磨着。

南大川的亲家？要说亲家，只有从嫂子那里论的那些……会是谁呢？

等我心急火燎地赶回办公室，见到的是一个陌生的乡下男子。而且还是一个谢了顶的长得像黄牛一般的又粗又壮的男人。

他一见我，就像见了熟人似的嗨嗨嗨嗨……一阵连发，倒也引起我的一番好奇心，可紧接着的却像是后脑勺被击中一般的感觉。

你终于来了。听说你不写小说，干上记者的行当了？嗨嗨嗨……你不认识我了吗？

对于这劈头盖脸的不友好戏谑，我顿时拉下脸，气得说不出话来。记者的行当？这口气似乎与小偷的行当相提并论，让人听了感到恶心。

这是谁？说他无礼，还不如说更像是恶毒攻击。尽管我不是什么贵人，记忆力也没到太差的程度，但是，面对像路标似的挺立在眼前，接连发出嗨嗨嗨的声音，脸色丝毫不变，说话难听的陌生人，反而觉得自己似乎矮了几分。

还没想起来吗？我是曰福，南大川的曰福。

曰福？……曰福是谁？

我脑子里一片空白。

你和民哲姐夫一起到南大川来过吧？你真的想不起来了？我们还一起喝过酒呢。在就像乌鸦群已经飞过西山几乎消失得无影无踪的记忆里，我只记得和哥哥一起去南大川钓过鱼，根本不可能记住嫂嫂家那些亲戚的脸和名字。

不过，既然是称呼哥哥为姐夫的亲家来找我，还是应该尊为上宾，好好招待才是。

曰福从我恭谦的神情中似乎断定已经认出了自己，重新发出了嗨嗨嗨的笑声。听着这不合时令的无聊笑声，我不由得又为他的来意感到疑惑。

嗨嗨嗨嗨……姐夫和姐姐不在，我到延吉来一个人也不认识……挺不好受的。

哥哥和嫂子外出打工已经三年了，也难怪他会感到难过。

你找我有什么事？

无事不登三宝殿，我就直说了吧。虽然很难说出口，但是到延吉来一趟不容易，得寻思好几天。你能不能先借给我 300 元钱？

什么？借钱？

听了这比请用铡刀给我刮眉毛的话更荒唐可笑的请求，我却笑不出来。这个自称曰福的八竿子也打不着的亲家，竟然向根本记不起他是谁的我开口借钱！对于他的勇气和竹竿般的强韧，我只有呆呆发愣的份儿了。即使是官方的通告也有一定的格式，更何况是比过独木桥还难的向人开口借钱，竟然会表示得如此坦然和直白，连客气一番的程序也被完全抛弃了。尽管我憋了一肚子火，却难以发泄出来。即使不看哥哥的面子，就是看在嫂子的面子上，我似乎也应该表示谅解才是，更何况数额也不多，才区区 300 元钱……我首先想到的是不应该拒绝。

我不露声色地从钱包里慢慢抽出钱递过去，还轻轻地说了一句一起吃午饭的客套话。真是没事找事……尽管话一出口我就暗暗后悔，但是在连客套话也当真的曰福面前，没有任何理由重新推翻自己说出口的话。他大步流星地走在前面，甚至连客随主便应有的随便或者简单一些……之类的礼节性客气也省略了，反而建议去面食店，说是自己喜欢吃面食。

完全是一幅主客颠倒的景象。

对此，我没有感到惊讶。既然拥有理直气壮地向素不相识的八竿子也打不着的亲家开口借钱的勇气，那么在饮食上也不会例外的。

我们在人声鼎沸的加州牛肉面馆里要了两碗牛肉面。

曰福说是头一回吃加州牛肉面，用并不干净的袖口不停地擦拭着光秃秃的额头上不断冒出来的汗珠，呼噜噜、呼噜噜地吃得十分热闹。我偷眼瞧着他的吃相，不知不觉地产生了一丝恻隐。正是这样的同情，维系着后来我与曰福的继续交往。不过，当时我并不清楚这同情的含义。

从惊讶到同情虽然只有一个小时的差异，但是我依然觉得这羽化过程仿佛是一场模模糊糊的梦。同情来自于曰福狼吞虎咽般地品尝头一回吃到的大众饮食加州牛肉面那一刻，来自于我偷眼看着他并不干净的衣服和后跟塌落、样式过时的黑皮鞋那一刻。他也应该是一个心中有着乡下温情的人，要不是出于无奈，怎么会来找我呢……我不由得产生了宽宏大量的理解。我们两人像瞎子杀吃自己的鸡那样，坐在那里默默无言地埋头吃面。只有曰福近乎于夸耀的自我介绍，才会时而打破餐桌上沉闷的气氛。据他说，虽然住在乡下，但是并不干农活儿，而是从事什么技术性职业。在乡下能从事什么样的技术性职业呢？那是连乡下出生的我也不了解的技术性工种……

我当时并不知道这只是开始而已。

几天以后，那笔钱通过邮局返回到我手里。说实话，我给曰福那笔钱的时候，只当是被骗走的，因此心里十分坦然，并没有抱着什么期盼的想法。然而，当那笔钱真的又回到我手里，不仅让我十分感动和惊奇，同时也让我又一次想起了曰福。他竟然像海市蜃楼一般出现在我眼前，使我仿佛重新看见了他一口气吃了三碗加州牛肉面的情景。

对于我来说，曰福经常出现在面前，既不是什么愉快的事情，也不是什么不快的事情。

虽然据他说自己是南大川砖厂的一名技工，但是确切地说只是干一些摸摸绞车开关、给手推车轮子打打气等杂活儿。这些大致上就是他所说的技术性职业。尽管如此，他依然像算命的那样大言不惭，似乎上至天文下至地理无一不通晓。

乡下一般把这种人称之为“大炮”，依照曰福吹牛的程度来看，我以为他完全够得上“大炮王”的美称。他自称拥有被认为是乡下最为华丽的经历，曾是煤矿熟练的井下工人，又在铁匠铺敲打过几年铁砧，还干过贴瓷砖、铺瓦、木匠等活儿……总之，是个才华横溢的多面手。他甚至还神气活现地夸耀说，按理说自己早应该是个有实力的富人了，只是因为身边既没老婆也没其他家口，所以从不知道把口袋里的钱存起来，都挥霍在吃喝玩乐上了。

每当我快把曰福从记忆中抹去时，他就又会找上门来，一般不是借钱就是来吃加州牛肉面。他总是说我像个对人不冷不热的人，实际上我对他也的确如此。就这样，我与曰福的交往越来越热络，但这种交往并不像铝那样柔软，而是像生锈的钢铁那样生硬粗糙。他十分讨厌凡事讲什么礼节和规则。

与他的交往，按照一年四季的温度发生着变化。

与他走得最近的季节是夏天。他不知道从哪里打听到我是个钓鱼狂，就邀请我到南大川来钓鱼，说是还我请他吃牛肉面的情。据他说，自己干活儿的砖厂厂长有一个专门用来钓鱼的鱼塘，放养了5000斤鲤鱼和鲫鱼。他还口气不小地让我把想带的朋友都带来。哈哈，这倒不错，没想到还能凭着曰福的面子不用花钱白钓鱼。

对钓鱼的人来说，再没有比接到钓鱼邀请更令人高兴的消息了。

等等，这会不会也是吹牛呢？我突然产生了怀疑。即使是钱再多的私营企业家，难道会在鱼塘里放养5000斤鱼……那可不是一笔小数目的钱。

不过，怀疑只是一闪而过。有地方钓鱼本身就是一件令人高兴的事情。即使一条鱼也钓不到，或者浪费了鱼钩和鱼线，也是钓鱼的趣味之一。

第二天，我领着一帮钓友来到南大川。尽管甩开鱼竿等候了一个上午，静静的水面上却毫无动静，只有零星的小鸟叽叽喳喳地飞来飞去。

这不是明摆着被骗了吗！

一条鱼也没有钓着的钓友们苦笑着正要埋怨我时，曰福拎着几瓶酒和几条枯树叶似的鱿鱼干风风火火地来到钓鱼的地方，说是让我们先点点饥。

你不是说有5000斤鱼吗……你是不是又吹牛了？

嗨嗨嗨嗨……不要急嘛，先喝一杯。

曰福一副坦然自若的表情。

看来我相信你的话实在是太愚蠢了。你真是让我在一起来的朋友面前丢尽了脸。

嗨嗨嗨嗨……我说你别着急嘛。

曰福发出其特有的笑声，蹲在我的身旁，悄悄地把用米糠、豆面、蚕蛹面等拌好的鱼饵放在我面前。

这是什么？

这里的鱼专咬这种鱼饵。

是吗……可气味怎么这么难闻？这是什么鱼饵？

我总觉得鱼饵应该有股香味儿，像这种散发出臭豆腐气味的鱼饵令人恶心。

嗨嗨嗨嗨……你就试试看吧。这可是我们厂长偷偷拌制的，我也不太清楚。你知道就行了。

我只好掉换了鱼饵。

哈哈哈……这是怎么回事？

鱼钩刚一放进水里，鱼就上钩了，鱼漂像滑落似的迅速下沉。我连忙拉钩，手上顿时感觉到了鱼儿勇敢挣扎时发出的战栗，鱼竿反弹得十分厉害。这可是真正的钓鱼趣味。

你多钓一些就行了。嗨嗨嗨嗨……这都是厂长花钱放养的鱼，都钓走了能行吗？钓不到鱼是因为没有技术，哪能怪鱼呢。

哈……典型的乡下人的狡猾。能在曰福身上看到这种表面上客客气气、实质上让人下不了台的非常单纯的狡猾，让人感到十分新奇。既然把你们请到钓鱼的地方来了，剩下的就看你们自己的本事了。曰福这种乡下式的狡猾术，既给了我和朋友们面子，也给了鱼塘主人面子。

见我接连不断地钓上鱼来，那些大声埋怨鱼塘里没有鱼的朋友们纷纷闭上了嘴。我偷偷地告诉他们，这里的鱼不咬带有香味儿的鱼饵，喜欢咬带有臭味儿的鱼饵。于是，钓友们也都掉换了鱼饵，不一会儿都钓上了几条鱼，原先的遗憾一扫而空。

我也因此挣到了面子。尤其是那天晚上，曰福强把已经打算回家的我们留下，用羊肉和羊杂碎招待我们，让我们留下了朦朦胧胧的美味记忆。曰福白天没露任何声色，装着什么事也没发生，却悄悄地准备好了这桌酒席。事情的确干得非常漂亮，甚至让人怀疑这竟然是曰福一手干出来的。只是让曰福年迈的老母亲在锅台旁忙得团团转，令人过意不去……除此以外的乡下气氛，让我们这帮感情丰富的记者感到颇为新鲜。

原以为曰福只是个开口借钱、一口气吞下三碗加州牛肉面的无所事事的粗人，没想到竟然也有隐隐的可爱之处。

曰福，八竿子打不着的亲家，大体上就是这样一个人。

后来，曰福来找我的步子走得更加勤快，依然是不讲任何礼节。他就这样跳进了我的生活圈。他既是我八竿子打不着的亲家，也是我的朋友。

可如今他要结婚了。

在去钓鱼的路上，我把事情告诉了钓友们。大家都显得一筹莫展，纷纷提议先去南大川把份子凑上后再直接去钓鱼的地方。于是，我们一行人先去了南大川。

当我一见到曰福光秃秃的额头和不合身的西装，一听到嗨嗨嗨的笑声，立即产生了似乎不能按大家说的只是凑份子那么简单的感觉，反而痛切地感受到了一种莫名其妙的悲凉。我很快就做出了让钓友们先走的决定。

嗨嗨嗨嗨……你看看，这里哪有能当傧相的人啊。

新娘呢?

正在屋里往脸上涂脂抹粉呢。嗨嗨嗨……是个蒙古族女人。

蒙古族?

没错，嗨嗨嗨。

他要和蒙古族姑娘结婚!

要说是举行婚礼的人家，来的人实在是少得有些凄凉，而且清一色全是老头老太太。连贪婪于婚礼上糕点的孩子们也没有的乡下冷清的结婚气氛，无疑就是正在崩塌倾斜的农村的缩影。这也就是为什么即使曰福不加说明，我一下车就感到今天的钓鱼在这里已经结束的原因。

曰福的婚礼完全无视祖先留下的婚礼惯例，办得极其简陋，加上阴沉沉的天空中沥沥拉拉地下着雨，使得帮忙的人和客人们的情绪更加一塌糊涂。婚礼毫无秩序，就连在新郎家里大概化妆了一下的蒙古族新娘，也根本不懂得在婚礼上应该穿婚纱，只是穿着一套很随便的朝鲜族衣裙坐在婚桌后面。

现代式婚礼程序中经常能见到的结婚宣誓、证婚人讲话、交换礼物等仪式全部被删掉了。一句朝鲜语也听不懂的蒙古族新娘，木雕泥塑一般默默地坐在那里，似乎对婚桌上煮熟的公鸡嘴里叼着的红辣椒很感兴趣，目不转睛地看了又看。新娘被太阳晒得黑黑的脸上因经常干重活儿显得疲惫不堪，还留下了花花搭搭的化妆痕迹，人长得又干又瘦，仿佛一阵风就能刮跑，作为一个担负着生儿育女任务的候补母亲来说，其体格显然是不合格的。

嗨嗨嗨嗨，今年砖厂从内蒙古新来了许多打工者，其中龙梅被我看中了……

曰福坐在婚桌后面，我作为傧相坐在他旁边。他把手搭在我的肩上说起了自己的结婚经历，完全是一副找到了天下美人的样子。看着得意扬扬地坐在那里的曰福，我只能报以难言的悲哀和苦笑。对曰福来说，似乎把结婚是以爱情为基础的最为陈旧的规则也没放在眼里，只是满足于女人这个唯一的先决条件，并在家庭应该由男人和女人组成的最低常识线上完成结婚。

我领着龙梅一起去了一趟内蒙古，那里只住着她年迈的老父亲。于是，我干脆就把她老父亲一起接了出来。她家里实在太穷了……连房子也没有，住在又破又旧的帐篷里。

蒙古族本来不就是在野外过着帐篷生活的吗……曰福不可能不知道啊……而且他说的太穷，很难让人产生穷到什么程度的感觉。

曰福就这样摆脱了光棍生活，并以娶亲的仪式结束了羽化过程，摘掉了光棍的标签。蒙古族姑娘龙梅则嫁给了比自己整整大 15 岁的毫不般配的朝鲜族光棍。

延边南大川的曰福有了个作为曾经在草原上骑马驰骋的成吉思汗后代的老丈人。人生就是这样无常。

后来，曰福领着蒙古族妻子到延吉来过几次。每次来都要吃上三碗加州牛肉面，并当着蒙古族妻子的面数落她不讲卫生，不会操持家庭生计。他的妻子连一句朝鲜语也听不懂，只是轮番打量着我的脸色和丈夫的脸色，脸上露出窘促难堪的神情，可怜兮兮地坐在那里。曰福自己也不是一个讲究干净的男人，在他眼里所谓的不讲卫生，到底会是什么程度呢？看来是出现了民族文化和生活上的差异，开始产生冲突了。

在长期的草原生活中，成吉思汗后代们的脸廓特征一般都长得比较扁圆，颧骨凸出，而龙梅却像东南亚女人那样前额突出，头发也是浅黄色的，很难让人相信她是一个蒙古族女人。

据我看，曰福似乎经常会对龙梅大声吼叫，而龙梅总是低头不语，百依百顺。因此，在两人的生活中仿佛并不存在什么太大的摩擦。其实，夫妻并没有什么特别的，只要互相顺意，不在一起时互相思念，生病时互相用手贴贴额头就够了，不需要只是为了互相贪婪对方的容貌才走到一起。一方咄咄逼人的话，另一方甘拜下风；即使互相有什么缺陷也轻轻地一笔带过，这样才会有和谐的夫妻关系。

我总是像个长辈似的指点曰福，应该理解蒙古族的生活环境与我们的生活环境不同，曰福则总是用嗨嗨嗨的笑声来回答我的忠告。我的妻子经常给龙梅赠送一些化妆品和衣服之类的东西，龙梅收到礼物时总是先表示惊讶，而后轻轻一笑。从她的神情来看，似乎是头一次见到这样的化妆品。

说实话，他们是一对很有意思的夫妻。每次见到他们，总会让我想起张贤亮的小说《灵与肉》（后来以《牧马人》的题目改编成电影）。他们就是两个现代版的“牧马人”。

自打结婚以后，曰福突如其来的出现和冷不防开口借钱的方法销声匿迹。我原以为他的这种遗习已经根绝，谁知却并非如此。

有一天临近下班时，曰福又突然出现在我面前，张口就要借500元钱。据他说，妻子因为临产住进了医院，需要先付2000元，自己还短缺一些钱。他连续发出那令人恶心的嗨嗨嗨的样子不见了踪影，变成了一副极其焦急的模样。这可不是别的事情，是生孩子的大事，怎么可能拒绝呢！

我也不知道蒙古族是不是都这样。据我们那里的医生说，龙梅生孩子的管道太窄，孩子生不出来。所以，我只好领她到延吉的妇幼医院来做手术……也不知道生个孩子为什么要花那么多钱……延吉医院里全都是一些见钱眼开的家伙！

什么时候生？

我到财会那里临时借了500元钱交给曰福。

大概还有几天时间吧。

曰福拿着钱返回医院，不料第二天又来找我。他说，妻子还不知道什么时候能把孩子生下来，而自己无病无灾，与其整天坐在床头流着口水打盹儿，还不如找个合适的打工地方挣些钱。

你要是早料到会有这样的事情，存一些钱的话，至于这样吗？可你总是把挣的钱花个精光，才会遇到现在这样的难处。

谁说不是呢？结婚的确不是好玩的，嗨嗨嗨。

我十分为难，马上到哪里去能找到合适的打工地方呢。

如果去延吉劳务市场的话，找临时打工地方的人拥挤不堪，而打工的地方却严重短缺……尤其男的更不好找打工的地方，要是女的还能找到在饭店里干些杂活儿的地方……可是，又不能给为了挣钱让妻子生孩子而想找个打工地方的曰福递上一瓢凉水。难道真没有什么办法了吗？

嗨嗨嗨嗨……不管是什么活儿，只要能挣钱就行。你就出面替我找找看吧。我一见到老婆越来越瘦的脸和高高隆起的肚子，总感到十分不安。我在南大川是出了名的大炮王，可对老婆和孩子我怎么能当大炮王呢！以前的事情就算了，虽说已经有些晚了，但无论如何我不能让老婆饿肚子，还要好好把孩子养大。

我大包大揽地让曰福明天再来，然后把他送走。可是，接下去我不得不为到哪里去找临时打工地方，而且还是五大三粗的男人打工的地方而深感苦闷。我深切地感受到了光会说大话的嘴巴与实际能力之间的差异。

不过，这个世上还是分别存在着用心能走通的路和动脑能走通的路。也许真是天无绝人之路，行政科的李科长在去社长办公室的途中，顺便走进了我的办公室。

啊呀，我怎么会把他给忘了呢?

李科长的个头儿长得像篮球运动员那么高，还是我的钓鱼伙伴。我不管三七二十一地求他帮忙找个男人能打工的地方，还把事情的缘由告诉了他。李科长脸上露出为难的表情，说是男的能干活儿的地方早已满了，只有打扫卫生的清洁工朴大嫂请病假没来上班。我喜出望外，李科长却有些为难，男的怎么能干清洁工的活儿呢？我很不以为然，眼下正是饿着肚子、双腿发软、奄奄一息的节骨眼，哪还顾得上区分大麦饭还是小米饭呢！

在我死乞白赖的缠磨下，李科长只好无可奈何地答应先试试看。于是，第二天一早，我就把曰福叫来了。

嗨嗨嗨嗨，太好了。我这个什么也不懂的乡下人到城里来，管它是黏糕还是米糕，只要能挣钱，什么活儿都得干。

曰福回答得很痛快，迫不及待地去见李科长，然后直接拿起扫帚打扫走廊，拿起抹布擦拭厕所。

男人有男人干的活儿，我为什么要干女人们干的活儿呢？大炮性格的曰福完全能说出这样的话来。为了对付他说出这样的话，我还在暗地里做了准备，精心挑选了一些将他置于困境的狠话。不料，他的这番举动反而使我倒有些不好意思了。

不过，曰福二话没说就干起活儿来，倒也让我轻松了许多。我原先对他打扫女厕所还有些担心，可是并没有听到有什么反映。

如果就停留在这个程度上的话，曰福的临时打工将会静静地开始，静静地结束。然而，事实上并非如此。他十分勤快地走遍每个办公室，不但收拾没用的废纸，还热情地把办公室里的烟灰缸擦拭得干干净净。不仅如此，他还把办公室里床上的被子拿去洗得干干净净。

一个男人，而且还是一个年过四十、谢了顶的大男人，用他那粗糙的手洗被子的场面，让人想起来都会觉得十分壮观。各部门为了方便值夜班都准备了床和被褥。原先负责打扫卫生的朴大嫂只管走廊和厕所，对办公室里的一切从不干预。这是行政科规定的界线，所以一直没有任何异议。然而，曰福毫不留情地打破了这道无言的戒律，勇敢地踏进了办公室。据行政科李科长说，曰福还自告奋勇地每天晚上值夜班打更。他每月工钱500元，对一个男人来说实在是少了点。

他是谁?

一开始，每个办公室都流传着这样的问号，但是仅仅几天时间，问号就变成了感叹号。听说是崔老师的亲家……我和曰福的关系暴露无遗。一般来说，记者们经常使用老师的称呼，但是对这个从乡下来的男人，而且还是个经常连续发出嗨嗨嗨笑声的谢了顶的男人，显然不能用老师相称，只好含含糊糊地叫一声“亲家”。霎时间，曰福在记者们中间被通称为“亲家”。这个为人幽默的“亲家”顿时成了新闻人物。

我们办公室里的被褥也毫无例外地像老鹰面前的小鸡一样成为曰福手中的猎物，第二天才重新物归原主，就像女人们洗的衣物那样，散发出刚洗过的清香，闻了颇感舒服。就连在走廊里遇见总编时，总编也称赞说，听说新来的清洁工是你的亲家，干得不错嘛。

只花了几天时间，曰福就成功地让人们一般都会遗忘和忽视的清洁工的地位浮出了水面。

行政科李科长最初看上去很不满意，现在却亲自跑来满脸堆笑地对我说，看来朴大嫂不可能再回来干活儿了，同时还表达了想与曰福签订长期用工合同的意思。不过，这好像不大可能。因为曰福住在乡下南大川，而不是住在对农民工只会榨取不懂爱护的延吉。

就在曰福做了二十几天清洁工以后，他的妻子接受了剖腹产手术。这对于曰福来说，无疑是最最高兴的事情。因为孩子在龙梅腹中一直没有想出来的样子，因此他总是怀着一丝淡淡的忧虑。

我让妻子煮了一些海带汤，然后一起赶到妇幼医院，时间已是黑幕降临的夜晚了。

延吉的夜晚才刚刚开始。妇幼医院是孕妇们聚集，孕育新生命的地方。与别的医院不同，这里充满了生气。刚走进医院走廊，就能听到不时传来的婴儿啼哭声。说实话，世上再没有比新生命的啼哭声更加动听的声音了。这动听的声音伴送我和妻子走进龙梅所在的病房。

啊呀，双胞胎！

刚走进病房，妻子就发出了惊喜的欢呼声。女人的眼睛就是不一样。

什么双胞胎？电话里没提起过呀……再仔细一看，的确是双胞胎。哈哈，曰福本事不小啊。

嗨嗨嗨嗨……我也没想到。

曰福这次嗨嗨嗨嗨的笑声，听上去比任何一次嗨嗨嗨都更加明朗。

是辣椒还是菊花？

一个辣椒，一朵菊花。嗨嗨嗨嗨，兄妹双胞胎。

嗨，这真是南瓜藤上结西瓜，喜上加喜啊。

兄妹双胞胎是老天爷的恩赐啊。

妻子直到今天还想再生个孩子，因此难以掩饰发自内心的羡慕。

龙梅刚做完手术，尚未从麻醉中苏醒过来。听到我们的声音后，她慢慢地睁开眼睛，轻轻地点了点头，然后没有丝毫羞涩地敞开并不丰满的胸脯给双胞胎兄妹喂奶。曰福在一旁怜悯地看着妻子，轻轻地抚摸着妻子被汗水打湿的黄头发。完全是一幅感人的戏剧场面。

你能不能再另外给我找个打工的地方？龙梅手术时流了很多血，医生让在医院里多住些日子……

我们那里的活儿怎么办？还想与你签订长期用工合同呢。

那里的活儿早晨、晚上半天就能干完，白天就没活儿可干了。

你是不是太贪心了？

嗨嗨嗨，我干起活儿来从来不知道疲倦。

我再给你打听打听。

我头一次没有丝毫犹豫就一口答应了。妻子把装有钱的信封塞在龙梅的被子底下，说是给孩子买些牛奶。

太谢谢你们了。我不管干什么活儿，也决不会让为了我来到这个世上的双胞胎兄妹挨饿的……我还要好好保护对我无限信任的龙梅……

话没说完，曰福突然停下来转过头去，眼泪成串地滚落下来。

曰福哭了？曰福竟然哭了……

我是不是太笨了？我也不知道今天怎么会流眼泪……

在华丽的路灯闪耀中，延吉的夜晚正在静静地浓郁起来。

曰福与蒙古族龙梅……以及难产的双胞胎……而且是蒙古族母亲和朝鲜族父亲孕育的双胞胎……那么，延吉这座城市又会给孕育了这对双胞胎的曰福和龙梅多宽阔的胸怀和爱心呢……

当心狗狸

朴草兰/著　张春植/译

穷忙族。

弟弟的嘴里突然蹦出一个词。弟弟说，我相信忙了一段时间就肯定能做出点名堂来。我不指望安逸，但总会有喘口气的时候吧。可是现在觉得好像没那么回事……

最后，弟弟的嘴里蹦出一个最近流行的词，穷忙族。我就是穷忙啊，什么也别说，我现在变成了刺猬，所有的刺都立起来，但也不知道要防什么，怎么防。

弟弟变成刺猬，但他的刺没有锐气，当然了，刺就是刺，不会变成可致命的匕首。然后我轻轻地告诉他：

当心狗狸！

手机嘀哩哩地响了一下，画面变黑。与此同时，如动物绝命时的悲鸣，又如人放弃一切时发出的啼哭声在弟弟或者在我的身上隐隐响起来。

什么？狗狸？呼呼呼……

弟弟比我小一岁，我们俩如同双胞胎姐弟一起成长。小时候弟弟胆小如鼠，在如今早已拆除的老房子里，我和弟弟吃一样的饭，穿质地相似的衣服，读几乎一样的书，喊一样的妈妈、爸爸和爷爷、奶奶还有叔叔、姑姑，一起生活了近二十年岁月。我们一起经历失去爷爷和奶奶的悲伤，也一起迎接了叔叔和姑姑各自结婚带来的婶婶和姑父还有堂弟堂妹们。

尽管如此，弟弟却胆小如鼠。

我倒是毫不犹豫地进出黑咕隆咚的厢房和地窖，还有仓房，可是弟弟怕黑，更怕老鼠。有时弟弟偷偷地去仓房找妈妈藏起来的糖果之类，但是只要听到一句“有老鼠!”弟弟就吓得魂不附体，马上跑出来，放弃糖果的诱惑。而且，那天晚上，弟弟肯定要尿炕。

照顾胆小如鼠的弟弟是我的责任。不仅老鼠，弟弟还怕呱呱叫的乌鸦，和石头他们家路口的大狗，甚至弟弟还怕臭虫和爷爷大喊大叫，但是这些都是只有我才知道的秘密。

弟弟被吓着时，像蜗牛一样紧挨着我熬过那些恐怖的时刻。

为了弟弟，我赶走乌鸦，扔石子赶走大狗，还捂着鼻子扔掉臭虫。但是爷爷大喊大叫时，我也没有办法。不仅是我，一听到爷爷发火，奶奶、爸爸、妈妈、叔叔、姑姑也都一样，不敢吭一声。爷爷发火时，最好的武器是弟弟哇哇大哭，当然，这是后来我稍长大的时候知道的。稍长大之后我还知道，堂弟出生后婶婶希望分家另起炉灶。为此她偷偷地到村里找空房子，因为村里只有几十户人家，这一消息没过多久就传到了我们家，一场风波也就难免了。开始，爷爷火气冲天大喊大叫，奶奶也帮爷爷说话，叔叔不知所措，脸红得像高粱米糕，婶婶瘫坐在炕上抽泣，爸爸忙着说服两边，想尽快平息风波，妈妈也没有闲着，忙着哄哄哭得脸都变紫的堂弟……弟弟紧贴在我背后，每每爷爷喊叫时身体一阵痉挛，过一会儿终于忍不住惊恐，哇的一声哭叫起来。爷爷的喊叫被弟弟的哭叫淹没，奶奶的骂声也消失了。叔叔不禁说这孩子又怎么啦？婶婶带泪珠的脸突然凝固，爸爸的脸有些怒气，妈妈也使劲地向我使眼色，满屋子只剩下弟弟的哭声。

叔叔一家分家那一天，爷爷和奶奶都在各自的房间里不出来。我们家十口人一下子减少到六口，没过几年又减少到五口、四口，如今只剩下我和弟弟，还有在首尔某地忙着挣钱的妈妈……

一觉醒来两手总是紧紧地攥着拳头。

两手攥拳头要干什么呢？也许要变成婴儿吧，她说，但是弟弟摇摇头。婴儿的拳头看起来心里很安逸，但是弟弟的拳头看起来要砸门似的。握紧拳头醒来，好像昨晚干了重活似的，浑身无力。

当时弟弟和“她”一起住在广州。前往广州时弟弟跟我说过：

以后我的舞台不是东北，而是全中国。听着弟弟的豪言壮语，我感到莫名的惆怅。弟弟变成小时候的我，而我却变成小时候的弟弟，简直是换了个位置。这种感觉就如茂密的松林装满我的心里，此后好长一段时间，我嘴里经常重复着弟弟的那句话。当时我在父亲工作一辈子的中学里当教师，按弟弟的话说就是把父亲的接力棒接过来。父亲倒在他深感自豪的讲堂上，实现了自己的终生愿望。我有幸目睹了父亲弥留之际的脸，而弟弟坐一夜加一上午的车，没能赶上父亲的临终，留下终生遗憾。胆小鬼弟弟抱着装有父亲遗体的棺材痛哭欲绝，哭声响彻停尸房，而过去他路过停尸房门口都胆战心惊。然而这时听到弟弟的哭喊，只有我一个人感觉到弟弟的哭声里隐含的疲惫和无能为力，一听到弟弟的哭喊就停止大喊大叫的爷爷，还有同时戛然而止的奶奶的怒斥声早已不存在了。于是我明白了，同样失去父亲，但是弟弟失去的父亲和我失去的父亲是不一样的。我在父亲的身边看着他的身体一点一点消瘦，逐渐地接受父亲的死亡，而对弟弟，父亲的死如同晴天霹雳。父亲死后，弟弟大学中退。当然，那所学校并没有什么名气，弟弟压根儿就不喜欢上那所大学，但却喜欢大学所在的城市。办完父亲的葬礼，弟弟返回那个城市。我给了他生活费，但弟弟拒绝了，放心吧，我不会饿肚子的。弟弟仍不能理解父亲为什么直到去世也没有叫他回来见他。要叫弟弟过来吗？重复着昏迷和清醒的父亲很坚决。不必！叫他干吗？他好不容易才安心读书呀……

此事过去一段时间后弟弟说，那时我只有一个想法。

要生存，就要斗争。

弟弟果真那样想了，为了生存要斗争。弟弟频繁换工作，换公司，不知什么时候，他开始不能自已，连很小的事都无法控制住要愤怒。这也难怪，他总是孤身一人，一人同整个世界斗。但是世界实在是太强大，弟弟再愤怒，再勇猛，这个世界毫不动摇，连一个痕迹都不留下。在贸易公司上班时，他为找回自己的工资而斗；在酒店当门卫时，他避开酒店的规定，设法偷偷收取小费；在歌厅当服务员时，他要忍受那些有钱的夫人们摸他的脸，还给她们笑脸，设法多卖酒和酒菜。弟弟是在硬撑着熬过那些岁月。

然而，父亲两周祭时见到的弟弟却变得异常干练。穿的衣服，背的包，还有手里拿的手机都是名牌，而且都是名贵的最新款。弟弟说，这些也是一种投资啊，要干大事就要花点心思。当时弟弟当韩国人的翻译。叫几个还守着家乡的哥们儿，和他们边喝酒边说，要离开这个没有发展前途的鬼地方，要出去挣钱讨媳妇。那天我第一次听到弟弟女朋友的名字，她叫佳妍。这名字听起来很好听。那天晚上客人都走后，弟弟茫然坐着一动不动，突然，弟弟递给我一个酒杯。

“姐，咱俩喝一杯。”

我以为弟弟喝酒喝得太急，有些醉了，睡着了，可是他不是，他在掉眼泪。过一会儿，弟弟擦着眼泪说声“真丢脸”，然后抬头看着我笑一笑。弟弟身上穿的那些名牌服装再贵再时髦，看来仍没有裹住弟弟心里的不安。如果我还能成为保护弟弟的围栏多好啊！似乎感到又回到小时候的姐姐和弟弟，但那只是一种错觉，如今我已经没有能力，也没有财力来保护弟弟了。

“姐，姐夫没说要接你过去吗？”

弟弟小心翼翼地问，语气很是谨慎。不知什么时候起，大家都这样谨小慎微地对待我。我看着弟弟那呼吸都很小心的鼻子。弟弟的鼻子很像父亲，鼻梁高高的。他的鼻子在我们兄妹中唯一像父亲，连他都要远离我，这让我感到很沮丧。

“你干脆说，他是不是抛弃你，或者说姐你为什么这样傻等。这样可能让我好受些。为什么？你也想跟别人一样只是表示表示关心，摆摆样子吗？”

“那倒不是……我也心里不耐烦啊，姐，你都多大年纪了！不如这样，这次干脆跟我一起走吧。”

“算了，我不去。”

“什么？什么算了？待惯大地方的人还能回这个鬼地方？都已经几年了，快四年了，你们又没有结婚。要不去找他，要不，要不干脆跟我一起去开始新生活……那儿可跟这儿不一样，只要你努力，就能挣钱。”

“父亲六十大寿祭前我还得守住这儿，过六十大寿祭后再说。”

喝了一杯白酒，38 度的白酒喝起来像白开水，难道是假酒吗？要等到父亲的六十大寿祭还有三年啊。

“我们决定在广州定居了。一百平方米的楼房，反正每个月要交房租，还不如买房子，佳妍也是这个意思，当然是贷款买的，我们两个人交月供问题不大。”

弟弟环顾爸爸花一辈子才分得的房子，这八十多平方米的房子还没有来得及装修。

“这房子也得装修装修啊，姐夫连钱都不给寄来一点吗？”

“他干吗要寄钱啊？我的工资够我的花销。还有一件事要跟你商量，我想卖掉老家的老宅，原来爸爸说退休后回老家生活，所以一直没卖掉。看来你也不可能回老家了，哪怕卖几千块钱也是钱啊。妈妈也同意，你怎么想?”

“随你的便。钱你也自己花吧，我不需要……”

弟弟说他住在广州，但是实际上他住的地方离广州还挺远的，买房子也是在那里。当然，这些都是后来才知道的。

弟弟读很多书。从有关成功学的书，到关于理财的书，还有关于人事关系的和关于心理学、关于历史的书。这一点和我截然不同。我顶多也就读读小说之类的书。弟弟不读小说。弟弟随便翻翻我正在读的文学刊物，还跟我说你现在还读这些书啊，说着把杂志顺手扔到桌子底下。

“你还花钱买这些书读呀？我劝你还是读读那些对生活有用的书吧……”

“那你说要我看什么书啊?”

“读书也是一种投资！智力投资啊。那种书多的是，什么成功学啦，关于投资的啦，还有关于金融危机的。姐姐真是不知道这个世界现在变化多快呀。这次金融危机影响多大你知道吗?”

弟弟突然不用尊称了，小时候他就那样跟我说话。尽管如此，如今已经没人怪他没有礼貌了。

“别的我不知道，但是我知道最近韩币贬值了，大家都说受不了。可是我又没有韩币，韩币贬值不贬值跟我有何相干?”

话说出口了，我才想起我手里还有妈妈寄来的一些韩币，看来这事真的不是跟我没有一点关系。

“真是书呆子。姐姐才多大呀？二十七岁。姐夫的妈妈多精啊，我估计姐夫把自己挣的钱都给他妈了。我以为把姐姐接过去，没想到他把自己的妈妈接过去。嘿，单身母亲的子女就是这样，所以我妈极力反对是有道理的。说起我妈，为了挣钱连爸爸临终的时候也没回来，眼看快到两周祭了还不回来。要在那里定居吗？她怎么说的?”

“爸爸治病的钱大部分都是妈妈寄来的，这你也知道。为了挣钱妈妈多辛苦啊，难道你没想过？你恨妈妈我知道，可是你说妈妈为了挣钱连爸爸临终时都没回来，我可以理解妈妈的苦衷，最痛苦的应该是妈妈，你也不是不知道，他们俩关系不坏呀。”

“但是也好不到哪里去啊。”

“是啊，可是……当时妈妈去那里还不到一年呀，债也没还清，还要治爸爸的病，供你上学……爸爸的工资也就一千多块钱，我的工资更是可怜，家里的积蓄我上师范的时候都花得差不多了。你说妈妈回来能行吗？你想过这些吗？妈妈多大年纪啦，还不是说为你结婚攒钱吗……你算什么？嗯？大学快要毕业了，突然中退。你说你自己能养活自己，这我才有些放心，但是你的工作到底是什么呀？”

“是一家公司，经营的是手机业务。我做的是翻译兼管理，还可以，别担心。”

“能买房子，你别说，还赚了不少钱啊。”

“没有，也就是有几万积蓄，佳妍家借给我们10万。用这笔钱交首付，以后慢慢还吧。”

“前些日子妈妈给我寄来一些韩币，说如果你需要钱就给你，等等，在这里！你也记得吧，以前爸爸把存折之类东西都藏在这里。给！可是最近韩币贬值，换不了多少钱啊。大概妈妈自己不花攒下的，拿去补点购房款吧。”

“还是姐姐留着用吧，这房子也要装修一下，真是的，不知道过去在这样简陋的房子里是怎么过来的。”

“我不要，还是你拿走吧。我自己怎么都行。还有，爸爸的六十大寿祭过后，没准儿我也要走……爸爸不在了，我也不想在这里待了，还有就像你说的，妈妈也不一定回来。”

家，四口人的温馨家庭，如今只剩下我自己，也许有一天会空无一人。就如已经拆除的故乡的老家，最后只剩下痕迹。弟弟也许最终会有自己的房子，就在那遥远的南方。

看来从爷爷的爷爷开始的移民如今仍在继续。

当然，还没有还清银行贷款之前，房子还算不上是弟弟的，但是弟弟以典当自己几十年人生为条件在那块土地上扎下根，那遥远的南方。谁也说不清他扎下的根能保持几十年还是几百年。

小时候，弟弟和我喜欢钻到桌子底下玩儿，桌子用妈妈绣松鹤的桌布盖着。里面的空间足够我和弟弟进去坐下来，还富余大约一半的空间。弟弟和我在里面摆着各种玩具，玩过家家。一年前买新电视机的那一天，我看见拿出电视机的空纸箱子足以让我进去躺下，肯定没问题。还有一天，我读梭罗的《瓦尔登湖》时不禁大笑起来，就是因为梭罗说在木箱子里也可以睡觉。

有那么一天，弟弟环顾四周发现，和自己年龄相仿的人都有自己的房子和私家车，还有漂亮的老婆和像兔子一样可爱的孩子，此外还有维持这一切生活所需的稳定职业，大家都是如此或者为此而奋斗。如果大家都那样生活，我也该跟他们一样生活？弟弟想，要拥有房子、车子，还有妻子和孩子。弟弟梦想着，我也有朝一日坐在像样的楼房客厅里，和老婆相伴喝咖啡聊天，享受休闲的生活。偶尔，还可以开着私家车，带着老婆孩子到名胜古迹旅游。弟弟已经准备好为此付出热情和时间。弟弟从来没有认真想过人为什么需要那样的生活。只是有一天突然发现，大家都是那样生活，也都为此奔波忙碌着，大家都这样。

不知从什么时候起，这一切对弟弟很重要。

在拿到新房钥匙后回来的车上，弟弟突然感觉到自己就仿佛刚从母体分离的婴儿。爷爷爸爸的旧房子早已被拆除，如今只剩下痕迹，而且那块宅基地也以三千元的代价卖给别人，弟弟感到现在自己的人生刚刚开始。

为此，弟弟要付出代价，要放弃很多。

首先丢弃的是至今仍守住家乡的朋友们。有一天，过去和弟弟很要好的朋友要结婚，并问弟弟能否参加婚礼，但是弟弟只是挤出几句祝贺的话，还特意问怎么知道我的手机号。朋友说我当然有办法知道你的手机号……说着突然从沉默半晌的弟弟呼吸声中猜出什么，说你小子，要是你忙就不用来，也不要不好意思。挂断电话后，弟弟马上给在广州的另一个朋友拨电话，在朋友当中过去一年曾经联系过的只有那一个。那位朋友啰唆了好一阵子，然后说，我没有时间去，你或许能去，所以我就告诉他你的电话号码。弟弟突然发火了，大声喊道：下一次有人问了也不要告诉我的电话。那位朋友也发火说，嘿，哥们儿！这世界只有你自己呀！弟弟不搭理，干脆挂掉了电话。就这样，弟弟抛弃过去的伙伴，这决定权当然是在弟弟那里。抛弃朋友也很容易，如果想断绝联系，随时可以换手机号码。弟弟已经没有精力跟他们没事打电话问寒问暖地聊天。对弟弟来说，更要紧的是将来对他的收入或升职有决定作用的人际关系。

第二个丢弃的是和情人的约会。对漂亮的情人，弟弟只跟我说她的性格跟姐姐很相似。不知什么时候起，弟弟讨厌或怕一切等待的事情。她却不厌其烦地替弟弟或跟弟弟一起等待所有弟弟的等待。她在她表姐夫经营的贸易公司当会计。听弟弟说因工作关系先认识她的表姐夫，后来在工作来往中认识她。她替弟弟在拥挤的银行大厅里，坐在银行的硬椅子上等待轮号，有时还替弟弟迎接从韩国来的客人，不用说来来去去的客户机票都是她替弟弟预订、取票、送票。她是弟弟第一次认为可以和她过日子的女人。交上朋友不到两个星期，她搬到弟弟工作的公司附近一栋楼房里，弟弟也从单身宿舍里搬进楼房。先是人搬进去，后来慢慢地把行李也搬到她的房子里。开始同居后，约会自然逐渐减少，购置楼房之后，干脆忘掉约会之类多余的程序，就如瓜熟蒂落，她也对此没有太多的怨言和不满。

此后弟弟丢掉的是妈妈的期望，妈妈希望弟弟娶回一个贤惠的本地朝鲜族女孩。弟弟交上外地女朋友的消息是我告诉妈妈的，我想这一消息不能不告诉她。因为妈妈每当听到谁家娶回外地媳妇的消息就慨叹，这是什么世道啊……这些跟她没有关系的事情她都打国际电话说三道四，每当这时，妈妈真的很愤慨，实在忍不住才打来电话。心里着急，又感到委屈，妈妈在电话那一头对着话筒放声痛哭，就像这边接电话的不是自己的女儿，而是妈妈的妈妈。也许妈妈为此哭了一夜，第二天晚上她又给我来电话说，我想了一夜，看来没办法呀，虽然说什么都无法接受，但是又有什么法子呢？就这个世道，你弟弟到南方，他在那里能遇到本地朝鲜族姑娘啊。要是你爷爷和爸爸在世的话……非气死不可……妈妈连说几个“非气死不可”，最后还是无可奈何地接受“这个世道”。可是弟弟听我说妈妈“非气死不可”却没说什么话。

用银行贷款买了房子后，弟弟回家的时间越来越晚。开始是傍晚，后来不知不觉到半夜才回家，接着是凌晨。甚至有时在分不清是凌晨还是傍晚的灰蒙蒙的光线下，神色茫然地站在自家公寓入口。弟弟望着灰蒙蒙的楼房，心里嘟哝，这是我在使用房子还是房子在使唤我呢。每个月交月供后，弟弟长舒一口气，但几乎同时还数一数还剩下多少个月。十年是一百加二十个月，又一个十年呢……弟弟为了买房子要贷款，为了还贷要工作，为了工作要有车，为了买车还需要钱。弟弟想贷款买车。

前一天晚上回来再晚，第二天早上八点弟弟像定时的电动娃娃一样立刻就起床。他说早上快要醒过来的时候总是做梦，而且前一天做过的梦到了白天都忘得一干二净，但是一到第二天同一时刻，像电视连续剧那样接着做前一天的梦。就如一天的节目全部结束的电视画面消失得无影无踪，但是第二天又接前一天的故事继续演下去。梦跟小时候见过的猪肠子，拧来拧去的。

在梦里，他仍在干活，干个不停。

要不就握着双拳不停地在跑。这是要跑到哪儿呢？仔细一想，是公司。

公司里有重要的洽谈会，弟弟要做翻译。所剩的时间还不到五分钟，但是还要走很长的路。做这样的梦后，弟弟总是想要赶紧买车。早上坐在挤满形形色色的人的公共汽车里弟弟忽然想到，世界如同拌饭，而人们就在争着做其中的一粒米，不知入谁嘴中。但这只是一瞬间的想法，弟弟的脑子里很快就装满了上午要做的工作和下午要约见的人。

为了装修房子，弟弟的车都过了半年还没有着落。装修房子的那一阵子，弟弟的情人佳妍辞掉工作，和弟弟结婚了，更准确地说做了婚姻登记。他们谁也没请，至于婚礼，他们商量好买好房子，再买车，然后再办。只是在交完装修费之后剩下的几千元钱全部取出来，买了一对镶着很小宝石的戒指互相给戴上，算是两个人结合的约定，这是弟弟的原话。

爷爷说过，我们的祖先是从卵里孵出来的。管他是从卵里孵出来的还是从石头里蹦出来的，我只是嗤之以鼻，可是弟弟用很小的声音问爷爷：

“祖先是鸟吗?”

“你这臭小子说啥呢?”

爷爷大喊大叫，紧紧抓住长长的烟袋锅，像是要向弟弟扔过去。弟弟吓坏了，眼睛里冒出眼泪滴溜溜地流着。

“你这又是怎么啦?”

爷爷的声音仍然很大，但带有一些无可奈何的叹息，接着，爷爷用又干又粗的手做手势，让我们靠近他。

“我们家有一本叫族谱的书，什么叫族谱呢？你们看见那棵大杨树了吗？像那棵树有粗大的枝干，又从枝干里分出好多小树枝，然后又从小树枝里分出更细的小树枝……每条树枝上都长满叶子。咱孙子就是那棵树的大枝干，所以要照顾小树枝和叶子。我们的祖先就像那棵树的树根，不管是大树干还是小树叶，都是从树根里长出来的。”

爷爷粗糙的手爱怜地抚摸着弟弟的头。

“姐姐呢?”

“女人就没有了。”

“为什么?”

“因为女人一出嫁就成了别人家的人。”

“呸，哪里有族谱呀？我在家里从来没有见过族谱啊。”

为什么说女人是别人家的人呢？我有些生气。还有爷爷从来没有把我抱到自己的膝盖上，用手抚摸过我的头。

“这丫头还顶什么嘴呀……‘文革’的时候都烧掉了。”

“为什么？”

“因为家里有那个东西就会被批斗。”

“家里有图册都不许呀？为什么？”

“说是迷信，你们怎么会知道呢？你们长大了自然会知道的，长大了一定要找到我们家的族谱，记住了吗？”

最后一句是给弟弟的嘱托。不久，爷爷去世了。弟弟想知道爷爷到底去了哪里，但是我不敢给他指指埋了“调皮蛋”尸体的土堆，我也不知道为什么。“调皮蛋”是我家一条狗的名字，它在我的前后左右跑来跑去，有时还叫两声，但是还没死的时候它已经不能跑，也不能叫……大人们说断气，那么那气又到底去哪里了呢？我也想跟谁问个明白。

再长大一大截了，弟弟还分不清祖先和鸟类，老是搞混了。因为在弟弟的脑子里，从卵里孵出来的祖先就是有翅膀的鸟……那时，弟弟总是做像鸟一样飞翔的梦。

北京奥运会的热情日渐沉静时，这个世界笼罩在金融危机的风暴当中。美元贬值，韩币也跟着贬值……一些人从韩国回中国，而另一些人则从中国返回韩国，好不热闹。2008 年可真是不平常的一年。

终于有一天，金融危机危及到弟弟埋头工作的公司里。即使弟弟再拼命工作，公司的生意还是日见衰弱，弟弟的脸在她面前也无法舒展开来。她为买装修材料到处跑，到了夜里她跟弟弟说这儿疼那儿疼地撒起娇来，想办法引起弟弟的注意，但是弟弟只是毫无诚意地说你辛苦了，她当然不满意。再累再烦，这结婚才几天呀，越辛苦她越需要弟弟的安慰，而弟弟越辛苦越钻进牛角尖。弟弟平时读的那么多书这时对他毫无用处。那是寒冷的冬天，空调整天在不停地吐出热风，但弟弟的身子还是冰冷的。冷得发抖，冷得结出冰凌的是心里。弟弟第一次感受到曾经爸爸作为家长承担过的生活重量，也懂得了家庭的温暖必须要以承担责任为代价的。就这样，弟弟从儿子，从我弟弟，成为一个女人的丈夫和一个家庭的家长。弟弟说，小时候的家真幸福，那时不用承担任何责任。大人看起来很自由，但实际上根本没有自由，这才认识到小时候看似没有自由，但是现在看起来真是自由，无忧无虑的多好啊……弟弟给我发短信说：

再也做不了像鸟一样飞翔的梦。

就在那段时间，在上海办广告周刊的朋友邀请我去帮她的忙，但我拒绝了。那位朋友希望我去帮她做文字编辑，但我不自信能生活在大城市的缝隙里，我还自信文字编辑之类差事在这里也能找到。当然跟朋友不能直说，只能找个借口说我没办法离开学校。我真心喜欢教孩子们，但是要实现梦想，学校这个舞台实在是太小。尽管如此，安逸的生活已经上瘾，让我不愿意动弹，各种借口倒是日见增多，身心也随之一点一点地萎缩干枯，就像晒干的草根。

冬天到了中半，公司终于倒闭，弟弟也开始闲起来。但是，身体是闲起来，心里却坐立不安，弟弟越来越沉迷于电脑游戏。

弟弟已经飞不起来，所以要想办法找个对手斗。

要从某种危险中保护自己，就要和那些不知原形的力量进行斗争。在这种莫名的斗争中，弟弟逐渐消耗精力，身心日渐疲惫不堪。但是弟弟坚信，如果不斗，自己就会被吃掉。所以要和看不见的对手斗，要是不得已，就要在电脑游戏中找对手斗。

生存本能！弟弟对自己的行为这样评价。弟弟不愿意眼看着自己刚刚开始的生活一下子陷入深渊。身心越疲惫，他面对世界的神经就像刺猬的尖刺立得越锐利，而且是时时刻刻不能放松警惕。刺猬，刺猬，别猫在洞里，快快出来跟我玩儿吧！她的撒娇再可爱也无济于事，弟弟仍选择做刺猬。出去散散步吧，多好的天气呀。你看你的脸，越来越像刺猬了。她伸出来的镜子里，真的出现一只缩头的刺猬，然后，弟弟拨通我的电话……

当心狗狸！我警告弟弟。那天晚上，我梦见一个小女孩，女孩坐在昏暗的房间里，翻开褪色的书页，书名叫《奇妙的动物世界》。糊窗纸外是阳光灿烂的下午，隐约听见小狗的叫声，女孩儿全神贯注地读书翻页。

……然而，黄鼠狼并不怕刺猬的尖刺。刺猬浑身像皮球那样蜷缩起来，只露出鼻孔，以便呼吸。这时黄鼠狼对着刺猬的鼻孔放出恶臭熏天的屁。刺猬被黄鼠狼的恶臭熏晕，有气无力地伸开蜷缩的身体。黄鼠狼咬住刺猬的肚子，等刺猬毙命后美美地吃掉刺猬的肉。

我从梦中惊醒，茫然向窗外望去，打开窗户。天还没有亮，清新的空气仿佛沁透了我和梦中女孩儿的心底。在我的藏书中似乎真的有一本叫《奇妙的动物世界》的薄书，遥远的记忆朦朦胧胧地透过岁月的泥土，像木耳般长出来。

我开始翻书柜，在好久没有动过的柜子里，岁月留下的颜色和气味扑面而来。我终于找出那本《奇妙的动物世界》。我翻开书页，梦中见到的内容一字不差地记录在那里，然后我自言自语。

这不是黄鼠狼吗？我怎么记得是狗狸了呢？狗狸连洞都不会挖，把獾丢弃的洞当作自己的家，而且弟弟也不像狗狸呀。

我的脸不禁像混凝土般凝固。

巨大的黄鼠狼抓住弟弟蜷缩起来的身子，正对着弟弟在艰难呼吸的鼻孔放屁，不久，弟弟陷入梦幻当中。先是房奴，然后是车奴，然后，再然后……我把自己关在爸爸留下的房子里，与世隔绝。只要这个世界没有烟熏洞穴，我挣扎着坚守那口洞穴。

如今，弟弟把自己的几十年典当给黄鼠狼，将随时被它吃掉，只要弟弟不能从梦幻中摆脱出来。而我，将自己的热情和想象力当给洞穴，消耗着青春和时间，这个洞穴的名字叫作安逸。

已变成刺猬的弟弟要当心的不是随时为人们提供防寒用毛皮的狗狸，而是黄鼠狼。

因为在黄鼠狼面前，刺猬的又密又尖锐的刺也无用武之地。

当心黄鼠狼！

有一只狗狸，轻轻地、轻得不能再轻地坐在没有装修过的房间里，像对弟弟那样对自己嘟囔着。

热铁皮房顶上的猫

金　革/著　尹金丹/译

它曾经是个帅气的家伙呢。

从头到脚披着柔软的白色毛。

祖母绿色的眼睛里发着幽暗的光。

三角形的耳朵，扁扁的粉色嘴唇，银色钢丝般纤细的胡须，张开小嘴就能露出它那锋利的虎牙，学名叫裂肉齿……

肩胛骨黑色的皮毛上掺杂着蝴蝶状的花纹。脖颈和胸前丰满的毛总能给人留下深刻的印象，小不丁点儿的家伙雄狮似的显摆着胸前丰满的鬃毛。

毛茸茸的长尾巴高高耸起，傲气十足。

这种猫原产于挪威，并非人工养育的品种，是战胜了北欧寒冷而恶劣的环境，通过了物竞天择的筛选而生存下来的佼佼者。

这种性格中还充满了原始野性的长毛猫，却适应了高楼公寓的生活，绝对是爱猫之人的至宝。

但是，我，讨厌它。

我决定不再照顾这只已经在我家饲养了一年多的猫。

一

我决定把它送给我的同事，在杂志社编辑部担任诗歌编辑的后辈。

“听说养猫的人当中有很多都是从事文艺工作的人呢。神秘的形象，自我为中心的性格正好与艺术家们不约而同。外国电影中也总能看到那一幕幕温馨的情景，诗人手持羽毛笔创作，毛茸茸的猫儿就蜷缩在一旁。”

诗歌编辑伸手搔弄猫儿的下巴，这家伙便倒痰似的发着咕咕的声音，伸展开身子顺势将脑袋依在了编辑的怀里。

后辈为了表示谢意，便在下班后请我到啤酒吧小坐。

“但是，您为什么不养了？”

几杯酒过后，后辈好奇地问我。

“你这么一问……嗯……就是不养了啊……”

面对单纯的提问，我勉强地扭动了一下嘴唇挤出了这么一个暧昧的回答。回答这个问题的时候有个女人浮现在眼前，是个拥有着猫的瞳孔一样眼睛的女孩。

这个女人就像斯佳丽，这位根据玛格丽特·米切尔的《飘》改编的电影《乱世佳人》中的女主人公斯佳丽的扮演者菲雯·丽，被人们称作“拥有猫一样的目光的女人”，她们两个的双目有些神似，我就给她起了个别名“菲雯·丽”了。

“菲雯·丽”是我的小说的忠实读者。她从文化杂志上我的履历上知道了我的邮箱地址，开始给我发一些简单的问候邮件。说读过我的全部的小说，还说尤其是对其中的几篇作品非常着迷（实际上，我自己都知道那些作品都徒有其表）。邮件中谈了她对小说的感受、对作者的好奇，几封邮件下来她开始恳请与我见面。自然地，我们就见面了。现如今文学的地位一落千丈，别说会有读者追着作家见面了，就连一般的文学爱好者也为数不多了，这可真是千载难逢的好事。

那个春暖花开的日子里，我们在她经常光顾的茶社见面了。

她走进茶社的瞬间，未曾抱有任何期待的我赶快收起那副心不在焉的样子，站起身来。正如我们所持有的偏见，认为文人或者文学爱好者必然戴着瓶子底厚的眼镜，过时的着装，大脑发达外貌平平，甚至说其貌不扬者绝非少数也不是夸大其词。但是她彻底颠覆了这种偏见，华丽地登场了。

她总是面带微笑，并且给人一种干练而端庄的印象。初春的街头，人们仍然没能脱掉色调暗沉的厚重棉衣，然而她却光鲜靓丽，轻盈跃然于季节的前头。天蓝色的上衣和短裙搭配得恰到好处，就如同时尚杂志上的推荐着装。

柔软的长头发自然地卷曲，嘴唇没有涂口红却发出自然的朱红色，粉红色的眼影使眼睛更加俏皮……天生的美貌加上后天的气质，使得她周身都散发出一种和谐的气息。

我竟然惊讶得兴奋起来。我不停地用手向上托眼镜，一直对文学啊人生啊滔滔不绝，而她眨着涂了粉红色眼影的眼睛静静地听了下去。

这以后我们便经常见面。稿费或者编辑费一到手，我就把她叫出来一起喝酒，那期间我向她倾诉的都是陈年旧事。虽然从那些天生就长得好看的女孩脸上总能捕捉到一点虚饰，但她的脸上满是聪明伶俐之气。那时候，我认为她就是打着灯笼再难寻到的天使了。

她曾经养过的猫，就是这只眼睛永远散发着祖母绿光泽，白色的长毛种的猫。就像她一样高贵的猫，但是我现在讨厌这只猫。

现在我已经将猫送人，兴致勃勃地与收下猫的诗歌编辑一起畅饮了一番才回了家。

一关上门，只见屋里的东西乱七八糟，我的房间竟如此邋遢，一阵凄凉寂寞扑面而来。从这混乱的布局中我找到了遥控器，对着电视机械地按下按钮。讨厌房间里这恼人的寂静，每每进家门最先要做的就是打开电视机，房间便马上嘈杂起来。跳过拖沓的电视剧转到了娱乐节目。主持人的口才非凡，舞台上下一片欢声笑语。但是充满了欢笑的画面却没能缓解我的抑郁的心情。我将声音调得更高了，却也更加使人烦躁，我整个人瘫在沙发里，想要彻底地藏进沙发里去。

妻子去韩国已经七年了。那时候还蹒跚学走路的女儿现在都已经上学了。

妻子很勤快，是个行动派，别人都说我会享妻子的福。出国的那年春天，世界也沉不住气，妻子也躁动起来。而我这个所谓的作家，除了能够整天埋头于诗集和书就什么都不会了。妻子厌烦了这样无趣的我，为了赚钱出国是唯一的路。我没有阻止她，我也无法阻止她。

她不满于像一般人平凡地生活，她要比别人生活得更好，善于经营的她开始使家里慢慢地发生变化。靠江的公寓大楼里最好的楼层现在就是我家，再看家里那台超大屏幕的电视机，以及空调、洗衣机、冷冻机各种家用电器一应俱全，这都是沾了我妻子的光。我的第二本小说集也是多亏了妻子才自费出版了。我有不少作品，但是囊中羞愧，第一本书都出版五年了，幸亏妻子的鼎力相助，这第二本书才能如此痛快地出版上市。

所有人见到我就说我的老婆抱了金砖了，说我的家现在是发了幸福的大洪水。但是那最幸福的时刻也是我最不安的时刻，我那时只感到是在忍受着这幸福带来的折磨。

而我们的伙食有时候就是煎鸡蛋、烤面包再加上牛奶。要不然就是焖好了一天的米饭，好歹炒了炒的泡菜，留下冷冷清清的饭桌。我家女儿穿得比谁都好看，但坐在这没有妈妈的饭桌上，脸上也只能表露出失落之色。说好三年就回来的妻子，一去就是七年。现在妻子对于我和我女儿的存在绝非思念之人，不过是每个月十五号那通国际电话里的电波，照片里的静物，还有那蓝色的万元韩国纸钞。对妻子的怨恨也渐渐地在妻子一手营造的安乐窝里滋生开来。

我十分郁闷，疯狂地怨恨起来。我开始酗酒，每天喝酒直到最后一个电视节目播完才会上床睡觉。每天都这样熬夜直到天空泛白，日夜颠倒着度日，我自己都开始为自己徘徊于寒冷寂静深夜的样子感到黯然神伤。

在那段难以忍受的禁欲的日子里，曾经是两个人共用的被子，现在却空空荡荡，躺在里面所忍耐的孤独，是只有经历过的人才能够了解的。被子里是一个人的体温，即使把暖气调得再大，仍旧是凄凉的忧伤荡然其中，骨头中的寒气就是挥之不去。刚开始只剩一个人的时候，我还相信能够自己解决这肉体上的欲望。一想到为了这个家，在异地他乡打工的妻子辛苦得连指纹都磨平了，便觉得这肉欲就是对她的侮辱。每当无法抵御这肉欲的时候，我就努力地回想着妻子坚毅的脸。但是随着时间越来越长，这矛盾也愈演愈烈，欲望在我的身体里燃烧，将我的身体烧成了沙漠还发出吓人的怪叫。这怪叫骚弄着全身，欲火要将我彻底燃烧殆尽。一想到以后的日子里尽是寂寞和无味，我就再也无法忍耐下去了。仿佛乐曲进入到高潮，而琴弦绷得太紧就要断开之际，她翩然而至。

我们见过几次面之后的某一天，我鼓起勇气邀请她参加我们编辑部内部的聚会。参加的人全是老婆在外的光杆司令们，这些人不谋而合地带着他们现任的情人。这世道，有个情人什么的都不再是不可告人的秘密。而且这样的聚会能将人凑得一个不落，我也不得不参加，聚会的头头便是我们的编辑部部长，看到每次都独个儿参加的我就笑嘻嘻地问道：

“你是太监啊？”

部长的笑声骚扰着我的耳膜，房间里的灯光让人眼花缭乱。这缭乱的声音随着不知名的风在聚会中肆意放荡。我们部长紧接着又多少带点儿轻蔑之气地补充道：

“下回你要还是自己一个人来，就让你在大家面前确认一下。你可要明白我们会说到做到呀。”

实际上，在众多有家属出国的人当中，除了我和一个五十多岁的散文编辑外没有不到处张望女人的。所以同僚们竟然给我和那个老编辑设计了个符号，想到这里我决定邀请她。我请求她假扮我的情人，她听完笑了起来，笑得先仰后合，但是痛快地答应下来。

编辑部部长看见我拉着《飘》的主人公的“菲雯·丽”进来，惊讶得差点儿把眼镜从鼻梁上磕了下来。刚才一派觥筹交错的景象，现在都停住了，大家放下碗筷瞅着我，他们也是才刚刚围坐在一起彼此认识起来，这会儿却对我的情人半信半疑。然而，那天我成了将睡美人从城堡里拉到了聚会上的王子，真是神清气爽的一天。

天下没有不散的宴席，我有幸将她送回家。她醉得不轻，但即使如此通透的眼睛却未见醉意，眉目之间反而分外清醒，传来滚滚情意。那双眼睛还保有豆蔻少女的腼腆的爱慕的神色。既然已经到了她所在的楼层，我转身便要离开，她却轻声叫住了我。

她仿佛如释重负，俏皮地吹了口气，将刘海吹得飘了起来，问道：

“我们做真的情人不行吗？”

透过楼道的窗户，月光在楼梯上洒下了一条银色的小河。我只感到酒精还作用于血液当中，我努力地将游离的视线固定在她的脸上。她也回视着我，忽然要晕倒似的一下子栽倒在我怀里。她的唇轻轻地贴在我的脸颊，迎着我的嘴唇移动着，濡湿的嘴唇间，她柔软的舌头竟然试探着伸了过来。这舌头滚烫，又湿又滑。突如其来的事件让我慌张却倍感温暖。我的心里分明在激烈地挣扎，但身体却跟着她融为一体了，再也按捺不住一把将她的腰揽入怀中。

我们相拥着进了她家，彼此扭缠在一起，就像是在荒漠中迷路的旅行者找到了绿洲，如饥似渴地吸吮着清泉。

每当我们狂欢之后，她便说要喝咖啡，这倒真是独特的趣味。不一会儿咖啡煮好了，牛奶在咖啡中如云雾一样散开。这咖啡怎能如此味美，第一次与别的女人在床上享受着香浓的咖啡，怎会如此惬意而甜美。

香气隐隐飘荡，爱情也悄然而至。浓浓的咖啡滑进口中略苦微微发涩，但苦尽便会甘来，甜美的味道留给人难以抹去的记忆，深深刻下的烙印。也许正是因为这点，才会有不少人都对咖啡上瘾吧！

直到饭后，一切都算平静地度过，她放下咖啡杯将略微发烫的脸贴在我的胸前，粉扑扑的脸蛋就像成熟的水蜜桃，忽然张口说道：

“都已经过了三年了，一个人……”

她的丈夫派到韩国工作去了。她的丈夫和她在同一个学校，一个是体育老师，一个是语文老师。可是他们那个偏远的小小学校渐渐地没有了生源，终于被荒废了，他们就这样没了工作。所以丈夫决定去北京找工作，她也只能默默地接受。她定定地盯着画在咖啡包装纸上那对飞舞的蝴蝶。

“我们以前经常一起喝这种咖啡呢，‘燕窝’咖啡。”

就是这样的一个女人，她圈养着产自挪威的猫，但是现在的我讨厌它，要送走它。

二

早上，我刚踏进编辑部，那个诗歌编辑就迎了上来。

“学长，您听说过弓形虫吗?”

声音急切而诚恳，我却是一头雾水。

“弓形虫?”

话音未落，他着急地指手画脚地说明起来。

“尤其是对产妇简直就是致命伤，别提多恐怖了！别说流产了，说不定会生下无脑孩之类的畸形婴儿呢！”

“那么又怎样呢?”

“什么怎么样！那病菌就寄生在猫的身上啊，这才叫恐怖呢！”

我这才恍然大悟。诗歌编辑的老婆现在怀孕了，这家伙处处都小心翼翼，都是为了下一代。小家伙就像个大号病原体似的，被这位一脸招人烦的诗歌编辑放在盒子里又递还给了我。

正好，我就拿这在办公室里无处落脚的小猫当作借口早早地下班了。进了家门，我呆呆地端着那个装猫的盒子，反而觉得自己像是手持赃物无处可藏的盗窃犯。

一天，拥有猫一样瞳孔的她——“菲雯·丽”手里提拎来了一个电饭煲的包装盒，可那电饭煲的包装盒里却不是电饭煲，那是一只猫。

她说她喜欢猫，满脸童趣地叫我和她一起养。我充满疑惑地盯着那两双眼睛，到底是猫的眼睛像她呢，还是她的眼睛像猫不得而知，便稀里糊涂地将猫收了下来。

她确实是喜欢猫。她就好像能和猫心心相通，不但和它说话玩耍，手机里相机里满是她和猫一起照的照片。她会用粗毛刷子给猫刷洗，将猫毛上的脏东西刷得一干二净，再用长毛巾把猫给裹起来擦干它身上的水。把吹风机调到最弱的一挡，轻轻地一边梳理一边吹干猫毛。她轻柔的双手不但将猫打理得瘫软无力幸福得直打盹，就连在一旁观看的我也睡意四起。

因为她，我对猫也长了不少学问。

“漂亮吧，这猫？虽然毛有点儿长，但是总是健健康康的，油亮亮的，手感也好，而且还不容易掉毛呢。

猫喜欢吃常温的食物，它可不喜欢吃刚从冰箱里拿出来的东西！太烫的也不行，倒是喜欢喝酸奶呢。

猫吃东西从来不嚼，直接吞进去，所以得格外注意呢！给它鸡肉或者鱼的时候，得把骨头剔出去，要不然会伤了胃的！一定要注意啊！知道了吧！

你知道什么东西绝对不能给猫吗？洋葱，是洋葱！老给它吃洋葱，就会破坏红血球，会引起贫血呢！”

她一副乐在其中的样子，津津有味地大讲特讲。

她如此喜欢猫却不留在自己身边，偏偏要放到我们家是有原因的。首先，她说她想送我礼物，但是事实上却并非如此。弟弟和弟妹都出国了，把顽劣的小侄子留给她照顾，猫就成了小侄子惨遭迫害的对象。所以为了保护猫，送到我这真是上上之选。脸上架着眼镜满脸慈祥的我，在她心目中树立起了一定能把猫照顾好的伟岸形象。

其实，我对猫没有特别的喜爱，也不会给这猫特别的待遇。因为我最无法容忍的就是它会对家具、墙、坐垫、地毯等等一一施以暴行，留下它的小爪印、小牙印。尤其是它会跑到书房，把书撕得稀烂。但是在她的恳请下，考虑到她的暴力的小侄子的淫威，而且其实我的女儿又格外喜欢这小猫，再怎么无奈也只好收养了。

“这就是我们爱的见证！你看到猫就得想到我！”

那天，激情过后我们赤裸地躺在床上，懒懒地喝着咖啡，猫不知何时溜了进来，她将猫抱起来爱抚着如此说道。我看着猫的双眼，和她的双目如此的相似，不知不觉地我开始管这猫叫“菲雯·丽”……

喵！从装电器的盒子里发出了猫的叫声。我掀开盒子，只见那猫瞅着我，眼睛显得更加惹人怜悯。祖母绿色的光里仿佛在问我：“为什么你不要我了？”

站在门厅里，我犹豫了半晌，仍然提起盒子走出了家门。出了小区的大门，我又走了几百米来到路口，路灯下整齐地站着四个分类垃圾桶。本来把捆好的垃圾放在家门口，清洁工就会收走，我却特意下楼走了这么远扔垃圾。因为这次的垃圾比较特别。

我从西边的窗户望出去，就是扔掉电器盒子的方向。我向上托了托眼镜，极力地向窗外巴望着。希望赶快有个清洁工过去捡走它。然而……然而我什么都不能做了，无论是清洁工还是别的什么人收养它，我都不得而知，我都管不了了……

这时有个人影向着垃圾桶走了过去，弄得我紧张得整个脸都贴在了玻璃窗上。眼前的场景就好像老电影的画面似曾相识。那人弯下腰开始翻垃圾桶里的东西。仔细一看那人穿着怪异，蓬头垢面，不是身穿橘红色坎肩的清洁工，那分明是个乞丐。

那乞丐蹲坐在电器盒子面前，撕开塑胶封带刚打开盒盖，那猫就像个压瘪的弹簧一下子蹿了出来，毫无预兆地跳出来的猫扑向乞丐的脸，把乞丐吓了一跳，伴着一声短暂的惊叫一屁股坐在了地上。

从盒子里被释放出来的小家伙一通转悠之后，直奔公寓大楼跑了过来。穿过铁栅栏，穿过公寓广场。我也一屁股坐在椅子上，竖起耳朵等待着。

过了不一会儿，一切都如梦一样，从大门口传来了猫叫的声音，猫急迫地叫着，叫声越来越频繁，那叫声响彻整个楼洞。我只能起身去开门，门一开它一跃跳进我的怀中，叫声变得更加悲切。

“喵！”

看来今夜的我，又将会彻夜地听着不绝于耳的怪叫而无法入睡了。

三

在这个格外寒冷的冬季即将结束的时候，摆脱了无际的犹豫之后，我做出了一个艰难的决定。拥有像猫一样眼睛的她，不断给我带来惊喜和爱情的她——我必须整理一下我和“菲雯·丽”之间的关系了。

我不是那种能够快刀斩乱麻的豪爽性格。培育这份爱情，就像是在进行培育稀有秧苗的秘密试验，我只想避人耳目，静静地培育我们爱情的秧苗。我从未忘记我对她的感谢，是她给我贫瘠空虚的心用甘露浇灌加以保护。而让我下决心与她相爱的，不是别的，正是我那出门在外的妻子。

然而，妻子说她就要回来了。曾经低声乞求，哀切地祈求，换来的只是无情的等待，如今视钱如命的妻子竟然主动要回国了。现在的形势大不如前，劳务市场饱和了，工作机会也好工资也好都不再值得，前景一片茫然。长时间在饭馆里当苦力，小病累成了关节炎，她再也无力支撑下去了。

放下电话，我的脑袋一片空白。虽然我作为有妇之夫对单身生活早已厌烦，期盼着妻子回到自己的身边，但是现在面对这通电话真是措手不及。

接过电话的几天后，我约她见面，我将要对她宣布分手的决定。本来想邀她去豪华一点儿的地方，而她却说牛肉面馆就好。

在我们预订的位置上，我手里拿着筷子，心里满是犹豫。无论怎么看，她都是如此的美丽。口中嚼着面条，嘴唇嚅动的样子，吸吮面条时偶尔扬起下巴的样子，一切都是完美无瑕。我看着完美的她，盘算着还要不要说出来，心里乱作一团乱麻，仿佛一头扎进了眩晕中。我守护着这令人眩晕的秘密，想找到一句富有实效的语言去说明混乱的往日、复杂的现状，还有那些幸运早已被消耗殆尽的将来。

我胳膊肘支在桌子上，呆呆地用筷子搅着面条，只为了给不知所措的双手找个地方待着，窘迫逼着我张嘴说话：

“那个……现在……分手吧……我们……”

我如鲠在喉哼哼唧唧地费了好大劲总算吐出一句话来，之后便是没有回应的等待。

“什么？分手？你当我是酒吧小姐呢？呼之来唤之去！”

我想着她会对我恶吼尖叫，等着她随即将吃的喝的泼过来，然而我一直在等待。

她抬起头将头发向后捋，飘长浓密的头发染了颜色泛着温柔的光，朦胧的光映衬在脸的周围。耳垂上耳环在晃动，那是我买给她的耳环。

“咻～”她吹了口气将刘海都吹了起来。嘴角上丝线一样的皱纹被微皱起，这意料之外的微笑让我更加窘迫。我无言以对她充满爱的笑容，这笑容在挠我的心，挠得钻心的痒。

沉默静静地徘徊着，尴尬地继续着。我的手夹着泡菜停在半空中，又放下。她埋头继续吃着碗里的面，努力遮掩着正在认真思考的神情。与我脸上的难过的面色并无区别的思考的表情。

“就这样结束吗，我们？我想了好长时间了，好奇我们会何时结束，用什么方式结束……”

自言自语般地，她低声说着，继续吃剩下的面条。碗里的面条已经凉了，汤表面上的油凝成白色的固体，好像蜡烛燃烧时滴下来的蜡珠。她拨开凝固的油挑出面条，仿佛期望着专心地吃完面条就可以化解尴尬的气氛。

我想还是把她送到家门口，她回绝了我独自打车走了。

“慢走……”

我们都错过彼此的手，简单地道别。我惊讶于我的心里为何如此翻江倒海，阵阵巨浪猛烈地拍打着我的心壁，我明白这是我们最后一次的彼此道别了。一团奇怪的东西从肚子里汩汩地往上冒，经过胸口直冲大脑，那难道是……迷恋？如果不是，又如何解释这茫然的不安。出租车走了之后，我双手插在裤口袋里，在原地站了许久。

我一个人沿着胡同走向酒吧，一个人喝闷酒，没有节制地喝酒。一个人嘀嘀咕咕踉跄着回家，曾经期待的星期一……

我连摘眼镜的力气都没有了，歪在沙发里直到凌晨的时候被口渴搅醒了。走到厨房打开冰箱，冰箱里却空空荡荡，也正如我冰冷黏湿，装载的只是委屈，打了杯更加冰冷黏湿的生水就往嘴里灌。趁着冰箱里的灯光，我看见盘卧在冰箱下圆圆的猫，它怔怔地盯着我看。

“累吗?”猫好像在问我，它的眼神沉着冷酷，定定地要把我看透了一样。它仿佛具有了人的智慧能够把对方看穿，这想法让我不寒而栗，我甚至无法正视这对傲慢的水晶球。

我突然想起“菲雯·丽”的话，那个拎着装着猫的电饭煲包装盒的她，她说：“猫就是我们爱情的见证啊。”所以在妻子回来之前，我觉得要从处理这只猫开始。那天凌晨我就起了，去处理猫。之前她也来过电话说：“猫是当作礼物送给你的，所以你看着办吧。自己养着也行，要不就送户好人家……”

她的声音好像发生了一些变化，语调平静。虽然所有事情都已是过去时，但我对这段被定义了时间界限的关系仍然有些念念不忘。然而，她这荒诞的态度，我唯一的惦念，对这只猫留有的唯一的迷恋也被一扫而光了。

所以几天前，我又将猫装进了纸盒子。

这小城市里只有一座桥，我去了那里，因为那边总是聚集着一些贩卖宠物的人。也不知道从何时开始这些宠物商贩们便占领了这块城市要地，偶尔也会有工商局或者城管的人来执法试图取缔他们的非法行为。但是管理的人刚走，他们就又回到原地开始红火的生意，这也就成了实事上的宠物市场。

我拎着盒子好一通转悠才发现这里的商贩大部分都是汉族妇女。桥上的“宠物市场”几乎都在卖狗，根本看不见猫。鱼贯而行的看客们几乎也都是充满好奇心的小青年，还有那些闲着没事干的家庭妇女。我穿行在人潮的缝隙中，很庆幸听到了有人用朝语吆喝。我向熟悉的母语声走去，低声地问那人收猫不收，怕她不要赶快补充说是白给的。但那人也摇头说：

“现在的人啊，都喜欢狗……”

“为什么?”

“俗话说了，狗伺候主子，猫得主子伺候啊!”

“那也先看看我这只吧，这可是挪威名种。”

我赶快把猫从盒子里拿出来，但是她连头都不抬彻底回绝了我。她对我这生意毫无兴趣，自顾自地买卖去了，掏出几个丑了吧唧像獐子一样的小狗招呼客人。

我成了宴会中的不受欢迎的人，独自站在角落里进退两难。桥上来来往往的脚步声很嘈杂，我正心烦意乱，突然感觉有人在拍我的胳膊。回头看见一个十来岁的时髦女孩，头发都跟铜丝似的朝天立着。

“这猫，我想要，嘻嘻。”

她有点儿害羞，小心翼翼地清楚地说出每个字的发音。

“你喜欢猫?”

“是啊!”边说边使劲地点头。

“真是好女孩，又喜欢小动物。”

我的心情就像是在颁奖，说着祝贺的吉利话，发放奖杯一样恭敬地把猫递了过去。她接过猫，高兴得合不拢嘴，上了弦似的连连道谢。

小姑娘最后向我鞠了个躬，也没有要盒子，抱着猫蹦蹦跳跳地就走掉了。我拎着空了的盒子，看着她和“菲雯·丽”迅速地消失在桥的另一头。

又是星期一。如果是星期一的话，关于她的回忆就会肆意在脑中泛滥。好像咀嚼过太阳果甜美的果肉后嘴里还残留着味道，无法忘记与她在一起的痛快淋漓，自然舒畅。对她的记忆是剪切下电影中精彩的镜头，鲜活地重现在脑海里挥之不去。她会光着身子穿我的衬衣松松垮垮的样子，她会坐在沙发上涂上一整天指甲油，她也会在厨房里给我做有营养却没有味道的西兰花，她甚至会把我按在床上给我刮胡子把我的脸弄得伤痕累累。

我甚至记得她的体香。她身上自然发出的味道，像是迷幻药将我退化的细胞一个一个地唤醒，她如同清晨挂着露珠的花朵般华丽。现在这朵花已经凋零了，这间屋子里再也没有她的气息。再次陷入混乱的家，回到了往昔只剩下独守空房的丈夫，屋子里长满了毒草，空气也变得污浊起来。每当对她的迷恋再次放肆的时候，我必须打开电视。找到那闹哄哄的娱乐节目，调高音量，让我忘却时间的流逝，淹没无法平息的爱慕残痕。

吵人的电视声中，传来了门铃声。一个人的日子特别欢迎门铃响起的声音。我一开门整个人怔怔地钉在了地上。一个小女孩站在门口，就是前几天领走猫的女孩，铜丝一样颜色的头发，铜丝一样硬挺挺地朝天立着。她来干什么呢？她将拎来的纸盒子举到我面前，我一下子就明白里面装的是什么了。

"我是来还你猫的。"

父母都出国在外，是奶奶将她拉扯大，从小就特别疼爱她，尽量满足她所有的要求。但这次，就连奶奶也要出国了，她奶奶竟然隐瞒了年龄办理了出国务工手续，她们家就养不了猫了。

"那你住哪里去呢？"我无意识地担心起这孩子。

她说奶奶要是走了就把她托付给姑姑那边，可姑姑家里除了小孩们，老婆出国打工的大男人们就已经挤得满满当当的了。这出国打工的风已经席卷了不止一两家，家家都七零八落，这种事情也就没什么好新鲜的了。她把手伸进盒子，一直抚摸着猫的脑袋，眼睛里的泪珠打着转儿。比起即将离开她的奶奶，她更舍不得它。

她忍着不哭出来尴尬地鞠了个躬，转身向着电梯走去，走路的样子就像个没有脚的木偶。她按下电梯按钮就要走进电梯的时候，我赶忙问她说："你是怎么知道我家的？"

"问猫呗！"门就要关上的时候，她赶忙喊道。

就在这会儿工夫，"菲雯·丽"已经跳上了沙发，用它祖母绿色的眼睛瞅着我，简直就是个调皮鬼。

四

正晌午的公共汽车里很少有人。坐在我前面座位的女人正在打电话，恐怕坐得太近了声音更加聒噪。这种四十来岁的大婶，电话铃响个不停。手机铃声经常是烂大街的《大长今》的主题曲，歌曲一响紧随其后的便是妇女们唠家常，不需要动脑子的没有营养的对话从上车一直能聊到下车。我也只能无可奈何地坐着，紧紧地抱着纸盒子，盒子里的猫叫被淹没在噪音中。

自从妻子出国后，刚一开始每周都会来一次电话，她还嘱咐说电话费太贵，她会打来单方付费的电话，那样就不用我给她打了。电话里总是夹着哭声，忙、累、想家离不开这些内容，尤其会提到韩国人给同民族的中国人差别待遇，她说要是没有这个家她恐怕撑不过来。可频繁的电话渐渐少了，由每周一次变成两周一次，一个月一次，电话那头的情绪也变了，变得不耐其烦。到了后来，只有年啊节啊才会来一次电话，说的话都是让我向女儿问好，就像流行音乐似的来回来去地播着。最久的一次，隔了七个月才接到妻子的电话。那真是好久不见，好久不见的妻子的电话。而且来得真不是时候，当时我正和“菲雯·丽”翻云覆雨正要逼近高潮。

“别接……”

她呼吸急促紧紧地抱住我的腰。但是电话铃声毫无作罢的意思，我整个人像个八爪鱼挣脱着从床上跳了出来。“怎么才接？睡着了？又喝酒了吧!”妻子对我的毛病一一过问。我都简单地“嗯……嗯……”作答，对妻子的愧疚使我十分慌张，我的呼气更加急促。我感觉妻子好像意识到什么，我赤裸的身子蜷了起来。

从开着门的寝室里，“菲雯·丽”用讽刺的眼神盯着我，赤裸着上半身挺着乳房不停地做出挑逗的姿势。她站了起来走向我，从后面抱住了我，电话差点儿失手掉了。丰满的乳房就像撒满泡沫的海面婆娑着我的后背，而妻子却用她的大嗓门蹂躏着我的耳朵。

她柔软的手游走在我身体的每个角落，玩弄着我的身体，弄得我上气不接下气。累也好，愁也好，涂了粉红色指甲油的手将它们清扫得一干二净。她炽热的舌头戏弄着我的耳朵，就像蘸满涂料的刷子，我的身体就是画纸，这刷子便开始了它上色的使命。沿着下巴，经过喉结，在我的乳头上稍作停留一直到了肚脐下边，她仿佛要一口吞掉已经紧张万分的“我”。

结束了拷问般的电话，我生气地一把将她推开说道：“好玩吗？好玩哈！”

她也不作答，从桌子上翻了过去又和猫玩了起来。不一会儿她“腾”地站了起来，迅速地穿好衣服。刚才还散落的长发这会儿已经卡上了一个紫色的发卡，她的脸色也俨然是另一个人了。我便觉得过意不去，抓住她的肩膀问道：“抱歉，没弄疼你吧？”

她想把我推开，手劲儿还真不小，就像个受伤的野兽拼命地反抗着。

“怎么了？老婆来的电话，你那样让我怎么办？”

门厅里，只听见她的啼哭声，只看见发红的眼睛里吧嗒吧嗒地滚下泪水。

“其实，我也累啊，这样很辛苦的！我昨天接到电话了，我们家那位干活时受伤了。可他怕因为受伤丢了这好不容易找来的活儿，愣是带着伤干。再看我这是干什么呢！妻子背着丈夫不知廉耻，我自己都觉得脏！”她说得既响亮又干脆，话音刚落便摔门而去。

公共汽车里，断断续续的电话铃，大婶们的电话不知何时才能结束。

“呜啦啦……呜啦啦啦……”

“对，办去韩国的手续。四十天之内能办好！一定能办好！百分之百能办好！”

“呜啦啦……呜啦啦啦……”

“那男的，电子公司的代理，四十六……嗯，四十八岁了，一米六四……嗯，也就一米六零。岁数是大了点儿，对、对，个儿也矮了点儿！可是又有房子又有车的……”

“呜啦啦……呜啦啦啦……”

“对，办去韩国的手续。对，广告长期有效，放心吧！”

女人的声音已经成了嘈杂的噪声，超出了忍耐的极限。就算通话内容公布给全天下，那女人也不会有丝毫介意。这真是一犬吠形，百犬吠声！出国潮一热起来，这些小贩们忙着准备手续，帮着介绍涉外婚姻，无微不至地筹备出国贷款，出国中介也算是一种新兴行业了。

不知不觉地，我一直皱着眉头。随时准备着将猫送人的我迫不及待地要摆脱这种噪音，决定在下一站下车。左右一看，周遭的人都横眉竖眼地怒视着那个打电话的女人，大家的眉头皱成一团都跟我一个模样。

车一报站，我逃也似的从公车上跳了出去，头也不回大步流星地往前冲。嘴里低声念叨着："再见了菲雯·丽！"

"喂！等一下！"

突然感觉这呼唤的声音是在叫我，但是我不能停，装作没听见加快脚步往前走。

"喂，我说！那位戴眼镜穿西服的人！"

她都把我的体貌特征叫出来了，我只好停下脚步。回头一看原来是公车里释放毒气的那位电话大婶，拎着盒子递给我说：

"怎么这么粗心啊？得拿着东西走啊？"

"这……这不是我的东西……"

"什么不是！年纪轻轻的痴呆啦？我分明看见你拎着上的车……"

她生气地说完就把盒子往我怀里一揣，又补充了一句：

"里面别再是装了死孩子吧？还那么偷偷地扔掉……"

她脸上露出了一个意义微妙的笑，又去接电话了。她向商店走去，依旧扯开了嗓子聊着。

突然，天上开始滴滴答答地落下雨点，今年的第一场雨。雨滴变成一条一条的线，没带雨伞的人们纷纷跑进室内避雨。跑进地下通道的人们，跑进便利店的人们，跑进邮局、花店的人们……虽然淋了雨，但因为是今年的第一场雨脸上都露出喜悦的表情。

"喵！"

它也知道老天变脸了，在盒子里叫个不停。我脱下上衣罩在盒子上，雨织成的粗线浇透了衬衫，衬衫紧紧地绷在皮肤上。雨滴哗哗地冲刷着眼睛。第一场雨时，我们相见了。时间从我们身边流过，从手指缝间，从心间不知不觉地流走了。

第一场雨冲刷着边境小城的街道，我心乱如麻地抱着盒子怔怔地就站在原地，也让雨将我一块儿彻底冲刷。

五

夜晚，月亮渐渐爬上枝头。从九层楼的窗户望出去，好像伸手就能够到月亮，月亮显得更大却轻轻地要飘向远方似的。我被月亮拉到窗口，打开巨大的落地窗。初春仍然很冷，新的一年我第一次将这么大的窗户在这寒冷的夜里打开。顺着四敞大开的窗子，我将猫扔出了窗外，关窗，挂上窗帘。

在没有开灯的客厅里，娱乐节目的哄笑声充满了房间。在黑暗中，电视的声音依旧被调得很高，但一切听起来都充满了不安。

客厅地板上到处都是开了盖的酒瓶子，我拿到耳边摇晃了摇晃才发现酒瓶都空了。打电话到商店叫酒，我又嫌麻烦，而且今天我可喝得真不少。便拿起章鱼干放在嘴里开始嚼，下巴都没劲儿了，仍然要大口大口嚼，好像能把不安嚼碎一样。

"菲雯·丽"也喜欢章鱼干，无论是她，还是它。每当她努着嘴嚼章鱼干，我就会产生一种奇异的冲动。然后我就会把她撂倒在床上，我俩就像是缠绕在一起的两条章鱼在床上来回摆动。

有一天，我们摆了章鱼宴，看见有人在门口晃荡。

"今天星期几来着?"我从她身上翻下来问道。

"星期二!"

"哦，天哪！糟了!"

我和她约好了每周一见面。要是周末女儿就从姥姥家回来，独自生活的丈夫家里总是乱哄哄的，丈母娘偶尔来给收拾收拾。我拙劣地计算着她来的次数，丈母娘很少星期一就来，认为这就是绝佳的选择，我们像等待弥撒日一样虔诚地等待着周一的到来，等待周一放纵肉体的欢愉。

我们疯狂地渴望着对方的身体，忘记了日期冒着风险再次见面了。结果却像是丢了窝的蚂蚁急得四处乱撞，我赶快收拾了床，将她藏在了大衣柜里，鞋子扔在了电脑桌底下。不祥的预感成了现实，丈母娘不期而至，她拿着家里的钥匙可以自己开门进来。幸好防盗门异常繁琐，她开门的动作还没那么熟练，这才为我们争取了宝贵的时间。

"我昨天有酒会，喝多了一点儿，正睡懒觉呢……"

丈母娘还没问，我就赶快为自己迟迟没有开门找起借口。为了给自己的谎言打圆场，我赶快哈欠连连地装困，自己都感觉演技拙劣。丈母娘环视一眼屋子，脸上马上布满阴云，只顾着收拾自己身体的欲望，家里却一如既往地邋遢不堪。我私下里也觉得过意不去，但又觉得丈母娘也犯不着这么整天跟这儿较劲。不过要是别人家，肯定唠唠叨叨地数叨个没完没了，可我们家丈母娘向来沉默寡言。这老太太年轻时也没做过什么大职大官，退休了倒当上街道主任，她品格正直，明事理，口碑非常好。她非常理解老婆在外的女婿，经常给家里抱来一盒一盒味美的腌菜，照顾得无微不至。

丈母娘依如以前，默默地清扫房间烧煮饭菜，而我所有的神经绷得紧紧的，只关注着大衣柜。大衣柜里，她正在接受不是刑罚的刑罚，没有任何时机能让我去解救她。丈母娘拿着抹布冲着衣柜走过去了，我慌得左顾右盼，一把拦住了她，抢过抹布说：

“我来吧！擦桌子什么的我也都能干！”

说着我就拿起抹布在衣柜上一通乱擦，丈母娘满脸狐疑地瞧着我说道：

“唉嗨，这真是寸劲儿了，偏偏到这儿了才抢活儿干！”

老天啊，我就跟掉冰河里了似的，到处都滑不溜丢，没有地方能使上力气撑住已经冻僵的身体上岸。

丈母娘好奇地一直张望着衣柜，发现我紧张得呼吸都不正常了，就开口说道：

“现在换季了，小心点儿感冒！”

若是以往，她也肯定会帮我整理衣柜，今天却连衣柜的门都再没碰过，她最后连猫的水和食物都打理好，才动身回家。她回头看着整洁的房间，皱纹的纹理之间流的是温热的血，我却发现她的皱纹更深了。她始终一语未发如来时默默地走了，我的神经快要绷断了，这才松了口气，赶快打开衣柜的门将她放出来。

“你这里边都是土，我要是打个喷嚏什么的，这日子就到头了！”

无论怎样，总算过去了，我一下瘫坐在地板上，她也好半天没有缓过神儿来。我俩都像个物件似的，僵着脸呆坐了好半天。

后来的日子里，她总是表情凝重，好像忍耐着什么，很有可能就是她身边的我，是我引起了不和谐。如果这是真的，我认定只有解除我们秘密的关系才能让她释怀吧。我假装若无其事，一边解读着她的眼神。是不安，我察觉我们之间明显地存在着一种不安，每当这时我就赶快将她抱在怀里，轻轻地抚摸着她的后背。就像安抚一只受伤的野兽，这需要时间。当她慢慢地将头抵在我的胸口，绷紧的后背慢慢地放松听凭我的抚慰时，绷紧的线断了，她像水龙头似的破涕大哭。

好像有人在哭，我停止咀嚼章鱼，侧耳倾听。房间里的每个角落都渗透着她的声音和味道，到什么时候才能清理干净，也许只有即将回家的老婆能抹掉吧！但那个声音不是幻听，我惊讶得张开大嘴，章鱼爪从我嘴里掉在桌子上。那声音是从门口传来的，打开门的一瞬间，我整个人都要背过气去了。声音扫过整个身子，让人毛骨悚然，不寒而栗。我再次去确认，只见猫盘在门前。刚才被我从九层高的窗户里扔出去的猫，现在正用它滴溜溜的圆眼睛看着我。

六

那天，表弟来了，我很少和亲戚们联系，亲戚什么的和陌生人一样。但这个远房表弟与众不同，他的脸皮厚得就像又焊了一块铁皮似的。大哥，大哥的叫得可亲了，比其他直系亲属来得都更勤。

“我觉着打篮球挺好的，要是我们家有钱，我就去体校打篮球……”

除了个儿高，他一无是处，而且个儿也没高哪去。他就像个怪物似的，就跟这扔不掉的猫一样的怪物。

我扔掉的猫，从九层楼上扔掉的猫安然无恙地回来了。

“喵！”声音很微弱，但在充满烦恼和孤独的寂静的房间里，猫的叫声被无限地放大了。猫的叫声仿佛用了咒语，从黑暗的那一头对我突然袭击。我本能地感到声音中充满了不祥的气息，猫叫的声音撼动着我和妻子长年来维持关系的基础，并且预告着所有最坏的结局，使我掉进了无底洞一样倍加不安和焦灼。

打开电脑，我得查个究竟，猫怎么能从九层高的楼摔下去还安然无恙呢！屏幕刷新后，出现了若干条理由，我托了托眼镜仔细地阅读。

“体内各种器官的平衡功能较强。猫从高处往下跳时，一旦身体失去平衡，体内的器官就能感觉到并立即反映到大脑里，然后大脑很快做出‘纠正’的动作指令。首先调整四肢骨骼肌，由骨骼通过肌肉运动，一直将不平衡的身体调整到平衡为止，而且肉垫富有弹性大大地减轻了落地时的震动，因此猫从很高的地方跳下来不会摔死。”

“这就是动作电影里的特效镜头！”我惊讶得自言自语道。

远房表弟来的日子就是我家闹灾的日子。冰箱被洗劫一空，珍贵的CD不翼而飞，啤酒被一饮而尽。果不其然，他操着那惹人烦的亲切语调活蹦乱跳地出现在我面前。

“大哥，给我筹点儿钱！”

“钱？干什么？”

我感觉天轰隆一下子裂了道口子。

“我也劳务输出！弟弟我也下把狠心努力一回，所以给我筹点儿钱！哥哥你不是咱们家里最有钱的人嘛！连本带息一分也不会少还给你的！”

我的脑子高速地运转着，忙着想办法堵上他的嘴。

“其实……”

其实，我最不会编瞎话了。

“其实，我丈母娘快不行了，诊断书都出来了……”

“什么？你说癌症吗？”

我也不说话，心想我这挨千刀的嘴，不过仍旧点了点头。可现在这亲戚，也就是那么回事儿，绝对不借钱。

“要花不少钱呢，对不住了，你都这样请求我……”

个儿挺高，是脑子不好呢，还是太单纯了呢。

“谁成想呢，是我愣头愣脑地找你借钱。”

我为了拒绝他编了个天大的谎话，而他单纯得直向我道歉，我的心里也过意不去了。我正想着怎么补偿他，猫的身影映入眼帘。

“你把猫带走吧！”

“那敢情好，它还能换钱呢！”

“听说你还吃猫呢！”

话刚一出口，我自己都惊讶，今天我真是扮了回狠角。

其实这小子倒是有个特长，可不是篮球。他非常能吃，非但没有忌口的东西，几乎无所不吃。天上飞的，地上跑的，无一例外。有一回，我跟他去蹓夜市儿，可把我吓坏了。快孵化的鸡蛋，里面的快成形的小鸡还汤汤水水的呢，他竟毫不犹豫地烤了吃了。

“我吃过猫，耗子也吃过，猫肉和老虎肉的味儿差不离。”

“说相声呢，虚张声势地竟然说你吃过老虎肉，我看你连老虎长什么样都不知道！”

“我可没说谎，吃过就是吃过！”

他举起猫，张着大嘴发出怪叫：

“你就是我的下一顿饭啦，嘻嘻！”

他张着血盆大口，真以为自己是吸血鬼了。

直到冰箱里弹尽粮绝的第二天，他总算决定回家了。我把给村里学校的学生们准备的书都捆好，他却说嫌沉懒得带，可手里却紧紧地抱着猫。

七

四月明媚的阳光倾洒在头顶。清新的空气渐渐变得温暖，让人感受到扑面而来的春天的气息。笔直的柏油路被太阳烤得暖烘烘的，我正走在这路上，拎着纸盒子走在这路上。

听说猫有九条命，猫是生命力顽强的动物，但没有人说过还能死了再活过来，谁也没说它竟是如此狞恶的动物。

猫回来了。是表弟送回来的，他托来市里卖海货的女人把猫直接还到我家来。打电话一问，理由真简单，NBA 球星姚明说不让吃，姚明在公益广告上倡导禁止食用野生动物。

“姚明，那是谁啊！那不就是我的偶像嘛！姚明都不吃，我怎么吃！要是我们家有钱，我就是跟他一块儿打篮球的人，从现在起我也不吃了！再说现在不还闹 SARS 嘛！”

我的胃里都烧开花了，那就给村里的什么人呗，还大老远地找个人带回来，说什么有名作家的猫得来不易！臭小子！可是你说的，抱走就吃了它！

“个儿高，光个儿高有个屁用，连球还都没摸过呢，整天篮球篮球的……死小子，原来喜欢姚明哈！”气得我把电话狠狠地一摔。

他说的那条公益广告在晚间节目里播放了，是姚明和美国有名的动物保护组织共同拍摄的。孽缘，我和它真是绝世孽缘！它就像旅行归来，慢悠悠地把屋子的每个角落都转了一遍，又来到我的脚下抱住我的脚脖子，让我一脚给甩到一边，以表达我的极度不满。那我和她的缘分呢？那缘分又怎么说才好呢？

从柏油路上转到农间小路，平展开来的绿色更加真实。噪音已远去，到处是鸟语花香。意外的是郊区的人也不少，大多是骑着自行车去登山的人，还有就是拎着水桶去山里打矿泉水的人了。

“怎么拿着个纸盒子？不去打矿泉水吗？”

“呵呵，这个，办点儿事儿。”

我没有回答那个理所应当的答案，傻笑着搪塞过去。在别人看来是挺奇怪的，既不是登山的行头，也没有水桶，自己想也觉得奇怪。我左顾右盼朝没人的地方走去，一只鸟突然从林子里飞出来，我便转向这鸟飞出来的地方。虽然烈日炎炎，密林里却清风徐徐。打开纸盒子，拿出“铁锹”，其实就是个勺儿。住城里的人可以说就是只写字的人，谁会买铁锹。这个木把总掉的勺子看起来还能挖两下子。我自问又像是自嘲，非要做到这一步吗，我已经不能自控了。猫毁了我全部的生活，如果现在能让猫从我眼前消失，我什么都愿意干。

山林里，不知名的鸟站在树上鸣叫，在我听来都是惹人烦的噪音，我在噪音里开始挖。虽然春意盎然，但是土地好像还没有完全消融。表层的土轻易地都挖开了，但是真想挖深点儿不是一般的费劲。只要挖出箱子这么大就行……

挖着挖着我突然想起爱伦坡的一篇叫作《黑猫》的小说。将猫埋在墙里之后，一直能听到猫叫，猫叫唤醒人的内疚之心的诡异小说。据说在西方，要是把猫填进建筑的墙体里去，建筑就会被猫的恶灵附身，这样就不会闹鼠灾。而实际上，在修复建于18世纪的建筑时，也确实发现过墙体里有猫。

猫从很久以前就成为了人们饲养在家里的宠物，古埃及在历史上曾经以猫为神圣崇拜的对象。甚至曾经有过剃光眉毛吊唁死去的猫的风俗。但是进入了中世纪，也就进入了“猫的受难时代”。猫是异教的象征，是撒旦的使者，是女巫饲养的邪恶的动物。人们厌恶并恐惧女巫，便剪下猫的尾巴或者耳朵，经过贫民的模拟法庭对其处以火刑或者绞刑，肆意地荼毒生灵。这股风潮一直吹到了美洲大陆，从15世纪中叶一直到18世纪整个西方世界里，猫遭受了惨无人性的迫害。

从喜欢猫的她那里听到了许多有关猫的事情，我的猫情结也越来越严重，经常上网查查知道了不少东西。然而现在我却成了疯狂逐猎猫的中世纪猎人。

“嗯嗽!”

正在埋头苦挖的我，被突如其来的咳嗽声吓了一跳，只见从林子里走出一个男人。那男人刚拉上裤链，看来是刚在树林里方便过。

“你在那干什么呢？大树林里的!”

虽然鬓角略有斑白，但是他眼神凌厉。我赶快故作镇定，寻思着该怎么回答。猫则在盒子里寻找救援，一边叫一边用爪子捣着盒子。

“是猫吗？你要把猫埋了?”

他问得好不客气，我则拿出文人的派头，恭恭敬敬地回了他的问题。

“那是为啥?”

“我……我们家发生了不好的事儿……用土方化解……化解……”

为了找个回话，我开始结巴，那男的突然提高了嗓门。

“我说你这人，这怎么能行！这都什么时代了，怎么还神神道道的？这可是违犯法律的，你知道吗！1997 年修正的《刑法》里补充了第 260 条，是关于动物保护的条文！虐待动物，可被处以罚金，最高可处以 1 年以上 5 年以下的有期徒刑!”

突如其来的吼叫声中，我一下子变成了犯罪嫌疑人，平生第一次受人颐指气使的。虽然如此，让我疑惑不解的是这人怎么会如此精通法律?

“您怎么如此精通法律……”

“我干律师 35 年了，现在退休了，怎么了?”

我托了托总往下滑的眼镜，恍然大悟地点了点头，将盒子递了上去：

“那老师您把猫带走吧……”

叱责的吼叫再次震动着我的耳膜。

“这人真是没脑子，是吧！打哪儿拿来的，拿回哪儿去!”

我就像个不入流的演员，随便抓了本剧本就赶鸭子上架似的上了舞台。我怎么抱着盒子上的山，又怎么下来了。怒气攻心没处发泄的我，恨不得将这破纸盒子一下子摔在地上。然而人们不约而同地也下山来了，所有人都好奇地将视线投向我的背影，我感到后背阵阵发麻，扼制住摔盒子的想法。这一整天，我都在演一出没有人观赏的戏。而近日来，始终和猫纠缠不清，成了一头不撞南墙不回头的犟驴!

八

难缠的猫彻底成了甩也甩不掉的恐怖，我整天整天提心吊胆的。有句老话说，对狗十次不好，哪怕有一次想着它，狗也会永远记着你对它的好；对猫十次都好，哪怕有一次失误，它也整天记着你的仇。猫现在一定了如指掌，它冥冥中清楚地知道我一直在摆脱它。

猫脚上厚厚的肉垫儿，让它无论何时都悄无声息。不经意间，总能发现猫就盘踞在身后。恐怖的空气侵占了整个房间，每个晚上都牢牢地将我身体钳在床上，释放出怪物游走于床前。我听着咕噜噜的声音不停地从猫嗓子里往外冒，一伸手总能感到猫的三角脑袋从指尖掠过，如此往复地在惊吓中度过漫漫长夜。要是半夜醒来去厕所，猫就会跟着你，缠着你的脚脖子吓得人毛骨悚然。而黑暗中的猫，双眼闪烁着诡异的光，魍魉魑魅影影重重。

猫的平均寿命14年左右，最长的纪录达到了31年。6个月的猫相当于10岁的小孩，一岁的猫相当于18岁的青少年，两岁大的猫大约人类的24岁，可以说是正当年。两岁以后，猫每增长一岁就相当于人长了4岁。6岁的“菲雯·丽”现在和40岁的我正好一样大，和年过四十的人一样为了生存而挣扎。

昨天，出了书店正走在过街通道的台阶去车站时，我看见猫的主人——她。她头上架着太阳眼镜，刘海被眼镜挡在头顶上，头发也被高高地扎成马尾辫露出了干净脖子，那个被我无数次亲吻的脖子今天也是如此耀眼。她熟悉的笑容仍然热情洋溢洒满了整个地下通道，可她的身边却有一个我不熟悉的身影，一个陌生的男人让我大跌眼镜。身材修长，面色俊秀，浑身散发着健康壮实的气息，与她手挽手地走在一起。我忽然想起在“菲雯·丽”的手机里看见过这男人的相片，原来就是她的丈夫。我怔怔地站在原地看着他们走近，心中生起无名的妒火。

擦肩而过的瞬间，我与她的眼神相撞分离，一切都是以闪光灯的速度进行。“咻!”她朝额头吹了口气，惊慌地避开我的脸。感觉当头一棍闷击过来，我脑中一片空白当即愣住了。我以为她至少会回头来看我一眼，但她仍然紧紧地挎着丈夫的胳膊，旁若无人地将我彻底忽略继续向前走去。她的高跟鞋在台阶上敲出清脆的声音，却在我的心上烙上了锭锭的痛。

我直勾勾地盯着她走过的台阶，她曾经的窃窃私语仍然在耳边打转，而她却走远了不见了。和她的身体缠绕纠结，翻云覆雨的日子不过都是一夜春梦。曾经用舌头舔舐她每一寸肌肤，在满足感中战栗，交往期间我们被包围在无以名状的幻想温暖着，现在我必须去整理这一切的一切。

地下通道里，擦肩而过的距离成了无法触及的彼岸，我耗尽了自己，我们也支离破碎。凝聚的幻想被打碎，才四处寻找破碎的自我。幻想的碎片后的现实，只不过是我们各自的新的开始。

不知什么原因，错综复杂的感情最终就要崩溃了，一块一块地坠落下来。分手后刚刚一个月，这次意外见面略感凄凉却又如此微妙。

打开电视正在播送的是枯燥难懂的经济节目，我没有理会呆呆地陷入了对过去的回忆中。猫爬上我的膝盖，自然地躺在我的怀里，而厌恶和虚脱的感觉却在我心里搅拌，好像是一只猛兽盘踞在我的心里。

我手里摸着猫，我知道最近小家伙天天都活在我制造的炼狱里，身体瘦了不少，肋骨都突了出来。我的手顺着肋条一根根数下去，直到摸到它的脖子，我使劲地掐了下去。我知道隐藏在身体里深处的东西正突突地往上冒，而我自己正也困惑着那到底是什么，只感到自己疯了！我一边鞭笞着自己的行为，却不断地往手里注入力气。手上传来猫拼命挣扎的感觉，也同时传来了征服的快感。猫挣扎的动作充满了力气，那是生存受到威胁时被激发出的难以置信的活命的意志。“菲雯·丽”的身子绷着劲蹬得直直的，我能感到肋骨下突突地跳着，玻璃纤维光感的毛戗着立了起来，整个身体开始痉挛。被杀者呼吸困难，咧着嘴使劲地抻着嗓子吸气。终于，它的眼睛上翻露出了眼白，四肢也像树枝一样伸得笔直，呼吸也痉挛起来，它大大地吸了一口气后，从嘴和鼻孔里冒出了红色的血泡。

“难受吧？我也难受……所以干脆死了吧！快点儿死吧！”

我低声地诅咒它的生命，摇晃着它的身体。

这时，突然门口有动静，我吓得一激灵，以为已经死了的猫趁这机会腾地脱离了我的魔爪，周身充满了痛苦和恐惧地蹿进了厨房。原来是丈母娘，她手里拿着腌菜之类的包裹，为了给我收拾混乱的房间而来。

“原来你在家啊？”不知何时，她打开了复杂的防盗门，正站在客厅中间惊讶地看着我，接着说：

“你脸色怎么不太好啊？病啦？”

她始终用狐疑的眼神盯着我，寻思着我面红耳赤和穷词乏句的谎言。

“哈，我正运动着呐！正想出去郊游郊游什么的呢，天儿又挺暖和的，再怎么样，健康第一，健康第一！”

我自顾自地嘟囔着，而丈母娘已经开始打扫房间了。我的额头上已经汗津津的，眼睛乱转寻找猫的踪迹。突然感到手背上火辣辣的，低头一看，一道道鲜红的血道子，整个手背上皮肉外翻掀起，就像毛衣起了球。

阳台上，没有人料理的花草挂着七零八落的黄树叶，丈母娘正浇着水突然张口问道：

“女婿，我看啊……”

她好像因为花都干了而生气，挨盆挨盆地浇完水，又开始轻轻地擦拭叶子上的尘土。

“我也不知当说不当说……但是还是想问问你……”

她抬起头，正视着我。

“那天……衣柜里你藏谁呢？”

这句话吓坏我了，刚喝进去的凉水都呛了出来。这个已经被掩盖已久的秘密，让她抓住了蛛丝马迹今天就要被无情地揭露了，掩盖在被子底下的我们的不知羞耻的赤裸的身体将要公之于众。

她仍旧是老样子，并没有特意等我的回话，手里拨弄着有点儿堵塞的喷水器，沉着声音继续说道：

“你老婆看着好像活得挺像样的，背地里干活干得手指甲都掉了，那，那哪是人干的活儿啊！你是读书人，应该比我懂道理，我就说这么一句。不说出来吧，我这心里啊，总是这么翻腾着不好过呀。”

她的声音干涩，毫无生机，擦拭叶子的孱弱的手明显地抖动着。

“话又说回来，又不是一两年，你老婆这一走就是七八年，哪有不理解的道理。还是壮小伙，怎么忍得了呢？但是上哪找像你妻子那样的老婆去呢？你以为眼下挨家挨户的，哪个不像你一样，还能剩下几个完整的家庭，难道说你不知道？”

她颤抖的声音像鞭子一样直抽我，声音里透露着沉积已久的强烈的苦痛，撼动着我的身体。我只感到无地自容，愧疚难当，就连我皮肉深层都暴露在她伤心欲绝的眼神里。我当即跪在她老人家面前说道：

“您不会告诉孩子她妈的！像别人家似的，为了赚钱家里反而支离破碎的，我接受不了啊！下个月孩子她妈就回来了，我一定自重，控制自己！”

“你以为你是谁呐？你是做学问的人，不只我们家姑娘，你也对我心思！你是这家里的骄傲，是希望！哪有为了一两天的情分，就轻易把希望打碎的道理！你这人，怎么能那样呐？”

她的声音开始混着哭声，话语断断续续，爱憎交杂。朝南的窗户里洒下的阳光照在她的身上，地上透射出她的轮廓。我看到她脸上已布满深深的皱纹，阳光也无法照亮皱纹上挥之不去的阴影，岁月将疲惫的痕迹着实地留在了她的脸上，难以名状的疲惫。仿佛一瞬间我接触到她的眼神，疲惫消磨了她凌厉的眼神，疲惫的眼神深深地刺激了我的心，只感到艰难地吞下了巨大的硬糖一般。

她深深地吸了一口气，调整着脑中的信息继续说道：

“我相信你！你是有身份的人，正如我们所相信的那个你一样，是能够被称为懂得自重，处事让人称赞的人的。”

她的话里酸甜苦辣咸五味俱全，透着放弃和超脱的气味，她的冷静而坦然让我对她肃然起敬。我深深地低下头，抑制不住地颤抖着说：“非常对不起！”

九

故乡现在就像被雷劈了的树木一样死寂没有生机，被废弃的学校被搬得空空荡荡，因学校而定居的人也渐渐都搬走了，只剩下孤零零的教学楼。虽说现在是春天，田地里却不见人影。村子里的年轻人不是去了大城市就是跑到国外，剩下的都是孤苦伶仃的老人。现实不可逆转地向着这种方向发展着，好像一切都不可避免。多年以后，当我再次回到生我养我的这方故土，心情十分凄凉，现如今看到这块地方仍然存在，只感到煞风景。我回来了，举着纸盒子举到手都酸了才到达这里，甚至忘记了放下这沉甸甸的盒子……

最近在编辑部里刮起了一阵龙卷风。用我们的话说，这像是 7 点的黄金新闻里的头条新闻一样的爆炸性新闻。

随笔编辑的老婆从国外回来了，他老婆一直在俄罗斯做服装贸易。去了四年就回来，心血来潮地冲进编辑部来。看到他老婆就能想到俄罗斯女人，他老婆正如俄罗斯的女人们一样身材丰满。一进办公室，胖老婆随手抄起桌子上的一本厚重的影集，朝她丈夫的脸径直地扔过去。办公室里马上乱作一团。

“你这糟老头子，老得都掉渣了，我那么恭恭敬敬地对你，你竟然敢搞女人!!!”

本以为他是唯独不会拈花惹草，耿直地等着她回来，谁想天下乌鸦一般黑。随笔编辑和他的情人的照片自认为藏得无人可及，老婆刚从国外回来就给翻出来。只能说他老人家跟不上时代了，都有数码照相机，偏偏还要用机械照相机。不但拍了照冲洗出来，竟然还敢镶到镜框里珍藏了起来。

“你要是想堂而皇之地搞女人，就跟克格勃似的，眼睛脑子的都给我机灵点儿！再者，别留下这么宝贵的证据给你老婆！做好间谍，偷摸地寻刺激去！”

随笔编辑的老婆哭哭啼啼，一通控诉着丈夫的长短，闹得好不热闹。打这事儿之后，办公室里总弥漫着一股凄凉的气息。部长本想自毁形象打哈哈缓和一下这阵阵寒气，可并没有得到众人回应，竟然没有人觉得事不关己。而在我的脑子里，丈母娘的脸一次又一次地回现，占据了我所有的神经。她低垂的眼神里，失望与希望交杂在一起，让我久久不能忘却。

我瞥见斜躺着的手机，突然想起手机里还储存的我和她的照片，在手机的隐藏文件夹里还有“菲雯·丽”的照片。她抱着猫，猫和她长了双极其相似的眼睛。我看了看照片的日期，那个紧紧围绕在她身边的秘密的日子。在她的身边就是我，现在看着照片反而感觉奇怪，奇怪我们似笑非笑的微妙表情。享受暗中偷情，倒不如说是逃避生活的艰辛去饱尝腐臭的香水味。

现在，是时候去清洗曾经的堕落了。艰难，离别时的艰难，对于我们虽然幽会无数，却不知那是早已定好了结局的幽会，盲从地被冲动一路驱使而来。

轻叹一口气，我如释重负地按下删除键……

就像中世纪疯狂虐杀猫一样，曾经和猫展开大战的我终于找回了自己失落已久的理性。我曾经对那只无辜的猫恨之入骨，屡屡想要置之于死地，从来都不是因为真的对这只人畜无害的宠物猫保有深仇大恨。只是为了清除她留下的点点滴滴爱的痕迹，这是不容易做到的，最后竟成了畸形的固执，全部转嫁到弱小的猫身上。

所以现在才觉醒的愧疚让我做出了决定，我将郑重地将这只小小的生灵安置在我引以为豪的家乡去。我也正好顺便去看看久违的家乡，人风淳朴的故土一定能将我的猫照顾得壮壮实实的。

我意识到什么，轻轻地打开盒子。憋了半天的猫弹簧一样，腾地从盒子里弹了出来。扭动扭动躬着的腰，张了张三瓣嘴，伸了个大大的懒腰。

我学着猫的步法，悄悄地离开座位，心里暗中庆幸它没有跟上来。猫就像向日葵望着太阳一样望着我，身子卧在椅子上一动不动。

如同逃生的人，我头也不回一路大步流星地往前走。走了没多远，我就停下脚步，又回头望去。强烈的春光里，猫的身影变得飘忽不定，仿佛远远地漂浮在空气里的海市蜃楼。

回程的车上，如同杀手已经完成了蓄谋已久的任务，我陷入了沉沉的酣睡中。风尘仆仆地到了家里，冲了个澡让暖人心脾的水流将满身的疲惫冲刷得一干二净。洗完澡，就好像脱掉了全身上肮脏的外皮，格外清爽，心里也格外的舒畅。

真可以说是历尽千辛万苦，我终于摆脱了那只小家伙。前一阵子，就像得了强迫症，和无辜的猫纠缠不清，但现在终于摆脱了。被我掩盖的所有感情、责任，这期间放纵的欲望，还有酗酒，我终于从所有阴影中摆脱出来。

也不知从何时起，我蓄了满脸的大胡子，长得枝繁叶茂，现在只感到恼人心烦。涂上白花花的泡沫，我操起锋利的剃须刀。

“据说很久以前的埃及人要是丢了猫，就会刮掉一边的眉毛以示纪念。”

这是谁在叙述着古老的故事呢，我含着苦笑开始刮脸。刮完脸终于露出了不见天日的下巴，原来留胡子的地方颜色有点偏蓝。我得意忘形地扬手正要抚摸那漂亮的下巴，这一挥手，便挥别了我整个左边的眉毛。

“Oh，My God!”寂静的空中划过了一道悲鸣。

妻子回来了，妻子终于回来了。机场里，妻子一看见我，便忍不住问我眉毛是怎么回事儿。那是过去的痕迹啊，不但家里有猫挠过的痕迹，脸上也留下了痕迹。我什么也说不出来，便将妻子抱入怀里，紧紧地抱着她很久很久。

妻子的脸消瘦而变得细长，眼睛也突了出来。几年间，她却像是已经穿越了时间的警戒线，曾经粉嫩娇艳的神采已然不在了。但是从她的眼中看到的却是更加坚毅的炽热的目光，从前纤细的嗓音洪亮中透着持重。

那天晚上，我和妻子缠绵了很久，仿佛又回到了初恋时候，既害羞却又无比热烈地拥有着对方。整个身心都在消融，渐渐回暖，最终被温暖包围。习惯已成自然，我沏了咖啡，将“燕窝”咖啡递到她手上时，她却说不喝咖啡而要喝茶。滚烫的绿茶里，饱藏着我们七年的分别，尝着茶诉说着聊不完的七年间的故事。

回国以后，我们奔走在和亲朋好友们聚会的酒席间，妻子长久以来的愿望也要实现了。家里面该买的都买了，该换的也都换了，用以前的话说现在生活好了。兴奋的妻子欢天喜地的，现在说这句话一点儿也不假了。

一天，和女儿购物回来的妻子眼里放光，尽力抑制满脸无法隐藏的笑容，将一个巨大的购物袋呈现在我面前。妻子看着我满脸的好奇，还有贪婪的眼神而得意扬扬。而我在打开包装之后，悲鸣如旋风打着转儿划破天空。

“Oh，My God!”

不用说，那是只猫！

“这可是我下狠心给你买的！听说这期间你养的猫丢了。”

深深的祖母绿色眼睛，肩胛骨上的黑色皮毛里掺着蝴蝶状的图案，胸前丰满的狮子一样的鬃毛，它露着老虎牙盯着我正喵喵地叫个不停。

妈　妈

林元春/著　孙文赫/译

新元小区走进老龄化社会已经很久了。虽然这个小区建成只有十几年，却很少有人看见年轻的妈妈。就像一片土地因为缺水只能钻出一星半点儿豆苗。因为紧接邻布尔哈通河，空气新鲜，水质又好，很多从国外挣钱回来或正在国外挣钱的人，纷纷到这儿来买房养老，新元小区就这样成了老人世界。

早晨，这里的老人们比上班族还忙碌，他们有的要陪孙子孙女等候幼儿园通勤车，有的要送孙子孙女上学。他们为了哄孩子们早上多吃一口自己吃不上饭，他们怕孩子热着又怕冻着，这件那件穿穿脱脱反复地折腾，自己连鞋都来不及提好就牵着孙子孙女们的手往学校赶。

这个世界真是颠倒了。过去，儿媳妇早早地准备好饭菜，老人只好拿起儿子递上来的饭勺吃饭。现在呢，70 岁高龄的婆婆，还要代替儿媳妇当“妈妈”带孩子。汪清奶奶就是这样，自从在汪清蛤蟆塘山沟里种地的儿子儿媳把刚满月的孩子丢给年迈的父母去韩国挣钱，汪清爷爷奶奶就成了哲锡的“爸爸”“妈妈”。

哲锡生来最先听到的话，最先学会的话，最先说出的话，都是“奶奶”。刚满月大就开始在奶奶怀里长大的他，一直连妈妈的脸长得什么模样都不知道，也难怪他的脑海里不存在，也不可能存在“妈妈”的概念。

哲锡快过一周岁生日的时候，在韩国打工的儿媳妇回来了。说是要好好给哲锡过生日，还要在延吉买房子。

"哲锡!"

看到离开时还不满一个月，现在正骑着木马玩得高兴的儿子，儿媳一把抱过来又是贴脸，又是亲嘴，高兴得泪流满面。

"哲锡，我的乖乖……"

"哇——"

不知是被突然的"强吻"吓的，还是认生，哲锡这小子大哭着，两只小脚乱蹬起来。

"妈妈，是妈妈啊!"

哲锡双手推着妈妈使劲往后挣，可他越是这样，儿媳就抱得越紧："这是怎样的孩子啊？在韩国每当挤奶时，就想着他情不自禁地掉眼泪；晚上睡觉时一想起他，奶水就不由自主地流出来了啊。"在韩国当奶妈照顾和哲锡同岁的小孩儿，这一年来每当那孩子赖着不喝牛奶时她掉泪，给那孩子穿漂亮的衣服时她掉泪，那孩子开心地笑她掉泪，那孩子往她怀里拱着找奶喝她也掉泪……这些不都是因为想念哲锡而流的眼泪吗？可哲锡却不认识自己的妈妈，挣扎着要离开妈妈的怀抱!

"哇——"

哲锡的脸由红变青，简直要哭昏过去了。

"不行啊，现在还是认生啊。"汪清奶奶看不过去，把哲锡接过来抱在怀里。哲锡的小胳膊紧紧搂住奶奶的脖子，就像水蛭那样牢牢黏在汪清奶奶的怀里抽抽搭搭。儿媳妇也在一边儿无声地掉眼泪。

"不要太伤心，到晚上睡觉就没有事儿了，总是亲生骨肉嘛。"

但是到了晚上哲锡这小子一点儿没好。他紧紧贴在奶奶身上让她动弹不得，小眼珠滴溜溜盯着自己陌生的妈妈。直到睡觉，他也没让妈妈靠近自己。

"哲锡，奶奶睡这边，妈妈睡那边，我们哲锡躺在奶奶和妈妈中间……嗯?"

"哇——"

白天和晚上没有多大区别。一声"妈妈"都喊不出来的他，就是不让妈妈靠近。要是往常，这小子早就睡着了，可是今天虽然困得已经睁不开眼睛了，但知道妈妈还在，怎么也睡不踏实。像是担心被陌生女人抢了去似的，只要奶奶稍有动静，他就马上瞪圆眼睛。

"不行啊。你看他，你在这小子根本就不睡。今天你应该也很累了，回屋睡吧，时间长了就好了，你也别太难受了。”

儿媳妇只好起身，依依不舍走进了自己的房间。哲锡这才手搭着奶奶的乳头，长长地出一口气，呼呼地睡着了。

“孩子，过来吧！他已经睡熟了。”

儿媳妇重新回到了里屋，她看着熟睡的哲锡，很久很久，慢慢地躺在哲锡旁边，掀开上衣，拿起哲锡白嫩的小手放在了自己的乳房上。这时，哲锡在睡梦中习惯性地抓住她的乳头。一股“电流”，直接传入她的骨髓。

她觉得非常幸福满足，在韩国经历的所有的苦楚瞬间全部散去，沉浸在做母亲的幸福里。你想要什么？只要你张口，妈妈什么都给你，我的哲锡。

儿媳妇把自己的乳头给他含在嘴里，小家伙马上晃着脑袋瓜直往她怀里拱。虽然没有奶水，他还是吧唧吧唧地吸了一阵儿才又呼呼地睡着了。这一刻，对儿媳妇来说是最美妙的，深切地感觉到身为人母的瞬间。

“呜呜——”

锅碗瓢盆叮当作响，汪清奶奶正在锅灶旁忙着准备早饭，从里屋传来了细细的哭声。哲锡一下子翻坐起来，看见躺在自己身边的妈妈，吓得赶紧向奶奶爬去。

“哲锡，怎么了？”

汪清奶奶怕孩子着凉赶紧把哲锡抱在了怀里，一宿都没有睡好的儿媳妇也被孩子的哭声惊醒了。

“怎么回事？”

“孩子好像做了噩梦，吓醒了。”

哲锡小子和之前一样紧紧搂住奶奶的脖子，把小脸儿死死地埋在奶奶的怀里一点儿也不肯放松，边抽搭边发抖，看来真是吓得不轻。

“妈，还是我来准备早饭，请您背他到外面去玩吧。”

汪清奶奶背着哲锡到了外面，这小子才止住了哭声。哲锡就是这样的孩子：小心翼翼地躲着妈妈，不，惧怕妈妈的孩子。

儿媳妇去延吉找房子去了，说是挣了钱，就要在城市里过气派的生活。那时，新元小区里全都是出租房，不用装饰，只要付房租，买上一些生活必需品，就可以住进去了。几天时间，儿媳妇就买齐了衣柜、床、电视机、电饭煲等家具和生活用品，把汪清爷爷、奶奶、哲锡接到了延吉。

新元小区里面住着从汪清、和龙、珲春、龙井……自治州或省内外搬过来的知识分子、干部、工人、农民等，延吉本市居民倒是不多，是一个各色人等杂居、多元文化并存的“集团部落”。

搬家之后，哲锡还是不愿意跟妈妈亲近。妈妈给他买的漂亮的生日礼服只肯让奶奶给他穿；去照周岁照的路上只能让奶奶背；照相时也不让妈妈靠近。本来是打算妈妈抱着哲锡坐在爷爷奶奶中间，可哲锡这小子哭着闹着非不让妈妈抱，最后只好让奶奶抱着他坐在爷爷旁边。妈妈则躲在他们后边，与摄影师商量好在摁快门的瞬间再从爷爷奶奶后面探出头来，活像后插上去的麦穗。

那天，妈妈就要回韩国了，哲锡这小子一心一意地玩着妈妈从韩国买来的玩具车。为了抓住开出很远的小车，他站起身，没走两步就是一个腚蹲儿；再站起身，每走两步，又是一个腚蹲儿……摔在地上“哐”的一声，应该很疼，可这小子只顾玩，不但没哭，反而嘎嘎地笑起来。这个爱哭鬼，像是故意要练习走步似的，很容易就能爬过去也不爬了，而是“坚强”地站直身子，没走两步，“咣当”，又摔倒了，又嘎嘎地笑了起来。

“我们哲锡真勇敢。”看到这情景，正做准备的妈妈停下来，欣慰地一把把哲锡抱起来，“哲锡啊，一定要健健康康的，好好长大。嗯?”然后，不管三七二十一在哲锡的小脸上亲了一口。

“哇——”

还是老样子。已经一起待了一个多星期，应该认得妈妈、黏着妈妈了，可他毫无回心转意的迹象。就算是雇的保姆也该熟悉了，不知是不是因为第一天见到妈妈时吓着了，哲锡这小子一见妈妈就往后缩。

“哲锡啊，再见!”妈妈起身离开时，向他挥了挥手。奶奶也抓着他的胳膊跟妈妈招了招手。

母子又分别了。

新元小区有几个“军团”：老兵军团、支前军团，还有革命军团和保姆军团。

老兵军团大多数是80岁左右的老头，他们大多数经历过解放战争或抗美援朝的洗礼。到了夏天，这些老兵各自拿着小板凳，在树荫下围坐在一起，闲聊度日。他们的谈话内容不是过去如何如何，就是战场上怎样怎样，按惯例到最后总会归结为“现在这也不对那也不妥”的牢骚，甚至连逐渐增多的私家车也看不顺眼。

插不进老兵军团的六十多岁和七十来岁的老人们自然而然地在僻静的树荫下聚在一堆形成了革命军团。这些成长在红旗下的坚定的革命派常常下象棋，象棋玩腻了，他们就闲聊起伊拉克、美国，侃着自己在电视广播报纸上看到的听到的新闻“周游世界”。好像只有自己最了解地球的运转，大着嗓门争得脸红脖子粗。

哲锡的爷爷当然也是这个军团的成员。他象棋下得很棒，在汪清蛤蟆塘都是小有名气的；再加上还有一副不知是从爷爷那辈儿传下来的沾满污迹油光锃亮的象棋盘，一堆硬木棋子儿，所以就算当不了军团的团长，也有当参谋长的资格了。搬来新元小区时，别的家具都扔了，只把象棋和象棋盘装在纸盒里带来了。于是象棋手们常常来找蛤蟆塘爷爷切磋，每当这时，爷爷就让奶奶拿出棋盘，接着走出家门。

支前军团是从前在后方为了向前线输送粮食、衣服和鞋，整日种田缝衣服做鞋忙得不可开交的“橡胶鞋（朝鲜族妇女夏天穿着的前面带钩的橡胶鞋）部队”。她们要么有老伴陪着，要么一个人有个保姆照顾着去楼房荫凉处或亭子里乘凉。这些老人在新元小区里是最悠闲的，日复一日无所事事。她们谈话的主题一般是跟政治沾不上边儿的保健食品和药品，吃什么对身体好啦，哪种药效果好啦地争来争去，然后又赶紧去买药和保健品。

在新元小区里最活跃的是保姆军团。她们大部分是六十多岁的老太太，做家务、照顾老伴、伺候孙子孙女，是忙得团团转的生力军。每天把孙子孙女送到幼儿园或学校，打扫完卫生一天就基本上过去了。如果说小板凳是老兵们的必需品的话，她们的必需品就是小垫子。午饭过后，她们一到时间就抱着小垫子或塑料布，铺在树荫下，围坐在一起玩画图片或掷骰游戏（朝鲜族传统游戏的一种）消遣。她们毫不关心政治，只热衷于做家务过日子。哪个老头领着像自己女儿一样大的女人过啦，哪家为钱吵架了，哪家儿媳妇对婆婆不好啦，家长里短是是非非都出自这里，又从这儿传播开了的。

汪清奶奶在山沟里围着锅台转了一辈子，性格淳朴厚道，手脚又十分勤快，总是真正把别人的难处当成自己的难处，把小区里的事儿都当成了自家的事儿，于是成了这个军团工人的“团长”。那些爱占小便宜耍小聪明的城里女人，家里一有事或要跑个腿儿的就找汪清奶奶来帮忙，单纯的汪清奶奶对她们的要求从不说个“不”字，有求必应。保管玩画图或掷骰游戏时铺的塑料布的事自然也落到她头上。她成了不是领导的“领导”。

哲锡两岁的时候，有一次，她们玩画图玩得正起劲儿，在草坪上和同伴玩耍的哲锡突然哭着朝奶奶跑过来。

“奶奶！”那时他还只会说“奶奶”两个字。

“谁欺负你了？”

哲锡二话没说就扑进了奶奶的怀抱。

“打架不是好孩子，跟他们好好玩，啊？”

“哲锡自己摔倒的。”

和龙家的孩子在一边说。彼此连姓什么叫什么都不知道仍相处得很好，不过也不必知道，从哪儿搬来的就加上地名称呼“龙井家的”、“敦化家的”就行了。和龙家的也有一个孙子，因为不放心让孙子吃幼儿园的饭，就没送，天天自己带着。因为他比哲锡他们大，自然而然地就成了孩子的头。

“臭小子！跟奶奶说话也不用敬语？快好好说！”和龙家的斜了孙子一眼。

“是。”他心不在焉地应了一句，转身就玩儿去了。

“哲锡，你也快跟他们玩去吧，奶奶好玩画图。”

“奶奶！”

“臭小子，这哪是你奶奶啊？是你妈妈！”敦化家的开起玩笑。

听到“妈妈”两个字，哲锡松开了奶奶的胳膊，看着围成一圈坐着的老人们，水汪汪的眼睛挨个地看着。

“对，她不是你奶奶，是你妈妈，妈妈！”

“是把你从桥墩下捡回来的养大的妈妈。”

“在韩国的不是你的妈妈，这个才是你的妈妈。”

老太太们半真半假地起哄。不懂得什么是妈妈，什么是奶奶的哲锡，直勾勾地看着奶奶的脸，然后扑过来抱住汪清奶奶的脖子脆生生地大喊道：“妈妈！”

“哈哈哈——”

“哈哈哈——”

老太太们听到不懂事的哲锡喊奶奶“妈妈”，哄堂大笑。哲锡好像受到了鼓舞，自那以后，干脆就喊奶奶“妈妈”了。

“不对，我是你奶奶。”

“妈妈。”

汪清奶奶纠正了几次，可哲锡就像没听见，还是叫她“妈妈”。只会说“妈妈”、“奶奶”两个词的哲锡从此以后就认准了“妈妈”。可能是看到有妈妈的孩子，喊着“妈妈”拉妈妈的手，抱着妈妈的腿高兴得蹦来蹦去，他幼小的心灵也懂得了最亲的是妈妈吧。再加上奶奶们玩画图或玩掷骰游戏的时候，哲锡一跑过来扑到奶奶的怀里喊“妈妈”，老人们就鼓掌称赞，这小子更起劲了，大声喊个不停。

在韩国的儿子儿媳妇，电话来得越来越少，看来干活很累。虽然偶尔打来电话，他们总是先问候两位老人，可他们更想听到儿子哲锡的声音，想听一听那小子大叫的声音。这时，汪清奶奶就拧哲锡的腮帮子，让他哭出声音来。这是确认哲锡安然无恙的最好的办法。

“怎么样？听到这小子哭了吧？”

“妈妈，听起来已经是大孩子的哭声了，呵呵。”儿媳妇又欣喜又欣慰。

“胖得像熊，饭也吃得多，什么毛病也没有。”

“妈妈！您辛苦了。我们俩赚了钱回国让您好好享享清福啊，呵呵。”

“你们不嫌弃我们就行了。”

“您说哪儿的话啊妈妈，我们告退了。”

那边儿挂了电话。开始汪清奶奶不知道“告退”是什么意思，拿着听筒发愣的工夫，对方就挂断了。唉！韩国还真是，挂了就挂了呗，还什么“告退”了。儿媳妇每次总要听完哲锡的哭声或嘎嘎的笑声，才“告退”。

一天儿媳妇又打来电话。

“哲锡！妈妈来电话了，快接啊！”汪清奶奶叫了几次，哲锡还是无动于衷地摆弄着玩具。

“快来，哲锡！”奶奶拿着话筒连声催促，可这小子一点儿没有要接的意思。她只好连拉带拽地把孙子带过来，把电话贴在他耳朵上大声说：

“快！叫妈妈！”

“奶奶。”哲锡只说出了这么一句话就挣脱，“哧溜”溜了。

“母亲！他怎么叫我奶奶？”电话里传来儿媳妇失落的声音。

“他一直只跟奶奶生活在一起，只会叫奶奶，你不要往心里去了。”

孩子叫自己“妈妈”的事，汪清奶奶实在是说不出口，只好搪塞过去。

“您教教他叫‘妈妈’吧！”

“到了该会说的时候自然会学会的。你放心吧。”

奶奶一挂电话，就把哲锡提起来，轻轻拍了拍他的腮帮子，还装出生气的样子。

“嘎嘎嘎……妈妈！”

哲锡这小子不但没哭，还嘎嘎地笑着扑过来搂住奶奶的脖子，圆圆的脸蛋直往奶奶怀里蹭。

“对，奶奶就是你的妈妈！唉，应该先喊妈妈的孩子，现在只知道奶奶……”汪清奶奶眼里隐隐地闪着光。

天气越来越怪，早该雪花飘飘、冰封江面的 11 月中旬，却像秋天一样，稻穗上长出了新芽，江岸边到处可见遛狗的人，还不时传来某个地方天池花开了，野菊正浓的消息。自古气候是不能错的，不知今年怎么了天气就是让人捉摸不透。

新元小区街道两旁早该秃了的树木，到现在还是一片绿荫。只有白雪覆盖、布满灰尘的大地才不会传播传染病，现在到处扩散着感冒、气管炎等呼吸道疾病和腹泻、消化不良等消化道疾病。

好像在外面怎么疯玩儿都不会得病的哲锡也没能幸免。天气冷热变化无常，也不知道要加衣服，天天穿着小 T 袖、小裤衩玩耍，结果得了重感冒。

从来不知道医院在哪里，药是什么东西，一直健健康康的哲锡，体温一下子超过了 38 度。嗓子里老是有痰咕噜咕噜的声音，身子像火堆，脑瓜像个小火球。

“妈妈……咕噜咕噜——”

得病之后，哲锡这小子更不愿意离开奶奶的怀抱了。饭也不吃，以前那么爱喝的牛奶也爱答不理。汪清奶奶不知所措，整日胡思乱想的，爸爸妈妈把孩子托给我，万一有个三长两短的怎么办？到药店买了很多感冒药、咳嗽药喂了也不见好转。总是喊着“妈妈”扑进奶奶的怀抱，睡觉时抓奶奶的哲锡，如今一声“妈妈”也喊不出来了，不管躺着还是坐着，就那么一动不动的，只有痰在嗓子里发出“咕噜咕噜”的声音。

“要不，还是去医院吧。”汪清爷爷实在看不下去了。

“以前咱们的孩子，晚上发发汗，感冒马上就好了……”

“啰唆什么，快把哲锡背上。”

“现在的感冒真奇怪，吃药也不管用……”汪清奶奶背起哲锡还嘟哝着。

哲锡住进了延边医院小儿科，确诊是肺炎。

入院那一天，大夫用听诊器给他检查，护士给他量体温，大家都忙得不可开交。可哲锡紧闭着双眼，只能看见他一起一伏地在呼吸。要是平常，肯定会紧紧贴在奶奶怀里的孩子，现在不管听诊器贴在身上，还是体温计夹在腋下，都毫无反应。

“体温多少？”

“三十九度八。”

“给他用酒精擦洗身子。”医生嘱咐道。

“大夫，孩子怎么样？”奶奶跟在推门而出的大夫后面紧着问。

“那么严重了，你们干什么去了，怎么才送过来？”

“给他吃了药……”

在医生的责问之下，汪清奶奶只好这么分辩。但还是忘不了在汪清蛤蟆塘时，孩子们感冒了就给他们炒大麦泡水喝，发发热汗，转身就没事了。看来，感冒也有农村的和城里的？

“哇哇——”

病房里传来了孩子的哭声。汪清奶奶听着像是哲锡，立即返身进了病房。可是哲锡仍躺在床上，不管护士怎么翻转，他还是躺在那里一动不动。

奶奶觉得来到大医院，传染病肯定更多，便合好哲锡掀开的衣襟，仔细地包好，把孩子紧紧地抱在怀里。往常哲锡会嘎嘎地笑，一会儿挠奶奶的脸颊，一会儿用手指戳她的眼睛，现在他连眼皮儿都不抬一下。这样下去……她不知不觉又开始往坏处想。

“哲锡！是妈妈，妈妈啊！”哲锡发着高烧，完全不知道是奶奶在如此焦急地呼唤着自己，摇晃着他。

不一会儿，护士拿着什么东西走进了病房。

“为啥把发高烧的孩子包得那么严实？”

“……”

“赶紧把衣服脱下来。”

“那样的话……”

"奶奶!"

护士实在是看不下去，把孩子从汪清奶奶怀里硬抱过来，平放在床上，然后哗啦哗啦开始扒衣服。从哲锡身上散发出带着奶香的汗味。

护士用镊子夹住酒精棉来回反复地擦洗着哲锡的脸颊、额头、脖子、胸等地方。沾在哲锡身上的酒精随着热量挥发出去，然后又接着擦。

不知过了多久，哲锡的眼睛慢慢地动了动，然后睁开，搜寻着什么。

"妈——妈——"

"哲锡妈妈在这儿，妈妈在这儿!"

紧盯着哲锡的奶奶，听到叫声，马上把他抱在怀里。哲锡还光着身子，就扑到奶奶怀里……

护士疑惑地看着这对不像母子的"母子"，问道：

"妈妈?"

"是的。我是他妈妈。"

"啊?"

本来看不见父母，爷爷奶奶背着孩子住院，护士就有点儿纳闷，这奶奶却说自己是孩子的妈妈，她更加不解了。

"奶奶当妈妈的人不止我一个?"

"哦……看来孩子的爸爸妈妈在韩国吧?"

"嗯。"

"小孩儿真可怜，老人们也辛苦。"

"求您了，千万不要让我孙子有什么闪失，求您救救我们哲锡吧。"

"奶奶，您放心吧。"护士摸了摸哲锡的额头，就走了。

不管怎么说，想别人所想，急别人所急的还是保姆军团。虽然也会因为你的孩子打人了，我的孩子挨打了之类的事儿吵起来；有时还"你孩子穿得怎么怎么样，我们孩子衣服如何"地大肆攀比；但是一旦谁家孩子病了，哪家遇到不幸，首先站出来帮忙的，还是他们。结婚穿婚纱、度蜜月，摆周岁酒请歌手摄像，我们的习俗在金钱味十足的都市里渐渐走了样，可是"保姆军团"不管什么流派，"优良传统"仍然没有改变。

哲锡入院的第二天，通化家的、龙井家的、图们家的……新元小区的保姆军团就找到了医院，住院部寻找哲锡的病房来看望哲锡。别看她们平时一分钱掰成两半儿花，每人拿出20块，给哲锡买了一大堆好吃的。

“哲锡!”

“孩子哪儿不好?”

“现在怎么样了?”

“这个时候，不管怎么说，还得是自己的妈妈啊。”

病房里一下子涌进很多老太太，你一句我一句询问着病情，哲锡反倒被吓到了。虽然在家的时候每天都跟老奶奶们见面，奶奶们有什么好吃的都先给他，但这会儿这小子觉得她们好像要抢走他似的，挥起固定着输液的手，嘶哑地喊叫着:

“妈妈——”

妈妈，哲锡没有妈妈。即使有，那也是跟外人一样的妈妈。那个妈妈不知道自己的孩子得了肺炎在煎熬，那个妈妈现在正喂别人的孩子吃饭或给他换新衣服，牵着别人的孩子的手散步。不，说不定她现在也吃药呢，她腿关节疼，出国前买了好多镇痛药。自己的孩子正在遭受痛苦，喉咙里痰还在咕噜咕噜直响，她可能还做着哲锡快活玩耍的“春秋大梦”。就算挨主人的欺负，想着一天天增加的积蓄，计算着与家人团聚的日子也会忍辱负重。

“妈妈”，以往听到哲锡这小子喊叫妈妈的声音，老奶奶们就鼓掌起哄，如今，听到哲锡喊着妈妈投进汪清奶奶的怀抱，老人们闭口无言。这时，病房里寂静得只能听见哲锡喉咙里咕噜咕噜的声音。

一声“妈妈”，刺痛了老人们的心。刚刚懂得呼唤妈妈，在妈妈面前撒娇的小哲锡，如今投进奶奶的怀里，把奶奶当成了妈妈。同样的命运，同样的经历，把她们的心紧紧拴在了一起。她们不也正在养大自己的孙子孙女，成为他们的母亲了吗？有的妈妈，丢下了自己的孩子，到国外改嫁过得逍遥快活；有的妈妈，很多年连一封家书也没有；有的妈妈总说，明年回来，后年回来，一次一次地推延归国的日子。

妈妈。保姆军团里没有一个人不是孙子孙女们的妈妈。所以，哲锡这小子喊“妈妈”的时候，大家哽咽了。真没有想到以前逗哲锡教他的“妈妈”两个字，如今深深地刺痛了她们。

呜——呜呜——呜——

不知哪儿传来了低沉的呜咽，是那种不想把声音传出去，死死捂住，却从嘴唇牙缝隙里迸发出来的无法抑制的声音，它穿透白墙，像幽灵钻进了每一个人的心房。

啪嗒，哲锡的额头上，滴落了一颗很小的水珠。

“妈妈!”

想不到一直瞧着奶奶的哲锡抬起手给奶奶擦眼角的泪水。哲锡额头上的烧还没有退去，喉咙里痰还在翻转滚动，不懂得什么是眼泪的哲锡，如今像个大人一样。

“哲锡啊!”

“这小子!”

“呜呜呜……”

保姆军团再也忍不住了，大家紧紧拥抱住汪清奶奶和哲锡。她们的哭声是那么一致，那是同样的节奏、同样的声调、同样的情绪。

汪清爷爷在汪清蛤蟆塘的时候，去往田埂的路上，看到路边有人下棋，一定要坐下来观战，有一次看着看着就坐下来与人下了半天的棋，耽误了中耕。搬到新元小区之后，他每天下棋度日，都忘了时间是怎么过去的。天黑了，他就把棋盘挪到昏暗的路灯下，继续下，常常有很多人来观战，吵吵嚷嚷好不热闹。他也不顾汪清奶奶的劝阻，是宁肯一个月不吃饭，也要下棋。汪清奶奶自然而然地成为这个家庭的户主、主妇、保姆、用人，掌着整个家庭的“舵”。

最近，汪清奶奶感觉自己的身体明显不如从前了，老要昏倒似的。她想她也许昏倒就再也爬不起来了。哲锡住院的那段时间，与其说是哲锡住院，还不如说是汪清奶奶住院更恰当。哲锡一咳嗽，她就整夜不睡觉看着；哲锡喝不下粥，她就也跟着一整天吃不下饭；他发一点儿高烧，她也一起上火揪心。

在哲锡住院的一个月，汪清奶奶的身体也垮了。汪清爷爷也累得够呛，大酱放在哪个坛子里、大米存放在哪个口袋都不知道的他，一个月下来每天三顿做好饭送到医院，回到家里还要洗哲锡的衣服，每天忙得不亦乐乎。一个月来，棋盘也一次没有摸到。老两口的身子就像没涂机油的机械，咣当咣当地响个不停；好像说不定哪下就要散架了。

虽然身体一天不如一天，但是他们因有了孙子，便有笑声，也有争吵。虽然跟儿媳妇已经一年多没有联系了，儿子也是吞吞吐吐的，两位老人并不感到孤独寂寞，早晨把哲锡送到幼儿园，晚上接回来，放学路上他蹦蹦跳跳地问这问那，总有那么多问号，他们顿时把疲劳和疼痛都忘掉一点儿。

“妈妈，为啥妈妈这么老啊！”有一天从幼儿园放学回来，他很天真地问。

老？汪清奶奶的心“咯噔”一下。哲锡懂事了，他早晚会明白的。她不想让他成为没有妈妈的孩子。对孩子来讲，妈妈就是他的两个翅膀，没有妈妈的孩子，像霜打的白菜，多么可怜。

“孩子，妈妈也有年轻的妈妈和老的妈妈，这个妈妈很大了才生了你，就比别的妈妈老呗。妈妈带你去吃汉堡怎么样？”汪清奶奶赶紧转移话题。

哲锡一听“汉堡”高兴得跳起来，催着奶奶快一点儿。

汪清奶奶的确老了。自从哲锡住院，把她拖累的，身体到现在还没有恢复。再加上这几年过度操心劳累，以前没有的小病冒出来，浑身上下没有一处是好的。去早市买菜只好让老伴代劳，可是，来回接送孩子奶奶坚持自己去。看着活蹦乱跳的哲锡，她就很欣慰。下雨的时候，他故意往水洼里跑，溅起水花；下雪的时候，在雪堆里滚成雪人。照看孙子使他忘记了疼痛，不知不觉浑身来了劲头。孙子是他们的全部，不，是全部的全部。别人家有的哲锡都应该有，别人父母能给孩子的他们也能给，她不想让哲锡成为因为没有妈妈而折翅的小鸟。

“妈妈，妈妈，你是我的妈妈吗？”有一天，哲锡这小子放学回来又问。

“我不是你妈妈是谁？”

“不是，他们笑，说你是我的老妈妈。”

“他们是坏孩子。”

奶奶的心里愤然。哪个臭小子胆敢欺负我的孙子？她真想当即去教训教训欺负哲锡的孩子，还要到他爸爸妈妈那里说说理。不过她只是想想，现在她更想躺下歇会儿，她感觉四肢软软的没有力气，好像躺在了床上。

“妈妈，您不是给我买草莓吗……”哲锡拽着奶奶的胳膊喊叫着。

是的。奶奶答应了要给他买草莓。奶奶没有食言过一次，她振作起精神，说到幼儿园门口找班主任说几句话就领他买草莓去。

“怎么办呢，怎么也得把他带到小学毕业啊。”汪清奶奶把哲锡送到幼儿园门口时总这样对老师说。这是奶奶的最大愿望，不过，这个愿望是没有尽头的；怎么也得让他小学毕业；小学毕业以后，还得让他中学毕业……

“哲锡啊，抓住妈妈的手。”和哲锡走出幼儿园门口时，她说。

她有些摇晃，控制不住身体。以前，走上大街时，奶奶就牵着哲锡的手，现在，却让他来领自己。

已经好几个月了，汪清奶奶分不清自己是肚子疼还是腰疼，再加上食欲下降，身体明显消瘦起来。不知道是自己老了还是得了什么病，一直也没有踏过医院的门槛。有时候走累了，就和哲锡歇一会儿再走，但从来没有像今天这样，就像天塌地陷一般，有种不祥的预感袭上眉梢。

说好给他买草莓，这小子最爱吃草莓。

“哲锡啊，赶紧拽住妈妈的手。”

不远处有个水果摊，这是哲锡回家路上的必经之地。吃饼干不如吃水果对孩子的身体好。只要哲锡要吃水果，奶奶从来不说不。

“哲锡啊，赶紧抓住奶奶的手！给你买草莓，草莓……”

她的眼前一点点地模糊起来，隐隐约约只看见哲锡已经推开水果商店的门进去了。

“哲……锡……啊，草……莓……”她只是嘴唇动了动，眼前开始笼罩住云雾，灰蒙蒙的。

“妈妈——”

哲锡吃着草莓笑着跑过来。

——好吃吗？好吃，就多吃。哲锡想要的东西，奶奶什么都给你买。哲锡，不要得病，知道了吗？我们的哲锡真乖。是的，决不能让他没有妈妈。

云雾越来越厚。

“妈妈——”

哲锡背着书包，呼唤着妈妈，挥着手奔过来。

——这小子，要摔倒了。慢慢地，不要跑，我的宝贝。今天，学习得不错吧？你得一百分的时候，是奶奶最开心的日子。不管千辛万苦，也要让你上完中学。决不让你成为孤儿。没有妈妈，不要悲伤，好好学习，不是有奶奶吗？

哲锡？

“妈妈——”

云雾里传来了哲锡细微的呼唤，奶奶无法再睁开眼看一看哲锡，只能听见稚嫩而清脆的声音在她耳旁回荡。

“哲……锡……”

“妈妈——”哲锡从水果店里跑出来了。

“妈妈，妈妈！给我买草莓，妈妈在撒谎，呜呜呜——”

他很想扶起汪清奶奶，哭着用尽全身力气拉扯，可汪清奶奶还是一动不动地躺在那里。

“呜呜，妈妈在撒谎，呜呜，妈妈不好，呜呜——”

哲锡拉着“妈妈”的手，里面还紧紧攥着一张十块钱纸币。

我的姐姐

李如天/著　王红梅/译

序

孔子曰：人之初，性本善。人与动物最根本的区别就在于“善”。让别人舒心、为别人想的比自己多、爱别人胜过爱自己，这种“善”正是人类之美。为他人着想，充满情与爱的生活也正是我们每个人所渴望拥有的。

“善”——对于热爱文学的人来说，它更是一个不可缺少的前提条件。但并不是说拥有了“善”就能够成为文学家，还必须要有“憎”。在同情心与爱心兼备的同时还要有对待腐败与罪恶的憎恶之心，即要爱憎分明。古往今来，对抗社会不正之风的勇士恰恰就是这些文人们。

但让我心痛的是我们身体里的“善”与“憎”都在渐渐地弱化。市场经济下，人情逐渐淡漠，对待是非的憎恶感也渐渐消失，更让人难以接受的是人们自身也不自觉地融入到这些是非当中，而越发地感到不以为然。

世风日下，人情黯淡。我不禁想那些勇敢地向恶势力进行对抗的文人们还是否能写出好的文章来？

“爱在离别时。”

漆黑的房间里静得要死，我把自己埋在如陷阱般软软的床上，眼睛直勾勾地盯着天花板，一遍一遍地告诉自己：睡吧，睡吧！可无论我怎样努力都无济于事，带给我的是一股冷气，继而迅速遍布全身，使我瞬间瘫软。那种无法用语言形容的不安、焦躁和恐怖让我变得心烦意乱起来，我实在躺不下去了。我一骨碌坐起来，就在我起来的一刹那恐怖的感觉就溜走了，取而代之的却是如铁丝把我的身体五花大绑一般。

手里拿着书，书上密密麻麻的字如同一堆堆的蚂蚁在我的眼前晃来晃去，我一点儿都看不进去。久久地拿着书看着，脑子里却一片空白。书皮上赫然写着《抗美援朝时记》，而我对“6·25”事件却没有丝毫的印象。昨天晚上读这本书的时候，还记得人民军、国军、中国人民志愿军、联合国军之类的事。今天晚上头脑里空空的，还生生地疼了起来。书上分明写着为了友谊、为了和平而战，解放、统一之类的词，而我却越看越迷糊。

我放下书，重新打开了电视，正好播放的是电影，是反映第二次世界大战的。残忍的德军用刺刀恣意地杀害着手无寸铁的老百姓，一个孩子像蚯蚓一样挣扎着向前爬行，旁边一个手拿大刀、戴着头盔的士兵漠然地看着。不知道孩子的眼睛是否瞎了，他那两只小手胡乱地向前摸索着，一直爬到了士兵的脚下，士兵猛地抬起了脚向孩子的身上踹去，鲜血从孩子的胸口汩汩地往外流，孩子刺耳的惨叫声在我的耳边回荡着。

战争，战争，杀人，杀人……

我关掉电视机。深夜看战争片引发的伤感迟迟不能散去，我的心揪揪起来，久久不能释怀。

现在必须得睡觉了，明天是端午节，与朋友约好了一起去野游呢。

我闭上眼睛让自己快点睡觉，但今晚就像是遇到鬼一样怎么也睡不着。我用尽各种办法让我入睡，反而却使我越来越清醒。

我原本属于贪睡的人，即使有天大的事，只要我一闭上眼睛就会立刻进入梦乡。但今天真是太奇怪了，好像有什么事情要发生一样。难道这就是所谓的第六感吗！我干脆不让自己睡了，起来调了一杯咖啡，咕噜咕噜一口气把咖啡喝完，坐到了电脑前，彻底放弃让自己睡觉的想法了。我开始在电脑上玩“大富翁”的游戏，可谁知喝了咖啡反而困了起来，真是太奇怪了！平时只要是喝上咖啡，再怎么迷糊立刻就精神起来，而今天怎么却使我发困了呢？

我斜靠在沙发上睡着了。

不知过了多久，我被外面刺耳的鞭炮声惊醒了。也不是春节，怎么就放起爆竹了呢？或许是谁家娶媳妇？要么就是哪家店铺新开张吧？

我不由得想起了我的大姐。在这个世界上，可能没有像我大姐那样讨厌鞭炮声的人了。春节时，家家都放鞭炮、包饺子热热闹闹，我大姐家却绝对不能放鞭炮的。不仅是我大姐自己家，我大姐的邻居家放鞭炮的话也会招来大姐一顿臭骂："浑蛋！一帮败家子！"大姐不仅对鞭炮声，对类似于大炮的所有声音都非常敏感。

后来我才知道正是"6·25"时发生的事让大姐变成这个样子的。那时父亲和母亲带着三个孩子穿越鸭绿江的时候，天空中飞机轰隆隆地盘旋着，地面上大炮在向人们扫射。当时，大姐被炮击声吓坏了，再加上看到旁边同村的朋友遭到炮击瞬间脑袋就消失呼呼向外冒血的样子更是吓得六魂无主。尽管我们家慌乱逃窜侥幸渡过了鸭绿江，但从那时起大姐就像是鬼附身一样时而清醒时而迷糊。睡着睡着猛地惊醒，腾地坐起来，扑通向后倒下去，紧咬着牙，继而号啕大哭起来。每当这时，母亲就用大拇指掐着大姐的人中，啪啪地扇大姐的脸。这样忙活了一阵后大姐清醒过来，对自己所做的事一无所知。开始发病时是一个月一两次，半年后次数开始增多，而且每次晕倒，大姐都要使劲咬着自己的舌头，让舌头一点点断裂下去。旁边有人的时候，大姐往后一倒，就往她嘴里塞破布之类的东西。这样虽然暂时不能让她咬到自己的舌头，可一旦她再次咬住自己的舌头，无论大人用双手怎么掰都无法掰开她的嘴。小小的年纪不知道哪来的力气，竟然让大人都制服不了她。

每当这时，父亲就坐在炕头的一角吧嗒吧嗒抽着旱烟，吐着烟圈。母亲则搂着女儿扑啦扑啦掉着眼泪。

"天哪，我可怜的孩子！怎么来到这受这样的苦啊！"

母亲总是这样叹息着。

实际上在踏进满洲国土地之前，父母生活在一个山清水秀、幸福和睦被称为"天下第一村"的地方。但有一天，天空突然布满了黑压压的飞机，眨眼之间整个村子变成一片火海。

家被大火烧成灰烬之前，舅舅就去了中国。我的姥爷命令妈妈去中国找一下弟弟，我的父母就这样匆匆忙忙地领着大大小小的三个孩子越过了鸭绿江。

我的父母不能违抗姥爷命令的原因就在于外婆家有六个女儿，只有舅舅这么一个儿子。离家前，舅舅说在满洲国找到好的工作后，就马上回来带着全家去那边生活。然而几年过去了，却没有舅舅的一点消息。姥爷常常借酒对女儿们发泄自己内心的愤懑，妈妈实在忍受不了姥爷的脾气，决定去寻找弟弟。当时妈妈已经生下了大哥、二哥还有大姐，尽管姥姥让把这三个孩子放在她那照看，可是爸爸说生在一起，死也要死在一起。于是，我的父母就带着三个孩子上路了。

当父母的双脚踏上满洲国的土地时，他们发现这里与想象的截然不同，前途一片渺茫。都说满洲国地大物博，生活安康，亲眼所见的情景却比家乡好不到哪去，只是枪声似乎少了点，但艰苦的环境与家乡几乎一样。

再加上晚上睡着睡着就突然被美国军队顺着鸭绿江投掷的炮弹声震醒，大姐这时就会被惊吓醒。所以，父亲带着一家人经常搬家，搬到离鸭绿江远一些的地方。边走边打听，只要看到有朝鲜人居住的村子就说着舅舅的名字进去问有没有这个人。然而几天过去了，看到的路人却一个都没有再次出现过。

到了柳河县羊哨子这个地方的时候，姐姐的病情加重了。父亲不能急着往前赶路了，只能停留在这里。

我们家原来有十个兄弟姐妹，后来死了两个，现在只剩下八个还活着。我有三个哥哥，三个姐姐，还有一个弟弟。这八个兄弟姐妹中，最不幸的要数我的大姐了。我常常对大姐有负罪感，认为自己没有能够让大姐幸福而感到遗憾。作为弟弟有什么过错而言呢？而我每当想到大姐的时候心情就不由得沉重起来。

我的大姐是汉族，尽管我们是亲姐弟，但我大姐确确实实是汉族。虽然直到现在户口本上大姐的民族写的是朝鲜族，但大姐的长相、语言，还有生活习惯都已经完全汉化了。

“你们高丽棒子真是太干净了。”

大姐经常在我们面前这样说，意味着自己不是高丽人，而是汉族人。对于从五六岁开始就生活在汉族家的大姐来说，高丽人已经是很陌生、很遥远的事了。

“我们是高丽棒子的话，姐姐是什么呀？”

我这样问的时候，大姐常常嘻嘻地笑着说自己不是高丽人，还说："你看，我哪里有一点高丽人的样子？我在屋里的地上随便吐痰，而你们朝鲜族太干净了，从来不在屋里吐痰，汉族正好相反，到处吐痰。而且我对泡菜、酱汤之类的朝族菜根本不喜欢，我就喜欢吃蕨菜、酸菜之类的纯汉族菜。"

大姐生活的村子里的人们也不把大姐当作朝鲜族看待，尽管把我们看成是朝鲜族，但大姐绝对是汉族，因为他们坚定地认为大姐没有一点像朝鲜族的地方。

我大姐生活的村子是一个汉族村，汉族人的习惯是吃完饭后串门子。因为大姐的为人好，所以来大姐家串门儿的人特别多。这些人往往吃完饭后先到大姐家聊天儿，起身要走的时候正赶上我们兄弟几个去的话就又接着聊。其中聊天的内容经常是拿老三开玩笑。

"嘿，老三，你们朝鲜族为什么是大裤裆（肥大的裤子）？"

"嘿，老三，你们朝鲜族为什么吃了狗肉才能熬夜？"

……

每当这样逗我们玩的时候，脾气好的哥哥就笑嘻嘻地逗趣道：

"哎，你这个傻王麻子，连这个都不知道？大裤裆是因为想把你老婆藏里边儿，通宵吃狗肉是想把你老婆弄得快活补身子用的？你连这个都不知道？白活了！"

就这样，大家聚在一起恣意地唠着下流嗑儿，尽情地大笑着。

"你们现在在韩国的朝鲜族尽管生活得很好，但我们一点都不羡慕。那只是暂时把钱放在你们兜里保存而已，以后都会成为我们的。"

意思是朝鲜族在韩国挣很多钱回来后，好吃懒做，每天都沉浸在花红酒绿当中，钱过不了多久就会花光，打零工都能把你们手里的钱抢过来。

每当听到汉族们说朝鲜族不好的话时，硬把自己当成汉族的大姐就会把脸一沉，立起眼睛。

"你这个狗剩子（狗吃剩下的东西），就你那样儿还笑话别人？你就是干一辈子活儿也讨不到老婆！"

"哎，你这个傻婆娘，你现在帮谁说话呢？你不是高丽人怎么帮着老高丽说话！"

村里人这么一边说着一边哈哈地大笑着。在他们眼里大姐根本不是朝鲜族，但无论外表怎样变化，谁都掩藏不住血管里流淌着的血。

早上起来，朋友来电话说要一起去散步，我推托说自己头疼没有去，老老实实地待在家里。脑袋里被一种难以形容的奇怪的预感充斥着，令我坐立不安，在房间里走来走去。

可能人真的有特异功能，只是现代科学还无法判定，但却又无法否认它的存在。

大概 10 点左右，弟弟打来电话。

“哥，你现在在哪儿？怎么电话一直不通啊？”

看来弟弟找了我好长时间，所以先埋怨我。

“在家，电话怎么不通了？”

我根本不明白弟弟说的什么意思。家里的座机和我的手机一直都开着，打不通真是太奇怪了。不会是谁捣鬼吧？电话分明都是开着的，可就是打不通，而且不是一分钟，两部电话也不可能同时出故障……

“就是，嗯，你有什么事？”

“哥，快到柳河来！姐夫现在很危险，我现在坐车正去呢。”

“什么？姐夫？怎么了？”

“我也不是很清楚，反正刚才二哥来电话说好像是出车祸了。”

“知道了，我马上出发。”

拿着电话，在弟弟面前装着泰然自若，放下电话的瞬间我就觉得天旋地转起来。这简直就是晴天霹雳呀！那么硬朗的姐夫怎么一下子就不行了呢？我的眼前一片漆黑。

我赶忙给妻子打电话，听到姐夫危急的消息，妻子马上借车，急匆匆地跑进门，她知道姐姐在我心中的位置有多么重要。

“快走，姐夫情况很危急。”

我们赶紧坐上车向柳河飞奔。我想到姐夫的同时又想到了我那不幸的大姐，苦了一辈子，就连身边这个唯一的姐夫也离她而去的话，她该怎么活下去？

车在高速公路上疾驰着。窗外，农民在农田里播种麦苗，那不是一辈子都在农田里挣扎着的我的大姐吗？说大姐遇到这样的不幸，我无法相信。我在想大姐怎么样了？不会是又晕倒了吧？

我的眼前模模糊糊地呈现出大姐那不用减肥就骨瘦如柴的身体。

我的父亲最终也没能找到我的舅舅。一个月过去了，两个月过去了，三个月过去了，丝毫没有打听到舅舅的消息。母亲虽说回家乡，但父亲却一点那样的想法都没有，他太了解像老虎一样姥爷的脾气了，这样毫无收获地回去，肯定还是忍受不了姥爷的火气，仍然要回到满洲国这里。父亲太清楚这种结果了。

日子一天天地过去了，大姐的病一天比一天严重。之前晕倒醒来后还能“哇”的一声哭出来，现在却连那个劲儿都没有了，只能“吭吭”地咳几声。

那时，我们全家几乎都以讨饭为生。大哥带着妹妹在家，母亲带着二哥去要饭，父亲作为男子汉自己到处乱转想找个事儿做，可在当时，找工作比登天还难。

找到柳河县羊哨子的时候，父亲和母亲再也走不动了。

父亲去村里为数不多的朝鲜族家诉说了自己的情况，好心的主人把仓库空出来让我们避寒，休息，还给我们拿来了一瓢玉米。

母亲把它熬了又熬，熬成了一锅粥，我们全家一连吃了几天。

这家的女主人看了大姐的病说大姐是被鬼附身了，有办法治。

母亲就像是掉进水里抓到了救命稻草一样，立刻听信了女主人的话。

深夜万籁俱寂的时候，妈妈把女主人给的红布展开，在睡着的大姐头上左右摇晃几下，顺着小路来到后山的坟堆里把它埋在地底下，再磕三个头回来。夜晚的猫叫得让人毛骨悚然，妈妈明知道有“向后看就会惹大祸上身”的老话，可还是勇敢地独自完成了任务。

看来真的有鬼怪之说，这样过后大姐的病竟渐渐好了起来。最初，发病的次数渐渐减少；几天后，只是晕倒，并不咬牙了；再过几天，能乐呵呵地坐起来玩了。

也许是太饿了，即使是米粥喝到肚子里病也能够好的缘故，反正大姐的病是好转了。父亲的叹息声逐渐减少了，就连母亲的脸上也浮现出少见的笑容。

但问题并没有到此结束，好了病的大姐时时刻刻离不开母亲，围着母亲转来转去，使得母亲无法出去讨饭。而母亲不去要饭这一家人吃什么呢？可怎么能带着大病初愈的孩子出去要饭哪！

就在这时，房子的女主人又找到了母亲说自己算了一卦，这姑娘命薄，又与母亲相克，只有把她送人，否则将给母亲招来大祸。如果想通了的话可以把孩子托付给她。当时，这对夫妇结婚已经几年了，也不知道是谁的毛病，总是怀不上孩子。女主人说要是把孩子托付给她，她就会像对待自己的孩子一样好好抚养她。

与其这样饿着，不如送人更好。最终，父亲决定把大姐送给这家抚养。

第二天，这家主人带走了我的大姐，给父亲送来了一升玉米，并提出条件让我们全家快点离开这里，走得越远越好，而且交代父亲再也不要找来了。父亲痛快地答应了，父亲认为既然给了别人就不要再有别的奢望了。

那天晚上，父亲和母亲扔下睡得正香的大姐，带着两个哥哥悄悄地出了门。

等待他们的是充满着巨大悲哀的黑夜，躲在云彩里的月亮探出了头照在了母亲那双泪眼上，突然云彩吞掉了整个月亮，只看到星星在那里微微地发抖。

几次抚摸着女儿的脸，不知道女儿知道还是不知道，她没有醒。如果她那时哇的一声大哭起来，心软的母亲肯定不会离开这个家的。但大姐注定是苦命的人，那天比任何一天都要睡得香甜。

一直无条件服从父亲的母亲，出了大门，抬头望着天空不由得呼了一口气，瞬间，母亲的心被撕成了碎片。

"他爸，你这算什么？把孩子给了别人？"

母亲一忍再忍的泪水终于哗哗地流了下来。

"那怎么办？你以为我想把孩子送给别人吗？可送给别人还有条活路，总比跟着我们饿死的好！"

"可……可是……再怎么父母也不能……嗯嗯……"

"嘿，别哭了，只要活着，总能见到的。"

"天哪，我那可怜的孩子啊……"

母亲拖着沉重的双腿一步一步地走着，我的两个哥哥完全不知道"送给别人"意味着什么，一味地缠着母亲。

"妈，姐姐怎么不和我们一起走？我们一起走不行吗？"

"妈，我要和姐姐一起走。"

我的两个哥哥边说边眼泪流成了串儿，二哥干脆坐在地上耍赖不走了，小小的心灵似乎知道这样离开的话就永远不会再看到姐姐了。

"孩子们，别哭，过几天我们再来找行吗？"

妈妈想抱起我的二哥，却承受不住二哥耍赖使出的力气。

"妈，我不走，我想姐姐了。"

大哥摇摇晃晃地朝着房子的方向跑去。

"还不快站住！"

父亲大喊一声。默默走在前面的父亲瞪着眼睛向后面瞅来。二哥扑棱从地上坐起来，大哥也停住了奔跑的脚步。生活越是贫困，穷苦的父亲就越显得粗暴。在父亲的一声喝令下，我的两个哥哥谁也没有吭声，只是噘了噘嘴，连哭都没敢哭。实在是太可怕的父亲了！丧失气势的两个哥哥只能乖乖地跟在大人的后面，不懂事的小孩子尚且如此，如同割掉自己身上的肉一样的母亲的心该是多么疼啊！

"他爸，你看我们还是回去把孩子带回来吧。"

眼看着离女儿越来越远，母亲的心就像用锥子扎的一样疼。

"哎嗨！"

父亲用假咳代替了回答，这是父亲一贯的伎俩，也是父亲特有的权威。父亲的假咳没有半点让步的意思，深知父亲脾性的母亲没有再说一句话，只是默默地流着眼泪，三步一回头地走着。父亲完全不理会后面的人，一直吭哧吭哧地往前赶路。

"嗷呜……"

不知从哪里传来了狼的叫声，我的两个哥哥浑身瑟瑟发抖起来，紧紧地抓着母亲的裙子，慌乱地挪动着自己的脚步。那是一个难忘的、充满伤感、痛苦与恐怖的夜晚。

早上从睡梦中醒来的大姐，发现谁都不在身边，哇哇地大哭起来。平时即使妈妈不在身边，哥哥也会守着她。一股不祥之感从她幼小的心灵升起，她哭得更起劲了，好像哥哥听到她的哭声就能跑来一样。可是跑来的不是妈妈，也不是哥哥，而是八竿子都打不着的女主人："你妈说到很远的地方去了，得很长时间才能回来，我们俩到那个房间等着去好吗？"大姐"嚯"地一把甩开女主人的手，更加大声地哭起来。

"妈妈！妈妈！妈妈呀！……"

无论大姐怎么喊，妈妈都没有回来。

一天过去了，妈妈没有出现，两天、三天过去了，妈妈还是没有任何消息。大姐哭得晕倒了，晕倒了起来再接着哭，就这样过了几天，始终不见妈妈的影子。

"妈妈!"

"爸爸!"

"大哥!"

"二弟呀!"

不管她怎么喊，谁都没有出现。最初因为害怕只是待在家里面喊，后来到门口等，再后来就到大门外朝着母亲平时要饭回来的路望眼欲穿地守着。

这样不知过了多少天，大姐终于倒下了。从那时起，大姐的病又犯了，常常晕倒，但却不哭不闹，也不再找爸爸妈妈。也许是没有哭闹的气力了，也许是在她幼小的心灵已经种下了怨恨的种子。

不幸中的万幸，这家主人对我的大姐很好，自打要来大姐后，就不停地给她治病，大姐的病终于好了。但也就在这时起，大姐彻底变成了另外一个人，不哭也不笑，不说也不闹，成了一个天天呆呆地望着窗外的傻孩子。

身体上的疾病可以治愈，精神上的疾病却无法治疗，对妈妈的思念，对妈妈的怨恨……如同一个巨大的毒瘤埋在了大姐的心里，挥之不去。

尽管这些事已经过去了好多年，但每当说起这些事的时候，大姐还是止不住地流眼泪。那时的孤独、无助、思念与渴望……没有经历过这些事的人永远也不会理解这种心情。

司机知道我的心情，把车开得飞快，平时需要四个小时的路，今天却不到两个小时就到柳河了。

下了车，连句谢谢的话都忘了跟司机师傅说就急奔抢救室，亲戚们已经来了一大帮。

"老四来了!"

不知谁喊了一句。因为我在男孩子中排行老四，亲戚们都管我叫"老四"。

我三下五除二地拨开人群，冲到了床前。

正在急救中的姐夫，头上缠着一圈圈白色的绷带，嘴里插着粗粗的呼吸机导管，胳膊和腿上打着吊瓶，胸脯上是一排排心电仪器，从喉咙边插着的导管里呼噜噜导出一口口的痰。

大姐像个木头人似的呆呆地站在姐夫的枕边，兄弟和亲友们围成了一圈。

"姐夫！姐夫……"

我握着姐夫越发冰凉的手急迫地喊着。

“老头子，老四来了！你睁睁眼吧！你等的人不是老四吗？现在老四来了，你可以放心地走了！”

大姐异乎寻常冷静地叨咕着。

“姐夫，你这是怎么了？丢下我可怜的姐姐就这样走吗！嗯？你睁开眼看看吧！”

我摇晃着姐夫焦急地喊着。

“姐夫！你这样走了，姐姐怎么办？你不是说过要让大姐幸福吗？你这算什么！”

我忍了再忍的眼泪终于爆发出来。也许从一进到医院就预感到姐夫可能不行了，大家也都呜呜地哭了起来。

“看，醒了！”

不知谁大喊了一声，姐夫缓缓地抬起了眼皮，如同千斤重的眼睛似乎难以睁开，眼角已经噗噜噜流出了眼泪。姐夫肯定听到了我的喊叫。

“姐夫……”

“老头子……”

我们一起大喊着。“咳咳”，突然姐夫从嗓子眼里像要往外吐痰似的，浑身发抖，猛烈地抽搐起来，也许这就是生命最后的挣扎吧，但无济于事，他已无法留住他的生命。身体拼命地抖了几下，“呼呼”地呼出了几口气，最后长舒一口气，心电图还是画出了一条直线，姐夫走了，独自留下了可怜的姐姐去了那个再不愿意去也必须去的世界。

“姐夫……”

“叔叔……”

……

人们哭成一片，但无论怎样也唤不回来那个已经离开这个世界的人了。

我的姐姐没有哭，而是一屁股坐下开始口吐白沫，可能小时候晕倒的时候就是这个样子吧。

医生们赶过来给姐姐打了一针强心剂，三姐背着大姐出了病房。医生们把插在姐夫身上的针头、仪器一个个都摘了下去。

大人们忙着给姐夫换新衣服，实际上姐夫没有必有换新的衣服，像是知道自己要死了一样，一大早姐夫就换了一套新衣服。

那天早上从睡梦中起来的姐夫不知道怎么那么高兴，从来不说穿新衣服的人，那天却让姐姐给他找新衣服穿。姐姐一边拿出新衣服一边说：“这老家伙不知看上哪个小姐了？”

换上新衣服，姐夫就急着吃饭，说今天是端午节，去县城买点猪肉包饺子吃。姐姐听完赶紧摆上饭桌。

平时因为胆囊炎的关系不敢多吃的姐夫，那天不知怎么竟然吃了两碗饭，而且还吃得很香。

“老伴儿，你也吃点儿，今天的饭怎么这么香。”说着就往姐姐的饭碗里放了一勺饭，还定定地瞅着正在吃饭的姐姐的脸。

“哎呀，你傻不傻，定定瞅着别人看？”

姐姐嗔怪着说，姐夫把视线从姐姐的脸上挪开了。

“今天不过你们朝鲜族的端午节，我到吉表弟那儿借点钱买一斤肉去。”

小吉是我的表弟，因为和姐姐在一个村子住了好多年，和姐姐的关系好得胜过我们这些亲弟弟。

“借钱？别的了，小吉家也不富裕，年轻时，我说攒点儿钱，攒点儿钱的时候，你总说没事，没事。怎么样？现在手里连一分钱也没有。”

大姐一听到“钱”字就发神经。姐夫也是，年轻的时候也有点钱，但却迷上了赌博，没几年就把钱糟蹋光了。

“哈哈，别担心。我给你到死都花不完的钱，你就放心等着吧。唉，女人就是头发长见识短。”

姐姐一唠叨钱的事儿，姐夫就说这句话：我给你到老了都花不完的钱。

“没等你把钱拿来，可能我就先死了。”

姐姐有些不乐意地说。

“你就信我的话吧，你现在就等着我给你拿大钱回来。”

“嗯，你就会耍嘴皮子。”

姐姐只能笑笑过去了。

“今天我可能晚点回来，别等我。”

姐夫说着，向外走去，骑上了在仓库里放了好久都没有骑过的自行车出了大门。说是去买肉，可能晚点回来，这些话大姐一点也没有往别处想，也许那时姐夫就有某种预感了吧。

姐夫刚出去不大一会儿，住在前面的王麻子就来了。

“大嫂，家里来客人了？”

像是刚吃完饭的样子，咧着嘴疑惑地问。

“没有啊，哪儿来的客人哪?”

“我刚看见一个穿着白衣服，骑着自行车的人从你家出去啊。”

王麻子不相信似的一个劲地摇着头。

“白衣服，什么白衣服呀，你大哥明明穿着蓝衬衫出去的。”

“怎么会？我清清楚楚看见的是一个穿白衣服的人。”

王麻子一直固执地坚持着。姐姐虽有点感到担心，但她认为王麻子可能是看错了。也是，昨天的梦做得不好。原本在大地里挖野菜，可那聚集了好多人，这些人不挖野菜，在那乱哄哄地伐树。在锯木头之前还要祭山神，噼噼啪啪地放了鞭炮，姐姐只得捂着耳朵拼命地往家跑。

不管是梦里还是现实生活中，只要是听到鞭炮声，那天肯定倒霉。看来今天也不是什么好兆头，大姐一边在厨房刷着碗一边提醒自己要小心点。

不知过了多长时间，婆家侄媳妇气喘吁吁地跑来。

“婶子，不好了！我叔出车祸了!”

姐姐眼前一黑，立刻想到昨天晚上梦见的鞭炮声。

(该死的鞭炮声啊!)

大姐就这样反反复复地嘀咕着，呆呆地被别人里倒歪斜地推到了县医院。

那天，姐夫出了家门，就顺着通往县城笔直的马路往前骑。真是活见鬼了，这么笔直的大路，姐夫本来在右边骑自行车，也不知怎么回事，手把突然转向了左边，就在这时，从后面冲过来一辆汽车，把姐夫撞个正着。车轮无情地压着姐夫的头过去了，那里正好就是表弟小吉家门前。

这个场面从头到尾都被从家里出来倒洗碗水的小吉媳妇看到了，她大喊着，司机没跑掉，家里人冲出来一把抓住了司机的脖领子。

事不宜迟，赶紧把姐夫装进汽车拉到了医院。其实，姐夫当时就不省人事了，留着一口气可能就为了见大姐一面。也许一辈子没有孩子，就这样留下老伴儿自己走有些放心不下吧。如此看来人的生命比小鸡还要脆弱，那样健壮的姐夫不到几个小时就成了一具尸体被送到太平间里去了。

在太平间前守灵的时候传来了吵吵嚷嚷的声音，跑过去一看，是姐夫的侄子带着一帮亲戚和司机单位领导打架，吵着让把杀人凶手交出来。

我的姐夫是汉族，所以他的亲属们都是汉族。在一个村子和睦相处的亲戚们的凝聚力是非常强大的。

“司机在哪！”

“把杀人犯交出来！”

亲戚们都急得红了眼，四处乱跳。

“喂，你不是主任吗？你们单位的司机压死了我的叔叔，你就应该交出凶手来！”

姐夫的侄女婿抓着一个男人的脖领子晃着。

“我说，年轻人，你先把手放下，有话好好说。”

男人的嗓子被勒得喘不过来气，向后退了几步。

“哎，侄女婿，先把手放下再说。”

侄女婿听到我的话，把手放了下来。这种事应该心平气和地解决，蛮横耍赖对双方都不好。村里人都认为这样做就能多给赔偿金，事实上并非如此。走法律程序的话，受损失的往往是被害的一方。司机顶多被吊销驾驶证，而被害一方是农民的话，按照政策赔偿金根本没有多少。

“这事，侄女婿你先一边待着去，按照你婶子的意思办。主任你也消消气，人死了，谁都压不住火，你也理解理解。”

听了我的话，侄女婿走开了，主任也投来了感激的眼神。

我把主任拽到了另一个屋，拿出烟，跟他细细地讲了大姐的情况。

“当然也并不都是司机的责任，但请看在我可怜的大姐份儿上，多照顾照顾吧。”

最后，我加上了这句意味深长的拜托。

“其实，刚才我准备走法律程序来着，听了李老师你的话后，知道姐姐的身世真是太悲惨了。那这样吧，我们这边尽可能地多帮忙，李老师你那边也做一下亲属的说服工作。”

得到这样的答复后，我和他就分开了。

现在摆在我面前最棘手的问题是葬礼，当时政府主张无条件实行火化，而姐姐坚决不同意火葬。

“我不想让受了一辈子苦的你姐夫再死一次。”

“大姐，这是政府下的命令，谁都不能违反。”

“那与我没关系，反正不能火葬，你姐夫够惨的了。你在县里认识的人多，同事里有没有认识县长的？你就去求求情吧。”

我无法说服姐姐，她说不能把受了一辈子苦的老伴儿火葬了，把他埋在自家房子后面的山上，那样只要打开窗户就能看到躺在那里的老头子了。

找了好多人，说了大姐的实际困难，几乎都快磨破嘴皮子了，终于得到了许可，只是违反政策需要交一千块罚金，真是万幸啊。

得到许可的那天，我们就把姐夫的尸体运到了村里。但汉族人有个习惯，说横死的人不能进村，否则那个月村子里还会死一个人。

没办法，我们只好抬着尸体在村子外面转了个圈儿来到后山，搭起帐篷把尸体安置好。不是亲属的话，谁都不会让尸体从自己家门前过去，弄不好就会丢掉性命或招来大祸的。

离尸体不远的地方正在修路，不时传来放炮的声音，可能是为了炸开石头，放了火药引发的炮声吧。

我不由得担心起大姐来，最近处于高度紧张状态下的大姐听到这样的炮声能不能挺住啊？就在我犯寻思的时候，三姐慌慌张张地跑过来。

“老四，不好了！大姐晕倒了！”

三姐踉踉跄跄地跑过来跟我说。

“什么？”

我不相信自己的耳朵，又问了一遍。预感是预感，真的听到这样的消息还是不能不吃惊。

“大姐突然晕倒了！”

三姐哭着说。

我急匆匆地向大姐家跑，院子里几个人脱了上衣正在锯木板做棺材，家里面死了人，场面乱哄哄的。我拨开这些人跳进屋里。

看着紧咬牙齿，口吐白沫的大姐，我感到无比的凄凉。

“大姐！大姐！”

我急切地叫着大姐，但大姐一点反应都没有。不知谁拿来一瓢水，往嘴里含了一口，“噗”地吐到了大姐的脸上，但大姐还是没反应。不知谁又拿针扎姐姐鼻子下面的人中，黑黑的血一滴一滴地流了出来。

“大姐，醒醒！”

我不知道怎么办才好，只是一味地叫着“大姐，大姐……”

“这样不行，再这样下去这个家就出两条人命了。”

“就是啊，身体这么弱，怎么能承受得住啊。”

大家七嘴八舌地说着。我握着大姐的手，大姐的手已经越来越凉了，皱皱巴巴的脸也越来越黑起来。

不行，大姐不能就这么死了！受了这么多苦才活到现在，连一天福都没享过，不能就这么走了！

“大姐！你不能就这么死了！你要是死了，怎么说得过去！姐夫还没有下葬，你再去了，这像什么话呀！是吧？大姐！”

我急切地喊着，如果大姐真就这样走了，后面的事简直不可收拾。一家有两个人同时去世该是多么悲伤的事啊！

“大姐！大姐！你不能死！你不能就这样死！”

二姐和三姐胡乱地晃着大姐的头，嘶哑地喊着。

“大姐呀！那么困难的坎儿都过来了，今天你也能挺过去！睁开眼睛看看吧！”

“呼……”

好像听到了我的呼唤似的，大姐奇迹般地醒过来了。慢慢地睁开眼睛向周围看了看。

“大家怎么……怎么都围在这了？我家……老头子？”

姐姐像什么事儿都没发生似的四处瞅着，与大姐灰暗的眼神接触的一刹那，我的心里一热。

在这个时候，我绝对不能让别人看到我的眼泪，我悄悄地走出了门，重新回到了放着姐夫尸体的后山。不知从哪里又传来“轰轰”几声炮响，我才知道大姐晕倒的原因了，大概就是被那炮声吓坏的。最近吃不好，睡不好，精疲力竭，听到这些炮声必然会晕倒。

第二天举行了葬礼。汉族人的习惯是无论夫妻关系多么好，出殡的当天，老婆一定要回避。否则，不出一年老头子就回来领你来了。但大姐对这点并不害怕，求我们让她看老伴儿最后一眼，我们只好扶着大姐到后山去了。

入棺仪式前，首先是把棺盖打开举行告别仪式。因为是横死的，村里人都不敢靠前，我扶着姐姐来到了棺材前。

“老四呀，你姐夫怎么还不闭上眼睛呢？”

姐姐合上姐夫的眼皮，但姐夫又把眼睛睁开。我知道姐姐的心思，替她把姐夫的眼睛合上了。

“姐夫，走好！到一辈子都不知道什么是苦的好地方幸福地生活去吧！别担心我们的姐姐！”

我边在心里念叨边仔细地擦了擦姐夫的脸。

汉族人的棺材又深又大，给死人擦脸的话，我的整个上半身都要伸进棺材里去，但我丝毫不害怕，我真的想为我那可怜的姐夫这样做，只有这样才能表达我对姐夫一辈子爱着我的姐姐的感激之情，尽管姐夫一直让大姐很操心。

可能是大姐的八字不好吧。从出生开始，大姐就一天福也没享过，娶了姐姐的姐夫也是如此，一辈子都在受苦。借着大姐的话说，是自己的厄运传染给了姐夫。

大姐经常叹息着说要不是小时候自己被给了别人，又早早地被卖给人家当童养媳，自己的命就不会这么不好。

那年和父母兄弟分开后，大姐在主人家还算过了一阵好日子。第二年，女主人怀孕了，十个月后生下了一个男孩。都说自己不能生孩子的人，只要养活了别人的孩子，就会带来胎气，怀上自己的孩子。这个男孩的出生之时也就是大姐打开厄运之门之际。

小小年纪，大姐就要背着孩子照顾他，寒冬腊月要上山挖野菜，还要给孩子换洗尿布。弱小的身躯被吱唤得团团转，常常体力不支而晕倒。但主人家生了自己的孩子，就把大姐当作长工似的随便使唤。

现在大姐的腿上连一块好地方都找不出来，冬天冻伤了，夏天就缓过来，来年再被冻伤，皮肤就这样变得黑乎乎的。

这还不算，有一年主人家把大姐卖给一个汉族家当童养媳了，大概怕我们去找，就搬家了。因此，几年后，当父亲去找大姐的时候，那家主人早不知道搬到哪里去了，父亲只好含着眼泪回来了。

大姐被卖作童养媳的家正是姐夫的家。开始，大姐并不是嫁给姐夫，而是嫁给姐夫的大哥，而大哥那时已经有了意中人，于是这家人就把大姐许配给了小儿子。因为姐夫家太穷了娶不上媳妇，只能通过买卖的方式。十二岁的姐夫和十岁的大姐根本不懂得什么是结婚，只是一起钻到一个被窝里睡觉而已。这就是大姐的婚姻。

每当讲到这件事时，大姐就非常感谢姐夫。说饥寒交迫的自己如果不是你们的姐夫收留了我，以后真不知道怎么活下去了。

其实，那时姐夫并不是懂得什么是爱才收留我那可怜的大姐的。两年过去了，大姐和姐夫一直手拉着手睡觉，以为这样就能生出孩子。

后来大姐完全地变成了一个汉族人，在这个连一户朝鲜族都没有的汉族村子，大姐的生活习惯彻底地变成了一个汉族人，连朝鲜语都渐渐忘记怎么说了。

过了几年，知道姐姐心思的姐夫多次到大姐与父母分开的地方去打探消息，但始终没有父母的任何消息。从那时起，大姐就把父母完全忘了，连自己的出身也试图完全忘记，她只求能跟着姐夫好好过日子。

按照汉族人的习惯，入棺时一定要有人哭才行，没有儿女的葬礼也的确很凄凉。尽管侄子媳妇们也哭，但始终不是发自内心的哭，怎么听也不是那种悲伤的哭。那些外甥们之前可能哭得太过厉害，现在居然一声都哭不出来。

“哐……哐……”

传来的钉棺材的声音就好像在我的胸口钉钉子一样疼。大姐不知何时甩开我的手跑到了棺材前喊着：

“老头子，我那可怜的老头子，你真的走了吗？走也要带我一起走啊，你这算什么呀！”

大姐痛苦地说着。

“老头子，你不是说我太可怜了……要带着我过好日子？你这样走了，让我怎么办？”

大姐敲打着棺材痛哭着，人们也跟着大姐的悲鸣纷纷掉眼泪。

汉族人的习惯是眼泪落到棺材里的话，死了的人上了天堂也不安宁，可大姐根本不管这些。

我把大姐从棺材边拽起来，把胡乱地蹬着双腿的大姐托付给了三姐。我看着棺材，心想这是姐夫到另外一个世界生活的家啊。

与朝鲜族截然不同，汉族人把棺材装饰得光鲜灿烂：头部写着“头顶楼阁”，右边写着“玉女送西方”，左边写着“金童再引路”，脚部写着“足趾莲花”，棺材的中间写着“故顯考王公長安七十歲之靈位”，棺材的两侧画得五颜六色：右边是“犀牛望月”和“丁香孝母”；左边是“白马朝云”和“王小卧鱼”。“王小卧鱼”讲的是一个叫王小的穷孩子，为了给重病卧床的亲娘治病，不顾寒冬腊月，在结了冰的河上卧了三天三夜，终于抓到了四条鱼的传说。“丁香孝母”是说三儿媳割自己的肉供养婆婆的故事。如此看来，汉族人的棺材里也装满了对死者的祝福与孝道。

最后，村里的年轻人把棺材盖儿盖上了，原本应该敲锣吹喇叭的，但我事先说服了侄子们，就是害怕万一大姐又受到冲击晕倒，只是偶尔传来几声抽泣的声音显得葬礼有些冷清。

突然，大姐又开始敲着棺材。

“老头子，你扔下我自己走，我怎么办？你干脆就带我一起走吧！”

大姐像疯了似的大哭起来。

“这样不行啊，再这样下去，还得死一个。”

大家担心地说。大姐的哭声如同撕心裂肺一般，人们连拉带拽地赶紧把大姐往山上拖。

没有送葬的哭声，也没有乐器的吹奏声，没有子女的葬礼是这样凄凉，我的心再一次痛了。

已经把姐夫放进了事先挖好的坑里，小小的坟堆在宽阔的山野里孤零零地耸立起来。

人们往坟上又添了几锹土，在上面用石头压了一张黄纸，然后放开绑在棺材前面的公鸡，公鸡一边“喔喔喔”地高鸣，一边快速地消失在树丛之中。人们都欣慰地说好啊，好啊，这意味着山神很快就接到了供奉给他的财物。

在坟前摆上了供桌，来的客人依次行礼，想哭的人就痛快地哭，下山的话就坚决不能再哭了，跟着来的几个女人都呜呜地抽泣着。

“下山的时候谁都不能回头看，也绝不能回头啊。”

有人这样嘱咐着大家。

送葬的客人都下山了，我几次都想回头看看姐夫的坟，但还是忍住了。一个活生生的人突然就躺在了那样一个小小的坟墓里，实在令人难以置信。

人们都默默地一声不吭地向下走，可能是那句嘱咐起了作用，谁都一声不敢哭。

“布谷……布谷……”

不知从哪传来了布谷鸟凄凉的叫声，阵阵的冷风吹起了我的衣角。说白了，人死了就那么回事儿，无论多么勇猛的人死了还不都是被装进那个小小的坟墓里！

“轰隆隆，哐！”

西边的天空忽然乌云密布，紧接着一道闪电把墨汁似的天空劈成两半。

雨下得愈加猛烈，雷声也更加响亮，随之如黄豆般大小的雨点落了下来，唰唰的大雨像是要把大地掀个个儿一样，也许连老天爷对姐夫的死都感到伤心吧。

大家不知道怎么办才好，不一会儿就都被淋成了落汤鸡。

拖着湿漉漉的身子疲惫地挪进了屋里。姐姐正躺在炕上打点滴，不会又要晕倒吧？每次到大姐家，要是没有高高兴兴地问我“老四来了？”的姐夫，姐姐肯定躺在炕上打吊瓶。虽然走了一个人，但好像家里空了一般。村里人吵吵嚷嚷，家里却异常冷清。

“大姐！”

我这么喊着，却不知道说什么好，大姐轻轻地睁开了眼睛呆呆地看着我。

“大姐，姐夫去了好地方，你就别担心了！”

姐姐微微点了点头，似乎连说话的力气都没有了。接着又闭上了眼睛，眼角簌簌地流出了眼泪。

送葬的人三三两两地进来了，哥哥们忙着招待这些人，匆匆忙忙地换上衣服出去了。家里只剩下我和三个姐姐。大姐的身体太虚弱了，根本起不来炕，两个姐姐虽然熬了几天几夜了，但相对于兄弟之间的感情，姐妹之间的感情似乎更近一层，所以一步也不肯离开。

“大姐，现在把一切都忘了吧，走的人已经走了，活着的人还得活呀。你赶紧好起来我们也才能上班去不是吗？”

我慢条斯理地跟姐姐说着，但大姐不知道听没听见，一动也不动，只是嘴一直张着。

“人真是太毒了，到最后也没来看一眼。”

大姐意外地说出了这样的话。

“那是什么话？谁没来看？村里人不都来了吗？还落下谁了吗？”

大姐看起来有些奇怪，我紧逼着大姐问。

“你姐夫的……儿子……”

“什么?!”

我真的被大姐的话吓了一大跳。

“那水井家的儿子就是你姐夫的儿子，自己的爸爸死了怎么能连看都不来看一眼呢？”

我听得迷迷糊糊的，姐夫的儿子？姐夫除了姐姐还和别的女人有儿子吗？我无法相信。

“别惊讶，你姐夫有一个儿子，平时我可以装着不知道，但到最后怎么也应该来看一眼哪?”

大姐脸上没有丝毫嫉妒的表情，全写满了遗憾。姐姐讲起了关于姐夫儿子的事。

也许是小时候受的苦太多，大姐结婚后一直怀不上孩子。现实生活中，有不管怎样调理身体，因凉气太重无法怀上孩子的人；也有因小小年纪结婚，子宫太小无法怀孕的人。可姐姐并不是因为怀不上孩子，而是怀孕不到三个月就会流产，医学上称为“习惯性流产”。所以无论怎样小心，到时哪怕是上厕所也会流产。就这样在医院经历生生死死数十次手术，可能谁都不会相信，竟然有 15 次之多。

大姐生不了孩子就使得姐夫不能把心放在家里头，动不动不是到内蒙古贩马，就是种葡萄苗到外地去卖，开始在外面转悠。那期间，大姐很辛苦地独自照顾着公公，可因为生不了孩子的罪过让大姐无法发牢骚，只能一天一天这样过。

但有一天二哥来电话。

“老四呀，你去大姐家看看，好像有什么事。”

尽管电话里二哥说得含含糊糊的，但我从他的语气里听出来大姐肯定出了什么大事了。

我马上去了大姐家，踏进姐姐家门的一瞬间我就知道出什么事了。

大姐正趴在黑魆魆的厨房地上“呼呼”地吹着炉子点火，姐夫在屋里和一个女人嘎嘎地笑着聊得正欢。

“大姐，那屋里的女人是谁?”

因为疑惑，在进屋之前，我先问了姐姐。

“哦?！那女人……她……和你姐夫只是认识。”

大姐结结巴巴地想糊弄过去，但我从姐姐不安的眼神中已经猜出什么事了。

“姐夫!”

我连屋都没进，在厨房里就嚎叫着姐夫。屋里的笑声戛然而止，姐夫慢吞吞地从屋里出来。

“姐夫！那女人是谁?”

我不由分说地质问着姐夫。

“哦……只是认识……”

姐夫想立马混过去，可我不是那么好欺负的，由于家境贫寒，早早就立事的我有极强的主见。

“姐夫，我的脾气你知道吧？你要是欺负我姐姐我就对你不客气。”

我威胁着姐夫。

“老四呀，你怎么跟你姐夫说话呢？他们只是认识，你怎么就多想了？”

大姐责怪着我。我无法理解大姐，本来我是偏袒着大姐的，怎么她反倒怪起我来了，在弟弟面前从来都是维护姐夫的大姐真是有点可恨。

“老四呀，其实我是想你大姐年纪大了，干不动了，就带来一个保姆帮你大姐做做饭，洗洗衣服。”

大姐一袒护，姐夫马上看出了眼色，神情自若地说着。

“什么？帮我大姐？那现在怎么我大姐在做饭？”

我眉头紧皱、脑门上青筋竖起，毫不相让、步步紧逼地质问着。

“今天不是第一天吗？明天，明天你大姐就不用干活了。”

在我的怒视下已经发蔫的姐夫嘟嘟囔囔地插进来一句。

“别扯了，骗谁呢，马上把这个女人赶走！”

我炸雷般高声喊道。

“老四，其实……”

姐夫往前迈了一步，试图要劝劝我。

“我不想听！赶紧赶走！”

我实在忍无可忍了，姐夫也害怕我这个臭脾气。看到我真的发火了，赶忙进屋领着那个女人出去了。

“老四呀，你非得这样吗？这次你就依了你姐夫的意思不行吗？”

看着他们走远了，大姐跟我求情。

“大姐，你没看出来吗？姐夫是想把那个女人领来一起过。”

“我也知道，能怎么样？我生不了孩子，总得给他家留下香火啊。没有孩子死了连祖坟都进不了啊！”

事实确实如此，正因为姐夫没有孩子，所以进不了祖坟，只能孤零零地躺在野外。

“老四呀，我有罪，我不能生孩子，你说我该怎么办？要是你姐夫连个血脉都没有，你姐夫得有多凄惨哪？”

“你就想着姐夫凄惨，你想没想过，如果那样姐姐会更凄惨！而且这属于重婚罪，无论如何也不行。”

我坚持着自己的观点，不知怎么我有点讨厌大姐：就算自己不能生孩子，自己是罪人，可怎么能忍受丈夫带着另外一个女人和自己在一个屋檐下生活呢？

“我们村这样的人家也不是一户两户。”

大姐还是想说服我，可我想到大姐今后的日子会更悲惨，所以根本不同意。

那天晚上，姐夫没回来。大姐说可能是去赌博了，可我却不能相信。

到了今天，大姐却说姐夫有个儿子，大概就是那时到内蒙古去贩马领回来的那个女人生的。因为害怕小舅子，不敢放在家里，就在邻村安置下来，当小妾养起来了。后来那女人给姐夫生了儿子，再后来为了躲避别人的视线，就和村里的一个老光棍结婚了。

从姐夫去世的那天开始，大姐就让村里的人给那个女人捎去了信儿，可那女人始终没让儿子过来，也许那女人有她自己的苦衷吧。

“没良心的东西，养这么大了，到头来自己的亲爹死了也不来看一眼，我们家的老头子真是命苦啊！”

大姐不住地叹息。当姐夫养小妾的时候，大姐在一旁装作不知道心里该多难受啊！但直到现在，大姐在兄弟面前从来不说这样的话。而是对那个女人怀有感激之情，对没有抛弃自己的姐夫也是感激不尽，说一辈子都还不了他的恩情。

说到这能知道我的姐夫其实不是一个坏男人。常言道：不孝有三，无后为大。姐夫也实在没办法。村里人管这样的事叫“接种”，并不认为这是可耻的事。反之，你没有儿子则是最大的不孝。但我当时却不能放过我的姐夫。

抛开这点，我不能不说我的姐夫是这世上少见的好人，大姐能找到我们全都是姐夫的功劳。总是生病的大姐在梦里常常寻找自己的父母，虽然经过岁月的流逝，父母的模样已经模糊了，但对父母的思念却一天比一天强。

“当家的，我的愿望就是在我死之前能见爸妈一面就行了。”

“只要活着，总有一天会见到的。”

姐夫从来都用这句话哄着姐姐，姐夫也因此下定决心一定要为妻子找到父母。夏天忙着种地，冬天清闲下来就到附近的朝鲜族屯一点点查寻。

那天的事我到现在还清清楚楚地记得。刚刚收拾完要睡觉的时候就从外面传来“妈呀！爸呀！”的叫声。父亲一骨碌起来披着衣服就冲出屋子。

“是我们的大女儿吧？是我们的‘真’吧？”

分离了那么长时间，声音也变了，但父亲还是确信无疑是自己的大女儿。

开开门一看，怎么进来的是两个汉族人？妈妈疯了一样扑向姐姐，尽管打扮变了，模样变了，语言也有很大的不同，但妈妈还是一眼就认出了自己的孩子。

“真真啊，我的孩子！……我可怜的孩子！”

妈妈一把抱住姐姐痛哭起来，我的大哥、二哥也一起抱作一团呜呜哭起来。那时还不太大的我们不知道怎么回事，只是傻傻地看着。一个陌生的汉族人突然变成了我的姐姐，我就像在做梦一样。

“她是我的姐姐？她怎么会是我的姐姐？我们都是朝鲜族，一个汉族人怎么能成我的姐姐呢？”

我脑子里带着这样的想法呆呆地坐在那儿，尽管是亲姐弟，但我却一点感觉都没有。

“孩子们，快点起来，起来打招呼，这就是你们的大姐！”

母亲流着泪对我们说。

“大姐?!”

尽管我半信半疑，但还是磨磨蹭蹭地从被窝里爬起来。

“大姐好。”

我糊里糊涂地按着母亲的意思恭恭敬敬地问候着。

“妈，这是我丈夫。”

这时大姐才介绍旁边站着的这个像木头人似的男人。

“什么？丈夫？汉族……”

母亲说话开始结巴起来，女儿身边站着的这个汉族男人竟然是自己的女婿！女婿比自己的女儿看起来年纪大而且粗陋。现在母亲知道为什么女儿只说汉语不说朝语的原因了。

“怎么变成这副样子了？”

母亲的心痛了。她做梦都没想到，十几年后女儿变成这副模样站在自己的面前。

“妈，不管怎样因为这个人我才活到现在！”

在屋里，大姐细细地讲了自己经历的事，真是一个悲惨苦难的人生啊。

“妈，现在我就是死了也丝毫不感到遗憾了，我现在找到妈妈了！对了，妈，你绝对不能对这个人不好！他是一个好人。”

那时的姐姐就像个小孩子，躺在妈妈的怀里撒着娇。

“好，妈妈怎么能看不上他？连父母的本分都没有做好的我怎么能责怪别人呢？姑爷啊，别像个烟囱似的站着，快把鞋脱了坐上来。”

母亲拉着女婿的手把他拽上了炕。

“妈，谢谢您。”

姐夫点着头来到屋里坐下，按照朝鲜族的习惯应该先给岳父、岳母行大礼，但根本不知道这一风俗的姐夫坐在炕上之前，一把抱过来正瞪着圆溜溜的眼睛定定地瞅着他的我，把我放在了他的膝盖上。

从那时起我就喜欢上了这个汉族姐夫，尽管他那因一年都不洗一次澡满身的臭汗味让我直筋鼻子，可我还是终日黏着他不放。

那天晚上，妈妈、爸爸、姐姐和姐夫一直聊到深夜。一会儿传来母亲和姐姐的哭声，一会儿传来父亲的叹息声。

不知过了多长时间，要去撒尿的我醒来一看灯还亮着，姐夫紧紧地搂着我睡着了。自打那时起，只要姐夫来我家，我就要跟着姐夫在一个被窝睡。粗刺刺的胡子扎着我的脸，难闻的汗味和烟味混杂在一起简直让我喘不上气来，但我还是觉得姐夫的胸脯最温暖。

那时对我来说最快乐的日子就是过节和农忙期姐夫来我们家的时候。我们家太穷了，虽然当时有几个亲戚，但几乎都不往来了，来玩的客人只有姐姐和姐夫。

姐夫每次来的时候都买来糖球和用玉米面做的黑饼干，对我来说没有比这更好吃的东西了。

我更喜欢姐夫的理由还有一个，就是姐夫是汉族人，光凭这一点就让我们安心，成了我们坚强的后盾。

社会落后，穷人得到的不是同情而是欺侮。对于一抖，掉下来的只有灰尘的我们家来说更是如此。

一次，父亲和房东打架。当时我们住在一个富人家的仓房，正是一个插秧的农忙时期，有一天，主人突然让父亲搬出去。

“房东，真是太对不起了。你这么突然叫我搬家，让我怎么办呢？还正赶上农忙期，你看等这段时间过了我再搬行吗？好心的房东就行行好吧。”

父亲哀求着房东，但他根本听不进去。

“那是你的事，你必须在三天之内搬出去！”

房东胡搅蛮缠，根本不讲道理。这真是晴天霹雳呀，突然到哪里去找房子呢？

父亲赶紧在村里转来转去地找房子，但没有一个肯借给我们房子的人。村里也有不少朝鲜族，但没有一个爽快地帮助我们的人。

就这样，三天过去了，房东一早把父亲叫到院子来，让父亲今天之内把房子空出来，不管父亲怎么恳求都无济于事。

那天，父亲又出去找房子了，直到天黑还没有回来。我们边呆呆地坐在那瞅着母亲边等着父亲，万幸的是房东一直没有再来。

夜深了，突然窗户下面响起了奇怪的声音。不是猫叫，也不是狼叫。窗户被打坏了，一个黑黑的东西晃晃悠悠地伸了进来。我害怕极了，“嗷”的一声跳进了母亲的怀里。这个黑东西发着奇怪的声音慢慢地向我们靠近。

“你个王八蛋哪！”

母亲跑进厨房拿起菜刀朝它砍去。

“哎呀！”

黑东西叫着跑到外面去了。那时我第一次感觉到母亲的伟大，尽管她一个大字都不识，但母亲还是一个了不起的女性。生活在这样一个野蛮的社会，人们不由得都变得坚强起来。

第二天，长得黝黑黝黑的几个壮汉突然出现在我家，他们一来就把家里的东西通通扔到了窗外，正赶上那天下雨，院子里一片狼藉。被子和家具都被弄得狼狈不堪。

母亲抱着瑟瑟发抖的我们呆呆地站在角落看着他们，因为这是别人的家，所以毫无办法。

可父亲到底去哪了？怎么到现在都没消息呢？

“住手！”

姐夫用洪亮的声音高喊道，从那边跑了过来。

原来父亲是找姐夫去了，听完父亲的话，姐夫认为这事儿不一般，就领着村里的几个壮汉赶来了。

“你这是干什么？”

姐夫不管三七二十一地拎起房东的脖领子晃着。

房东被突如其来的状况吓蒙了。

“你知不知道少数民族政策？这家是朝鲜族！你这样欺负朝鲜族行吗？”

我真没想到姐夫的嘴里能说出这样有水平的话。

“嗯，不就是高丽棒子吗？不在自己的国家好好待着，跑到别人的国家来耍什么威风？”

可能房东认为姐夫也是朝鲜人吧。

“什么？你再说一遍！我们去找政府，你要对你今天说的话负责！走，赶紧走！”

姐夫往外拽房东，人们团团地把他俩围住，气氛非常紧张，两个人谁都不敢轻易动手。房东这边都是花钱雇来的人，所以根本不愿意卷进别人的是非中。

“啊，放手，你真的想打人吗？”

房东扭着姐夫的手，但姐夫的力气本来就大，他不得不顺着姐夫拽他脖领子的劲儿挪动着。

我不知道姐夫原来这么高大，我颤抖的身体稍稍缓和了一些，不由得握紧了拳头跟在大人们的后面跑过去。

“我是中国人，怎么高丽人就该受欺侮吗？不信咱们俩就较量较量。”

姐夫一直抓着房东的脖领子不放，大概被姐夫的威严镇住了，房东开始服软了。

“哎，我说，把手放一放！什么大不了的事至于咱们动手吗？你和这家人到底什么关系呢？”

“我就是这家的女婿！”

“哦?!”

房东根本不相信。这样穷的朝族家怎么会有这么强壮的汉族女婿呢？

“是这样，大家都是中国人，看来是误会了。来，把手放下，我们到屋里聊。”

最终，房东让步了。如果姐夫是朝鲜族的话，房东可能到最后都不算完。原本想要欺负欺负刚刚过江安顿下来的朝鲜人，可偏偏碰上了这家的女婿是中国人，他也不能不顾忌一下，从老远能领来几个壮汉的人肯定也不是善茬子。

由于姐夫的出现，我们家渡过了这一难关。小小的心灵里认为姐夫真的太伟大了。那样剽悍的房东见到姐夫如同老鼠见了猫一样。从那时起，我就更加崇拜姐夫了。

以后，父亲和母亲动不动就去找姐夫帮忙，只要是姐夫说的，就都认为是对的，姐夫成了我们家的顶梁柱和后盾。

自打这件事过后，房东对我们的态度来了个大转弯。不在我们家门前乱扔垃圾，也不动不动就骂人了，我也能随便地从他门前经过而不需要战战兢兢了。

记得我上小学一年级的时候，早晨喝了稀溜溜的粥在学校跑了一天后，回到家里什么吃的都没有。我的肚子饿得实在是忍无可忍了，我打开窗户看着窗外，眼巴巴地盼着母亲快点回来。可是正是锄草期，大人们回来得都很晚，我实在是等不了了。

向窗外看去，正好看见房东家后院的菜地，地里的葱长得正旺，我从窗户跨过他家的围栏，悄悄地潜入菜地，趴在地上抓起一把葱，连泥带土地塞进嘴里。开始稍微有点辣，但嚼一嚼就有股甜甜的味道出来。我一把一把地塞进嘴里，撑得腮帮子像要炸开一样，在嘴里胡乱嚼两下就囫囵个儿地吞了下去。越吃我觉得味道越好，不知不觉我干掉了一垄的葱。就这样吃了一阵子，分不出来是饱了还是肚子痛，反正是不舒服，于是拽了一把葱掖在怀里从窗户又爬了回来。

祸端就出在这把葱上，我定下神一看，才发现掖在我怀里的葱不知什么时候掉了一道儿。

第二天正好是星期日，我起得很晚。从外面传来了骚乱的声音，紧接着母亲拿着烧火棍就进来了，掀起我的被子，照着我的屁股就打。

“天啊，这个不争气的兔崽子，再怎么饿也不能偷东西吃啊！”

屁股太疼了，一骨碌爬起来看见母亲正挥舞着大烧火棍子，我赶紧逃到屋外。那时是6月份，天气不是那么冷，我穿着短裤被赶了出来。我太了解母亲的脾气了，只要是发火就很难消气。可能那时太穷，所有的压力都通过向孩子撒气发泄吧。再加上孩子多，死一个也没有什么了不起。正因为如此，我下面的两个弟弟都死了，可母亲并没有感到多么悲伤。

在外面闲逛了半天，心里也想明白了，可就是没有勇气进家门，我只能去找姐夫。自己闯了大祸，想得到母亲的原谅是不可能的，也不知道姐夫能不能跟我来啊?

年纪小小的我花了一整天的时间，走了50多里路，终于到了姐夫家。

“老四有什么事吗?”

正好姐夫在家。在外面修理锄头把儿的姐夫看到我很高兴，在那么多小舅子中，姐夫最喜欢的就是我。尽管那时我只拣哥哥们穿剩下的衣服，整天流着鼻涕窜来窜去，但姐夫却说我耳朵大，嘴也大，以后准能成大事。听到这句话时，我还并不太懂姐夫的意思，那样贫苦的我们能成什么样的大事呢?我盼着快点长大，长成像姐夫一样的大人。

“姐夫！大姐!”

我一看到他们，眼泪唰地就落了下来。看到大姐的瞬间，那种被母亲打了一顿的委屈和饿着肚子也不敢回家束手无策的焦躁都一下子涌上心头。

“怎么了？家里出什么事了?”

大姐把正在做饭的湿手在围裙上擦了擦，热情地对着我。

“大姐……”

装了一肚子委屈的我不知和姐姐说什么好。

“大姐……其实……妈妈疼……”

我出乎意料地说出了意想不到的话。闯了祸被妈妈打出了门这样的话到了嘴边却怎么也说不出来，我不想把我这副德行给一直认为我出色的姐夫看到。

“啊?！哪不舒服?”

大姐瞪圆了眼睛瞅着我。

“不知道！总说自己肚子疼。”

我只能说谎，哭着来到这的理由只能用撒谎来遮掩。

“哦，现在病倒了吗?”

“是呀，所以叫姐夫去看看!”

我不自觉地编着谎话。

“那，妈妈叫你，你就快去吧。”

姐姐催促着姐夫。

“你也一起去吧。”

姐夫把正在修理的锄头放到一边，对姐姐说。

“你先去吧，家里没人，谁给牲口喂食?”

那时姐姐养了几头猪，还有几十只鸡和鸭。

"好，那我先去，明天你等我消息再来。"

姐夫换上褂子和我出发了。我不由得暗自担心起来，偷吃了别人的葱，加上说谎，母亲会不会更生气啊？我不禁越发担心起来。但母亲在姐夫面前言听计从，也可能不会打我。事已至此，只能豁出去往前走了。

我们进屋的时候已经过了半夜12点，这么晚，家里的灯还一直亮着。平时，我们家根本不能像别人家似的随便用电，即使是那15度的灯泡，只要吃完饭，父亲就会马上给它闭上。可今天，平常那么舍不得用电的父亲怎么一直开着灯？

"妈……"

我小心翼翼地挤进门叫着母亲，家里静极了，母亲正躺在炕头，额头上放着白毛巾。

"妈……"

我再一次低声叫道。

"嗯?!"

母亲一骨碌坐起来定定瞅着我，我发现母亲一天之间竟然苍老了许多。

"老四呀!"

母亲跌跌撞撞地向我跑来，一把就把我抱在怀里。

"我的孩子呀!"

我被母亲的举动弄蒙了，那个拿着大棍子满世界打我的母亲正抱着我呜呜地哭着。

"丈母娘！听说你不舒服……"

站在后面的姐夫不知道怎么回事，傻傻地站着。

"这孩子！哎呀，这可怜的孩子，肚子得多饿才连葱都吃了？哎哎，我这当妈的是不是也太可恨了?"

母亲又像是怕我飞了似的，紧紧地把我抱在怀里叨咕着。

"妈，我错了，我再也不那样做了。"

这时，我向母亲承认了错误。

"老四呀，记住妈妈的话，人再穷，也不能偷别人的东西，知道吗?"

母亲耐心地教育着我，我点头回答着。

"你也辛苦了！快上来坐!"

这时母亲才顾上和姐夫说话。

那天我跑出家门后，一整天都没有消息，可急坏了母亲。天开始黑了，全家人不是坐在家里等，而是出去四处找我。可大家没想到我竟然跑到柳河找姐夫去了，即使想到了，当时没有电话，联系不了，除了等待，别无他法。

那天晚上，我实在太累了，倒头就睡着了。

似醒非醒时，我仍然感觉到母亲坐在枕边，轻轻地抚着我的头。

“老四不是普通孩子，丈母娘，你看，他脑瓜多好使。”

姐夫夸我的话隐隐约约传到了我的耳边，当时，我并不能完全听懂姐夫的话。对于闯了祸的我反而夸奖，这些大人到底什么意思，我还真弄不明白。但不管怎样，我还是乐意听姐夫对我的称赞。

那以后，每当放假的时候，我就有了玩的地方，我自己也能找到姐姐家了，放暑假的时候更觉得好。

姐夫是一个真正的农民，房子周围种满了李子树、梨树、葡萄树等果树。而姐姐则养了很多猪、鸭子和鸡。

放暑假的时候去的话，首先能痛痛快快地吃李子，然后跟着姐夫去地里摘香瓜吃。因为姐夫是村里的大队长，不管到谁家的地里都能摘一篮子香瓜。就算不是大队长，也能当作自己种的瓜一样拿走，热情的村里人是不会要钱的。

但只有一点最不好，就是姐姐家到处都是牲口粪便的气味，熏得我直筋鼻子，苍蝇也成堆成堆地飞。养了如此之多的家畜，这样的事也在所难免。有时死苍蝇在饭里，有时喝着喝着粥苍蝇掉进来，我就不吃了，这时就得挨大姐一顿臭骂。

大姐非常要强，那瘦弱的身躯从早忙到晚，一刻都不休息，忙得团团转。

早上起来洗脸的水稍微用多一些的话，大姐就会发脾气。

“用那么多水干吗？不就是洗你那么张小脸儿吗？”

大姐从来都节约用水，总是姐夫洗完脸后，姐姐接着用那水再洗。后来我才知道，中国人有句话：活着的时候省着用水的话，死了就能快点上天堂。不是人死了马上去天堂，而是活着的时候，把该用的水都用完才能去天堂。不知道中国人是不是都那样，但村里人都是这样说的。也许祖先认为水是特珍贵的东西才节省着用吧。

“那样浪费，以后怎么能过好日子呢？”

大姐太唠叨了，我实在不能理解姐姐，好像我不是她亲弟弟，只是吃她口饭的后弟弟一样。那么长时间与兄弟们分开，哪里有什么亲姐弟情呢？不是这样的话，怎么对我比姐夫还凶呢？

大姐就是这样的人，对于婆家的亲戚什么都舍得，对于我们小气得不能再小气了。掉个饭粒儿就瞪眼睛，多用点儿水就唠叨，回家的时候，姐夫往我的兜里放点钱，姐姐就说小孩子用什么钱，非得从我兜里把钱掏出去。在我的记忆中，我去了姐姐家几百次，她连一次车费都没给过我。反过来，我去她家的时候从来不能空手去，回来的时候把兜翻个底儿朝天，剩的钱都给姐姐。但我非常理解姐姐，因为姐弟情太深了才这样！而且这样做，也让姐姐对姐夫的歉疚少一点。

但姐夫完全不同，姐姐越是这样，姐夫越是喜欢我们。

“你的话说得也太过分了，小孩子知道什么？”

每当这时候，姐夫都站在我这边。有时把我气急了，要不是姐夫的话，我再也不想去大姐家了。这样的想法不是一两次了。

但就是这样亲近的姐夫却不知为什么改变了，与其说姐夫变化，不如说跟姐姐一起生活的姐夫变了是不足为怪的事。

那是那年的冬天，通常都睡得很熟的我，耳边突然传来母亲浓重的叹息声。

“姑爷真那样吗？”

“就是……”

父亲和母亲聊了好久关于姐夫的什么事。

“我们也过去看看吧？”

“就是……”

父亲一直说着“就是”，从母亲的口气听出事情好像挺严重，我屏住呼吸听着。

“明天先让老四过去，我就怕他姐想不开……”

我闭着眼睛装睡，意识到事情的严重性。

第二天果然母亲让我去大姐家玩几天。

“你去了那儿，什么也别说，待几天就回来。”

母亲在我去之前嘱咐着我。

我到姐姐家的时候，天已经黑了。大姐灯也不开地傻傻坐着。

“大姐！”

我小心翼翼地小声叫着她。

“哦，老四来了。”

正入神地想事的姐姐被我的叫声吓了一大跳，尴尬地冲我笑笑。

“大姐，发生什么事了？”

我一边脱鞋一边问着姐姐。

“没有，什么事？没什么事！”

“但姐夫？”

“……”

大姐什么都没说。

“肚子饿了吧，等一会儿，我马上给你弄饭。”

大姐没有回答我的问话，赶紧去了厨房。

后来我才知道，如果那天我不去的话，大姐有可能就自杀了。我去之前，大姐好几次都想结束自己的性命。把手伸进灯泡里，但每次都被打得麻酥酥的弹了回来。姐姐除了用这个方法自杀之外，别无他法。几次尝试的结果都没死成，反而还很痛苦。就在那时我去了，大姐只好放弃了自杀的念头。

事实上，姐夫那时被关在公社。姐夫唯一的爱好就是赌博，那年秋天的收成还不错，手里有了两个钱的姐夫一去赌博就挪不动腿了，这些赌徒连续赌了几夜，后来被谁告发了，让警察逮个正着，戴着手铐子被抓了进去。过了十来天，别人都放了出来，只有姐夫还被关着。

这还不是让大姐最伤心的事，姐夫一被关进去，就被平常如仇人似的副大队长给咬了一口。

当时都往农村下派社会主义教育工作队，一个女人也作为工作队员被派到了村里，说这个女人和姐夫有不正当的男女关系。作为大队长赌博已经是很严重的事了，再加上还有男女关系，在公社里掀起了不小的风波。

那时男女关系是比任何事情都重要的大事，而且还和工作队员发生了这样的事，这属于彻底的反革命事件。男女问题最严重的是军人家属，其次就是工作队员。

说姐夫强奸的也有，说不是强奸是通奸的也有。

姐夫是大队长，自然而然和工作队经常有接触。有时在公社一起开会，开会晚了就一起回来。可是有一次别人看到两人深夜开完会后一起进了苞米地。

问题是向女工作队员了解情况时，她却一言不发。其实，她只要说个“是”字就完事了，可不知她葫芦里卖的什么药，就是一直保持沉默。所以在事情没有调查清楚前，姐夫一直被冤枉地关在公社里。

大姐开始并不相信，但后来她不能不相信了。如果没那事儿的话，为啥到现在还不放出来？大姐开始怀疑姐夫了，到后来甚至不想活了，如此信任的丈夫竟然背叛了自己。

平常喜欢串门的村里人一个也不来大姐家了，好像躲避瘟疫一样。

直到现在我想起那时的事仍旧是一团雾水，到底姐夫有没有那事儿，我还是不得而知，姐夫也没有申辩。随着女工作队员的撤走，姐夫被放了出来，这件事也就不了了之了。事情明摆着是女工作队员那时肯定受了什么压力所致。

从那时起，大姐就认为夫妻之间没有比这样的事情更重要的事了。可随着年纪的增长，再加上知道自己无法生孩子以后，竟很自然地接受了这个事实。按照大姐的说法：我生不了孩子，你就找别的女人给你传宗接代吧。

之后，姐夫真的按照大姐的心愿撒下了自己的种儿，生了一个儿子。但姐夫死了，儿子连面都没露一下，大姐发火了。我无论如何也理解不了姐姐的思维方式，她居然一点儿都不觉得嫉妒，反而还有些感激。

“兔崽子，这说得过去吗？老三哪，你去水井那女人家把那小子叫来！”

大姐就是想把事情弄复杂了。

“大姐，把这事盖住是不是更好啊？也不是什么光彩的事儿……”

我担心把那块伤疤揭开，这样劝着大姐。

“人不能那样，你姐夫娶了我之后受了不少苦，最后走了还抱着遗憾的话，怎么行？就照我的话做吧。”

大姐的想法丝毫不动摇，我猛然发现大姐原来是那么爱着姐夫，能包容丈夫所有的缺点，是一般女人难以做到的。

我把这样的姐姐看得很伟大，尽管现在这样的女人越来越少，但这种思想是多么高尚啊。

虽然我这么认为，但我却不能完全按照大姐的话去做。

“哥，大姐非得那样的话，你就去一趟吧。”

我骨碌着眼珠子看着哥哥说。哥哥很快领会了我的眼神出去了。

一根烟没抽完的工夫哥哥回来了。

“大姐，那家没人。”

哥哥神情自若地说，两眼拨瞪拨瞪地瞅着我，我一下子就明白了他的意思。

“一个人都没有吗?”

大姐不相信似的瞪着圆圆的眼睛盯着他问。

“大门锁着，邻居说可能去县城了。”

哥哥编的谎话还不错，他根本没去那儿，在外面抽了一颗烟就回来了。

“浑蛋！怎么能这样!”

大姐气愤地说。

过了三天，我们再次上山看姐夫的时候，发现坟堆上端端正正地摆着一束花。我不由得想起了姐夫的那个儿子，可能是没有人的时候来的吧，也许是那个女人，或者是那个女人和儿子一起来的。这样看来姐夫不会寂寞，姐姐也就没有必要生气了。

过了几天，司机找到姐姐，说自己犯了死罪还能这样原谅自己，真是太感激了，说着拿出 7 万块钱走了。

真的验证了姐夫的话，大姐每次为钱的事担心的时候，姐夫就说“我给你到老了都用不完的钱”，姐夫的话真的太准了。按照道理，给姐姐的赔偿金和抚恤金充其量不超过 3 万块，可这回意想不到地一下子就给了 7 万块。

这样看，姐夫好像有什么特异功能吧？要不怎么在笔直的大马路上一下子就横过来，而且还挑了一个好心的司机呢?

姐夫用自己的生命遵守了和姐姐的诺言，活着的时候就像事先知道一样。看来姐夫是多么爱姐姐啊，用自己的生命为苦了一辈子的姐姐带来幸福。

一个穷老太婆一下子生出这么多的钱，人们对待大姐的态度完全转变了。几乎断绝来往的邻居们也都笑着来串门，姐夫的侄子、亲戚们对待大姐的态度也完全不同起来。

“老四呀，你把这钱拿走吧，一个大字都不识的我，拿着这么多的钱怕生出祸端哪。”

大姐对这些钱反而是担心。也是，没有缚鸡之力的骨瘦如柴的老女人拿着这么多的钱如同拿着一个定时炸弹一样。

我当天晚上就把村长和所有亲属都找来了，然后把钱拿了出来。

“这钱是抚恤金，总共是7万，村长请帮忙数一下。”

说着，我把钱推到了村长面前。

“这是你们家里的事儿，我怎么能掺和呢?”

村长往后坐了坐，没有接那钱。

“哪里，村长你就是村里的父母官，况且我大姐也没有子女，所以村里应该负起责任。”

我理所当然地把钱推到村长面前，村长没办法，拿起钱数了起来。

“对，正好7万块。”

村长再一次把钱推到我前面。

“在座的各位都知道，这钱是姐夫用命换来给姐姐留下的，所以当然是属于姐姐的。”

我看着在座的每个人说。

“是啊，这还用说。”

有人这样说着。

“问题是我姐姐记忆力越来越差，这钱放在她那儿说不定会成为祸害。”

“也是，把钱放在这么一个瘦弱的老太婆那儿真的很危险。”

大家都一致表示赞同。

“所以这钱这么处理怎么样？我明天进城把钱存在银行里，存折给姐姐保管，我拿着密码。即使姐姐把存折丢了，三个月内也取不出钱来，必须同时需要存折和密码才能取出钱来。”

“这方法好。”

村长表示赞同。

“这钱是姐姐的，所以谁都不能碰，姐姐也一样不能随便动用这笔钱。特别是用大钱的时候，需要在座的各位聚在一起讨论后才能使用。”

我先给他们打了预防针，就是害怕以后为了钱生是非。

“而且这钱和这房子，还有姐夫的所有财产都归姐姐所有。谁把姐姐赡养到去世，这个财产就给谁。大家都同不同意?”

我的意见大家都表示赞同，这样做，姐姐的生活有保障，我也没了后顾之忧。

最后就剩下谁伺候大姐的问题了。姐夫的侄媳妇表示要侍奉大姐，丈夫去了保加利亚，和婶子一起过的话自己也不孤单了。

“那今天就这么统一意见了，村长给证明一下，今后村长得多辛苦了。”

这样恳切地拜托村长后就结束了会议，姐姐一脸满足的表情。

第二天我就按照昨天说的把钱存到了银行，把存折给了大姐，然后回了家。把孤零零的姐姐自己留下，心里虽感到不忍心，但对于忙事业的我也是无可奈何的事情。

回到家里的我经常给大姐打电话，每次大姐都说侄媳妇对她很好，我听了也渐渐把心放了下来。

随着时间一天天过去，我给大姐打电话的次数也越来越少。但我们一年还是能去看望大姐两次，因为父母的坟就在大姐家的后山上，所以每年清明节和中秋节我们这些兄弟姐妹都要去大姐家相聚。

这个时候，我就会特别理解父亲的遗言。父亲在生命最后的时刻说找到大姐了，死后就埋在大姐家的后山，可能是因为把女儿送给别人心太痛了，到死也不能忘记的样子。其实父亲真正的意思可能是让我们多来看看我们的大姐。

站在姐姐家的院子向后山看，先看到的是姐夫的坟，然后才是父亲和母亲的坟。

大姐动不动就站在院子里看着父亲和母亲的坟，说那样心里感到踏实，也觉得心里高兴。

大约过了一个月，侄媳妇打来电话让快点去看看。

我坐着出租车急急忙忙地往柳河跑。

但看到大姐好端端的，啥事儿都没有。听侄媳妇说大姐动不动半夜就醒了大喊大叫，怎么看都像不正常似的。

“她说我怎么了？”

大姐反而责怪侄媳妇，说自己啥事没有，就她瞎多事。

“是啊大姐，你真的啥事儿都没有吗？”

我看着姐姐问，大姐点着头答复着我。

但那天夜里我从睡梦中惊醒，只看到本来熟睡的大姐冷不丁地坐了起来，一边大声喊着，一边双手在头上乱挥着。

“大姐，怎么了？”

我抓着姐姐晃着她，但大姐还是不清醒，一直大叫着，接着像是没劲儿了似的，胡乱挥舞着的双手一下子落下来，蜷缩着坐着，四肢开始颤抖起来。

大概发癫了一个小时，大姐终于平静下来。

“大姐，刚才为什么那样？”

我对大姐那错综复杂的感情一股脑地涌了上来，不安和焦急的情绪围绕着我。

“就是，耳边好像总能听到爆竹声。”

这样说着的大姐艰难地转动着她那灰黄的眼珠，呆呆地看着我，一股不祥之感涌上我的心头。

“什么？爆竹声？”

我愣住了。大姐怎么就不能忘了那爆竹声呢？其实，大姐原来是说炮声，但现在连这话都不愿说出来，把炮声说成了爆竹声，反正炮声和爆竹声也相似。

“是不是你姐夫和漂亮女人结婚了，一个劲儿地放鞭炮？我那么讨厌也……”

这么说的大姐一脸悲伤的表情。

“就算那个世界有爱情，和漂亮媳妇结婚了就好好过呗，怎么还总放鞭炮呢？”

大姐叨咕着说只要一听到爆竹声，脑袋就像裂开了似的疼，然后白天一整天都迷迷糊糊的，像要死了一样。

我很了解大姐的这病根本无药可治，我只能买回来安定剂。

但后来侄媳妇打来电话说找人“跳大神”后婶子的病好多了，真是万幸啊！虽然我根本不信“跳大神”和占卜之类的事，但大姐的病好了，我的心也就放下了。

那年秋天，韩国的一个记者找到了我。那段时间我来往了韩国几次，也在韩国出版了几本书。在新闻发布会上，我讲述了大姐的事，讲述了我们一家背井离乡来到中国的事，讲述了大姐苦难的一生：大姐的变化、大姐的生活。我认为，大姐的不幸不是她一个人的不幸，我们应该从中找到整个民族的不幸，我们应该对此负责，进行反省。当时，我大概说了这样的话。

这个记者说看到这篇报道非常感动，那时我已经回国了，就一直追到这来。我并不明白他所说的“感动”的分量，因为韩国人往往夸大其词，我不能全信。

不管怎样，对于大老远跑来找我的他，我感到非常感谢。在他的强烈要求下，我领着他去了姐姐家。原本想给大姐先打一个电话，但他想看大姐本来的生活面目，于是我就和他在未通知大姐的情况下上路了。

我们坐着大巴倒了两次车，到大姐家的时候，太阳已经徐徐地下山了。我老远就看见大姐拄着拐棍儿站在院子里朝我们来的大路望着，我向大姐那儿跑去。才过了几个月，大姐就像老了好几岁。腿更加弯曲，脸也越发憔悴，抽抽巴巴的脸似乎把眼睛都掩盖住了，干瘪瘪的身体来一阵风都要把她吹倒似的。

大姐好像发现了从远处走来的我，拄着拐棍儿一瘸一拐地想往我这走，但却不能随她的意愿来。

"大姐。"

我一口气跑过去抓住了大姐的手。大姐的身体稍微抖了抖然后才安定下来。

"大姐，这个人是韩国人，专门来看你的。"

我向大姐介绍站在我身后的这位记者。

"我？"

大姐圆睁着眼睛来回地看着我和记者。听侄媳妇说大姐的精神时好时坏，也有些担心来着。可出乎意料之外，大姐还算健康。

"是的。"

"大嫂，您好？我是韩国的金相哲。来，进屋去，我给您请安。"

记者扶着大姐进了屋，房间里摆着脏脏的抹布，一股臊味扑鼻而来。但韩国记者丝毫没有表露出厌恶之情，毕恭毕敬地双膝跪在大姐的面前行了一个大礼。

"你是谁？怎么对我行这么大的礼呢？"

大姐突然不像个老人似的特明白起来，嚅喏着从嘴里说出来的话竟然这么清晰。

"大嫂，通过李老师，我了解了大姐的身世，我深感抱歉。"

记者表达了自己沉痛的心情。

"什么？说什么话呢？抱歉？别说那样的话。"

大姐的眼睛异常明亮起来，脸上的皱纹似乎也舒展了许多。

"不是的，大嫂。只听李老师说，我还不能完全明白。这样看过之后，我真是思绪万千。大嫂，这次来我就是要带您去韩国的。"

“韩国?”

大姐对“韩国”这个词还不太知道，而且对我们所说的话怎么猜也猜不明白。过去“朝鲜”这个词是听说过，“韩国”这个词这回是第一次听。

“韩国离这太远了，我这身体怎么去啊?”

告诉她韩国就是朝鲜的韩半岛后，大姐才像明白了似的，但还是充满着疑问。

“大嫂，这点不用担心。坐飞机过去的话，一小时就到了。”

“什么？飞机？……还不……快给我住嘴!”

大姐打雷般吼道，记者被大姐突然的变化弄蒙了。

“像飞机、炮击之类的话要小心，大姐小的时候受到过刺激，所以请您原谅啊。”

这时，记者就像明白了似的点着头。

后面的对话并不顺利。不知大姐是不是受了刺激的关系，问非所答的时候特别多，有时还故意找碴儿，弄得记者很是尴尬。后来，干脆嘴里重复说着“韩国？朝鲜？……”之类的话，还不停地点头。

那天想在大姐家吃饭，再睡一晚来着。打开碗柜一看，除了黄瓜咸菜和大酱什么吃的都没有，而且再聊下去也似乎毫无意义，于是决定晚上离开大姐的家。

记者一脸遗憾的表情，一个劲儿地摇着头从兜里掏出200美元递给大姐。

“大嫂，拿着这个买盒药吃吧。”

“不行！不行！这个绝对不行!”

大姐一下子躲开，把钱推到一边。仿佛钱就像炮弹一样，脸都发绿了，浑身也哆嗦起来。

“大姐，这是记者的一点心意，拿着吧。”

我劝着大姐。

“不行，这个坚决不行!”

大姐用尽全身的力气一边把钱放回到记者的兜里，一边向外推他。

我不明白大姐为什么这么坚决，可能这对于姐姐来说，这不是一种好意，而是在骂她吧。

回长春的路上，我们谁也没有说话，不知为什么，总觉得心情郁闷而沉重。对于大姐异常的反应，我们俩谁都不明白。对于一生最需要钱的大姐来说，200 美元算是大钱了。可相对于金钱来说，自己一生所信守的信条似乎更为重要。而生活越困难，这种自尊心就变得越强、越贵重。但如今能够坚守自己的信条和自尊心的人能有几个呢？看到这样的大姐都会说她是傻瓜。

韩国记者怀着遗憾的心情回韩国了。送他去机场的路上，我无法和他热烈地聊上一句话，大姐那复杂的表情一直在我们的心头挥之不去。

他摆摆手算是告别，登上了飞机。对他虽感到抱歉，但我能为他做的只有这些，我无能为力。我不知道他回到韩国能写出什么样的报道，但从他那沉重的表情来看，多少也能猜出来他的心思。

韩国记者回国没几天，朝鲜又来人找我。他说是我们的远房亲戚，但父母都已去世无从考证，只能好好接待他。

正好我那天去看大姐，就带着他一起去了。

但无论我怎么跟大姐说这是从北朝鲜来的亲戚，大姐都非常冷漠地坐着。

那天他也好像对姐姐说了几次“对不起”的话，但大姐别说是回答，连任何表情都没有，只是一味地看着远处的山。

朝鲜来的亲戚也似乎从大姐的脸上读出了什么，最后一句话也没说，只是深呼了一口气回北朝鲜去了。

时间过得真快，秋天过去了，不知不觉来到了冬天。对于姐姐来说，冬天是最难熬的季节。因为是平房，厕所在外面，很是不方便。那时大姐得了肺气肿病，稍微一动就喘不上气来。再加上大肠息肉做了直肠手术还没有封口，一天要大便数十次。大姐在那样寒冷的天气里也是把自己一晚上拉在尿盆里的粪便趁着侄媳妇没醒之前悄悄地倒在外面。但每次出去，回来都是喘不过气，好半天都动弹不得。大姐的病，是晚上睡不了觉，也不能多吃饭的病。不幸的人连得病都得这样不幸的病。

冬天对于姐姐来说实在是一个残酷的季节，一天一天这样熬比死还要痛苦。我多次让姐姐来我家过冬，但姐姐都说“不”。一次，二姐硬把大姐接来住，但不到一个月大姐说什么都要回自己家，说不管怎么样都是自己家好。

其实大姐非得回自己家时已经有了想法，就是不想给兄弟姐妹们添麻烦。大姐认为给别人找麻烦就是罪过，只能她帮助别人，却决不允许自己给别人添麻烦。这就是大姐的人生信条。

那天，大姐回到家里连火都没生就在房间里铺开被子躺下了。虽然说是侄媳妇在身边，但年纪轻轻的守了几年活寡谁能受得了？渐渐开始在外边闲逛，好久也不回家来看看了，事实上大姐是自己一个人在老房子里住。所以，这样空着肚子睡凉炕度过漫漫长夜的日子很多。

今天也没点火，寒冬腊月在冰冷的炕上越躺越觉得刺骨的冷，实在是忍受不了了。

恰好，听说大姐回来了，村长过来看看。

“哎，村长，太感谢了。我这把年纪了还没死，活了这么长时间，真是太亏欠你了。”

“哪里，大叔活着的时候也非常照顾我，这点不算什么。”

“那也是，知恩图报的也有，忘恩负义的也有啊。对了，村长，我能拜托你一件事吗?”

大姐拉着村长的手请求着。

“如果我死了，绝不能责怪侄媳妇，那孩子对我很好，我在柜子左边角落有一个荷包，那个给我侄媳妇。”

“婶子，怎么这样说啊?现在身体还很好，也不是得了什么绝症，还能活10年呢。”

村长很是吃惊地想着，一句话都没说地出了大门。

村长一出门，大姐就从柜子里把自己最喜欢的衣服都拿了出来，连内衣都换了。然后拿出农药倒进嘴里，盖上被子躺下。大姐实在是支撑不下去了。

打麻将的侄媳妇半夜回来一看，去妹妹那玩儿的婶子回来躺在西屋，本想过去聊两句，但看婶子睡得很香，怕吵醒她，就悄悄地回自己屋躺下了。

睡得很晚的侄媳妇一觉醒来时天已大亮了，但常常早早一醒就坐在那儿“吭吭”咳嗽的婶子今天怎么一点动静都没有?她奇怪地迈着轻轻的脚步打开了婶子的房门。

“婶子，什么时候回来的?”

没有回答。

“婶子，还睡呢吗?”

侄媳妇稍稍提高了音调，还是没有回答。以往听到一点声音就嘭地坐起来的婶子今天怎么一动不动?

“婶子!”

她一下子掀开了盖在婶子身上的被子，怎么婶子还是直直地躺在那儿!轻轻地把手指头放在嘴边，好像还有活着的气息。

"妈呀!"

侄媳妇吓得向外跑，一直跑到村长家。

"村长！出事了！我婶子好像出事了!"

村长已经猜出七八分，慌慌张张地往我大姐家跑。那时大姐的身体已经渐渐僵硬，但还有一点呼吸。

听到消息赶来的村里人七手八脚地把姐姐放进车里往县医院跑。

我接到电话赶来时，大姐还在抢救。

脸黑黑的，身体直直的，像死了一般，只留着一口气。

"谁是她的亲属?"

医生问。没有子女的大姐最亲近的人就是我们兄弟姐妹了。

"我是她弟弟。"

我站了出来，跟着医生来到了医务室。

"患者喝了农药，很难活过来了，准备后事吧。"

医生一脸淡淡的表情。

"一点希望都没有了吗?"

"把血都换一遍不知道还有没有希望，就目前的情况是很难活了。"

"那就把血都换了吧，多少钱都行。"

"那就在这签字吧。"

我在医生指定的位置签了字，不管花多少钱我都不能这么放弃我那可怜的姐姐。

但医院没有储存的血，医生说把患者的血过滤，就是抽出患者的血之后再重新往血管里注入进去的治疗方法。

滤过血后，大姐睡了一会儿，僵硬的身体开始软下来。

大姐真是魔鬼，年轻人这种程度十之八九都活不了，大姐却又活过来了。

"舅舅，我没有虐待婶子啊。"

侄媳妇在旁边哭丧着脸说。

"谁埋怨你了？那段时间你对婶子不错，真是太感谢你了!"

我劝说着把婶子自杀归咎成自己原因的侄媳妇。

"所以说昨天晚上你婶子自杀跟你一点关系都没有。"

村长也插了一句意见。

"而且在柜子里放着的房产证和5万元存折都属于你，你婶子把这件事已经拜托给我了。”

村长一边说一边把整齐地放在塑料袋里的房产证和存折都推到了我面前。

我什么都没说，接过来把它递给了侄媳妇。

侄媳妇痛哭起来。

这不是那个担心“这么老了还不死，总是用钱还能给你留下什么?”的婶子吗？这不是那个一扎一扎攒着钱每天光吃大葱蘸大酱，让她吃点别的，就吃块豆腐的婶子吗？这不是那个经常说着“跟我一起过真是太感谢了”总是给我关爱的婶子吗？这一刻，侄媳妇的脑子里满满地装着忏悔。

可能大姐的天性就是一辈子先为别人考虑吧。

大姐的身体又开始颤抖起来，看大姐的表情实在是太难受了，喉咙里传来的吭吭声扎在每个人的心上。

我甚至想还不如让大姐死去可能比活着更幸福。依照医生的话来说，即使醒过来也可能成为植物人。但身为弟弟怎么能让还有一口气的姐姐就那么走呢。

那天晚上，大姐又一次奇迹般地醒过来，艰难地睁开眼睛看了看周围。

我轻轻地攥着大姐只剩下骨头的冰凉的手。

“老四呀，又是炮……”

大姐在嘟囔着什么。

“炮……炮……”

大姐的话根本连贯不起来，又闭上了眼睛。

我根本不知道大姐想要说什么，我也没有信心什么时候才能读懂大姐的意思。

我仍然紧紧地握着大姐已经冰凉的手，心里悲叹着，眼泪止不住地往下流。

回来吧，妈妈

许连顺/著　金莲兰/译

一

怎么会呢？妈妈她，竟然离家出走。问题是谁也不知道妈妈是怎样离开的。早晨醒来后进去一看，妈妈的房间竟然是空的。

二

哦，那里站着个女人呢，你这样漠然地看待妈妈已经好久了。身为女儿为妈妈羞愧是可以理解的吗？你悄悄地为妈妈感到羞愧也已经好久了。真不该听算卦的胡说，说什么孩子身体不好，是姥姥给妨的，老人活得实在太长久了一些。你冰雪聪明一个人，如何不知道这种没影的话原本就不可信，也万万信不得呢。你真想当作没听见，无奈已经听到了，也就无法当作没有发生。任你怎么想甩开，也像沾在衣服上干掉的饭粒揭也揭不掉，这既是恐惧更是一种痛苦。因为妈妈太健康闹得孩子病怏怏的，那反过来说就是想要孩子健康，妈妈就要得病。虽然非常对不住妈妈，但妈妈的健旺对你只能是羞愧。

那阵子，哥哥两口子有幸取得了无缘故签证赴韩国打工，便把妈妈托付给了你。妈妈年届耄耋，就是立马过去也得叫老喜丧，可她老人家坚信任何一种死亡都不能叫作喜丧，是个对生命无比执着的人。这把年纪，刚刚吃完一碗饭，还能当零嘴吃下一穗硬邦邦的烤玉米，一点事也没有。从小用筷子数饭粒的孩子，看见姥姥的好饭量，只有艳羡的份儿。担心姥姥过量了，女儿有时还要乖巧地给老太太端上消化药和水呢。吃什么消化药，吃石头都能消化呢，不信你看看？妈妈毫不犹豫地伸手拈起一块萝卜泡菜，塞进嘴里嘎巴嘎巴嚼个山响。

“哎哟妈呀，用手抓泡菜怎么行？”

你的脸扭曲了，就像嚼到毛毛虫，一惊一乍地说。

“进我的嘴又不是你的嘴，用你管？”

一句话能把你噎死。对妈妈而言，自己走过漫长岁月的经验就是法律，就是原则。

虽说父母的健康是儿女的福气，可你实在无法赞同这一说法。姥姥过于旺盛的食欲，让纤弱的女儿闻风丧胆。女儿从小不愿意吃饭。不知是不是这个缘故，眼看就要考大学了，身长只有初中生那么高。同样因为摄食不良的缘故，孩子患着严重的贫血，动不动就会头晕目眩。女儿是这样描述晕眩发作的瞬间的：就像被长长的黑暗所禁锢，浑身凉飕飕的，是一种非常瘆人的感觉。吃多了吃饱了或多吃点这种话，在你家几乎成了禁忌。生怕这种话刺激吃不下饭的孩子，你总是揪着半条心。你唯一能摆弄孩子的事情，就是孩子不吃饭的时候跟着不吃饭。

三

马上就是画展了，你为了完成参展的作品忙得脚打后脑勺。虽说是准备已久的作品，但随着参展日期的临近，心理负担越来越重，越来越紧张，怎么也无法聚精会神画画。

这部作品的画题是一首古词吟诵的“老松”：

樵夫贱如蓬
山翁惜如桂
待得昂青霄
风霜几凌厉

你的苦恼是无法体现画幅的深度和沧桑，无法摆脱像轻飘飘卖弄技巧的心情。那扎根地下数千年的根须，不是画出来的，而是通过树干树枝展示给人的，可现在以你的眼目根本无法感受到根须。越是想观察得深一些，目光越是游移，越是浮浅，只是平添急躁和焦虑。无奈，你除了一日三餐，几乎整天泡在工作间里。

你有时称画画是职业，有时却说是你的趣味生活。先不论哪种说法更切合实际，实际上对你而言画画就是人生的全部。你更是虔诚地认为画中描绘的人生即为你自己的生活。躲避那艰难劳累而窝窝囊囊的日常，你索性躲进画里打发时光。画是你的避风港，更是你赖以生存的家。你之所以能够用温情脉脉、充满思念之情的目光望着这困窘而不可忍受的现实的丑陋，就是因为你的身旁有个她——你的画。可惜，世上没有一个人能够理解你的心。自个儿病成这样，妈妈还有心思画画，女儿心里积淀着埋怨。丈夫骂她是全然不管家人，只顾沉迷于画画的神经病，见咒骂不奏效，索性来个乾坤大挪移，自己弃家而去。本来就够烦的了，如今妈妈还要添乱，说画画能当饭还是能当钱，不分早晚啧啧称叹，唾沫星子乱飞。

自打妈妈来到你家，你人坐在画布前，根根神经却都系在妈妈身上。当初还以为多放一副碗筷就成，生活很快教训了你，让你明白自己是多么幼稚。要不是一一跟在后面盯着，什么都要搅得一塌糊涂。就说方便吧，回回都要把卫生间的门四敞八开，咕噜噜哗啦啦尽情演奏肠鸣曲，更要命的是每每忘了冲水，闹得屋里气味熏天。让她别这样别这样，磨破了嘴皮，妈也只当耳旁风。闹不清楚是打定主意不听呢，还是听了也记不住。无奈，看见妈妈走进卫生间，你就要跟进去说一声，妈妈别忘了冲水，可是妈妈回一句要冲你冲，便若无其事地走出来。

才画了不几笔，你就撂下了笔。工作间外面传来的嘎巴嘎巴的动静很是刺耳。开头还以为响几下就会完了，没想到越往下声音越大，频率越高。那噪音是那样的执拗而富有挑衅性。当你推开工作间的门时，撞见的是一幅作业图。妈妈像是怀有深仇大恨的人，狠狠歹歹用脚踹空矿泉水瓶子。客厅地板上撒着好几个踩扁的塑料瓶，一个个活像满身皱褶的蚕蛹俯伏在那里。

“你这是怎么啦?!”

你的嗓门粗哑，透着神经质。

“怎么啦，想卖钱呗！我为了卖这个，打过来那天一个不扔攒起来的。”

“哎呀，那能有几个钱嘛。”

“一个矿泉水瓶2分，这都小五十个了，二五得十，有一块钱了不是？”

“妈，求求你别这样好不好？你那个动静快把我逼疯了！”

“动静，这能有多大动静，你丫头就是神经过敏！”

妈妈把横七竖八躺在地上的矿泉水瓶，一个个装进塑料袋里。你直到看见妈妈回自己的房间，才放心回到工作间。矿泉水瓶破碎的声音兀自响在你耳畔，久久不肯散去。刚想安静下来，这次传来的是妈妈用力搓双脚的声音。你仿佛看见白白的皮屑飞飞扬扬掉下来。妈妈说是长寿的秘诀，时不时地伸出双脚大搓特搓。求你了，让我别听见那动静，每逢这时你都要闭着眼睛祷告着。

怎么这么憋屈？

突然，你憋闷得简直透不过气来。女儿连个病名都没有，却无精打采像霜打的茄子，妈妈则活力勃发，动不动闯祸给添乱，画展的日子一天天逼近……你心里憋闷得把所有窗户都打开，没想到吹进来的是黏糊糊的热风，只能诱发厌恶。想要闭目养养神，没想到竟然睡了过去，是骤然响起的电话铃声惊醒了你。原来是公寓警备员打来的。

“您那是302吧？”

“是啊，您有事吗？”

“您母亲在这儿，您还是把她领走吧。”

“哎呀，我妈怎么在那里呢？”

“您问我，我问谁去？”

好像被人冷嘲热讽，你的脸腾地红了。警备员的话，真像是嘲笑自己。虽说是因为工作，但这些年你对妈妈够无心，要知道心里头可不是那么轻松的。其实，妈妈一直是你心中沉重的负担。在乡下的时候，妈妈一天到晚总泡在外面。听说从早到晚坐在道口上，拉住来来往往的人喋喋不休地啰嗦个不停，闹得人们干脆绕道避开她。说她你怎么那样，妈就反问我怎么啦，回头就出去拉住过往行人翻来覆去说车轱辘话，让人们“谈虎色变”。你生怕她来到公寓重操旧业，狠狠地打了预防针。妈妈过来的第一天，你就千叮咛万嘱咐，城市不比乡下，一个人上街会迷路，会被车撞着，要是跟不认识的人搭讪，还会被诱拐，一句话妈妈万万不可一个人出去。每逢说这些，妈妈总答应知道了知道了，可嘴角却泛上狡黠的怪笑。是一点不当回事的鲁莽、压根儿不相信的麻木，还有嘲笑和固执按比例配兑着的，让人讨厌和别扭的那种坏笑。

妈妈蜷着腰，岌岌可危地坐在警备室的小板凳上。公寓警备员以尴尬和为难的神色，沉默地站在一旁。

“你来了？”

妈妈像是喜出望外，竟然飘飘然站了起来。

“妈你怎么来的？”

“我要去一个地方，可一出来谁知道哪儿是哪儿啊。于是就进警备室打听了呗。”

“妈，你哪有地方可去呀？”

你竭力说得平静，但像用牙缝狠狠嚼碎般的口气，还是表露了内心的不屑和恼怒。妈妈佝偻的腰突然撅向后面，不算昏花的老眼久久地逼视着你。虽然下肢有些羸弱，竭力后仰的上身兀自发散着顽强的拒绝和固执，让你不寒而栗。那个目光入木三分，像是要把你钉死。

“人家有地方要去，才说去嘛！”

“那到底是哪里嘛。”

“不用你知道！”

看来，一个人与年岁俱长的就是固执和蛮力。妈妈把深埋着的头高高撅起，仰起下巴冲着你，任谁都不要指望说动她的固执。隔着玻璃窗，警备室的大叔紧着打量这头。不行了，得先把妈妈哄进屋再说，于是你亲切地揽住妈妈的后背，抚慰般地说：

“哎呀我的妈呀，不知道那是什么地方，等我画完画，陪你一起去好不好？”

妈妈这才把撅向后面的身体恢复原位。弯曲得就要触地的腰，拐了个硬弯连接腿和脊骨，活像叠成的薄薄一张纸。你把手伸过去，妈妈拉住你的手，泡湿的纸船般半拖半就地跟了来。把腰弯成弓背，低头瞅着脚尖蹒跚的模样，活像背负着房子的蜗牛。仿佛试图往前走的双脚和无法挪动的躯体扭成一团在角力，真真是举步维艰。

那宽敞的社区道路仿佛被吸进妈妈圆咕隆咚的躯体，再汩汩流淌出去，而在穿身而过的路面上，妈妈却像要牵着自己的躯体潜入地下而不得的人，只在原地磨蹭着。

公寓入口处的花坛边，坐着一个头发雪白的老爷子，双手搁在膝盖上悠闲地晒着太阳。妈妈在老爷子跟前突然住了脚，再次把腰部唰地往后仰。接着不无神秘地望着你。

“那老爷子是谁呀?”

“咱邻居老爷爷。”

“咱邻居？你是说我们单元对过那个屋?”

妈妈的眼睛顿时像萤火虫荧荧发光，脸上顿时浮现生气。

你没有吭声。实在看不惯妈妈亮晶晶的眼光还有浮现的生气。都老糊涂了，肠子还这么花，你心里暗暗腹诽着。

“既然出来了，让我晒晒太阳好不好?”

“不行，我画了半截就出来了。”

你暗暗加把劲捏住妈妈的手，以防她挣脱，眼疾手快地按响了公寓大门口的铃。趁这工夫妈妈如愿跟邻居爷爷打了招呼：

“请问，您有几个孩子呀?”

那嗓音一点不像妈妈，齉齉的嗲声嗲气的。你大吃一惊，触电般缩了回去。

这是哪儿跟哪儿啊，素昧平生的老爷子有几个孩子关你什么事？因为太离谱了，你只有惶惑的份儿。

老爷子也愣了。俄顷，好像觉得不回答不好，就干咳一声开了口：

“我有一儿一女。”

多谢老爷子还给回答，可这好像不是你期盼的。其实你心底里暗自盼着邻家老爷子不搭理妈妈来着。你讨厌妈妈跟公寓的人们打连连，不管是用什么方式。

“哎哟，我也是一个儿子，一个闺女呢。”

妈妈做作地用手掩口，嘻嘻发出古怪的笑声。她肯定在想，要说偶然这也忒巧了，莫非是绝妙而神奇的缘分?

“天啊，怎么会?”

妈妈笑着，还轻轻地拍了巴掌。

“妈啊——”

你悄悄捅了捅妈妈的腰际。

怎么会有这么奇妙的缘分啊！真怕妈妈嘴里蹦出这种不知深浅的话，你一时乱了阵脚。

妈妈最待见缘分了。这叫什么缘分嘛，只要这么一开头，八竿子打不着的事情都能黏稠地凝结在一起。把所有的事都归结于缘分，还要用缘分排解所有的事，妈妈的人生可能因此倍添艰辛了吧。

一脚跨进门槛，你火山爆发般追究起妈妈来。

“你到底怎么了，你这是?”

“我怎么啦?”

“怎么随便跟人搭话呢?”

“你妈是僵尸啊不说话？不能搭话的是死人，算不得活人的!”

“不是不让你说话！问题是，你怎么能跟八辈子没见过面的人随便说话呢!!”

“在这大楼，我认识的有谁，不是全都不认识吗？你这个意思是让我装哑巴，乖乖装到死，你要是这么讨厌你娘讲话，干脆用胶布粘上我嘴得了!”

“哪有人说话像你这么咋呼？妈你是不是……”

“是不是什么?”

“算了。”

你想问是不是喜欢上邻居老爷子了，想想还是作罢。也许妈妈跟人搭话，跟人家回答不回答一点关系都没有，只是为说话而说话的吧。哥哥曾经说过，妈妈问什么东西，压根儿不是为了听什么回答，不过是为问而问罢了。

死女儿管得比儿媳妇还要死，妈妈嘟囔着扮出可怜的表情，可能是心里有火，进自己房间哐地撞上了门。你不可理喻地望着妈妈关得死死的房门。

四

那地方，到底是哪儿呢?

妈妈最终也没有告诉你自己想一个人去的地方。那肯定是不可告人的秘密，哪怕你是她女儿抑或是儿子。妈妈的话对你不能不说是莫大的冲击。就为了不当死人，为了证明是活人，妈妈才那样渴盼着说话的吧，不论采取什么方式。偌大的公寓，哪个角落也没有妈妈的痕迹、气味和记忆。彻底地跟过去隔绝的公寓生活，对妈妈而言一开始就是纯粹的陌生。也许，陌生才是妈妈活着的证明吧。

在这纯然陌生的地方，妈妈想去的何止是一处两处？自己生活过来的岁月的时间与空间，还有渗透着自己气味和痕迹的草房，乡下的胡同、洗衣处、宅旁地，甚至那里的灰尘……都会是思念的对象的吧。可是，妈妈也知道，自己是再也回不去老家的了。住了半辈子的房子已经租给人家，成了别人的家，再说了家乡也没有高兴她回来的亲朋了。自打老家的地盘上建起国际空港，这个村庄外来户倒比当地人多。指望着地价暴涨，阔绰的城里人买下这里的地，纷纷开起了桑拿房、餐馆、诊所和汽车修理部等，如今的老家已经无从寻觅过去的样子了。朋友们接连到阴府报了到，妈妈成了村子里最后一位年长者。就是一家亲戚，辈分高的全都去世，只有三婶还在。那么，妈妈是去找三婶的吗？这种可能性倒是蛮高的。三婶是妈妈平常最恨也最放不下的家族唯一的长辈。堪称是能够和妈妈一起共有过去的，世上唯一一个人吧……

抖落掉纷纭的思绪，你重新埋头作画。离画展举行，仅剩了一周时间。这点时间，就是昼夜不停地画画，好像也不大够用。描绘如针般缜密的松树叶，肯定是需要大把时间的。是单纯、复杂又细致的作业。想画树枝，你正调配红栗色，吱嘎响起刺耳的推门声，妈妈咕嘟着嘴矗在工作间门口。

"我饿了，给饭吧。"

"吃饭才多久，就饿了？"

"那饿了怎么办，让我干忍着？"

"你自己热热吃吧。"

"不行不行，煤气太可怕，我可做不来！"

像是把身子拧紧似的抽搐着，妈妈把头摇得拨浪鼓似的。你都多大年纪了，还那么怕死啊？都说死亡这东西无非是把拴在码头的船解开，放行到远洋，妈妈可能还没做好解开自己的船放行的准备吧。妈妈就矗在那里，像是等着你放下笔。虽然感到不近情理，你还是不得不放下笔，走向厨房。妈妈的脸上浮现出狡黠的微笑，颠颠跟在后面。闹得你不由得寻思，妈妈是不是并不饿，只是看不得你画什么鬼东西，才刻意来这么一出。自己一沉迷于画画，总是这个理由那个借口地把自己拽回现实世界里，自己这么想也不算太冤枉她了吧。

你先点了煤气灶。随着啪的一声响，蓝色的火苗像禽兽的舌头，翩飞着蹿起来。

“哎哟，吓死我了！”

妈妈躲在你身后，像个小孩儿蜷缩成一团。

“求你了，少说吓死了吓死了，你这样子更让人闹心，知道不？”

看你恼了，妈妈的嘴角忧郁地飘落尴尬的笑容。

你先把小鳀鱼放进开水熬一熬，接着兑上大酱。用羹匙撇着滚沸的泡沫，切一切大块的酸萝卜泡菜、角瓜和豆腐放进去。至于放进去的顺序对错，你从不费什么心。倒是有过看着菜谱精心烹调的时节，可自打女儿不愿吃东西，所有的程序都化繁为简，几乎到了进锅熟了就能吃的地步。就算你再用心再仔细，女儿吃不了几口，总不能为了自己一个人吃好而费那么大事吧。

“金佩，过来吃饭了！”

把烧好的大酱汤放上餐桌，你冲着女儿的房间喊。

“我想，得给孩子改改名了。”

妈妈像是告诉天大的秘密，咬住你的耳朵说悄悄话。

“突然改什么名字啊？”

“那孩子身子骨不舒服，就是因为金佩这个名太冲了。”

“谁说的？”

“算命的……”

“哪个算命的胡说？”

“我就是算命的！我活了这么些年，快赶上算命的了。你就听我一把好不好？不是有吗，就是什么狗剩啦、灶王女啦、烟筒女啦等等，给她换上贱点的名字，就会活蹦乱跳的。”

你只有觉得不可理喻的份儿。狗剩这个名字倒听说过，什么叫灶王女、烟筒女呀？妈妈解释说过去在灶王神（灶坑）那里生就叫灶王女，在烟筒下面生就叫烟筒女来着。

真正的算命婆说的都不可信，让我信你妈妈胡扯的？我见过的算卦的还说是妈妈你活得太长，金佩才有病呢。妈，你相信这话吗？你不会相信，不，应该是不能相信吧？所以，你也别说了。什么算卦的卜命的我一概不信。你真想嗒嗒嗒痛快地射出这些，可你只是埋头喝着汤，什么也没说。

三两下吃完一碗饭，妈说有件事挺纳闷，歪着脑袋做思考状。

“想知道什么事啊？”

你狐疑地问道。

“就是邻居老爷子啊，他跟谁一起过呢?”

看来妈妈真的是关心邻居老爷子。要是知道老爷子一个人过，真不知道会做出什么事。于是，你一口咬定不知道。

“依我看，那老爷子肯定是一个人过呢。”

“你怎么知道?”

“从那阳台的窗户望过去，老爷子天天出来晒太阳，从来没看见别人出来过。”

妈妈观察得还真不错。本来跟老奶奶两个人一起过，去年老奶奶去世了，老爷爷就剩一个人了。倒不是没有儿女，可好像在浙江什么的远地方工作，无法经常来看他。

该有多孤独哇，妈妈又啧啧叹息了。

五

自从来到公寓之后，妈妈就开始执着于鞋柜，执着到奇怪的地步。哎哟，什么鞋这么多哟，这能穿得了吗……嘴里念念有词，有时把地上的鞋放进柜里，有时又要把柜里的掏出来。就像小孩子过家家，不厌其烦地把鞋倒动来倒动去，将许多时间消耗在鞋柜前面。冷不丁一看，像是预先做准备，到时候拿出鞋柜里的鞋套在脚上就能上路似的。好像在沉沉入睡，可一听见有人上楼梯或邻居家开关门的动静，就要从床上出溜下来，把耳朵贴在门缝里或用门上的猫眼观察外面的动静。

跟她说八百遍，不会有人过来的，她全当成耳旁风。妈妈坚持说好像有人要进来。要是问那人是谁，就会说说不准是什么人，可感觉就是这个样，泥胎木塑般把耳朵贴在门缝上一动不动，直到声音消失后好久好久。

这时，卫生间里传来哇哇吐东西的声音，可能是金佩又把刚刚吃下的全吐了出来。

“如何是好?”

忙着整理鞋柜的妈妈住了手，满脸担忧地望着你。你用杯子端着水，走进卫生间轻轻地拍着女儿的后背。病在孩子身上，疼在你心里，简直是生不如死的痛苦。可你还活着，而且还照样画你的画，说不定这不叫寻找希望，而是在放弃希望。你总在自欺欺人，说为了挣钱也得画画，可你最清楚画画是挣不来多少钱的。可你还是要这么说，好像这样才能心安。虽然，因为画让丈夫弃家而去，自己是不是因为画在折磨有病的孩子的想法挤压得你透不过气来，可你就是不敢生出放弃画的想法。

呕吐得吐出黄水的女儿，脸色苍白地回到自己的房间。呆呆地望着此光景，妈妈的目光显得那么空洞迷离。一不小心和你对上了眼，妈妈赶紧避开视线，低头装着整理鞋柜。

这时，工作间的电话响了起来。你接完电话走出工作间，妈妈犹在鞋柜周围磨蹭着。那弯曲得僵到一旁的腿，像是马上就要瘫下来似的令人不忍卒睹。

“妈，三婶去世了。”

“老三家？死了？……到底先走了。”

妈妈如释重负般坐在鞋柜前。看起来有些失落，可不见悲伤。更是没有一点吃惊的样子。倒像是久已等着般地淡然。好像对死亡坦然接受。三婶年轻时候靠着有能力的丈夫，过得非常滋润。对穷了大半辈子的妈妈来说，她既是艳羡的对象，又是憎恨的对象。

那是去年冬天的事。接到妈妈好像要过去的哥哥的电话，你急忙去了乡下。据说几天没吃饭，连水都咽不下的妈妈，说你来干什么，硬是撑起了上半身。然后摸索着枕头旁，拿起了牛奶瓶。奶瓶的口里沾满了苍蝇。挥挥手赶走苍蝇，妈妈一口喝干了大半瓶牛奶，说了声唉，这下活过来了。尖利的嗓门。那该是孤独吧。嘴里说着你来干什么，可明明是眼巴巴盼着你的吧。妈妈的嘴边沾满了牛奶，苍蝇们竟然飞到那里落下来。但凡活着的东西的生命力，真是执拗得叫人发怵啊。嫂子瞥了瞥哥哥，谋划什么东西般眨了眨眼。

“你看看，我说什么来着，说咱妈不会去世的，是不是？”

“这次我以为真的不行了，不是好几天没吃下饭，连水都喝不下的吗？”

“还早着呢，一百岁没问题。不信等着瞧吧。”

俩人相对苦笑了一声。虽然闹不清楚是说健康了好呢还是成累赘，可那里分明融着解脱了死亡的恐惧的放心和对过于执拗的生命的嘲讽，让人看着寒心。

“他们家好吗？”

妈妈突然冒出一句。

“谁呀?”

不是不知道妈妈问的是谁，才反问的。妈妈每次见你必问无疑的，堪称她最大关心事的到底是什么，你心知肚明。妈妈心里唯一放不下的就是老三家。可是，平常这么做尚能理解，这刚刚闹了一出死亡大活剧，对提心吊胆赶来的人第一个提出这么个问题，未免有些说不过去的吧。

“老三家没有什么事吗?”

“妈你也真是的，这都什么时候了，你还要挂念他们吗?”

“我病着躺在炕上，眼前总晃着她三婶呢。”

“听说不大舒服，经常上医院看病呢。”

“到底是哪儿怎么疼的?”

“这个，不大清楚。”

“也该出毛病了，比我还大两岁呢。”

听不到更详细的消息，妈妈像是很惋惜的样子。听着三婶有病了，也不见吃惊，看样子并不是非要听她无恙的消息的。

“那个死娘们总跟我过不去来着……可能因为这个，做梦都不见好模样。要知道妈心里该有……”

关于妈的三妯娌，也就是你三婶的故事，你已经听了几十年了。耳朵早该磨出茧子，你无情地截断了妈的数落。

“我们都已经会背诵了，不用再讲了。”

可是，妈妈才不理会让不让讲呢。不管你听不听，她沉浸在能够尽情数落的乐趣中。

“信了你爹的话，嫁到李家门一看，原来是拖着一个孩子的光棍呢。我一个姑娘嫁给人填房，虽说是老大家的，可比下面的妯娌还小来着……”

上要奉公婆，下要看前妻留下的孩子的颜色，还要伺候岁数大，进门早的手下妯娌，还用得着再说什么吗。因为婆家太穷，缝东西还要拆自己嫁过来的时候一针一线钩织的被帘，连婚礼那天穿过的韩服都卖掉，添补了家用，可每到春荒家里总是揭不开锅。因为是老大家，每当吃饭，外来客倒比家人多，比别人早早断粮应说是理所当然的。五六月断了粮，就到老三家借白面吃，秋天再还她大米。当时大米最紧缺，白面换大米得利的是三婶，三婶她巴不得妈妈多吃点白面，可转过屁股就挑剔妈妈不会过日子，家里才接不上顿，在一家亲戚当中把妈妈损成个受气包子。还不止这些呢。每逢亲戚家有什么红白喜事，妈妈总是围着锅台转，冒着热气蒸糕、炒菜、洗碗，双手总是红肿的，可三婶不是去领媳妇就是接男人家的彩礼。不知怎么搞的，每逢办完大事，作为老三的三婶得的酬谢总是要比妈妈这个老大丰厚得多，妈妈不是木头，怎能不生气，可她只有逆来顺受的份儿。

妈妈对三婶的积怨很深，是老李家人人皆知的事。可是，听到三婶故世的消息之后，妈妈的反应却古怪得很：

“你三婶对我可好了，对我这个老大可恭顺了。真的，家里有什么好吃的，一定要把我叫过去，让我尝一尝才放心。是啊是啊，一次都没有落下我，总是这个样子的。”

过于激昂的调门，似乎掺杂着些许夸张的成分。

姥姥怎么突然？金佩不解地望着你，柔弱的眼睛充满了惊恐。其实，事情恰恰与此相反。

“不是说对三姥姥积怨很深吗，怎么突然这样了？”

“姥姥可能想摆脱三姥姥了吧。把过去的积怨统统放下，就记起了她的好处的吧。”

“难道姥姥对三姥姥还有过那么好的记忆？不是头一次听见吗？和一直跟我们说的，不是正相反吗！”

“谁知道，说不定在她心中一直盼望着的自己的希望事项呢。”

可是，话又说回来了，那是真实也罢，希望事项也罢，反正妈妈对已经过去的人只说好话，该说是万幸了。看来，说人只记忆自己想记忆的东西，并不是没有道理的。

第二天，你托金佩照看一下姥姥，就去参加了三婶的葬礼。虽说对三婶没什么好的记忆，可这到底是人生最后的归宿，你总得替妈妈转达一下哀思吧。办完葬礼，连饭都没吃，你急匆匆赶回家，可屋里并不见妈妈。好像是换上了出门的衣服，家居衣服扔了一地。女儿耳朵塞着 MP3 趴在床上，薄如蝉翼若有若无。女儿经常说头晕，在家的大半时间都要躺在床上。顿时，眼泪夺眶而出。理应蓬勃着生命欲望的女儿，如死般躺在床上，没有欲望也无所谓的老妈却片刻不想安静……

“姥姥去哪儿啦？”

金佩拔着 MP3，欠身从床上起来。

“不在屋里吗？”

“不在。”

“咦，这就怪了，刚才还在呢。”

孩子急忙跑去拉开鞋柜看看。

“姥姥的鞋不见了，肯定是出去了。”

一天不知道摆上摆下折腾多少次的妈妈的鞋不见了，只留下了偌大空白。

你重新披上刚刚脱掉的衣服，着急忙慌走下楼梯。游乐场、警备室，还有就近的商店和小巷都找了个遍，没见着妈妈的影儿。要说也怪，连天天出来晒太阳的邻居大爷都不见了。你用落水人捞稻草的心情，按响了对面屋301的门铃。你倒不是想妈妈会在这里，只是想跟邻居大爷打听，见没见过我妈妈。可是见鬼了，开门走出来的不是邻居爷爷，而是妈妈！

妈，你怎么从里面出来？此时此刻，吃惊的倒是你。瞬息间，腾地掠过全身的滚烫，与其说是羞惭，不如说是痛苦。

“不是，什么也不是……真的什么都不是的……我正想出来你就……”

妈妈连连摇着手，慌忙辩解着，可真是越描越黑。说着什么都不是，可妈妈居然说不出一句什么都不是的理由。

老糊涂了……

要不是老糊涂，能做出这种事吗？你从来没有感到过你活着这件事像这一瞬间那么羞愧。是谁让自己活着的呢？从娘胎里带来的，与生俱来无师自通的，而且至死不会忘掉的本能这种顽固而执拗的欲望……你从来没像此时此刻那般讨厌它。

“妈妈，你这是干吗呀？你非得这么做吗？你不觉得没脸见你寡居的女儿吗？”

“我到邻居家串串门，是那么大逆不道的事吗？”

“那是不是该向街坊邻居炫耀炫耀啊？”

“我说了不是那回事嘛。”

“拉倒吧。”

你意识到女儿睁大无辜的眼睛默默地盯视着，只好高挂免战牌扭头走进工作间。

六

不过如此。

自打妈妈过来，你们常因琐碎的事拌嘴，但都是吵过就忘。你为了画你的画，倒是常常忘掉妈妈在你家这一事实。

为了埋头作画，你再次读了读画题：

> 樵夫贱如蓬
> 山翁惜如桂
> 待得昂青霄
> 风霜几凌厉

通常，画题都是画作完成之后，在画幅一侧的空白上题字，可你偏偏有着先写上画题的习惯。当然，也有画完画，画题改变的情况，但那是极少的。

那么，风霜凌厉之后昂青霄的出类拔萃的气象，又该是什么颜色呢？画画的当儿，你一直琢磨这个问题。是黑色吗，抑或是灰色？要不就是白色？你定睛看着眼前摆着的各色颜料。看来你相信久久凝望深渊，深渊也会望我的话。好像不该是存在着的任何一种色彩。在这头想象的那头的颜色。好像不是经常在自己身边的颜色。

妈妈又推开工作间的门走进来，径直到工作间角落里的摇椅上坐下了。好像默默地凝视了一会儿你画着的画，终于开了口：

“人死了可能就永远去了。我总是梦见她三婶，可这一死，梦里都不见了。”

“可能顺顺当当去了该去的地方了呗。”

“活着的时候，对我可好了。”

“你还说对你可狠来着。”

“不对，好着呢。做到那个份儿上不错了。当然了，我也真能忍……”

妈妈又提起叨咕过多少遍，都叨咕烂了的话题。都什么时候了，好像尚不能忘记走过来的岁月，妈妈颇为慷慨激昂。妈妈越是激动，在你眼里越是显得孤独。对你而言，日常的现实掠过后残留的气味和痕迹，不过是已经丢弃的世界。所以，你并不倾听妈妈的过去。只是装着在听，精神头全在自己的画上了。可是，正如你不倾听妈妈的过去，妈妈也完完全全沉湎于自己的过去。

为什么要这样呢？

是不是在盼望自己被遗忘的过去在儿女身上得以复原呢？复原？对了，肯定是这样的。妈妈害怕自己的过去被人遗忘，想把它镂刻在儿女们的现在的吧。你的胸口顿时激荡起来，心脏像是要挣脱胸口蹦出来。不是要画什么老松，而是要复原妈妈的人生！老松要只是老松又有什么意味呢？假如能够通过老松观照妈妈的人生的话……你的手犹如得到神启，自由自在地在画幅上飞舞。哦哦，神的境地，这叫如入仙境的吧。你自行把这种瞬间称之为神的境地。仿佛浑身的细胞尽情张开，浸润在从未光顾过的深邃庄严的世界之中，充满了惊奇和陶醉。好像顿悟到风霜凌厉之后昂青霄的色彩到底是什么。激情地运笔的你的手，越来越快捷了。

龟裂如龟背的松树树干底部的黑褐色，酷肖妈妈子宫的颜色，树枝上部的红褐色该是妈妈过去的颜色了吧。你往上面的树枝画着针状的树叶。在叶子下面还细心地画上薄薄的枝囊。枝芽被红褐色的鳞片簇拥着，非常有稳定感。针尖般锐利的叶子，泛着比叶色更浓郁的柔和的润泽。你还淡淡地画上了仿佛从老年人皮肤掉落的角质，眼看就要从树身剥落的褐色的鳞片。你在想象着犹如数千劫的光阴，深深地植根在土地上的根须的生命。那可怕得让人起鸡皮疙瘩的蓬勃的生命！松树历经的时间和风霜雨雪，连同妈妈对被遗忘的自己的世界的无休无止的执着与渴盼。你要把它吹拂在每一个叶片当中，正在聚精会神全力以赴。描画着深绿色的肉瓤般的淡绿的时候，你觉得这该是妈妈的思念了。

“你帮我看看好吗？”

妈妈突兀地从椅子上站起来。

正在忘情地疾驰在物我两忘的境界中的你的意识嘎嘣断了，如同损坏的录音带。冥冥中拽你潜入的紫色的迷离和恍惚顿时消失，代之以淡漠、懒散的下午的阳光。你深深地叹了一口气。

“看什么？”

“这里……”

妈妈用手指唤着自己的下胯。仿佛，一股腥臭扑面而来。

“你尿裤子了？”

“我是孩子吗，尿裤子？”

“那又怎么啦？”

没想到妈妈居然横躺在地板上，要脱下裤衩。

“干什么，你？”

你大声喝止了她。像是被厉声吓住了，妈妈局促地爬起来，嗫嗫嚅嚅地咕哝道：

“子袋出溜到外面了。”

子袋？理应在腹腔里的子宫怎么会出溜到外面呢？

正在画画的笔脱手而出。刚刚蘸上浓墨的笔胡乱抛在画面上，画上刚出炉的炭块般粗重的感叹号。可你竟然没有察觉到。

“你说什么，子袋？”

“连子袋都不懂吗？就是你们来到世上之前待过的家呀。”

“我是说，那玩意儿怎么会出溜到外面？”

“哎呀，我怎么知道？”

“什么时候开始的？”

“有些日子了。”

“那你怎么才说呀？”

“这，这叫我怎么开口……其实，那玩意儿掉出来，腰也更弯了，叫内衣磨着沙得慌……要不是这个，走路也该轻巧多了。”

怎么会有这等事……你双手掩面浑身发颤。替那个在妈妈的下胯沙得慌、痛得慌的妈妈不好示人的瓤儿而可怜而心伤。

“看吗？”

“等等……”

你急忙攥住了想要褪下内裤的妈妈的手。

“妈，别得，咱们去医院吧。”

不知怎么害怕看见它。从来没想过还要看妈妈赤裸的下身。假如，这还只是假如，有朝一日要给妈妈接屎接尿，那又另当别论，可现在好像还不能看。好像要毁坏什么规范，产生了恐惧和混乱。急忙说去医院，也许就是为了掩饰无法贴近妈妈的自己的心的一种搪塞。妈妈好像也感知到这点。

将褪下一半的内裤皮筋，狠狠拽上去掩下肚皮，妈妈的手青筋毕露。

“麻烦，我不去什么医院。这算什么荣耀，还要叉开腿给人看？”

抹不去满脸的失落和恨意，妈妈颓唐地走出工作间。

看来妈妈和你不一样。你觉得要不是妈妈的，而是别的什么人的就不会有什么恐惧。可是，妈妈宁肯给女儿看，也不想让别人看。

你撤下毁坏的画幅，颓丧地瘫在椅子上。已经是下午了，去医院有些太晚，就给医院打了电话约好明天早晨十点就诊。画给毁了，当然伤心，可你自己给自己催眠，说这下倒好了。要不是画儿给毁了，你肯定要把去医院的事情推后。能够毫无留恋地陪妈妈去医院，应说是一件幸事。

“妈妈，这画怎么啦？”

女儿瞅着毁坏的画，表情苍白地僵住了。

“给毁了，妈妈拆下的。”

“那画展呢？”

“死心。”

“太可惜了……妈妈你那么盼望的事……”

孩子的眼眶顿时汪出眼泪。好像比你还伤心。望着替自己伤心的女儿，你的嘴角浮现出苦涩的笑容。女儿总抱怨你爱画甚过爱自己，可现在她开始理解妈妈了。一家人之间总要生出摩擦和不谐调音，可又总在摩擦和不谐调中互相适应、互相迁就，渐渐地变得越来越相像。

“画，再画就行了……可你说，这事怎么办呀？”

“什么呀？”

“姥姥的子袋掉到外面了。”

“子袋是什么呀？”

“妈妈怀孕的时候，婴儿居住十个月的家嘛。”

“天啊，那该多疼啊！”

金佩就像刚才的你，浑身震颤着尖叫起来。

“谁说不呢。可是，姥姥说疼，让我给看看，可妈没能给看。实在不忍心看啊。你说妈这是怎么啦？”

“妈妈你，有时候就是这么冷淡！”

金佩毫不犹豫，审判似的说。

“你说妈冷淡？”

“我上初中一年级的时候，滑旱冰不是弄折过手脖子吗？那时候，妈妈也硬是不给看了的。”

“你觉得遗憾？”

“非常非常！”

“那不是妈冷淡，是实在没有勇气面对你的痛苦的呀。”

“我知道，今天也是一样的吧。你没有直面姥姥痛苦的勇气的吧。可是，我想姥姥也会像我一样感到遗憾的。你就给看看不行吗？”

当然了，能够给看看当然好，可你清醒的时候实在不忍心看。正如孩子所说，因为你是冷淡的人才会这样的吗？你在孩子面前窘迫地辩解着，因为是最爱的人的，才不忍心看……怎么说呢，虽然我们感觉不到，但已经蔓延到我们血液中的，试图躲避绝不能在亲人身上发生的那种血淋淋的一种忌讳，一种恐惧……其实，这也是，也是爱的另一种表现形式……你居然有些口吃起来。想要动用一切手段，稀释一下自己在亲人面前流露的冷淡这个词的意味。从女儿口中听到这样的评价，对父母简直是致命的。

孩子表示可以理解妈妈的心，可还是没有收回自己的主张。

“没有勇气直面姥姥的痛苦，是非常自私的。要是看了姥姥的创伤，就会被它折磨好长一段时间，妈妈你是不想受那可怕的折磨，是不是？”

啊，你听到撕心裂肺的呻吟。女儿尖锐的分析是准确的，是切中要害的。漫长的岁月里总是压迫你的那不明真相的恐惧，就是不想受到妈妈痛苦折磨的一种卑怯。自己恐惧妈妈的痛苦，而这恐惧的大小，便是自己和妈妈的距离的大小，这是你不得不承认的真实。

“你赶紧去看看吧，不然将来妈妈会受到更大的痛苦的折磨的。”

女儿的话就像是一种警告，趁妈妈健在对她好一点，不然你会后悔一辈子。

七

要去看大夫了，你想给妈妈洗个澡，热了洗澡水。想起来，以画画为借口，把妈妈交给哥哥和嫂子，居然一次都没给妈妈洗过澡。还以为妈妈挺健康，自己满可以照顾自己，洗澡什么的根本不用操心，这才知道自从子宫脱垂之后，连澡堂子都去不了。闲暇的时候，你也曾自责过对妈妈不够好，为之难过，为之伤心，可一旦埋头工作起来，就忘了一切，连你有没有妈妈都扔到爪哇国去了。

病人岁数太大，究竟能不能手术还要进行详细检查才能确定，可是贸然动手术，说不定会让健康状态更加恶化的，听着医生的说明，你为自己其间的麻木大为惭愧。真想就今天也要好好孝敬孝敬妈妈，以抚慰她的心。可是，你心里这么打定主意，妈妈却连裤衩都没脱，赌气地走进卫生间。你说想脱下裤衩，好好看看痛处，可妈妈甩下一句，那么难看你干吗要看，硬是不脱裤衩。可能是因昨天的事伤心了，要不就是想跟你较真，可你却长吁了一口气。也许，口里说着让她脱让她脱，可内心却在盼望着妈妈不脱的吧。真不想叉开妈妈的双腿，睁眼看着已经被毁坏，磨得千疮百孔的母亲最隐秘的地方啊。至于自己表示要看看，那只能是受到道义上一定要这么做的强迫观念驱使的缘故。同时，想要借此洗刷拒绝妈妈要求的惭愧，想借此放下女儿指出的那样对妈妈冷淡的重负的吧。

第二天早上，你难得地在厨房忙活着，精心烹制妈妈喜欢的冻明太鱼汤。这一口，是妈妈最爱吃的。先在炖锅底下铺上一层豆芽和切得薄薄的萝卜，上面放上剁成块的冻明太鱼，倒上汤用旺火烧。待豆芽熟了，就兑上料酱，待料酱充分融化之后依次放进白菜心、青椒、金针蘑和茼蒿。要是往常，肯定嫌麻烦，一股脑儿倒进去算了，可今天却不厌其烦地照菜谱去做。那料酱以辣椒酱为基料，放进辣椒粉、蒜泥、姜末，此外还特意放了鳀鱼调味汁和陈年老抽。因为鱼汤好不好吃，关键在于料酱。

女儿也早早起来，高兴地为你打下手，她也想为姥姥鼓劲的吧。

“金佩，你叫姥姥快点出来，今天可不能晚去。”

可是，姥姥的房间是空的。

“姥姥不在呀？”

“去卫生间看看。”

“卫生间也不在。姥姥出去了吗？早晨没听见开门的动静啊。”

你撂下正在盛汤的勺子，亲自推开妈妈的房门看了看。

“怎么？你姥姥是不是夜里就走了？被子还是昨天早晨我叠的呢，根本没在这里睡呢！”

“哪能呢？不会的吧，可能是早晨出去散步了吧。”

“会是那样的吧？”

你真想相信女儿的话。虽说妈妈来到公寓，一次都没出去散过什么步，可在这说不定还要动手术的情况下，由于心烦意乱，出去透透风也是有的。

可是，过了预订的就诊时间，妈妈也没有回来。你这才感到不好了，不免有些慌了。

“我想，你姥姥可能不是早晨出去的，说不定昨天夜里就走了。肯定是趁着我们都睡着了，悄悄出去的。”

“这么说不是散步了?”

“是啊，不像散步。”

你当即出去，要去找妈妈。

一走出公寓，就望见了布尔哈通河。可能是前几天下雨的关系，浑浊如孩子鼻涕的河水滚滚而去。铺着咖啡色水泥砖的人行道，布满了出来散步的老人们。里面多有步履蹒跚的人。就像刚刚学步的孩子，摇摇晃晃显得岌岌可危。

妈妈并不在这群老人当中。你走下人行道，叫了一部出租车。想到妈妈有可能去了老家，是由于妈妈昨天说过的一句话。你帮妈妈洗澡的时候，妈妈忽然提起小时候在房前的水渠，给你洗澡的事情。小时候，你丫头可不愿洗澡了，你还记得我打你屁股的事吗？说着妈妈心满意足地笑了。

妈妈住过的房子，里面空无一人，锁着大大的锁头。妈妈总爱坐着歇息的大石头上爬满了蚂蚁，可能是要下雨了吧。妈妈给你洗澡的水渠，已经没有水了。小时候扎着猛子的木桥下，堆满了泥土，别说是人连只耗子都钻不过去，使人联想起岁月的漫长和沉重。

这里，对妈妈来说绝不仅仅是洗衣处。妈妈提着一块抹布来这儿，拎着一双鞋也过来，甚至揪一把蒜头和几棵小白菜都来这里。为了这，甚至引起过爸爸的误会。你是不是去哪儿跟什么人约会？这句话你至今记得清清楚楚。跟爸爸吵了架，妈妈会来这里久久地抡棒槌。好像不是为了洗什么东西来这里，而是为了来这里翻出要洗的东西似的。

妈妈不在老家。家里最后一个长辈三婶也故去了，妈妈也没什么地方可去。那她到底去哪儿了呢？随着时间的流逝，你的心在一点点烧焦。

当你重新回到公寓，暮色笼罩下来的天空，回荡着阵阵凉气，好像就要洒下雨点似的。在邻家老爷爷家门口你踌躇了一下。会不会在里面呢？这想法当然是因为上次妈妈的短暂消失。你到底按了三下 301 的门铃，静静地站在一边调着气息。可是，里面什么动静都没有。你知道这家老爷爷轻易不会出门。于是你再次按了门铃。仿佛没人出去就不会罢休，不屈不挠地按着门铃。过了好大一会儿，终于响起慢腾腾趿拉着拖鞋的声音。门打开了，老爷子伸出了脸庞。虽然脸上长着几处老年斑，但是跟妈妈比起来，起码要年轻十岁。

“怎么啦?”

“我妈妈离家出走了。”

“那又怎么啦?”

嗓门有些粗鲁和生涩。仿佛在说你妈丢了，怎么跑这儿来找，你急忙解释开来：“上次不是来过这里吗，顺便问问。”

“那次来过之后，一次也没来。”

说完，老爷爷打算关门离开。

“您等等，不好意思，我能问问上次我妈为什么来这里的吗?”

“哦，那个……”

不知怎么，老爷爷犹豫了一下，终于开了口。

“拿着药瓶，让我看看是什么药来着。”

“药？您记得那是什么药吗?”

“是一种生长激素。你妈说她以为是补药吃了，问我不要紧吧?”

你差点瘫在那里。

女儿比同龄孩子矮，就给她吃促进生长的药剂。有一次，妈妈好奇地打听是什么药，你就顺口答了声营养药。要是照实说，还要提起孩子的弱点，你不愿意这么做。后来，好像那药明显地少了好多，可你做梦都没有想到会是叫妈妈给吃了。

邻居爷爷倒是给你提供了一条线索，他说妈妈说不定去了西市场。那天妈妈曾打听过要找算命好的上哪儿去找，就告诉她去西市场附近会看见一溜铺着垫子算卦的人。

“干吗找算卦的?”

“好像是要替孩子改名什么的……”

妈妈倒是唱歌般地叨咕着孩子有病是因为名字太冲来着。

暮色低垂的大街，下起了颇为大的雨。敲打着板瓦的雨声，带着微腥冰冷的寒气，直钻进体内。被雨水打湿的市场，显得非常冷清。间或看得见撑着雨伞匆忙地跑向什么地方的人，市场街像是策划着什么阴谋，静谧而怪异。

妈妈，你在哪里？

穿遍一个个小巷，你哀哀地喊着妈妈。间或有路人回头看看你，但不过是看看而已。他们照旧匆匆赶自己的路。像迷路的孩子徘徊在雨中，你的心就像有了裂纹的玻璃盘，一点点破碎。说起来，女儿的病不能成为对妈妈麻木的理由，可你却以此为理由不关心妈妈。妈妈多么的想吃营养药，竟然偷吃病弱的孙女的药了呢？

在城宝大厦药店前，你踌躇了一会儿。孩子的药经常在这里买。我为什么只想自己的孩子，而没想到妈妈呢？药店兀自有灯光泻出。像是被灯光勾引着，你不由得一步步往药店正门走去。蓦地看见大厦屋檐下有人蜷缩在折了伞骨的破伞下。你小心地挪步到那里，轻轻地抬起伞看了看。一个浑身湿透的女人，像打翻的金龟子扁平地俯伏在地上。原来是妈妈！

惊喜之余热泪夺眶而出，你居然哽咽了。妈妈撅起伞，目不转睛地盯着你。压扁了的白白的头发被雨打湿了，沾在脸上，越发让妈妈的气味浓重了。

“妈呀！”

“谁呀？”

“是我，妈妈的女儿啊！”

“你是谁呀，硬说是我女儿？”

妈妈居然认不出你了。目光空洞而麻木。就像在子宫里刚刚做好出生准备的婴儿，那目光里寻不出一丝记忆的痕迹。

“妈妈，你这是怎么啦，你想吓死我呀。你不认得我了？我是你闺女呀！好好看看，我是金佩她妈妈呀！”

妈妈灿烂地笑了。接着羞涩地问道：

“你有几个孩子？”

仅一天工夫，妈妈身上到底发生了什么呢？是不是听了某个算卦的胡言乱语，精神受到了刺激？

对你而言，妈妈不过是陌生的老太太。

“请问，你有几个孩子？”

妈妈犹在不依不饶地询问。对妈妈而言，这个问题到底意味着什么呢？是对孩子无休无止的执着或思念吗？要不就是在周围的麻木当中，妈妈想要引起关注的无意义的蹦跶呢？

你流着眼泪，一字一句地说：

“一个女儿。可是奶奶，您有几个儿女啊？”

“说我吗，我有一个儿子，一个女儿，一共两个……”

伸出中指和食指晃动着，妈妈黏黏糊糊地笑了。

“现在该回家了。”

“家？”

“哎。”

妈妈埋下头，好像聚精会神想着什么，最后像舌头打卷模糊不清地嗫嚅着：

“我家在哪里呀……”

妈妈深深地弯着腰，仿佛要寻找自己要去的地方，呆呆地盯着自己的脚下。

艰难的抉择

孙龙虎/著　陈雪鸿/译

一

山浩奇怪地觉得越来越阴沉的天空像是在等待着什么人。眼下他正快步走着去参加刚进中学的儿子的家长会。他习惯地抬头看了看阴沉沉、灰蒙蒙的天空。在灰色的雾霭中，连太阳看上去也是那么的混沌和无力。整个天空都是灰蒙蒙的。今年也不知怎么的，11 月都过去了，竟然还没有下过一场雪。去年也是如此。不过从天气来看，唯有这次好像真的会下一场大雪。

山浩走进教室，发现几乎都已经坐满了。这是儿子念中学以后的第二次家长会。看来，因为有许多学生的父母外出打工，所以来了不少"替身"，比如伯父、伯母、叔叔、姑姑、爷爷、奶奶等。山浩站在那里四处张望，寻找坐的地方。他猛然发现自己的中学同学"瘪种"正在向他点头示意。"瘪种"在自己旁边留了个座位。山浩马上走过去坐下。两人虽然互相看了一眼，但却只是无心而适当地打了个招呼。

"瘪种"的个头儿比山浩高一头，在上中学的时候是全年级个头儿最高的，但是却非常瘦弱和无力。当时，学校排球队很看重他的身高，几次让他到队里训练，然而，由于腿部肌肉似乎完全没有发育，最终只能是白费工夫。真是可惜了他的个头儿，也由此而得到了"瘪种"的外号，意为光有外表而干瘪无物，毫无用处。尽管如此，他的心肠却非常好，性格十分憨厚，平时很少说话。一般来说，经常被伙伴们捉弄的孩子大致如此。山浩是他唯一的朋友。虽然山浩也属于“瘪种”一类，外号却是“蚂蚁”。因为他虽然个头儿不高，却长得五官端正，而且聪明过人。山浩个头儿小，坐在教室的最前排；“瘪种”因为个头儿大，理所当然坐在最后排。但是，这并不妨碍他俩要好的关系。下课铃一响，他俩就走到教室外面亲密交谈；放学以后，又总是结伴回家。如今，他俩都已经结婚成家，当上了父亲，并且以相同的家长身份坐到了一起。

班主任老师见教室里已经坐满，就宣布家长会开始，首先公布了期末考试的成绩。“瘪种”的儿子民镐全班第1名，而山浩的儿子永虎却是第46名。山浩讪讪地对“瘪种”说：

“‘瘪种’，看来你的儿子不是‘瘪种’啊。”

“瘪种”没有说话，只是笑了笑，用手戳了一下山浩的腰。

“现在我们班一共有56名学生，其中父母有一人外出打工的学生46名，占全体学生的82.3%；父母离婚的学生16名，占28.5%。学生们的情绪波动十分严重，学习无法集中。假如不及时抓紧，学习成绩落后，跟不上的话，就会永远对学习丧失信心。于是，那些学习成绩不好的学生就会凑合在一起，吃吃喝喝，打架闹事，整夜不回家，在网吧里消磨时间，极有可能堕落为‘问题少年’。为此，各位家长和学生们的亲属，必须尽快与学校齐心协力把自己的孩子教育好。”

说到这里，班主任老师暂时把话停顿下来，扫视了一下家长们，然后把视线停留在“瘪种”身上。“瘪种”并没有察觉到老师的视线，只是犯困似的低着头，嘴角边甚至流下了口水。山浩不禁用怜悯的目光注视着他。都说是个头儿高的人身体都不太健康，“瘪种”就是如此，三天两头就到药店去买高血脂、心脏病之类的药。

“家长们必须及时关心自己的孩子。我们班的民镐之所以能够连续保持第1名，就是因为有了民镐父亲真正的关心。民镐的母亲外出打工已经6年多了。也就是在民镐上小学一年级的时候就打工去了。在民镐父亲无微不至的关爱下，民镐健康地成长起来，不仅心地诚实正直，而且没有任何其他杂念，上课时总能做到专心听课。学习好的学生有一个共同的特点，就是上课时集中注意力。注意力不集中的话，是不可能好好学习的。学生们学习不集中的重要原因之一就是因为家庭问题。在最需要父母爱护和关心的时候，父母中有一人外出打工，就会出现半边空白。这半边空白往往会给孩子带来很大的影响。而且，父母外出打工以后，会在各种异地文化的冲击下，经历重新看待自己人生的痛苦和挣扎。在这个过程中，往往会造成家庭的混乱。而这样的混乱又会直接给孩子带来极大的冲击。孩子会在父母的纠葛中彷徨不安，害怕父母会最终分手，还会为父母一旦分手后自己应该跟着谁而苦闷。有着如此沉重负担的孩子，怎么可能在上课时集中注意力呢？我在这里还想补充一句。既然今天是家长会，谈的应该是孩子们的问题，但是同样不能不谈一下大人们的问题。作为大人，由于丈夫或妻子不在身边，同样会感到很吃力，于是就会去接触别的女人或男人。虽然可以理解这样的行为，但是最后总会被孩子们发觉。而且，孩子们之间的信息交流是相当迅速的。那么，孩子们一旦了解了这些事情，会怎么想呢？他们会埋怨父母，会感到难过和不安。这样的学生怎么可能集中精神听课呢?"

班主任老师的这番话说得非常深刻。山浩不禁又看了“瘪种”一眼。“瘪种”依然低着头打瞌睡。看来他的确十分困乏。听说血脂高的人，容易患心血管疾病。之所以会经常犯困，主要是因为血液循环不畅，造成大脑供氧不足。血液循环一般在活动状态下比较顺畅，不容易犯困；一旦较长时间处于静坐状态的话，血液循环的速度就会放慢，造成供氧不足而犯困。这样的医疗原理，山浩是在父亲中风以后经常去医院时学到的。他并没有叫醒正在打瞌睡的“瘪种”，而是十分羡慕“瘪种”。尽管妻子不在家，但是“瘪种”却为孩子付出了全部精力，最大限度地消除了孩子的后顾之忧。山浩非常清楚这一点。“瘪种”的确非常了不起。可是，“瘪种”似乎并没有听见班主任老师对他的赞誉，也没有觉察到其他家长纷纷回头看他的目光。山浩决定还是把“瘪种”叫醒，就用手在他的腰上掐了一把。也许是腰上突如其来的疼痛让“瘪种”终于睁开了眼睛。

“哎，我说‘瘪种’，你怎么老是无精打采的呢？老师刚才称赞你儿子管得好，大家也正羡慕地看着你。你怎么就改不了这副‘瘪种’样子呢?"

“是吗？唉，我只要参加开会就会犯困。"

“瘪种”用大大的手掌擦了擦嘴角边流下的口水。班主任老师的话已经说完，轮到一位女性家长委员会主任讲话。她重复强调了班主任老师的话，然后要求家长委员会成员和成绩第1名的民镐父亲“瘪种”暂时留一下。可是，“瘪种”却跟着山浩一起离开了教室。山浩发现跟在自己身后的“瘪种”，就停住了步子。

“哎，我说‘瘪种’，不是让你留下吗?”

“不，我不想和家长委员会那些人坐在一起。他们可都是些有头有脸的干部啊。”

“那就更应该和他们套近乎嘛。”

“没有必要。我只要管好自己的儿子就……走，咱俩上哪儿去喝杯啤酒。”

“瘪种”遇见山浩，一般都不去饭店，只是找个“小铺”喝上一杯啤酒而已。在性格固执方面，他完全不像个“瘪种”。只要他说不，谁劝都没有用。其实，山浩十分佩服“瘪种”。虽然自己的妻子外出打工才一年时间，可是，儿子的学习成绩却越来越不像话。要知道，“瘪种”的妻子外出打工已经整整6年，的确太不容易了。

“‘瘪种’，你老婆来电话吗?”

“当然，每个星期天晚上都来电话。”

“寄钱回来吗?”

“瘪种”没有马上回答，迟疑了一下后才底气不足地回答：

“是的。”

“是吗……”

两人并排走着，各自想着自己的心事。“瘪种”的妻子外出打工前3年，的确寄钱回来，不仅还清了以前的欠债，还用剩下的钱买了新房子。后来，他妻子只是把儿子的生活费和学习所需的费用寄来。其实，寄钱寄的是心，寄的是信任。因此，“瘪种”妻子辛辛苦苦挣来的钱，他连一分钱也没有胡乱花过。然而，当妻子不再像以前那样寄钱时，他多少产生了一些不是滋味的想法。但也只能如此，又不能开口要钱，那是万万不可能的。山浩的妻子倒是把挣的钱全都寄回家来，不仅还清了之前所欠的债，还说要买新房，让他留意一下儿子学校就近的合适的房子。

两人走出学校大门。学校周边有不少以学生为对象开设的“小铺”正亮着灯火。

“‘蚂蚁’，咱们就在这家喝吧。”

可是，山浩丝毫没有喝酒的兴致。儿子成绩不好，而且和“瘪种”儿子的成绩拉开了这么大的距离。再说，自己的个头儿比不上“瘪种”，可是自已的智商一点也不比“瘪种”差呀。

“今天我不想喝，下次再喝吧。”

“怎么啦……”

“这还用问吗？谁让我儿子是‘瘪种’呢！”

山浩狠狠地说了一句后，快步走去。“瘪种”呆呆地望着山浩的背影。山浩不高的个头儿很快就在黑暗中消失了。

山浩离开“瘪种”后来到马路旁，马路上路灯辉煌，天上却飘下了白色的雪花，渐渐地在马路两旁铺上了一层积雪。虽然这场雪下得有点晚，但总算是开始下了。这是今年的头一场雪。刚才天空中就是阴沉沉的，现在终于下起了雪。这是一场温顺的雪，没有风来相伴。一朵朵洁白的雪花在路灯光的映照下翩翩起舞。一年前，妻子临走的时候也下了头一场温顺的雪。然而已经过去了整整一年。一年的时间就如同奔驰的火车一样，就好像飘落的雪花一样。

山浩不禁思念起妻子来。他的妻子叫顺今，是个非常好的女人。由于山浩长得比较瘦小，很难在城里找到对象，只能去农村物色能与自己白头偕老的人选。正因为自己长得又瘦又矮，所以必须找一个个头儿大、身体结实的女人，才能达到改良品种的目的。一个远房亲戚给山浩介绍了住在深山沟里的顺今姑娘。顺今就像田里的农作物一样，只要种下以后，就会以自己旺盛的生命力茁壮成长。过门以后，因为山浩家生活拮据，所以什么活儿都干过。她在饭店和服装店里都当过临时工，还干过刺绣的活儿，凡是能干的活儿都干过，就像一头默默无言埋头干活的母牛。也许是因为在深山沟里种土豆吃土豆长大的缘故，她的身体非常健康结实。虽然她圆圆的脸比较黑，可是心里却像土豆瓤那样洁白无瑕……

山浩一步一步地踩着积雪，把一个一个路灯远远地甩在自己身后。他已经走了很长一段路，突然在路灯光底下停了下来，然后抬起头看着路灯。雪花轻轻地飘落在他的脸上。他张开嘴伸出舌头，雪花飘落在舌头上即刻就融化了。他恨不得马上见到顺今，可是顺今不在身边。山浩心里很清楚，妻子要是不外出挣钱的话，怎么买新房子，怎么供儿子念书，怎么像别人那样过上好日子？他又想起了“瘪种”，更觉得自己为了好日子应该学会忍耐，必须把一切思念深深埋在心里。

“暂时，只是暂时分开而已。”

二

顺今遇到了一个最忙的晚上。吝啬的饭店老板娘把手脚勤快的顺今一人当作两人来使唤。顺今刚到这个饭店来的时候，有5个干活的人，没过多久就辞退了1人。为什么要减少人手，她无从知晓，也不想去打听原委，只是一心把自己该干的活儿干好。除了烹调的活儿以外，饭店里的其他活儿几乎都得她来干。老板买来蔬菜和肉类，都由顺今洗净后再按照厨师的要求切好。一旦客人进门，她又得跑过去询问吃什么，然后把热气腾腾的饭菜端到客人面前。客人用完餐以后，她又要马上收拾完桌子后把用过的餐具洗刷干净。她要干的活儿确实很多，也很吃力。一干起活来，她根本无暇去想自己的丈夫和儿子。她就像是一台只知道干活的机器。尽管如此，她每天还得听老板娘没完没了的数落。这样的数落整整一天都会在她耳边不间断地骚扰。数落成了老板娘一天的“劳动”。尽管顺今本性淳朴，从不和别人顶嘴，但是对这样的数落实在是不胜厌烦。她干活已经够竭尽全力了，还要连篇累牍地听这样的数落，有时候真想一走了之去别的地方干活。不过，那只不过是一时的冲动而已。听惯了老板娘的数落，她倒也觉得无所谓了，只要一只耳朵收进一只耳朵送出就行了。在她看来，老板倒像是还比较讲人情的。老板已是奔60的人了，看上去好像50刚出头的样子，而且长得相貌堂堂。见到老板娘老是数落顺今，他有时反而会责怪老板娘：

“人家干得好好的，你怎么还啰唆个没完呢?”

“我是怕活儿干不完才多说了几句嘛。”

老板娘没好气地顶了一句，似乎还嫌不够，又狠狠地加上一句：

“你以后少到饭店里来!”

老板娘与老伴一起生活了这么久，对他平时的行为了如指掌。稍不注意，就不知他会把钱花到什么地方去。所以，绝对不能让他把钱留在身上，也不能让他有空闲的时间。老板娘负责饭店的管理，而老板只是负责在外采购。除此以外，家里大大小小的事情也都交由老伴去处理。这样一来，老板每天不知要做多少事情。老板娘心里十分满意自己能把老伴治理得服服帖帖。营业结束后，老板娘总要再三叮嘱顺今从里面把店门锁紧，即使是老板来敲门，也绝对不能打开。一开始，顺今并没有理解老板娘这番话的含义。她甚至在平时也从来没有意识到老板看她时的那种色迷迷的目光，反而对老板表现出来的关心总是心怀感激。她认为，在自己干活的饭店里，只有老板还有些人情味。

老板不知在哪里喝得醉醺醺的红着脸走进饭店。顺今正在收拾餐桌上的餐具，没有注意到老板进来。老板娘一如既往地在厨房里数落这个数落那个，也没有发现老伴进来。就在老板正用色迷迷的目光盯着顺今丰满的身子胡思乱想时，老板娘不知什么时候已经从厨房里出来，狠狠地瞪了老伴一眼，厉声呵斥道：

"你又喝酒了？别人忙得要死，你还有心思动什么歪脑筋？快去给车添满油，明天还得去喝生日喜酒呢。"

"是，知道了。"

老板不敢有任何怠慢的意思。听到老板娘教训老板的声音，顺今才知道老板回来了，连忙转过头来。

"您回来了？"

"今天又累坏了吧？"

怎么能不累呢？成天忙得团团转，依然有干不完的活儿。因此，听了老板这句充满温情的话，顺今感动得差点流下泪来。自己的丈夫眼下正在干什么呢？一个人管教儿子够他忙的吧？可是，再忙还能比自己更忙吗？丈夫会了解自己干活如此吃力的情况吗？钱是什么？为什么自己一定要离开家像这样做牛做马地干活呢？不这么干又能干什么呢？老待在家里，到哪里去挣买房子、供儿子念书的钱呢？……干活太累的时候，总会有这一连串的想法涌进顺今的脑海里。

"顺今，你在想什么？还不赶快干活！"

老板娘甚至不允许顺今拥有在自己脑子里想想的余暇。顺今急急忙忙拿起收拾好的餐具走进厨房。腋下和两腿间流出的汗水粘在身上，感到黏糊糊的。

三

山浩离母亲家已经不远了。儿子吃睡都在母亲家。父母健在对山浩帮助很大。他既是兄弟中的老疙瘩，而且身体状况又最瘦弱，因此受到了父母最大的爱护和关怀。父母总是最疼爱自己最弱的孩子，儿媳妇外出打工以后，就把孙子领到家里来照料。就连山浩几乎也在母亲家吃睡。今天在家长会上听了班主任老师的讲话以后，他想了很多。他觉得应该尽快给儿子敲响警钟，所以径直朝母亲家走去。路边的积雪越铺越厚。透过纷飞的雪花，父母住的楼房已经依稀可见。他突然很想马上见到儿子。儿子跟他妈妈一样，身体素质极佳，不仅个头儿高，而且长得十分结实。看来的确是达到了改良品种的目的。走着走着，山浩突然睁大了眼睛。他发现站在路口的人很像自己的母亲，走近一看，果然是母亲冒雪站在那里。

“妈，你怎么站在这里？天上下着雪呢。”

“永虎还没回来。”

“什么……”

山浩吃了一惊。原来母亲是因为担心没有回来的孙子才等候在那里的。这已经不是头一次了。只要孙子稍微迟一点回来，母亲就会习惯地站在路口等候。父亲中风以后，活动很不灵便，但总是催着老伴出去迎候孙子，自己则坐在家里等着老伴领着孙子回来。

山浩心里突然冒出一股火气。下雪天这么晚了，这小子到哪里去了呢？照理来说，儿子如果要晚一点回来，总会打电话告诉山浩。不仅如此，儿子每天总要和山浩通上好几次电话。

“这小子今天怎么没打电话呢？”

其实，下午放学以后，永虎一直待在同学相德的家里，而且一待就是3个小时。相德的父亲也外出打工去了，家里只剩下他和母亲。可是，相德的母亲好像总是十分忙碌，就连今天晚上的家长会，也是由相德的阿姨代为参加的。相德这次的成绩排在全班第52名。尽管家里摆放着许多豪华的家具，但是相德放学回家，家里总是空无一人。今天也是他主动邀永虎到家里来的，还说自己家里有一条小狗。看来相德十分不愿意独自回到空荡荡的家。他不顾母亲一再强调小狗会把家里弄得乱七八糟，还是死缠硬磨地把小狗买回家。永虎既受到可爱的小狗的诱惑，也害怕因为成绩太差遭到父亲的责骂，所以二话没说就接受了相德的邀请。

小狗的确十分可爱，白色的毛中间夹杂着少许褐色的毛。见到相德进门，小狗飞快地跑过来，绕着他的脚不停地摆尾撒欢。尽管小狗不会说话，但是同样具有自己明确的表达方式。见到人以后，小狗越是表现出强烈的欢悦，就越说明在空房子里被关了整整一天所感觉到的强烈孤独。小狗见了陌生的永虎，汪汪汪地叫了几声后，又绕着永虎转了几圈，用鼻子嗅了几下，很快就表现出亲昵的样子。相德一把抱起小狗放到永虎怀里。永虎小心翼翼地抱着小狗，轻轻地捋摸着它头上的毛。小狗伸出舌头不停地舔着永虎的手。永虎越发觉得小狗的可爱，恨不得立即把小狗占为己有。

“哎，相德，把小狗借给我玩几天行吗?”

“不行。”

“买一条小狗得花多少钱?”

“几百元吧。”

不仅永虎手里没有几百元钱，而且，父亲也不会给他买小狗的。这时候，他的手机响了，打开一看，原来是父亲来的电话。就此离开吧，舍不得可爱的小狗；把小狗借走吧，相德肯定不会同意。就在他犹豫不决的时候，相德的母亲回来了。也许是喝酒了，她的脸涨得通红，嘴唇上涂着火红的唇膏，头发竟然染成了金黄色。她刚一进门，整个屋子里就弥漫开浓浓的香水味。奇怪的是，小狗一见到女主人回来，立刻浑身哆嗦着躲到相德的身后。看来一定是吃了女主人的不少苦头。

“哦，这是谁?”

相德母亲发现了站在一旁的永虎。

“他是我们班同学。”

“这么晚了，你们家里不找你吗?赶快回家去吧。”

相德母亲的口吻明显是在下逐客令。相德见母亲如此对待自己的同学，心里很不高兴，却又无可奈何。为了让母亲买小狗，他曾保证一定比以前更听话。永虎马上知趣地朝门口走去。他本来就想走了，不仅爷爷奶奶在等候，而且父亲又来了电话。

相德和小狗一起把永虎送到门口。

“这小狗崽子，把盖电话的绣花手巾撕成了什么样子！相德，这小狗崽子都快把我气疯了。你快决定吧，是要这小狗崽子，还是要我这个妈妈。”

相德母亲原来挺好看的一张脸突然变得凶狠无比。这时，电话铃声响了。相德母亲拿起话筒，话筒里传来一个喝得醉醺醺的男人放肆的声音。

“孩子在家，你说话声音别那么大。我给孩子做完晚饭就过去。”

相德就像被霜打过的白菜叶似的，情绪顿时一落千丈。他干脆领着小狗把永虎送出了门。永虎的目光一直没有离开过小狗。他想到相德经常被母亲责骂，小狗也可能经常遭到相德母亲的虐待，不由得打了个冷战。其实，小狗原来是在开放的原野上和开放的院落里自由生活的动物，如今被成天关在空无一人的屋子里，生性受到了极大的压制，为了发泄，必然会做出看似不理智的举动，但却万万没想到会遭到女主人的责骂甚至抽打。今天幸亏相德先回家把屋子整理了一下，要是相德母亲先进门的话，小狗也许又会被折磨个半死。永虎情不自禁地朝小狗弯下腰去道别：

"拜拜。"

"永虎，你真的那么喜欢小狗吗？"

"嗯。"

"那好，今天晚上借给你，把它带走吧。"

"真的？"

见相德肯定地点点头，永虎喜出望外地把小狗一把抱在怀里。相德是怕母亲又会打骂小狗，才让永虎暂时抱走避难的。

永虎抱着小狗离开相德家以后，去食品商店买了小狗爱吃的香肠。小狗在永虎的怀里探出头来，哼哼唧唧地打量着灯火通明的夜景，还不时伸出舌头舔着落到鼻尖上的冰凉的雪花。永虎就这样抱着小狗来到了奶奶家的路口。依然冒雪站在那里的奶奶发现了走来的永虎。

"永虎，你上哪儿去了？怎么现在才回来？"

"我去同学家玩了一会儿。奶奶，您看，小狗！"

奶奶发现了孙子怀里的小狗。

"哎呀，这小狗是哪里来的？"

小狗不领情地朝着奶奶汪汪汪地叫了起来。

"别叫，这是奶奶！"

永虎在小狗的头上轻轻地拍了一下。

"你的手机没响吗？"

"响了。"

"那你怎么不接呢？"

"我这次考试成绩不好，怕被爸爸骂。"

"那也不能不接电话呀。你爸爸现在正到处找你，快回家去，我给你爸爸打电话。"

山浩接到母亲的电话，知道儿子已经回家，就急急忙忙地赶回来。他刚打开门，就听见客厅里传出父母和儿子欢快的笑声。对他来说，这已经是久违的笑声。他们在笑什么呢？父母刚才不还在为孙子这么晚了还不回来而担忧吗？他不由得停住脚步，透过客厅的门缝往里张望。父亲和母亲坐在沙发上，永虎坐在爷爷奶奶对面，正朝上抛着香肠碎块逗中间的一条小狗玩。小狗一会儿跳起来用嘴接，一会儿又跑过去用嘴捡掉落在地板上的香肠碎块。小狗可爱的样子逗得大家哈哈大笑。就连中风后再没有笑过的父亲也笑得十分开心。父亲中风后，母亲忧心忡忡，脸上的笑容也消失了。可是，父亲和母亲今天都笑得非常开心。不仅是小狗让他们感到高兴，而且孙子喜欢小狗的样子也让他们乐不可支。山浩虽然十分惊讶，脸上却露出了欣慰的微笑。他想起了小时候家里不管家境怎么窘迫，但总是围坐在一起笑声不断。他不想贸然闯进去打破眼前欢乐的场景。他知道，只要儿子一看见他，欢乐的情绪肯定会立即消失得无影无踪。他悄悄地退了出来。但是，细心的母亲还是觉察到了门外的动静，推开门出来。

“你怎么不进来？”

“妈，我听见爸爸的笑声了。如果我进去的话，也许会破坏气氛。我还是回去睡吧。”

“你吃完饭再走吧，我还熬了酱汤呢。”

母亲对儿子总是那么无微不至，即使已经娶妻生子，儿子还是儿子。这就是至高无上的母爱。要是有一天听不到这无微不至的声音，该有多么悲伤和哀痛啊！

四

山浩回到自己家里。原先兄弟们都和父母住在一起，后来各自成了家，都有了自己的房子。山浩家现在住的是平房，不过明年就要动迁，搬进新的楼房。住新房需要钱，顺今外出打工就是为了去挣这笔钱。山浩躺在空荡荡的屋子里曾和顺今一起睡的双人床上，久久无法入眠。他起身喝了一小杯母亲给他泡的药酒，然后关了灯，陷入了朦朦胧胧的梦境。他听见了班主任老师的讲话，听见了父亲的笑声，看见了冒雪站在路口等候孙子的母亲，看见了跳起来接食的小狗，甚至看见了顺今疲劳不堪的脸庞……

“老婆，为了这个家，让你吃苦了！”

山浩嘴里喊着，猛地惊醒。他打开灯一看，刚刚过了11点。他心里感到空落落的重新躺下，可再也睡不着了。他长长地叹了一口气，只好坐起身来，慢慢地扫视了一下屋子。屋子里显得很凌乱，到处覆盖着灰尘。他转过头去望着窗外。为了防御冬天的寒风，玻璃窗上蒙了一层透明的塑料布，看不清窗外的情景。外面的雪似乎已经停了，寒冷的夜空中升起了一轮明月。山浩一件一件地穿好衣服，打算到外面去转一圈。睡不着觉的时候，出去转一圈，困意上来后再回来躺下，很快就能进入梦乡。这个方法他已经是屡试不爽。

山浩正要出门，电话铃响了。他以为是顺今打来的，可拿起话筒一听，竟然是“瘪种”打来的电话。一定是他也睡不着觉，才给山浩打电话。

“‘蚂蚁’，开完家长会没和你一起喝杯啤酒，害得我怎么也睡不着。你出来一趟吧。”

“你这小子，没想到你这个大个子还挺有韧劲的！你说吧，让我上哪儿？”

“到我们家胡同口的小商店来吧。”

“知道了。”

此时此刻，远在外地的顺今也已经结束了一天的劳动。累死累活地干了一整天，她浑身上下都被汗水浸泡得黏糊糊的。因为第二天老板娘和老板要去喝生日喜酒，再加上今天晚上没有客人，所以饭店比平时提前半小时关了门。顺今从里面把门反锁好，走进卫生间冲了个澡，然后回到自己住的小屋子里铺好被褥躺下。她觉得两条腿又酸又胀，就不停地把两条腿上下交叉着放松。要是丈夫在身边给自己按摩按摩腿该有多好啊。显然，这只能是不着边际的空想。她只好自己轻轻地搓揉着似乎已经僵硬的两条腿。她突然想起应该给家里打个电话，询问一下儿子这次期末考试考得怎么样。她给家里打电话，从来不用饭店里的电话，一般都到饭店前面的路边电话亭用电话卡打。因为老板娘把饭店里的电话看管得很死。顺今最不愿意的就是欠别人的情。所以，她穿好衣服，轻轻打开从里面反锁的店门出来。她来到饭店前面的路边电话亭，插入电话卡后拨号，电话很快接通了，却没人接听。她想起儿子住在奶奶家里，也许丈夫一个人住在家里做饭什么不方便，也搬到父母家里去住了。于是，她又拨通了婆婆家的电话。话筒里很快就传来婆婆的声音。顺今每天干活都要干到很晚，所以只能在深夜才打电话。无论是公公还是婆婆的生日，她都只能在深夜打电话问候。看来婆婆也已经习惯，深夜来电必然是儿媳妇打来的。顺今首先细细地询问了公公婆婆的身体情况，又对公公婆婆为孙子操心而深表歉意。当然，婆婆在电话里告诉她的都是些让她放心之类的话，甚至对孙子的考试成绩也采取了报喜不报忧的辞令，说是排在全班前几名。顺今听了非常高兴，最后才询问了自己其实最最关心的一件事情，即丈夫是否也搬来和儿子的爷爷奶奶一起住了。顺今从婆婆那里得到的是否定的答复，于是道别后挂断了电话。

顺今重新往家里打电话，依然没有人接听。她的心开始不可抑制地抖动起来。对她来说，心中唯一的寄托就是远在故乡的家，有儿子和丈夫的家。因此，一旦家里没有人接听电话，她就会感到害怕和空虚。这半夜三更的，丈夫为什么不接电话呢？要知道，丈夫的神经十分脆弱，从窗缝里钻进来的风声都能把他惊醒，更何况是响了一遍又一遍的电话铃声！那只能说明他此时此刻不在家里。尽管她坚信丈夫不会背着她做什么对不起自己的事情，但是依然想立即把丈夫的行踪了解得一清二楚。然而，肉体上的疲劳和精神上的不安，使她的痛苦达到了极点。她想大喊大叫，想乱砸一通，甚至想被别人狠狠地揍一顿。

顺今回到饭店，从里面把店门反锁上。躺下后，她头脑里充满了各种各样的胡思乱想，仿佛马上就会爆炸一样。突然，她听见有人在轻轻地拍打店门。她打开房门一看，见饭店的大玻璃门外站着一个男人。

“谁呀?”

“我，是我。”

原来是饭店老板。

“您有什么事?”

“你睡了吗？我把明天喝生日喜酒要带去的鱼忘在店里了。我把鱼放在饭店的冰箱里了。”

“好的，您等一下。”

顺今重新穿好衣服，打开灯，走到冰箱跟前打开门一看，冰箱里果然有三条鲜鱼。

“冰箱里有三条鱼。”

“你给我拿两条吧。”

顺今拿出两条鱼装在塑料口袋里，然后走到门口打开锁，刚想把装鱼的塑料口袋递过去，不料老板竟一把推开门走了进来。他一进来就随手把灯关了，又转过身把门锁上。

“您这是干什么？”

“你别害怕。”

说着，老板拿过顺今手里拎着的塑料口袋放在餐桌上，然后不由分说地抓住顺今的手往房间里拉。顺今的心房怦怦怦地狂跳起来，竟然弄不清该不该大声喊叫。但是，没等她回过神来，老板已经把她紧紧地搂在怀里，搂得她几乎喘不过气来。

“您干什么？快放开！我已经有丈夫了。”

“我知道。你可千万别相信男人。你的丈夫现在也一定和别的女人在一起呢。你就听我的吧。”

老板紧搂住顺今不放，又把嘴凑过来想吻她的嘴。顺今拼命摇晃着头极力躲开，双手还使劲推搡着老板的胸脯。别看老板岁数不小了，但是强烈的欲火让他迸发出一股难以抵御的邪劲儿，没多大工夫就把顺今压在了身子底下。然而，就在老板腾出一只手欲行不轨时，顺今强壮的身体发挥了作用，一个鲤鱼打挺，就把老板掀翻在一边。她跳起身子，用手遮住被老板强行扯开的前胸，眼睛里噙满了晶莹的泪水。老板岂能就此罢手，跳起来再次扑向顺今。这回顺今早有防备，顺手一推，老板趔趄着后退几步，仰面倒在地上直喘粗气。顺今捋了捋被汗水贴在额头上的头发，心平气和地对老板说：

“您走吧。我不会告诉老板娘的。”

为了挣钱，顺今不想因为这件事情丢了饭碗。老板的欲火和邪劲儿似乎也渐渐枯竭，只好悻悻地站起身，灰头土脸地拎起装鱼的塑料口袋溜出了店门。

顺今重新把店门锁好，回到自己住的小房间里，把凌乱的被褥整理好。她关了灯躺下，黑暗中似乎看到了丈夫和儿子正注视着自己。她终于流下了眼泪，伤心地痛哭起来……

五

山浩和“瘪种”在小商店里已经整整喝完了6瓶啤酒。其实他俩都不是好喝酒的人，只是因为独守空房难以入眠，才相约来喝啤酒。“瘪种”眨着困乏的双眼，舌头不利索地问山浩：

“我说，‘蚂蚁’，你有没有找过别的女人？”

山浩头一次听到“瘪种”的嘴里说出这样的话，既感到惊讶，又觉得很可笑。

“哈哈，‘瘪种’，难道说你找过别的女人？”

“去你的，我是问你有没有嘛。谁让咱们都是顶天立地的男人呢？”

“好小子，难道你就不怕对不起你老婆？”

“你老婆才走了多长时间？我可是整整6年啦！”

“那你别再让老婆挣钱了，叫她回来不就行了吗？”

“是她自己不想回来，我有什么办法？”

“你把儿子管教得这么好，你老婆回来还不把你爱得死去活来？你都已经忍了6年，就再坚持一下嘛。”

山浩说的确实都是实实在在的心里话。

“算了吧！人生才有多长？钱算得了什么？两口子分开那么久，还能算是夫妻吗？我真想去找个女人来解解闷……”

“快别胡说八道了，让别人听见怎么办？要说是别人也许真的会那么做，可像你这样淳朴老实的人，竟会说出这样的话，太让人吃惊了。算了，就当我没听见。”

山浩知道“瘪种”是信赖自己才说出那种话来的。不过，即使他如此信赖自己，以前却从来没有提到过关于女人的话。

“我说‘瘪种’，今天你好像没能管好自己的嘴。你把儿子一个人留在家里睡觉，自己却在这里胡说八道。这像话吗？今天的家长会上，班主任老师不还称赞你是真正关心儿子的好爸爸吗？”

“儿子今天到我姐姐家里去了。我是相信你才说那种话的。要不然的话，还算是好朋友吗？”

山浩觉得眼皮越来越重了，如果现在马上回去躺下，好像立即就能酣然入睡。

“好了，咱们走吧。我困了，明天还得上班。”

“不行，咱俩每人再喝1瓶。”

两人又要了2瓶啤酒，可是只喝了1瓶，另外1瓶启开了瓶盖，却实在喝不下去了。两人摇摇晃晃地走到“瘪种”家门口，然后分手各自回家。山浩坐出租车走了以后，“瘪种”抓住楼梯栏杆一个台阶一个台阶地往上走。他家住在6楼，也就是顶楼。

“老婆，我不要钱，我只要你。你快回来吧。”

“瘪种”边气喘吁吁地爬楼梯，边嘟嘟哝哝地自言自语。他的呼吸越来越急促，胸口像刀割一般疼痛。他用拳头捶打着胸口，以为是喝了酒上楼才这么费劲。他好不容易爬到了6楼，用钥匙打开门进屋，依然是上气不接下气。为了让呼吸恢复顺畅，他更加使劲地捶打着胸口。不仅毫无效果，而且胸口像要爆裂一般，眼前昏暗、发黑……这是怎么啦？他突然产生了一种不祥的预感。不，我还没到死的时候，儿子还小，老婆还没有回来。他挣扎着朝放电话机的地方爬去，拼着最后的力气按了山浩家的电话号码，接着就瘫倒在地板不省人事……

此时，山浩刚刚打开门走进屋子，随手把衣服脱掉扔在一边。他下意识地看了一眼电话机的显示屏，想知道顺今是否来过电话。没想到显示在显示屏上的竟然是“瘪种”家的电话号码。

“这小子，难道酒没喝够还想继续喝？……肯定是喝醉了！”

山浩横着倒在床上，又猛然坐起身来。他越想越觉得今天晚上“瘪种”的举动非同寻常。他拿起话筒给“瘪种”家打电话。电话接通了，却没有人接听。一定是因为醉得不省人事而听不见电话铃声。想是这么想，山浩依然放不下心来，头脑里反而充满了不祥的想法。不行，我必须去看看。

山浩急急忙忙地重新穿好衣服跑出门，坐上出租车就朝“瘪种”家奔去。他三步并作两步跑上6楼，发现“瘪种”家的门竟然是开着的。他冲进门去，顾不得脱鞋就把屋子里扫视了一遍。啊呀，“瘪种”果然瘫倒在地板上不省人事。

“这小子醉得不轻啊。既然没有喝酒的本事，为什么还非要喝什么啤酒不可呢？”

山浩脱了鞋走进屋子。他刚想把“瘪种”抱起来放到床上，无意中看了一眼“瘪种”的脸，不禁大吃一惊。“瘪种”半睁的眼睛里毫无生气，嘴唇青紫。山浩从来没见过气绝身亡的人，只是下意识地把自己的手凑到“瘪种”鼻子底下，感觉告诉他已经完全没有呼吸。他惊恐万状，连忙把“瘪种”放下，打120呼叫救护车。救护车很快就到了，穿着白大褂的急救人员跑进来，仔细检查了“瘪种”的眼睛、心脏、颈动脉等部位，然而摇着头表示已经没有抢救的必要。

“不，你们一定要救他，一定要把他救活!”

在山浩近乎于疯狂一般的恳求下，“瘪种”被抬上救护车送到医院。虽然对他的心脏进行了电击处置，但是，已经停止的心脏再没有恢复跳动。最终的诊断死因是心脏麻痹。6年来，“瘪种”独自领着儿子，又当爸又当妈，忍受着各种各样的负担和压力，以致血液黏稠，血管壁增厚，最后导致通向心脏的血管堵塞，血液无法流通，心脏停止搏动。

第二天，山浩参加完“瘪种”的追悼会回来，放声大哭了一场。就在他悲痛欲绝的时候，手机响了。他神情恍惚地顾不上确认来电显示，就把手机凑到耳边。

“昨天夜里你在什么地方?”

手机里传来顺今单刀直入般的责问。

“啊，老婆！我的好朋友‘瘪……瘪种’死了！你快回来吧!”

一叶扁舟

车京舜/著　王红梅/译

“亲爱的，你看起来太累了，是不是肚子饿了？”

红月这娘们心疼地说。即便是好话，可是从她嘴里一说出来怎么也不中听。难道是因为她那毫无磁性的粗嗓门吗？看着也不算难看，但认识了这么长时间却从来没有觉得她漂亮。我根本无法像对普通的女人那样对待她。

“再忍一会儿啊，豆腐汤马上就好了。”

这娘们松鼠一般矮小的身体像热锅上的蚂蚁一样四处奔走，如同一只闹春的母狗。自打认识我之后，就像开始了新生活的小媳妇儿，每天早早起来给我准备早饭。记得我一个人的时候，根本不做饭，别说早饭，一天也就买着吃一两顿而已。而现在，这娘们就像伺候自己的老公一样，还羞答答地笑着说“全心全意为一个男人活才是女人的幸福”。我打心眼儿里嘲笑这娘们对我的痴情。我是谁？我一个堂堂180斤的壮汉，一个胳膊的力气都比她大，还能被她降住吗？

这女人越对我好，我就越看不起她。其实，我与她的相识最初是在酒吧里，只是客人和陪酒女郎的关系。

那是41天前的事了。我为了寻找一个叫“我老婆”的女人，从延吉来到沈阳西塔的“韩国街”，住进了离车站不到1公里的小旅馆。两天后的晚上，我遇到了红月这个娘们，就搬进了她租的房子。那时的我，手拿着“沈阳旅游地图册”在大街上火急火燎地走了两天，已是筋疲力尽了，直到半夜还没吃上饭的我更想喝的是酒。尽管不胜酒力，但那天却想把自己喝醉。我毫无目的地走着，不知不觉走进了附近一个叫“韩日馆”的酒吧，与朴素的牌匾相反的妖艳的老板娘殷勤地迎上前来。

“先生，快请进，几位呀？”

我斜眼瞟了她一下，撒气似的冲她喊道：“就我自己，来瓶北京二锅头！”

在这行当摸爬滚打多年的老板娘像没事儿人似的一直笑着把我让进屋里，拿来了白酒和鱿鱼之类的下酒菜。谄媚地看着我问：“要小姐吗？先生喜欢什么样的？”老板娘嘴里的“小姐”立刻撩拨起了我的本能欲望，三年游荡的生活，使得我对女人的饥渴程度可想而知，然而，那个该死的人间蒸发了的老婆这时浮现在我的眼前，瞬间打消了我的这个念头。

“要是要的话，我再叫你。”

揶揄了老板娘一句后就闷头喝起酒来。

“到底要还是不要呢？”老板娘一边给我把空杯倒满一边又咕哝了一句。“你看起来寂寞得很，叫个漂亮的小姐我包你立马就高兴了。”老板娘带着期待的、生意人特有的眼神冲我指了指墙上的铃。“有事就按铃啊。”

这女人一走，我一口气连喝了三杯，酒顺着我的喉咙下去，嗓子眼里辣得像火一般。也许是因为酒的度数高，也许是因为借酒消愁，我很快就醉了。

我的老婆无论是学历（我根本没有学历），还是家庭背景都要比我好。在某乡财政所做会计的父亲因贪污事发后，家就败落了，已是大学二年级的她被迫中止了学业。在这样落魄的时候遇到了像野狗一样的我，并和我结了婚。尽管一起才生活了三四个月，但我却非常爱她。在我孤独的生活中终于出现了和我相守一生的人，那时的我就像拥有了整个世界一样幸福。当时还在木材加工厂干杂活的我为了两个人的生活更加不知疲倦地工作。我的想法只有一个：只要她幸福了，那我就幸福了。曾经在和她短暂的对话中，我感觉到她对钱有着特别的欲望，于是为了让她幸福，我拼命地赚钱。结婚那三个月，我几乎天天加班，我早已做好了只要能让她幸福，受再多的苦也在所不惜的思想准备，认为这都是我做丈夫的义务和责任。而正是这想当然的义务和责任压得我喘不过气来，每天每日都战战兢兢地活着。不久，我就急匆匆地挤进了劳务输出的大军。尽管做梦都不想和她分开，但想到只要熬过这三年就能和她过上幸福的日子，便毅然决然地选择了分离。那天，我和她在院子里相依着发誓：我们就忍三年，就忍这三年，嗯！然而，然而……就这三年她都没能忍住，就这样消失了！在我不在的时候，她和别的男人跑了！我无法想象她独自生活的日子里究竟发生了什么事。我又怨又恨，都说爱有多深，恨就有多深，而我却不是想把她撕成碎片，相反却思念起皮肤光滑的她。

老婆那美人鱼一样光滑的皮肤在我的脑海里闪现，我觉得头更晕了。此时，与对老婆的愤怒相比，我更加想做一个真正的男人想做的事。三年了，整整三年了！我抑制了自身的生理需要。这一刹那，那种压抑了许久的欲望就要喷薄而出！我浑身燥热，想要抱着“漂亮的小姐”，这种想法一出，我急不可耐地按响了墙上的铃。

在茫茫大海上整日漂流的我，每天面对的都是渔网，再就是一起劳务的男人们，哪里能看到女人的影子？尽管有时船长开恩，从陆地上叫来一些肤色各不相同的外国妓女供我们消遣，但每每那时，我都想起我那用任何东西都无法交换的老婆和孩子（离开前，老婆对我说好像是怀孕了，我兴奋极了)。我压制住自己对性的渴求，一分一毫地把它攒下，希望能尽快让老婆过上幸福的日子，尽到自己作为丈夫的责任，这份责任感提醒我不能背叛各方面条件都比我优秀的、漂亮的老婆。每每那时，我都拿出和老婆结婚时拍的照片，想着与老婆在一起做爱的场面，把手伸进了裤子，使自己迅速地扑灭火一样的情欲。

“叫我了吗?”

颠儿颠儿跑来的老板娘盯着我的脸问。

“嗯，再给我来瓶酒。”

虽然已经醉了，但我还是不想明说我的需求。

“还要别的吗?”

喝完一瓶二锅头又要一瓶。老板娘一脸吃惊地看着我。

“那个，嗯，还有那个……”

“什么?”

“那个小姐……”

“哦，知道了，等一会儿啊。”

看着吞吞吐吐、醉醺醺的我，老板娘立刻明白了我的意思。就这样，在那天晚上我遇到了红月这娘们儿。这些叫“三陪小姐”的女人们事实上大部分都来自东北三省的农村，仅沈阳年轻的朝鲜族女子就有上千名之多。这些小姐陪着客人喝酒、唱歌、跳舞是没有工资的，主要收入来源都靠客人给的小费。有时能接到韩国的客人，比国内的客人给的小费要多得多，一般都给200 块。正因为这样，现在专门接待韩国人的小姐也不少。为早日赚到大笔的钱，接客卖淫的小姐也相当多。

记得那天晚上，我给了红月那娘们儿 100 块，第二天我给了她 200 块。

红月这娘们儿第一次进我房间的时候，面对陌生的我呵呵地笑着，就像和我是老相识的那种亲切的笑。我眼前站着的这个女人个子矮矮的、毫无特征的脸上嵌着一双并不柔和的眼睛，给我的第一印象就像是一只松鼠。我和这个女人面对面坐着喝了整整一晚上，这个女人也听我唠叨了整整一晚上。我不停地跟她讲着我的过去，讲我出国劳务三年拼死拼活地挣钱，一点一滴都舍不得花，而我的老婆听到我回国的消息，立马拿着我的血汗钱和别的男人跑了。红月这娘们儿边听边咬牙切齿地骂，对我的遭遇深感同情。

“怎么就让哥哥你遇到了这么个狐狸精？真是太不幸了！”

对于蜗居在这个人生地不熟的地方，寸步难行的我，红月表示出了极大的理解和同情。她说她会尽全力地帮助我，还说如果愿意的话，可以和她一起住。我住的这个小旅馆，虽价钱低廉，但阴暗潮湿、又脏又乱，还很危险。我想搬到她那里去住，但我还是先告诉了她我的计划：出国前听我老婆说怀了我的孩子，所以我一要回孩子就马上离开沈阳，远远地离开这里。红月听了，态度坚决地说：“我不图你的任何回报，我就是想帮你，你找到孩子之前就住在我这里吧。”

因为过量饮酒，我喝伤了的身子还未复原，就依了红月这娘们儿的话搬到了她的住处。这个第一次见面我就跟她睡觉的女人，从那天晚上开始，我就没有放过她，也许是对于老婆的愤怒激发了我的性欲，一忍再忍的本能就像是火山喷发一样不可收拾。尽管这女人的肉体瘦小枯干，但也如同波涛起伏的大海一样有高有低。一望无际的大海遇到狂风会掀起巨浪，毫无休止地怒吼着。而我也像一艘航行在大海上的小舟一样不断地拼命地前行。和她在一起的日子，我满足着自己的情欲，粗鲁地发泄着自己性的需要，红月这娘们儿瞅我的眼神儿反而越来越温柔了。

当我睡了两天醒过来的时候，天已经大亮了。

“这是哪儿？”

环顾着四周，我努力地搜寻着自己的记忆。就在这时，红月端着水碗从厨房探出头来喊道：

“醒了，好点了吗?”

看见这女人的脸，我才把脑海里断断续续的画面接上，我哼哈地答应着继续装睡。

“先把蜂蜜水喝了，酱汤马上就好。”

望着以女主人姿态自居的这个女人的背影，感受着她的亲切与温柔，我不由得鼻子一酸。对于能够得到女人感情的那种渴望，我的内心是多么强烈！而我在茫茫大海上漂流时渴求的从老婆那里得到的爱抚不就是这样吗？手里捧着浸满老婆感情的饭菜香香地吃上几口的场面，我不知道想了多少次？老婆不管做什么我都觉得好吃，辣白菜啦、酱汤啦之类的传统饮食更是好吃。其实，对于我来说，只要老婆能在我身边我就知足了。想到老婆，我的气就不打一处来。

“又烦了？今天还要去找你老婆吗?”

“……”

我什么也没说，那女人就像什么都知道了似的叨咕起来。

“是啊，能不生气吗？但无论怎样也都要忍，一点小事儿就生气的话，还怎么在这艰难的世上活啊……”

你就使劲唠叨吧，我已在心里给自己打足了气，不跟她计较。我喝了一大杯蜂蜜水，胃好受多了。这女人租的房子成了我这只小舟的临时港湾。

吃完早饭，我掏出两张 100 块给她，意思是以后我也会这样付钱的。女人意外地瞪着两眼，但并不讨厌我给她的钱。她把钱收好了，冲着我说：

“不要总是谈钱，我并不是因为钱才把你拽到我这儿的，我就是想帮你，虽然我是陪酒女，但我也是有感情的。”

不知从什么时候起，她把对我的称呼从“哥哥”变成了“亲爱的”。难道男女之间有了那种事，关系马上就近了吗？我感觉到我必须要明确我的立场。

“嗯，我知道，但还是拿着吧，这样我才觉得欠你的不至于太多，到离开的时候才能够轻松地离开。”

事实上，是我不想欠她太多，我怕还不清。这种想法让我必须那样做。

从那天起，我每天都穿行于沈阳的大街小巷，焦急地寻找着背叛了我，销声匿迹的老婆和我的孩子，我还要追回我拼命攒下寄给她的钱。但实际上，钱对我来说并不是大问题，退休金加上其他补贴，再加上回国前船长额外给的资助，存在我银行卡里的钱加起来将近10万元。现在，对我最重要的是我要找回我的孩子，而只有找到我的老婆，才能知道我的孩子在哪里。孩子是我的血脉，时刻牵扯着我的心：没有父亲，是不是受歧视？是不是在受苦？我的心揪得生疼。为了找到我的孩子，受再多的苦我也不怕，哪怕跑断我的腿！我明明知道在这近700万人口的大城市找一个人如同是大海捞针一般难，但我不会放弃，一分一秒也不想耽搁！我坚信，两座山碰不到一块儿，两个人总有一天会遇见的。

——老天爷啊，求求你，快让我找到她们吧！

我在心里默默地祈祷。

回国前，我满心欢喜地设想着我一进门就看见我深爱的妻子和与我相像的孩子，而眼前残酷的现实瞬间击溃了我。开门的是一对新婚夫妇，奇怪地看着我。我的脑袋蒙了，这是怎么回事？我傻傻地整理着我的思绪，渐渐由怀疑变成了悲愤。房东大妈一脸埋怨的表情，说出的一番话更让我的心彻底凉透了：你怎么才回来呀？你这个傻瓜，你真是没长心哪……大妈一口气地给我讲了整个事情的来龙去脉。我从迷迷糊糊的状态中挣扎出来：我的老婆背叛了我。

原来，老婆在我刚出国的一段时间里还经常去房主大妈家串门儿：看看电视啦，唠唠家常打发时间。后来说待在家里又闷又烦，想出去找工作，结果别说工作没找到，反而整天沉浸在舞厅里。房东大妈开始认为年轻人这样也正常，没当回事。可没多久，老婆经常半夜回来，有时甚至是夜不归宿，到后来还把个男人带了回来。房东大妈劝她替在外打工的老公想想，别这样下去了，可老婆根本不往心里去，当作了耳旁风。房东大妈打听后才知道那个男人是汉族，是老婆在大学时交往的，之后又分手的男朋友。老婆大学二年级的时候，那男人正好毕业了，因为老家是沈阳的，所以回了沈阳。因为工作的关系来延吉出差，正好在舞场上遇到了老情人，这个男人不忘旧情，迟迟不结婚，仍是单身一人，两人相见又续起了旧情，整天就像船离不开水一样黏在一起。

“那男的整天整天在这，有一天告诉我要搬家，我问他搬哪去，他说搬到北大新村，我记得好像是一个60多平方米的2楼。之后他们就打包行李搬走了，再也没回来，也没有任何消息了。”

“后来听说和那个男的去了沈阳，好像过得还不错。唉，怎么有这样不要脸的狐狸精呢?”房东大妈愤愤地说。

听了大妈的话，我拿着我与老婆的结婚照，到北大新村挨家挨户地打听。终于找到了当时他们在北大新村租住的房主，知道了大概的行踪。

两年前，老婆和她的旧情人整理了我和老婆结婚时在河南街建工委租住的房子里的东西，甜甜蜜蜜地住进了北大新村新租的房子，添了新的生活用品，两个人就像是新结婚的两口子一样。城市生活就这样，房主不会再问有没有孩子啊?男孩还是女孩啊之类的话，所以其他情况也就不了解了。但就在不久前，他们匆匆忙忙地整理东西要搬家，房主问他们搬哪儿去也不说，但房主冷不丁地从他们的谈话中猜测出好像去沈阳：什么沈阳的韩国街怎么样?大酱、辣椒酱怎么样之类的话。从邻居那儿听到的也大致如此，甚至还不如房主知道的信息多，但加了一点就是好像有个孩子，但男孩女孩就不知道了。这大概就是因为邻里之间都是关着门各自过日子的缘故吧。

其实，我心里也有这样的猜测，老婆外表看起来挺时尚，可是口味却很土，每顿必须有酱汤、辣白菜或辣椒酱才能吃饭，并不喜欢有油的菜。酱汤或辣白菜要是两天不吃的话就好像有气无力了似的，和我一起生活的时候也是这样。这样的一个女人突然到了沈阳这样陌生的城市，担心的事情不能只是一件两件。首先是对于野狗似的丈夫沉重的罪恶感和背叛感，比之更痛苦的是她无论如何也不能改变的饮食习惯。老婆曾经跟我说过两年大学生活食堂里的饭菜让她受了好大的罪，实在是太难吃了。可见是多么无奈才使得她离开了这个朝鲜族聚集的地方。但沈阳西塔的这个韩国街，各种朝鲜族的生活必需品都非常齐全，对于老婆来说应该是最大的安慰和幸运吧，也许正因为有这样一个地方才使得老婆毫无留恋地离开延吉的吧。

我咬了咬牙，暗暗下了决心：不管你躲藏的这个城市有多大，我都要把你翻出来！我的钱，我的孩子，任何一样我都不会抛弃，我都要夺回来！每次精疲力竭、想打退堂鼓的时候，我都这样给自己打气。就这样我每天游走于老婆可能出现的地方，不停地穿梭于与延吉截然不同的杂乱无章的大街小巷，连市场、汽车站、百货商店这样的地方也不放过，中午经常连饭也顾不上吃，买的《沈阳旅游地图册》就被我用坏了三个。就这样四处乱转的这段时间，我已经大概摸出了沈阳大致的轮廓，朝鲜族的由来及其分布状况。到朝鲜族聚集的市场去找的话就应该能找到那个女人，也就是说我感觉我就要找到叫“我老婆”的那个女人了。白天到处转悠的我，晚上就像一只返港的渔船自然地回到红月那里。

“西塔”之名最初就是塔的名字。相传很久以前在沈阳有凤凰飞过，统治者为了不让凤凰飞走，就建了东、西、南、北四座塔，分别取名为“东塔”、“西塔”、“南塔”、“北塔”。其中，“西塔”在文化大革命期间遭到破坏，完全被拆掉了，近来又重新修建而成。“西塔”的朝鲜族历史始于19世纪70–80年代，1882年至1887年间，朝鲜人许相伦、白兴俊在“西塔”刊发了朝文版的《圣经》；19世纪中期开始，越来越多的朝鲜人迁移到沈阳附近的浑河、辽河、圈河一带，并开始了农耕生产。他们以“西塔”地区为媒介，渐渐地这里就成了朝鲜族政治、经济、文化活动的中心。还有一种说法就是：相传在1900年5月，朝鲜平安北道宁成郡一个叫安凤泰的农夫把中国一个王姓商人当作师父邀请到“西塔”做生意；再就是1901年朝鲜基督教会的白牧师来“西塔”传教。那时就已经有相当多的朝鲜人用板子和铁皮建房，以搓草绳编竹筐为生计在“西塔”扎下根来。1911年，随着鸭绿江铁桥铺设完成，安奉线（沈丹线）开通，在日本帝国主义统治下生存艰难的朝鲜人伺机逃到了“西塔”。解放后，包括内蒙古在内的东北三省的不少朝鲜族也纷纷搬迁到了地大物博、生活富裕的沈阳，以期望寻求更好的发展空间。特别是新城子区，吸引了专门从外地来的大批朝鲜族在这里建立了村落，可见我们朝鲜族的迁移性和对生活的韧性之强。正因为如此，“西塔”的人口主要由朝鲜族构成。

在沈阳“西塔”这个地方有几处朝鲜族聚集地，在朝鲜族聚集的地方就会有朝鲜族学校，在朝鲜族学校周围朝鲜族密集，就一定会有以朝鲜族传统饮食为主的市场。这样想来，我只要到朝鲜族学校周边去找，找到她的希望就会很大。大兴朝鲜族乡、浑河站朝鲜族乡、三太子、珠江街、明廉路，甚至苏家屯区周围的朝鲜族老人协会我都一一翻个遍。

只要看到人，我就把我和老婆的结婚照拿出来，张着厚厚的大嘴唇问：看到过这个女人吗？但几乎所有人关心的并不是我的问题，而是咂着嘴反问我：怎么把这么漂亮的老婆弄丢了？

日子一天天地过去了，我仍然一无所获。每天天一亮，我就离开红月的身边开始寻找，丝毫不松懈，为的就是快点找到她们，快点离开这个城市。

不知从什么时候起，我开始讨厌叫“我老婆”的那个女人藏匿的这个城市：如蜘蛛网一样胡乱交织的一条条胡同，随处摆放的售货摊子，还有那喧嚣的人流。唯独让我感到一丝凉意的是每个人那张冰冷的、毫无感情的脸。我不禁为老婆能够在这样一个城市生活的勇气之大而感到由衷的佩服。和我一起度过了三四个月新婚生活的老婆，在那段时间里几乎每天都去西市场转转。她就是这样一个乡土味极浓、对人情味也特别敏感的女人。想到这里，我的心里不由得希望她能在这里安乐地生活，可同时随之而来的又是对她的憎恨。我矛盾极了。改革开放后，沈阳市容市貌有了大的改观，展现出了无限的发展前景。特别是中韩建交以来，沈阳市朝鲜族的生活水平有了很大的提高，人们个个都感到自豪。可这些都与我有什么关系呢？什么关系都没有！相反我的心里却一天一天堆积起了对这个城市的怨恨：正因为城市大了，人口多了，使得我找寻老婆的难度增加了！每当身心疲惫的夜晚来临的时候，我不是没有过想放弃的想法，心里也在说：算了吧，就这样忘掉吧。可是到了第二天早上一起来，就还会重复着昨天的寻找。

有时看到红月唠唠叨叨的样儿我也不免动摇过我的意志。

那天，吃过早饭后。红月又唠叨起来：

“今天就休一天吧，嗯？总这样你该受不了了，那狐狸精故意躲藏起来，你怎么可能一天两天就找到呢？你就听我两句劝吧。”

红月可怜地看着我有气无力地穿着裤子，抬着眼拽着我的裤腿说着。是啊，我太累了，我实在累得一点儿都动不了了。我真的想听这女人的话，哪怕是一天，让我的身和心休息一天也好。然而我稍稍脆弱的心猛地一紧，嘴里冒出了自己都想象不到的话：

“快点找到，就能快点离开这个冤家一样的城市，我一天都不想在这儿多待！”

“天哪，现在连这个城市都讨厌了吗？”

“是的。”

“别这样，这个城市何罪之有？你知道我多感激这个城市吗？对于我们这样没钱没力气从农村来的生活艰难的女孩子，是这个城市让我们吃得好，住得好，活得好。当然这个城市的人多，形形色色的人都有，不如意的事情也会发生，但那都是人造成的，不是吗？这个城市还是人们生活的好地方。”

“嗯，那你就在这个让你自豪的城市好好活着吧！”

听到我从嘴里吼出的这句话，红月毫不示弱地反驳道：

“什么？就我自己活？你找孩子他妈怎么也得一两年，这期间不是我们一起过吗？”

看着撇着嘴笑着的这个女人的脸，我的心冷不丁地感到麻麻的一颤，难道说这个女人和我在一起一开始就已经打好了什么算盘吗？那一刻，我似乎看穿了她恶毒的计划。

“哦，恐怕不行。”

“如果你还有一丁点儿和我长相厮守的想法，趁早就别做梦了。我是说，我不能和你这样的女人一起生活，你应该清楚我的意思，一旦我找到我的孩子，我就会远远地离开这儿，再也不会回来了。”

这女人先是一怔，然后紧紧地盯着我的脸，眼里就像冒火一样，看得我浑身直起鸡皮疙瘩。

“你这个浑蛋！都说完了吧？什么？你笑话我这副德行？那你那副德行又如何？你有笑话我的资格吗？是，我知道，你认为我靠卖酒、卖唱，卖身赚钱，你就比我高尚。你多么高尚啊！老婆跑了，孩子也丢了。我和你那高尚的老婆没法比是吧？和你那大学生的老婆过日子就神气是吧？我算什么？哼！大学生，大学生在钱面前更贪婪、更卑鄙。人们常说：知识越多越没有人情味，为了达到目的往往不择手段。那些外表高尚的人往往内心更加险恶，更加放荡不堪！”

狂喊了一大气的这个女人的话句句切中我的要害，我不能再待下去了，此时，最好的办法就是三十六计走为上。

“嗯，今天就把你那个高尚的女人找到吧！”在我的背后响起了红月这娘们儿恶毒的声音。我茫然若失地走在大街上，不知道自己究竟到哪里去？我抬头望着阴沉沉的天。

雨一直下个不停，我的心情也忧郁起来。一个人走在大街上，连雨伞也没有，悲惨极了。对老婆的怨恨瞬间又堆积了起来。

——“臭娘们！你怎么能对我这样！”

虽然已过了中午的饭点，但被雨淋得如同一只落汤鸡的我此时却想找一个小吃部填饱肚子，我的心情比那天的天气还要糟糕，我是不是太执着于这渺茫的寻找了？“干脆就到这儿为止吧！”这个念头再次涌了出来。

半夜，我才拖着我皱巴巴的，像一块破抹布似的身体无力地回到红月那里。红月还像平常似的高兴地、温柔地侍候着我。白天向我大喊大叫、气急败坏的女人现在像一团棉花一样柔和，不知什么时候已经给我准备好了换洗衣服，连内裤都准备好了，还摆好了饭桌，烫好了热乎乎的酒。我的心不由得愧疚起来，自打来到这个女人这里，平常对我百般照顾，不仅提供食宿，还供我发泄性欲，尽管有时我也给她钱，可是她倒贴给我的却远远超过这钱的额度。和我相识后，红月就不再去酒吧接客赚钱，眼里似乎只有我一个人了。

“你淋了多少雨呀到底？全身就像一个冰块！啧啧。”

红月边在我的酒杯倒上热乎乎的酒边心疼地抖着身子说。今天不知怎么的，看着紧紧地贴着我膝盖坐下，尽心尽力的她那副德行一点也不觉得讨厌，反而觉得抱歉，觉得感激。虽然明知道我白天去大街上瞎转悠什么，早上的时候看到我出去也斜着眼，噘着嘴，可是到了晚上我回来的时候，无论多晚她都乐呵呵地笑脸相迎。我真的觉得很对不起她。

喝了红月递过来的酒，我冰冷的身体神奇地舒缓过来，心里暖和和的。

“谢谢啊，还有就是对不起啊。”

我像自言自语似的说出了我内心的歉意，这句话埋在我的心里实在是太沉重了。

“天哪，有什么对不起的？你这样我承受不了。”

她明朗地笑着，一屁股坐到了我的膝盖上。

“你有什么对不起我的？能为一个男人付出对我来说是一件多么幸福的事，而且也非常有意思，一整天都想着你，等着你回来，你知道这是多么快乐的事！以前我非常烦做早饭之类的事，现在想到是和你一起吃就会兴奋地忙活。偶尔也感到有点麻烦，但对于我来说能这样平凡地生活就是一种幸福。”

看着唠唠叨叨又略带些顽皮的她的脸庞，怎么看都像是一只在树上蹲坐着咂摸嘴的松鼠，连最初听起来有些沉闷刺耳的唠叨声现在也没有那么厌烦了。

这女人不管我听不听她的唠叨，把酒杯凑到我的跟前说：“给我也倒一杯。”我看见她端酒杯的手在微微地发抖，坐在我大腿上的屁股也跟着抖了起来，我意识到她开始兴奋了。根据我的经验，每次她想拥有我的时候，她的身体就开始微微地颤动。她把我倒的酒一饮而尽，又向我要了一杯，仰头要喝的时候，突然把嘴贴在了我的嘴上，把她嘴里的酒顺到了我的嘴里，我无法抵御这突如其来的诱惑，她的身体更加剧烈地颤抖起来。

我们的做爱从来都是这么突然，丝毫没有任何准备，每次都是那么漫长和缠绵。主动的时候我们各占一半，没有任何伪装，对于这种随时都有可能分手，不知何时才能相见的关系，我觉得根本不需要维护什么自尊心。当然我也大概地猜测出红月那娘们儿的心思，她完全被我迷住了。

"我也想结婚，想有一个自己的家。"

翻云覆雨后，红月那娘们儿好像还沉浸在余韵之中，呢喃地说道。

"那就结呗，打光棍的小伙子遍地都是。"

"像绿豆苍蝇似的盯着女人不放的蠢货白给我都不要!"

这女人就像被那种男人沾上了脏手印一般，用白手巾仔细地擦着全身的汗珠，虽然小但却坚挺的乳房也跟着妩媚地跳了起来。

"好小伙还是有，好好挑挑能找到如意的。"

我敷衍地安慰了她一句。

"你说得对，可我就喜欢像你似的男人。"

女人渴望地看着我说道。

"所以我才下定决心结婚的。"

我什么话也没说，径直向洗手间跑去，虽然名义上是去洗澡，但实际上是想避开她的视线。

从那天开始，这女人对我的语气、行动甚至是手势都与从前有了很大的不同。也就是说，她完全陷入了热恋之中，把我当成了她的丈夫或者是要结婚的对象来对待。这一个月的时间，我已经深深地走进了她的内心。我不止一次地感觉到压力的存在，这样下去，我担心我也会投向这女人的怀抱。每当这时，我就会提醒自己：不行，绝对不行，我们只是互相需要暂时在一起而已。

我在内心里苦苦地搜寻着我们两个同居的理由，加上我偶尔付钱给她，使得我些许有了一些底气。

一天，天又阴冷阴冷的，从一大早就下起了雨，看似根本不能停的样子。红月看着窝在家里哪都不能去的我高兴极了，冒着雨到菜场和超市买了几样菜，还有我喜欢吃的烤里脊肉。一副好不容易才等到这么一个聚在一起，好好吃饭的样子。本来身为酒吧小姐营造气氛就很拿手，再加上不是为了客人，而是为了心爱的人，气氛更是觉得温馨。按理说酒吧小姐的酒量都应该很大，可她的酒量却没练出来，唯一和这温馨的气氛协调的就是看起来像只松鼠一样乖巧的她。这女人看着因为下雨不能出去寻找老婆，整天躺在枕头上闷闷不乐的我，为了调节气氛，改变我的心情，故意提出喝酒，而且买的是高档的五粮液。“是呀，这天喝酒最好了！”说着就端起酒盅连喝了好几杯。上来酒劲的这女人没让她唱自己就喊了起来，基本唱的都是韩国流行的歌，什么《爱情就像一只可恶的蝴蝶》、《爱情的迷路》、《我们就这么轻易地分手了》，让我也跟着哼哼。我们两个兴奋地号了好一阵子后，这女人突然什么也不说了，一脸伤感的样子，严肃认真地问我：

“以后你打算怎么办？”

“？”

“就是你找到你老婆后怎么办？”

“要回我的孩子和我的钱。”

我打断她的话头说。

“那之后呢？找到孩子后？”

看来是想让我说真心话了，可我犹豫着该怎么跟她说。这段时间我们苟且在一起，多少产生了一点情分。可我不能为了这么点可怜的情分就绊住了我的脚，我必须明确我的态度。于是我不敢正视这女人的眼睛说道：

“像我最初说的一样，找到孩子的话，我就马上离开这个让我心酸的城市。”

“又说！”

“当然，今后我不知道到哪里去，但这个城市实在是太伤我的心了。”

听到我这么坚定地说，这女人一脸失望的表情，本来就瘦小的肩膀瞬间就缩瘪了，就像一只淋雨的小狮子一样无力。

“请你和我结婚吧，嗯？拜托了！”

这女人突然快速地抬起了头，似乎要穿透我的心一样看着我说。

“干什么？你疯了？”

我被这突如其来的状况慌了神儿。

“是，我是疯了，没有你我活不下去，你就和我一起过吧，我会对你好的。”

她哀求地说。

"让开!"

我推开她出去了。

——臭女人，狐狸精!

虽然开始不知道，但渐渐意识到了这女人的鬼心眼，可我还是没有及早地防备。这女人抓住了我重感情的弱点，伺机钻了我的空子。在生活上照顾我，在精神上安慰我，遇到我后干脆拒绝接客赚钱。这些都是这女人早已编织好的一张大网，让我往里面钻。这个还没有拳头大的臭婊子竟然算计我这野兽般强大的男人?想到这，我气就不打一处来。

"什么?不喜欢?说我是酒吧女?"

女人苍白的脸上怒铮铮的两眼挑战似的看着我，弥漫着一股傲气。

"是，不喜欢，我早已经说得很清楚了，找到孩子就走。"

——你这个卑贱的女人还想和我结婚!

我把脸转了过去不再瞅她，她像发泄似的嚷嚷起来:

"你瞧不起我这个酒吧女是吧?哼，不是酒吧女的女人就都是仙女吗?现在哪里还有什么窈窕淑女?都说到幼儿园兴许能找到处女，别说守住贞操了，就是重情的也没有几个。再说，男人又怎么样?没有你们这些出出进进酒吧的男人，怎么会有我们这些酒吧女?正是这些风流的男人给钱我们才在那里。你也知道，我就是在酒吧里摸爬滚打的女人，虽然偶尔卖身，也是为了生活逼不得已，但我却从没有出卖过自己的感情。"

把话说完后，这女人用纯熟的手法倒了一杯酒，一仰脖喝了下去。

"听我说，你知道我为什么喜欢你吗?第一，你一无所有;第二，你没文化，跟我差不多;第三，也是我最满意的，就是你心眼儿好。到现在为止，让我欢心，想和我结婚过日子的男人不是没有，但我都看不上。我早已经下定决心，不遇到正直有责任感的男人我绝不嫁人。有知识、有权力的那些男人在我眼里根本不算啥，外表上看起来道貌岸然，斯斯文文，可到了房里抱着小姐喝酒的时候就如同恶魔一般无耻变态，在单位承受的压力都一滴不剩地发泄到我们小姐身上。对于那样的男人看一眼我都觉得恶心，但你不一样，虽没文化，但有男人味;虽外表粗野，但内心正派。说实话，我第一眼就看上了你。"

"这么说，一开始你就是故意勾引我的喽?"

"是，要不我怎么能把毫不相识的男人领到家里来呢?我虽然喜欢钱，但还不至于到发疯的程度。”

“妈的。”

我的心里觉得不是滋味儿。

“你老婆带着你的血汗钱和别人跑了，你还那样对她，我比你老婆强百倍，你还能对我差吗？”

我没有说话，红月像解气似的又给自己倒了一杯喝了。

“我实在看不下去你为了孩子，为了那个女人疯疯癫癫到处乱窜的德行。”

“你这娘们儿。”

我抡起巴掌就扇了她左脸一个耳光，就像我面前坐的不是红月这娘们儿，而是我的老婆一样。我狠狠地打了她，因为我实在不能忍受别人揭我的伤疤。

“为什么打我？”

她捂着脸猛地站了起来，委屈的眼里冒着火。

“你为什么总跟我提起我的老婆！”

我也大喊着，死死地盯着她，像要把她吃掉一样。看着我凶巴巴的样子，她没法抵抗，只能委屈地哭了起来。对于用哭来反抗的女人我从来都是束手无策的。

“妈的。”

我开始收拾我的东西，从角落里找到放了很久的背包，装上我的洗漱用具和内衣。事已至此，话也唠到这儿了，我不能再待下去了。抽抽搭搭哭泣着的这个女人意识到我要走，抬起凹陷下去的双眼看着我。

“你的目的是和我结婚的话，我马上就走！”

我冷冷地说着。红月那娘们儿一听一骨碌起来抱住我的大腿：

“不行，你不能走！我不让你走！”

她死死地拖着我的大腿。

“别耍赖！”

“别走，是我错了。”

“放开，反正也不能和你结婚，就别留我了。”

我冷淡地说。

“我知道了，我以后再也不说结婚之类的话了。别走，拜托了。”

她苦苦地恳求着说。

"我是早晚都要走的人哪。"

我的话在我听起来都是那么残忍，可为了打消她的念头我不得不这么做。

"我知道，我知道，找到孩子之前你就在这儿住吧。"

像松鼠一样瘦小的身体也不知道从哪来的那么大的劲牢牢地抱着我的大腿。看着这个女人，我的心里不由得生出了一丝怜悯：真是一个可怜的女人啊！我有些后悔。事实上，离开这儿，我不知道能够去哪里，我想到的只有那个龌龊的小旅馆。离开这儿，别说明天不能吃到可口的早饭，连舒适的住处也没有了。而且，直到现在红月一直给我洗衣服。离开这儿，就意味着我得自己洗衣服了。虽然隔一段时间我也给她钱，但与我给她的钱相比，她给我的多得多。相比之下，我就显得小气多了。本不想欠她太多，但实际上欠她的却越来越多。想到这儿，尽管面子上我不能待在这儿了，但我还得给自己找个借口留在这儿，只有找到这个借口才能成为我留在这儿的挡箭牌："红月这娘们儿黏着我，能体会到她当家庭主妇的幸福感，也不会被来喝酒的男人纠缠。这么说来，我就当是做善事留在这儿吧。但一旦孩子找到，我不管她再怎么留我，我也会决然而然地离开这儿。"想到这儿，我不走了。

在酒馆里，以"三陪小姐"自称的这些女人们大部分都有这样或那样的苦衷，红月这娘们儿也是如此。尽管这些小姐在流落到酒吧之前都有各自的难处，但总的来看都是因为贫困，红月这娘们儿也是因为穷才飘荡到这儿的。为了摆脱巨大的债务，创造比别人更幸福的生活，离开了生她养她的家乡。

红月的老家在官田县里一个小村子，家中有父母，有一个瘫痪的老奶奶，还有一个上大学的弟弟。贫困村里家家户户的生活水平基本都差不多，都很困难。日子虽然越来越好，但却没法和城里比。改革开放后，虽然种地不愁吃不愁穿了，但手里却没有余钱。钱对于生活的影响，在城市与乡村是一样的，都是支付孩子的学费和规划家庭的未来。在金钱的诱惑下，红月家乡的其他朝鲜族也被刮起来的"韩国风"吹动了，意识超前的几家去韩国打工，两三年后回来就在镇里买了楼房，完全变成了富翁。家乡的人都认为现在去也不晚，还能挣到大钱。于是一窝蜂地加入到了韩国劳务的大潮中。

红月的父母也不例外，与其在村里苦心巴力地赚钱伺候老母和供儿女上学，还不如选择去韩国挣大钱。那时和现在一样，要想去韩国的话，得先找牵线的人。通过亲戚、朋友或与之关联的人（现在叫中间人）介绍，支付一大笔钱后再办手续。在城市里没有任何亲属，也不认识什么有能力人的父母每天着急地四处托关系。恰巧，那时村子里办起来教会，信基督教的人越来越多。有一个同村的年轻人把一个叫张路的韩国人拉到了村里，给全村的人带来了希望。这个年轻人是从韩国回来的，名字叫千名哲，这个叫张路的韩国人是他在韩国认识的。张路注意到村子里很多人都急着要去韩国，于是提出只要谁信了基督教就能给谁发邀请函。这不等于是天上掉馅饼吗？村里人一转眼都成了基督教徒，就等着韩国发邀请函了。

那次，包括红月的父母在内，加上外地的人，拜托张路办理韩国邀请函的总共有 62 人之多。每个人手续费是 4 万至 4.5 万元，预付款要求每个人先支付 1.5 万元，两口子一起申请的话可以优惠到每个人 1 万元。红月的父母本想一起去韩国，可是加起来一共八九万的巨款实在是凑不上。于是想，还是女人去韩国好找工作，就先办母亲的手续吧。把这些年辛辛苦苦攒的钱好不容易凑够了预约金，没到 15 天，那个叫张路的人就又来了，说邀请函已经到了，剩余的 3 万块要马上交。父母为了把钱凑上，从邻村一个汉族家里借了高利贷，埋下了祸根。再怎么着急也不能借高利贷呀！张路拿了钱说 10 天后就能拿到签证，然而却再也没有出现。可想而知，这些人都上当受骗了。

那时，红月正是初中一年级下学期的学生。

巨大的债务，加上利滚利，像滚雪球一样越滚越大，使家庭面临着破产。知道韩国之行落空之后，债主们逼上门来纷纷讨债，家里值钱的东西都拿走了，连睡觉的被子也给抢走，简直太过分了。因为债务，寄宿在县城里上初中的红月只能放弃自己的学业，幸运的是在村小学上学的弟弟因为年龄小，还能够继续学习。父母从那时起，只要是村里能挣钱的事什么都干，不分昼夜地拼死拼活地找事做。红月实在看不下去了，她下定决心要赚钱还债，并供弟弟上学，于是跟着村里的姐妹来到了城里。

最初，红月就职的工作是替一个小型的招聘公司发传单，虽然看起来容易，但是整天在烈日下不停地散发传单，疲惫极了，特别是冬天刺骨的寒冷钻心地痛。工作艰苦，但工资却少得可怜，一个月跑跑颠颠才赚 150 块钱。就算是这样的工作也认为是幸运的，因为年龄小，不到法定 18 岁的年龄，雇佣未成年孩子都属于违法行为，所以一般都不敢接收。因此，发传单的工作她坚持做了将近 1 年 6 个月。食宿虽然由姐姐们提供，但却要帮她们做很多杂事。

发传单大概有 1 年 6 个月的时候，公司由于经营不景气倒闭了。突然连这样的工作也没有了，红月感到十分慌乱，如同一个擎天巨柱倒下了一般。看到她惶恐的小样儿，最亲近的一个姐姐给她介绍了一份在食堂打杂的工作。那份工作也一样累，但却不用风里来雨里去了。就这样在食堂里打杂的日子，随着身体的逐渐成熟，红月被主人幸运地提拔到服务员，主人不仅给她换了一套新衣服，还给她买了化妆品。从那以后，饭店主人对她比其他人都要关心和爱护，常常让红月有一种父亲的感觉。但那只是暂时的，大概干了 5 个月光景的时候，发工资的那天晚上，本来是中午发工资，那天却晚上快下班的时候发。接到工资后，大家都三三两两地回家了，轮到红月了，主人让她到他的办公室（兼卧室）里来拿。刚进去，主人满脸堆笑，说她干得好，额外给了她奖金，把一个厚厚的信封递给了她，后来确定是 400 元的工资加上 200 元的奖金，实在是一笔不小的数目。接到信封转身要走的刹那，主人猛地把灯一关向她扑了过来，被这突如其来的变故吓蒙了的红月还没来得及反抗就被夺去了自己处女的贞操。这到底意味着什么，当时这傻乎乎的女孩子还不知道。可主人的恶行并没有停止，一有机会就虎视眈眈地觊觎她。实在忍无可忍了，红月只好逃到了沈阳这个大城市。辗转于饭店打工期间，从姐妹们那儿得到酒吧女的收入非常可观的消息，于是自愿地在“西塔”一个酒吧就职了。已经失身了，就不怕失去第二次、第三次了，这种自暴自弃的心态使得这女人开始从事这一行当。

找到酒吧女这个职业（红月这娘们儿堂堂正正地把它称为职业）后，她从来没有离开过西塔区。尽管每天晚上都要陪这些酒客喝很多的酒，这种痛苦不是一般的痛苦，但选择这里的理由是因为这里要比其他地方给的小费多。同样是酒吧女，当然要选择语言通、赚钱多的地方，况且在酒桌上技巧用得恰当的话也能避免伤害。

那段时间，也就是这女人成为酒吧女 5 年的时间里，她就还清了家里巨大的债务，还供弟弟成为了堂堂的大学生。庆幸的是弟弟在大学很争气，学习刻苦努力，去年还获得了奖学金，没有辜负全家的期望，无不为之感到骄傲。在农村的父母也因为有一个能赚钱的女儿和一个学习好的儿子成了大家羡慕的对象。

向我吐露自己的过去与她跟我闹着要结婚的事儿已经过去几天了。那天晚上的月亮格外的亮，红月自言自语似的认真地说：我也算是成功的吧。

“哎，什么成功？还让父母操着心。”

我疑惑地望着她，她冷不丁地把已经躺下的上半身抬了起来，定定地瞅着我的脸说道：

“最近父母特别关心我的婚事，不出两天准给我来电话，告诉我：女孩子在合资公司当翻译这个职业好是好，但也不要太挑剔了，这样下去，就会错过好的男人，不要错过结婚的最佳年龄，只要找个身体健康、人品好的男孩子就行，我们都担心你成了老姑娘没人要啊。”

我也憋着嘴笑了，对于女人来说，酒吧女也并不是堂堂正正的高尚的职业。对我口口声声说的堂堂正正的职业，对父母却不能直说，而是对父母说了谎。加上想起有时那女人接电话总是像换了个人似的发出银铃般的声音，我这才恍然大悟原来那是他远在家乡的父母打来的电话。可这电话跟我有什么关系呢？根本不是我该操心的事。

“嗯，老姑娘的确可怕。”

我接了一句，那女人马上做出反应：

“你也这样想？老姑娘，想想是挺凄凉的……我一旦遇到像你这样的男人我立马就把他带到父母面前。”

说完，这女人就观察我的反应，看来她对我还没有死心。

这个贱人！

自从红月这娘们儿说出想和我结婚的想法后，我尽可能地对她冷淡，日常生活中的小事我尽量都自己做，就是想让她看到我的决心，好断了她的念头。然而我越是这样，她对我越好。洗内衣之类的事比以往更勤了；一觉醒来，昨天脏脏的皮鞋擦得油光锃亮；只要我在家，就会围着我转，像春风一样温柔体贴。可见为了占据我的心，用足了功夫。“哪天你找到了孩子，我给你带着。”这女人卖好似的跟我说，我假装没听见，把头转到一边去了。

但我的心有时也不够狠，偶尔也有动摇的时候，特别最近更是这样。与我冰冷的态度相反，这女人对我一片丹心，为了我宁可牺牲自己。看到她这样，我的心有些凄凉、有些怜悯。老婆把我像草芥一样地抛弃了，那我也可以找其他的女人过日子了，但让我跟这样的女人过……我立刻整理好我这近乎疯狂的想法，找到孩子后，我怎么能给他找一个妓女做他的新妈妈呢？我强大的虚荣心在作怪。没有当过孤儿的人根本不能体会到在这世界上独自一人是多么可怕而痛苦的一件事，看到父母子女间相互关心和爱护就羡慕和嫉妒是孤儿们共同的心情。没有接受父母温暖的爱长大的人一定不是一个健全的人，这是我的经验之谈。孤儿们粗暴的性格加之处事不圆滑，往往因为不当的理由就把气氛破坏，突然之间就能与人对立起来，这样乖戾的性格很难在这世上立足。我知道性格不是十分容易改变的，可见成长期的教育尤为重要。

所以，我怎么会把我唯一的孩子随便交给别人抚养呢？

当然，我并不是说红月只有缺点。比29岁的我还要年轻6岁的这女人思想老成，善解人意、包容力也强，这些都不是一般人能轻易学来的。我对她的这点是认可的，而且绝没有任何贬低的意思。

从红月的话里话外，红月看我的眼神儿，我知道她对我还没有死心。我只有快点找到老婆才行，这件事我绝对不能耽搁，能早一天找到就能早一天离开这个城市。这种焦急的情绪和忧虑的心情混合着，把我的心揪在一起。要是陷得再深点的话，到时想分开就不容易了……我不由得打了一个寒噤。

就在昨天，看着四处奔走磨破了的皮鞋，还有我买的第四张揣在怀里已经起毛的《沈阳市旅游地图册》，我想该换新的了。就在那时，我竟意外地看到了那个女人，那个叫作“我老婆”的女人！我终于把她找到了！近两个月疯狂地寻找，几乎翻遍沈阳的大街小巷找寻的这个女人竟然在我的眼皮底下——西塔农贸市场入口撞见了！那时，我刚从汉城购物广场穿着新买的皮鞋出来，那个女人也正好逛完农贸市场往外走。她领着一个小男孩儿，那鹅蛋形的脸庞，模特一样细高的身材，虽然几年没见，又换了城市，也比原来瘦了一些，但我仍一眼就认出了她。我是吃多少苦才找到你的吗？从找到老婆的那一刻到现在，强忍在我心里的愤怒终于一股脑地涌上了我的脑门儿。

——你这个臭娘们儿！

我一下子蹦到这女人的面前，挡住了她前面的路。这女人被一个彪形大汉突然挡住了去路吓得大惊失色。

“臭娘们儿，你知道我是谁吗？”

我恶狠狠地喝道。

本来就很大的眼睛瞪得像灯笼一样，眼球滴溜溜地乱转着，脸一阵红一阵白。她不可能不知道我是谁，虽已是夏季的午后，女人却像得了疟疾一样全身颤抖了起来。我估计她是因为自己犯下的错，本来胆子就小，还知道我的脾气，就不由得哆嗦起来。我不会因为她的害怕就罢休了。

“为什么不说话！”

我狂乱地喊叫着，这女人却一声不吭，可能也无话可说吧。我真想扇她一个耳光，但看着我们俩之间夹着的这个孩子，直觉告诉我不能打她。

——我的孩子！

相比老婆我更对孩子牵肠挂肚，就在我想到我夜思梦想的孩子的这一刻，我恶魔般的脸变得温和了起来。我蹲下来两只手想要抱着他，这时孩子号啕大哭了起来。

“这是我的孩子，对吧？”

我强压制住我的怒火，刨根问底地追问：

“……”

“听见没有？哑巴了？”

看着只顾在一边哆嗦的老婆，我再一次提高了声调。那女人并没有给我所期待得到的答案，她狠狠地摇了摇头。

“不是吗？”

随着那女人的话，我重新仔细地审视了这个孩子，的确没有一点儿和我长得像的地方。稍长的脸型，双眼皮儿，高高的鼻子，薄薄的嘴唇，想象中的我的孩子根本不能这么细弱，哪儿都和五大三粗的我长得不一样：我是单眼皮，蒜头鼻，厚嘴唇，脸型也是像个水瓢一样圆圆的。这个孩子不是我的，那我的孩子哪里去了？

“你把我的孩子怎么样了？”

我的语气再次凶狠起来。

“我给他流掉了。”

老婆更加惶恐起来，身体抖得更加厉害。

这孩子跟我一点血缘关系都没有，也就是说这个孩子是现在那个男人的，我的孩子被残忍地打掉了（听到这话，我握紧的拳头真想打过去，可为了听她后面的话，我第一次耐着性子听着）。和房东大妈说的一样，自从我走后，老婆在家自己过着新媳妇的日子。但有一天，在西市场卖干鱼的小店附近（第一次相会的地方绝不是舞厅）偶然地遇见了初恋情人。原来，他们之间的分开是因为老婆家庭的变故，老婆不得不中途退学，老婆觉得无法再在情人面前堂堂正正地出现了，就决定从此在他面前消失，不辞而别了。那段时间，老婆天天彷徨地在城市周边转悠，也就在那时遇到了我。那是一个深秋的夜晚，我和同事正在工厂附近的小店就着干明太鱼喝着生扎啤，我看见一个神色憔悴但却非常有气质的女孩子出现在我的眼前。我的姻缘就这样来了，出去买完烟回来，看见这个女孩子还在这里。于是我就把这个无家可归的女孩子领到了我的单身宿舍。当时她的心情一团糟，手里的钱也花完了，只能任凭自己堕落下去。

从那以后，就稀里糊涂地和我过起了日子，可却没有一天忘记自己如同生命一样珍贵的恋人，也总是后悔和憎恨自己的轻率，让自己随便地成为了一个男人的女人，可越是对恋人感到抱歉越是想念他。自己也曾经无数次地告诫自己要忘掉他，忘掉爱情，从今以后只为钱活着。这就是那时这女人的想法。

就这样和我生活的那段时间，她怀孕了。在她怀有2个月身孕的时候，我出国了。我为什么非要在那时出国！我后悔地撕扯着自己的头发。

那男人也没有忘记她。毕业回到沈阳后，数次找借口到延吉，每次来的时候，都四处托关系费尽心思打探她的行踪。男人还痴情地等着她，一直没找结婚的对象，心里只想着这个女人。就是这样两个人的再次遇见引发了祸端，结果可想而知，如同鱼离不开水一样再也不能分开了。天天出入于舞厅、咖啡厅、桑拿浴，一起过着快乐的生活。那期间，男人干脆辞了工作来到延吉和女人一起过日子，往返于沈阳和延吉之间做点小生意。

老婆说最初对我是有些抱歉，也苦恼了好一阵子，但结婚应该是相爱的两个人之间的事。下定决心后，肚子里的孩子就成了负担，于是在那男人去沈阳的时候强行做了流产，直到现在那个男人也不知道这件事。

“该死的臭娘们儿，你凭什么随便杀死我的孩子！”

我声嘶力竭地喊着。周围的人纷纷聚集了过来，此时不是顾及体面的时候。本来就好事的老百姓们带着好奇心在我们周围越聚越多。

“那么，我的钱呢？我的血汗钱在哪里？”

我晃动着已经聚成一块块肌肉疙瘩的右臂，仿佛马上落下去一般。

但这女人就是一句话也不说，一副你打死我，我也绝不反抗、绝不怨你的表情，只看见泪珠在眼圈里打转，大概是因为孩子在跟前强忍着不让眼泪流出来吧。从梅花鹿般大的眼睛里流出来的眼泪该是多么伤心哪！

从女人的嘴里我知道，她最初是下决心要看好我拼死拼活赚来的这些钱的，即便是换了主人，也坚决不会动这钱的一分一毫。等到我回国的时候，原封不动地还给我，这是她唯一能为我做的事。然而，女人的决心因为那个男人动摇了。由于生意失败，资金不能周转，女人把钱拿了出来，希望下次挣了钱就把钱还上。然而却事与愿违，钱又赔了。就在那时，两个人的孩子又出生了，用钱的地方更多起来，而生意却仍然没有起色。不知不觉，孩子已经两岁了。一天，通过对外贸易公司听说我回国的消息，两个人惊慌失措。不仅背叛了我，还侵吞了我的巨额资金，在这儿根本待不下去了，只好连夜逃到了沈阳。尽管现在还在做生意，但光景还是不好。听完女人的述说，我的火又腾地冒了出来。

“只要挣了钱，我一定还给你！我加倍还给你！”

这话现在听起来好像不觉得怎么样，但那时我听着却特别反感，大概已经到了忍无可忍的程度了吧。

女人的话音一落，我抡圆了的耳光就落到了她的脸上，而且是左右开弓。女人趔趄着，手里拎着的菜篮子掉到地上，大酱、辣椒酱、豆芽之类的滚落了一地。最可气的是，叫作“我老婆”的这个女人不反抗也不躲闪，我再想接着打下去的时候，孩子“嗷”的一声哭喊起来，虽然不是我的孩子，但在孩子面前动粗也是不对的。刚才也许把我气糊涂了，竟然忘了这个孩子的存在。我还是有这点教养的，在孩子面前我住了手。

“臭婊子！”

和这样的女人再说下去也不会有什么好结果。以老情人为借口背叛了丈夫，连自己的孩子也残忍地杀掉。为了追求自己的幸福，达到自己的目的，不管别人的死活。和这样的女人我还有什么可说的呢？看见她我就气得咬牙切齿。不知道这是不是应验了红月的那句“知识越多做的坏事越可怕”。我为这三年不能忘记这个女人、思念这个女人所受的苦感到冤枉和委屈。

“臭婊子，虽然我连杀你的心都有，但看在孩子的份儿上我忍了。”

我咬着牙转过身去，我怕面对她我克制不住自己的愤怒。聚集在周围的人悻悻地散开了，都带着可惜的表情，本想看场好戏却没看到，就这样收场未免感到遗憾。

“等赚到了钱，我一定还！”

在我的背后响起了那个女人信誓旦旦的声音。真是一个讨厌的女人啊！这种感觉瞬间弥漫了我。

我扔给女人一句连我自己都感到意外，但至今都觉得干得漂亮的一句话：“算了，那钱，就当我没有赚过吧！但你必须把你的孩子培养得像个人！”

再后面，我已经听不清那女人说的话了。我也不知道从我的嘴里说出来的“就当我没有赚过那钱”这句话到底好不好？因为这钱我又遇到了那女人，因为这钱我记得那女人，它成为了我的心头之痛。现在我把这份痛变成了对她孩子的一种祝福，我第一次觉得我原来还这么潇洒。

曾是孤儿的我从骨子里感受过一个人是多么寂寞和痛苦，所以，和老婆开始新婚生活时，我不知道自己有多么幸福，仿佛我得到了整个世界。为了老婆我可以连命都不要，没有任何不舍得给她的东西。就这样的老婆现在永远都不会回来了，我又开始一个人过日子了，连对和我一个模子刻出来的、我的孩子的一丁点梦想也破灭了。

走在回来的路上，我的眼泪不停地往下落。嗓子干得要命，眼泪却像泉水，我无法控制自己的感情，只想找个地方痛快地喝两杯，大哭一场。结果找来找去，最后又来到了“韩日馆”——这个和红月第一次见面的地方，那个妖艳的热情的老板娘的酒馆。

“先生，里面请，几位？”

今天也是老样子，对来的客人大力推销，走的客人也无一不对她满意。

“就我自己，把烈酒拿上来！”

心情不好的我大声地嘶喊着。

老板娘还是笑呵呵地给我摆好了酒桌，还是没忘告诉我“有漂亮的小姐”。

我把一杯酒倒进肚里，扑哧一声笑了。

“小姐？好啊。”

“喜欢什么样儿的？”

“只要不是红月那娘们儿，谁都行！”

看我挑剔红月，老板娘马上变了脸色，换了手段。

“哎呀，原来是你啊，不是出去找老婆了吗？”

老板娘意识到自己说错了话，立刻就转了个话头。

“月儿那丫头，不是因为你都不做这一行了吗？”

我没做任何回答，老板娘也没再劝我要不要漂亮小姐。这不是更好吗？我只想借酒消愁，安抚我受伤的心，根本不想搂着小姐喝。我讨厌人类，我讨厌肚子里面只装着谎言的人类，如果我能立刻忘掉这个遍地是人的喧嚣的伤心之地，该是多么好的事啊。而此刻为了逃避现实，喝酒是最好的办法。

我闷着头一杯接着一杯地喝着烈酒，给自己灌得烂醉，借着酒劲儿我放声大哭了起来。看着越哭越凶的我，老板娘不知如何劝说，实在没办法把红月叫来了，她认为此时只有红月能拦住我。但红月又有什么招儿呢？已经失去理性的我，嘴里一边不停地咕哝着一边猛往嘴里灌，凡是能看到的酒瓶、酒杯统统被我砸个稀巴烂。

"滚！都给我滚！你们这些女人都是妖精，当面一套背后一套。我就要和沈阳说拜拜了，以后我连看都不看这个城市一眼。"

今天的早饭开得有点晚，从红月的嘴里我才知道昨晚上我乱骂一气，耍酒疯一直哭闹到今天凌晨，直到筋疲力尽才罢休。昨天晚上为了把我弄回来，红月一个人的力量根本不行，又求了两个关系不错的男服务员帮忙，这才把我弄回到她的住处。红月还劝我说心情再怎么不好，酒也要适当地喝，否则就会搞坏了身体。接着又问了一句：

"你说要离开，是真的吗？"

我正好把饭泡在豆芽汤里的时候，红月小心翼翼地问。虽然是一句醉话，但她一副追根究底的模样，她知道"酒后吐真言"的道理。

"是啊，今天就走。"

"今天？"

红月的两只眼睛立了起来，虽然第一次看她立眼睛，但还不知道她立起眼睛原来这么难看。

"那么孩子呢？找到了？"

我闭口不答，只顾闷着头吃饭。红月像自问自答似的念叨着：

"哦，原来找到了，是吧？住在哪？男孩儿还是女孩儿？生活得好不好？怎么一个人回来了？孩子妈干什么呢？"

这女人一副好奇得要命的样子。

"怎么突然哑巴了？憋死我了！"

"憋得慌的话，就别操心！"

我大喊了一句，可她还是一副执拗的想知道的表情。

"是不是孩子他妈不给孩子啊？是吧？"

"是，不给。"

我随便应付了一句，可这女人还咬着这个事不放。

“我就知道不能给，当妈的怎么能轻易不要孩子呢？离开孩子可怎么活？放弃孩子肯定就活不成了，当妈的不都是那样吗？”

红月一边说一边看着我，脸上一副“不可以”的神情。

“好在找到了孩子，早晚都能够领回来，我也就能什么时候养活他了。”

红月有些可惜似的呼出了一口气。我不知道到底哪个才是红月的真心？我也没有知道的必要。无论她怎么讨我欢心，谢天谢地，吃完这顿饭，我就斩断所有的缘分远远地离开这里。尽管觉得不应该对红月这样，但也别无他法，只能走的时候多留点钱给她，也好减轻我的愧疚感。

“亲爱的，继续留在这儿，行吗？”

尽管改变了对我的称呼，但仍然是小心翼翼地问。我扫了她一眼，继续吃我的饭，这是我传达给她的我坚决的态度。

“没有你，我真的活不下去。所以，求你别走了！嗯？”

她一脸可怜相，近乎哀求似的说。听说我再晚也要走，这女人辗转反侧，担心得鼻子周围都起了一堆黑魆魆的小痣。真是一个傻女人！可我绝不改变我的决定，再说这个城市也没有让我留下的半点儿理由。

我厌烦似的又甩出一句：

“吃点饭吧，你是不是也应该理解我的立场啊？”

“那我该怎么办？你让我怎么办？”

女人像个小猫似的把双手抱在胸前，跺着脚说。

“也别太舍不得我了，快点把我忘掉吧。”

我放下碗筷，匆忙地做着离开的准备。到了该走的时候就该快点走，磨磨蹭蹭下去，我们两个人的心都累。

“这段时间打扰了，也谢谢你，我会永远记着你对我的好，也希望你找个好男人，别让父母担心了。”

想到这是正式道别，眼泪竟在我的眼圈里打转，弄得我还有些不好意思。

“不行，你不能走！”

不是撒娇，也不是耍赖。这女人泪如泉涌，抓着我的衣角悲切地抽泣着。这是与以往截然不同的哭泣，这肯定不是撒娇，也不是耍赖！我的脚步沉重了起来，虽然没想轻松地离开，可像这样心情沉重地走也是我意料之外的。

“好好待着，好好待着！”

我除了反复说这一句话，实在找不到其他的话来安慰她。我也跟着慌乱起来，情急之下，我手忙脚乱地从口袋里掏出一个厚厚的装着钱的信封，塞进了哭得正伤心的红月兜里。

可是无济于事，红月根本连瞅都不瞅，扑在我身上哭得更厉害了。我猛然意识到再这样下去绝对不行，但我的脚却不听我大脑的支配，一点儿也迈不动，我不由得磨蹭起来。

冷静，我必须冷静，我不停地提醒着自己。终于使出吃奶的劲儿一把甩开红月从门口冲了出去，我的耳边围绕着从后面传来的红月更加大声的哭喊：

“哎，你这个浑蛋！臭男人，没良心的家伙！和比我高尚的女人过去吧，我死也不想再见到你！”

哭声好像是止住了，继而变成了无休止的谩骂，走廊里响起了“滚吧！滚吧！”的声音。

——红月呀，我不得不这么做呀。我在心里默默地想。

下着台阶，我的眼泪大颗大颗地掉了下来。红月虽然卑贱，但我却不讨厌她。而且“卑贱”这个词在我的心里想了许久，我也没有找到这女人到底卑贱到哪儿？为了生活，为了替父母还债，为了让弟弟的学习无后顾之忧，不得已选择了别人都不能做的酒吧小姐工作，难道这算卑贱吗？与抢别人的东西、骗别人的钱相比，这又算什么呢？除了为快一些赚钱，偶尔遇到合适的男人就卖一下身子之外，还有什么大的错误吗？肉体和感情哪个重要呢？我老婆，不，是叫作“我老婆”的那个女人以爱情为借口，明目张胆地背叛丈夫，甚至杀死肚子里的孩子。红月与这样的女人相比，我看是要强上10倍，100倍之多。

——可怜的女人，快点把我忘掉，早日遇到个好小伙幸福地过日子吧。

我在心里暗暗地祝福着。对这个把我照顾得无微不至的女人，我打心眼儿里同情她。

到了车站，买了一张开往延吉的座位票（卧铺都卖完了），刚要转身的时候，就看见红月的眼睛正狠狠地盯着我。那张苍白的脸上，黑魆魆的布满了小黑点儿，鼻子周围还留着花花嗒嗒眼泪的痕迹。我着实吓了一跳，本能地看了看四周。

“怎么到这儿来了？给你那些钱就行了，怎么还追到这儿了？”

我两眼死死地看着她，红月毫无表情地说：

“我不会留你的，再说我怎么留你也不会回来，我现在也没有留你的力气了，只是想告诉你点事情才来的。”

“这么说是来道别的吗？在这种场合下，红月改变了语气，看来是要分别了，有了距离感，所以换成了敬语吧？”我猜测着。

“什么事？”

红月的话勾起了我的好奇心。

“亲爱的、亲爱的这么叫你，这是最后一次了，你走后，我也整理行李回老家去，我们可能不会再见面了，也见不到了。”

——是那样，我心里也是这么想。

“回到家乡，生下孩子，我要好好地抚养他，一个人把他养大。”

“是啊，找个好男人生孩子，好好生活。”

我发自内心地说。

“孩子肯定会想爸爸的，父母还有村里人也都会好奇孩子的爸爸到底是谁？”

我根本听不明白她说的什么意思。

“我只能说孩子爸爸出车祸死了，因为车祸经常能发生。”

“你到底什么意思呀？”

我被弄得云山雾罩的，拿不准她到底想说什么。

“现在孩子爸爸就在我身边我都留不住他，我只能告诉他，他的爸爸死了，不这样，我还能怎么样？”

说着，红月又呜呜地哭了起来。

一个又高又膀的男人面前一个瘦小枯干的女人悲伤地哭泣着，这幅场景引得围观的路人越聚越多。这时，我才意识到事态的不寻常。

“啊，你怀孕了？”

不知是紧张还是无知使我这个本来就脸皮厚的男人根本不介意围观人们的存在，继续追问。庆幸的是无论周围的人对我们所说的话有多好奇，也只能像聋子似的听不懂。

“是的，我也是前几天才知道的。”

看着眼眶子、鼻子、还有整个脸都起了密密麻麻小斑点的这个女人，开始我还以为是睡眠不足造成的，现在我才知道，这不是一天两天能长出来的，是因为怀孕才这样的。3 年前，叫作“我老婆”的那个女人也是如此，漂亮的脸蛋上面也起了许多小斑点，我当时问她是不是哪里不舒服，老婆那时说好像是怀孕了。现在同样的情景再现了，可我怎么就没想到呢？

“谁的孩子？”

我明知故问。

不出我的意料，红月生气地喊着：“你不知道吗？”

如此看来，这孩子是我的没错。自打跟了我，红月就不再出入于酒吧，也没有一次为了赚钱和别的男人上过床。

“我本来一开始就想告诉你，可你总说要走，要走。我害怕我一说出来，你马上就消失了，我还害怕你会瞧不起我，更害怕的是你会让我残忍地把孩子打掉。我想要这个孩子，就算你离开我，我自己也要把他生下来，带着他平静地生活。但我想，我想你毕竟是孩子的父亲，我应该告诉你，让你知道。就这样我就追到这儿来了，就是走，也要走得明白。”

红月说完捂着脸毫无留恋地转身就走，看着她的背影，我觉得是那么柔弱、那么可怜。那样瘦小的身体怎么能在这个世上生活下去？我呆呆地站在那里一动不动地想着。我的耳边被人们乱哄哄的声音充斥着，连火车站台广播的声音也听不到，如同是风刮过海面一样。我猛然挤进观看的人群，就像是拨开大海的波涛一样，朝着红月走的方向追去。

“等等，等一等！”

不知道听没听见我叫她的声音，她头也不回，反而加快了脚步。我一定要追上钻进人潮里的这个女人，我想着。沈阳火车站前的广场一向人山人海，今天的人似乎更多，我焦急地穿梭于人群中，心想一定要把她找到。我从来都是自诩我是一个比别人都重感情的人，而现在我却为我的愚钝和薄情而感到气愤，我真心地希望我能成为一个重情重义的男人。

——是呀，心态放平和，这世上才不会有孤儿，这是人之常情，丢掉情分，人就不会像人似的生活了。

此刻，我突然想起了我小时候的日子，那浸入骨髓的痛。8 岁那年，父母因为传染病双双去世，成为孤儿的我搬进了一个叫“光荣院”的地方。丝毫没有依靠的我和老人、被遗弃的孩子、还有身体有残疾的人住在一起，我的心冰冷而又伤心。失去亲人的痛常常使我的心空落落的，在这里，人们并没有因为同病相怜而互相安慰，互相温暖。人与人之间的关系是贪婪、妒忌、猜疑和冷漠，人与人之间在最需要互相关心的时候反而更加不互相信任。我就是在这样一个环境下成长起来的，连想一想都觉得心火辣辣地疼，而我正在把这种痛强加给我的孩子。

——不能，绝对不能那样！

“等一会儿，一起走！”

不知道她听没听见我的喊声，红月离我越来越远了，我生怕她没听见，继续扯着嗓门喊：

“月啊，那孩子是我们两个人的！”

白桃沟轶闻

梁春植/著　金莲兰/译

道边山莴苣般蓬勃，梦中看见也显得水灵青翠的伙伴勇洙打来电话，告诉我在白桃沟入口的山坡上清理了藤蔓，给三久老汉两口子修了高高的坟冢，还为了养草皮培上好多细柔的黄土。接到电话的时候，我从白桃沟回来才刚刚一个星期。

“走了？……啊，就这么走了……”

看我一点不显惊讶和惋惜，淡漠应对，好像早知如此，似乎这才顺理成章，不枉伙伴刺猬般奓刺，狠狠骂上一句：

“你小子算人吗？你这该死的……枉自念了破大学……”

据说误食了毒蘑菇，同年同月同日携手而去，该不是自杀或失望的痛苦做祸根而病死，而且我曾真切地触摸到为儿女牵肠挂肚，哪怕不成器，哪怕天涯相隔，一直到死刻骨铭心地等待着的父母心……那七十高龄粗糙如树皮，像同飞同坠的鸳鸯的老两口。

这故事不是编的。假如有人硬说是杜撰也没有办法，但却是实实在在发生在我们身边的事实。

前几年上大学的时候我就是个摄影爱好者，还在文学杂志发过两篇小小说。后来，我的“黎明”、“求道”和“白江”参加去年七月举行的K市摄影展，其中“白江”居然力压大名鼎鼎的摄影大家，一举夺得特等奖。

其实“白江”这件作品全然没有向什么地方投稿，或领什么奖金之类的意图。听到要搞摄影展，平常挺了解我的同学劝我说，你小子沉迷照相也有些年头了，何不送几张作品试试？我觉得有道理，就去翻翻旧相册，挑几张自以为不错的送了上去。没想到居然得了特等奖，自己也不敢相信，特意去影展看了看，还真不敢相信这竟然是我的作品。如今，连什么时候拍摄都记不大清楚了，依稀记得是上大学的时候一次赏枫叶时的即兴之作。从画面看，肯定是靠着少年意气，爬上大炮峰峭壁拍摄的。我镜头里的江，尾部缥缈如丝，最真切的地方也就羹匙那么大，用银蛇盘团般的形状，昭示小河崎岖多舛的命运。看它绕着高山，躲避山崖，碰撞岩石，携沙带石，一路逶迤，不绝如缕……朝着针尖般的希望百折不挠、锲而不舍地追求不息——那就是“白江”。居然是特等奖，以此为契机，摄影像一缕阳光投进我无聊的生活，于是就有了这天的乡下之行。我带着相机和几本杂志，去找家乡儿时的伙伴。

要说这次突然的乡下之行的动机，想要再次摘得什么大奖，声名远扬之类的想法犹如洗刷土豆沉下的淀粉，实在微不足道，不过是想借由离开城市，回到自然的怀抱好好歇息罢了。既然到乡下，借此见见老朋友，也是不难理解的吧。说得更准确一点，想要躲进山清水秀的乡下，忘却闷热和无聊，不，应说是摆脱这一点点勒紧的周边生活的挣扎，更是为了寻找沉浸在挫败感和郁闷挣扎的当儿，渐渐忘却的自我的一点自我救赎的努力吧。

人这种动物很可怕。坐着飞机还不忘老牛车，站在城市豪华公寓的阳台还惦记着乡下僻壤的茅草屋。我这个人周围有那么多又体面又气派的大学同学，怎么偏偏忘不掉兀自“埋没”在白桃沟的小学同学“面瓜脑袋”勇洙呢。当年的光腚伙伴，全都离开了山沟，就他留在家乡，可我总不至于因为这个可怜他，应说是那里象征着隐秘的为净化灵魂而寻找的天然小巢。听说对那里情有独钟的不只是我，好多“局长”、“经理”捷足先登，把那里当成度假村，纷纷找勇洙张罗钓虹鳟鱼、尝野山菜，“回报”故乡呢。作为东道主和山神爷的勇洙是那样的好客，这次也说“大麦饭大酱汤管够……”，痛快地欢迎我过来。

别看我这老同学是“面瓜脑袋”，如今他没花一分钱便成为“虹鳟鱼老板”，带着手机骑着摩托满沟飞。一两句话可能说不清楚，我这儿时的伙伴别看是深山沟的屯老二，他看中了栖息在村后山谷溪水石头底下的虹鳟鱼，索性放几包炸药把谷口炸成大坑，围着渔网养鱼，没想到不过两年胳膊粗的鲜鱼活蹦乱跳。“虹鳟鱼王”的美誉不胫而走，竟有妖冶的汉族姑娘慕名前来给他当媳妇。这不强似我这个号称大学毕业，还光棍一人的教书匠吗。勇洙说湛蓝的溪水蟒蛇般的虹鳟鱼就不用说了，那仿佛太古原始林的仙境般的休憩地值得一游，让我务必过来看看。

早晨还是雨雾蒙蒙，没想到大巴穿过水泥墙壁和建筑物挣脱市区，竟然迎来明媚的阳光。大巴在朝着世外桃源般的白桃沟风驰电掣般疾驶着，要到那里还要跑上一百多公里。我坐在飞驰的大巴里，居然品尝到久违的飘飘欲仙的感觉。大巴绕着山脚跑啊跑，左侧是白浪滔滔悠然东去的河，沿着河流铺展着青翠欲滴、一眼望不到头的水田。虽说我如今是中学教师，可为了工资啦、职称啦、婚姻啦……等等等等烦恼怎么也安不下心，可谓沉浸在空想里身心俱疲。没想到刚刚脱离了市区，顿时像解脱了充斥着牢骚和郁闷的痛苦。人这种动物也真怪，干吗什么都拼死拼活，无时不在战场上呢？就不能与世无争、平平安安度过吗？理智上知道一切皆因为贪欲，可就是挣脱不了这自私的圈套。我用肌肤感觉到在这小小的车内，这种要摆脱自戕的圈套的挣扎还在继续着……

大巴不知疲倦地奔驰着。跑了两个小时高速公路，这阵拐向了国道，速度好像还没有减弱。可是，到底路况不同，似乎颠簸了一阵，终于发出驴子打响鼻般的动静，竟然熄火了。

司机大汗淋漓地修抛锚的车，可大巴活像落入沼泽的哑巴，只顾低头望着地。看这样子到晚上也不见得能动窝。算了吧，用11号车也就是两个小时的路程吧……于是，我打定主意走过去。虽然早已不做体力活了，但二十来岁的大小伙子，不至于连几个小山头都攀不上。没想到山路跟我的想象大相径庭。第一个山头看起来近在咫尺，可走半天它还在前面。脊梁骨上汗水淌成了沟，大腿小腿直发酸。

虽说夏天的日头长，可它似乎长不过我面前的路。热了掬一把溪水洗洗脸，饿了摘几颗山果吃，走了大约一个半小时，好歹穿过了开阔的原野，一座陡峭的山羞涩地凑近眼前，摆出恭候的姿态。由于藏在深沟，连登山客都没有，山上竟然连小路都无处寻觅。柞树、刺槐、橡树、榛子树和杂草灌木亲密地扭成一团，爬上去真有披荆斩棘的味儿。可是“只需翻过几个山头”的心理起着作用，我居然一口气攀上了第一个山头……可这时我这为人师表的可谓狼狈透顶，满脸污迹斑驳，被汗水打湿的头发乱成鹊窝，被牛皮蝇、马尾蝇、巨蚊和小咬亲密接触的脖颈和胳膊红肿如水桶。不仅痛，还很饿，而且非常渴。腿疼得就像断了似的。脚底的水泡辣辣地发痛，大腿痛得像冒出一个个淋巴结节，每迈出一步居然发出嘎巴嘎巴的脆响。

“他妈的，怎么臭如我的命！”

空自发着牢骚，刚才还自信满满的心，仿佛刺了一针的气球在慢慢泄气。

你小子，你迈出大学门槛才几个月，还当上什么中学教师有了不错的单位，你家祖坟算是冒青烟了。还没摆脱乡巴佬气的，才二十啷当岁的小子，你还有什么不如意的发这么大的牢骚……就说那个大巴吧，早不坏晚不坏，偏偏在这节骨眼上抛锚。嘴里嘟嘟囔囔的，硬着头皮爬呀爬，可越是往上爬，山谷越深，连日头都挂在西山欲坠不坠，心开始怦怦乱跳，焦急在渐渐膨胀。

炽热得让人睁不开眼的太阳，匆匆忙忙去跟月亮约会，洒落的最后几缕阳光透进树枝间。伴随着大山深沉的影子，风儿也轻轻荡起，像诱惑夜晚的天使的飘带。

“天啊，这是……”

这越走越是深山，看样子是迷路了。当山影回缩轮廓，颜色越变越浓时，我蓦然感到我焦躁阴沉的脖颈垂下一匹白练，不禁大吃一惊。虽然被山影包围着，山谷两侧的坡却闪耀着一片灰白色！定睛一看，那俨然是抵御逼近的山影和暮色的光明的殊死反击！

气喘吁吁，连滚带爬地凑近，才发现那不是什么人工的装饰，而是一大片天然桃林。时值盛暑，双颊白如雪的小桃，如瓣瓣雪花，令人联想一句名诗：千树万树梨花开。玲珑剔透让人叹为观止。

“天然野生桃树林，这么个山沟竟有这个！可能，因为这才叫白桃沟的吧……”

正在揣度的时候，我再次吃了一惊。蓊郁的桃林深处，竟然有黑乎乎的东西。难道碰见了百年黑熊了？当我的双腿不听我支使，主动地筛起糠的时候，我的眼睛终于看清了那是一幢破旧的茅草房。院子只有炕席大，周围密密麻麻围着腐烂的开满层层叠叠白花的篱笆。缀满篱笆的红红蓝蓝的喇叭花之间，一条小路羞涩地向我招手。

没等我拉开篱笆门，飞来一个老汉痰声咳咳的声音，吓我一大跳：

“哎哟哟，你小子终于来了……”

我不解地望着声音飘来的地方，这才发现有个老人无所事事地瘫坐在房前木廊台上。那个显得非常苍老的老人，闭着糊满眼屎的左眼，望着走进院子的我正要挣扎着站起来。老人把双手倒背在弯成弓状的后背上，这次却粗声大吼起来：

“你什么小子，都这么晚了闯这深山沟哇？”

老爷子这么一叫，我倒放心了。走进院子，面对着老人，我不是吃惊，一股崇敬之情油然生自心底。那不全是因为我把老汉误认为已上九天的我的爷爷的关系。

映入我眼帘的是凄美悲伤的画幅，那个老汉显得那样的悲伤忧郁。

我下意识地摘下相机，咔嚓照了一张。要说那是纯粹反射性的行为也不为过。

“你小子干吗？我为什么要，不，你小子为什么闯进这里照什么破相……”

不料，那个老汉大叫一声，还用木杆紧着拍地，我才明白我连个招呼都不打，贸然做出的行为招惹了老爷子，还激起他的疑心，一时慌了，不知怎么才好。这时候再说什么“您好?”或“我迷路了……”之类显得太做作，也够荒唐的，那该……还好，我发挥了急智，想起了正好挠老爷子痒处的绝妙好词：

“对不起，我看您就像我爷爷……”

果不其然，这句话发挥了惊人的效力。

“后生，你是哪来的?”

“我去白桃沟，请您指指路好吗?”

“你，你说什么？去白桃沟吗？……”

老爷子抻长了腰，伸过半聋的耳朵，有些口吃地说。我这才发现老爷子左颊上有着一块长长的伤疤，很是狰狞可怖。一眼可看出人生多舛，胸口一下子沉甸甸的。我还没应声，他伸手遮着阳朝着日落的西山喃喃着：

“啧啧，黑夜要赶来狼群喽……从这儿还得钻半天山沟，你又是第一次来，啧啧……”

我怀着恨不得早日见朋友的焦躁，深深叹了一口气，着急地问道：

“这儿不就是白桃林吗，白桃沟村还不得在附近……”

“你想想脚指头和耳朵的距离吧……我家虽然简陋，你后生要是不嫌弃，住上一夜再走无妨。”

我只好把屁股搁在门槛上。连该掏出相机对对焦都忘了。再一寻思，觉得刚才抛锚的大客，这阵肯定抵达了目的地，顺顺当当踏上了归途，就觉得只顾自己好，抛下大家却不免狼狈的自己太可恨了。

“后生该饿了……这阵也该来了，今天是怎么啦?”

留我住下之后，老爷子坐不住了，心急火燎一般。出出进进好几次，好像还抱柴火到厨房，老爷子才蹒跚地走过来。直走到我眼皮底下，睁大糊满眼屎的左眼打量我的脸，那左脸颊的伤痕几乎要触到我脸上，令我起鸡皮疙瘩。我不知这种举动意味着什么，不禁紧张起来。

“我呀，住在牡丹江，名字叫石九呢。”

“什么，死九？咳咳咳……怎么，叫病九不比死九强，咳咳咳……”

我还没说完，老头子“篡改”我的名字，还难听地笑个不休。露出满嘴豁牙子，堆起深深的皱纹几乎填平伤痕，由于视力障碍总是眯缝着的眼睛，索性闭得紧紧的。

让我叫“病九”，这又是哪儿跟哪儿啊？我忽然发动了好奇，想要好好看看老爷子的脸，只见一直吭吭怪笑的老人在用黑红的瘦骨嶙峋的手背，揩着眼角，冷眼一看分明是泪水……

啪嗒啪嗒……好像钻了灶坑，浑身的毛燎得黄黄的只有萝卜大，拖着大肚子的小狗，殷勤地摇着瘦尾巴，安慰着正在发愣的我。

由于山影子，院子很是凉爽。

一对燕子轮换着穿梭在高高的枝干和屋檐下的燕窝之间。院子角落南瓜藤爬上野蔷薇丛上，四周的篱笆缀满豆角。当我的目光掠过院子，挪到覆盖着皑皑白雪般斜斜地铺展着的白桃林风景的时候……

“吱嘎”篱笆门被推开，腰弯得比老爷子还厉害的小老太婆踢踢踏踏走进院子。

“你猜猜谁来了？嗯哼!”

老爷子对老太太说的话，让我一愣一愣的。那口气仿佛是朝思暮想的亲骨肉来了。

老太太倒背着双手，撑起了弯如弓背的腰，环顾四周，发现小狗亲昵地咬着我裤腿，就开口问了一声：

“谁呀，那是?”

“啊，是城里到下面那村子的客人啊。”

“城里人多了……我还以为……真是老糊涂了。”

老太婆顿时拉下脸，转身走进厨房。

我一时慌了，心里头却有些不是滋味儿。明摆着是不耐烦的口气。老爷子觉得过意不去，冲我安慰般地说：

“叫苦日子磨得都不会说话了，啧啧，全被麻痹了，全被……”

说着，老爷子“啪啪啪”拍了几下巴掌，刚开始长尾巴的小鸡们穿过篱笆缝颠颠跑了过来。

算了吧，咬咬牙熬过这一夜吧。好容易按捺住自己，我把自己扔在院子里的垫子上，翻开了摄影杂志。大概看了两页吧，叫“呱呱呱”聒噪不休的蛙鸣激得抬了抬头，正想接着看下去暮色已经落在杂志上，蓦地传来老奶奶的话语声：

“快来呀，不合口也没法子，怎么也得填饱肚子吧，不然饿得该睡不着了。”

我正饿得眼睛发绿，恨不得抓住什么啃一啃，见人招呼早已蹭到饭桌前坐了下来。

老奶奶用力按了按，给我的碗盛上鼓鼓的饭。掺上芸豆和高粱米煮的饭，说我生平第一遭品尝也不为过。刚刚端上来的黄陶罐里新下的角瓜和土豆烧的大酱汤，肚子咕嘟咕嘟欢快地叫着，用来蘸酱吃的青椒、大葱和蒜，堆了一堆。

“我那孙子，啊，就是那病九小子，好容易回来一趟，就非要吃杂谷饭，当然了最喜欢的还是五谷饭……”

“啧啧，又来了……说你糊涂还不信……”

端上用大酱蒸的苏子叶，老奶奶白了老爷子一眼。

哦，原来他孙子叫病九哇。想孙子想得见人就叫病九啊，原来……看来孙子这阵该回来了吧。想着这些塞进嘴里的杂谷饭更香了。要只是一碗饭，该说风卷残云，无奈吃一口老奶奶给添一勺，我只得剩下大半碗饭就撂下了筷子。没想到我肚子鼓鼓往后退的时候，竟然倒了个仰八叉。

“我这人在餐桌上本来不大亲近酒……可我们临睡之前还是来一点爽口的米酒吧。那样才好入睡呢。”

撤下饭桌，捋下树枝剔着剩下不多的牙缝，老爷子跟我说了这番话，我觉得这段话好像是话里有话，隐含着什么意义。

可能还是跟孙子——那个叫什么病九的有关吧。

不知什么时候，我们坐着的四个角落，冉冉燃烧着编得活像女人发辫的驱蚊草，暮色比隐藏在饭桌下面的浓重的阴影还要浓密。而且，我不知什么时候开始徐徐沉浸在老爷子的故事当中。

故事的开头并不像故事，好像是冲着什么人破口大骂或大发牢骚，我对这些毫无关心，可是他接着说：

“你看见了我脸颊上的伤痕吗……”

就是这句话勾起了我的兴致。

老爷子说这片白桃林……凝聚在白桃林中的荡气回肠的故事是死了也忘不掉的。至于他说到自家从父亲那一辈起就是这片天然林，这白雪覆盖般雪白的白桃林的主人，这话似乎有些夸张，可是白桃林和一个家族的血肉相连的渊源，该说是凝结着血和泪的历史，这点该是毫无疑义的。

老爷子说自己的父亲30年代跨过图们江，在间岛的土地挖下第一锹土，偶然发现的地方就是这片白桃林，后来饱受被日本鬼子夺走整个林子的痛苦，直到日本无条件投降那年才重新找回这片果园……可父亲却因果园被夺走时遭日寇暴打而得的老伤复发，卧床不起三个月，终于在国家解放的1949年夏天，望着雪白的果园撒手而去。唠完父亲唠自己，唠着唠着唠到孙子病九，说那小子自小特别爱吃白桃……反正，如此这般老爷子自己一直是这山的主人，病九小子也叫爷爷背着，几乎长在这片果园里了。

白桃沟坐落在离三九老汉的老家白桃沟将近十多里的深谷里。谷底还流淌着清清溪水。要是这里再有一处瀑布，那简直是胜景，绝对不亚于那些闻名遐迩的旅游景点。老爷子说不管它是仙境，还是险谷，每逢白桃成熟的日子总有人出头锄草、除虫，还给剪枝，与其说是为了几个钱，不如说是为了老远就让你心旷神怡的那蛊惑人的白色。

“就为了那雪白的颜色……”

这句话有着让人心里一热的魔力。其实白桃林没给人们带来多大好处，那山谷小路，一下雨连爬上爬下都倍感困难，就算摘下桃卖也挣不上几个钱……可是，这里的人们认为白桃林就该是这个样子，辛辛苦苦侍弄了它数十年，从农业社时候起，度过大跃进时代，还有什么什么年代，从来没有怠慢过它。甚至是文化大革命时期，每当白桃成熟的季节都要派人到沟里，在那里搭上窝棚守卫着。可是，历经大风大浪安然无恙的白桃林，却在90年代里遭到厄运——不知是从90年代的哪一年开始的，出国打工之风刮到这山沟，几辈子当宝贝的白桃林开始遭到遗弃。

“……我听见了，明明听见了白桃林哀哀地呼叫主人的哭声啊。每当深夜，那哭声随风传来，哎哟那个凄凉啊，就像我孙子病九小子饿了找娘吃奶的动静啊……”

咳咳咳……老汉剧烈地咳了一阵，几乎把心肺都咳出来，接着卷上粗壮得让人悲伤的烟，点上后接下了话头，仿佛过了这个晚上，再也找不到听众一般。直到送孙子念大学，老爷子才想起白桃林，可老人每每做好进林子的准备，却每每功亏一篑，未能成行。为了过好日子，儿媳妇“假结婚”去了韩国，一开始倒寄来一点钱，可已经断了音讯好几年，儿子愁得日夜泡在酒缸里，居然得了不治之症……这叫什么世道啊，还兴什么“假结婚”？开头就有不好的预感，果不其然儿子撒手而去，给老两口留下了孙子这个“累赘”。为了供孙子读书，老两口喂猪、养牛，脊骨累弯了，皮囊掏空了。还不止呢，看着那失去主人，虫子嗑杂草疯，自生自灭的白桃林于心不忍，老爷子还要隔两天就去深谷照看一下，闹得腰更弯了，患上严重风湿性关节炎的大腿疼痛越来越加重。可老爷子说，你说怪不怪，这腰腿疼不去白桃林的日子让人受不了，去那里跟白桃们见面回来，疼痛却烟消云散，夜里还能睡个好觉。

可是，平静的日子没能持续多久，老两口担心的事情终于发生了。前一夜，风声呼呼格外嚣张，把蛙叫虫鸣全给盖住了。老爷子说那夜的风声，从山野从河那头从遥远的什么地方传来，像哀怨像号哭，还像哭哑了嗓子的悲泣。闹得老爷子一夜没有睡好，一直到凌晨心口怦怦跳个不休，到了第二天中午时分实在忍不住了，就穿过十里溪谷，一口气跑到白桃林，还真是出了大事了。只见一个陌生的四十来岁的汉子，领着两个绅士模样的人，横冲直撞大汗淋漓地在丈量白桃林呢。

“你们，你们这是干什么？”

老爷子不知怎么回事，厉声追问着，那个长相凶恶的汉子牵着可怕的大狼狗走过来。那个汉子跟他说悄悄话，说那些人是韩国商人，他们要出 10 万元买这片白桃林，老爷子要是能睁一只眼闭一只眼，我给你老爷子 2 万元。

“你小子干脆要我老命吧！这片白桃林可是山神爷给我们白桃沟人的传家宝。你小子知道不，你胆敢碰一碰它，不怕遭到天谴……”

看见老爷子大怒，那些人只好吐吐舌头要走。可这时那可怕的狼狗扑过来，一口咬下老爷子左脸颊一块肉。当狼狗要咬住老爷子喉咙的时候，闪出一道蓝光，一只锋利的镰刀砍下狼狗的脖子。正好是假日，那个孙子，就是病九回了家，看见爷爷出门，不知想到什么从墙上摘下镰刀跟了来的。

“哎呀我的狼狗！你赔，赔一万元！”

那汉子不干了，连赖带横，索要天价的赔款。可是，病九可不是好惹的，他义正词严地说：

“你小子想诈骗，把白桃林卖给韩国商人，私吞10万元。你把国土当作个人所有，想骗钱，我非告你这个诈骗犯不可！”

老爷子翻来覆去地叨咕，那天就是病九救了自己，救了那片白桃林的。

看样子，老爷子很激动。天上嵌满了星星，四周萤火虫多如星星。

“别提了，那家伙抱着自己的死狗，理都不理我这鲜血淋漓的脸蛋……还口口声声让我们包赔，说自己老婆在外国跟了野汉子，自己要供孩子读书，可就是没有钱……”

“你这叫什么理？为了个人的利益，侵占集体的利益……更何况，这不是法律保护的国有资产吗……你还是趁早收起你这卑鄙的投机、诈骗的把戏吧……你要是非要什么狼狗钱，好哇，咱们法庭见！”

老爷子说自己的孙子说这话吓唬他，那人果真屁也不敢放，悻悻地走了。可能是想起小孙孙，心情激荡了，老爷子把烟抽得火星一闪一闪的，良久没有说话。

俄顷，他才沉重地开了口：

“那小子别提有多聪明啦。还随他爹，高高的个头，亮晶晶的大眼，过路的女孩子们见他，都要尿裤子来着……咳咳咳。”

那啪嗒啪嗒敲烟袋的声音，仿佛在为嘿嘿直乐的老爷子打气。

我揣测老爷子的话，好像才开了个头。好像一肚子的话非说不可的吧。不然的话，让偶尔路过的，素昧平生的小伙子住在家里，拽住陌生人唠的这些话，又该是浸透何种情感的话呢？说不定，那深藏着的意图，会浓密地显现出来的吧……说起来，对聆听别人说话这一点，我的耐心早已在大学时代就培育得非常棒了。大学时节，我们宿舍一共四个人。原本陌生的我们，变得亲密无间，大约用去了一个月。而快到两个月的时候，人人都开始展现被压抑的本质了。晚9点宿舍停电，大伙儿就爬上床，你一言我一语地开起了研讨会。那话题从国家大事到女生隐秘的部位无所不有。唠着唠着，不知谁抢先堕入梦乡，响起嘹亮的打呼噜声……日复一日，最晚到10点钟，这节目照演不误。可是，平常沉默寡言，被叫作“静默汉”的朴，那静默却愈加频频地被打破，甚至在沉默中爆发。这样的时候，10点就不是个头，“静默汉”会在10点到12点之间一个人说说笑笑，还嘟囔些谁也听不懂的话，自娱自乐，这种时候跑不了是酒气熏天的。这样的次数越来越频繁……我们只有忍受的份儿。那固然是因为我们动用什么办法都无法阻止，而且更是因为我们在彼此的兴奋点坠落的深夜，会从呼呼大睡的朴的样子察觉到有什么难言之隐，不由得萌生恻隐之心，同情感油然生自心底的缘故。正当我们为了朴，日复一日培育着我们的忍耐之心的时候，事情到底发生了。漫长的暑假结束了，我们陆续回到学校，只有他没有回来……听说，他被送进了精神病医院……妈妈的“假结婚”在外国演变成“真婚姻”，加上父亲的猝死让聪明而充满活力的朴时常发呆，最终走进精神病医院的高墙里面……唉，我们怎么没早点了解到这些呢？假如我们早知道，至少会给予他更多的关心。

“我家病九小子可是又聪明、功课又好、心地又善良，从来不知道做有违良心的事的好孩子啊。每逢寒暑假，他都要坐火车回到这里来。那小子豪爽如秋风，大步流星走路都像个男子汉，看着那小子我们老两口就有了主心骨。真是老天有眼，给我们这么帅气这么幽默的好孙子。什么叫孝敬，这就叫孝敬啊。是小孙孙对爷爷奶奶最好的孝敬啊……别看小子不露出来，可他想起去韩国就不知道回来的娘，还有得了癌症，撇下自己走了的爹，那个心该多痛啊。那小子上大学，一分钱掰成两半花，硬是从自己嘴里抠出来，每次回来都要给我们买据说能给老人补神养气的人参蜂王浆什么的……哦，我们两口子坚信那长得无比帅气的，还回回得奖学金的病九小子会有出息，会成大器的。可是……大概是四年前的今天吧，是这时候，错不了。就像今天，阳光像折坏的伞骨，长长短短爬进白桃林的时分。我呢，就像刚才那样敞开厨房门，坐在廊台上忘情地瞅着仿佛朝我家倾泻而来的白桃林来着。突然，我眼睛瞅见了病九小子，可那小子不是呼呼生风，而像个稻草人踉踉跄跄走进来呢。我还以为我看走眼了，可正面瞅着，可不就是我孙子，病九，病九小子吗！这叫怎么回事嘛！你不知道，那小子刚刚托人捎信过来，说暑假为了打工挣学费没能回来，现在呢已经开学了埋头搞学问，就没有工夫回去了，说寒假会回来过年的。现在不是做学问的时候吗，那小子怎么突然来了，我想是不是我老眼昏花看错了，不，我真盼着我能看错呢。可是，晃晃悠悠走到跟前的真的是病九，那小子一个‘爷……’字没说完，就扑通倒下来了。哎呀我的天啊……我的预感扭曲了，全身的血倒流呢……

“‘哎哟我的天啊，这是怎么啦？你，你是病……病九吧？……’

“可怜我的小孙孙，只是翕动着嘴唇，说不出话来，脸上青一块红一块，到处是干巴的血痂……不仅是脸呢，只要碰一碰身子，他就要发出悲鸣，真不知道拖着那样的身子，怎么坐火车，坐汽车，爬到……也许，这就叫骨肉之情吧……”

老爷子说孙子好像预感到自己的死，为了不让年老的爷爷奶奶，再为自己到处奔波，断断续续说出了事情的来龙去脉。他说，朋友，一个班的同学，像自己一样爸爸死于癌症，妈妈在韩国找了丈夫的那个朋友，拿妈妈在韩国大把大把寄来的钞票玩赌博，没想到欠了赌债还不上，挨了铁棍乱打。自己在一旁看不过，动手拉架，没想到成为他们的祭品。

“……我朋友会把我的寿拿去，为我排解心中的郁愤，你们放心吧……我觉得与其客死他乡，化成一把灰，不如回到把我拉扯大的爷爷奶奶身边……我想被埋在白桃林苍翠的坡上……”

说完这些，就闭上了眼睛，老爷子说孩子就像睡着了。

“……多么帅气可爱的小子啊……”

老爷子说到这里，再也接不上话头，双肩剧烈地颤抖着。

隔着老爷子颤抖的肩膀，从四敞八开的房门，我蓦地望见了月亮。萝卜心般的月光下，双颊雪白的成千上万颗白桃缀满枝头……可我突然意识到那灿烂的白色，变成了冰冷的霜光，不禁浑身战栗了。

我暂且挤进老爷子的悲痛里面，感到病九，不，病九临终前留下的“……郁愤……”痛切地扎进我的心房，悲伤得不能自已。

他所说的“郁愤”到底是什么呢？要论郁积在心底的郁愤，我心中不也存在吗。因为这，我才来到这个白桃沟的吧……那不堪回首的，回首只能倍添痛苦的往事……爱得死去活来，但飞到外国就“拜拜”了的初恋……多么的出乎意料啊，人活着到底是为什么呢……

通过老爷子一席话，我听出了话中之音——他的孙子，就是那个病九在说，自己从没有想过无谓的死……可怎么年纪轻轻居然遭到了不期之死……好像，此时此刻他就躺在我身旁，急促地喘着最后的气……

“小伙子……”老爷子挪过搁在我膝盖上的手，指着自己的脸，又接下了话头："那是个日头西斜的傍晚，我正坐在那土台上，那小子脸色煞白，踉踉跄跄地走过来，嗓子喑哑跟我说着什么，可我只见他嘴唇一颤一颤地，一句也听不清他在说些什么……现在还在眼前，那么的清晰……"

"……"

"我刚才呀，真以为是他，以为病九小子过来了呢。可是，死孩子能活过来吗？我一下子失望了，就……你多谅解谅解，啊，小伙子？"

"……"

这工夫，外面已经曙色初现，东方露出了鱼肚白。

老爷子可能说得忘情了，口口声声说忘了把昨天泡在泉水里的酸甜可口的马格里（一种家酿的米酒）拿出来待客了，就展开额头的皱纹，痰声咯咯朝着厨房大声吩咐说：

"喂，你这个老太婆还在那儿死睡呐？我们还有什么新日子，现在就是新日子嘛。老太婆你赶紧给我起来，挑大点的小鸡给我杀了，赶在日头升起来之前，让后生吃了热饭再上路吧。"

寿 衣 店

许龙锡/著　陈雪鸿/译

一

这里是什么地方？怎么会密密麻麻地有那么多寿衣店呢？难道是因为在大医院周围的缘故？人们平时看见这样的招牌，都会像见到鬼神亲戚似的打个寒噤，不知不觉地把视线移开。一旦家里有了丧事，又不得不踏进这样的地方。

长着一头鬈发的德哲从乡下来到城里后，就在其中的一家寿衣店里打工，跑前跑后忙个不停。也许正是因为他为人诚实敦厚，才被十分挑剔的老板看中的。

和以往一样，他今天也是很早就到店里来上班了。他正在埋头打扫擦拭的时候，有一个人走进店里。难道说一大早就交好运开张了！

“快请进……”

他习惯地捋了一下鬈发，满脸笑容地抬起头来。啊呀，这不是哥哥吗？

“哦？哥，你怎么这么早就……”

“嗯。我到医院来，见这个店铺已经开门，就顺便走了进来。我说，难道你打算一直在这样的地方干活吗？”

哥哥用难以理解的目光不满地看着德哲。

“哥，你怎么一见了我就说这个呢？在这里干活又怎么了？”

这已经不是一两次了，而是一见面就会这样责备。即使是好话，说上三次也会令人生厌。德哲多少感到有些不快。

“不管怎么说，你曾经当过村干部。再没有地方干活，也不能在这样别人都忌讳的地方干活嘛。你要是去找别的地方干活，不有的是吗!”

“连档案里也没有记录的村干部算什么干部哟。其他干活的地方我也找过，可是工资都少得可怜，还不够吃住的。而在这里干活，基本工资加奖金，一个月至少也能挣个几千块钱。我也没想长期干下去，等到出国劳务签证下来后，我就不干了。眼下，就连大学毕业生都争着要去火葬场那样的地方工作。像我这样的，在哪里挣钱还不都是一样吗?”

上个世纪90年代初，德哲在高考中只差几分而遗憾落榜，迄今为止一直在家乡务农。去年，他办了出国劳务手续，打算去国外打工挣钱。他来到城里，已经在这家寿衣店里干了半年活，边干活边等着出国签证下来。

哥哥无可奈何地离开寿衣店，临走时对德哲说：

“不管怎么说，你最好还是别再干这样的活了。你老婆和孩子要是知道你在专门服侍死人的话，还不气晕过去。所以么，你还是找个有些面子的活干吧。”

其实，德哲尽管在被称为“鬼神亲戚家”的寿衣店里干着专门服侍死人的活，却瞒着乡下的家人，说是在城里一家外国大公司上班。

“现在面子值多少钱? 挣钱糊口比巴掌大的脸有用得多了。好了，哥，别再为我担心了。你还是好好治你的病吧。”

德哲的哥哥去国外打工8年，挣了钱回来在城里买了房子。可是，8年里，他在建筑工地上干的都是力气活，累得落下一身病。高血压、糖尿病、肾炎，简直成了“医院明星模特”，三天两头往医院里跑。都说是一病千药治，像如此多病，还不得几千种药来治啊。看来国外挣回来的钱现在都得买药吃了。嫂子依然在国外打工，哥哥和上初中的女儿在一起。女儿每天都要学习得很晚，所以从去年春天开始干脆让女儿住到学校宿舍去了。有一次，女儿有事很晚回家来，路上遇到几个坏小子拼命追逐。那天，哥哥正好与几个同病相怜的伙伴聚在一起喝酒，很晚才回到家里。

德哲的哥哥姐姐都靠外出打工挣了钱，都在城里买了房子住在城里，只有他独自在乡下务农，老觉得抬不起头来。当大家都在乡下鼻子贴着地、屁股翘上天地干农活的时候，兄弟姐妹中还是德哲家的境遇最为不错。而在外出务工的门打开后，他家里的境况竟然一落千丈，简直成了“叫花子”。尽管哥哥姐姐干活都不如德哲，但是自从外出务工挣钱后，日子过得都超过了他家。虽然是自己的哥哥姐姐，但他还是越想越来气，甚至暗暗产生了妒忌的心理。再加上老婆在旁边没完没了的数落，闹得他耳朵里嗡嗡直响。他觉得再这样下去，孩子的前途似乎也会受到影响。

从去年开始，德哲辞去了村里会计和副村长的职务，又把自己家里包的地全部交给老婆打理，雄心勃勃地做着去国外打工的准备。不料，事情并不如他想象的那样顺利。别人办出国劳务手续，不到两三个月签证就下来了。可他等了半年多，依然是以前烤野鸡吃的地方，原地不动。本来他想在这寿衣店里闭上眼干个两三个月，挣一些出国的路费。没曾想一干就是半年多，而且满耳所听到的只有哥哥路过时进来一如既往的责备。唉，这该死的签证什么时候才能下来呢……

一个顾客推开门进来。

“快请进……”

德哲立即像是什么事情也没有发生过似的，满脸笑容地热情相迎。

“我哥哥刚刚去世，现在能去人料理一下吗？”

那个顾客看上去40多岁的样子，个头儿不高，小心翼翼地问道。

“可以。请问您住在什么地方？”

“就在园林小区附近。我带车来了，一起去就行了。对了，这寿衣怎么卖？”

德哲指着那些高级的绸缎寿衣说：

“这些是2000元，这些是1800元，这些是……”

“都这么贵吗？”

“那边有便宜的。这些是800元，还有600元的……”

顾客踌躇了一会儿后说：

“还是给我最贵的吧。”

这就是目前人们的心理。没有什么人愿意让去世的人穿上便宜的寿衣送走的。这既是对亡人的哀思，也是担心太刻薄的话，会给活着的人带来什么灾祸。德哲拿出2000元的寿衣精心放进塑料袋里。

“这里还能给放大遗像吗？”

“是的。”

“多少钱?”

“有50元的，也有100元的。”

“哦? 这也这么贵啊?”

“到哪里都是一样的价格。我们不仅放大遗像，还给遗像配上高级的相框。”

“那好吧，我再放大一张100元的遗像。”

说着，顾客拿出一张破旧不堪的2寸旧照片。德哲接过照片看了看，然后说道：

“这照片太旧了，放大以后可能效果不太好。我先告诉您一下。”

“只要能认出人来就行了。咱们快走吧。”

“看来您不是个讨价还价、斤斤计较的人。这样吧，寿衣我给您算1900元，遗像放大算80元。”

“谢谢你。咱们这就走吧。”

顾客付清了寿衣和遗像的钱以后，又一次催促道。

“放大的遗像请您傍晚来取。咱们走吧。”

德哲携带着装殓所需的工具走出店门，坐上了顾客的车。

都说是卖棺材的人老盼着有人死亡，其实开寿衣店的人何尝不是如此呢，再没有比见到因亲人去世而找上门来的顾客更高兴的事情了。虽然这样说会被别人骂太不讲人情，但这是与饭碗相连的生命线，所以只能抱着这种心态。而在表面上却要装出猫怜悯老鼠似的，不在脸上表现出喜形于色。

德哲跟着顾客来到园林小区附近公寓楼五楼的一户人家。见有人进门，坐在屋子里的几个男女一起站起身来。

“在那个房间。”

把德哲领来的顾客指了指北侧的房门。

德哲推开房门进去，一股难闻的臭味和腐味扑鼻而来。家人们含着眼泪，捏着鼻子，探头探脑地朝屋里张望。如今这样的事情已经见多了，德哲根本不当一回事地走近尸体。不知怎么的，尸体全身赤裸，涂满了已经干涸的粪便。在濒临死亡时，有的人会把身上的衣服全部脱光。眼前这个去世的人，一定是在临死之前大便失禁，浑身不适，手脚乱动，才会使粪便涂满全身的。婴儿诞生时，在什么也不吃的状态下拉的屎，叫作胎便。人在气绝而亡时拉的屎也有叫作终便的。用词虽然不一样，但是其成分十分相似。如此看来，世上万事始与终、极与极相通的话果然是千真万确。德哲又仔细观察了尸体，眼睛没有闭拢，嘴巴也有些歪斜。就像经常能看到的情况一样，尸体的头旁边散落着空的酒瓶。

德哲察看完尸体后走出房间，带着责怪的口气问道：

“好像已经去世好几天了，为什么现在才发现？”

“……我哥哥身体一直不好。一连好几天没有音讯，打手机也不接，放心不下今天破门进来一看，已经……”

原来，这个去世的人似乎是因为老婆去国外打工挣钱以后与他离了婚，孤苦伶仃地独自生活了好几年，最终去了极乐世界。听说他原先还是一个规模较大的企业的中层干部，后来企业倒闭，处境顿时一落千丈。他一直哀叹自己命运不济，甚至死后还不能瞑目。

“看上去年龄好像也不太大……”

“也就52岁左右。”

“太不幸了。怎么样？是家里人给尸体擦身穿衣，还是交给我来做？”

德哲头一次干这活的时候，没有经验，没有问一声丧家的意思，就挽起袖子干净利落地对尸体进行了装殓。不料，丧家十分生气，意思是他们打算自己做的事情，谁让他抢先做完了。结果是大吵了一架，德哲一分钱未得，两手空空地回来了。从那以后，即使是再明白不过的事情，他也一一向丧家询问后才动手去做。

也许是意识到了亲戚们的眼神，那个作为弟弟的人犹豫了半天，才言不由衷地说：

“那好吧，我来……”

这时候，一个眼睛一大一小的女人翻着白眼阻拦道：

“算了吧。虽说你们是兄弟，也不能碰这样的脏活嘛。还是交给这位师傅去做吧……”

“我作为弟弟，怎么也得……”

“你是弟弟没错，但是也得为活人考虑考虑嘛。你干完这个，还想带着那股味儿走进家门？”

弟弟又犹豫再三后问德哲：

“请你干的话，得收多少钱？”

“根据情况价格不一样。像眼前这位的情况，怎么也得400元。”

“啊？这么贵？”

“您也看到了，不仅去世已经多日，而且浑身上下肮脏不堪。再说，把身子擦拭干净，堵住耳口鼻，把已经僵硬的手脚搓揉开，穿上寿衣……说实话，做这些事情，400元真不算太贵。别的寿衣店最少也要500元。”

弟弟还在犹豫，那个像他老婆的大小眼女人挥着手说：

“行了，就按这个价格做吧。”

现在与以前不一样，许多男人都被老婆攥在手心里，就像被火烤的狗皮那样活得越来越萎缩。这户人家看来也是老婆说了算。德哲看着女人又问道：

“招魂的事情是由你们自己做，还是都由我来做？”

“招魂？那是干什么的？”

“就是召唤故人的亡灵。”

“招魂也要另外收钱吗？”

“由我来做也不用另外算钱。”

“那都由你来做吧。”

现在的人们几乎大多如此，几乎没有家里人愿意怀着悲伤的心情来为故人招魂，祈愿故人一路走好。再说，现在也没有什么人懂得如何招魂。可是，一旦询问丧家不做行不行，却一致要求非做不可。这并不是为已经故去的人着想，而是为了给活人避灾免祸。看来这户人家同样如此，即使德哲另外收钱，也会让他做的。事实上，的确也有人为招魂而另外收钱。

“装殓结束后，是直接送火葬场，还是放在家里？”

这回那个弟弟没有任何犹豫，挥了挥手说：

“结束以后立即送火葬场。”

眼下几乎每户人家都是如此。几乎没有哪户人家还会在家里守灵三天，只是对着遗像祭祀一下就完事了。不再像以前那样，举办葬礼之前，至亲家属们在亡人身边熬夜守灵。就连号丧也十分随便。一旦有人来吊唁，丧主应该“哎哟哎哟”干哭几声，而吊唁的人则“唉唉”地表示哀悼。可是，有的丧家和吊唁人的号丧倒了个儿，也没有人会觉察到错误。很多丧家的丧主在接待吊唁人的时候干脆连号丧也免了。很多情况下，吊唁人也只是向遗像行礼，而不向丧主行礼致哀。以前，都会由不穿丧服的亲属或富有丧事经验的德高望重的长者来主持全部丧事和护丧。现在，已经没有哪户丧家还遵循这样的礼仪了。

德哲与火葬场进行联系，让灵车一小时后到达，然后，立即开始干活。他首先询问了亡人的年龄和名字，又让丧家拿来内衣内裤，打开北面窗户，挥动着内衣裤大声招魂。招魂也有两种方式。一种是随随便便地喊上两句，一种是按照传统的丧礼方式满怀深情地召唤亡灵。在乡下一般都是站在房顶上进行招魂，在城里则是打开北面窗户进行招魂。招魂的人站在窗台上，左手抓住衣领，右手抓住衣襟，拖着长音大声呼喊。死者是男的话，呼喊姓名、年龄和职业；死者是女的话，呼喊地址、籍贯和姓氏。呼喊后，还得喊上三声“福！福！福!”尽管这样做比较麻烦，但是，德哲为了让丧主满意，总是竭尽诚意地进行招魂。在寿衣店里干活，虽然有人会天花乱坠地把小黑狗吹成大肥猪，但是，德哲从不那么干。

从前，未婚男女死亡或虽已结婚却过早夭折的年轻人，都会因为积怨成鬼而牵连家里亲人。为此，为了不使亡人成鬼，就把他们埋葬在众人行走的路中央。现在都进行火葬，也就不会再发生这样的事情。

招完魂以后，德哲开始进行装殓。装殓中分为小殓和大殓。小殓是指死亡第二天清晨给死者穿寿衣；大殓是指小殓后第二天，即死亡第三天清晨入棺的仪式。不过，如今这样的程序都已消失，只是把能做的一次性都做完就行了。

德哲用盆盛了水，开始把尸体擦拭干净。他先用手往下抹了一下眼帘，使眼睛合上，又把歪斜的嘴巴扳正。虽然尸体上的污物已经干结，很难擦掉，但是，德哲还是擦了又擦，直到擦净为止。为了不使血和污物流出，他还用脱脂棉花把亡人的鼻子、耳朵和肛门等堵上。其实只要给去世的人穿上寿衣，做不做这些事情都不会被丧主知晓。但是，德哲从来不会少做一件事情。这完全是出于他挣钱要挣良心钱的淳朴心理。虽然眼前这个亡人已经去世好几天，该流出的污物都已经流出，但是，他似乎十分同情这个过早夭亡的可怜人，没有漏掉任何一项程序，把该堵住的孔窍全都堵上了。把身子擦拭干净后，德哲先从下到上给亡人穿上新的内衣裤，然后再给亡人穿好寿衣，穿上袜子，戴上手套，把身子摆放得端端正正。为了使亡人的手和腿臂能够伸直，他搓揉了很长时间，才使两条腿并拢，脚趾朝上，两条手臂并排贴在身子两侧，尽量保持一副平稳的样子。然后，他用裹尸布把尸体的双肩、腰部、脚腕等绑牢。一切程序都进行完以后，他又让亡人头部朝北平卧在那里，用白色的麻布盖在亡人的脸上，再向丧主要了一条夹被，给亡人从头到脚盖上。

德哲做完全部事情后，走出房间问丧主：

“一会儿灵车到了以后，需要把尸体抬下去。是你们自己抬呢，还是由我们来抬呢?”

那个弟弟这回才像个主人似的瞪起了眼睛。

“400 元里头不包括这笔钱吗?”

“把尸体抬下去的活必须另外算钱。要是不信的话，您可以到别处去打听打听。”

也许是想到如果由他们自己抬下去的话，必然又得是自己丈夫出面，所以，那个大小眼女人抢先发话：

“由你们抬下去吧。你打算要多少钱?”

“我一个人肯定不行，必须再叫一个人来。这里是五楼，所以每个人至少要给 100 元。”

要从五楼往下抬，其实要价还可以再贵些。可是，德哲只是提出了应收的价格。

大小眼女人似乎有些不耐烦地挥了挥手，表示了就这么办的意思。不管是亲戚们还是兄弟们，对于抬尸体这样的事情都十分忌讳。而且，人们还十分相信这样的迷信，说是抬尸体的时候不慎碰伤了腰或脚腕，或者第二天突然病倒的话，怎么治也不会好转，会吃一辈子的苦头。因此，遇到这样的事情，都会尽量避而远之。眼下，人们的口袋里一般都不差钱，所以都打算用钱来加以解决。于是，这样的事情很自然地就成为了德哲们分内的事情。不过，要是不问一声先抬下去的话，就会发生要求加钱和不愿给钱的纠纷。这样的事情也必须在事先讲明白。德哲们所干的每一件活，都与钱有关，所以决不能拖泥带水，模棱两可。

德哲给在邻家寿衣店里干活的成国打了手机。寿衣店里一般都只雇用一个干活的人。因此，人手不够的时候，他们就会互相打招呼，携手干活。没过一会儿，成国就到了。随即，灵车也到了。他俩把尸体放在灵车附带的担架上，小心翼翼地沿着弯弯曲曲的楼梯往下抬，然后放进灵车。

丧主结完账后临上车时，像是钱被抢走了似的，粗声大气地对德哲说：

“明天很早就要火葬。遗像今天一定要做完。”

“放心吧，今天一定能做完。”

灵车开走了。丧主家的人乘坐的小轿车紧随其后。一起生活了那么长时间的亲人去世后，家人们原应该抱着悲伤的心情坐在灵车上送亲人最后一程。但是，许多人家似乎十分忌讳，都不愿意坐在灵车上。这户人家同样是让灵车独行，而丧主家的人都坐上了小轿车。难道说阴间路和阳间路就如此不能相融吗？德哲眺望着渐渐远去的灵车和小轿车，轻轻地摇着头。

现在无论是在乡下还是城里，早已没有了什么七日祭或五日祭那样的礼仪，就连进行三日祭的人家几乎也没有了。不管是老人还是年轻人，一旦去世，都在第二天就匆匆火葬了。不知是因为时代发展，人们的观念进步了，还是人的感情都已干涸枯萎了。

德哲和成国乘坐出租车返回店铺。途中路过城西大桥，看见桥下草坪上坐着三五成群的人，有男有女，好像正在那里玩扑克和纸牌。桥南的河堤上，不少无所事事的闲人或在那里下着棋，或聚在一起闲聊。德哲为了干装殓死者的活，已经记不清有多少次往来于这座大桥。在他的眼里，那么多游手好闲的人从来不见减少。这些人大多曾经外出打工挣了钱，回来后无所事事，不，是不愿再干那些吃力、有失面子的脏活而已。其中还有些不惜抛弃公职外出打工的人，回来后不仅无法恢复公职，而且更不愿干不放在眼里的“下等活”，于是很自然地就加入了这样的闲人队伍。像这样整天游手好闲的人，不但虚度了光阴，而且把挣来的钱都白白挥霍掉了。于是，这些人不得不重新离家出走去打工挣钱。这样的恶性循环最终只会导致像他哥哥那样身患多种疾病。德哲不禁想到，如果自己继续干现在的活，那么，说不定这些游手好闲的人中间将会有不止一两个人需要自己去料理后事。虽说死去的人越多，寿衣店老板们越有挣钱的机会，但是，对于那些过早去世的人来说，肯定不是什么好事情。

德哲不知不觉地长叹了一口气。

二

不觉间，来到了秋分时节。出国劳务的签证依然如同扔进大海的石头那样杳无音讯。难道我命中注定出不了国吗？为什么不像别人那样什么事情都是那么顺当呢？尽管如此，却无处可以评理。去办理出国手续的地方询问，得到的答复总是千篇一律的“等着吧”。德哲总觉得心头像是压着一股无名之火。

今天，德哲如往常一样坐在那里守着店铺。一个身穿笔挺西服、身材修长的顾客走了进来。

“快请进……”

德哲立即站起身，捋了一下鬈发，满脸堆笑地迎上前去。

“家里有人突然死了。你现在就跟我走一趟。”

一张口就是使唤人的命令式口气。从来人说话的口气来看，好像不是什么大干部就是大富豪。德哲在寿衣店里干活，已经接触过许多人，因此十有八九能够猜中来者的身份。

“现在马上就去吗?”

“这还用问吗?”

顾客用肿眼泡瞟了他一眼。

“可是，不知道您家里有没有准备好寿衣、遗像等办丧事所需要的东西……”

一般到寿衣店来的顾客都是先挑选寿衣和放大遗像，可是这个顾客似乎忘记了，竟然一句话也没有提。如果是因为过于悲伤和着急而忘记的话，有必要提醒一下。有些顾客都是经提醒以后才清醒过来，随即购买各种各样的所需物品。

“这些都不用，只有人去就行了。”

顾客粗声粗气地说着，还挥了挥手。

德哲歪了歪头，似乎有些摸不着头脑。他携带着必要的工具，跟着顾客走出店门。顾客开的是一辆极为高级的小轿车。德哲分不清这样的车叫什么“奔驰”还是“宝马”，反正是以前没有坐过的车。至于是公家车或私家车，就不是德哲操心的事情了。

在一个公寓小区里，德哲下了车。正在门口等候的一个贵妇模样的女人跑过来。她的脖子上、耳朵上、手指上，无一不是金光闪闪。

“你为什么等在外面?”

贵妇人翻了一下白眼，不满地说：

“难道让我一个人和死人一起待在屋子里吗?”

那个男人没有再说话。德哲随他们走上了一单元三楼。男人掏出钥匙打开了东侧那家的房门。屋子里一股浓烈的酒味扑鼻而来。宽敞的客厅里摆放的酒桌上，吃剩的鱼干和其他干果酒肴等显得杂乱无章。两个高脚杯的底部，还残留着少许不知是那些有钱人经常喝的洋酒还是啤酒的黄色酒液。

“那个房间。”

那个男人一走进屋子，就指了指东侧的房间。

德哲走进房间，发现躺在床上的尸体被被子盖得严严实实。他走过去轻轻地掀起被子的一角，露出了头发蓬松的脑袋。

“妈呀，是个女的……”

德哲飞快地看了一眼尸体的脸，急忙退出房间。

“去世的人好像是位年轻女士……”

“她是我妹妹，突然就这么死了。你们不装殓女人尸体吗?”

那个把德哲领来的男人瞪着眼睛问道。

“不是不装殓，只是去世的人是位年轻女士，不太好动手……”

德哲虽然装殓过不少女人尸体，但是，每次都会双手颤抖。如果是年事已高而去世的老年女人，装殓起来还不觉得什么。一旦遇到过早夭亡的年轻女人，装殓起来就会觉得内心颤抖。假如那个男人来店里时说明死者是其年轻的妹妹，德哲一定会考虑是不是该来。

“我的意思是，去世的人既然是位年轻的女士，是不是应该由其他女士来送她上路……”

传统的做法是亡者为男人的话，由男人为其穿寿衣；死者是女人的话，由女人为其穿寿衣。不过，现在也不知怎么的，已经不太讲究这些传统了。以往，如果死者是老年女人，而丧主又要求德哲动手装殓的话，他一般都不会表示拒绝。可是，假如死者是过早夭亡的年轻女人，他一般都不会轻易动手。今天，即使挣不到这笔钱，他也必须把话说清楚。那个男人听了德哲的话以后，转脸看了看站在身旁的那个贵妇人。两人视线刚一接触，贵妇人就突然发起火来：

“为什么看着我？难道想让我动手不成?”

“毕竟她是我年轻的妹妹，把她的身子交给一个陌生的男人来处理后事，是不是有些太……”

“见过她身子的男人何止一两个呢？就她这样的身子，让一个陌生的男人再看一次有什么不可以呢?”

那个男人怒目横眉，厉声说道：

“你怎么能对可怜的死人说出这样的话呢?”

贵妇人冲到男人跟前，咬牙切齿地说：

“难道我是在她死了以后才这样说的吗？她活着的时候，我曾经提醒过你多少次？尽管老公外出挣钱不在身边，也不能这样与乱七八糟的男人们混在一起。可是，她听过一次吗？你也知道，这几年里和她玩过的男人，加起来差不多都有一卡车了……”

“你还不快给我闭嘴……”

男人对自己的老婆当着别人的面口吐恶语，脸上似乎有些挂不住，大声斥责老婆后，又瞟了德哲一眼。贵妇人闭了闭嘴，又转脸对德哲说：

“我给你加一倍的钱，你就动手吧。”

德哲有些手足无措地看着那个男人。也许是认为再怎么样也不可能让作为哥哥的亲自动手，那个男人犹豫了一下，示意德哲动手。

“……那好吧，我这就开始装殓……加一倍的话，至少是600元……”

德哲似乎有些不好意思地说着，边察看着对方的眼色。

贵妇人挥了挥戴着两只小麻花般金戒指的手，示意就这么办。

“……还有，穿什么样的寿衣……”

“就穿她平时喜欢的衣服好了。衣服不都在那里吗？”

贵妇人指了指沙发，情不自禁地擦了擦眼睛。尽管她话说得比较狠，其实心里肯定是非常难受的。德哲走到沙发前抱起了那堆从内衣到外衣都是崭新的高级衣服。这些衣服比自己店里卖的最贵的寿衣似乎都要贵上十倍以上。所以才不买寿衣店里的寿衣的吧？

德哲抱着那堆衣服，重新推开了那扇房门。

去世女人的脸像是涂了一层蜡，容貌姣好，看上去也就40岁左右。脱去衣服一看，身上竟然到处布满了青紫的淤血痕迹。乳罩脱落的雪白丰满的乳房上有着严重的抓痕，下体也是如此。脖子上还有暗红的压痕。再仔细一看，舌头竟然从紧闭的嘴缝里露出了少许。德哲不禁大吃一惊。这分明不是因突然发病而猝死，而是被人掐住脖子而窒息死亡。大概是充满了什么怨恨，这个去世的女人睁着眼睛死死地盯着天棚。活着的时候，这双美丽的眼睛一定十分妩媚，让许许多多的男人神魂颠倒，可现在看上去却像是锋利的尖刀一般，让人望而生畏，浑身战栗。德哲慌慌忙忙地跑出房间。

“我……我说……出……出大事了……”

那个男人和贵妇人看见德哲气急败坏地跑出来，也吃了一惊。

“你这是怎么啦?”

“……她不是发病猝死的，是被人……被人……”

“什么?”

“她全身到处都是青紫的淤血痕迹，脖子上还有明显的压痕……”

“难道我妹妹是被哪个浑蛋杀死的吗?”

男人的肿泡眼顿时变成了大大的蛙眼。

“好像是这样的……你们进去看看吧……”

男人冲进房间，仔细察看了妹妹的尸体后，仰着头流下了豆粒大的泪水。他满怀悲愤地走出房间，用拳头砸着自己的手心。

“这……这到底是怎么回事……我正感到奇怪呢，怎么会就突然死了呢……”

“所以嘛，我说什么了？像这样毫无节制地鬼混，总有一天会死在哪个男人的手里。”

“你这张嘴怎么又在胡说八道?”

怒气冲冲的贵妇人猛地转过头去，耳垂上牛鼻环般大小的耳环一使劲光芒闪烁。

“……您看了吧？……这可不是我能处理得了的事情，好像应该马上报警才是……”

德哲小心翼翼地建议道。德哲曾经装殓过许多尸体，经常会发现类似充满疑点的尸体，而且都是在中途就停手了。即使白干一场，他也不想做那些会落下话柄的事情。每逢遇到那样的事情，的确是十分倒霉的。今天同样如此，就因为看了年轻女尸疑点重重的裸身，600 元就这样泡汤了。

“活着的时候与那么多男人鬼混，怎么能知道是死在哪个男人的手里呢?我看，就这样装殓算了……”

那个男人狠狠地瞪了贵妇人一眼，大声斥责道：

“你胡说什么？要不是一个人实在太孤独，她会那么做吗？她要是真的死在别人手里的话，即使去了天堂也不会瞑目的。正因为充满了怨恨，所以她现在不是还把眼睛睁得大大的吗?”

“那你说怎么办？要是报警的话，调查这个，调查那个，还能少折腾我们？这样的折腾谁能受得了?”

男人瞪着眼睛，唾沫四溅地吼道：

“要是你妹妹的话，你会这样说吗？小狗死了还得问个究竟呢，更何况是一个鲜活的人死在别人手里，怎么能就算了……从刚才起，我就对你憋了一肚子火……”

“既然这么可怜你妹妹，她活着的时候，你为什么不好好教育她别在城里到处鬼混呢？”

“你……你……”

男人用手指点着贵妇人，气得说不出话来。

过分尖锐的话会造成医生也难以治愈的创伤。在德哲听来，也觉得贵妇人太不讲情理了。不管活着的时候怎么样，也不应该信口胡说那些连死人听了都会别过脸去的话……贵妇人精心化妆的脸涨得通红，没好气地对德哲说：

“我给你1000元，你去装殓吧。”

1000元？哇，那可不是一笔小数目。尽管德哲迄今为止已经装殓了许多死者，但是，从来没有一下子得到过那么多钱。虽然为了钱，他完全可以闭上眼按照丧主的吩咐去做，不过，他的是非观念非常分明。他清楚地知道，这绝不是自己随随便便就能装殓的尸体。

“我并不是嫌钱少……这位去世的人不能由我来装殓，好像应该由警察来进行勘查才是……那我先走了……”

德哲结结巴巴地说完，拿起工具袋打算出门离开。

“喂，你别走。你难道不愿意挣钱吗？……你要是嫌钱少的话，我还可以再给你加钱……”

德哲装着没听见，径直走出门去。他身后传来那个男人粗声粗气的说话声：

“走吧。咱们到公安局去报警……”

“要报警的话，你自己去好了……”

“你到底是去还是不去？”

德哲把他们的争吵声扔在身后，匆匆走下了楼梯。

晚上，德哲叫来了在别的店铺干活的成国一起喝酒。在这个倒霉的日子里，不喝点酒的话根本无法入睡。

“老弟，你今天也出去干活了？”

德哲边斟酒边心不在焉地问道。成国比德哲小两岁，平日里经常称兄道弟。

“别提了。今天我也是倒霉透顶了。”

成国叹着气连连摇头。

“怎么？你也遇到年轻女人的尸体了？”

“不但是女人尸体，而且还是腐烂的尸体。”

“腐烂的尸体……”

德哲不解地看着成国。

“年轻女人的尸体趴在那里，我把她翻过来一看，半侧脸已经完全腐烂，而且还有许多蛆在蠕动……整个身躯也已经烂乎乎的……唉，现在想起来都觉得心里……”

“那么，至少死亡有半个多月了。”

在干活的过程中，德哲也会遇到腐烂的尸体。不过，他遇到的几乎都是男人尸体。

成国喝干了一杯酒后问道：

“大哥，你出国打工的签证怎么到现在还没有消息呢？”

“我也不知道。也许是被哪个稀里糊涂的人给弄丢了吧。再说，我也不像以前那样等得那么急了。”

就像是饥肠辘辘的人饿过了头反而不觉得饿了，不知从什么时候起，德哲已经对签证的事情不是怎么太关注了。他自己也不明白，为什么出国打工的热情会渐渐减退。

两人喝完一瓶白酒后，起身离开小饭店。为了不耽误明天干活儿，他们都不敢喝得酩酊大醉。

“真倒霉。今天到手的600元就这么飞走了……那可是600元呀……”

在回家的路上，德哲的脑子里还在想着那6张百元大钞。他越想越上火，使劲抓挠着一头鬈发。

三

一个看上去很斯文的顾客走进店里。

“快请进……”

德哲捋了一下鬈发，热情相迎。

那个顾客什么话也没说，只是在店里转着看了一圈。

“请问您需要什么……”

顾客朝德哲转过身来，脸上露出有些不自然的笑容。

“我不是想马上买什么……是想来问问……”

德哲虽然感到有些失望，但还是显得十分热情。

“您想问什么就问吧。只要是我知道的就……”

有时候也会有人走进店里什么也不买，只是打听这打听那以后离开的。尽管如此，德哲的态度总是一如既往地诚恳而耐心。他知道，在这样的顾客中间，其实很可能会接到大活儿。没有目的的话，谁会踏进这样的店铺呢。

“我想问一下，这里是不是还能做破坟和处理骨灰那样的事情……”

“当然，这些事情都能做。您需要做什么样的事情?”

这好像是一件挣大钱的活儿。德哲顿时满心欢喜地递过一把椅子。然后，他坐在顾客对面，让顾客慢慢地说一下事由。

顾客有些腼腆地坐在椅子上说明了来意。原来他想把去世30多年的父母的坟墓挖开后重新处理一下骨灰，前来打听一下该怎么做。虽然他们几个弟兄在家里已经讨论过了，但是不知道具体该怎么做，所以才不顾面子找到店里来了。当然，德哲不便询问为什么要把父母的坟墓挖开。有些人因为父母去世时间过长，认为已经尽孝，所以才会那么做；也有些人通过算命，为了避免家里遭到灾祸，也会采取破坟的措施。

“您是打算把父母合葬还是分别安葬……”

“之前是分开安葬的，后来打算进行合葬，却一直没能做到。请问，破坟还有什么规则吗?”

“有啊。一切按规则来做的话，是很费工夫的。”

所谓“破坟”，就是把坟墓挖开后重新安葬。各个地方虽有少许差异，但是大致上差不多。如果按照传统的仪式，破坟之前首先要向土地爷敬酒祭祀，感激土地爷一直以来平安无事地守护先人的辛劳，同时告知破坟的意愿。接着，要在需破之坟前进行祭祀，宣读祭文：

“某年某月某日，某孙某辈某某某禀告尊灵。安葬于此，时日过长，担心尊灵体魄不适，特意迁往他处。为使尊灵不受惊扰，特此禀告。”

然后，先把铁锹从坟墓的西侧插入，喊一声“破坟!”后，再把铁锹从四个方向插入，挖开封坟泥土。等到棺木露出后，更要小心挖土。然后把棺木打开，用竹刀把遗骸上尚未腐烂的部分刮净后，再小心翼翼地把遗骨一一拣出，并在事先准备好的七星板上按原样摆放。这样才容易确认拣出的遗骨是否有不慎遗漏。一旦遗骨摆放完整以后，再用长长的麻布连同七星板一起从头部开始缠绕。如果不是迁移到别处安葬，而是打算火化的话，也可以不用准备七星板，只要把遗骨拣出后用干净的布包裹后送去火化就行了。

不过，现在几乎已经没有哪户人家遵循这样的丧礼。即使破坟，也只是像不肖子孙给非亲先人扫墓那样，随意挖开后，拣几块较大的遗骨装在塑料袋里，或移葬或火化。即使如此，也从不感到有任何不孝之处。

那个顾客不知是因为大长了知识，还是觉得太繁琐复杂，总之是越听越睁大了眼睛。

“要自己来做的话，的确太复杂了。这……要是请你们来做的话，价格大概是多少？”

“每挖一座坟进行后事处理的话，一般要收1000元。根据距离远近和现场情况，也可能会上下浮动。”

“那么，挖两座坟就得2000元左右？”

“还不止这些。遗骸挖出后需要火化处理的话，还要加上火化费和骨灰盒等费用。”

“处理骨灰一定要用骨灰盒吗？”

“难道说只是放在塑料袋里进行处理吗？作为子女来说，怎么能那么做呢？”

那个顾客思忖了一会儿，又问道：

“那么，火化后的骨灰如何处理才好呢？”

处理好骨灰也表达了后人对祖先的孝顺和恭敬。骨灰处理有好几种方法，一般使用两种方法。一种方法是进山寻找生长多年的大松树，然后把骨灰埋在松树底下。其含义为“父母养育我的恩德如同松柏四季常青，永传于世”。另一种方法是寻找两条河流的汇合处，然后把骨灰置于水中漂走。其含义为“即使离世而去，还是再去故乡看看，去游览一下生前未能周游的世界，从而在极乐世界里快活度日”。当然，这并非是哪本书或文件的规定，只是活着的人朴素恭敬的心意而已。

“在火葬场火化的时候，让骨灰随风飘散怎么样？我老婆说，别人也有那么做的，那样好像更简单……”

不少人都是这么想的。那样既省钱，又简单，还能让故人直接升天。然而，抱有这样想法的人实在是太天真和善良了。眼下，有哪个地方不做出卖良心的勾当呢！要是人们知道了某些火葬场收完钱后是如何处理骨灰的真相后，一定会气得昏过去的。德哲非常了解这样的真相。因此，凡是有人抱有这样的想法，他总是会提出这样的劝告：

“一切交付给别人能放心吗？最好还是自己亲眼看着来做比较稳妥。”

这样的忠告无非是规劝人们不要为少花几个钱而犯下“不孝”之举。尽管如此，德哲也不可能把火葬场不为人知的“潜规则”一五一十地抖搂出来。那样的话，不知什么时候就会有什么不幸落到自己头上。自从干上现在的活儿以后，他与火葬场的联系自然就十分频繁，一旦搞坏了关系，必然会影响到自己挣钱。无论是再诚实的人，看来也不能违背“该隐则隐”的“为人之道”。

“其他的我也不再多说什么了。你们就在清明、中秋、重阳等节日里挑个日子，亲眼看着进行处理，也算是对父母尽最后一份孝道吧。”

那个顾客不断搓揉着手掌心，盯着德哲看了好一会儿，然后站起身来。

“我听明白了。看来要完全按照习俗来做的话，比想象得要复杂得多。我回家以后，先与大家商量一下，如果有必要的话，我还会再来的。”

德哲也跟着站起身热情相送，同时爽快地说：

“好的。我把具体做法都已经告诉您了，你们可以自己做，也可以来找我们帮忙。”

“非常谢谢你。”

顾客也许明白了德哲的一片真情，离开之前深深地鞠了一个躬表示谢意。

就像现在哪里都有“潜规则”一样，寿衣店的“潜规则”就是为了挣钱，从来不把自己使用的各种方法如实告诉顾客。不过，德哲为人诚实、正直，把自己所了解的毫无隐瞒地全都告诉顾客。顾客可以根据他所告知的方法自己去做，如果重新找上门来求助，当然也不无感激。即使德哲坦诚相告后，依然会有十分之九的顾客重新来找他帮忙。由于德哲把寿衣店的“潜规则”毫无保留地坦露在众人面前，必然会遭到其他寿衣店的非难和指责。对此，德哲一律采取听而不闻的态度。

德哲来寿衣店干活之前，对如何进行丧礼一无所知。20年前，父亲去世的时候，他跟着哥哥一起作为丧家成员，甚至被村里老人们责骂过“不孝之子”。

长年患病的父亲去世后，村里人纷纷前来吊唁。老人们前来吊唁时，对丧家成员一一鞠躬慰问。尽管当时德哲年纪尚轻，老人们同样以礼相待，沉痛哀悼：

“你父亲长年患病，如今不幸去世，该有多么伤心啊。”

德哲诚惶诚恐，连忙弯腰行礼致谢：

“哪里，没关系。”

老人顿时双眼怒睁，狠狠地瞪了德哲一眼，猛然转身离去。后来，村里人都因为德哲对于父亲的去世竟然轻描淡写地称为“没关系”，纷纷责骂他是个“不孝之子”。其实，德哲只是漫不经心地冒出了一句平时习惯使用的口头禅，没想到会惹起这么大的风波。不过，再仔细一想，村里人的责骂完全正确。父亲去世，自己竟然胡说什么“没关系”，难道还不应该挨骂吗！为此，在好长一段时间里，德哲在村里都不敢抬着头走路。

为了等待出国劳务的签证，德哲到城里来打工，不得不在寿衣店里干上了活儿。不过，刚开始干活时却处处碰壁。他既不懂许多丧礼的规则，也无法回答人们对丧礼的各种咨询。丧礼是安慰亡灵、祈求冥福的仪式和程序。因此，作为在寿衣店里干活的人来说，怎么能老是说些不着边际的外行话呢！蜘蛛只有懂得织网，才能抓到虫子。想要靠干这活儿挣口饭吃的话，必须具备关于丧礼的基本常识。尽管看相的人看不了自己的相，算命的人算不了自己的命，但是，至少也得装装样子来唬人吧。

于是，德哲去找以前干过这活儿的人讨教，还特意找来关于丧礼文化的书籍阅读，就像准备高考的学生那样，认真地学习了有关丧礼的知识。光为了混口饭吃而随便应付与为了学习和了解民族丧礼的知识而真心探求，有着天壤之别。在边学习边实践的过程中，他就像瞎子睁开了眼睛一样。如今，他已经在附近的寿衣店里享有了“丧礼博士”的美誉。虽然干的是在旁人的眼里很丢“面子”的活，但是，一旦尝到甜头的话，不仅干起来得心应手，而且还能使找上门来的顾客们心满意足。

德哲自然对干这活儿产生了极大的兴趣，不再只是为了混饭吃，而是满腔热忱地力求把活干好。这样一来，前来咨询和求助的顾客也大大多于其他寿衣店，生意也越来越红火。不过，他只是个打工的伙计，真正获益的是老板。他最多也只能喝些肉汤或分些肉末而已。

四

不知不觉到了第二年春天。冬天里无声无息沉睡的山岭和原野纷纷醒来，开始穿上淡淡的绿衣。尽管在春天里万物都会伸着懒腰，竞相生长，可是有不少长年患病的人反而会突然出现濒危的情况。

虽然出国劳务的签证已经下来了有段时间，德哲似乎已经放弃了出国打工的念头，一门心思地专念于正在从事的活计。尤其是春天，寿衣店里的生意往往都会忙于其他季节。虽然身在乡下的妻子一再督促德哲别在城里混了，赶快出国去打工，但是都被他当成了耳旁风。

有一天下午，德哲刚刚外出进行完装殓回来，随便吃了点东西，正在店里休憩的时候，突然手机铃声响了起来。难道是又有活儿要干了？

"喂，您好。"

谁知手机里只传来一个女孩子的哭声。这是怎么回事？德哲重新对着手机大声问道：

"喂，你是谁？你有什么事情？"

"……叔叔……我是美花……美花……呜呜……"

"什么？美花？发生什么事情了？你为什么哭呀？"

德哲大吃一惊，两眼顿时瞪得滚圆。

"……我刚……刚回到家里，看见爸爸躺在床上已经去世了……我该怎么办呢……呜呜呜……"

德哲像是被硬木棒重重地击中了后脑勺一般，握着手机僵立在那里。哥哥突然去世了？这是真的吗？所以哥哥才好几天没到店里来了吗？都怪我忙得没时间跟哥哥联系……

"……叔叔……叔叔……"

手机里连续传出美花带着哭腔的悲呼声，唤醒了德哲。

"啊……好的。你别惊慌，我马上过去……"

对德哲来说，这个噩耗无疑如同晴天霹雳。哥哥出国打工挣了钱，却带着一身疾病回来。尽管他也知道自己可能活不了多久，但谁会想到竟会走得那么突然。原以为只有别人才会年岁不大而过早夭亡，没想到自己家里也会遭到这样的厄运。

德哲匆匆忙忙地准备好寿衣和装殓所需的工具，推开店门坐上了出租车。他坐车来到位于开发区的丰美小区，刚下车，早已等候在小区门口的美花就跑过来扑进他的怀里，放声大哭起来。

“……叔叔……我以后和谁在一起呢……”

德哲也泪流满面，轻轻拍打着美花安慰道：

“别哭了，不还有叔叔我在吗……好了……咱们快进去看看吧……”

德哲与美花一起走进家里，发现去世的哥哥早已身体僵硬了。看来已经去世好几天了。今天是星期五，也是美花从学校宿舍回家的日子，所以才发现了去世的爸爸。否则的话，也许到现在还不为人所知。德哲曾经装殓过许多去世的人，总是叹息人为什么不能及时了解自己的死亡。如今自己也遇到了这样的事情，他这才似乎有所理解。哥哥的头旁边也有好几个横倒在那里的空酒瓶。看来在很长的时间里，哥哥就是用酒来麻痹肉体带来的痛苦的。虽然，德哲曾经一再劝诫患病的哥哥千万不要再喝酒……

以前，家里如果有亲人将近临终，家人们都会准备好干净的衣服，在身旁虔诚守候，聆听遗言，以哀痛的心情送临终的亲人体面地离世而去。可是，如今有许多人家，家里有亲人濒于临终时，身旁竟然连一个人影也没有，孤零零地离世而去，更不用说什么“哀痛”和“体面”了。那些去世的人不仅没能留下只言片语的遗言，而且连亲人的脸都没能看上一眼就含怨离去了。德哲在装殓这些亡人的时候，既对他们充满了真心的同情，也在心里狠狠地责骂着那些置亲人于不顾的家人。然而，他怎么也没想到，自己的哥哥现在竟然也遭到了如此的厄运。那么，自己不也成了该被狠狠责骂的人了吗！

德哲不经意地看了一下桌子，发现了哥哥留下的遗书。遗书既不是留给远在国外打工的妻子，也不是留给近在身边上学的女儿，而是留给自己的弟弟德哲的。

……德哲，我可能活不了几天了……不管用什么药也已经无济于事……虽然我在外国挣了些钱回来，却过着不是人过的日子。自从得了不治之症之后，我已经厌倦了世上的一切。其实，我和你嫂子早已经离婚。只是不想让别人说闲话，丢人现眼，才没有声张……人的欢乐瞬间即逝，而人的痛苦却会相随一生一世。你千万不要去国外打工，钱会要人命的……钱也会让人妻离子散的……挣来的钱虽然能买房子，却买不来家庭。钱虽然挣到了手，但是家里的欢笑却消失了……不要相信别人，也不要相信钱，你的家庭需要你自己来保护……正在读书的美花成了没有父母的可怜孤儿……可怜的美花就托付给你了……你只要照顾到她上大学为止就行了……对不起……

读着哥哥留下的遗书，德哲的眼泪又一次夺眶而出。哥哥知道自己的生命即将走到尽头，身边却空无一人，所以才留下了这份遗书。哥哥后悔为了挣钱导致家庭破裂，后悔为了挣钱糟蹋了身体。人活百年，也只不过三万六千天而已，可哥哥却连一半也没有活到就这样走了。都说是玉碎不如瓦全，一旦家庭破裂，妻离子散，即使腰缠万贯依然会觉得生不如死。人在50岁之前是用命买钱，60岁以后则是用钱买命。可哥哥在40岁之前挣来的钱，为什么连50岁之前的命也买不来呢……

读完遗书，德哲似乎明白了哥哥拼命喝酒，不仅是为了麻痹肉体带来的痛苦，更是为了麻痹内心的痛苦和家庭破裂带来的痛苦。对于在装殓的过程中，经常看到过早夭亡的人身旁散落着空酒瓶，此时此刻他似乎也真正明白了其中的缘由。那不仅仅只是对自己人生的失望、堕落和诅咒，更是那些失去家庭失去爱情的人用来麻痹自己的镇静剂和麻醉剂……

德哲从美花那里要来了嫂子在国外的电话号码，装着不知道哥哥已经离婚的样子打了电话。听说自己的丈夫，不，前丈夫死亡的消息后，嫂子，不，前嫂子沉默了一会儿，然后告诉德哲没有时间回去，会把钱汇来，请德哲代为处理后事。她还说，自己每个月会给美花汇来生活费，请德哲代为照看女儿。一向在嫂子面前表现得温文尔雅的德哲，顿时怒气冲天，对着话筒大喊起来：

“嫂子，你什么时候变得这样冷酷无情？难道你以为只是邻居家的男人死了吗？好吧，你就在外国挣你的金山银山吧，永远别回来啦……”

德哲又给在外打工的姐姐打了电话。电话那头的姐姐顿时号啕大哭起来。姐姐对德哲说，自己会尽快买机票赶回去，先寄些钱让他把哥哥的丧事办得体面一些。

姐姐又在电话里问德哲签证下没下来。

“签证已经下来了。不过，我不想去国外打工了。我就在这里挣钱来养活我的老婆和孩子。我可不想走哥哥曾经走过的老路。”

虽然有不少到国外打工挣钱回来的人，不但生活状况有了极大的改观，而且也没有落下什么疾病，但是，德哲自从在寿衣店里干活以来，却看到大部分过早夭亡的人，不是外出打工落下一身疾病而不治，就是长年分离而导致家庭破裂，因而自暴自弃不幸身亡……

尽管没有什么人前来吊唁，但是，德哲还是把哥哥的尸体停放在七星板上，挂上白色帷子，并在帷子前面摆好了祭桌。老婆来电话说，自己和村里的几位老人明天下午才能到。因此，漫漫长夜里，只有德哲和美花两人流着眼泪陪伴在去世的哥哥身边。看着哭得两眼通红的美花，更使德哲感到心酸而百感交集。

德哲打工的寿衣店老板和在寿衣店干活时认识的成国等几个朋友闻讯后前来吊唁。成国还带来了德哲委托他放大的哥哥遗像。都说是远亲不如近邻，德哲就像见到亲兄弟一样，感动得跳起身紧紧握住他们的手。尽管在这个守灵的夜晚没有任何亲戚在身边，但是老板和几个好朋友的到来，还是让德哲感到了莫大的安慰。德哲把遗像摆放在祭桌的正中央，老板率众人屈膝跪下，向遗像磕头行礼。吊唁完毕后，其他人安慰了几句后告别离去，只有成国留下来给德哲做伴。

两人面对面坐着端起酒杯。德哲边给成国斟酒，边突然冒出一句：

“我不去国外打工了。”

成国端着酒杯，不由得瞪圆了眼睛。

“啊？你不是天天盼着签证赶快下来吗……”

“我即使借钱，也要在这里开一家真正的民族寿衣店。我不想走我哥哥走过的路。我要在这里边干活边守护着自己的老婆和孩子。我要用我的双手把那些被钱害死的可怜人干干净净地送走。我还要尽最大的努力，把我们民族正在逐渐消失的丧礼文化继承下去。与其去远处寻找幸福，不如用自己的脚踏踏实实地走出一条幸福的路来。”

成国惊讶地看着德哲，不无欣喜地说：

“德哲哥，你的想法太好了。你本来就是‘丧礼博士’嘛，要是真的开民族寿衣店的话，还不是熟门熟路，不费吹灰之力。”

“叫花子到了夜里还会做梦当驸马呢。我虽然手无分文，也没念过大学，但是怎么会没有梦想呢。其实，这件事情我已经想了很长时间。”

“虽然咱们干着一样的活，可我从来没有想到你会有这样的梦想。德哲哥，你要是真的开民族寿衣店的话，我也想在你的店里干活，可以吗？”

“你要是愿意的话，我当然欢迎。我还想把在外面打工的姐姐也叫回来一起干。就算是在这里接接电话，看看店门，挣口饭吃是不成问题的。我不能让唯一的姐姐也走上哥哥那样的路。不过，我不知道姐姐愿不愿意……”

德哲端起酒杯一饮而尽。

“德哲哥，谢谢你。你想得太对了。你能把姐姐放在心上，让我感动得都想哭了。其实，我姐姐也在外面打工，吃尽了苦头……好吧，从现在起，你就是我的老板了。来，干一杯。”

成国抓起酒瓶给德哲的空酒杯里斟满酒。

“真的开店的话，还需要一定的时间，眼下先不要走漏任何风声。挺拔、光滑的树木总会先被砍掉拿去做木料。即使是扭曲、歪斜、矮小的树木，也应该坚守祖茔才是。”

德哲把成国斟满的酒一仰脖全都倒进了嘴里。随后，他转过头去凝视着哥哥微笑着望着自己的遗像，微微地颤抖着说：

“……都说是人既然哭着来到这个世上，就应该笑着离世而去。哥哥过早夭亡已经够冤枉的了，为什么还要心里滴着血离去……现在望着我笑又有什么用……让我怎么办呢……哥……哥……”

德哲突然捶着胸口呜呜呜地痛哭起来。一直在呜咽抽泣的美花也跟着放声大哭起来。成国不知所措地劝了这个又劝那个，还不时用手掌擦拭着自己的眼睛。

德哲和美花的号啕大哭最终变成了充满哀伤的抽泣。然而，遗像上的哥哥依然像健在时那样无忧无虑地嬉笑如常……

散文

金达莱花开了

全春花/著　金莲华/译

妈妈送我第一束金达莱花时，我 20 岁。她一大早就兴致勃勃地去登山，出门时告诉我晚上才能回来。可是，中午 11 点左右，妈妈就回到家里，手里还捧着一束金达莱花。

“送给你。”

把金达莱花递到我的手里时，妈妈脸上的表情有些复杂。

“这是什么呀?”

“金达莱呗。”

“我问的不是这个。说好了要去登山的人，怎么突然变卦，回来送我金达莱花呢?”

妈妈轻轻地叹了一口气，回答道：“突然想起了你姥姥。”

很久以前，妈妈像我这个年龄的时候，姥姥也送给了妈妈一束金达莱花。问她为什么送花时，姥姥说就是想这么做。等你成年之后，也会有那么一天想给女儿送一束金达莱花的。

“这么说，像姥姥预言的那样，妈妈送女儿金达莱花的时候到了?”

“也许是吧。”妈妈的脸上露出了苍白的笑容。

该不该道谢？我犹豫了一会儿，随即冲着妈妈莞尔一笑，转身找了一个装水的瓶子，小心翼翼地把金达莱花插进去。可是，想尽了各种办法，也无法将整束金达莱花插进一个瓶子里。我只好另外找了一个瓶子，把鲜花分成两份，分别插了进去。

忽然，一个遥远的身影出现在我的眼前。很久很久以前，姥姥就是像这样，小心翼翼地把一束金达莱花分插在几个装水的瓶子里。

“当初在你姥爷离开家的时候，撒下满路金达莱花，让他踩着花安心地走就好了……”

姥姥常常念叨这句话。儿时，每当姥姥提起姥爷，我总会撇撇嘴，不以为然。可是，她不管这些，不厌其烦地讲着姥爷的故事。

在金达莱花盛开的前山上，姥爷采下满怀的金达莱花送给姥姥。然后，还不满足，姥爷又去摘下一枝鲜艳夺目的金达莱花轻轻地插在姥姥的发髻上……再平凡不过的故事。可是，这是姥姥一生中唯一的一段“罗曼史”。

妈妈不喜欢姥爷。年幼时，她非常依恋的姥爷突然不辞而别，使她过早地品尝到了亲人的负心带给她的失意和痛苦。

据说，姥爷长得非常英俊，比姥姥小 5 岁。他喜欢诵诗和画画。妈妈小时候，姥爷经常把她放在自己的膝盖上，教读诗和唱歌。不料，突然有一天，他离家出走，不知去向。据说，那是他拉着姥姥的手到前山上采下一朵金达莱花送给姥姥的第二天。后来，有人说，姥爷喜欢上了另外一个女人；也有人说，他出走是因为不喜欢大他 5 岁，弯腰驼背只知道干活，长相并不漂亮的姥姥……各种传闻沸沸扬扬。姥姥经常神情恍惚地望着金达莱花怅然若失。不久，姥姥病倒了。过了一段时间，花瓶里的金达莱花枯萎时，她艰难地爬起来，把那些干枯的花叶用报纸包紧了放起来。妈妈在一边不满地嚷嚷，为什么要这么做，干脆把这些花扔掉算了。可是，姥姥忘情地望着远方，喃喃地说，她好像听到了姥爷朗朗的读诗声。大字不识的姥姥，第一次和姥爷前往前山上采摘金达莱花时，不经意地说了一句“你读过的诗中，不是也有关于金达莱的诗吗?”姥爷默默地凝视着远方，轻轻地朗诵了一首“金达莱花”诗。

“为什么连一句话都没有留下，就那么悄悄地走？怪让人难受的。既然给我摘了满怀的金达莱花，就踩着我撒的金达莱花安心地离开该有多好……”妈妈觉得这样的姥姥没有出息，而我觉得这样的姥姥没有起码的自尊心不可理解。

“就因为妈妈您这样，爸爸才会离开我们的。被人背叛了，就该清醒清醒啊。”每次和姥姥顶嘴，妈妈都用这样的话刺痛姥姥的心。

姥姥挥起扫帚，恶狠狠地拍打妈妈的屁股。可是，过一会儿，母女俩抱作一团呜呜哭泣……

每年春天，姥姥都会精心地打扮一番，然后爬到后山上采回金达莱花。好像在举行非常隆重的仪式似的，脸上还要擦上淡淡的胭脂，把采来的大把金达莱花，插进花瓶里，嘴里还轻轻地吟着金素月的《金达莱花》。（金素月是韩国著名诗人，有《金达莱花》等代表作。）放学后第一次见到头上插着金达莱花，面带微笑，站在窗台边，一边深情地凝视着花瓶里的金达莱，一边还吟诗的姥姥时，我和妈妈都吃了一惊。我们还以为姥姥脑子糊涂了。

可是，姥姥非常镇定，异常清醒。我和妈妈觉得有些奇怪，为什么神志清醒的姥姥竟会做出令人无法理解的事情呢？做这些时，她是什么心情呢？

姥姥临终前，艰难地说出了埋藏在心底多年的秘密：

姥爷离家的那天清晨，她屏住呼吸，躺在被窝里，眼睁睁地看着姥爷离开家的……

"我不是傻子，所以，当你爸爸突然给我摘金达莱时，我就猜到了……"

那天清晨，姥爷悄悄地起床后，给姥姥掖紧了被子，然后准备好要带走的行李走出了家门。当时，姥姥真想不顾一切地冲出去，紧紧地抱住姥爷哀求他不要离开。可是，眼泪忍不住地滚落下来，心口堵得慌，全身被钉住似的，无法动弹，只好一动不动地躺在床上……

"我当时躺着想，说不定他会回来的……后来，听说他已经过江了，心里充满了怨恨……"

此后，姥姥发誓要怨恨姥爷一辈子。可是，每当看到金达莱花时，所有的怨恨就会一点一点地化作浓浓的思念之情，绵绵不绝。

"真是一件残酷的事情……"

虽然曾经怨恨过姥爷，可是，姥姥在心中永远无法抹去18岁那年第一次见到姥爷时年轻英俊的脸庞，也永远无法忘记姥爷离开家的那天清晨收拾行李渐渐远去的背影……姥姥说，三十年来她最后悔的是姥爷离家时她没有挽留他一会儿，在他离家远行的路上给他撒下金达莱花，让他踩着这些花瓣离开家门。

姥姥去世后，每到春天，妈妈都要采回来金达莱花。"每一次采摘，都能使妈妈对爸爸的爱变得更深更浓。"爸爸病逝时，妈妈对我说。

"妈妈也许像姥姥一样，没有男人福啊。希望我女儿千万别像我。"

当时，我还不太明白姥姥送给妈妈金达莱花的深意，只是隐隐约约地觉得，是这些金达莱花让妈妈继承了姥姥一往情深的爱。那时，我还有些担心，长大成年后，我会不会也像我妈妈那样。可是，妈妈送我金达莱花的那一瞬间，一直以来在我内心深处小心呵护，似乎要生根发芽的金达莱花，忽然在我心中强烈地萌动。

凝视着从姥姥手中传递到妈妈手里，再从妈妈手里传递到我手中的金达莱花，想起有人曾经开过的玩笑。

“西方女性绝对不会理解金素月的诗《金达莱花》的。”

西方女性对离开自己即将远行的男人，常常会赏他一个响亮的耳光，或者要求对方给支付“抚慰金”，然后在离婚协议书上签字。为什么要在离家的男人路上撒满金达莱花，在西方女性看来这简直是疯狂的，无法理喻。

然而现在，当我细细揣摩姥姥当时的心境，轻轻地吟咏《金达莱花》时，似乎能够真切地感受到一个女子对爱人的无限痴迷和爱恋。

当你厌倦我要离开我/我将默默地为你送行

女人没有挽留男人，只是默默地送他离去。还在男人要离去的路上，深情地撒落金达莱花。一行行、一串串铺满金达莱花瓣的路上，女人将浸透着满腔幽怨的花瓣不停地撒落在路的前方，直到男人踩踏花瓣时感到惭愧为止。这些花瓣是一往情深、痴情不改的女子真挚而强烈的爱的暗示。

姥姥当时多么渴望自己也成为撒落金达莱花的女子，可是，当时她仿佛全身凝固，无法动弹，只能蒙着棉被，泪流满面。这种“深切的爱”，对我们这一代人来说，犹如“传说中的宝石”。

如今，没有哪个女子会含恨挽留将要离开自己的男人，可是，有一些女子为维护自尊心，与男友分手后会借酒浇愁；如今，很难见到为离去的男人撒满金达莱花的痴情女子，可是，却可以看到很多女子因为与几个男子交往后没有留下刻骨铭心的爱而惋惜。

即使真的有痴情的女子，往往会被人耻笑为“犯傻”。可是，如果仍然有人渴望这样的痴爱，该怎么办呢？把自己的人生全部寄托在一个男人身上是愚蠢的，也是不可取的。然而，在漫漫人生中，难道不应该成为为爱人撒落金达莱花的女人吗？

在这个世界上，我最爱的并不是男人。可是，我渴望在众多男人中有“我的唯一”，如金达莱花艳丽盛开。

将来有一天，当我成为母亲，看到女儿生活在爱情已经枯萎，恋爱成为游戏，同居成为习惯，离婚变得容易的时代，我会像我的妈妈一样，把一束艳丽的金达莱花送给她，并为她轻轻地吟诵《金达莱花》。

当你厌倦要离开我时
我将默默地送你离去
宁边的药山上　盛开着金达莱花
采满金达莱花撒在你离去的路上
当你厌倦要离开我时
我宁死也不会流下一滴眼泪。

鱼缸里的阴阳失调

金养今/著　金莲兰/译

有一天逛大街偶尔被观赏鱼市场的热带鱼鱼缸攫住了目光。那是个硕大的鱼缸，大概有一米宽、半米高的模样。里面挤挤挨挨地盛着些红红绿绿、大大小小、稀奇古怪的鱼们，主人告诉我这些忙忙碌碌游动着的鱼类叫作热带鱼。只见巴掌大小，全身布满斑马般粗粗的褐色条纹的成年热带鱼，矜持地在水面上优哉游哉地盘桓，很绅士的样子。可是，花瓣大小的小崽子们就顾不了那么许多了，它们见缝就钻，乱逛乱窜，而有着鳗鱼般修长身材的家伙们好像脾性很大，横冲直撞把鱼缸搅得天翻地覆，鱼缸里面就像是人世间纷乱的集市。

既然称作热带鱼，顾名思义其祖先必在热带地方某一不知名的江河和湖泊里自由地、无忧无虑地顺应宇宙规律，子子孙孙传宗接代、繁衍生息的吧。我不知道这自由的热带鱼们是什么时候被贪婪的人类所捕获，被关进鱼缸里，在那个狭小的空间繁殖，搔首弄姿，取悦人类的目光的。虽然我不想寻根问底，查清热带鱼的家谱，但这小小的生灵不知故乡在哪里，不知祖先为何姓氏，挤在极其狭窄的空间里，却无忧无虑地吃着人们撒下来的鱼食，吸着另行补充的氧气，尽情享受着生命，欢度每一个时刻，这不能不令人叹为观止！看我呆呆地盯着鱼缸出神，卖鱼的汉族大嫂可能把我当作不谙行情的养鱼爱好者，从小板凳抬起屁股，款款走了过来。

“买几条养养嘛。”

“不，我养不来鱼的。”

我跟她说出前几年朋友送了几条金鱼，叫我给喂得一个个胀破肚子死掉的故事，自嘲般地笑了笑。那个女人却没有放弃，用手指着大鱼缸旁边的小鱼缸，告诉我里面的热带鱼可好养活了。小鱼缸黑乎乎的，仔细一瞅，发现里面挤满了活像在平常的河水里见惯的小青鳉的难看的热带鱼。

“这种热带鱼，你喂再多的食，也能自己调节着吃，决不会胀肚死的。你试着养一两条看看，挺好玩的。”

“偌大的鱼缸，养一两条这么点小玩意儿，有什么看头?”

“不是的，这种鱼下一两次崽，立马就是一缸呢。”

“什么？你刚才说什么？它会下崽?”

我只知道鱼类会生卵，卵里再孵出小鱼，从来没听说过鱼还会下崽。

“那还用说，这种热带鱼一个月要下二十条小鱼呢。”

真的吗，那养养看？看着鱼下崽也怪有意思的吧。看见勾起我的胃口，女人不再等待我的回答，拿出小塑料袋倒上一些水，就抓起了笊篱。

“你先拿一条回去养养看。”

她用竹筷子做成的小小的笊篱在鱼缸内扒拉来扒拉去，看样子想要打捞其中块头最大，肚皮最鼓，动作慢吞吞的最丑陋的一条热带鱼。

“不不，不要那条，要那个。”

我急忙阻拦她，指唤着其中一条身材小一点，肚皮里闪着红红绿绿的鱼鳞，动作敏捷的家伙。

“不行，那是公的，我给你挑一只马上下崽的母的，你放心吧。”

女人不管不顾，硬给我捞上那肚皮鼓鼓的难看的热带鱼。有什么办法，先养着呗。

就这样在千姿百态花团锦簇的热带鱼丛中，我独独摊上一条小孩子的拇指大小，也没有一点看头的丑八怪。岁数一大把了，怎么做出这么愚蠢的举动，现在想起来都有点哭笑不得。我不禁想起小时候在小溪好容易捞上一条小泥鳅，想要养活它，脱下一只胶鞋灌上河水，颠颠跑回来的情景。

虽说买卖人的话不可信，可那个卖鱼的女人真的给了我一条临产的“鱼妇”。那个鱼妇竟然在请回来的当天晚上开了怀！那天我吃完晚饭无心地瞅了用罐头瓶充当的“鱼缸”一眼，感到有些奇怪，赶紧戴上花镜仔细瞅了瞅。果不其然，那里除了那条母鱼，分明有着尘粒大小的另一个生命体在欢快地游动着。是刚落地的小热带鱼，母热带鱼真的生了崽啦！

哦，有件事忘了交代。那个卖鱼的女人递给我热带鱼，告诉我两条注意事项：第一就是母鱼下崽的时候一定要在一旁守着，要生一条捞出一条，因为闹不好会叫母鱼给吞掉的，它会把自己的崽当成美味佳肴。天啊，世上竟有这么愚蠢的东西！第二，要是天冷了，室内温度太低，记着买一副电热器放在鱼缸里，女人告诉我热带鱼生存的最佳温度为摄氏28度至35度之间。

现在当务之急是赶紧实践第一条注意事项。我急忙站起来，顺手从碗橱拿下一只盆，倒上水把玻璃罐头瓶的内容物倒在盆里。然后用小勺小心舀出尘粒大小的生命体，另盛在别的碗里。

哇，又是一条！在我走神的当儿母鱼保持游动的姿势拉屁屁似的又生下一条。那个小尘粒一开始沉淀在盆底，一动也不动，死了一般，可没过多久竟然蠕动起小小的脑袋瓜，再过一会儿居然小心地漂浮到水面上，摇头摆尾地游了起来。当心啊，可别叫妈妈吃掉！

我尽心尽责地守在大盆旁边，直到半夜一连舀出了18条热带鱼崽，忽然想起小时候妈妈守在猪圈旁熬夜守着临盆的母猪的样儿，不禁扑哧笑了出来。

热带鱼崽简直“日新月异”地长大，不过几天长成塞不进妈妈的嘴那么大。这下，养小金鱼失败之后一直塞在仓库的小鱼缸有了用武之地。宽30公分、高20公分的小鱼缸虽不够宽敞，却足以容纳热带鱼一家子。隔着透明的玻璃壁观赏小小的生命体们营造出的生动风景，直让人露出会心的微笑。美中不足的是也许随它灰不溜丢的妈妈，十八只小崽竟然是一码灰色。这可怪了，那公子不是披着一身彩色鱼鳞，熠熠闪光的吗？有什么办法，还是耐心等着吧，小鸡不也是长大一点才会辨出公母的吗。

那一天终于来到了，鱼缸里开始出现肚皮显出依稀的彩色的家伙们。一条、两条……可为什么只有四条呢？难道只有四个儿子，剩下的全是闺女了？男的太少了。没事，少了补上不就行了？我一口气跑到鱼市，买了五条肚皮闪闪的公鱼倒进鱼缸里。哇噻，来了五个生力军，鱼缸里顿时充满勃勃生机。

可惜，我可能演绎了一场现代版的揠苗助长。过了几天再看，鱼崽当中不知什么时候变出了好多公的，男女性比平衡了。不，因为我的人为干预，现在鱼缸里的热带鱼家族男多于女的了。

麻烦还在后头呢，母鱼和我后来补充的五条公子之间竟然发生了问题。领着一帮幼小的孩子无忧无虑地过日子的母热带鱼，面对五个从天而降的成熟的男人一时慌了阵脚，不知所措。五条汉子正眼都不瞧那些只有瓜子大小的热带鱼小姐们，只跟它们的老娘黏黏糊糊。

就这样不知过了多久，母鱼的肚子好像重新鼓了起来。从此问题愈加深刻。临产的母热带鱼身子日渐发沉，动作自然要笨重些，可血气方刚的五个汉子却毫不体谅，不依不饶，一味地扯扯连连。有的面对面冲着它直眨巴眼，也有的在两旁直用嘴捅母鱼的两肋，有的更是恶作剧，盯在屁股后头，咬母鱼的尾巴……母鱼游到这边，五个家伙蜂拥跟上，躲到那头便追上去团团围住，真是连孕妇都不懂怜悯的色狼。闹得母鱼整天不得消停，到头来筋疲力尽，把脑袋伸到鱼缸一角，趴在鱼缸底下装死一动也不动。可这帮公的岂肯放过她，性骚扰愈演愈烈。得赶紧拯救母鱼。能够拯救鱼缸里的母鱼的不是远在天边的“上帝”，而只能是朝夕在鱼缸边守望着的我。于是，我采取了果断的措施。我把孕妇捞出来，另放在一开始盛放它的那罐头瓶里，把罐头瓶摆在鱼缸旁。以便让母鱼透过透明的玻璃，既能看见孩子们游玩的可爱模样，又免遭讨厌的性骚扰，望着麻烦的公鱼们的狼狈样，舒舒服服度过产前休假。

不懂事的小崽们不管妈妈在不在跟前，无忧无虑其乐陶陶，问题还是后来买来充数的那几个“男人”。只见五个家伙把嘴紧紧贴在面对罐头瓶的鱼缸玻璃壁上，目不转睛巴巴地望着母鱼，也不知是哀哀痛哭还是埋怨我这个绝情的“西王母”。同样搞不懂的是那个孕妇的心思，它也同样把嘴巴紧紧贴在罐头瓶上呆呆地望着这头，不知是为五个“色狼”的狼狈样幸灾乐祸呢还是为它们炽热的爱感激涕零。反正，鱼缸的风景显得那么凄冷，让人不胜唏嘘。

当我陶醉在自己营造的鱼缸的风景当中不知岁月流逝的当儿，外面照旧季节交替，萧瑟的秋天快要结束，眼看是严冬了。伸进手指头试了试，鱼缸的水有点太凉了。于是，我再次光顾热带鱼鱼市，买来专为鱼缸特制的两拃长的棒式温度表和同样可放进水里的封闭式电热器。先用温度表量了量，鱼缸里的水温才 18 度，接着放进加热器插上电，水温马上升高了。接着，我把电热器拿出来，依样画葫芦，开始加热罐头瓶的水。可惜，这个电热器有毛病。养一只不过一块钱的便宜的鱼，买上超过十元的自动加热器好像有些不值，于是我买来最便宜的。有道是便宜没好货，这个电热器需要人工掌握温度，热了就拿出来，凉了再放进去。也就是说，水温升高了要是不拿出来，温度会持续升高，有可能烫死鱼缸里的小鱼。

这一天，我刚把电热器插进罐头瓶里，邻家大嫂过来了。

“你家买了缨菜（一种供腌制的秋菜）了？”

听见大嫂问，我随口答道缨菜买了些，可还要买点雪里蕻。

“那我们到集上看看？”

“也好。”

大嫂说她得买点小萝卜。既然专程去，就别到西市场，干脆到农民们卖新鲜蔬菜的铁南市场算了，我俩就这么商定了。我们搭上公共汽车，赶到铁南市场，优哉游哉地从东头转到西头，买了好些菜，直到拎着沉甸甸的菜篮子转身我才醒悟，坏了！电热器还插在罐头瓶里呢！我那特殊保护对象，闹不好已经活活被烫死！可我还是心存侥幸，急忙赶回家来。打开房门，扔掉菜篮子，鞋都来不及脱一步冲进客厅，只见电热器赫然插在罐头瓶里，受难的母鱼简直惨不忍睹，超过了我的想象。说它被烫死，不如说是被煮熟，煮透了的白生生的身子上眼睛可怕地凸出来，仿佛在代言它的痛苦和无奈。呵，多么可怜啊，上天怎么给了你女儿身呢！

旁边的大鱼缸里不懂事的小崽们可不管妈妈的死活，兀自无忧无虑地游动着，可五个汉子的神情却有些怪异。它们个个无精打采，虽然嘴巴不再贴紧缸壁，却并不离去，只是冲着罐头瓶缓缓游动，活像在火葬场休息室等候领取亲人骨灰的遗属。巴巴地望着自己的心上人被烫死，却束手无策什么也不能做，它们的痛苦也可想而知。

当我打算为我命运多舛的养鱼作业画上句号的时候，弟弟用亲手做的大鱼缸装上跟我养的热带鱼一模一样的十来条热带鱼端了过来。

“哎呀，让你白费心了。这东西下崽的时候得熬夜守着，一一捞出来，还得勤换水，清洗鱼缸什么的，太麻烦我算服了。”

我把迄今发生在鱼缸里的故事添油加醋地跟弟弟诉说了一番。没想到弟弟听罢，竟然呵呵大笑起来。

“你们知识分子就是没治。那么啰唆管那么宽干什么。这次你可别管母的吃小的还是生男生女，它们想跟谁好就让它好去。你就给它们喂喂食，隔三岔五换换水就成。孩子不在跟前，你们老两口得有点差事干，找找乐子才行啊。”

被弟弟撺掇着，小小的鱼缸换成不亚于人家水族馆的气派的大鱼缸。那大鱼缸赫然占据我家窗台一年多，其间鱼缸里十多条大鱼月月下崽，加上小崽长成大鱼接着下崽，我都闹不清缸里到底有多少母鱼，它们下了多少崽，到底有多少小崽不幸被妈妈吞掉了。只是有一条非常清楚，就是鱼缸里的男女比例和弱肉强食的生存竞争，不劳我操心也保持平衡与和谐，鱼缸里总是一派熙熙攘攘、其乐融融的太平景象。

呜呼，宇宙规律竟然无处不在，深入到我家小小的鱼缸呵！远在天边的无所不能的上帝，没有容忍我这近在眼前的“西王母”干预小小鱼缸里面的阴阳比例啊。干预意味着失调，而失调只能导致恶果。

小小鱼缸内的道理尚且如此，况大千世界的大道乎？可是，人类却越来越聪明，如今连造物主创造万物的大大小小的秘密都破译得差不多了，进而可以肆意地加以制造、改动乃至摧毁了。动物和植物可用杂交加以改良，现在这一技术几乎要侵犯人类繁殖的领域了。就算是自己肚子里的孩子，还得确认一下是男是女，一旦不合心意就大开杀戒，格杀勿论。中国新生儿男女比例失调愈加严重，据说其主要原因便是无数女婴不等出世，便在母胎惨遭扼杀的缘故。这真是吞食小崽的无知的母热带鱼都要甘拜下风的野蛮啊。这还算是小菜一碟，不知从什么时候起克隆羊、克隆猪大行其道，如今竟然要克隆人了。使得那些活一辈子子兀自感到不解气的贪婪之辈，意欲复制出跟自己一模一样的克隆人，以便世世代代享尽荣华富贵，真不知他们究竟怕不怕遭天谴。

痛苦中长大的树木

徐永彬/著　陈雪鸿/译

人们往往喜欢把人比作树木。既有类似“看嫩叶可知参天大树”的韩国谚语，也有中国强调人才培养绝非易事的“十年树木，百年树人”的俗语。

每次听到这样的古谚，自然会把树木与人进行各种比较，而每次都会获得树木与人真的在很多地方十分相像的感觉。两者都孤身立于地球这个孤独的行星上，无论在坚强一面还是纤弱一面，似乎实在是太过相像了。相比树木和人的相像，将人比喻成花草或动物就显得是那么的格格不入了。也许正是因为这样的缘故，李杨夏才会通过“树木的威仪”来强调人的威仪；茅盾则通过对白杨的礼赞来讴歌西北老百姓的不屈意志。

树木与人最大的共同性，似乎就是两者的存在都在不断地成长。成长也就意味着吃。树木的成长依靠汲取地底下的水分和养分，依靠沐浴地面上的阳光。人的成长依靠饮食来充填肉体上的饥饿，依靠知识来充填精神上的饥饿。然而，不管吃有多么重要，也不能没有节制。为此，我们的祖先一再告诫我们，吃得过多不如不吃。在这一点上，树木与人也是一样的。

“高山之巅无美木，伤于多阳也；大树之下无美草，伤于多阴也。”先人们的教诲对于生活在今天的我们来说，似乎也是适用的。记得曾经在书上看到“吃得过多是唯有人类才存在的毛病”这样的语句，不由得脸上发烫。我们动不动就说吃得像猪那么多，其实猪绝对不会吃得过多，反而是说这种话的人才会吃得过多。这样的事实无疑是最大的讽刺。

吃得过多的原因，说到底就是因为贪心。对名誉、地位、财产过于贪心的话，自然会走歪门邪道。如果歪门邪道没有暴露于世的话，一天早晨就能获得所谓的“成功”；一旦暴露于世的话，必然会身败名裂，自取毁灭。利用歪门邪道获得“成功”的话，纯粹是侥幸而已。仅仅为了这样的侥幸而活着的人是多么的悲惨和荒唐，我们见得实在是太多了。就在几天前，又见到一个曾经在一起工作的人进了监狱，我又一次感悟到了侥幸只不过是泡沫而已。依靠泡沫是无法转动水车的。

金素韵的题为《幸福的预防医学》的随笔中，有一部分引用了对彩票中奖者的调查结果。其内容大致是这样的：日本政府通过劝业银行发行的彩票，中一等奖的人能获得一笔巨额奖金。根据日本某周刊对中奖者的跟踪调查，其中有数人领取巨额奖金后，当场神经错乱而成了废人；还有数十数百人甚至把不辞辛劳、勤奋工作而获得的生计挥霍一空；更有数十人抛弃了从事的职业，沉湎酒色，最终落得家败人亡。因此，十几年来，在那么许多中奖者中，只有一个人以中一等奖的幸运为基础而获得了成功。那个唯一的成功者把全部奖金交给住在乡下的父亲用来买牛，牛的头数不断增加，最终变成了规模巨大的牧场。每个人所期待的幸运结果就是如此，而侥幸的结果是不言自明的。

不知是什么缘故，执迷于侥幸和幸运的人们似乎越来越多。倘若只是期待没有失败、痛苦、创伤和折磨的成功，自然会不知不觉地倒向歪门邪道。就像德川家康所说的那样：“人的一生如同背着重物走远路一般。”在这条远路上，怎么会没有失败、痛苦、创伤和折磨呢？既然失败、痛苦、创伤和折磨就像活在世上的人们支付的月租一样，而且确定这一切并不仅仅是冲着受到创伤的人而来的话，那么，不也可以把这一切当作生命的养分吗？这不由得让人想起了这样的话：“成功一般会使其地位上升，而失败却经常会使其人成长。”

把成功的人比喻为树木的话，无疑是参天大树，枝叶繁茂、绿叶成荫、果实累累的参天大树。不过，即使是参天大树，有些树木看上去有时候会让人产生岌岌可危的感觉。比如，相对根系来说，有些树木上所结的果实实在是太过繁多。看着那些稍有微风吹过似乎也会倾倒的树木，我总会情不自禁地联想起那些只靠侥幸和幸运而获得“成功”的人。

然而，失败、痛苦、创伤和折磨……经历了这一切不幸后，依然昂着头，以自己的勤勉、正直和信念战胜不幸的人，就像是根系牢固的树木那样值得信赖。虽然侥幸或幸运无须根系，直接带来果实，但是，痛苦却与果实无关，而是依靠根系来养育“巨人”。即使是一棵无花果树，依然有望成为深深扎根泥土里的“狂风吹不倒”的树木，让人投以敬慕的注目礼。

树木的高度不能只丈量显露在地面上的树身。只有把穿透碎石延伸的根系长度一起计算，才能了解树木真正的高度。

人就是含着痛苦长大的树木。

今夜，好想做你的新郎

李洪奎/著　陈兰玉/译

那天去早市买菜，当我跟往常一样在一个花摊儿上停下来，随便看一看那些五颜六色的花卉时，有一盆只长着几柄稀疏的还算宽大的绿叶花卉，吸引了我。

那盆花的叶片看起来比六月里的玉米叶子还要显得舒阔而富有生机。

“这是什么花?”

我问花摊的主人。

“啊，那盆花呀，那是昙花。”

主人告诉我。

“昙花?”

我不由睁大了眼睛。

“那不是很稀贵的一种花卉吗?”

“别说是稀贵，那可是千年一开的花儿呢!”

“千年一开……?!”

虽然听说过昙花绽放之后会很快凋谢，因而就有了“昙花一现”之成语，但千年一开之说却还是闻所未闻。

“干吗那么吃惊啊?”

看上去已过六旬的摊主老人淡淡地笑着，随即说出了箴言一般的话：

“养花的乐子呢，在于养的过程，当真到了花儿开的时候，心里反而会难过呢。”

那天，我抱着买下的那盆昙花，如同怀揣着老人的超然，那种尽管摆着简陋的小摊儿却能够感悟生活真谛似的超然回了家。

回到家，将花儿移栽到了稍大一点的花盆里，摆放在阳光充足的卧室窗台上，接着，急急地翻开了词典。可是在朝鲜语词典里并没有“昙花”这一词条，怎么可能？我又打开《中韩词典》，这才发现汉语里的“昙花”在朝鲜语里称作“优昙花”，又叫“月下美人”。当我重新查到《韩国语大词典》的“优昙花”条目时，不禁再次惊讶。原来，“优昙花”来自梵语“优昙钵罗花（udumbara）”，词典释义为“是印度传说中的一种花，三千年才开一次……”

天哪！即便是传说，也竟然要三千年才绽放一次！对于最多活不过百来年的我等凡间俗人来说，那是何等遥远而又不可企及的渺然岁月？那么，在现实生活中，昙花究竟会几年开一次呢？该不会是百年吧……那么是十年？抑或二十年？罢了，罢了，不是说养花的乐子在于“养”的过程么！

……不知不觉间，七八年过去了。

刚刚还用白嫩的小手抚弄我的络腮胡撒娇的女儿，一晃已经是高中生了，而我也步入了不惑之年。在此期间我又经历了几多人生的遭遇和身心的变化啊！

曾在犹如神灵赐予一般的祝福里，感受过生命莫大的欢乐，因这欢乐而喜极而泣过；也曾因无法摆脱心灵巨大的悲苦，直想把这一身躯壳随意遗弃在苍凉的荒野……

然而，在那段岁月里，那盆昙花却以热带植物特有的生命力，顽强地伸展着分外葱绿而丰腴的茎秆和叶片，无论春夏秋冬，骄傲地展示着她那蓬勃的绿色。

渐渐地，昙花的叶子几乎占据了卧室窗户的半壁江山，只是全然不见花开的蛛丝马迹，连花蕾会从什么地方长出来也令人渺然莫测。

尽管如此，在莳养上可马虎不得。不仅得隔三五天浇一次水，还得给茎秆和叶子喷水呀擦身啦什么的，不然，昙花就会显出有些蔫蔫的样子。然而，这昙花并不会轻易枯萎。也许是宽宽的叶子里蕴藏了丰沛的生命之水，才显得那般坚韧吧。有一阵子，我着实忙了些时日，又接着出了趟差，回来后发现，虽然十多天没有照料，那一盆昙花却依然绿意葱葱。柔弱的生命竟能这般凄绝茹苦，让人心里不由不为之颤动。

就这样，十多年过去了，昙花依然未结出一个花骨朵。我真不知道她如此深切地在等待着什么。

终于有一天，周末放学刚回来的女儿突然在卧室大呼小叫，让我赶紧过去看看。我便过去看个究竟，于是，顺着女儿指的方向，只见一个豆粒大的白芽在一片二三尺长的阔叶的叶窝下面露了出来。

“看样子优昙花终于要打花骨朵了！”

女儿欢快地拍着手。

过了一个星期，那颗白芽长得有花生粒大，又过了五六天，果然长出鹌鹑蛋大小的花苞模样来了。

哈哈，优昙花到底还是打骨朵了。

花苞孕形的时候，花梗也生了出来，好像被花梗挤促了似的，花苞一天一个样，日见日新。最后，当花梗长到一拃长、手指般粗细的时候，一朵鹅蛋大的花蕾便美丽地挂在了上面。

可是，这朵即将绽放的蓓蕾，却仿佛羞涩的少女，将容颜掩在淡紫色的蕾丝下，再一次沉浸在深深的思念里。难道十余年的漫漫相思与等待还不够，在行将花开的时刻，还要等待什么吗？

那天，我拖着疲倦的身子，很晚才回家。女儿回校寄宿，妻子又刚好出差，家里着实冷清。我的心情自然也好不到哪里去，一如深秋空荡荡的田野。真不明白本应早已愈合的伤口，为什么依然会盘踞在心底，时不时地唤醒你的痛苦？与其说是一道伤口、一份痛苦，莫如说是一丝挥之不去的眷念吧。所以，岁月流逝得愈久，那伤口就愈深么？

那么，索性用这份眷念、这份爱来燃烧岁月，又将如何？经受十年、二十年，说不定会像昙花一样，不知不觉间也结上一朵大大的花蕾呢……

想起昙花，在未打灯的客厅沙发里半躺着的我，立刻起身朝卧室走去。刚推开门，还没等开灯，我便不觉深深地吸了一口气，因为一股全然陌生的幽香弥漫了房间。

优昙花！是昙花终于开了！

只见窗台上，在朦胧的月光里，优昙花正纵情怒放。不知何时，一直坠垂着的花梗舒展了柔软的腰肢，擎着比莲花还要大的乳白色花朵，亭亭玉立。

昙花肩上围着菊花瓣儿形的淡紫色披巾，含着宛如薇菜的嫩叶般孤傲的细密花蕊，将几十片花瓣一同展开，姣美的身姿令人叹为观止。仪态万方、超凡脱俗的优昙花，让我仿佛窥见仙子的倩影。

还有那幽幽的无以言表的花香！

若要问天上的香气是什么样的话，或许只能以优昙花的馨香作答了……

此时此刻，我恍如置身于神灵邀请的盛典。

可是……午夜一过，这盛典就要散去，这馨香、这美丽的花朵也都将消失得无影无踪。

这花这花香是否真的只属于天上，在人间仅能露出瞬息的姿容吧。细想一下，大凡世上美好的东西，无论是一朵鲜花还是一段感情，不都是如此短暂么？

真正美好的东西也许永远也不属于哪一个人。如果能幸遇那份美好，哪怕稍纵即逝，只要能一同美丽，我们都应视作神的恩宠而心存感激。相比那忍辱负重的长长的日子，相比在那日子里所经受的深切的思念与遥遥的期盼，这份幸遇这份美好也许无比短暂，即便如此，那又如何？比起用一生去等待和眷念，也不能迎来匆匆一遇的不走运，这份幸遇难道不是神所选择赐予的深深的祝福么？

如此说来，这份相遇便是被选择的一遇吧，纵然只有一瞬，也要用瞬间燃烧永恒……而这燃烧起来的生命的赞歌，又该何其弥足珍贵！

皎洁的月光潮水般从窗口倾泻进来，给昙花罩上柔和的面纱，含羞露娇的优昙花恰似初夜迷人的新娘。

月下美人优昙花哟，今夜，我好想做你的新郎！即使生活早已注定，注定未来的日子困苦艰难，却要知道那本身就是一种无可回避的选择，但愿从此能够常怀感恩，从而永远保持灵魂的清醒。为此，为了这清醒的灵魂的新的诞生，今夜，好想与你一道同行大典！

而明天早上，当我把凋谢的花朵埋进花盆里时，好想与人诉说：其实，我们的生命也跟这优昙花一样，不过是瞬间的灿烂；如果我们能够真正幸遇生命中的那一遇，千万要珍惜，免得在生命终结的时候，跟你生命的主人还要天各一方……因为，生命的美丽是如此短暂！

感动并创造感动

姜贞淑/著　陈雪鸿/译

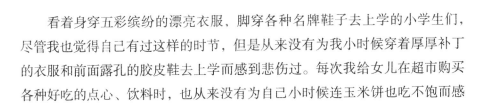

看着身穿五彩缤纷的漂亮衣服，脚穿各种名牌鞋子去上学的小学生们，尽管我也觉得自己有过这样的时节，但是从来没有为我小时候穿着厚厚补丁的衣服和前面露孔的胶皮鞋去上学而感到悲伤过。每次我给女儿在超市购买各种好吃的点心、饮料时，也从来没有为自己小时候连玉米饼也吃不饱而感到悲哀过。

然而，有一次我与女儿及其伙伴一起在体育馆观看韩国、台湾及延边的明星们表演的文艺节目时，不由得为我们这一代小时候的枯燥无味和过分理性而感到了真正的悲酸。

明星们在舞台上演唱，总会引起观众们跟着一起尽情高歌。明星们在舞台上以自己特有的舞姿表演时，也总会引起观众席里响起震耳欲聋的口哨声和欢呼声。当新一代们喜爱的明星演唱主打歌曲时，观众们往往会全体起立鼓掌合唱，并与明星们一起摇晃身子，狂热呼喊明星的名字。我女儿及其伙伴，以及体育馆内的新一代们都很感动，都与明星们一起疯狂，而且对如此“疯狂”的旋风般的风景一点儿也不感到奇怪。我自己也不知不觉地被卷入其中，跟着一起哼唱着，鼓着掌左右摇晃身子。只是没有像女儿他们那样兴奋到放肆的程度，稍微表现得斯文、克制一些而已。带着感动和兴奋的余韵回家时，我不由得羡慕起女儿他们一代，同时也为我们这一代的孩提时节而感到哀伤。

我们在没有感动的时代里度过了青少年时节。我们的前辈经过了文化大革命那样暴风般的时代，不管是好是坏地被卷入了暴风的漩涡，大部分人都拥有充满激情地投身或热衷于什么的经历。不管其结果是喜剧还是悲剧，总之度过了一段戏剧般的人生，使生活变得相当丰富。

我们这一代没能经过文化大革命的洗礼，许多人都认为我们是时代的幸运儿。在全社会都认为大学生地位最值钱的上个世纪80年代，我考上大学，并从大学毕业，也尽情地表现了一番大学生的傲气。不过，我们也相对地在最为理性的时期度过了最为浪漫和充满激情的青少年时节。

在学习雷锋、刘胡兰、张思德等英雄人物的活动中，除了对英雄人物单纯的崇拜思想以外，没有任何感性的情感。

当时，如果说有稍微不同情感的话，那就是关于电影《闪闪的红星》中扮演潘冬子的我们同一辈的小演员的故事。

被认为是人生中最最黄金时期的大学时节，学校里禁止谈恋爱，因此在像是洋溢着如此美好浪漫的校园里，却没能编织出一段爱情的情节。一句话，那是没有浪漫、没有感性、特别理性的大学时节。当时，追星风气也不像现在的旋风一样。我上学的大学中文系里，有个女生非常喜爱法国电影演员阿兰·德龙，床头墙上几乎都贴满了他的照片。当时，女生宿舍里流传着她听说阿兰·德龙离婚的消息后，不无感叹地说“如今我也有了机会”的传闻。另外，就像越墙观看路过的新娘花轿那样，陶醉于日本的山口百惠与三浦友和合演的电视剧中的生死爱情故事，梦想着有朝一日自己相爱的话，也要像他们那样美好和浪漫地相爱。大学生中间还流传着山口百惠写的自传，通宵通宵地浏览。

不过，我们并不像现在的新一代们那样，疯狂到喜欢和模仿明星的年龄、身高、喜欢吃的饮食、喜欢的宠物等生活细节，以及其主打歌曲、舞蹈动作等等，也没有疯狂到听着明星的VCD，一起感动和高歌的程度。我们生活的时代环境，不可能创造这样的感动。我们的思想和行为受到各方面的限制，根本没有勇气阳光般地去喜欢谁，也不想去理解谁。幸亏当时我们学校担任班主任的女教师，亲手给我做了山口百惠在某个TV剧里表演时穿过的那种图案的裙子，让我穿着显摆了好一阵子。那就是我们有多么喜欢山口百惠的表征。

对某件事投入、感动、狂热，真的是最美丽的。最近，我们大人也许是患上了感动缺失症，一般来说都不懂感动，对什么都只追求实用和效率，变成了极其利己、不懂感动的铁石心肠的人。像新一代们那样没有任何杂念，纯粹因为喜欢那歌曲才喜欢那明星，因为喜欢那明星才喜欢其歌曲，甚至喜欢其存在的缺陷，喜欢演唱其歌曲……即使日常的事情再忙，我们还是不妨试试在上班或下班的时候，每天以单纯、纯净的心感动一次。抛开成人的想法，抛开碍于面子的想法，见到花丛中的蝴蝶或开在路边的花朵，就像孩子似的欢呼和感动……即使路过的男人以为你是否不正常，用惊异的目光注视着你也没关系。那样的话，就会觉得我们生活的世界真的有很多很多美丽的东西，就会觉得这个世界不但值得活一辈子，而且值得活上好几辈子，就会觉得在生活中受到的压力，不一定非要花费时间在某些酒席上加以消除。

有一次，女儿对我说，今后绝对不像妈妈这样活着。我问她，妈妈活得怎么啦。她说，妈妈活得太累。她还说我总愿意把问题搞得太复杂。仔细想想，这些话不是没有道理。我不仅因为是妈妈，还因为是大人，所以才会以大人复杂的思维去看待孩子认为很单纯的事情，无疑才会越活越累。

为很小的事情而感动，自身也会变得美丽起来。即使因为今天秋日灿烂，我的心情也特别灿烂，来来往往的人们的心里也像秋天的天空晴朗无瑕而感动，也会在不知不觉间发现自己像秋菊那样，变成了极为美丽的人。

狐狸逃走

金红兰/著　靳　煜/译

狐狸逃走了，一直被关在养殖场笼子里的狐狸这一天逃走，引发了骚动。

由于深更半夜，狗狂吠不止，养殖场主人打开了监视器，于是，看到了在笼子的一角受惊逃走的狐狸。

养殖场主人立即奔出家门，找到了曾经关狐狸的笼子，并且靠手电筒光线，发现了狐狸受惊后，在上蹿下跳。

这真是太可笑了，以伶俐敏捷著称的狐狸逃走的动作会是上蹿下跳。因为狐狸自出生后，一直被关在不足1立方米的空间，因此，能做的运动只有在笼子里转来转去，还有就是上蹿下跳。因此，即使离开了笼子，来到广阔的空间，熟悉的动作也只是这些。

由于犬吠得惊天动地，狐狸受了惊，藏到狗窝后头的草丛里。手电筒没电了，再加上是深更半夜，在乱草丛面前，主人不敢轻举妄动，只好放弃抓捕狐狸的念头。

“等天亮了再说吧，四周围得严严实实的，何况还是夜晚，它能跑到哪里，还有狗也在监视呢。”

但这可真是错误的想法，只要狐狸稍微发出点声响，狗就叫，不过可能是叫累了，安静下来，而狐狸跟人不一样，是夜光眼，主要在夜里活动，因而对于狐狸来说，夜晚的黑暗根本不算什么。

果然到了天亮一看，狐狸消失了。找遍了养殖场，哪儿都没有找到。养殖场外面是无边无际的田野，难道沿着稻浪，狐狸跑哪儿去了吗？

可是，就在道旁的胡同里，狐狸竟然出现了，这可真是奇迹。看着主人开车回来，狐狸望着家的方向。不知该发出什么声响，于是发出犬吠声，看到主人靠近，狐狸慢慢后退，主人又逼近了一些，狐狸逃进了稻浪中。

稻子已经成熟，高高地垂下了头。人们的视线很难穿过稻浪，看到什么。待了一会儿，狐狸没有任何动静。主人想，这下完了，想不到在胡同的另一头，狐狸出现，又在望着家的方向。

“噢，狐狸逃不了。”

主人看出了狐狸的心思。

可是，等主人靠近，狐狸又藏到了稻浪里。

这次，主人干脆拿来一个临时笼子，放了狐狸的食物。每天一到这个时候，狐狸都会在笼子里着急地转来转去，要吃的。这是狐狸的口粮。

果然，狐狸为了吃的，进到了临时笼子里，被主人牵着，重新被关进了笼子里。

不，也许狐狸是心甘情愿地进到了笼子里。自打娘胎里降生以来，狐狸一直过着憋闷的生活，羡慕外面的世界，渴望自由，可是一旦真正获得自由，却寸步难行。狐狸早已失去了作为山猫野兽的野性，在有限的空间里，吃着嗟来之食，一旦落了单，找吃的都难。

昨夜，狐狸该有多么不安。狗被铁链子拴着狂吠不已，狐狸吓得躲到了草丛里，是怎么熬过那几个小时的呢？何况，真正离开了小院，一片片稻浪该有多么陌生，连糊口都成了问题。也许这一系列难题，会让它欲哭无泪。于是，会想到伙伴们扎堆的小院，尽管是笼子，但是肯定会羡慕看起来幸福的伙伴们，于是徘徊在小院周围。

如今，狐狸已经对1立方米的空间感到知足了，对给它提供富有营养食物的主人感激涕零。哪怕笼子的门开着，狐狸也不敢再逃走了。

看到重新被关在笼子里，不再恐惧，眼神呆呆的狐狸，不禁产生了恻隐之心。狐狸与愚蠢根本不沾边，历来以其矫健的身姿与灵敏的嗅觉，给人以狡猾的印象，狐狸在诱骗或者伤害人的时候，总会装出一副可怜相，而实际上却非常伶俐，擅长其他动物想也想不到、想也不敢想的行动。因此，西方人认为狐狸是足智多谋的动物。

狐狸的聪慧与野性去了哪里，如今已沦为温顺的羊。

近年来，高级动物的皮毛服装在全球受到青睐，带动了动物养殖业，本地作为农特产品生产基地，动物养殖场更是如雨后春笋般涌现。皮毛的价格忽而升上了天，转瞬之间又一落千丈。但是从世界市场趋势来看，养殖专业户还是越来越多了。创业致富本无可厚非，但是看到狐狸的队伍在壮大，不免心寒。狐狸不知是哪里来的原罪，生来就要过着牢狱般的生活，它们也有享受自由和幸福的权利，但却失去了本性，如今在获得自由后，也不会享受了。原本聪慧的狐狸沦落到了这个地步。

即使养殖场里狐狸的队伍在不断增加，那也不再是狐狸，而成为满足人类欲望的生存工具。等它们吃饱喝足，长出一身漂亮的皮毛时，甚至连自己的性命都要献出来，要把皮毛献给人类。

狐狸也同人一样，拥有同样生存在地球上的权利，看到这一权利被人类所剥夺，束手无策地死在人类面前，目睹这份悲惨，担心狐狸即将灭种也根本不是什么杞人忧天。

过去，多种动物曾经威胁到人类，是人类毋庸置疑的竞争者，这使得人类对它们有了敬畏之心，把某一特定动物视为民族的鼻祖、图腾。狐狸虽然不是什么图腾，但却是民俗中不可或缺的角色。

人类虽然步入了文明社会，但由于乱砍滥伐森林，污染了环境，地球上作为人类图腾的动物也濒危。生态环境遭到极度破坏，人类自食恶果，自然灾害频繁出现，这就是我们面临的现实。不要忘记，动物被人为地剥夺了野性，一旦灭种，人类将会陷入无法想象的痛苦和灾难中，直至惨死，人类在自我毁灭的路上，应尽早悬崖勒马，这才是明智的选择。

我的良师益友

金宽雄/著　陈雪鸿/译

无论读完什么书，想要真正理解的话，首先要对著者的本性有所了解，而了解其本性一般需要从孩提时节开始。

虽然永春因为比我早“降世”3个月，总是以“兄长”自居，其实我们都是生于1951年的同年人。永春和我是从5岁起就一起长大的好伙伴。当时，我们两家是互相能听见对方屋子里说话声音的邻居。我们俩在同一个班级里度过了6年的小学生活，是一对形影不离的“死党”，虽然上中学的时候不在同一个班级里，但与同班同学没什么区别。

不仅如此，当永春从集体户，我从部队回来踏上社会以后，又投身于相近的行业（永春以新闻和出版为主，我以文学为主），几乎没隔多久就会在各种文化活动或会议上碰面，在酒桌上相聚。而且这样的缘分依然在延续，如今还成为了亲家（我最小的弟弟与永春最小的妹妹成为伉俪）。由此看来，永春与我之间的缘分大概一直会延续到生命的终结。所以，我说了解永春的本性，大概是不会有什么人摇头否认的。

永春的父亲蔡泽龙先生（1913—1998）早在1927年就在“KAPF（朝鲜无产阶级艺术者同盟）”系统的杂志上发表了处女作，不仅是中国朝鲜族儿童文学的元老，还是中国朝鲜族文学的重要创始人之一。在从事文学，尤其是从事儿童文学的严父的教诲和引导下，永春的艺术天赋很早开始就呈现在我们面前。

永春的父亲经常握着永春的手练习写作，而且只要永春提出看电影的要求，就会无条件地从钱包里拿出钱来。每次看到永春的父亲，我总会感到羡慕不已。尽管永春十分不情愿，他的父亲还是拉着他的手到艺术学校去上钢琴课。看着永春父亲的背影，或欣赏永春父亲去北京或外地出差给永春买回来的高级彩色蜡笔或铅笔时，我只有眼红的份儿。现在回想起来，其实这些都是永春父亲有意识地培养永春的艺术知识和兴趣，进而引领他走向艺术方面的一番苦心。

早从七八岁开始，永春就像父亲的玉笔一样，能写一手十分漂亮的字，而且在绘画方面也显示了出众的才华。他与我一起看完冰球比赛回来，总能在他的笔记本上，甚至在他家里的胶合板拉门上，在左邻右舍的木板围墙上，留下他五花八门的“绘画作品”。总之，不知是因为父亲培养的结果还是本人天赋的作用，永春的艺术才能很早就开始崭露头角。为此，从上小学一年级开始，永春就经常能听到老师夸他字写得好、画画得好的赞词，而我则因为永春的艺术才能，经常在家里遭到母亲的责备。不仅如此，就连野游回来，我也会因为永春的缘故接连好几天挨母亲的骂。诸如让永春唱歌，他二话不说站起来痛痛快快地张口就唱，而你有什么可难为情的，恨不得找个老鼠洞钻进去呢等等，都是我挨骂的缘由。

即使不照搬弗洛伊德精神分析学的理论也可以证明，幼年时节的早期经验和记忆，就好像在岩壁上镌刻字迹一样，会留下永不磨灭的痕迹。这些痕迹会给长大以后形成人格或才能时带来巨大的影响。简言之，永春在幼年时期从父亲那里接受的艺术启蒙教育，在他长大成人后出色完成新闻、广播、出版等领导职责时，起到了阴阳两方面的作用。虽说我至今还抱着永春如果不转向仕途，继续走画家之路的话，今天也许就成了一名大画家的遗憾……

永春在幼年时期和少年时期享受的幸福时光实在是太短了。与永春的父亲给他起名永春，期望儿子的前程春光永驻的愿望相悖，在他的前程上很早就下起了无情的严霜和暴雪。自从曾经对永春倾注了温暖如春的挚爱的父亲在 1959 年被戴上了所谓的“右派”帽子起，不合时令的严霜和暴雪就毫不留情地开始降临了。

借用曾经与永春父亲一起被打成“右派”的难友金学铁先生的话来说，所谓的“反右派运动”，是“对善良的知识分子——正直的知识分子像打疯狗似的胡乱打击的耻辱历史”，即使说是超过了秦始皇的“第二次焚书坑儒”也毫不为过。当时，就连我这样不懂事的孩子也从小学 1 年级快结束的 1959 年暮春开始，模模糊糊地感受到了萦绕在永春家里的厄运。通过永春家遭受到的厄运，我早在不懂事的时节里就已经知道了政治有多么可怕，到底什么是人间悲剧等等。

在日益加剧的政治迫害下，蔡泽龙先生于 1964 年离家去了朝鲜。从那以后，永春家就越发悲惨了。我在大学时节的古汉语课上学习孟子“苛政猛于虎”的语句时，不知不觉地联想起了永春一家人在政治运动风暴中经历过的苦难史。

对永春一家人来说，难以忍受的痛苦不仅仅只是政治迫害。在与丈夫生离死别近 20 年的日子里，永春的母亲曾在筛沙石的工地上打过短工，也曾当过任意出没于深山老林的采药工，甚至还曾在售煤场里拉过煤车，真所谓从不计较做牛做马。要是没有永春母亲自我牺牲的母爱的话，永春家也许早就彻底崩溃了。

虽说我们有“少年苦金不换”的谚语，但是家里也不能只有贫困和不幸。如果只有贫困和压抑的话，儿女们就会抬不起头来。除了贫困和压抑之外，家里还应该洋溢着父母兄弟之间的友情和爱意，才不会使儿女们抬不起头来，才能在成长的过程中培养起火热的心。

温室里的花草一旦在温室外面遭遇到一次风霜，瞬息间就会被冻死。然而，经历过严冬考验的野花或野草，一般都具有在寒冷中不被冻死的强硬生命力。

永春在小时候经历的逆境，不仅具有把意志的刀刃打磨得锋利无比的磨刀石般的功能，而且还具有教导如何尽早感受世态炎凉的导师般的功能。鲁迅先生根据自己小时候因为父亲突然被革去官职，蒙受牢狱之灾而遭到别人白眼的痛苦记忆，曾经说过：“家势突然倾倒，能让人切身感受到世态炎凉。”这对永春来说也完全适用。另外，逆境还使永春懂得了如何热爱别人，如何痛恨不义，从而造就了他爱憎分明的性格。

常言道，国难当头方能有忠良，家境贫寒才会有孝子。虽然不能断定由于家势倾倒才使永春成为孝子，但是，他的确是今天现实生活中难得一见的孝子。借用我父母的话来说，他绝对不是普通的孝子，而是“应当被立孝子门的孝子”。

不过，永春对父母的一片滚烫之心，绝非一个“孝”字所能全部包括得了的。对永春来说，严父的教诲虽然时间较短，却是让他迈出人生第一步的宝贵财富；慈母充满血泪的挚爱就像是恩惠无比的太阳，使儿女们在寒冷的冬天里依然能维持生命，依然能有火热的心。特别是对父亲，除了天理人伦的“孝”以外，应该说还内涵着复杂的感情。因为，永春通过父亲能够找到自己的精神之本，并通过父亲的返回和恢复名誉，能够解除郁结在母亲与自己以及家人，乃至与自己父亲一样蒙受冤屈的许多人心中的重重积怨。

永春把改换国籍在朝鲜生活了19年的父亲重新接回中国，平反昭雪，恢复一切名誉，恢复公职，并奉养父亲颐养天年的孝心，至今依然被传为美谈。

这里必须谈及的是永春为了接回父亲，与朝鲜方面进行的漫长而又一言难尽的艰难的交涉过程。由于永春对这件事情闭口不谈，所以无从了解其中太详细的情况。不过，我知道他曾经给朝鲜大使馆、安全部、外交部写过几十封信。俗话说：“精诚所至，金石为开。”永春坚持不懈的努力和无限的孝心，终于感动了朝鲜方面相关部门的负责人。于是，朝鲜方面从人道主义的立场出发，同意蔡泽龙先生返回夫人与儿女们生活的中国。永春曾经粗略地给我讲过其中的一个小插曲：朝鲜南阳海关负责出入境的有关人员由于不了解其中具体的内部情况，只好反复强调着“史无前例”，将蔡泽龙先生的护照和证明书等文件检查了一遍又一遍。

不爱自己父母的人，怎么可能爱别人，怎么可能爱民族爱国家呢？为此，我认为永春在担任延边电视台和延边新闻出版局领导期间，对延边区域社会和我们民族所倾注的热爱，其实就是他最最真挚的孝心的延续。

永春编著的这本随笔集《风筝》中，一共收录了15篇演说、18篇随笔、8篇论文，其中大部分是在担任延边电视台和延边新闻出版局领导期间发表的部分演说和论文。通过这些文章，可以看到永春作为延边TV节目总体战略的主要设计师、指挥员，延边民族出版生存发展战略的策划者，以及延边足球俱乐部会员协会首任会长，表现出来的鲜明的民族忧患意识，明确的文化态度，冷静的思考和判断能力，以及将这些想法付诸现实的组织能力和实践能力。

在反思延边TV的20年历程时，永春提出了以下延边TV必须具有的正确态度和未来构思。

“必须成为确立正在走向全球化时代的延边人民的态度和眼光的向导性

TV，反映延边人民在世界上毫无愧色、堂堂正正生活的创造性 TV，引导‘让延边走向世界’美梦得以实现及 21 世纪新延边振兴的牵引性 TV，提出中国朝鲜族文化昌盛和开拓民族文化前进道路新构思的先导性 TV。”（1997 年）

永春还对民族新闻出版当前的态度发表了这样的看法。

“市场经济体制的冲击和朝鲜族共同体正在经历的严峻危机，使朝鲜文新闻出版处于摇摆不停的状态。然而，无论在什么样的情况下，只要我们民族存在，我们新闻出版就不可能倒下。目前，朝鲜族社会正经历着全方位的困惑，也可以说是需要我们新闻出版发挥引领朝鲜族社会的牵引车作用的非常时期。”（2000 年）

延边的足球已经超越了单纯的体育范围，具有提高延边的自尊心和民族意识，在 13 亿中国人民面前宣告延边及 200 万中国朝鲜族存在的重要功能。这一点已经得到了一致的公认。永春作为延边足球俱乐部会员协会首任会长，非常清楚这一点。为此，他不仅作为延边电视台台长出任延边足球俱乐部会员协会首任会长，而且还为延边足球的发展热心服务，四处奔波。

我们民族不同于犹太民族和我国藏族那样有着强烈宗教倾向的民族。犹太民族和我国藏族承载其民族文化的是宗教。与之相比，我们承载民族文化的是非宗教的教育、文学艺术、体育及新闻、出版等。特别是以我们的语言文字为基础的教育、文学艺术、新闻、出版等持续发展，才能真正保持我们民族文化的固有性。

仅从人生态度的侧面把永春和我做比较的话，永春是顺势型的，而我则是逆势型的。如果说永春是胸怀“修身、齐家、治国、平天下”雄心的儒家书生型的话，那我就是具有“无为自然”生活理想的道家隐士型。为此，把世上的官位看得很轻的我之所以尊重永春，并不是因为他拥有电视台台长、新闻出版局局长的官衔，而是因为迄今为止，他从来没有把电视台台长、新闻出版局局长等官衔作为谋求一生荣华富贵的手段而煞费苦心地保住官位，也因为他为了成为保护我们民族文化的真正卫士，为了保护和发展我们的民族文化献出自己的一切，还因为他虽然长期走在仕途上，却没有失去为人的真正本性。

因此，我没有把永春仅仅当作是单纯的好友，而是把他当作对照我对父母的孝心和对民族的爱心，检验我的生活态度和意志的榜样。尤其在埋怨没有机会、环境不适、时运不济，打算放弃的时候，我脑子里总会想起永春，从而获得勇气和力量。当我在部队因为父亲解放前的历史问题入党遇到极大的难关时，当我没能当上梦寐以求的军官复员回到地方，因挫折和失败终日以酒浇愁而彷徨时，想起了永春，重新找回了生活的勇气和意志。因为我在生活的道路上遇到的难关，根本不能与永春遭遇的难关相比。

无论是永春还是我，还没有到回首自己走过的路而自我陶醉的年龄。我们要走的路还非常遥远，肩上的负担还相当沉重。我衷心期望我的好友永春今后继续以永远不变的坚强意志和精神去走自己的生活道路，继续为我们延边的区域社会，为我们民族的文化昌盛做更多有益的事情，继续成为我的良师益友。

秋天，我为何悲伤

李善姬/著　金莲兰/译

那天，偶然间瞥见数十只蜻蜓成群结队低旋在窗口。心头蓦地掠过一个感觉，放眼遥望，果真是天高云淡。令人心烦意乱的夏天终于收敛了灼热的气焰，爽朗的秋天不期而至。

远处南山已换上金黄的秋衣，院子里的花坛上艳红的满天红也在孕育着种子，露出慵懒的娇态。

街坊的大嫂大妈们聚在院子里忙着切晒红辣椒，更有小把戏们蹒跚学步，像吹口风琴般啃着嫩黄的玉米，俨然一幅民俗风情图。

天高马肥好个秋，秋天因其丰盛而诱人，让人们的心情也随之丰饶起来。

可每逢这丰盛的季节，我却要感到莫名的悲伤，这自有其充分的理由。

每逢这天高气爽的季节，我就期盼着上大河洗被里，用心浆上，再尽情地用棒槌捶呀捶，把它弄得平平展展。营造洁白秋天的工程，这可是把身心淘得洁白无瑕的令人向往的乐事呵。

可如今的大河不见了洗衣处，家家户户也没了捣衣石。在这五谷丰登、瓜果飘香的季节，缺了这悦耳的捣衣声，不能不说是秋天的悲伤和憾事。

还在十多年前，每逢这天高河清的季节，勤快的媳妇们都要三下两下拆下全家的被里子，泡在碱水里洗上头遍，再煮上一遍，装在大盆里顶着上河淘。找上一块千捶百磨打磨的平平展展油光锃亮的洗衣石，捞起热气腾腾的被里子，把脚泡在看得见河卵石的清清河水里，哐哐哐用力地砸起来，那沉淀在心底的污垢也随着那浑浊的脏水，漂洗得干干净净。

捶呀捶，捶得尽兴，再在那宽阔的河面撒开被里子，被里子在河面上大旗般飘着，捞起来再捶，捶完再漂洗，如此周而复始乐此不疲……这可是我从黄毛丫头时起便跟在妈妈后边干惯了的活儿。

14 岁那年，碰上叫文化大革命的大乱，爸爸妈妈戴上“特务”帽子被关进牛棚时，我家的秋季工程也没有断了档。打惯了下手的我自觉地挑起大梁，拆被、浆洗、捣平，把全家的被子拾掇得干干净净。

把漂洗得雪白的被里子，用大米糊糊精心挂上浆，晒到半干时取下来板板正正叠好。先用脚把它踩平，然后俩人对面坐着一人扯着一个角抻起来。

小时候，跟妈妈一起抻被里时，不知怎么搞的总想笑，喊一二三就要噗地笑出声，妈妈就瞪我，瞪着瞪着妈也就跟着乐了……

被里子浆得硬了，得把它晒透了再捶，才会变得绵软，浆得软了得趁湿把它捶平，才会咯嘣咯嘣挺起来。这是我小时候妈妈教我的诀窍，可惜如今变得一无用处了。

大河里不见了痛痛快快漂洗被里子的去处，也没个院子去晾晒浆洗的被里子，屋里也没个地方放一块捣衣石。

珍藏在我记忆深处的捣衣图——挥舞起打磨得油光锃亮的棒槌，一下又一下捶着平展展放在冰凉的捣衣石上的被里子的母亲们……那分明是在漫长的岁月里忍辱负重、茹苦含辛、严以教子、孝以奉老、礼让事夫的贤妻良母既贤淑又慈祥，既善良又坚韧的形象。那不绝如缕、声声入耳的捣衣声，分明是勉励自己做一个贤惠的主妇、慈祥的母亲、温柔的妻子和孝顺的媳妇的自省自强之声……

在那不绝如缕、声声入耳的捣衣声中雪白的被里子柔柔地环抱着村村寨寨，在同样柔柔的秋日下熠熠生辉……这秋天温馨的分明是属于又洁白、又娴静、清高而通情达理的我们民族的女人们的，可惜如今再也无从寻觅了。

那不倦东流的河水，扭动着被污染的浑浊的身躯，仿佛还在为失去的洗衣处而呜咽，懂得享受的摩登女郎们却不知什么时候已把雪白的被里子换成了花花绿绿的被套。洗衣机隆隆的动静早已取代了声声入耳的千家万户捣衣声，威力无比的电熨斗义不容辞地担负起捣衣棒的角色。

昔日忙碌纷纭的秋天变得如此悠闲和安逸，分明是一种进步，堪称上天的恩赐，但不见了用心漂洗和捶打被里子的风景的秋天，犹如缺了独具风骨的秋花的空旷的原野，显得寂寥、凄凉，甚至有些虚无……

在这红色的蜻蜓悠然飞翔，金黄的秋菊勾人心魄的秋天，我们的女人们该用什么砥砺和磨炼自己的心性，并把它捶打得平平展展呢?

父亲的“遗产”（外一篇）

蔡永春/著　陈雪鸿/译

在我珍藏的几千册书籍中，“标号1”是50年代初由莫斯科外文书籍出版社出版发行的关于旧苏联天才少年画家的自传体中篇小说。

如今，书的封面已经很难看出原先的模样，不仅起毛卷边，而且还散发出一股发霉的气味，简直成了一本破烂得不堪入目的书。即使如此，这本书依然拥有排列第一的权威性。“书不仅是书，还是生命”是一位智者的名言，似乎说的就是我这本书的情况。每次见到这本渗透着近40年历经风霜痕迹的书，我总会陷入无限哀恋的感情旋涡中……

60年代初，父亲海外亡命之前留下的几千册珍贵的书籍，在“焚书坑儒”的文化大革命岁月里，无疑成了导致我们这个所谓“牛鬼蛇神”家庭特大灾祸的导火线。面对清查反动分子的狂潮，面对“造反派”们疯狂进行的抄家战役，我们不知道什么时候会遇到什么样的祸事，决定把父亲的藏书烧毁。

在文化大革命逐渐趋向高潮的1966年的某一天，我们家的厨房里正在进行弥漫着悲伤气氛的焚书作业。父亲曾把这些书籍视为生命一样倍加珍惜，在前往海外之前一再叮嘱要妥善保管好。然而，仅仅不到两年的时间，这些书籍就被投入了如同老虎血盆大口般的灶孔化为灰烬。母亲和我们一起沉痛地注视着这一光景，似乎心也一同化为了灰烬。

我木然地望着书籍被接连不断地扔进熊熊燃烧的灶孔，突然一本用华丽的翡翠色装潢的20开大小的精装本进入我的眼帘。难道是用毛笔和铅笔勾画成线条图案的封面刺激了我的眼睛？在灶孔里的火光映照下，烫金的封面显得特别耀眼。就在这本稀罕的书被投入烈火的瞬间，我慌忙把书一把捡起来。真的是千钧一发之际。书厚而精致，书页间时而配搭着少年画家画的插图。这本书后来就成了我“蜀道难”的一生的伙伴，成了塑造我文化生命的“日出”。

父亲的全部藏书中不管是什么类型的书籍，照例都会在扉页上清楚地写下自己的名字和购书的日期。然而，唯有这本九死一生而幸存的书却没有父亲的签名。这是为什么呢？瞬间，我意识到这本差一点儿成为灰烬的书是父亲为我购买和保管的，与此同时似乎又有一种令人痛楚的感觉通过全身。

小时候我的愿望是当个画家。从五六岁起，我的手里经常拿着蜡笔、铅笔、粉笔等，在家里的每个角落和附近的篱笆等地方留下我五颜六色的“作品”，因而受到了父母和附近大人们的许多斥责。有好几次，当家里以为我走丢了而在城里四处寻找，乱得不可开交的时候，我却在斯大林剧场（后来改为人民电影院）或西广场（现在的服务大楼）路口层层围观的人群中间，像模像样地坐在那里摆开阵势，对过往的车辆和行人进行写生，甚至忘了时间的流逝。上小学以后，我包下了班里办壁报的工作，学校美术小组的活动是我的第一课外活动。

然而，父亲并不赞同我的爱好。他对我的要求非常严格，希望我将来能成为作家或音乐家，似乎并不期望我当个画家。他没有征求我的意见自作主张给我选择的必读书籍都与文学有关。尽管我一百个不情愿，父亲还是强行把我带到艺术学校去上钢琴课。

可是，在“焚书”现场过迟见到这本书的瞬间，我醒悟到父亲其实在暗中还是为我的愿望费了心。后来，当我醉心于这本书的时候，更是能够体会到父亲的一片深意。

“只有具备了丰富的文学素养，才能真正进入美术家的世界。”

父亲通过本书的主人公戈利亚·得米德利耶夫，对我进行了如此完美的教诲，让我真正懂得了文学与美术不仅互不对立，而且有着深刻的联系。于是，我似乎明白了父亲为什么让我阅读那么多文学书籍的真正用意。我怀着对父亲的感激之情把《日出》看了一遍又一遍。

有人说，一本书能够改变一个人的未来。

《日出》是我的启蒙教科书。通过这本教科书，不，是从这本教科书的主人公戈利亚的日记中，我认识了契斯佳戈夫、列宾、塞洛夫等俄罗斯著名画家，并得到了他们金子般的教诲。在我的读书笔记本上依次记录了他们的名言，在我的头脑里深深地刻下了他们的教导。在这本教科书中，我与天才少年戈利亚一起感受了他6岁时的第一个发现，领会到了美术中的远近法和透视法。

戈利亚·得米德利耶夫是我的启蒙老师。通过这位老师，我调整了自己的读书方法、生活习惯、观察方式、创作态度等，下了很大的功夫使自己的文化生活步调与主人公保持一致。我领悟到主人公的天才素质是在丰富的读书和敏锐的观察中培养起来的，于是像戈利亚那样对自己周围的生活进行了极其认真、充满好奇的观察，养成了把自己的思索和行动作为好书进行阅读的习惯。戈利亚仔细阅读了文学作品中对自然和人的描写，并将这些描写体现在空间艺术中，其倾注的努力和结果总是让我感动不已。

戈利亚想用绘画语言把普希金、格里洛夫、戈果里、屠格涅夫等文学大家们作品中的人物和景物描写，逼真地加以形象化。他的尝试和实践深深地吸引了我，使我调整了崭新的读书视角。戈利亚用画家的视角栩栩如生地再现了屠格涅夫作品中描写日出的场景，几十年后的今天依然让我感慨不已——

"戈利亚浑身被晨露打湿，冻得上牙磕下牙得得直响，坐在高高的白桦树顶上，专注地眺望着东方……从腋下拿出一本屠格涅夫选集和笔记本……细细地阅读着屠格涅夫是怎样描写早晨的段落。太神奇了！眼下正是屠格涅夫描写的时刻……'早晨，就像默默无言一样，四周的一切都是静悄悄的。全都沉浸在黎明的酣睡中一动不动……'在树顶上看得很清楚的乌佳河对岸，最后一道星光早已消失。微微发黑的地平线突然从发亮的空中落下，其边缘一抹淡红，粉红色的光线染红了冬天的天空，映衬在河水极其平静而冰冷的镜子中。'寒气掠过我的脸……当我睁开眼的时候已经是早晨……叶子上凝结着露水，不知从哪里不时传来动物的喘息声和低语声……不知在什么地方似乎还有母牛在叫唤……另外还听到有什么东西掉落的声音……'"

有《日出》这本教科书和戈利亚·得米德利耶夫这位老师在身边，我不觉得孤独。从1966年我15岁的时候与《日出》结交以后，一起度过了近40年的岁月，无论我走到哪里，戈利亚·得米德利耶夫都和我形影不离，是一个经常督促我并给我力量和勇气的可靠朋友。在昔日艰苦的“知青”时节，在水利工地上埋头于人生学习时，以及后来经历着浪漫和虚无、兴奋和失望的世态炎凉辗转在各个领域的日子里，我从来没有改变过对《日出》这本教科书和戈利亚这位老师的信赖和爱戴，而在这信赖和爱戴的中心总有着父亲的身影。

《日出》是我在人生的险恶海洋中航海时的希望和坐标，是父亲暗中给我准备好的向导、罗盘和望远镜，我读着《日出》长大，并在实践《日出》的过程中深刻地领悟着父亲的心意。完全可以认为，正是《日出》塑造了我的人生。

与《日出》结缘的近40年岁月里，我曾以几幅油画作品涉足美术创作的殿堂，也曾在装帧设计和插图创作中下过功夫，既当过出版社美术编辑，也吭哧吭哧地写些随笔之类的东西而当过文学编辑。虽然我曾在党刊杂志、广播电视、新闻出版等舆论部门工作过，也在大学讲台上站过，“挖过不同的井”，“连一只兔子也没有抓到过”，依然是个“无才”之人，但是在《日出》主人公的鼓舞下，我总是想生活在试着去做些什么的感动之中。如同李御宁博士说的那样：“我的愿望不是完成，而是睁开眼睛、迈出第一步、第一次所见、瞄准……”并在其中享受生活的愉悦。我相信父亲也决不会反对我抱有这样的人生选择和态度，迄今为止我始终是以新的开始的姿态生活的。

经过了几十年的岁月，《日出》华丽的装帧、精巧的包装、高级的纸张都已经褪色，严重起毛，而且在每一页上到处都用彩笔和钢笔画满了五颜六色的线，手垢累累，面目全非。我也从15岁的少年时期起结识这本书以来，不知不觉间登上了知天命的高坡。然而，《日出》与我之间的关系丝毫没有发生变化，而且还将保持到我从这个世界上消失时为止。

对我来说，在父亲的几千册藏书中唯一存活下来的《日出》是父亲留下的无比珍贵的“遗产”，是真正的无价之宝。

今天，我依然珍藏着《日出》，陶醉于书中散发出来的历经几十年岁月的熟悉气味，对父亲感恩不尽。

父亲的呵斥

“臭小子!”

这是我在幼年时节和少年时节父亲呼唤我的时候最爱用的称呼。相比父亲亲自给我起的名字，似乎更喜欢使用这样的称呼。

“臭小子，给我拿一碗凉水！”

“臭小子，你写的这是什么作文？”

“臭小子，看完这本书写一篇读后感！”

对父亲就像地主使唤长工似的粗暴称呼，我一开始感到十分反感，后来逐渐适应以后，反而觉得已经听出老茧来的“臭小子”，比“永春呀”听起来更入耳了。

在我小的时候，父亲的存在是神圣不可侵犯的。在父亲面前，我的选择只有顺从，不可能有丝毫不服。

父亲在做出与我有关的裁决时，是从来不会想到听听我的意思的。尽管当时我年龄还小，但是经常会因此而感到遗憾。

那是发生在上小学一年级时的事情。我与班里的几个同学第一批加入了少先队，并要在几天以后召开的入队仪式上发表决心。为此，我有些忐忑不安。

当时，学校里就像板上钉钉似的，经常以董存瑞、黄继光、罗盛教、邱少云、吴运铎等革命英雄人物作为榜样来教育我们。在少先队入队仪式这样庄严的场合下发表决心，自然会想到这些英雄人物。

虽然父亲不会不清楚这一点，但是当他把一本厚厚的书递给我，并说已经把我在入队仪式上要说的内容标示出来了，而我接过来一看，顿时感到大惑不解。

父亲递给我的是一本黄色封面、文字竖排的《高尔基传略》。书的前面部分每一页上，父亲都用彩笔画了许多红线，仿佛长短不一的蚯蚓一样。大致估算一下，足有1000多字的分量。

“不行，爸爸。在入队仪式上说这些，同学们会笑话我的。”

我感到有些害怕。

“臭小子，这有什么可笑的？照我的话去做！”

父亲的态度十分强硬。

从那天起，我只好唉声叹气地开始接受背诵高尔基童年故事的折磨，而且在入队仪式的前一天晚上还不得不在父亲的书房里向父亲汇报了准备的情况。

少先队入队仪式那天，先于我登台发表决心的同学们全部都以我们熟悉的英雄人物为榜样，铿锵有力地发表了时刻准备做共产主义接班人的誓言，唯有我胡言乱语地表演了讲述“革命文豪高尔基”悲惨童年的闹剧。

那天，我不知道自己是如何把“高尔基的童年”故事讲完的。当时，我不知道有多怨恨父亲，也不知道为有当作家的父亲而感到多么悲哀。

然而，随着我逐渐长大，似乎明白了父亲为什么非让我在那么庄严的场合下讲述高尔基的童年故事。父亲大概预料到了自己将来会遭到的政治苦难，以及因此会给我带来极大考验的岁月，从而让我做好相应的心理准备。不然的话，父亲怎么会斩钉截铁地对我说“照我的话去做”呢？

在几十年过去后的今天，当时我遵照父亲“照我的话去做”的呵斥在少先队队旗下讲述高尔基的场面，同学们像是观赏什么怪物似的看着我交头接耳的场面，少先队辅导员老师和班主任老师惊愕的表情，与高尔基悲惨童年的故事画面，一直交错着清晰地浮现在我的眼前。

对于小时候的我来说，父亲的书房真的就好像是令人敬畏的“学堂”。我经常会被叫进去，在严厉的父亲面前接受书法和作文指导、日记本检查，以及口述读后感和电影观后感等。那真是一间令人困惑不堪的屋子。

虽然父亲从来不给我零用钱，但是，只有在看电影这件事情上显得特别宽容。不过，在这样的宽容中经常会附有口述观后感之类的先决条件，所以有时候我也会胡说一通。

记得那是在上小学三年级的时候。当时，闷热得像火炉子一般的三伏天已经持续了一段日子。有一天，我经受不住冰棍的诱惑，试图进行一次冒险。我煞有介事地编了一套谎话，说有一部新上映的电影，学校里让大家一定要看。于是，我很顺利地从父亲那里“诈骗”到1角钱（当时学生票价为1角钱）。问题是我买了5支2分钱一支的冰棍一口气吃完以后，口述观后感的担忧渐渐地压上心头。既然没有看电影，哪来什么观后感呢？考虑再三，最后我趴在斯大林剧场（后来的人民电影院）墙上挂着的电影广告牌上，把一部苏联电影的主要内容背了下来。

到了晚上，我怀着提心吊胆、忐忑不安的心情走进了父亲的书房，偷眼察看着父亲的眼色，结结巴巴地讲述了白天勉强背下来的苏联电影的主要内容。父亲用疑惑的目光留心地看着我口述所谓电影观后感的狼狈样子。现在我依然能够清晰地记得父亲当时的表情。

要是那天那个瞬间没有父亲的作家朋友找上门来的话，真不知道我会遇到什么样的灾祸。真是因为有了那位来找父亲的恩人，我才从那场大汗淋漓的谎话剧中侥幸脱了身。

当然，通过这次奇特的事件，我深切地感受到明明没有看电影却假装看过电影的行为是多么的恶劣和愚蠢。

从那以后，我养成了这样的习惯，每次进电影院之前先仔细阅读电影介绍，把演员的名字和电影大意了解清楚，看完电影后自己制作连环画，用嘴絮絮不休地把那天看的电影按我的剧本再重现一遍。

现在，我依然坚持着在看电影录像或 VCD 光盘时，有不能确定的部分时，就两次、三次地倒回去，一直看到理解为止的习惯。

因为在我的脑海里，经常会浮现出那天严厉的父亲用疑惑的目光看着我演谎话剧的那个令人心悸的光景。

心理学家们认为，小时候带有冲击性的经验，会给一个人的潜力提升到新的层次带来勇气，还能够改变一个人的命运。

在我小的时候，曾经因为严厉的父亲发生过许多事情，虽然对这些事情的记忆已经严重褪色，就像褪色的照片那样变得模糊不清，但是，少先队入队仪式那天发生的事情和电影说谎剧都是带有强烈冲击性的事情，成为我一生中间永远不能忘记的记忆。

对父亲和我们家来说，1959 年是悲剧的序幕被拉开的一年，尽管父亲被戴上“右派”的帽子，家势随之开始倾倒，正面临着即将有一场巨大灾难降临的前夕，但是父亲的呵斥一如既往，书房里的痛苦体验还在继续。也许父亲已经知道会有这样的灾难降临。总之，父亲的呵斥在我幼小的心里反而成了带来安定和温暖的镇静剂。

1964 年，父亲与我们生离死别后去了朝鲜，父亲的呵斥也随之一起消失了。当时，我正好 14 岁。

对于已经听惯了父亲呵斥的我来说，与父亲的生离死别超过了单纯的父子之间的关系。虽然我当时年龄尚小，但是没有了父亲的呵斥，反而觉得十分孤独，感到有一种像是失去了什么特别贵重物品的冲动。

在我的耳边，一直回响着父亲“臭小子”的呵斥，头脑里一直闪现出父亲严厉的样子。我想念父亲和他“臭小子”的呵斥，不能不感到在父亲面前必然遭遇到的那些痛苦日子，其实是最最幸福的。

有人说过，一个严厉的父亲好于一百个老师。在我小时候短短的十几年里，父亲用呵斥的鞭子无情地抽打着我，对我进行了今后独处艰难岁月所必需的启蒙教育。父亲的训示就像是一直陪伴着我的灯塔，照耀着我的人生航船驶过少年、青年时期，又驶过了不惑的远海，朝着知天命的海洋破浪前行，在几十年岁月的风浪中，即使遇到暗礁，也能避免搁浅。

要是说在我迄今为止的航海中，也有回归欢乐和自豪的港口的时候，那是因为有经常在我面前闪烁的父亲的呵斥这样的心灵灯塔。

对我来说，父亲的呵斥给了我如此宝贵的恩惠。与父亲分离以后，我之所以能为把父亲接回中国倾注了最大的努力，之所以能使父亲19年后重新回国，也许是因为我实在太想念父亲呵斥的缘故。

1964年，与妻子儿女生离死别时，父亲是个51岁的中年人，而到了1984年回国的时候，已经是个七旬老人了。而当时还是个14岁少年的我，已经是个33岁做了父亲的人了。

父亲回国以后，我的心情就像是重新找回了丢失19年的贵重物品那样兴奋。

在我们家里，重新响起了“臭小子”的呵斥声。这呵斥的声音就好似回响在寂静山里的嘹亮的喇叭声。

不过，“臭小子”的称呼已经从我身上转移到了孙子的身上。

“臭小子，太阳升得那么老高了，怎么还在睡懒觉呢！”

“臭小子，字迹应该清楚，瞧你是怎么写的！”

“臭小子，给！放学回来的时候买来吃吧！”

“臭小子，啧啧……”

我觉得像是重新看到了自己的幼年时节。

瞧我的儿子女儿，好像也更愿意听“臭小子”这样的称呼，而对爷爷给自己起的名字却有些不以为然。

听着父亲对孙子孙女们的呵斥，我觉得就好像是丢失了19年的呵斥的回声。我还从父亲的呵斥中，感到失去平衡的身体中心又被纠正过来了。

如今，父亲虽然已经去了那个世界，然而，依然还在严厉地呵斥着我。

我的人生航船因此而不觉得寂寞。我把父亲的呵斥声珍视为船长嘹亮而至高无上的命令，用力地划着桨前进。只要我的人生航船不停止航行，父亲的呵斥就会继续下去。

饮酒的美学

金虎雄/著 金莲兰/译

大凡贪杯的人，大概没有人不曾闹过一两出笑话，诸如没大没小拍着桌子训长辈啦，酩酊大醉趔趄趄摔个嘴啃泥啦，甚或弄出个伤口等等……凡有人群的地方，不管是远离喧嚣的偏僻小村庄还是城镇不起眼的小公司，也大都会流传着一两则有关醉酒的趣闻逸事。

就说硕学鸿儒荟萃之地，我们大学的教授楼吧，也不乏听到某某教授喝得大醉，和电线杆子亲嘴了，某某在大冬天喝啤酒，频频出外“排水”，自己倒被自己浇出来的“冰场”滑倒了……反正诸如此类令人啼笑皆非的传闻层出不穷。既有喝下一两斤老白干也岿然不动的“八大金刚”，也有久负盛名的“酒中八仙”。下面先表一表老前辈的逸闻吧。

那还是滴酒贵如油，好酒者们时不时盗得卫生所的酒精兑水喝的年代的事，我大学有位姓宋的教授，关内的侄女携夫婿前来探亲，带来两瓶杜康酒，好不容易品尝到久违的名酒滋味。那天陪侄女婿喝了半瓶，还剩下了半瓶，宋教授原来就是老好人，怎么也不忍心把那佳酿深藏不露，独自慢慢享用。于是宋教授就在研究室跟同事金教授和李教授透了气，约他们中午来家喝两盅。宋教授讲完课，为了买点花生干豆腐之类的下酒菜，拐到胡同口的小市场，而喜出望外的金、李两位教授则兴冲冲径直赶到宋教授家。见主人尚未来，他们索性坐到里屋，按捺着焦急的心情大谈酒经，谈论起天下名酒来。

“咳，这个老伙计，勾起人家的馋虫，怎么还不来?”

金教授边埋怨，边挪步蹭到橱柜跟前，打开橱柜瞅了瞅。扣上小酒盅的酒瓶赫然映入眼帘。金教授咽了咽口水，回顾李教授曰：

“短命者也许等不到这杯酒了。”

一不做二不休，金教授索性倒了一杯酒先尝为快，然后再倒一盅给了李教授。李教授不无惶惑地瞥了瞥门口。

“我们偷酒喝，让老宋知道了可不得了。”

话虽如此说，到底抵不过诱惑，李教授也接过酒盅一口闷了，用拳头抹了抹嘴。

他俩你让我劝地喝着，尚未尽兴瓶子已见了底。

嘿，这事闹的，金教授也来不及多想，蹑手蹑脚摸到厨房，拧开水龙头灌了半瓶水，若无其事地重新放回橱柜。李教授在一旁掩口偷着直乐。

终于等来了宋教授，金、李两教授正襟危坐，装着谈论别的，宋教授七手八脚摆好了酒桌，请下了那金贵的酒瓶。

“这酒不多，怎么也够咱们喝两盅，还是杜康呢！”

宋教授不无得意地炫耀着，挨个倒了满杯递给同事们。这边两人不免做贼心虚，也只好强打起精神接过了酒盅。

“这么金贵的酒，多谢你惦记。”

酒盅是接了，可明知是水还煞有介事地喝，金、李俩人还是欠了点道行，只好面面相觑，不知就里的宋教授还当他俩客气。

“哎呀，你们客气什么，快喝呀。”

于是三个教授同时把它干了。酒味是不言自明的。

“啊，好酒，好酒啊。”

“杜康真是名不虚传啊！”

金、李二位只好假戏真做，连连赞着酒味，夹一颗花生吃了。宋教授怎么也品不出昨晚的那酒味，可俩伙计兀自赞不绝口。宋教授心生疑窦，给大伙续上，自己先喝了一杯，脸色顿时变得像吞下苍蝇一般。心怀鬼胎的金、李二人紧跟着把那杯干掉了，还咂着嘴连连赞好酒。唬得那宋教授也人云亦云地喃喃着：“是啊，酒味真好。”

到了这份儿上，金、李二人再也撑不住了，噗地捧腹大笑起来。宋教授诧异地环顾二人，金教授大笑道：

“好你个老宋，你怎么能人云亦云指鹿为马呢？当然造孽的是我，是我们偷梁换柱干掉了你的宝贝酒，灌上的凉水。你别想蒙混过关，快把那一瓶献出来吧！”

金、李二人当然诈出了人家深藏箱底的名酒，三个同事尽兴而归不在话下。

要命的是这竟成了典故，三十年后的今天，每逢酒酣耳热，同事们总要来一句，“是啊，酒味真好”，让宋教授大笑不已。

若无酒何得此乐？无酒的世界简直不可想象。悲要喝酒，喜亦喝酒，连红白喜事都要让酒唱主角。

氛围再好的西餐厅，看着就着果点抿着果汁的恋人，总觉得不够档次。要是换一杯红红的葡萄酒试试，那矜持的目光顿时会激情澎湃，温吞水般的关系定会有大进展的。恋人尚如此，何况文人乎？若无酒岂能插上想象的翅膀？诗仙李白以斗酒诗百篇而闻名，诗圣杜甫亦曾赁酒纵马大伤其身，还跟前来问病的友人饮酒达旦，共觅佳句。

可是要说只有恋人和文人知酒味，那也真是以偏概全了。

试想想，在春寒未尽的插秧季节，泡在冰凉的冷库中瑟瑟发抖，喝一口好心的邻居大嫂递来的酒，再用拌得辣辣的猪头肉或野菜芹菜佐酒，浑身的凉意，顿时烟消云散，会像数九寒天饱餐热草料的黄牛浑身热烘烘，涌动着无尽的力气。下班时分，约二三情投意合的朋友，就着热气腾腾的狗排，喝够劲的烧酒，吐一吐郁闷，来个排解和宣泄，也不失为人生一乐。

笔者在日本看到，新宿站桥下密密麻麻挤着鸽子笼般的小酒店，里面大都卖着烫得热热的日本清酒外加一盘五六百日元的便宜酒肴。这都是些瞄准下班的工薪族的店铺。在这里一天疲于奔命，还要饱受上司白眼的上班族们，就着烤肉或生鱼片吞下一杯又一杯酒，肆无忌惮地诋毁和谩骂上司。

“拿酒来！”

有人这么大呼小叫，过过支使人的瘾，有人破口大骂上司犹不解恨，索性跑到门口，狠狠擂几下专门矗在那儿供人撒气的胶皮人……老板呢，则面带微笑陀螺般勤快地转着，伺候这一个个满腹牢骚的大爷们。更有那伶俐的店家在胶皮人脖子上挂上“××科长”或“××部长”的牌子，令人叹为观止。

韩国的酒家更是五花八门，单看牌子就有“相见了来一杯”、“亲家母的手艺”、“傻瓜猪排店”、“二百五酒家”……不一而足。“相见了来一杯”，就算你囊中羞涩也不好不走过去。“亲家母的手艺”，无端地勾起乡情，管她是丈母娘还是婆婆，来两盅再说。店家的商术并不高明，可这些店里就是人满为患。“傻瓜猪排店”、“二百五酒家”，人家老板是傻瓜和二百五，酒菜肯定会便宜，就算一分没少给人家，也觉得占了便宜，可谓自我感觉良好。而且老板是傻瓜二百五，在那儿大呼小叫也无妨，不管老板在一旁打不打瞌睡，在那儿赖上哪怕一夜，也不至于下逐客令的吧。也许都是抱这种想法找那些酒家的吧。其实，就算交朋友，碰上太精明的人，也会犯踌躇，酒家的名头太庄重太响亮，反而会失掉不少顾客的。这酒嘛，根据不同的对象、不同的场合，有需要到小吃部吃的，也有得到大饭店品尝的。

世上有琳琅满目的名酒佳酿，自然会有五花八门的饮法。我无幸遍尝，却有所耳闻，这闻名遐迩的名酒就有法兰西的葡萄酒和白兰地，英国的威士忌，德国的葡萄酒和香槟，日本的正宗清酒，韩国的闻香梨酒，中国的茅台，俄罗斯的伏特加……你如若在绅士之国巴黎品高级洋酒像喝你家乡的马格里，大口大口吞下，准会被人家挑了礼，好不容易碰到茅台等中国名酒，你要是拿咸菜疙瘩下酒，那不啻是暴殄天物。有句话叫“炸鸡一扎啤”，喝啤酒就要拿炸鸡佐酒才算正宗，而茅台酒呢，则要佐以饺子或烤鸭才能吃出真味，日本清酒要就着生鱼片或醋饭，才会吃得爽口。真露烧酒要在海边酒家就着生拌鱿鱼或章鱼，才能品出那清新和馨香。

我们朝鲜族喝酒还要讲究谦让和劝酒，无人相劝不成席。因此朝鲜族的风流男儿林白湖（林梯），才会在一代名妓黄进伊坟前吟出“再无人把盏劝酒岂不悲哉”。可那些大鼻子洋人却早已习惯于各自把盏倒自己喜欢的酒，各自拿盘盛自己爱吃的菜的“鸡尾酒会”。虽说那无人劝酒无人谦让的聚会在我们眼里不免刻薄寡情无聊乏味之极。而且你要是在那种场合想等人家来劝，矜持地等待着，你不饿肚子才怪。如你像我对洋酒也颇有兴趣，那最好是勤倒勤拿，才会不辜负你的肠胃。

好在我们不是每天吃得起香喷喷的法国大菜加威士忌或用色香味俱全的中华料理佐茅台的公、侯、伯爵，也不是高官大爵或百万富翁，所以只需记一些平民百姓和诗人墨客的得体的饮酒方式就可以了。当然，我也曾有过仗着血气方刚饮酒过量，磕坏了脸，整整一个星期未能上班的“光荣”历史，自觉没资格对别人指手画脚。可是正如李永根先生在小品“烈士证问题”中所慨叹，当今的饮酒风潮实在是惊世骇俗，叫人如鲠在喉不吐不快。

第一点就是那吓人的酒类消费量。也不知是不是值得骄傲和露脸的事，反正我们延边的酒类消费量点据全国第一是不争的事实。进口了什么“一条龙”和“三次法”，就着满桌佳肴，用所谓的“三中全会”劝酒法，喝得昏天黑地还不够，还要到练歌厅或夜总会打开罐装啤酒发泄一通。再到桑拿浴蒸一把，最后到羊肉串店，烟熏火燎地再喝个一塌糊涂。夜夜酒鬼乱舞已成延吉一景。说实话，就我们目前的家底，远不到胡吃海喝的地步，可就是要打肿脸充胖子，硬装那个派头。不可忽略的是这种派头和体面是一柄毒蘑菇，是只能用滥用公款来培植的。

第二个问题就是找这样那样的借口没日没夜地喝，饮酒频率太高。几乎家家都有一两个大酒瓶，就是泡不上山参鹿茸，顶不济也得泡上枸杞五味子或芦荟，一早一晚的饭前酒是少不了的。非假非节的早晨上班的大人们都要喝得红光满面，惹得少见多怪的洋人们直摇头。中午就更不用说了，明知下午要上班，还要干掉半瓶老白干，借酒壮胆目空一切，真真应了“醉汉眼里无天子”这句老话了。假如逢年过节或搞什么总结时，同事们一起尽欢，搞个二次三次，当无可厚非。可这有名目要喝，没名目创造名目也要喝，那巧立名目的伎俩连包公也会束手无策的。我们的身边不乏去年喝的酒到五六月、九十月也没醒过来的酒仙，而今连两鬓斑白的长者们都不甘落后，搜肠刮肚寻到猴年马月的小学同学甚至幼儿园小伙伴，喝得烂醉卿卿我我蝇营狗苟，还美其名曰同窗晚会，这不能不令人叹世风不古。人人喝得酩酊大醉，幽灵般晃来晃去，这绝不是悠闲幸福的形象，只能反衬出社会的颓废和堕落。

第三，酒喝多了，喝得勤了，只能助长乖张的酒风。不管席上有无长者，大吼大叫乱猜拳者有之，不管农民兄弟插秧还是割地，没一点眼色地四处乱窜游山玩水者亦有之。人家不喝硬拽耳朵灌；喝了两杯猫儿尿就胡吹神侃喋喋不休，吹自个儿夸老婆儿子；没大没小瞪红了眼找碴儿干仗；喝得好好的回家就找老婆孩子撒气；甚至连大学生也要押上手表学生证赊账喝酒，耍酒风打群架……酒后无德真叫人惨不忍睹。

第四，酒被用作买卖、交易和晋级升官等不正当目的的媒介，这是值得关注的大问题。那满上的不再是洋溢的真情，而是充满谋略和奸计的毒汁，捧上的不是投桃报李的心意，而是冷冰冰的炸弹。韩国稍具有规模的企业在会长、社长下面都要设几个常务，其中有个叫酒常务的特别职务。这是专门充当商务往来酒席上冲锋陷阵的角色，有必要时还要代饮社长、会长的酒。

这都是些专业“酒鬼”，不是喝一两瓶威士忌的水准，四瓶五瓶也不在话下。因为职业的原因，每天都要暴饮暴食，据说是鲜有享天年者。而今，我们这里也不乏职业“酒常务”，和他们相对而坐，仿佛透过那甜蜜的微笑看得见叵测的黑心，再好的美酒也会变得索然无味。诗圣李白曾在其千古杰作《将进酒》中豪放地吟道身为发男儿“烹羊宰牛且为乐，会须一饮三百杯”，可既知对方虎视眈眈要宰杀自己，你还有心思品酒吗？

现在可是放心喝酒都难了，要和周围的酒仙酒鬼们为伍，势必要糟蹋自己的身子，而要对那些没白没夜泡在酒缸里，还动不动找碴儿生事的伙计敬而远之，就会被斥之为小气鬼，不懂人情的家伙。更要命的是要对付那些口蜜腹剑的酒常务们，你得像被拉进屠宰场的老黄牛时时瞪大眼睛提防着，哪还有什么心绪品酒味呢？

每当我挣脱酒友的重重包围，像越狱一样急急乘上出租车时，我总要联想起我们的师长们留下的那令人忍俊不禁的逸事。

那身为教授也不得畅饮一杯酒，连诗人墨客也要有失身份地讨酒喝的岁月不能再来，也不会再来了吧。但在那艰难的年代，和亲朋好友共饮一杯酒，将会是永远铭刻在记忆深处的吧。几颗花生一杯酒，佐以幽默和戏谑，还有那无伤大雅的粗话，他们该是多么的快活呀。既然酒是五谷所酿，饮时当珍惜，饮就饮出个名堂来。饮酒要品出人生的喜怒哀乐，且不可贪杯纵欲。看着那些酒席上“急功近利”、“奋不顾身”、闹得透支了健康和生命，不到四五十就诊断为可怕的疾病，好容易保全下性命，而今在酒席宴上守着一杯矿泉水活活受煎熬的伙计们，我不禁感到凄凉。

当我们扔掉那一钱不值的体面和傲气，以友情和爱端起酒杯时，就算是粗茶淡饭，一杯酒，也会胜过那山珍海味，美酒佳肴的。自古道豪饮不乱为高，就算喝了二次、三次，到家也要学会轻咳一声稳稳拽门把手吧。对那些别有目的的酒席能推则推，才算智者。可世道是世道，明枪易躲暗箭难防，就算你聪明，也难免失手，那不妨让间隔大一点，最好是隔它五六天再喝。自古因酒伤身，因色误国的例子还少吗？你我当引以为戒。

在这儿大言不惭地鞭挞了劝酒的世道，编派了饮酒人好多不是，可我心知我这辈子断然不能戒酒的。可我还是要试着做一个深知酒之真味的人。此时此刻该我犹捧着一杯葡萄酒，眺望灯红酒绿的延吉夜景，回味着苏东坡的一句名诗：“佳茗似佳人。”哦，不妨让我改动一字——“佳酿似佳人”……

朝鲜族姑娘们，你们在哪里？（外一篇）

赵庆隆/著　青　龙/译

延吉是延边朝鲜族自治州的首府，以其美丽整洁的市容和热情礼貌的人文闻名遐迩。美丽善良的朝鲜族姑娘们婀娜多娇的舞姿在人们心中成为延边朝鲜族自治州的一种象征。

生在延吉长在黑龙江的我，在黑龙江省佳木斯市影剧院第一次看到延边歌舞团丰富多彩的演出时，顿感心潮澎湃、遐想联翩，既为家乡的美而叫好，更为家乡人的美丽而骄傲。

上个世纪80年代末，我有幸调回延吉工作。

山美、水美、人更美。这是我最初踏上延边土地时的真实感受。高耸的帽儿山，清澈的烟集河，还有笑容可掬、礼貌善良的朝鲜族姑娘们，这些美妙而难忘的影像深深地烙在我的内心深处。

但好景不长，从90年代初开始，在延吉市的市郊乡村逐渐难觅朝鲜族姑娘们的身影。延吉市周边县市的农村田间地头难见朝鲜族姑娘们辛勤劳动的场景。从前点缀在青山绿水间的朝鲜族姑娘们的音容笑貌，逐渐成为仅留在歌曲和诗歌里，或者人们记忆里的美丽图画。问起这些姑娘们的去向，都说到延吉打工去了。不错，当时延吉市的诸多服务行业里随处可见身着鲜艳民族服装而忙碌的朝鲜族农村姑娘们的身影。

然而，随着时间的推移，这些情景又都成为了一去不复返的历史。如今，山上的金达莱依旧鲜艳绽开，街道两侧牌匾上的朝鲜族文字依然醒目可见，但是服务行业网点上的朝鲜族姑娘已经难以寻觅。

去年11月份，作为一名交流干部，我被派往浙江省义乌市的政法部门工作了一段时间。义乌同行们的超前意识、务实精神、规范工作，着实让我大开眼界。

晚饭后，我独自一人在宿舍十分无聊，便到市内漫无目标地散步。忽听有人在我身后说着我再也熟悉不过的朝鲜语，而且还是纯正的延边口音！在人生地不熟的义乌市能听到乡音，使我一阵惊喜、一阵激动！回头一看，原来是一位朝鲜族姑娘正在打手机。

等姑娘打完电话，我上前热情地用朝鲜语和她打招呼。不料，接下来的一幕让我大失所望。都说老乡见老乡两眼泪汪汪，但这位姑娘却冷静得出奇。她望着我问，先生，你有事吗？

扫兴归扫兴，我连忙掏出工作证递给她看，并解释说，我刚到这里的政法部门工作，今天见到老乡太高兴了，只是想和你聊一聊。看罢我的工作证，姑娘莞尔一笑，我还以为您有什么事情呢，现在义乌市朝鲜族可多啦，有3万多人。哇，一个南方的县级城市里竟然有这么多的朝鲜族，惊得我目瞪口呆。怪不得这位姑娘一开始见我这个老乡的时候，没有露出丝毫惊喜的表情。

姑娘很大方，领我到附近的一家咖啡店。刚一落座，她就一改刚才冷漠的态度打开了话匣。原来她是吉林省延边的图们市人，高中毕业到义乌市的一家外国企业打工，已经有三年了，每月工资2000元，效益好的时候能挣到四五千元。

说话间，她的手机响起，看来是她同事的电话。她对电话里说，我正在和家乡的老大哥（我想称叔叔似乎更恰当）聊天，你们也来吧。不一会儿，又有三位姑娘走进咖啡店，两位是龙井市的，一位是延吉市的。

俗话说，三个女人一台戏。更何况是四个姑娘，一个比一个热情活跃，顿时激活了寂静的咖啡店。我一本正经地说，没别的意思，见到你们很高兴，想请你们喝杯啤酒可以不？她们又是一阵哄堂大笑，大哥你真逗。

姑娘们领着我去了一家她们常去的也是家乡人开的朝鲜族小吃部。几杯啤酒落肚，话题转到了远在天边的家乡。姑娘们的笑声越来越少，有两位姑娘开始流泪。傻瓜也能看出来，这是因为姑娘们思乡心切。

她们诉说打工的艰辛，思亲的痛苦，还有前景的渺茫。龙井的姑娘说，如果家乡发达，如果家乡富裕，我们何必到外地受罪受苦，我们到这里来不就是为了多挣几个钱吗?

从小吃部出来，我的心情特别沉重。是的，如果家乡富裕发达，怎能让这些可爱的姑娘们遭受他乡之苦啊!

朝鲜族辣椒酱

也许是因为出生于上个世纪60年代最困难时期的缘故，或许是因为属牛的关系，我从不计较吃的东西，也从不挑剔饭菜质量。别人吃饭讲究色香味，而我吃饭就是为了填饱肚子。

我上大学的时候，因为是“文革”以后的第一批大学生，当时学校的伙食比较差，而且还实行粮票制，一个月35斤，其中细粮6斤、粗粮29斤。陪我到学校报到的大哥，瞅着像沙粒儿似的高粱米饭和硬邦邦的玉米面发糕，用湿润的眼睛怜悯地看着我，但我却狼吞虎咽地吃得很香。

虽然我不挑食，但我也有自己喜欢吃的东西，而且讲究实在，不喜欢大酒店里的高档饭菜。有一次到大连出差，有位朋友在一家豪华酒店里花上万元钱安排了丰盛的海鲜宴。席间，这位朋友见我不怎么吃海鲜（其实我不太会吃海鲜，甚至把鱼翅当作了粉条），就让我再点别的菜。我说，点一盘炒干豆腐和红烧肉吧，话音未落，就引来哄堂大笑。在这种场合下，我也不好挑明说的是实话。

1988年年初，我刚调回家乡延边朝鲜族自治州工作不久，组织上就派我到省里去参加一个为期一个月的学习班。

到省里报到那天，州里的领队把我们来自州内8个县市的8个人召集到一起，挨人收伙食费，说是要到住地附近的朝鲜族小吃部包餐。我觉得很纳闷，难道我们住的招待所没有食堂吗？领队笑着对我说，你刚到延边有所不知，这是我们的老规矩。招待所虽然有食堂，但没有辣菜、辣椒酱等食品，只好到外面找个朝鲜族小吃部就餐了。

的确，朝鲜族酷爱吃辣椒，几乎所有的菜肴里都有辣椒，真可谓没有辣椒不成席。在延边，别说是朝鲜族，在这里生活的汉族等其他民族大部分也都入乡随俗喜欢吃辣椒。

在延边生活久了，我的饮食习惯也慢慢发生了变化。我开始吃辣椒，并且吃得越来越多，没有辣椒再好的菜肴也吃不香，尤其喜欢吃朝鲜族辣椒酱。

有一次去关内一座大城市的部队封闭训练三个月。回来时妻子到机场接站，问我想吃点什么，我迫不及待地回答，朝鲜族辣椒酱！要辣椒酱蘸大葱、蘸黄瓜，还要有用辣椒酱熬的小鱼汤。

辣椒酱是朝鲜族的传统食品。以上等的辣椒面和纯豆酱、麦芽糖为原料，用朝鲜族自古以来流传下来的特殊加工法制作的辣椒酱，味道独特，香味诱人，是外出旅游及餐桌上常备的调味佳品，适用于各种肉类、鱼类、青菜类蘸食，还能拌凉菜、做辣汤等。

辣椒酱不仅是朝鲜族的传统美食，也是朝鲜族家庭必备的食品。虽然因饮食习惯不同，制作辣椒酱的原料也有所不同，但几乎所有的朝鲜族家庭都备有辣椒酱。

随着饮食文化的发展，朝鲜族辣椒酱也变成五花八门，有甜辣的，有酸辣的，还有纯辣的；有蘸菜用的、有包饭用的，也有熬汤用的。妻子深知我酷爱吃辣椒酱，也不知从哪里弄来了各式各样的辣椒酱，摆满了家里的橱柜。其中有朝鲜族农家自己做的，也有某个作坊生产的。

每次出差，我宁可不带其他东西，也必须携带足够的辣椒酱。前些日子，我出差去北京，原定两天就能办完的事情，因为办得极为不顺，耽搁了一个星期，自然经费也越发紧张。出门时没想到携带信用卡，也不好意思向北京的同行们借钱，让家里寄钱又嫌麻烦，只好从宾馆搬到招待所，后来又由招待所搬到个体旅店的地下室。返回时别说是飞机票，连卧铺票也买不起，只好买张硬座票上了火车。

虽然坐上了火车，但 23 个小时的旅途中需要在火车上吃两顿饭。我嫌火车上的东西太贵，临上火车前到附近的菜市场买了黄瓜、大葱，洗干净后装在塑料袋里，再到超市买了四碗方便面，心想，有这些东西再加上自带的辣椒酱，坚持到延吉不成问题。

到吃晚饭时间，我拿出辣椒酱和在北京买的东西刚想吃，便见到延吉市一位不很熟悉的公司经理上餐车路过。简单握手之后，这位经理盯着我的辣椒酱大叫，啊呀，你有这么好的东西！然后，他死拽硬拉着把我带到餐车。他说，刚从国外考察回来，想死辣椒酱了。

享受了一顿意想不到的美餐之后，这位经理也没征求我的意见，跑到列车长那里给我补了一张软卧票。我个是好面子的人，装出掏钱的样子，立即被他制止了。他说，权当我花钱买了你的辣椒酱。

哦，我的朝鲜族辣椒酱……

阴　影（外一篇）

具豪俊/著　陈雪鸿/译

你独自一人坐了很久很久，熏染得黄黄的手指间照例夹着一支土烟，一门心思地摆弄着眼前的扑克牌。黄昏早已消失，你的脸显得越发阴暗，只有岁月流过的痕迹正在悲哀地不期而至。

“你来干什么?”

你见了我非但没有半点欣喜，反而露出了毫不掩饰的惊诧。瞬间，即使只是极其短暂的瞬间，你脸上的阴暗也找不到回避的地方，显得有些慌乱。你的样子更让我感到痛心。我知道，只要把脸借给你片刻，就能将阴暗赶走。

然而，我从来没有留意过你的脸。尽管只有骑摩托车不到 10 分钟的距离，但是对你来说，我却是难得的稀客。

“哦，雨已经停了，我就是想来看看……身体还好吗?”

“嗯，我有什么可担心的? 对了，你的胃最近怎么样?”

“已经好多了。”

我含糊其辞地回答着，把视线投向窗外。从中午开始倾泻的大雨已经停止，但是天空依然是阴沉沉的。我只是因为无法摆脱雨后的寂寞才来找你的。可你却不是。当你见到几个月才把脸借给你片刻的我时，立即恢复了生气。尽管我对此十分清楚，却不能经常来看你，有时候会感到十分寒心。

“你肚子饿了吧?”

你匆匆忙忙打开锅盖，似乎要为我找些吃的东西。然而，在早已冷却的锅里，只有一点你吃剩下的酱汤残羹。

“这死女人怎么还不回来?”

你的脸上露出了难以掩饰的歉意，责怪起毫不相干的妻子。有时候，我觉得你这样的表现倒是挺可爱的。

“我中午吃得很多，一点儿也不饿。”

你的样子很让我怜悯，不由自主地把手伸向了你的烟包。烟包和你一样，早已在岁月的磨损中显得皱皱巴巴。打开烟包，倒出来的只是一些杂乱无章的碎烟末。

“你等一下。”

你好像突然想起什么似的，拉开抽屉翻寻起来，然后从抽屉里拿出一盒烟。肯定又是谁忘了拿走的香烟。

“这是上次朋友留下的烟。”

可是，我谢绝了你递过来的香烟。

“我想抽一支土烟……”

“那你拿走吧。”

你硬把那盒烟塞进了我的口袋里。

“不，最近我正想把烟戒了。”

最近心情不好，我确实想少抽些烟。不过，这看起来似乎又像是一种借口。尽管我的工资没有几个钱，可烟却是万万不能少的。然而，你递过来的“康迪”香烟，是乡下人抽的廉价品，我从来没有抽过。虽然我不好意思拒绝你的好意，但是把不愿意抽的香烟放在口袋里，实在是有伤自尊心。不料，你却把我的话当了真。

“啊呀，这可是一件大好事。”

你的脸上挂着疑惑的神情，把香烟重新放回抽屉里。我知道，等我下次来，你又会把香烟拿出来请我抽。如果我不抽的话，你会一直把烟藏在抽屉里的。这是你与我之间形成的一种默默的约定。你撕下报纸的一角，卷了一支粗粗的土烟。我也跟着卷了一支。我深深地抽了一口烟，只觉得胸口像是被猛地堵住了一般。看来经历了香烟锻炼的胸口，已经没有土烟的立足之地了。从你身上散发出来浓浓的土烟味香气扑鼻，只不过与我的距离越来越远。

依靠香烟生活已经成了我的人生，而且是注重香烟包装超过了香烟味道的人生。你是一个淳朴的农民，数着自己手掌上的茧子度过一生。而我的人生中却连一粒灰尘都要掸得干干净净。你的嘴边开出了一朵火花，是那么的纯洁，仿佛连胸口都被灼热。满脸皱纹间袅袅升起的烟雾中盛满了你的怨恨。你已经很熟悉把无聊的人生和悲哀全都卷在土烟里一烧了之。于是，你的生活一贫如洗，使我失去了与你相对而坐的勇气。我干脆拍了拍屁股站起身来。你从抽屉里翻出那包“康迪”香烟放进我的口袋里。

“这是上次朋友留下的烟。”

我看着你的脸，心里渐渐变得湿润起来。你心中迸出的一丝阴影向着正想转身离去的我袭来。

啊啊……我明白了。你就是我人生的一丝阴影。你作为实实在在的阴影，守护在我走去的路上。假如那是一棵大树的话，还可能有绿叶成荫的时候。但是，对于只能作为阴影度过一生的你来说，永远不会有为了自己而绿叶成荫的时候。今天，你又想以阴影来守护我。可是，我已经逃出了你的阴影，再也不会陶醉在土烟的香气中。然而，以为我的人生就是摆脱你的阴影，其实是我的一种错觉。

我的人生是香烟的人生，是土烟被加工为香烟的人生。华丽的包装看上去十分漂亮，但并不是为了谁为了给谁什么而活着的人生。我总是喜欢选择充实的人生，而不喜欢空虚的人生。因此，在我走过的路上总是显得非常丰盛。然而，这样的丰盛在你的面前都会变得苍白无色。能够给予不是最最美好的吗？而我拼命想维护的无法给予的人生，不是真正贫穷和悲哀的吗？我在并非香烟的土烟升起的阴影中离开了，离开了。

大人物与小人物

最近，一遇见人总会让我感到十分困惑。见了面，似乎谁都是了不起的大人物，像我这样卑微的小人物，甚至连找个坐的位置也越来越吃力。也许大人物也与时俱进，不管到什么地方，大人物都达到了过剩的程度。既然有那么多的大人物，其中必然会有真正的大人物和小人物一般的大人物，以及装出大人物样子的假冒大人物。由于不知道应该如何来加以区分，总让我深感惶惶不安。

不像从前那样，大人物都是头戴纱帽，因此一目了然。尽管如此，总不能见面就问你真的是大人物吗？在我的意识中，大人物和小人物应该是有严格区别的。用不着加以说明，只要读过燕岩朴趾源的《两班传》就能了解得一清二楚。

“两班有各种所指。念书教授的称为士，从事政治的称为大夫，有德的称为君子。武班列于西侧，文班列于东侧。这就是‘两班’。”

对于大人物（两班）没有必要进行具体的说明，只有读书人和被人称为君子的人，或者为了国家牺牲自己的人，才被称为两班；而兜里有了几个钱的人，并不是都能进入大人物行列的。

今天，从人道的角度来说，一切人都是平等的，不再实行两班制度。难道是因为取消了该制度，才造成了更多大人物层出不穷的结果？

这是发生在前些日子的事情。

我去采访某外国语学院的院长。我原先以为学院院长就应该像从前学堂的先生那样，于是，打扮得端庄斯文的模样前去采访。不料，等到真的见了面，才发现与我的期待相去甚远。

尽管事先已经通过电话告诉了来意，并且约好了见面的时间，谁知等我找上门去的时候，却遭到了意外的结果。该院长不仅没有起身相迎，甚至连劝坐的客套也没有，一口回绝了采访。拒绝采访尚可以不去计较，但是，面对着名正言顺的记者上门而采取如此傲慢的态度，实在让人难以容忍。对于经营学院侥幸挣了几个钱就装出大人物样子的行为，别说是人，就连路过的狗也会嗤之以鼻的。从前是在学堂里念书后成为书生，如今都是通过学校或学院学习成为有学问的人。原应该比有学问的人更有学问的院长仅具有如此低劣的素质，那么，在该学院学习的学生又会具有什么样的道德和修养呢？这更让人感到大为疑惑。

当然，由于这样的人也不下一两个，尚能让人有所适应，再不上门去碰壁就行了。但是，所谓喝过一些墨水而自诩为有学问的人的所作所为竟然比一般的小人物还卑劣，就实在让人不堪入目了。

有一次，我曾约请过外地一位颇有名望的文坛大人物。我怀着欢迎他来延边的心情，打算好好地招待一番。我向夫人强行请了“晚假”后，等着与那位大人物约好的时间到来。不料，约好的时间已经过去了很久，客人却杳无音信，打电话一问，竟然说在和朋友一起喝酒，把见面的时间推迟到了第二天早上。我想，既然他不是来玩，是来办事的，喝酒也可能是办事的需要。所以，在第二天早上重新通了电话后才得以相见。

由于是早上，没有几家饭店营业，只能走进了酱汤馆。然而，没想到这次见面竟会让我后悔不已。

当我表达了欢迎的意思后，那位大人物特地做了说明，因为有人告诉他到延吉不妨见见我，所以才与我见的面。这样的说明竟然又反复强调了两三次，让我无言以对。虽然，他说这话的意思是想说明自己其实事情很忙，只是看在谁谁谁的面子上才与我见的面，希望我能记住这一点，但是，当我知道让他来看我的人原来是我以前的学生，不能不让我感到实在是可笑之至。就在我拼命压住差一点儿喷出喉咙口的笑声时，他接下去说的话就更让我为之倾倒了。他说，这次到延吉来，谁谁谁请了客，谁谁谁送了礼……大吹特吹了一通。如果是以诚相待的话，将会是很愉快的会面。但是，对方却大肆炫耀自己所受到的大人物一般的接待，就只能让人哑口无言了。我突然想到，人家是大人物，受到大人物一般的接待就可以了，像我这样的小人物根本就不应该凑这个热闹。何况我也不是什么闲得非要掏自己的腰包请人吃饭的人，所以就请他吃了碗汤饭各自分手。

如果事情到此为止也就算了，不幸的是又要与那位大人物见面。这难道不是要我经历人生的又一次痛苦吗？

利用出差的机会，我和当地的作家们一起吃了一顿饭。不料，自诩为当地老大的那位大人物也正好在座。

与上次不同的是，那位大人物成了主人，而我的身份变成了客人。我原以为既然是主人，就应该像真正的大人物那样拿出大人物的风度来。谁知，他的所作所为竟然与我的期待相差了十万八千里。

那位大人物在酒席上讲起了在延吉的时候遇到的某某女子怎么怎么样，滔滔不绝地数落个没完。我冷眼看着那位当着在座的女作家们的面胡说八道的大人物，很为那些恭恭敬敬地一口一个老师叫着的作家们感到痛心。数落若带有真实性的话也并无大碍，但是诸如谁谁谁没有请客送礼等数落，是完全不能让人容忍的。假如只是喝醉酒说的话，还可以拿酒来做挡箭牌。但是，叫人无法容忍的是喝酒之前说的话，竟然在喝酒的过程中依然说个没完没了。

最终，那位大人物暴露出了昔日的丑恶习性，开始与在座的女作家们开起了玩笑。不管我现在的职业如何，但我毕竟是农民的儿子，血管里流动的是农民的血。既然如此，我觉得自己就应该像个真正的小人物那样去做。

大人物在喝酒的时候，总要进进出出好几回，生怕自己的位置被小人物所占，而我却能从中体会到小人物轻松有余的满足感。

我越来越害怕接触与大人物，与装出大人物样子的人，以及小人物一般的大人物见面的事情。然而，也不知道我的前生造了什么孽，为了生存不得不去接触那样的人。这不能说不是我人生的一大悲哀。

人们都在为成为大人物而绞尽脑汁。为此，不了解大人物应该具有什么样的美德而盲目地以大人物自居的所谓大人物才会越来越多。不过，是不是应该认为，只有有了小人物才能体现出大人物的价值呢？

我只想成为不是大人物的小人物。如果你想成为大人物，那么，我只想愉快地度过小人物的人生。大人物越来越多的话，也就意味着小人物的时代为期不远了。

在路的尽头重新开始

金顺姬/著　李玉花/译

一个 13 岁左右的少女，在铁道上踩着一条又一条枕木向前走着，铁道两边波斯菊盛开。她沿着一望无际的平行线，不停地走啊走。走得筋疲力尽了，走得日头偏西了，可铁道却一直延伸到地平线的尽头。铁道的尽头在哪里呢？她想一直走下去，到铁道结束的地方去看一看。她真的好想离开自己生活的地方，去到一个陌生之地，为此，她不停地往前走。迈出的每一步都赋予它特别的意义，每一步中都有她追求的梦想和希望。

在那个贫穷、饥饿的年代，每天最期待的就是火车。从学校到火车站是五分钟的距离，从火车站到家也是五分钟的距离。为了看到火车，我留着大路不走，总是要走铁道。火车为什么还不来？难道不来了？每当我焦急等待的时候，就会看到火车伴随着汽笛声疾驰而来，瞬间，又拖着一条长长的尾巴消失在远方。汽笛声仿佛把我带到某个地方，每次火车消失在前方之后，我才会从梦中醒来。

当我感到幸福的那一天，火车仿佛也是那样轻快地从我身边开过，而当我心情不佳的时候，火车似乎也在连连叹息，拖着沉重的身躯奔向远方。

就这样，我几乎每天都在等待着火车，掩饰着自己远走高飞的欲望，再重新回到饥饿的现实生活中。

这就是我曾经拥有的时光。那时，我不停地告诫自己，要成为一个出人头地的人，成为一个了不起的人，堂堂正正地回到故乡。

当妈妈受到某种委屈独自流泪的时候，我总是紧握着小拳头。

“妈妈，长大以后我要成为一个了不起的人。那样就没人敢瞧不起你了。”

因为爸爸，我常常受到同伴们的嘲笑。在批斗爸爸的现场，和同伴们在一起时，我总是抬不起头来，欲哭无泪，感到无地自容。那时我咬着嘴唇想，长大以后我只有当上什么，我的爸爸，我的全家才不会再受到任何冤屈。

在学校，新来的班主任不再让我当副班长，而让我转为学习委员。那时我真羡慕当上副班长的同学，因为他的爸爸是乡干部。我心里有些抱怨我的爸爸和妈妈。

那时，我最喜欢的就是火车站，看火车经过是一天当中最高兴的事情之一。

每天有好几次，从远方传来汽笛声。听到汽笛的声音，我就会思念那绿色的火车，羡慕起那些坐在车里远行的人们。我时常做着那种把自己身心全部载在火车里奔向远方的梦。去哪里？去做一个什么样的人？我的脑子里一刻不停地在想着这些事情。

爸爸从小被抱养，不知自己的亲生父母是何人。每当感到吃力的时候，我就好想见一见爸爸的亲生父母，我的亲爷爷亲奶奶。我暗自期待着有一天爸爸的亲生父母能来寻找他。

当年，火车站是我们唯一玩耍的地方。即使玩得很起劲儿，但一听到远处传来火车鸣笛的声音，看到火车徐徐进入站台，我便不顾一切地夹在接站的人群中间挤到前面去。

我目不转睛地盯着所有出站的客人。有时看到一位陌生的，穿着得体的老先生走来，就会上下打量个不停。仔细瞧他有没有一点像爸爸的地方。我就像一个落水的人抓住一根救命的稻草，渴望见到未曾谋过面的亲爷爷。我们有没有长得像爷爷的地方呢？在脑海中，我一次又一次地勾画着一张富态的、文雅的老人面孔，又一次次地抹掉。

我期待着有一天，因为隔不断的血脉相连，亲爷爷突然出现在我们面前，就像一个魔术师，改变我们一家贫困的生活。每每想到此，心情便异常兴奋。然而，他却始终没有出现。我终于明白了，他对我们来说，永远只是一个想象中的人物而已。

现在，我已不再想知道爷爷是何许人也了，已没了那份期待。然而，已进入耄耋之年的爸爸会如何呢？即将走向人生终点的爸爸，难道他不想知道自己的根吗？

当时，最让我无法忍受的就是贫穷。每次开学的时候都要交学费，可是妈妈每次都不能按时给我们。学费成了我心头一块沉重的石头，一个假期都让我放不下心。

临近开学的一天，妈妈对我们几个孩子说，谁到松花坪去一趟就先给谁交学费。妈妈说，去和亲戚借 15 块钱，就说秋后用大米还。

姐姐们直打退堂鼓，说一个人怎么能去那个从没去过的地方。

当我毛遂自荐的时候，全家人都瞪大了眼睛。那时我只有 10 岁。那时的我还从没有坐过火车，松花坪这个地名也是头一次听说。

尽管我心里同样感到十分害怕和不安，但我很想坐一次火车。最重要的是想到村子以外的地方去看一看。

妈妈只给了我去时的车费，说回来时的车费亲戚会给的。妈妈还说，到松花坪打听卡车司机老黄谁都知道。

那天晚上，我因人生的第一次旅行而兴奋得辗转反侧，彻夜难眠。

我不知道和龙到松花坪还有公共汽车，中午到达和龙站后，一路打听着走到亲戚家时，太阳已经落山了。当时，亲戚一家一脸惊讶的表情至今记忆犹新。

现在，我在梦里还时常走在从和龙到松花坪的那条路上。时而一条大河横在我的面前，急得直跺脚，时而遇见强盗，挣扎着要逃脱。

也许当年走在那条路上我心里万分紧张。因为担心自己走错了路，逢人便问这是不是到松花坪的路。

十天后，我就像一个凯旋而归的将军，得意扬扬地回到了家中。此后，每当遇到挫折时，我都在想，假如当年我找不到那位亲戚的家，没钱坐车返回，那后果会是什么样子。虽然感到后怕，但还是不能放弃也许会更好的想法。

在那个一切都感到郁闷和委屈的青春期，我觉得只有上大学才是自救之路，如果照此下去，也许会永远埋没在这个山沟里。这种不安的感觉让我决心离开家。

就这样，16 岁的那年我离开了故乡。渐渐地，随着年龄的增长，要当什么的抱负消失了，也没了衣锦还乡的必要和理由。

在那个13岁的少女曾经彷徨的旧铁道上伫立的我已是人到中年。那条铁路早已不通火车了。尽管只剩下空空的铁轨寂寞地伸向远方，但那熟悉的焦油味依然如故。当年把耳朵贴在枕木上猜火车是否会开过来的小伙伴们还历历在目。

记忆中那个黑色的童年中竟然带着一缕童趣的芳香，在那个总是感觉阴沉的灰色天空下，竟也藏着自己未曾觉察到的幸福。在那贫穷与伤痛交织的内心深处，蕴含着追求梦想的希望，在那郁闷和苦恼的背后，暗藏着奋发向上的勇气。

尽管那个曾经忍受着饥饿等待的火车已经不通了，然而，那个望着奔向远方的火车长大的我，至今仍对火车充满着思念与憧憬。尽管当年那个一手拿着红色小旗，一手拿着绿色小旗站在站台上的乘务员叔叔，还有那个即使知道我为了起半票故意压低个头也会睁一只眼闭一只眼的检票员阿姨都已不见了，但车站却永远是一个让我思念的心之故乡。

据说，不久这里将再次通火车。经和龙到长白山，从图们到二道白河。到那时，我记忆中的铁道和火车站将再现往日的生机与活力。

无论是过去还是现在，铁轨总是一望无际地延伸着。自以为走到了尽头，可是前面又出现了，在这一望无际的铁道上，我悲伤过，绝望过，也重新站立起来。尽管艰难地走过一个又一个人生驿站，然而，却又这样重新回到自己曾经离开的起点，追寻那曾经丢失的光阴，还有那丢失的记忆。

下午的阳光温暖地洒在铁道上，我尽情地享受着阳光的抚慰，仰望那蓝蓝的天空。假如现在能够回到那个把梦想寄予汽笛声中，渴望走向远方的13岁少女时代，也许我会战胜那饥饿的肉体和空虚的灵魂，去追求新的梦想……

我仿佛听到远处传来汽笛声。我内心自问：我要去向何方，为何而去？即使我们将去的地方是路的尽头，但我仍然希望在尽头重新开始。

我相信在路的尽头会有一条新路……

诗歌

清明节的思索（外五首）

韩　春/著　陈雪鸿/译

路边的连翘
送来了春天的
第一声问候
今天的电视里
依然响起导弹声
炫耀着最新的高科技

听着这
最不愿意听的声音
端起了没有香味的凉咖啡

人类的良知
无法阻止这声音
人类的智慧
反而为这声音欢喜

啊啊
人类的良心在哪里

我的呼喊

我被我的高喊声吓住
就像巴格达的麻雀
失去巢穴而惊恐不已

与巴格达无法入眠的可怕一起
明白了什么是真正的鲜血

我经常把我的高喊
扔进我的身体里
对于那些反刍的询问
却总也找不到答案
或者扔在伊拉克的沙漠里
经过地狱里
一段艰难的时节
我从不询问
是怎么留下生命的
我所相信的
只有战争结束后会有和平

我的呼喊凝固的地方
号啕大哭的孩子
敲击着全世界每家的窗户
告知新世纪的课题
虽说成为国际孤儿
穿越火海的生命
真的比星星还美丽

我没等我的呼喊停息

已经端着咖啡杯凝滞

橄榄树的愤怒

那天
全世界的
橄榄树
发出可怕的声音
呼喊着
失去巢穴的鸽子名字

天上有太阳黑子
地下有死亡陷阱
由谁来招魂
由谁来安抚冤魂

淌着血留下的
一声呼喊
远比一朵鲜花
更懂得和平的价值

那天
全世界的
橄榄树
发出可怕的声音

寻找春天

路边的柳树
吟唱着嫩绿色的迎春曲
云雀却不再高高飞起

路上浮动着口罩
消毒味阻断了路口

大楼周围的绿色草坪
尽情融化在春光里
心中的春天却沉重无比
人类失去了笑容
SARS 却躲在角落里
扔出了死亡的
恐怖石子

微弱的细雨
洗净燕子的羽毛
与春风捉迷藏时
丁香花浓醇的香味
宣告了找回春天的决意
落在人们肩上的恐惧
正在一点一点消失

凄然的春天
重新
反刍生命的价值

眼　泪

现在
我懂得了眼泪是什么

欢快的音乐
听起来不那么欢快时
罗马里奥漂亮的进球

没有引来欢声时
见到家里的烛火熄灭
觉得一切都倾覆时
清晨滴落的露水中
我选择沉默时
面对死亡出发时
选择拯救生命的伟大时
被隔离的白衣天使跳动的心脏
献上感动春天的诗篇时

我独自
吟味眼泪的含义

不如从此绝笔

生命隧道

唉
又是病毒
正在世上横行霸道
黑暗中
有谁正带着风声铲土
以一个坚定的信念
把隧道打开
在隐隐约约尽头的出口处
有人必须战胜
从下水道流出的
患病时间

唉
又是病毒

正在世上散布死亡
遥远的出口处
无法握手的家人们
听着孔雀的呼喊声
献上一束鲜花
在生死决战的战场上
有人必须战胜
像发生故障的钟表那样
走走停停的时间

唉
又是病毒
正在与人类决一胜负
以沉默对决
以不安战胜时间
漫长隧道的出口处
一切生命比死亡更重要
不，破碎的梦
比死亡更加可怕
不过还有不会倒下的春天
有人正在寻找
失去的生命足迹

山　阴（外三首）

金荣健/著　金学泉/译

想要告诉黑暗的消息
便在自己孕育的村子
山之荫黔走了下来

啄食的鸡和水边悠闲的鸭子
跟随从田野上劳作归来的主人
回到窝里

确认
所有生命的定位
尔后山阴在溪水里洗洗脸
隐匿在天际

大　蓟

分明是花朵
怎么又是果
分明是花蕊

怎么也是刺

悄无声息地开出一簇
像是妈妈的慈爱
把我们打扮成幸福的窗口
在心的牢狱里

培植出
三朵大蓟
在家乡
以晚年的幸福
培育两个孙子一个孙女
用黑土地的思想
催开大蓟花

长白虎

他牵着
一只长白虎
出现在讲台上
登上讲台的时候
人们所能看到的
只是剥下的虎皮
指着
长白山脉纵横的腰部
他的演说以无声的欢呼
填满房间

毋庸讳言
……
长白山众多的老虎

将他带走
也许在明天
大街小巷上
到处会流传老虎的故事

变作岛屿的人

某一天变作山
在海面上冒出了头
人们却看到了
一座神秘的岛屿
于是到处传说
东海上发生了奇迹
我的头
完全变成了岛屿
然而
谁也不知道我披的衣服
是大海的颜色
只有海鸥在我的头顶盘旋
之后落下筑巢

野　莓（外二首）

尹清男/著　陈雪鸿/译

告诉你毛茸茸的眼睛里
盛满夏日的云彩

告诉你
为再等也不会开放的菊花悲伤
山间小路蜿蜒独行

告诉你
星光滋润阳光照射
月儿在清澈的山溪中哭泣

告诉你
青涩在风中成熟从不知孤独
抿了抿粉红色嘴唇回过身去

等你回来告诉你

六　月

云彩飘过山头无意中停下
羊群啃食青草呆呆地站立
暖风温和地掀起衣角
热风轻轻地掠过耳际
美丽的原野上响起牛犊孤独的叫声
闪亮的溪水声传向天边的霞光
田野里开满花儿
节奏缓慢的清纯乐声
净身行走在绿色的树林里

炭　火

越烧越旺
里头
烧得通红

终于
离开青山时的模样
不复存在

如今
你何处为生

我的葬礼（外二首）

石　华/著　孙文赫/译

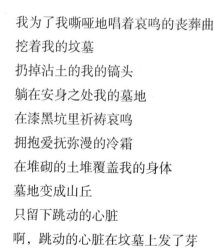

我为了我嘶哑地唱着哀鸣的丧葬曲
挖着我的坟墓
扔掉沾土的我的镐头
躺在安身之处我的墓地
在漆黑坑里祈祷哀鸣
拥抱爱抚弥漫的冷霜
在堆砌的土堆覆盖我的身体
墓地变成山丘
只留下跳动的心脏
啊，跳动的心脏在坟墓上发了芽

然而坟墓化作一棵树
压压插插结满新的心脏
直刺苍穹

脱下所有的束装葡萄酿成葡萄酒

脱下所有的束装
抹掉所有的妆饰

最终
露出
肌肉和肌肉
相互抚摸挤对
最终忍住坍塌

晶莹的月光
甜爽的味道
甘美的芬芳

你成为我
我成为你

她
脱下所有的束装

最终
葡萄
酿成
葡萄酒

成为思恋的人

每天早晨走进化妆间
梳妆打扮

觉得自己老矣
昨日整天吮吸杂烩
夜晚在梦中凌乱编制小绳儿
每当拼足力气
两眼冒金星
一缕独特香气脑后勺蹦出来
思恋之人
每天早晨做完这件事情
舒坦
爽快
今天心中空虚
不知装满什么

人生苦短
可诗歌这样容易创作
惭愧之至

不　孝（外二首）

林锦山/著　陈雪鸿/译

老大
腰已折断
细长的地里长满了
杂乱的茅草

老二
盛满眼泪
年久破损的旧碗
再无处寻找

老三
使尽全力
挂在耷拉的乳头上
最后的撒娇

唉
没有福分的苍空
残羹剩饭换来的是

嶙峋的皮囊……

火　鸟

死盯着晾衣绳上飘曳的花衫
闪亮的鼻梁好似隆起的胸脯
动听的声音在草坪上回荡

郎啊
隆起的胸脯多想爆发出炽热的气息
多想让这香气融化狂热的胸膛
子弹撕裂胸膛会有火鸟翱翔

天空尽头没有一丝云彩荡漾……

移　民

饱含露珠的金达莱
给每座山头
献上
太过瘦瘠的花露

震动骨髓的
蝉声
鸣响在墨绿墨绿的
北国热土

稻米
穿越喉咙口
白得刺眼
白得心痛欲哭……

慢　车（外二首）

李任远/著　朱　霞/译

患上比死亡还痛的
爱情热病
身心再也不能支撑时
就坐上慢车
随便走走

在车厢里
望着瞌睡的乘客
疲惫不堪的样子
就想他们感受不到失恋的孤独
与淡漠的他们相比
你只是在建造爱情大厦时
暂时缺点资材，多么幸福

如果仍然痛苦
就像影片里的一个场面
不用下酒菜干喝一杯酒
血管里贯通温热的瞬间

你就会感到世界多宽广
活着多么有意义

这样走着
走到乡下某个无名的小站
虽然没有回程车
也没有什么期约
但是翌日天一亮
你的心中已经展现了一条路

大海日记

当皎洁的月光
降落到白沙场上
我就跟贝壳聊天儿

思念也罢怨恨也罢
难以治愈的伤痛
都被带到慰藉的村庄

远在天国的母亲
她未尽的爱
吹进我的胸膛

到了午夜
星星也滑落下来
讲述白天未讲完的故事

天一亮什么也没有了
连星星还有许多贝壳

风儿的诗

缀满红叶的树枝间
秋风习习吹过
让名字、种子、春天
发芽后毅然独自离去的你

来自何方去往哪里
风儿没有家
温柔的气息
乡下奶奶黑不溜秋的脸

走了不留任何印迹
风儿不想找回爱过的时光
不想扑进传入香气的胸怀

只是作为风
来来往往

现在跨过冬季的门
风儿将走向何方

父亲说话的声音（组诗）

崔龙国/著　金学泉/译

清澈的水声

生活要我催开雪花
生活要我扎出纸花
感情要从冰下流去
心儿要在夜幕中躲藏

我深知
每当踏上沙滩上的阳光
显现胭体的幼稚
便遗弃在赤裸的丛林中
夏天来临的时候
虽然也喜爱烈日
但仍是要回到遥远的冬日之家
拥抱粗壮的松树
为灵魂的那一颗星
将凛冽的苍穹水一样喝光

生活让我
再一次把清澈的水声不间断地扬起

父亲说话的声音

一把拿下
在我的耳际
像冰溜子般悬挂着的
父亲说话的声音
尔后放到手掌上
就会变成木炭般黑色的沉默
再用力握紧直到发烫
手指间流淌出
血一样鲜红的火焰

走进回忆

当走进回忆
我便成了纯粹的悲哀的富翁
赤贫中躺下的风景
失去的影子被黑暗填充
因为走了将会失去回来的路
所以就连恨也被美丽的事情充塞
脚印里填满空虚的梦
像秋日的夜雨

啊
当走进回忆
心中充满星星般的灵魂
我便成为灿烂的悲哀的富翁

在空房中踱步

在空房中踱步
无拘束地活着的时间
就会在我的灵魂中
静静地沉浸着
呻吟虚无

在空房中踱步
无休止地死去的时间
就会在我的灵魂中
悲戚戚地埋葬着
不由自主

把因了思念死去的时间
用香烟烧掉
当没了魂儿似的踱着步的时候
没有形体
没有梦幻
在空空的房间和空空的心间
就连空空的汽笛声也不曾有过那般
空空的人生列车悄无声息地驶向远处

雷阵雨

下雨了
我愿是雨
愿是歇斯底里地轰然倒塌的
雷阵雨

耀眼的闪电的长刀
刺向天空的声音
为什么血一般辉煌
要说给倒下的树听
要说给疯了的风听
而后要放声悲泣

苍穹向大地
实践生命和死亡的时间
以黑色的忧郁彷徨
那个飘零的烦恼啊
要干干净净地冲洗

现在
用天空般的无限感知着
以伟大的梦浑然入睡的
太阳的恩惠
滋润万物的希冀

在这万物的欲望之中
把疯狂的咆哮恣肆于地面
把火热的心情播向大地
这时正在为将要灿烂的
感动的虹霓
想象着太阳
愿亿万缕泪水把地面淋湿

清晨漫步（外一首）

金赫日/著　朱　霞/译

清晨，迈着白鹳的步伐走一走
虽不是老光棍娶亲的早晨
也不是晋升为科长的日子
尽管没有确定要去的地方
也让脚下生风，踌躇满志

把瞬间掠过的有趣的想法，绑在云雀的红爪挂在树枝上
让它从这枝跳到那枝，从这棵树蹦到那棵树上

请不要过分打搅千年菩提树
感慨万分地踱着方步，每日五分钟，走它五百岁

山坡上眼熟的岁寒三友，就从远处向她们招手致敬
登上山坡与她们肩并肩把远山眺望

呀——唬——
因是雄性，因是春天，因是早晨，像公鸡一样伸长脖子扑棱着翅膀

等待千年的伊，虽不知叫什么名字，但放声喊一喊，把她叫作某某

不知伊在远方何处，也不知睡醒了没有，让我在她的额头上留下轻轻的一吻

不给流逝的岁月和流逝的青春立碑
到了清明节也不要送去花环什么的
逝者就让她美丽地逝去，请重温金赫日的这句话

出了一身汗，坐在山坡上写诗写到黄昏，但不要感冒
不要忘带外套，出汗就脱掉，凉了就披上
好自为之，直到伊回来，管好身体，注意健康

高兴也不要哭
悲伤也不要笑
想说的很多，又没话可说
独自哼着，唱着，吹吹口哨

多吸免费的清晨空气
贪婪地
深深地呼吸
直到醉醺醺

把无私的晨光
装满衣襟
插进腰间
抹在前额上
粘在鼻尖上

回来天天打扫院子
把鸟粪和野鸡和云雀的歌声留住

煤 炭

我的爱
即使变成黑黑的化石
也会化作火种留下来
埋得太深
时间太久
抚摸轧平
变得油光铮亮

何必如此
有人问我
到底埋在何处，怎么样，有多少
时价如何，怎样挖掘，能值多少
能养活一个贵妇和两三个情妇吗

请不要这样问我
这是无人知晓的
我也不太清楚的
只属于我的爱情

为了寻找这样的爱
我要离开狼群出没、狐狸走运的都市
到山里做个垦荒的农夫
爱人拉风箱
我当铁匠
把生锈的铁块烧得通红，叮当当敲起来
锻造铁犁和锄头等农具
和我的爱人一起营造一个铁器时代

我还要寻找一辆蒸汽机
点火烧煤就会呜呜呜奔跑的
黄牛似的蒸汽机
如果它被丢弃在草丛里
或者摆放在博物馆里
就请赶快给我打来电话

春天即将到来的今天
我也和爱人一起
呜呜呜开动火车
从冰雪消融的三月出发
穿过油菜花烂漫的四月
时而鸣着长长的汽笛
踏上遥远的爱情旅途

俯瞰图（外一首）

金应俊/著　孙文赫/译

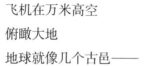

飞机在万米高空
俯瞰大地
地球就像几个古邑——

黄河、密西西比河
就像一位老奶奶撒落在地上的线头
世上第一长的万里长城
世上第一高的珠穆朗玛峰
就像某一个孩子的指甲
太平洋和大西洋
就像父亲开垦出来的水田
云和雾
就像姑娘头上飘飞的纱巾
火车和汽车
就像地上慢慢爬行的蜈蚣和甲虫

虽然几千年的文明史让人骄傲
但人类至今就像在地球村上

不知所措的乡巴佬

尼亚加拉瀑布

披着洁白婚纱的
数千万歌手和乐队
站成微弯的半圆
演奏着故乡曲

弹一曲美妙的歌谣
陶醉在乐音的海洋里
世俗的尘埃和噪音
踉跄地逃向天外
而充满着清晰和纯粹的美
摇动九重天

呼唤千年万年
没有尽头的多声部演奏
即使在它们那里沉浸一次
全部灵魂也洒脱并消融
在宽阔的大自然的故乡曲里

冬天的童话（外一首）

金学松/著　朱　霞/译

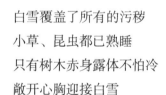

白雪覆盖了所有的污秽
小草、昆虫都已熟睡
只有树木赤身露体不怕冷
敞开心胸迎接白雪

扫雪的爷爷望着远山
几条小狗在雪地里印下脚印
冬天是某种诱惑
冬天是隐藏春情的新娘

追鹿的梦在冬季
农家的等待在冬季
你和我的故事在冬季
跨越门槛的岁月
也在冬季中间徘徊

冬天是
写在雪片上的

易碎的故事

咱们的童话
悄悄地呼唤你的名字
在弥漫着贫困气息的山沟
坐在粮垛下
凭借皎洁的月光
凭借草丛里
蝈蝈和蛐蛐之歌声
呼唤你，呼唤你

凭着心灵之纯洁
凭着蒲公英嫩叶
凭着洁白的羞涩
呼唤你，呼唤你

蹲在水田的田垄上
捧着一颗颤抖的心
用黄昏的流水声呼唤你
用融进世间的
花草、溪流、晚霞
所有大自然的抒情呼唤你

如今，我依然
以断肠的思念
以平生最后一个梦想
呼唤你，我的爱人
你是否听见
远方一颗星的呻吟

难以离婚的理由

瘦骨嶙峋的田里
长出了新苗
纤弱的样子
令人怜惜

贫瘠的土地
发热的铁犁
嚓！
嚓！
迸发着火星

无辜的幼苗
破壳而出
美丽极了
她在石缝里
扎下了根须

这是一片石头地
但可悲的我
却不忍心把它抛弃

我们的天空（外三首）

李相珏/著　朱　霞/译

无边无际的辽阔天空
高高的蔚蓝天空
虽用眼睛望不尽
却在我们怀抱里的天空

神话传说里的仙女
飘曳着绚丽的衣带
宇宙飞船闪闪飞逝的
中华自豪的天空

春夏秋冬聚在一起
四季花儿盛开的国度
香气弥漫的天空
候鸟飞向北极之春时
南方正在割麦插秧

一望无际的天空
13 亿展翅飞翔的天空

传遍创造奇迹之歌的
绣满星星的青春的天空
你的名字
你的名字镌刻在世界屋脊
珠穆朗玛峰顶上

你的歌是一首交响曲
来自长江黄河的发源地

你的自尊心是长长的万里长城
来自文明古国的火热气息

你的子孙是地球村的最大家庭
56 个民族团结起来犹如铜墙铁臂

沉睡的雄狮醒来 60 年
在宇宙中心树立擎天柱的国度

中华哟，中华哟，你的名字
永远不灭的红星在天空闪亮

老牛望着我

老牛呆呆地望着我
它渴望说些什么呢
大大的眼睛一眨一眨的
春天你把广袤的田地翻耕
秋天你把许多粮食运回
你不知道什么是山珍海味
默默地把干草反刍咀嚼

没有贪欲也不问报酬
请不要随意挥动鞭子
“哞”的一声凄凉的叫声
使我自觉把头低垂

田　埂

田埂引来春水
微风轻轻吹
黄黄的蒲公英
在我的脚下笑盈盈

可爱的花儿
唯恐踩了你
我小心翼翼走着
你却轻轻抚摸
我的脚脖子

一股暖流涌上心头
绿草清香扑鼻
一望无际的故乡原野
到处跳跃着如梦如幻的黄鸟

长白山瀑布

从高高的悬崖边
纵身一跳
是因不懂自己
会粉身碎骨

震天动地

高唱着进行曲
让撕碎的身躯奔驰
是因相信精神不会死

酿自深远地心的清泉
涌出海拔两千七百米
跳下峭壁在峡谷奔腾
在天空挂上美丽的彩虹

豆满江（外二首）

金　哲/著　朱　霞/译

豆满江，你是
刻在大地上的一道伤痕
是流不尽的眼泪

你用悲凉的传说
透明的思索
冲破岩石
用野性的冲撞开辟道路
一条湿漉漉的影子
蜿蜒在峡谷里
在冰冷的衣裙上系上了飘带

太阳的微笑
曾在你的波涛上跳跃
憔悴的脸庞
曾映在你的胸膛
你把生命染成浑黄
流过暗淡的梦境

绳索般拧扭的一生
流到水鸟歌唱的河口
即将画上休止符时
回首悲凉疆土的伤疤
你在思索什么

是告白　还是忏悔
抑或是虚无的自豪
点燃思考的冷却点时
哦，你瞧那里
夕阳在波涛上烧煮落照

港　口

月亮
把褶皱的脸
浸在海水里

星星
把天空钉住
用窒息的黑暗
拥抱港口

哽咽的大海
悲鸣的海风
把悲欢的余音
载向远方

不能消散的焦虑
汽笛已响

船却始终不能出发

滚滚涌来的
岁月波涛的喊声
我在阅读
胎动时代的战栗

放风筝

风筝是
飞出我心脏的
小鸟一只

我的爱
在天空呼吸
我不忍把她放飞远方
拼命地　拼命地拽着绳子

在一个焦点上
放置思念
朝天空呼喊
一个刻骨铭心的名字

风儿知道
我的思恋
把爱恋的焦点摇晃

报告文学

青山傲苍穹

——化工部天津化工研究院著名无机化工专家姜泰万

佚　名/著　陈雪鸿/译

不知是因为无机化学专家姜泰万高级工程师的目光如同秋天的天空般明净，还是因为姜先生孩提时期十分喜欢吟诗的缘故，我与姜先生一见面，脑海里就蓦然浮现出农民诗人许兴植的抒情诗《像秋天那样活着!》。

我曾把那首诗精心抄录在笔记本上反复吟咏。我想，人生的秋天，那不正真是为像姜泰万高级工程师那样收获丰硕成果的人写的诗吗?

……

秋天那样活着，秋天幽深的眼睛
沉浸在真诚的江水之中
充满混浊欲念的泥淖
被秋天过滤得无比干净

秋天那样活着，秋天奔放的浪漫
跳跃在起伏的金色田野之中
呼吸均匀充满热情的成熟
催促着
秋天以最快的节奏收获丰盛

秋天那样活着，秋天火红的枫叶
化作融化寒霜的美梦
辛勤的劳动净化着灵魂
当——
风中响起秋天悠悠的钟声
……

秋天里，大地上一切树木都会增加年轮，呈现出衰残的模样；地上的一切生命体都会深切地感觉到自身的生命正在缩短。然而，秋天却以丰硕的果实丰富着伟大人类的生活，增强着坚忍不拔的生命力，怎能不让人大加赞美呢！人生越老，越加散发出成熟的魅力！

中国现代名人

姜泰万先生虽然已经步入了人生的秋天，但是为我国的化学工业发展做出了巨大的贡献。1992 年年末，天津市科委授予了姜泰万高级工程师无机化工专家的称号。

用数字来确认一切的学者，最不愿意对自己的成果进行文学加工和夸张，或被用华丽的词藻披上美丽的外套，仅以 1、2、3……几个条目来概括一生，就心满意足了。为了尊重姜先生近乎于固执的要求和与众不同的个性，只好把《中国现代名人录》上记载的事迹摘录如下：

第一，铝催化剂氧化铝载体研究成果获得 1979 年天津市科技成果二等奖。

第二，氧化铝干燥剂获得 1980 年化工部科技成果二等奖。

第三，饮水除氟剂获得 1983 年天津市科技成果二等奖。

天津市拥有 800 万人口，是我国仅次于上海、北京的大城市，有许多大型工业，造成水污染十分严重。由于水中含氟量高，长期流行着大量的氟骨病。他所研制的除氟剂放入水中，能够选择性地把氟除掉。他的这项研究成果获得了无法用钱计算的经济效益，为天津市民的健康长寿做出了巨大的贡献。

第四，氧化铝吸附剂的研制获得 1985 年国家科技进步三等奖。

第五，CHC－Ⅱ型乙烯氧化制催化剂研究成果是国家“六五”攻关项目。姜泰万完成该项目，并获得1986年中国石化总公司三等奖。

该产品用于大型石化工业装置，具有很高的效能。美国向中国出售技术，并且夸下海口，只要中国制造的产品质量达到他们的要求，就不收分文。姜泰万经过几年的艰苦努力，终于使该产品的质量达到了国际水平。人们赞扬姜泰万表现出了中国知识分子的气概。

第六，TS－607的研制获得1982年化工部科技成果三等奖。

第七，超细硅酸铝的研制是国家“七五”攻关项目。姜泰万成功完成该项目的研究，并获得国家科委攻关项目阶段成果奖。

第八，水处理剂（聚合硫酸铁凝结剂）研究成果获得1991年化工部科技三等奖。

按人口比例计算，中国是世界上最缺水的国家之一。再加上技术落后，工业用水只能用一次，浪费惊人。而在国外早已进行循环利用。为此，姜泰万深感痛心，经过几年时间反复研究和实验，终于研制出分解水垢和腐蚀物的性能优良的水处理剂，为国家做出了贡献。

1992年年末已经申请的研究成果《低密度、大孔容、高强度氧化铝》的专利权即将颁发。

……

下面简略地介绍一下姜泰万所担任的社会职务。他除了担任天津市化工研究院副总工程师以外，1985年到1989年担任了第一届全国化学标准化技术委员会副主任委员、无机化工分会主任委员，后来还连续三届担任了中国化工学会工业水处理学会主任委员，以及《工业水处理》杂志主编和天津市化工学会理事。

尽管姜泰万工作繁重，担任职务众多，但是他的脸上总是带着凝重的表情，不愿意过高地评价和公开自己的研究成果。

学校时节

1933年7月15日，姜泰万出生于吉林省龙井市。

小时候，他不愿意在外面玩耍，经常喜欢独自坐在屋里看书。看着儿子用功读书，妈妈的眼里总是充满着喜悦。遇到停电的晚上，妈妈会拿着油灯过来给儿子照亮，直到儿子把书读完。

他虽然不喜欢多说话，但是很喜欢吟诗。小时候，他写的诗经常被张贴在学校的黑板报上或壁报栏里。语文老师总是称赞他很有才学。他的兴趣逐渐转向了数学、物理方面。他高兴时也只是微笑而已，从不笑出声来。他说话也是非常文静和缓慢，除了非常必要的话以外，他总是保持沉默寡言。因此，一旦他说的话，不管是谁都会100%的相信。

有一天，泰万的好朋友得福跟他开玩笑：

“泰万呀，你瞧着吧，今天我不会先和你说话的。”

那天，得福忍了又忍，真的没有先和泰万说话。这一来，泰万也真的整整一天没有说一句话。

姜泰万一直在龙井读完了初中和高中。当时，龙井市相当于延边的文化中心。每个学期，他的学习成绩总是在班里和全年级里排第一、二名。同学们都十分敬佩他。

他高中毕业那年，经自治州州长朱德海同志的推荐，有3名学生去南方大学学习。姜泰万就是其中之一。

他去了河南大学，一开始因为不懂汉语吃了很多苦头。可是，经过他坚持不懈的努力，从半年以后到毕业，一直排在第一、二名。因此，他毕业后留在河南医学院担任助教工作。

由于家里生活困难，从不给他寄零用钱，因此，他在大学四年里一次也没有回过家。直到参加工作两年后，他才存了一些钱得以回家。

老师和同学们都认为，泰万是个有着天生的惊人记忆力的天才。的确如此，学习再好的人总会有成绩下降的时候，可是，泰万却一直排在第一、二名的位置上。参加科研工作以后，别人需要花上几个月进行分析和研究的问题，而姜泰万只需花两三天的时间，就能找出问题的要害所在。

不过，他如此惊人的记忆力和思考分析能力，是从小培养和磨炼而成的。

据说，在思考和分析某些问题时，他会一动不动地在书桌前坐上整整一天不起身。到了吃饭时间，任凭妻子大声召唤，他也听不见。

我觉得其中似乎存在什么秘诀。可是，姜泰万先生却否认了这样的疑惑，表示没有任何秘诀。

据他说，自己上学时从不漏掉老师讲课的任何内容，总是带着许多为什么的疑问；看书时也总是追究为什么。久而久之，就成为了习惯和能力。另外，自己对任何问题从来不是死记硬背，而是理解以后才加以记忆的。他认为，死记硬背很容易遗忘，理解以后记忆能够保持长久，并能准确地回答别人的提问。

啊，就像刀越磨越快那样，记忆力同样是越练越强！集中力和思考分析能力与记忆力一样，都需要经过不断的锻炼和磨炼。不具备这样的能力，就无法做好艰难复杂的科研工作。科学不能凭感情，而需要理智。

为了从他那里获取一个更加生动更加奇异的故事，我几乎绞尽了脑汁。可是，他却总是摇着头说，没有什么值得回忆的事情。

姜先生的夫人罗果纯女士（汉族）陪在我们旁边倒茶递水，虽然听不太懂我们说的朝鲜语，但大概也猜出了我们谈话的内容，就代替丈夫说道：

“去年，我们家老二去住在延吉的叔叔家玩，回来后告诉我们说，听叔叔讲了许多关于他爸爸小时候的有趣故事。要不，我讲给您听听？我们家老姜本来就不愿意讲自己的事情。”

我高兴极了，像是遇到了救命恩人一样，连忙把罗果纯女士拉到身边坐下。

故事就像神话或童话一样有趣。可是，没等一个故事讲完，姜先生的脸色就变得铁青，轻轻拍打着妻子的手阻止道：

“好了，别再说了。我弟弟是搞文艺的人，故事都是随便编出来的。历史是不能编造的。他关于自己哥哥的故事水分实在太多，千万不能写成文字。”

这一来，罗女士有些不乐意地闭上了嘴。

虽然寡言少语的人适合于科学研究，但是作为采访对象，只能排在倒数第一。在那个闷热的夏日里，我们大家都累得满头大汗。

姜泰万的生活原则

姜先生出去了一会儿回来。罗果纯女士说他去打针了。不过，他这么快就回来，罗女士有些奇怪。可是，姜先生若无其事地说是自己给自己打了针。我听了，不由得惊讶得睁圆了眼睛。

夫人和孩子都在身边，为什么要自己给自己打针呢？他笑着回答，20 年来就是这样每天注射三次胰岛素。由于身患严重的糖尿病，必须每天注射胰岛素。虽然在家的时候身边有人，可是，对他来说，就像上邻居家串门似的需要经常到全国各地去走访，就显得十分不方便。尤其是到某些偏僻的地方去，就连医院都找不到。于是，他学会了自己给自己打针，既节约了时间，也不用求助于别人。

“自己能做的事情由自己来做更好。”

罗果纯女士说，这是丈夫的生活原则。

20年！20多年的时间，大致计算一下，也有7300多天。姜先生一天也不漏地自己给自己打着针，走遍了祖国大地的西南、西北、东北……坚持完成着艰难的科研工作。

我不由得眼圈发红，胸中涌起一股暖流，难以平静下来。过了好一会儿，我才逐渐平静下来，翻阅着姜先生的论文资料，遇到不明白的地方，就把笔记本递到姜先生面前，请他用汉字把化学名称写一下。他用手摸索着拿起笔，把字写得很大。

啊呀！我心中暗暗吃惊。姜先生并没有把字写在空白处，而是写在了我已经做完笔记的字上面。

（太奇怪了，怎么会这样呢？）

我觉得有些不快。罗女士看了一下我的笔记本，露出了颇为尴尬的神情。据她说，也许是因为糖尿病加重的缘故，或者是因为长期从事放射性化学研究导致身体虚肿的缘故，姜先生的眼睛最近出现了皮下内出血，造成视力显著下降。为此，正在服用中药。

啊，虽然病情如此严重，但是就在刚才还因为遇到了什么难题，姜先生戴上老花镜，拿着能把5号字体扩大成拳头般大小的放大镜研究资料呢。

啊啊！我的眼前朦朦胧胧地浮现出青年时节我们时代的偶像和英雄奥斯特洛夫斯基的形象。姜先生作为大学时入党的老党员科学家，无限忠诚于党的科研事业。

在以往充满曲折的岁月里，中国的知识分子经历了一次又一次的磨难，但是为了党和人民始终忠心耿耿。对于这样的知识分子，无论是指摘还是责难，都是世上最愚蠢的行为！

“无论是上学时还是留学时，或者从事研究工作时，在我的头脑里唯有要活得无愧于我们民族的想法。这就是我的动力。”

尽管姜先生寡言少语，但是这段话却重复了两遍。我们民族应该为有这样的知识分子而感到自豪。

我连忙站起身来，觉得有一种难以形容的感慨让人心疼。

（应该让姜先生歇歇了！）

我想起了几天前在朋友家里，偶然从《书法》杂志上看到书法家云谷金东燃写的几句话，觉得十分精彩而曾经反复咀嚼。

> 青山告诉我要活得沉默
> 苍穹告诉我要活得无瑕
> 抛开贪欲抛开怒气
> 如风似水般活过后离去

前面三句让我感到心头一热，但是抄录到最后一句时，不知怎么的，心里感到有些酸楚。不过，尽管如此，依然可以认为姜泰万高级工程师活得如青山般沉稳，似苍穹般高尚，是我们民族的后代们学习的榜样。

再次采访

几天以后，我打电话与罗果纯女士约好面谈后找上门去。天津市的确是个大城市，同在一个城里，却要乘坐一个半小时的公共汽车。

也许是担心夫人在叙谈中添加“水分”，或者是出于礼貌，尽管身体不适，姜先生还是一直陪在旁边。他们夫妻俩都是留学生，都是教授级高级工程师，都是专家，但是性格迥然不同。一人像大山一般沉默寡言，仁厚、淳朴、正直；而另一人却是大方、洒脱、豪放、明朗。

就像红色和绿色那样，既形成鲜明的对照，又是那么和谐与相濡以沫。这对于民族观念相当强烈的我来说，无疑是巨大的冲击。

再次见面，我们已经成了熟人。我提出想听听他们的恋爱经历。夫妻俩对视了一眼，像孩子那样红着脸笑了。世上最为美好的东西就是回忆。

“你们俩一个是汉族一个是朝鲜族，生活中彼此很协调吗？”

令人奇怪的是，那么寡言少语的姜先生对这个问题却抢在妻子前面做了回答。太有趣了。

“科研中，要是没有她的合作和协助，成果会大大减少。生活中，我的身体总有病，让她吃了不少苦。她本来还能工作好几年，却没到退休年龄就退了休，更多地照顾家里的事情。”

姜先生用汉语讲的这番话，让夫人感到非常高兴。

姜先生的夫人罗果纯女士是湖南省益阳人，以优异的成绩从大连工学院毕业后，去德国留学，在柏林专攻化学纤维。

1961 年，姜泰万去苏联莫斯科大学专攻放射化学，获得博士学位后回国。

妻子研究有机化合物，丈夫研究无机化合物。

他俩的缘分十分巧妙。留学回国后，两人同时在留学生培训班学习，由于志向和感情合拍，于是组成了家庭。

罗女士说自己与丈夫有四同，同年、同月生，还是同学，又是同年入的党。分配到天津市化工研究院后，丈夫担任了无机化学催化剂研究室主任，妻子担任了有机化合物研究室主任。姜先生被提升为副院长兼副总工程师以后，妻子毫不犹豫地接替了丈夫曾经工作过的无机催化剂研究室主任的工作，成为丈夫研究工作有力的合作者和助手。

研究深入时，无论是回到家里还是在饭桌上，两人都会继续进行争论和探讨，因而好几次遭到两个儿子的抗议。

他们有两个儿子。老大姜雷毕业于北京冶金学院，在中国钢铁材料研究院工作；老二罗庆毕业于天津大学化学系，在父母工作的研究院继承父母的研究工作。他们两口子不仅在科研工作中大获成功，而且养育了两个聪明、英俊的大学生儿子，可以说是最最幸福的人了！

一个儿子跟父亲的姓，一个儿子跟母亲的姓，无疑又是一件颇为神奇的事情。仔细想想，就像数学公式那样，其实是非常简单和自然的事情。然而，我总是对违背习惯的事情难以理解。

对此，罗果纯女士做了解释。其实，罗庆并不愿意跟母亲的姓而不跟父亲的姓。本来他的名字叫姜庆，但是用汉语来发音的话，虽然字面上有别，但是发音却与江青形同，因此经常受到同学们的调侃，不得不用“罗”字代替了“姜”字。

由此看来，姓氏里头也大有学问！既然不是老天创造的，而是由人赋予的，那么，前人们赋予的姓氏，后人为什么不能自己修正呢！世上没有永远的区分，也没有绝对的纯粹。对这两位学者来说，人类的姓氏就像有机物合成或无机物合成那样，极其自然和平凡。

中午，罗果纯女士精心准备了一桌饭菜，烹调的手艺非同一般。饭桌上既有辣椒酱，也有大酱汤，都是专门为丈夫从遥远的延边亲戚那里拿来的。其中，用鸡肉和蘑菇一起炖的鸡汤味道尤为鲜美。

下午，我们的交谈更为顺利和热烈，与前一次几乎达到冰点的采访气氛有了180°的转变。

姜泰万先生有许多时间都是在图书馆里度过的。他对汉语、朝鲜语、日语、英语、俄语等语言都十分娴熟，经常研究外文资料。有时候，他会坐在某个角落里精神专注地看上几个小时的书，好几次因为到了下班时间没有听到图书馆管理人员的呼叫，而大门已经闭锁，不得不跳窗而出。

有一年，姜泰万先生因患重病接受治疗。医生嘱咐他必须在家里休养2~3个月。妻子每天上班时，都要把监督父亲的任务交代给年仅4岁的儿子。

有一次，妻子把资料忘在家里，急急忙忙赶回来，竟然发现患病的丈夫和儿子都不见了。妻子焦急万分，在研究室和实验室里到处寻找。后来到图书馆里一看，果然发现儿子正在聚精会神地看画册，而丈夫则埋头在杂志堆里读着什么，根本没有发现怒气冲冲地站在那里的妻子。尽管罗果纯女士因为自己受了骗而十分生气，但是，对于丈夫天生的性格和对科研竭尽全力的"顽疾"也深感无奈。她心头一酸，眼泪夺眶而出，连忙用双手蒙住脸转身跑出了图书馆。

原来事情是这样的。当时，武汉钢铁公司需要一种特殊性能的材料氧化镁。国家化工部把这个任务交给了天津研究院。面对如此紧急的任务，姜先生怎么能安心休养呢，所以才对年幼的儿子进行了哄诱：

"小庆，咱们到外面去玩好吗?"

儿子摇着头说：

"妈妈让我看着你，不让你出去。"

"你喜欢看画册吗?"

"是的，喜欢。"

"那好，你跟爸爸一起去看画册吧。"

……

姜先生就这样轻易地哄诱了儿子，每天都到图书馆去，让儿子看画册，自己埋头进行研究。

去年，美国急需 K_2SnO_3 产品。正好那个时候，姜泰万先生的视力像现在这样突然下降。为了研究外文资料，他戴上老花镜以后，还必须用放大镜一个字一个字地研读。经过他的努力和奋斗，终于完成了实验，交付生产。为了国家能够挣到更多的外汇，他总是置自己的健康、利益、享受于不顾，每天都在这样奋发工作。

姜泰万先生的研究成果中最重要的是高性能的干燥剂和催化剂。于是，我要求他对此做几点说明。

几年前，我国各个大城市里都从国外引进了30万吨以上的大型石化设备。要是没有性能优良的干燥剂，大规模的工厂就无法继续生产。于是，天津化工研究院接受了研制高性能干燥剂的任务。

在干燥剂的研制中，姜泰万先生与来自各个工厂的专家们产生了矛盾。专家们主张沿用我国过去的研究实验路线和方法，姜泰万先生则主张使用新的路线和方法，以简单的生产工序和低廉的成本来研制性能优良的干燥剂。

虽然经过辩论后采用了姜泰万先生的主张，但是压力依然很大。研制性能优良的干燥剂，不能沿用以前一般的生产工序。研制的过程中，发现不能很好地形成球状，而且强度偏弱。为此，姜泰万先生废寝忘食，几天没有离开过资料室和实验室。他翻阅了大量外文资料，潜心研究，终于找到了问题的要害。

性能优良的干燥剂只容许有百万分之一的水分。姜泰万先生经过了整整三年的反复研究，终于研制出了符合要求的干燥剂，从而为国家创造了难以计数的经济财富。他研制的干燥剂是我国第一个成本低于进口产品的产品。

据他说，去年申请的《低密度、大孔容、高强度氧化铝》的发明专利权即将颁发。那是一种经济效果和社会效果相当高的催化剂产品。

在大规模工厂里，催化剂被认为是最为核心、最为机密的宝贝。据说，在外国，参观者可以参观任何机械，唯有催化剂生产部门是严禁入内的地方。由此可见，催化剂如同工厂的心脏一样。根据催化剂的性能，能够造成产量的增加和减少。

把氢和氧放在一起，不会产生任何反应。但是，一旦加入催化剂，就会发生爆炸。因此，催化剂是化学工业中最为关键的一环。

姜泰万夫妇研制的催化剂，也可以被认为是他们爱情的结晶。罗果纯女士曾经在世界上化学工业，特别是有机化工最为发达的德国研究学习过石化工业催化剂。姜泰万先生曾经在放射化学著称的苏联学习过最为深奥的理论。丈夫掌握了深奥的理论，而妻子回国后曾在工厂工作过一段时间，因此有着丰富的实践经验。无论是什么研究，都离不开理论的指导。可以认为，正是丈夫的理论指导和妻子的实践相结合，德国和苏联的先进技术相结合，才能在中国的土地上开花结果。

为了民族的满腔热忱

无论是多么茂盛的树叶，最终还是会归落到根上。如今，姜泰万高级工程师年事已高，而且体弱多病，但是始终念念不忘故乡延边。

这几年来，他几次回到延边。民族的繁荣必须要发展工业。姜泰万先生与夫人应邀先后走访了延吉、龙井、图们等地的十几个工厂，一起研究问题，指明今后的方向。他把天津化工研究院的技术优势，即对科研成果组织的应用实验，不断地输送给延边的有关工厂，起到了桥梁和纽带的作用。

他移交给龙井市第三化工厂的科研成果新型引火加速剂，虽然与同类产品在手感和颜色等方面的质量差不多，但是成本低了许多，刚一生产，各地就纷纷前来订货。该产品每吨能获5000～6000元的利润。

延吉市氧气制造机械厂铝铸造中使用的变质提炼剂，不仅具有提高铸件质量、降低铝消耗、避免工人们中毒现象等优良性能，而且成本低，经济效益高。目前，已经在延吉市进行应用实验。

除此以外，新型净水剂目前正在应用实验中，一旦成功，能获得数十万元的利润。

他还邀请住在天津市的朝鲜族专家和科研人员到自己的研究院来，针对为振兴延边工业做贡献的问题，进行了专门的研讨。

1991年，在国际朝鲜人科技学术会化学分科学术会议上接受记者采访时，姜泰万先生说了这样一番话：

“在今天的地球村里，凡是有朝鲜族的地方，就一定会涌现出朝鲜族科学家。居住在美国、日本的朝鲜族中间，有不少颇有名望的科学家。在我国，不仅在北京和东北三省，在上海、四川、新疆等地的朝鲜族科学家们，都取得了显著的科研成果。这是我们民族的骄傲。我希望，今后应该涌现出更多的朝鲜族科学家。”

我以为，这不仅是姜泰万高级工程师心中的希望，也是正在写这篇文章的我和数千万朝鲜族人的殷切期望。

破碎的梦

李成权/著　李玉花/译

一、坍塌的地基

这不是一座墓穴。然而，此时此刻我却像面对一座巨大的墓穴，心情异常压抑，在它的周围不时地徘徊着。与其说压抑，不如说悲伤更恰当些。不，也许说辛酸更准确一点。总之，我心里非常非常难过。

这是一个看上去能盖100多平方米房屋的地基。地基里面积着许多雨水，还落下了许多尘土、草叶、废纸等垃圾。由于地基壁坍塌，有些地方已经被埋上了一半。旁边放着一堆从几十里外拉来的基石，由于它们找不到自己的位置，毫无价值地滚落到四处。隔年的小草在风中摇曳着，显得那样无力又无奈。

蓦然，我在地基的积水中发现了自己，发觉自己一夜之间消瘦了许多。

（嗨，昨晚怎么喝了那么多酒？）

我苦笑了一下喃喃自语，是主人一个劲地劝我才喝的。可记忆和良心却不容我撒谎。其实主人只是喝第一杯的时候说了声“来，喝”后就再也没有劝过，只是一次次地往我喝空的酒杯里倒酒，慢慢地讲述自己的经历。

“你是为了填补心中的失落才喝那么多酒的！”

记忆和良心在对我说。

的确如此。当我按捺不住内心的激动，赶了数百里路找到主人的时候，我的期望一下子就从天上掉到了地下，失望到了极点。其实，我早在几年前就决定采访有名的粮食专业户车光春。1984 年 12 月 9 日，《延边日报》头版头条刊登了这样一则报道：“省劳模车光春与四户农民一起开办了农场，计划明年开垦 300 公顷耕地，已试验性地对 7 公顷地进行了秋翻……该县大力支持他们的创新精神，决定为他们贷款 18.9 万元。”

这则报道让我既惊讶又兴奋。一位普通农民竟然开办农场！而且是一个拥有 300 公顷耕地的农场。

然而，细细一想，觉得这也不是什么稀罕事。党的十一届三中全会以来，在短短的几年间，我国农村发生了翻天覆地的变化。随着农村实行承包责任制，各类专业户如雨后春笋，层出不穷。粮食专业户、养鸡专业户、农民企业家……

他们成为农村致富的排头兵，大刀阔斧地向前走。不仅是车光春，还有那有名的专业户万千在，他不仅办起了砖瓦厂、饭店、酒厂、木材厂，而且还种了 22000 株白杨树，还觉得不够，来年还准备成立一个建筑队。此外，“他本计划办一个存栏 120 头猪的养猪场，后来，得到中央领导的称赞后，更来劲了，又增加了 140 头猪，还开办了一个饲养 2000 多只鸡的养鸡厂。”

我真心祝愿他们的明天更加灿烂辉煌，并希望在他们成功的那一天，把他们的喜悦与自豪告诉更多的人。

此后，时间一晃过了两年半。在此期间，我多次想去拜访他们，然而单调而又繁忙的生活，让我始终抽不出身来。几天前的一天，我在路上偶然遇到了一位当记者的朋友。

“最近还那么忙吗？”朋友笑着问我。

“哦，就是瞎忙……”

“看来，你还是躲在屋里写你的‘三角’、‘五角’呢，再忙也得出来看一看嘛。对了，差点忘了，你不是对敦化的粮食专业户车光春很感兴趣吗？”

“是啊。”

“你最近抽空去看一看吧，一定有不少令你吃惊的事。”

朋友对我意味深长地笑了笑，眨了一下眼睛便匆忙告辞。

令我吃惊的事情？

我呆呆地站在那里，望着朋友匆忙离去的背影发呆。

（是啊，时间已过了两年半，也许那里已变成了人间天堂。他们也许早已盖起了宫殿式的砖瓦房，购置了“五大件”、“八大件”，存折上还会有……总之，变化一定不小！）

我急于把他们的成功经验告诉所有的人。

我终于请了几天假，登上了开往敦化的列车。

我来到距沙河沿三里左右的新兴村时，暮色已经降临。我在村口四处张望，寻找着心中的“宫殿”。然而，走到村的尽头，我的眼前也没有出现这样的宫殿。我毫无目标地在村子里寻找，终于在江堤上找到了一个“宫殿”。

虽然与我想象的有些差距，但它却是一个砖瓦结构的房子。这一定是车光春的房子。我犹如在茫茫沙漠中发现了一片绿洲，心里一阵狂喜。没错，这就是车光春的家。我不管三七二十一，闯进院子里找主人。一位五十多岁的妇女开门走出来。听说我来找车光春，她指了指村西边，让我到那边去问。我的心一下子从沸点降到了冰点。我拖着沉重的步子走出院子，路上，我叫住一位过路的中年妇女问刚才我进去的那个房子是谁的房子。那位中年妇女说，那是村支书的家。

“你找车光春呀？”

中年妇女上下打量了我一番。

“正在那边修理手扶拖拉机呢。”

中年妇女指了指前面说。然后，她边走边不时地回头看。

果然，在一个草房的院子里有两个男人正在修理手扶拖拉机。我疑惑地向他们走去。一位是四十多岁的中年人，一位是三十来岁的年轻人。他们正在专心地修理拖拉机，听到动静他们同时抬起头望着我。我问哪一位是车光春，那位三十来岁的年轻人站了起来。我惊喜地向他问好，并做了自我介绍。他身材修长，稍微有点驼背。听了我的介绍，他突然脸色一沉说“我的手太脏……”说着把沾满油污的手抽了回去。然后蹲下继续干自己的活。我心里有些不悦，我可是赶了几百里路特意来采访你的，怎么能如此冷落客人？我随便坐到一旁，留心观察起他的脸。他的眉毛很重，睫毛很长，鼻梁高高的，嘴唇厚厚的，第一眼便觉得他是个性格十分倔强的人。

“你的家在哪儿？”

我努力抑制着心中的不悦问道：

“在那儿。”并回头看了看身后的草房。

车光春随便指了前面说道。我站起来在院子里四处转了转，发现那个草房后面有一座与刚才见到的支书家一样的砖瓦结构的房子。

“果然不出我所料，这就对了嘛……”

我不知不觉感到一种满足，望着那个草房无声地笑了。然而，我高兴得却太早了。

“哦，走吧。”

过了一会儿，他干完了手里的活儿。在主人端来的盆里洗了洗手，走出院子时扔给我一句话。我紧跟着他走出来，可车光春并没有向着草房后面的“宫殿”走，而是朝着相反的方向走去。我愣了一下，跟在他的后面。

“嗯，请进吧。”

推开篱笆门，他指了指院子里的草房对我说。

“这是谁的家?”

我有些莫名其妙地问道。

“我家呀，还能是谁家?”

车光春苦笑了一下，大步走进了屋里。我简直不敢相信自己的眼睛。这个低矮的草房，房顶上的草苫似乎快要腐烂了，刷着白灰的土墙上到处是疤痕，黑一块，白一块的。院子里放着一辆锈迹斑斑的带挂车的手扶拖拉机。

我像丢了魂似的呆呆地立在那里，直到车光春喊我才回过神来。走进屋里，映入眼帘的是房间隔门上方的墙壁上挂着的一排排奖状。我脱鞋上了炕，仰头看那些奖状。可是，里面压满了全家福、结婚照和车光春的单身照片，无法看清里面的内容。只能看到“奖状”两个字和下面的“省人民政府颁发”、“县人民政府颁发”的字样。右边的奖状里照片少一些，能看出“赠粮食状元车光春”的字样和大致的内容。看得出这个是延边军分区表彰民兵车光春的。

看完上面的照片走进隔开的房间，发现门边的立柜镜子上也随便插着三张照片，似乎是很不在意插上去的照片。我好奇地走上前去，发现最上面的一张是车光春全家与几位领导模样的人的合影，中间是车光春胸前戴着大红花，以两辆装满粮食的卡车为背景的照片。最下面的那张是原敦化县负责人，现已调到省政府机关的领导与车光春交谈的照片。看完了这些照片，我扫视了一下屋里，屋里除了一台 14 英寸的“伯乐”牌黑白电视机和一台城里人 70 年代用过的半导体收音机外，没有一件像样的摆设，我越发感到纳闷。

后来与车光春一道吃晚饭的时候，我才知道了一切。

“我欠了10万元的债，有什么可写的?”

“什么?”我十分惊讶。

“事情到了这个地步……现在一切都没有什么意义了!”

车光春长叹了一口气，神情沮丧地说道。我发现他的眼眶湿润了。

外面下着瓢泼大雨……

我迈着沉重的步子走出了车光春的家。我在地基周围转了一圈又一圈。坍塌的地基，埋在其中的梦想……

蓦然，我在地基的积水中发现了自己的身影。此时此刻，我觉得自己的梦想也被埋进了坍塌的地基中。

二、忘记妻子的名字

晚上，车光春把我送到镇招待所。在安静的招待所里，我们又谈了许久。“老兄，伤心的事情就说到这儿吧，现在说说你的恋爱经过。”我笑着和他开起了玩笑。不知何时，我们已经成了朋友。

“你这个人还挺有福的，找了一个那么善良的女人。”我回想着刚才他妻子拖着有些浮肿的身体，不停忙乎的身影说道。

“没啥可说的，我们的恋爱经过实在太简单了。”

车光春笑了笑说。

“不过，就凭那一条也能称得上是世界奇闻了!”

“什么?”

我马上来了兴趣。

“就是我把老婆的名字忘掉那事儿。”

“什么?竟然会把老婆的名字忘掉!”

“嗯，你听我说。”

车光春倚在叠得整整齐齐的被子上，一本正经地说起了他的奇闻。

“1984年我向国家缴了4万斤粮食，1985年又上缴了5万斤，此后我就一跃成为省劳模。有一天县委组织部把我叫了去。我挺纳闷的，我跟组织部有什么关系，他们干吗叫我去?到那儿后才知道，组织部准备发展我入党，让我写入党申请书。我说像我这样的人怎么能入党?他们说，你已经为国家做出了很大贡献，当上了省劳模，已经具备了党员的条件。还说，你入不入党并不单纯是你个人问题，而是具有重大的政治意义。我只能默默地听他们讲，当时我真的感到很意外。说实话，我也不是不想入党，但当时入党的愿望并不那么迫切。我觉得从各方面讲离党员的标准都还有很大的距离，所以等自己的条件具备了再写申请也不迟啊。我把自己的想法毫无保留地说了出来。可是没办法，他们非让我马上写申请书。我只好说回去想一想。

“回来后，我就把这事忘得一干二净。可是没过多久，村党支部让我去一趟。到了那里，村支书说他要代我填写‘入党志愿书’，让我问什么就答什么。我感到莫名其妙，我什么时候写过申请书啊，我怎么想也想不起来。我慌了神，不知所措，浑身直冒虚汗。我用颤抖的声音一一回答了支书提出的问题。支书把我说的一一填进志愿书空栏里。突然，支书问我的老婆叫什么名字，可我却一时想不起来。这样一来，我更慌了，汗水顺着脖梗流下来。支书看着我的脸问我怎么了。

“我急中生智，说有点不舒服要出去一趟。不等他回答我就往外跑。我风风火火地跑回家，只见村里的几个妇女正聚在我家嘻嘻哈哈地闲聊。我若无其事地对妻子说，外面来人查户口，快点把户口簿拿出来。突然查什么户口啊，妻子嘀咕着从抽屉里拿出了户口簿递给我。我急急忙忙翻开户口簿查妻子的名字，可却怎么也找不到。我这才想起妻子的户口在娘家还没迁过来。

“没法子，我把妻子叫到外面。可是却怎么也开不了口。犹豫了半天，我终于鼓起勇气问她。妻子咯咯地笑着说，大白天你开什么玩笑啊。看你，人家都快急死了，你还说是开玩笑！我只好一五一十地对她道出了实情。妻子的笑容顿时僵住了，直直地盯着我。

（难道你真的忘记了）

妻子望着我，眼里闪着泪花……呵呵……”

车光春苦笑着结束了他的故事。

外面又下起了雨。房间里静得出奇。

“怎么样？够不够写小说的料？”

车光春打破沉默，呵呵地笑了起来。那笑声中藏着说不出的苦涩和悲哀。

我无言以对，只是摇了摇头。我想也许这会成为世界奇闻，然而，却不会成为小说。因为这个故事实在太令人悲伤。生活在同一屋檐下，吃着一口锅里的饭，怎么会突然想不起老婆的名字，这是一件多么悲哀的事情啊！

故事过于悲哀是不能成为小说的。车光春也许还不知道这个道理。

三、赊来的香烟

时间已过了很久，车光春起身告辞。我极力挽留说已经很晚了，外面还下着大雨，雨夜赶三里多路不容易，明天早晨再走吧。可他坚决要回去，我们争执了好一会儿，可最终我还是没能犟过他的倔脾气。

在招待所的院子里，我借着屋里射出的灯光，再次端详他的脸。和第一次见面时没什么两样，还是一脸的倔强。长长的睫毛，高高的鼻梁，厚厚的嘴唇……我的脑海中突然浮现出他鼓捣那个黑白电视机的情景。

“有声音，怎么没画面?”

车光春打开电视机后盖，拿着螺丝刀一会儿敲敲这儿，一会儿碰碰那儿。

“送‘医院’去吧，你也不懂怎么修?”

跑进来躲雨的村里人笑着说。

“我看不是什么大毛病，好像哪儿接触不太好……”

车光春头也不抬地说。

“我说你呀，快点收起来，把饭桌端过去，也许客人早就饿了……”

车光春母亲冲里面喊道。可他却像没听见似的，继续专心地修理着他的电视机。

“他这人呀，就是爱钻牛角尖，不撞南墙不回头……啧啧啧……”

厨房那边又传来了车光春母亲的责备声。

“啪，啪。”

额头上挂着汗珠的车光春最后不耐烦地敲打着电视机，可电视机还是毫无反应……

我把车光春送到招待所门口，准备与他告辞。可车光春却说“你等会儿”，便飞快地向那个灯火通明的小卖店跑去。我马上明白了他的意思，也随他走进商店。

“你认得我吗?”

车光春问商店的主人。

“当然认得。”

商店主人脸上挂着笑容答道。

“那你记下我的名字，给我拿三盒‘金龙’牌香烟!”店主一开始没有听明白他的意思，只是呆呆地望着他。车光春又压低声音向他解释着什么。主人这才点了点头拿给了他三盒香烟，而后目光潮湿地望着他。我觉得自己看到了不应该看到的场面，赶紧朝门口转过身去。背后传来商店主人同情的话语和车光春的叹息声。

“果然和传闻一样啊。”

“是啊，是真的。”

……

车光春硬是把那三盒赊来的香烟塞给我转身便走了。他的身影早已淹没在夜幕中，可我还呆呆地立在那里。消失的“宫殿”和坍塌的地基，以及那三盒赊来的香烟又在我的眼前交替闪现。本来我已经决定不再去想那些令人伤心的事情，把车光春破碎的梦想和我心中坍塌的“宫殿”永远地埋在心底，可是悲从中来，我抑制不住内心的悲伤。

……那时，他已经预感到自己的梦想开始破灭了。他怜惜地望着在自己的怀里咽下最后一口气的男人，心想人生真是无法预测啊，也许梦想瞬间破灭，这个高大的汉子突然离世也是天意吧！

那个贫困的日子又浮现在他的眼前。一个勉强念完小学的少年，过早地开始了艰苦的农业劳动。虽然年纪小，但由于长得膀大腰圆，干活和大人不分上下。然而，即使一天到晚拼命地干活，一天却只能挣一毛八分钱，吃的是粗粮饭，而且还饥一顿饱一顿，只能以白菜汤充饥。这在他年幼的心灵中投下了阴影。阴影越大，心中的怨恨越深。他再也无法忍受这种日子了，希望快点离开这个鬼地方，永远不要再回来。

恰在这时，征兵开始了。他第一个报名当兵，政审和体检都是满分，他翘首企盼参军的那一天。可是别人都穿了军装，他的通知书却迟迟不到。他跑到公社武装部，又跑到县武装部，来回跑了几百里路。可为时已晚，原来生产队长以他家里缺少劳动力为由，到上面划掉了他的名字。他像一头发怒的狮子闯进队长的家大闹一番，而后去了住在四平的哥哥家。他暗暗发誓，他永远不回这个令人诅咒的村子。

农村土地承包责任制的实施如同天降春雨。

接到喜讯，他一口气赶回了家。他把脸贴在潮湿的土地上，不知流了多少泪。他暗暗发誓要在这块贫瘠的被他诅咒过的土地上开创新的生活。他拼命地干活，辛勤地耕耘。第一年，他耕种 5 公顷水田为国家上缴了 4 万斤粮食，第二年他种了6公顷，上缴了5万斤，使他这个穷光蛋，一跃成为万元户，无数荣誉也随之而来。“勤劳致富先进”、“劳动模范”、“民兵粮食生产标兵”、“劳动能手标兵”、“省劳动模范”……报社、电台、电视台记者接二连三地来采访。各级领导也频频前来看望，一时间，他家的门槛几乎被踏平了。

“大胆扩大生产规模，为国家做出更大贡献!”

他激动了，他兴奋了，他开始变得飘飘然。似乎只要自己奋力展开翅膀，就会在蓝天中自由翱翔，只可惜他的天空太狭窄了。

是啊，要想为国家多做贡献，只靠眼下的这6公顷地怎么行，应该拥有更多的地，可到哪里去弄那么多的地呢?

正在这时，一位姓太的男人出现在他的面前。此人比他大3岁，沈阳市郊区人。8年来，他以开荒为职业，去过许多地方，不久前才来到新兴村定居。他对车光春说，大石头镇有一块能开垦300公顷水田的地，让车光春和他一起去看一看。车光春马上来了精神。300公顷！那才是他“大胆扩大生产规模，为国家多做贡献的广阔天地”。

不久后，他与太氏一起到大石头镇去看地，并与大石头镇政府签了合同。

他陶醉在无尽的兴奋与喜悦之中。他的梦幻世界中挂满了彩虹，那美丽的彩虹下是一望无际的平原。那是一座人间天堂，人们在那里齐心协力，辛勤耕作，丰衣足食，和睦相处。

然而，他却万万没有想到，寄托着他全部期望的太氏会因急病而猝死。他心里清楚失去具有丰富开垦经验的太氏对他意味着什么。他拼命地摇晃着躺在他怀里的太氏，声嘶力竭地呼喊着他的名字。可是太氏却无情地弃他而去，同时也带走了他全部的梦想。他感到眼前一片发黑，清楚自己驾驶的船已误入歧途，如果继续前行就会触到暗礁，撞得粉身碎骨。

(啊，假如现在能把船停下来该多好啊!)

可他已是欲罢不能，骑虎难下。他已与大石头镇政府签订了合同，各种宣传媒体已纷纷报道了省劳模车光春开办农场的消息。而且，县委的一位主要负责人已为他争取到贷款，一位有关部门的主要负责人还给他借了5000块钱。此外，农业管理部门、农场管理部门、农业技术部门、种子管理部门等都为他大开绿灯，只要他提出什么要求，他们就会以最快的速度给予解决。许多解放军官兵已投入了开垦建设……

（如果现在打退堂鼓，无疑会遭到人们的耻笑。只能硬着头皮往前走，说不定运气好的话会成功呢!）

车光春痛下决心，怀着悲壮的心情，带着开垦队伍和2台拖拉机向大石头镇进军。他一口气开垦了150公顷耕地，播种后开始往田里灌溉。可是由于他缺少开垦经验，加上地形选择不当，土地不平整，而且水利设施不完善，播下去的种子全都漂在水面上向低处流去。望着眼前的一切，车光春慌了，失魂落魄地跑到县里。然而，那位积极支持他的县委主要领导此时已调到省政府机关。而那些热情鼓励他的其他领导都不知去了哪里。他无力地返回来，望着一塌糊涂的水田，仿佛觉得天塌地陷，自己正坠入万丈深渊之中。

我拿着三盒赊来的香烟，在雨夜的街道上不停地走着。那天晚上，回到招待所后，我一夜没合眼……

四、天空依然阴沉

第二天，我去找镇党委书记夏晓义，我听车光春多次提起过他。

夏晓义是一位三十七八岁的年轻干部。他个头不高，宽宽的肩膀，白皙的面孔，椭圆形的脸，一双大眼睛炯炯有神，是一个充满朝气的美男子。据车光春介绍，他是从乡武装部部长、副乡长、乡长，一步一个脚印干上来的，1983年12月33岁的他当上了镇党委书记。

当我问他如何看待车光春的失败时，他白皙的脸上掠过一层阴影。他说：

“关于他的失败，我认为主要是因为他一时头脑发热，未能正确地估计自己的能力。除此之外，我也负有一定的责任。当时也是在这里，车光春来向我告辞，我极力说服他。我说，你已经在这里打下了基础，应该在此基础上扎扎实实地干，然后根据自己的能力逐渐扩大生产规模。现在你到一个人生地不熟的地方，一下子怎么能够种那么多的地。可他却不听我的劝说。我得知他已与大石头镇签订了合同，把家也搬去了，知道我说什么也没用了，只好嘱咐他慎重一些，有困难来找我，并表示不管是什么时候，只要他想回来，我就伸出双手欢迎他。”夏书记似乎陷入了沉思中，沉默了好一会儿，他才接着说道：“不是我推卸责任，在当时，我实在无力阻止他。”我完全理解他的意思，我很喜欢他的坦诚与直率；我问他，听说那时记者来采访车光春时，让你鼓励车光春比计划多上缴粮食，你当场拒绝了，有这事吧？他腼腆地笑了笑说：

“还提那事干吗？当时上级领导来整理车光春的典型材料时，不止一次地让我多分点地给他，让他搞大规模生产，我都拒绝了。现在再提这事，好像我在自卖自夸。当然，这也不能怪上面的领导和记者。当时就是那个风气么！”他忧郁地说。我对他的话表示赞同，那个时候的确都是如此。冰雪消融了，障碍扫除了，我们大家都过于激动，头脑开始发热。假如当时掌舵的人稍微冷静一些，我们也许有幸避开暗礁，可最终我们还是撞到了暗礁上。

分别的时候，夏书记握着我的手说：“你的采访对我们来说不仅是一种压力，同时也是一种动力。我们决定重新扶持车光春，我们不能在他有成绩的时候树为典型，而失败的时候却不闻不问啊。不久，你一定会听到车光春的好消息……届时欢迎你再来！”

我相信他的话，车光春一定会重新站起来。今年开春过后车光春回到了村子，人们在背后议论说，恐怕今年的生产是不行了。然而，车光春却一连四天不分昼夜，埋头做生产准备，然后播种，适时地为地里施肥，几乎每天都长在了地里。一分耕耘，一分收获，那年他地里的庄稼获得了敦化地区罕见的大丰收。更令人欣慰的是，他回到村子里时，全村的人都热情地迎接他，并把他的那6公顷地全都返还给他……

我坚信车光春一定会重新站起来，可心里却总是不由自主地想起过去的车光春来，对他的怜悯之情挥之不去。如今的车光春不会重蹈覆辙的，他已经成熟了很多。过去的车光春已和他的梦想一道消失了。为了重新站起来的车光春，为了让更多的车光春的梦想变成现实，我们是否应该彻底清理坍塌的地基以及里面的尘土和垃圾呢。

蓦然我想起了探险者。一些人有点风吹草动头脑就发热，头脑一发热就会做出荒唐的事情来。而把这一切都归罪于自己是第一次，走的是前人未曾走过的路。即使是探险者，即使走的是一条前人未曾走过的路，那也不该盲目前行，总得回头看一看自己走过的路啊。

回首我们曾经走过的路。那条路上传来洪亮的“大跃进之歌”、飘扬着“三面红旗”、盛开着“学大寨之花”。

这些都是为了什么呢？

为了寻找答案，我找到了敦化市委主要负责人，多少获得了一些答案。

登上列车离开敦化车站时，我的心情仍然沉重。

在那里我的眼前突然浮现出开阔的敦化稻田。旁边的公路上驶来十多辆轿车和吉普车。车光春正双手抱头坐在地头。一会儿，这些车停在了他的前面。车光春放开双手站了起来，脸上露出勉强的微笑，不知向他们讲着什么。车队里的人连连点头，拍了拍他的肩膀。轿车队伍回到公路上。

我的眼前又浮现出敦化市委主要负责人惊讶的面孔。“什么？车光春回到新兴村已经半年啦?!”

耳边又传来有关负责人的话语：“真是胡来，那时作为典型，他确实做出了很大贡献，可现在……和那时比，全县耕地面积增加了5倍啊，他的事情，我们也顾不过来。”

随之眼前浮现出“农业先进县”的牌匾……

……不知怎么的，我突然想起爷爷。他整天枕着木枕躺在炕上，从来不知道厨房那边发生了什么事情，然而却每天都在那发号施令。而父亲、母亲和我们几个兄弟谁也不敢抗旨，照他的吩咐办事，这是我们世世代代传下来的家法。近年来，稍微放宽了一些，允许我们在爷爷面前喝点酒，抽支烟。可是家法却根本没有改变。因为爷爷永远是爷爷，不可能成为孙子。即使他老人家吩咐错了或者做错了什么，也无人敢训斥他。反倒认为，爷爷即使老糊涂了，也应该活着，守着他的位置，这样才能维持这个家。我们已经习惯了这一切……

我努力驱赶着眼前不时出现的幻影，望着车窗外的天空。

今天的天空仍然是那么阴沉……

中国肿瘤医学之父

——中国肿瘤医学的创始人金显宅教授的故事

金英今/著　金莲兰/译

在金显宅塑像前

2001年5月24日，我来到天津市肿瘤医院。天气很热，气温高达37℃，闷得我喘不过气来。但是我怀着对我们民族的奇才——被誉为“中国肿瘤医学之父”的金显宅教授的无比爱戴和强烈的好奇心加快了步伐。

早在几年前，就想到天津采访金显宅教授，但是当时金教授已经去世，他的女儿也去了美国，因此没能如愿。这成了我的一块心病，于是决心这次天津之行一定实现我的夙愿。一到天津我就给金教授的女儿打了电话，不巧她说就要动身去美国了，没有时间见我，只好用电话交流了几句。

幸亏天津市肿瘤医院的党委王海生书记和金教授的许多后辈都热情支持我，积极协助我了解金教授的事迹，有了他们的大力帮助我才得以写出这篇文章。

几年前，我听说天津市肿瘤医院的院子里有金显宅教授的塑像，心里十分感动。心想在13亿中国人当中，人口不足200万的朝鲜族有一位科学家的塑像矗立在华北平原上，这该是多么了不起的事情啊！

远远见到“天津市肿瘤医院”几个金色大字，我高兴得几乎奔过去。走进大门，楼前有假山池沼，中间喷泉喷着水雾，景色壮观。医院大楼后边有一座20多层的高楼，可见这是一所现代化医院。金显宅博士就是这所医院的创立者。

我东张西望，在寻找金教授的塑像，但是没有找到。转了一圈，来到住院处大楼前，可是仍然不见塑像。医院的东侧正在施工，看来又要建新楼了，我心想塑像也许搬走了，或者拆掉了吧？感觉心里不是滋味。我走进门诊楼，打听院长书记的办公室，有位姑娘面带微笑仔细告诉我这是门诊楼，往东拐过去有个大门，走进去就会看到医院行政大楼。

我按照她的话一走进东门就看见院中央耸立着一尊塑像。塑像周围开满了红色月季花。“就是他。”我喜出望外，立刻跑过去站在矗立在花丛中的塑像前，仿佛与远行的父亲重逢，一股暖流涌上心头。我仔细端详，多么慈祥的面容！宽阔的额头，倔强的嘴唇，架着眼镜的炯炯有神的一双大眼睛注视着远方，微微紧蹙的眉头，好像在思索没能解完的医学之谜。先生身着西装，扎着领带，是典型的学者形象。半身像的下端碑石上刻着“德高医粹”四个鎏金大字。这是中共中央政治局常务委员、全国政协主席李瑞环同志的亲笔题词。仔细瞻仰了一代伟人的面容后，我走到碑石的后面，上面刻着这样的碑文：

金显宅教授是中国肿瘤医学的创始人，是中国共产党的优秀党员。原籍韩国首尔，1904年出生，1930年加入中国国籍。毕业于北京协和医学院，获得美国纽约州立医科大学博士学位。他把自己的一生献给了抗癌防癌的研究之中。他医术精湛，医德高尚，为我国培养了大批肿瘤医学方面的高端人才。他创办了天津市肿瘤医院，并担任院长职务，还创立了中国抗癌协会，历任名誉主席。1990年逝世。为纪念院长诞辰90周年立此碑，以颂扬他的功绩。

我反复阅读碑文，责备自己来得太晚了。我突然想起1983年春，在天津市政协会议期间，《民族画报》的两位记者采访金显宅教授而遭到拒绝的事情。两位记者遭到拒绝后一直在门口守着，等到午休过后金教授出来的时候，他们跑过去说明采访的意图。在旁的一位金教授的朋友对金教授说：“他们要采访你。这是好事，给点面子吧。”金教授说：“写我干什么。我最不喜欢宣传我。”

我在心里想，如果他生前我来采访，他也会这样对待我。这么一想，反倒觉得幸亏来晚了。的确，对一个人的公正评价往往是盖棺定论或者过了一段时间后，这是历史的经验。

下面来追溯一下金显宅在多灾多难的中国大地上所走过来的人生旅程。

藏在背篓里偷越鸭绿江

1904年4月17日，金显宅出生于韩国首尔市。当时朝鲜半岛美丽的三千里江山正处在水深火热之中。对朝鲜和中国早已垂涎三尺的日本帝国主义，以朝鲜同学党起义为契机，出动军队侵略朝鲜，并发动了中日甲午战争。1905年11月日帝强迫朝鲜签订《乙巳条约》，使朝鲜沦为日本的殖民地。

金显宅的父亲金泰相精通韩医，科举及第，是釜山市的一位官吏。朝鲜沦陷后，他辞官举家搬到首尔，经营小商店来维持生计。当时大儿子金显国在中国张家口开一所医院，经常资助父母，因此家境还算不错。父亲是基督教信徒。

金显宅6岁时，就进教会办的攻玉小学读书。当时在学校只许说日语，如果说一句朝鲜语就会挨罚，甚至家长也被叫来挨训。父亲为了教孩子们学习朝鲜语、朝鲜文字和汉字，自编朝鲜文和汉文教材，每天晚上教孩子们学习。因此金显宅从小汉字写得特别漂亮。

1910年8月，日帝又强迫朝鲜签订了《日韩合并条约》，使朝鲜完全成为日本的殖民地。

1919年3月1日，第一次世界大战结束，在巴黎签订《凡尔赛条约》之际，首尔30万民众示威游行，发生了全市性的罢工、罢课、罢市爱国运动。要求独立的喊声震撼全国。

当时在首尔私立培才中学初中三年级读书的金显宅与同学们一起散发传单，开展罢课运动，两个多月没能回家。“3·1”运动遭到日帝的残酷镇压，紧接着发生了血腥的大屠杀。许多爱国志士和学生被捕杀害。

有一天，金显宅偷偷跑回了家。全家人抱着他痛哭了一场。爸爸说：“孩子，你不能继续待在朝鲜了。赶快到中国找哥哥，到那儿读书吧。”

有一天夜晚，金显宅跟随父亲领来的一位经营药材的老人来到鸭绿江边的小城——新义州。新义州与中国的丹东隔江相望。金显宅在漆黑的旅店房间里心急如焚，悄悄地观察外边的动静。晚上同去的老人弄来饭菜给他充饥。

金显宅翻来覆去一宿睡不着，到了天亮时才迷迷糊糊刚要入睡，老人就摇晃他的肩膀叫他起来。他们走出门外一看，东方破晓，一片灰蒙蒙。他跟着老人来到街里一个角落，突然冒出一个高个子男人，他跟老人说了几句耳语。然后老人就把金显宅交给那个人后，消失在夜幕里。幼小的金显宅觉得自己好像在梦里，但意识到这是现实后心突突乱跳。

桥头上传来士兵背着枪来回踱步的皮鞋声。那个高个男人放下高大的背篓，让金显宅坐在里边。他浑身瑟缩着蹲在里边。高个男人把一个麻袋片放在他的头顶上，然后背着背篓就走，走到桥头传来了喊声：

"站住！你是干什么的?"

"我是去中国安东打工的。"

"出示过境证。"

"给你。"金显宅紧张得心脏都要从嗓子眼里蹦出来了。仿佛立刻有一双大手伸进来把自己揪出来。

终于安全通过了。

"喂，快出来，可把我吓死了。"

金显宅从背篓里出来，腿还在打哆嗦。

"啊，踏上中国土地了。"

他喘着粗气，回头一看，鸭绿江咆哮着浩浩汤汤向东流去。江对面好像是给自己带路的那位老人在朝他招手。金显宅望着鸭绿江对过的祖国流下了热泪。

谁能想到，这条背筐从朝鲜背过来的竟是一位未来卓越的医学天才。

求学之路

金显宅在异国他乡见到了日思夜想的哥哥和嫂子，忍不住大声哭了起来。哥哥比显宅大 15 岁，是名副其实的长兄如父。显宅在九个兄弟当中排行老七，不过好几个孩子夭折，现在只剩下四个兄弟。

因此哥哥特别疼爱显宅。哥哥金显国毕业于首尔医学专科学校。他与朝鲜独立运动领袖金奎植的侄儿是同窗好友，两个人毕业后就投奔金奎植来到中国。当时金奎植在张家口怡和洋行工作，他一边工作，一边从事朝鲜独立运动。金奎植帮他们在张家口开了一所小医院叫“十全医院”。

哥哥金显国领着弟弟逛了好几天街，并仔细了解了弟弟的志向。当时朝鲜青年深受十月社会主义革命影响，十分憧憬苏联。哥哥打算送弟弟到苏联学习，于是找人给他补习俄语。哥哥给苏联朋友写信说自己的弟弟要到苏联读书请他帮忙。但是不巧这个朋友已被白俄罗斯人杀害了。于是哥哥就请一位美国夫人给弟弟补习英语，同时还找人教他汉语。

一年后，金显宅跟着哥哥来到上海。由于金显宅日夜苦读，加之聪明过人，他的英语和汉语水平提高得非常快。金显宅怀着工业救国的理想打算到交通大学附属中学读书，决心今后报考交通大学造船专业。但是金显宅由于水土不服，病了一些日子，结果错过了交通大学附属中学的报名日期。于是只好就读于沪江大学附属中学初中三年级。这样几天的小病就使他的命运转向了医学之路。

机遇决定命运。1923 年金显宅以优异成绩保送到沪江大学。这所大学没有工科，因此他选择了医学预科。沪江大学是美国人办的学校，教授都来自美国，全部用英语授课。聪明的金显宅英语基础好，各科成绩几乎都是 A（优秀）。他的卷面字迹工整，答案简单明了，因此总是作为范本在学校展览。不仅是学生还有老师甚至校长都喜欢这个朝鲜学生。

有一天下午，金显宅坐在校园的树荫下专心读书，这时有人走过来跟他说：

“你叫金显宅，是吧？学得真认真啊！”

“啊，校长先生。”

金显宅立刻站起来敬了个礼。校长仔细打量他，身穿褪色的长袍，身材匀称，一双若有所思的眼睛，校长满意地点了点头。

“听说你的各科成绩都是 A。考试刚刚结束，为什么不休息，还在这儿看书呢？”

“我的有机化学课成绩不是 A。”金显宅不好意思地说。

“嗯。”

校长做出十分满意的样子，他换着口吻问道：“显宅君，你觉得这个‘东方巴黎’怎么样？比首尔好吗？”

“……”

金显宅的脸色暗了下来。他无表情地摇了摇头。一提到首尔他就会感到一阵心酸。

他来到上海后，几乎不走出校门。这所学校坐落在郊区，纪律十分严。金显宅想为了父母兄弟和苦难的祖国，必须打好学问基础，为此他争分夺秒地拼命学习。他相信只有下苦功夫，才能在光复祖国的事业中贡献一份力量。

校长要继续说什么的时候，有个学生跑过来向校长敬礼后，催促显宅说："足球比赛就要开始了，你怎么还不准备，在这儿待着?"

金显宅不仅学习好，音乐、体育也很出色。他是优秀网球运动员，又是足球队里的前锋。

校长和他们一起到了足球场。校长发现这个文质彬彬的朝鲜青年在足球场上生龙活虎，他连连称赞道："真没想到，是个了不起的人才啊。"

1926年夏天，金显宅考入拥有世界一流教育水准的北平协和医学院。喜讯传遍了沪江大学。他哥哥因弟弟为家族和祖国争了光，高兴得流下了眼泪，并邀请朋友来一起庆贺。由于金显宅和李克弘是沪江大学历史上第一个考入协和医学院的学生，所以沪江大学奖励他们每人100元，翌年还发给他们(金显宅原来是预科班)四年制毕业证和理学学士学位。

1926年8月，金显宅从上海来到北平。北平是中华民族灿烂文化的聚集地。北平协和医学院从外观上看就和这座城市的文化氛围相融洽。学校全部建筑的外部造型为宫殿式，画栋雕梁，琉璃瓦顶，均为高级建筑材料。而内部则为现代化装备，具备了独立的完整的动力系统。1915年，美国石油大王洛克菲勒基金会以20万美元从伦敦购得原协和医学堂的全部产业，又以12.5万美元购得东单三条胡同原豫王府全部房地产。随后，洛克菲勒基金会投入巨额资金进行新校建设。这所学校的教育方针和体系全部引进著名的美国哈佛大学的约翰斯·霍普金斯医学院的办学经验，学制为8年。学校录取条件很严，入学后淘汰率也很高。教授大多都是来自欧洲和美国的著名学者，并且每年邀请国际上的著名学术权威来做客座教授，从而保证了世界一流医学教育水准和先进的科学研究地位。

在这样的教育天堂金显宅日夜发奋学习。奋斗给他的未来安上了翅膀。他凭着突出表现和各科的优异成绩每年获得100元的奖学金。这些钱当时相当于免费读书。而且他的哥哥又时常资助他，使他得以无忧无虑一心钻研学问。

1930年金显宅加入中国国籍。不过他并没有忘记自己的祖国。在沪江大学读书的时候，他主动与朝鲜人来往。只要是有关朝鲜独立的事情他都挺身而出。他积极参加“兴士团”的活动，也做过为朝鲜独立召集人才的事情。

他怀有强烈的民族自尊心。在美国留学时，柯特勒教授曾多次挽留他，但他都婉言谢绝后回到中国。主要原因是他在美国期间亲眼目睹了白种人歧视侮辱黄种人的事情，这引起了他极大的愤怒。比起中国人和日本人，美国人更加歧视朝鲜人。他毅然回到中国后，把中国当作自己的第二个故乡，为肿瘤医学事业贡献了自己毕生的精力。他总是鼓励自己作为一个朝鲜人要凭着自己的才干和能力超过白种人。这个信念成了他奋斗的动力。

1931 年，金显宅以优异的成绩毕业于协和医学院，获得了美国纽约州立医科大学博士学位（因为北平协和医学院是美国纽约州立大学的分校）。毕业后他留在本校医院工作。

攀登宝塔尖

协和医院为了培养高级医学人才，实行了完成 8 年学业后先做住院室医师制度。他们选拔优秀毕业生留校后继续进行培训。住院室的医生每年招聘一次，并实行淘汰制。3 ~4 年后在住院室医生中选拔一人担任总住院医师职务。住院室的任期结束后，就会成为专门人才。这就是协和医学院学生仰望的宝塔尖。

这座宝塔尖辉煌灿烂，吸引着许多助理医生，他们拼命地向目标攀登。

助理住院室医生的工作经历给金显宅的一生带来了巨大的影响。在那里工作，要对住院患者进行 24 小时的严格负责，再紧张忙碌也来不得半点的懈怠。如果打瞌睡或粗心漏掉一个环节就会出大事。晚上处理急诊后也不得睡觉，第二天早上在医院吃早餐后，要按时进行手术。下午还要进行正常出诊，晚上担任值班。每天查两次病房，每周两次在教授的带领下跟着专业组查病房进行会诊。此外还有频繁的学术活动。因此必须争分夺秒，集中精力，整天奔波才行。有的人比喻自己的工作是“乘通勤车”、“冲进敌阵”。工作要慎重、小心、认真，如同走悬崖，履薄冰。金显宅严格遵守规章制度，养成了忍耐、果敢、一丝不苟、无所畏惧的工作作风。在协和医学院获得的这些“宝贝”，后来他一直运用到60 余年的医疗事业中。

1933 年，协和医学院创立了肿瘤科。金显宅完成了三年艰辛的助理住院室医师工作后，有一天外科主任把金显宅叫进自己的办公室。一双蓝眼睛慈祥地望着朝气蓬勃、镇定自若的金显宅。

“你也知道，医院新成立了肿瘤科，你做主治医生，怎么样?”

金显宅没有思想准备，一时不知说什么好。外科主任继续说道：“肿瘤科主任早就看上了你，医院的决定是经过深思熟虑的，对你来说，是破格提升。”

金显宅对医院的培养和重用感动不已。他想肿瘤医学是国际上新兴的一门学科，研究它肯定有前途，于是欣然答应了。

“我去肿瘤科。一定好好干。”

就这样金显宅成了研究肿瘤医学的第一个中国人，成为中国肿瘤医学的开拓者。从此他把毕生的精力献给了研究和治疗癌症、培养肿瘤专门人才的事业之中。

当时中国的上空乌云笼罩。接连发生“9·18”事变、“7·7事变”，中国人民一步一步陷入水深火热之中。金显宅看到自己的第二故乡中国也像朝鲜一样陷进日帝的铁蹄之下，心里感到无比悲痛。幸亏协和医学院是美国人办的学校，日本人没能动它。因此协和医学院的教学、科学研究活动都照常进行。深受美国教育的金显宅认为对强大的美国日本人是束手无策的，要利用这个机会多学多练，练出一身好本领，好为祖国争光。1934年，金显宅发表论文《丙射线所致白细胞减少症的研究》，这是中国在这个领域发表的第一篇论文。

不久，协和医学院公布了留学研修人员名单，其中就有金显宅的名字。

1937年7月，金显宅漂洋过海来到美国纽约曼哈顿区纪念医院纪念肿瘤中心拜著名的病理学者尤文博士为师，从事肿瘤病理的专门研究。一年后转到芝加哥肿瘤研究所，主要对肿瘤放射治疗和肿瘤外科手术进行研究。

从1939年3月到9月，他到欧洲的英国、法国、德国、比利时、丹麦、瑞典、瑞士、意大利等8个国家肿瘤中心的医疗和研究状况进行比较考察。

在考察中只要是先进的、新的技术他就想尽一切办法学习，还应邀做了学术报告，做手术示范。他的渊博知识和才能广为传播。美国肿瘤研究机构早就看出了他的才能要聘用他。他的导师和同事们也都劝他到更优越的环境一展身手。可他从没忘记过在病魔和贫困中挣扎的祖国人民，于是1939年10月他断然回国。

1937 年，他发现了叫作“嗜伊红细胞增生性淋巴芽肿”的一种新病，这是世界癌症研究领域中的首例，其影响是非常深远的。

协和医学院热烈欢迎他回国，他一回来就聘任他为外科副教授、肿瘤科主任。他深感施展自己才华的时机到了。

1937 年冬天，他在美国进修时，远在朝鲜的父母接连去世了。在父母临终时作为儿子没能尽孝，这是他一生的遗憾。

他的成就一点一滴在累积，他不仅是一个幸运儿，也是一个成功者。

美丽的婚恋

金显宅辉煌的成就背后有一个伟大中国女性的无微不至的关怀。她就是金显宅的夫人吴佩球，人们亲切地称她为“金夫人”。吴佩球女士也对“金夫人”这个称呼深感自豪。

他们的婚恋富有传奇色彩。

1928 年夏天，身为协和医学院学生的金显宅应基督教会的邀请，参加了西山卧佛寺青年夏令营活动。在短暂的时间里他坠入如梦如幻的爱河之中。这次偶然相遇而结下的姻缘，陪伴他走过了长达 57 年的人生旅程。

卧佛寺四周是一片蓊蓊郁郁的松林，置身这里仿佛是来到神秘的桃花源。

夏令营成员不到 100 名。其中有 3 名来自天津中西女子学校的姑娘，她们仨第一次来到大山看到泉水，高兴得笑声不断。其中有一个姑娘，皮肤白皙，身材苗条，双眼皮，大眼睛，面含微笑。天使般美丽的她英语说得特别流畅。参加夏令营的男生都想知道她的名字，想接近她。

这个女学生就是津沽纺织业巨头的长女吴佩球。她是天津中西女校高中三年级学生。她不仅漂亮，而且擅长体育，是天津市体育界著名的网球、排球、滑冰选手，她的骑马术也不一般，自然成为夏令营年轻人谈论的对象。金显宅起初也着了迷，但是想她与自己完全是两个世界的人，就提醒自己不要胡思乱想。

命运真的是很奇妙。有一天，金显宅与吴佩球在网球场邂逅。金显宅挥动网球拍子的灵活、潇洒的动作深深吸引了吴佩球，使她情不自禁地拍手叫好。有一次采用抓阄的方法组织夏令营混合比赛小组，碰巧金显宅和吴佩球分到一个组。两个人暗自高兴。比赛中两个人配合默契，获得了比赛第二名。

吴佩球通过别人了解到金显宅是运动健将，是协和医院的高才生，又和自己一样喜欢音乐。这些共同点促使他们俩情投意合。之后每当几个人结伴而行时吴佩球一行中总是夹着洒脱优雅的金显宅。金显宅的诚实、稳重、朴实、聪明、洒脱，使吴佩球非常爱慕这个青年。

北平西山夏令营活动给这两位青年种植了一生的美梦，使他们翻开了人生崭新的一页。

1929 年，吴佩球考入燕京大学家政系。应吴佩球的邀请，金显宅还参加了燕京大学合唱团，一起上演了德国作曲家的著名歌剧。他们的恋情越来越深。

金显宅获得博士学位后在协和医院住院室当医生的时候，吴佩球也毕业于燕京大学，到协和医院营养室工作。他们约定那年 12 月 25 日举行婚礼。吴佩球高兴地把这个好消息告知父母的时候，父亲恼羞成怒，大发雷霆。

“门当户对的有的是，你为什么偏要嫁给没有家业的朝鲜青年？你看中他什么，啊?”

“我是要嫁给他这个人，而不是看他的家业。”

“住嘴。我没脸见亲戚朋友。”

一向娇宠女儿的父亲没有答应女儿的婚姻选择。由于父母坚决反对，吴佩球只好拎着一个箱子离开了家。新娘美如天仙。不过她脸上虽挂着微笑，但因得不到亲人的祝福，心里很不是滋味。

突然驶来一辆白色轿车停在婚礼现场门口。吴佩球惊奇地发现母亲扶着奶奶走了进来。她高兴得流着眼泪，跑过去迎接她们。

奶奶从包里拿出花镜仔细打量眼前的朝鲜青年。她满面喜色，连连点头。

“非常英俊！我相信我孙女的眼光不会错。”

吴佩球是个美丽、聪明、上进心强的女性。她也有自己钟爱的事业。50 年代她受天津市卫生局的委托，开办了天津市医学图书馆，并担任副馆长。她的工作热情正高涨时，受中央委托为蒙古国家领导人治病归国的丈夫突然因严重的胃病和十二指肠溃疡而要动手术。这需要特别护理。她经多方考虑后，为了丈夫的健康和事业，毅然决定辞职。她具有丰富的家政知识和经验，在她的精心调理下金显宅很快恢复了健康。之后金显宅一直健康且长寿，在事业上取得了卓越成果。

金显宅常常在朋友面前说：“我们家大事我决定，小事她处理。不过我们家没有多少大事。”每当这时金夫人就会开玩笑说些不满的话。比如天津解放之际，自己带着身孕亲自到南京办了香港护照，丈夫却只说一句“我们不去”。当时自己只好流着泪顺从了丈夫。

解放初期，北平协和医院招聘金显宅，但他撇下优越的环境和高薪待遇来到天津。北平有许多吴佩球的亲戚朋友，她多么想住在北平啊！但是丈夫的一句“去天津”。她就含泪顺从了丈夫。这些难道不是大事吗？她选择了有非凡的意志和才干的金显宅，后来经历多次破产也丝毫没有后悔，她为有这样医术精湛、德高望重的丈夫而自豪。

金显宅也非常爱妻子。离世几个月前，他悄悄从医院溜出来，庆祝妻子的80岁生日。两位老人来到一家饭店，安静地坐在一个角落，举杯共饮，沉浸在幸福的回忆之中。

已过耄耋之年的金夫人现在身体硬朗，她常常来到丈夫的塑像前默哀，或拿出过去的照片深情地端详着。

他们有一男二女，都大学毕业。遗传父母音乐天赋的大女儿金芸培，现在美国辗转两所音乐大学，一边教书，一边举行钢琴独奏。她年已66岁，但仍在工作。

二女儿金蓉培毕业于某医科大学，在天津市卫生防治中心担任主任医师。她在研究母亲未尽的营养学研究，现年64岁。

儿子金文培在美国获得博士学位后，在纽约州立医院当麻醉医生，现年53岁。他希望像父亲一样做一名外科医生，但是外国人在美国很难当外科医生，因此他专攻解剖学和麻醉学。

金显宅建筑的金字塔后面，默默地站着一位中国女性，她的伟大形象常常浮现在我眼前。

四次破产

第一次破产是1940年12月。日帝袭击珍珠港事件，打破了钻进“宝塔尖”一心研究学问的金显宅的梦想。日本正式向美国宣战。协和医院被日本人占领，由美国人经办的、具有20多年历史的、世界一流水平的协和医院的大门被关上了。金显宅眼前再次浮现出日本侵略朝鲜时的悲惨情景，他再一次感受到亡国的痛苦和耻辱。

失业的金显宅抱着3岁的女儿，携着夫人和大女儿离开了协和。

上哪儿去？眼前一片漆黑。多年艰苦奋斗建造起来的心中的宝塔一下子坍塌了。

尝到失业的苦头，正苦闷的时候，曾在协和医院一起工作的卞万年教授来找他。

“不要困在这里，我有认识人，去天津吧。”

卞万年是金显宅的上一年级毕业生，曾在协和医院专攻内科。他有个朋友姓陈，在天津办一所规模不大的妇科医院。陈大夫欢迎协和医院的著名医生们来到自己医院工作。协和医生们的到来使这座小医院成为拥有内科、外科、小儿科、泌尿科、耳鼻喉科、牙科等部门的综合医院。这所医院立刻因医师阵容强大、医术高明而扬名。

随着患者增多，医院需扩建，还要购进新设备。但是陈大夫不想把医院继续办下去了，他想把恩光医院卖掉。于是来自协和的几个医生凑资金买下了这所医院，每个人投资5000元作为医院的发展基金。金显宅兼任医院的财务、普通外科和肿瘤科的主任。

四年过去了。

第二次世界大战期间，在国外文献资料被封锁的情况下，1941年金显宅在中国第一个做“舌癌根治性联合节支手术”获得了成功。

1943年在《中国医学杂志》（英文版）上发表论文《甲基胆蒽诱发骨纤维癌的观察》，引起了轰动。

接着在国内第一次进行乳腺癌和颌骨癌的临床和病理诊断、手术治疗，并把它加以普及。随着医院的兴旺发达，金显宅的家庭生活也富裕起来。

第二次破产是1945年。

1945年国际形势巨变，这一年是给世界被压迫人民带来希望的一年。然而对金显宅一家来说，这是多灾多难的一年。

3月的某一天，有个认识的朝鲜商人来到金显宅的医院。他趁周围没人就跟金显宅小声说：“日军撤退到秦皇岛，他们想请你去当军医……”

金显宅吃了一惊，但半信半疑，没有追问下去。

几天后，有个富人来看病。看到金显宅在处方下面写的名字惊喜地说：“啊，您就是金教授啊？听说日本人要请您去做军医？……”金显宅大吃一惊。

“看来不是空穴来风。”

金显宅听到两个人说同样的话，觉得事情不妙，便急忙处理医院的事情后就回到家里跟夫人说了这件事。

“不能在天津待了，我绝不做日军的军医。赶快准备离开吧。”

他们正着急的时候，女儿一个朋友的父母说他们的亲戚能把他们送到内地。

金夫人立刻到北平找张某求救，那个人欣然应允。

他说：“我在徐州建了面粉厂，与内地经商。我先把你们送到徐州去。再看机会把你们送到安徽北部。过了颍河就自由了。”

金夫人连连表示感谢。张某说：“带的行李不要多，钱也不要带在身上，免得引起怀疑。你们把钱和贵重的东西都放我这儿吧。到了内地后，你们到我的铺子来取走，那样就会安全的。”

金夫人感激万分，匆忙回到家里，变卖家什，把 5 万块钱都换成黄金，全部交到张某处。金显宅和夫人各拎着一个皮箱，领着两个女儿，跟下人说到上海访问亲戚，就这样离开了家。他们跟着张某来到徐州。张某把他们安排在一家商店后院的小房间，嘱咐他们不要出去后就走了。一周过去了，两周过去了，那个家伙连影子也见不着。

天津不能回去，没办法他们就回到北平，住在朋友家里，等待时机。炎热的夏季过去了，日本无条件投降。在举国欢腾的日子里，他们一家放心地回到了天津。在这次逃亡中他们多年攒下来的家产全部被骗光。

在天津国际俱乐部，为庆祝世界人民反法西斯战争的胜利，许多人伴着悠扬的乐曲在跳舞。金显宅也和夫人一起跳舞，和大家一起庆贺胜利。

这时美国领事派人给他送来了一封信。打开信封一看，是美国芝加哥肿瘤研究所的柯特勒教授邀请他到美国进修肿瘤临床。上次留学期间金显宅的刻苦钻研精神和出色的才能给这位教授留下了深刻印象。多年来，因战争他们师生之间的联系中断了，日本投降后，这位教授多次通过在中国工作的朋友打听金显宅的住址。金显宅早就想了解国际肿瘤医学研究方面的新发展，现在接到邀请书真是久旱遇甘霖。

1945 年 11 月，金显宅和夫人一起途经夏威夷来到纽约。他以芝加哥肿瘤研究所的研究员身份在芝加哥大学附属医院肿瘤外科进行研修。一年三个月时间里，金显宅争分夺秒地进行学习研究。其实他在肿瘤学方面的研究水平已经达到世界水准，现在要向更高更深的领域突进。他又一次谢绝柯特勒教授的挽留，回到了贫穷多病的中国。

回国后，他依然在天津恩光医院工作。不仅中国的癌症患者找他看病，住在天津的外国人也都找他看病。他每天都很忙，收入也颇丰。他就用多余的钱购买各种证券。

1948 年国内解放战争即将结束，天津解放战争就要开始。天津的许多资本家、官僚都纷纷离开天津南下。受到国民党宣传影响的金夫人，带着身孕到南京，通过在政府担任要职的朋友买下了去香港的护照。当时枪声不断，物价暴涨，人心惶惶，天津一片混乱。金夫人卖掉证券，购进陶瓷，请来搬运公司捆绑行李。金显宅却沉默不语。

这时有位姓朱的医生来劝他说："那边的人（共产党）叫你留下来安心工作，今后会有前途。"

于是本来就对国民党没有多少好感的金显宅决定留下了。妻子着急地说：

"喂，不要拖下去了。护照上只有四个人，要是孩子生下来怎么办?"

"我们别走了。"过了一会儿金显宅缓慢而郑重地说。

"你说什么? 挺着大肚子到南京办来了护照，家产也卖了，怎么又说不去了呢?"金夫人委屈得忍不住眼泪。

"我们不走。就在这儿生活吧。"金显宅提高嗓门，斩钉截铁地说。

"共产党也是人。凡是人就会得病，有病就需要医生。一个医生为了祖国尽自己的天职，谁能阻拦呢? 国外的生活我懂。外国人歧视亚洲人。不然，我为什么两次都谢绝了美国人的挽留呢?"

金夫人比谁都了解丈夫是个什么样的人。他不顾优越的生活条件回到贫穷的中国。他的事业在中国。让他放弃在中国的事业是绝对不可能的。金显宅在小事上总是随夫人，但在大事上绝不让步，固执己见。

结果护照成了一张废纸，巨额购进的陶瓷都成了古董，花钱定做的木箱也变成了烧柴。

1949 年 1 月 15 日，天津解放。解放军开进市内，恩光医院里也同样送进来了许多伤员。金显宅热情地投入到紧张的手术之中。金显宅自觉地跟着共产党投身到社会主义改造的潮流之中。他主动支援抗美援朝，参加了急救医疗队。工商合营时期，与几位同僚一起把恩光医院的不动产和银行资金全部献给了国家。

第四次破产是文化大革命时期。

按当时的话说威信、人格、财产都被踩在脚下。那次破产也是他一生中的最后一次劫难。

1966年，史无前例的文化大革命开始了。金显宅受到了强烈的冲击，被诬陷为“反动权威”、“崇洋媚外的牛鬼蛇神”，劳动改造3年。

他被关在医院里饲养试验狗的“小屋”里。让美国乃至世界各国的肿瘤医生都敬仰的大才子，用自己的宝贝手整天拿着笤帚打扫走廊和厕所。

妻子珍爱的家具、钢琴等宝物全被拿走。他们又一次失去了许多财产。但是让金显宅最心痛的是，自己数十年积累的视为生命的医学研究材料全部被烧光，给患者治病手术的权利被剥夺。在这种情况下他怎能不考虑自己的前途、国家的命运。

当时金夫人不能不抱怨两次谢绝美国人的挽留执意回国的丈夫。要是那时留在美国，现在他们肯定成了富翁，而且金显宅也会名声远扬。现在丈夫住在社会最底层“狗窝”里，受苦受难，又不能火上浇油，她把苦水往肚里咽，克制自己的悲愤，安慰丈夫，给予他生活的勇气。

医院乳腺癌科主任护士马天莉回忆了当时发生的难忘的一件事。

有一天，马天莉的朋友来找她，说自己的妻子现在因无规律阴道出血，血色素只有6克，在门诊治疗不见效，病情越来越重。他强烈要求请挨斗的金大夫给妻子看一次病。马天莉感到很为难。如果事情暴露了，不仅金大夫会受到更残酷的斗争，自己也会因没有划清界限而遭受打击。但是作为一名医务人员怎能见死不救呢?

马天莉避开别人悄悄地跟金显宅说了这件事。医德高尚的金大夫不顾个人的安危欣然答应了。

“谢谢你信任我。我偷偷地给她看病。但是我没有听诊器，没有任何器材，你想办法吧。得给患者减轻痛苦啊。”

翌日，马天莉早早领患者来到金大夫处。金大夫身着蓝色中山服，脚穿旧布鞋。他仔细听患者的话，用马天莉带来的听诊器检查患者后，说是子宫癌初期，立即做手术，并仔细说明了处理意见。

这位患者手术康复后，出院前悄悄找到金教授，握着金教授的双手表示万分感谢，然后流着泪回去了。

“四人帮”粉碎后，金显宅重见天日。他已是年过七旬的老人了。他对失去的财产一字不提。他了解到每年癌症死亡人数达100万以上，心急如焚，夜不能寐。他作为天津市代表参加了第一届全国科学技术大会。回来后立即制订癌症治疗远景计划和短期措施交给上级，并筹集在天津建设现代化肿瘤医院的资金。在他的努力下，1977年国务院批准拨款900万元。他为建设肿瘤医院整整奋斗了十年。当时《天津日报》的记者采访他后，在访问记里写道：金教授“宝刀不老，雄心勃勃”。建立现代化肿瘤医院是金教授一生的夙愿。1987年在党和政府的关怀下，拥有现代化设备的肿瘤医院竣工，当时金教授激动得流下了热泪。

1985年81岁的金教授加入了中国共产党。

神秘的宝贝手

金显宅培养的众多弟子中有五位尤其突出，他们在中国都是著名的肿瘤专家，被称为“五虎上将”。其中乳腺癌、肺癌专家王德元在回忆自己导师的文章里是这样评价的：

金显宅教授早在解放前就因医术高明而著名。1949年天津解放后，他开办私人医院，同时被聘任为河北医学院的外科教授、天津市总医院和天津市第四医院外科顾问医生，忙得连抽一颗烟的闲暇也没有。他的名望在天津市家喻户晓。

他的医术是国际第一流的。

金教授的放射治疗学方面的知识是跟法国著名的放射学家库拓教授学的，病理学是跟美国著名的尤文博士学的。所以他的病理学、放射治疗、化学治疗等方面的知识非常渊博，治疗医术也达到了顶峰。同时金教授又精通外科，尤其精通肿瘤外科。

肿瘤外科是在外科基础上发展起来的新兴学科。这门学科需遵守一般外科遵守的原则以外，必须树立肿瘤学科的观点。金教授精通解剖学，他对各部位的淋巴引流了如指掌，因此手术时总是在解剖层面上进行，使层面清晰，组织结构清楚，止血准确，操作井然有序。他不仅医术高明，胆大，心细，沉着，老练，手术速度快，干净利索。所有外科专家看到他的手术，无不赞叹钦佩，认为是一次艺术享受。

如此高超的医术，都是金教授到世界各地肿瘤医院考察学习，接触各方面的专家学者，虚心学习他们的长处，并把别人的经验变作自己能力的结果。

典型的肿瘤根治术就是金教授在国内首创并加以普及的。

如乳腺癌根治术、颌面口腔癌与颈部联合清除术、胸腹联合胃贲门癌根治术、结直肠癌根治术、子宫颈癌根治术、甲状腺癌颈淋巴结清除术、盆腔内容清除术（又分前盆、后盆和全盆三种）、腹股沟淋巴结清除术、胸肩离断术、半盆切除术等等。耳鼻喉科肿瘤的手术，如上颌窦癌根治术、全喉切除术等，也是由他首先在天津市开展的。他的手术水平堪称是世界一流。外国专家看到金教授的手术后，对他娴熟的医术赞叹不已。有个专家称赞说，金教授做手术就像中国妇女绣花一样。

热情接待我采访的医院党委副书记王海生先生对金显宅的外科手术技术给予了高度赞扬：

“人们称赞金显宅是把雄狮的胆略、雄鹰锐利的眼力、女性纤细而灵巧的手集于一身的医生。这没有一点的夸张，的确他的手是神秘的宝贝。”

1962 年，金教授在莫斯科国际抗癌学术会议上发表论文《乳腺癌根治术和扩大根治术效果比较》。会上有的人对他的治疗效果表示怀疑。

这时有位波兰专家站起来说：“我亲眼见过金教授的手术，做得非常漂亮，而且效果也非常好。”场内立刻响起热烈的掌声。

对 90 高龄的著名人口论者马寅初教授的手术治疗是医学史上的一个奇迹。这个手术是在金显宅的主持下按他的方案进行的。

1979 年年初，马寅初先生大便里有血。起初当痔疮治疗，但越来越严重，一年后重新做了检查，发现是直肠癌。北京医院邀请来京参加会议的外科专家进行会诊。最后结论是 91 岁高龄的马先生有七种严重的疾病，因此不宜手术，化疗比较好。

马寅初的女婿徐先生以前与天津人民医院外科医生王德元家是邻居，王德元是金教授的弟子。徐先生就找王先生商量，王医生说化疗对直肠癌不会有多大效果。如果请金显宅教授做手术肯定能成功。

那天是星期日。刚从劳动改造中解放出来的他，已是 69 岁的老人了。他正蹲在医院自来水旁洗衣服。

王德元领着马寅初的女婿到金显宅前详细介绍了马寅初的病情。一听说马寅初的名字，金显宅高兴地说：“我们认识。以前我给他看过病。”

那是50年代初，马寅初与郭沫若一起率领代表团去参加世界和平大会。马寅初舌头生疮，吃药也不见效，就找苏联专家看病。苏联专家说是舌癌。回国后，马寅初找金显宅看病。金显宅仔细观察后，找来牙科医生把一颗牙尖磨掉，然后说："没事了。"

过了几天马寅初的舌头真的好了。现在过去了20多年。

金显宅考虑自己的处境说："91岁高龄了，手术有困难，吃药吧。"

徐先生说："直肠癌严重了大便就会堵塞，怎么办？"

"那就做瘘吧。"

"临时急救不是更危险吗？不如早点手术做瘘吧？"

金教授笑了。

"马先生岁数大，得分两次做手术。先做结肠手术，做个瘘，这样对排泄没有影响。两个星期后再切除肛门部位的癌。如果除了大肠外没有扩散到其他地方，手术就会成功。"

听了金先生的话，徐先生很高兴，王德元也很兴奋。因为这无疑是决定金教授参加手术。

徐先生回到北京后，马上打报告要求金显宅来京会诊。会诊在北京某医院进行。金显宅提出了自己的诊断和手术方案，有的医生表示反对。这时著名的内科专家张孝骞教授表明了自己的态度："我们内科支持金教授的方案，一定积极配合。"

那天夜晚，北京某医院的军队代表来找金显宅说："马寅初不是一般患者。手术必须成功，不能失败。"

这真是晴天霹雳，金显宅惊呆了。世上手术哪有100%的成功率。在连续不断的政治运动中受到迫害的他不想再有什么凶险了，他不得不重新考虑自己的处境。

回到天津后，没过多久，他和王德元又被叫到北京。这时徐先生已向国务院打报告，坚决要求金显宅亲自给马寅初动手术。这个报告最终到了周恩来那儿，周恩来批示道：

"患者本人要求做手术，家属也坚决要求，医务人员就进行手术吧。天津的金显宅、王德元主刀，会诊后及时报告情况。"

1972年5月31日上午，争论颇多的手术在周总理的直接关怀下开始了。考虑"政治上的稳当"，金显宅从天津叫来自己得意的门生张天泽医生主刀。

主要考虑张天泽是党员，风险会少一点。张天泽认为自己的天才导师提出方案，又在旁边做指导，相信手术一定能成功。

按照金显宅教授的方案进行的两次手术都很顺利。手术后安排王德元留下来继续治疗，金显宅就回去了。三个星期后，马先生康复。此次手术成功震动了中国医学界，金显宅的威望也更高了。

十年后，100 岁的马寅初先生获得平反，含笑离开了人世。至此癌细胞没有扩散。

“中国肿瘤医学之父”

1994 年中共天津市卫生局委员会发出了“关于开展向金显宅同志学习活动的通知”。接着中共天津市肿瘤医院委员会也做出“关于开展向金显宅同志学习活动的决议”，其内容如下：

今年 4 月 17 日（1994 年）是我国著名的医学科学家、中国肿瘤医学的创始人、原天津市肿瘤医院院长金显宅教授诞辰 90 周年。为了纪念金显宅教授对中国抗癌事业的卓越贡献，经中共中央宣传部批准建立了金显宅教授的塑像，中共中央政治局常务委员全国政协主席李瑞环同志亲笔题词“德高医粹”。

1952 年，金显宅在天津人民医院设立了肿瘤科，进行放射治疗。

1959 年，在国内第一个发表论文《腮腺下合开枝内侧壁的肿瘤》。

1963 年，创办《天津医学杂志肿瘤学刊》（后改称《中国肿瘤临床》），任主编、名誉主编等职务。

1954 年，金显宅接受卫生部的委托在天津市人民医院办了全国肿瘤医师培训班，截至 1990 年共办了 23 期，培养了 600 余名学生，分派他们到除了西藏和台湾以外的各省市。大多数学生成了各省市自治区肿瘤医疗事业的领导骨干，有的人成为当地肿瘤学科的创始者。

1972 年，在天津市创设了肿瘤研究室，担任主任职务。1977 年改称“天津市肿瘤研究所”，担任副所长职务。

1978 年，作为天津市卫生系统的代表参加全国科学技术大会。

1980 年，担任天津市人民医院院长兼天津市肿瘤研究所所长。

1983 年，担任名誉院长、名誉所长。

1979 年，担任《中华肿瘤杂志》主编。

1981 年，主持天津市全国肿瘤医师培训班第一期学术交流会。

1987 年，在他十多年的努力下创建了具有现代化设备的天津市肿瘤医院。

1989 年，被授予天津市优秀卫生工作者称号。

1989 年 10 月，金显宅的 300 余名学生参加了在天津举行的全国肿瘤医师培训班第二期学术交流会。大会上正式授予金显宅教授“中国肿瘤医学之父”称号。

金显宅教授，在投入医学研究和临床医学事业 60 多年来，用英文和中文在国内外发表（大部分用英文）了 100 多篇重要论文。主要著作有《肿瘤学讲义》、《实用肿瘤学》、《肿瘤临床手册》、《医学百科全书　肿瘤分册》等。

可见为金显宅建立的“中国肿瘤医学之父”这一庄严的大石碑，从任何角度看都不是某一个领导、作家或记者一时心血来潮做出的颂词。这是中国人民对金显宅这位伟人用毕生的心血一张一张垒起来的高尚的医德、人格、高明医术的公正的评价和由衷的感谢。

一代宗师　一面旗帜

“金显宅不愧是我国肿瘤医疗事业的一代宗师，是医德高尚的一面旗帜”。这是写在中国天津市委卫生局委员会文件（1994 年 25 号）中的一句话。这句话我不知读了多少遍。越读越让人思考，越读越心潮澎湃。这一句的价值和分量我们如何来掂量？

我采访了许多我们民族的人才，整理了他们的材料，但从未见到获得如此高度评价的伟人。

金显宅教授为何能被尊称为“一代宗师、一面旗帜”，得到人们如此的敬仰？我在与他生前一起工作的许多医务人员的交谈中得到了些许答案。下面转述几个人的回忆。

金显宅教授的学生王德元：

金先生对没有希望的晚期癌患者也尽一切能力进行治疗，努力延长他们的生命。可见他对生命的珍爱。

金先生年过八旬了还天天上班，亲自负责指导放射治疗和化疗，每周查两次病房进行会诊，听取患者心声。癌症患者都把金显宅教授当作救护神，把接受他的治疗当作极大的光荣。

他还亲自指导、安排肿瘤试验研究工作，并亲自参加实际工作。

对写论文、病志或汇报材料，金教授严格要求，不允许丝毫的夸张。

对下属所写的文章，从格式、数字、标点符号等方面都进行仔细检查。先生出国回来，第二天就投入工作。他是我们学习的榜样，是一面旗帜。

某医师：

“文革”期间，金教授被打成“反动学术权威”，受到批斗。当时，幼稚的我作为造反派不仅没有同情他，反而对他加以迫害，干了不少坏事。

因此，我一直担心他会报复我。以为今后晋级、出国等问题上他肯定让我靠边站。所以曾想带点礼物去跟他沟通，但终究被院长的正直、严肃所威慑没敢去找他。后来我具备了条件，金院长就让我晋级、出国。好像过去的事情他忘得一干二净。我深深感到金院长的心比海宽阔，德比天还高。

金显宅教授的秘书左家禄：

回想起做金院长秘书工作的35年时光，我深深感到金院长既是我的慈父，又是严厉的老师。

在院长的严格教导下，我学会了全心全意为肿瘤事业服务的工作作风，养成了不虚张声势、认真细致、实事求是地写材料、写论文、处理信件的习惯。

我原来只懂普通英语，后来在院长的指导下成长为熟练掌握了肿瘤医学专业知识和肿瘤医学专业英语的医务人员。

金院长虽工作很忙，但一一答复患者来信，常常是院长口述，我书写。与外国联系的信件也是他口述，我书写，写完他给我修改。我现在担任院长创刊的《中国肿瘤临床》杂志的英文编辑，按照院长生前教我的方法认真工作。院长在工作上要求非常严格，生活上却非常慈祥。

1976年天津市发生地震的时候，我家受损严重，住进临时帐篷里。发生地震那天，余震不断的情况下，老院长冒着危险来到我家，看到房子倒塌了，就来到临时帐篷看望我们。当时老院长焦急的样子，我一想就禁不住流泪。

1983年我得了重病，老院长像待亲生儿子一样悉心给我治疗。他还组织人护理我，亲自跟主治医生一起研究治疗方案。

老院长热爱新中国。有一次，他跟我说了这样的话：

> “要不是新中国，我的肿瘤工作规模不会这么大。国民党时期，我开私立医院挣了点钱，也出了点名。其实当时我只有300毫克的镭，没有深层部位的医疗器材，治疗重患者有困难。新中国给我创造了放手大干的条件和机会。你看我们的医院，规模越来越大，具备了现代化设备，所以我现在工作起来不知疲倦。”

主任护士路瑶莹：

70年代初，有一天早晨雪下得很大。路滑，我推着自行车好容易走进医院大门时，看见年已七旬的金教授正推着自行车走进来。我吓了一大跳，当时金教授还没有从逆境中解脱出来，不上班也没人管。我关心地问他：

“金教授，下这么大的雪，怎么还上班啊？上班也该坐公交车呀，骑自行车要是摔了跟头怎么办呢？”

金教授笑着说：

“你看咱俩谁老？我认为我不老，骑自行车充满信心。等车会迟到的，得遵守时间啊。我要做的事情还很多很多……”

我惭愧得不知说什么好。金教授在逆境中也严格要求自己，热爱工作。他的精神，使我感动得流下了眼泪。从那以后，我把金教授当作自己工作上的一面旗帜，经常望着这面旗帜鼓励自己。

放射治疗科主任李丽庆：

我写了第一篇论文交给老院长。院长看完后，一个字一个字给我修改，还提出了修改意见。起初心里忐忑不安，但看到老院长慈祥的面容，我的心渐渐平静下来了。在老院长的指导下，我的论文改了8次才通过，结果起初不起眼的论文达到了能发表的水平。那次我学会了写论文的态度和方法。

院长80岁的高龄还坚持工作。别人问他的年龄，他就会笑着说18岁。院长总是开玩笑倒着说年龄。

1988年社会上刮起了大医院和基层小医院联合办医院的风气。基层医院为了挣钱争先恐后地争夺专家。有的医院提出只要能借用金教授的名字，就每月支付给他400元。院长斩钉截铁地回绝了，并在大会上宣布：“谁去办联合医院就开除谁。大家安下心来好好工作，不要太看重钱，事业总是比钱重要嘛。”

乳腺癌科副主任医师方志沂：

大约是1975年夏天的事。我在金教授的指导下在化疗科工作。要想阅读英文书籍，就得到医学图书馆去查找资料。但我不知道查资料的方法，心里犯了愁。有一天，鼓起勇气请求金教授说：“金教授，您去图书馆的时候，我跟您去学习行不行?”

“当然可以啊。星期日上午9点在图书馆见。”

我高兴极了，好容易等了两天。那天差5分9点，我走进图书阅览室，发现金教授已经在那儿看书呢，周围堆着很多书。我悄悄地走过去，等金教授读完文章低声说一声“OK”伸腰时，才跟他打招呼说：“金教授，您来这么早啊?”金教授利用将近一个小时给我详细介绍了国外比较著名的权威性刊物和中文目录、外文目录、问题索引、著作索引等查找资料的方法。他还是不放心，把我领到借书卡前面，亲自给我做了示范，还把我介绍给了图书馆工作人员。

后来我养成了与金教授约会时提前10分钟到场的习惯。

乳腺癌科副主任医师宁连胜：

有一天，雨下得很大，患者比较少。我有幸与金教授聊了很多事。当时我年龄小，幼稚地问他：“金教授，您一生治疗了各种癌，医术高，经验丰富，可为什么包括晚期患者在内还有这么多患者，您有什么高见?”

金教授布满皱纹的脸上露出了苦笑。我第一次看到金教授的那种表情，那是非常痛苦的表情。金教授呆呆地望了一会儿窗外说：“一言难尽啊!”说着拍了拍我的肩膀，就走出去了。金教授一言难尽的苦楚，当时我哪里能理解。我至今后悔当时自己说的话。

去世前一天，金教授还嘱咐我办理出国手续时一定写清楚名字。听到金教授去世的噩耗，我悲痛万分。追悼会结束后回家，我在笔记本上写下了这样的话：

天地混沌兮人坎坷

创业艰难兮苦求索
诲人不倦兮终不悔
呕心沥血兮立丰碑
长眠东海兮树楷模

1990 年 9 月 4 日，金显宅教授在天津市肿瘤医院逝世。据王世峰先生回忆，静静地躺在病床上的金教授，消瘦的脸显得疲倦极了。他精疲力竭，安详地睡着了。许多人怀着无比崇敬的心情，把一束束鲜花放在他面前。

终生在白色世界工作的他，生命结束的那一刻也盖着雪白的被子安息了。他永远离开了白色卫生服，离开了转了又转的白色病床，离开了数十年奋斗的白色手术台，离开了白色无影灯，化作辽阔东海的一滴水（他的骨灰撒入东海）。

人们异口同声赞美他是难得的天才。

的确，他精通病理学、放射疗法、化学疗法以及外科领域，他的医术达到了巅峰。

他又是语言天才。他的英语水平是一流的，日语水平也相当高，能用法语和法国学者对话，母语朝鲜语也相当流利，甚至上海方言说得也很熟练。他真是少有的语言天才。

我们民族灿烂的一颗明星，医学奇才金显宅教授永远离开了我们。他告诉我们，人应该如何生活，他为我们树立了光辉的榜样。

人是有天赋的。天赋和努力结合，就会成为耀眼的天才；天赋和懒惰结合，就会埋没自己，失去光辉。

金显宅教授不愧是我们的一代宗师，一面旗帜。

后　记

编选文学作品往往是一件吃力不讨好的工作，不但会留下无数的遗憾，还经常会出现挂一漏万的情况。尽管这些都难以避免，但是这项工作还得有人去做。而且，通过编选文学作品的工作，总会感到十分欣然，不仅从那些鲜活的文字中看到作家们真情的流露和生活的展现，还像在一棵茂盛的大树上又发现了一片片新的绿叶。

朝鲜族文学的蓬勃发展和朝鲜族作家们孜孜不倦的笔耕，既给编选工作带来了无限的动力，也提出了许多需要正视的难题。尤其是用汉文来编选朝鲜族文学作品，更需要以慎重、认真、负责的态度去做好这项工作。

比如，97%以上的朝鲜族作家是用母语进行文学创作的。因此，为了让其他民族的广大读者看懂他们的作品，就需要经过翻译这道程序。翻译绝非只是文字间的互换，而是需要把朝鲜文原著的表现风格、词汇特点、精华所在用汉文原原本本、鲜鲜活活地呈现出来。通观所选的这些作品，在翻译方面都很难说完全达到了这样的要求。这应该说既是一个遗憾，也是一个警示。为了使翻译工作真正成为繁荣和发展朝鲜族文学不可或缺的一部分，提高翻译质量和加强翻译力量便成了一件刻不容缓的大事。

每次看到朝鲜族作品经过翻译后得以出版和发表时，我们总会产生由衷的感激。在此，感激中国作家协会和作家出版社，感激一切关心和支持少数民族母语创作的人们。

2014年2月

图书在版编目（CIP）数据

中国当代少数民族文学翻译作品选粹·朝鲜族卷 / 中国作家协会 编. -- 北京 : 作家出版社，2013. 12
ISBN 978-7-5063-7265-7

Ⅰ. ①中… Ⅱ. ①中… Ⅲ. ①朝鲜族 - 少数民族文学 - 作品综合集 - 中国 - 当代 Ⅳ. ①I29

中国版本图书馆CIP数据核字（2014）第005545号

中国当代少数民族文学翻译作品选粹·朝鲜族卷

编　　者：中国作家协会
责任编辑：那　耘　李亚梓
装帧设计：曹全弘
出版发行：作家出版社
社　　址：北京农展馆南里10号　　　邮　　编：100125
电话传真：86-10-65930756（出版发行部）
86-10-65004079（总编室）
86-10-65015116（邮购部）
E-mail:zuojia@zuojia.net.cn
http://www.haozuojia.com（作家在线）
印　　刷：三河市北燕印装有限公司
成品尺寸：170×240
字　　数：420千
印　　张：26.5
版　　次：2013年12月第1版
印　　次：2013年12月第1次印刷
ISBN 978-7-5063-7265-7
定　　价：35.00元